Helden des Olymp
Das Zeichen der Athene

© Marty Umans

Rick Riordan war viele Jahre lang Lehrer für Englisch und Geschichte. Mit seiner Frau und seinen zwei Söhnen lebt er in Boston und widmet sich inzwischen ausschließlich dem Schreiben. Seine Percy-Jackson-Serie hat den Buchmarkt im Sturm erobert und ist bereits in 40 Länder verkauft worden. Auch seine nachfolgenden Serien, »Die Kane-Chroniken« und »Helden des Olymp«, schafften auf Anhieb den Sprung auf die internationalen Bestsellerlisten.

RICK RIORDAN

HELDEN DES OLYMP

DAS ZEICHEN DER ATHENE

Aus dem Englischen von
Gabriele Haefs

CARLSEN

Außerdem von Rick Riordan im Carlsen Verlag erschienen:

Helden des Olymp:
Der verschwundene Halbgott (Band 1)
Der Sohn des Neptun (Band 2)
Das Zeichen der Athene (Band 3)
Das Haus des Hades (Band 4)
Das Blut des Olymp (Band 5)

Weitere Serien von Rick Riordan im Carlsen Verlag:
Die Kane-Chroniken
Percy Jackson

MIX
Papier aus verantwortungsvollen Quellen
FSC® C083411
www.fsc.org

Veröffentlicht im Carlsen Verlag
Oktober 2015

Originalverlag: Hyperion Books for Children, an imprint of the Disney Book Group
Permission for this edition was arranged through the Nancy Gallt Agency
Originaltitel: »The Heroes of Olympus – The Mark of Athena«

Umschlagillustration: Helge Vogt, trickwelt
Umschlaggestaltung: formlabor
Corporate Design Taschenbuch: bell étage
Druck und Bindung: CPI books GmbH, Leck
ISBN: 978-3-551-31480-2
Printed in Germany

Für Speedy
Stromer und Wanderer sind oft von den Göttern geschickt.

Mein Dank gilt Seán Hemingway, Kurator für griechische und römische Antike am Metropolitan Museum of Art, New York, für seine Hilfe dabei, das Zeichen der Athene bis zu seinem Ursprung zurückzuverfolgen.

I

Annabeth

Ehe sie auf die explodierende Statue gestoßen war, hatte Annabeth geglaubt, auf alles vorbereitet zu sein.

Sie war an Deck ihres fliegenden Kriegsschiffes, der Argo II, hin und her gelaufen und hatte immer wieder die Katapulte überprüft, um ganz sicher zu sein, dass sie verriegelt waren. Sie überzeugte sich davon, dass die weiße *Wir kommen in friedlicher Absicht*-Flagge am Mast wehte. Sie ging den Plan mit der restlichen Mannschaft durch – und den Notfallplan, und den Notfallplan für den Notfallplan.

Wichtiger noch war, dass sie ihren kriegsverrückten Betreuer Trainer Gleeson Hedge beiseitegenommen und ihn überredet hatte, sich einen freien Morgen in seiner Kabine zu gönnen und Wiederholungen von Kampfkunstmeisterschaften anzusehen. Das Letzte, was sie brauchten, während sie mit einer magischen griechischen Triere in ein möglicherweise feindliches römisches Lager flogen, war ein Satyr mittleren Alters im Trainingsanzug, der eine Keule schwang und »sterbt!« brüllte.

Alles schien in Ordnung zu sein. Sogar die unerklärliche Kälte, die sie beim Start verspürt hatte, war verschwunden, für den Moment jedenfalls.

Das Kriegsschiff sank durch die Wolken, aber Annabeth fragte sich noch immer: Was, wenn das hier keine gute Idee war? Was, wenn die Römer in Panik gerieten und sie angriffen, sowie sie sie entdeckt hatten?

Die Argo II sah eindeutig nicht gerade freundlich aus. Fast siebzig Meter lang, mit einem mit Bronze beschlagenen Rumpf, am Bug und am Heck mit mechanischen Armbrüsten bestückt, mit einem flammenden Metalldrachen als Galionsfigur und mittschiffs zwei rotierenden Katapulten, deren explosive Bolzengeschosse sogar Beton durchschlagen konnten … Tja, es war wirklich nicht das passende Fahrzeug für einen Freundschaftsbesuch bei den Nachbarn.

Annabeth hatte versucht, die Römer vorzubereiten. Sie hatte Leo gebeten, eine seiner ganz besonderen Erfindungen zu schicken – eine holographische Schriftrolle –, um ihre Freunde im Camp zu warnen. Hoffentlich war die Botschaft angekommen. Leo hatte eine riesige Mitteilung unter den Rumpf malen wollen – WAS GEHT?, mit einem Smiley daneben –, aber Annabeth hatte ihr Veto eingelegt. Sie war nicht sicher, ob die Römer Humor hatten.

Jetzt war es zu spät zur Umkehr.

Die Wolken um den Rumpf rissen auf und zeigten unter ihnen den goldgrünen Teppich der Oakland Hills. Annabeth packte einen der Bronzeschilde, die steuerbords an der Reling hingen.

Die drei anderen bezogen ebenfalls ihre Plätze.

Leo rannte wie ein Irrer auf dem vorderen Zwischendeck umher und überprüfte Ventile und Hebel. Die meisten hätten sich mit einem Steuerrad oder einer Ruderpinne zufriedengegeben. Aber Leo hatte außerdem eine Tastatur, einen Bildschirm, das Steuerungssystem aus einem Learjet, ein Dubstep-Mischpult und Bewegungskontrollsensoren aus einer Nintendo Wii eingebaut. Er konnte das Schiff lenken, indem er am Schubhebel zog, er konnte Geschütze abfeuern, während er ein Album sampelte, oder die Segel hissen, indem er sehr schnell seine Wii-Controller schüttelte. Selbst für einen Halbgott war Leo enorm hyperaktiv.

Piper lief zwischen dem Hauptmast und den Katapulten hin und her und übte ihren Text.

»Die Waffen nieder«, murmelte sie. »Wir wollen nur reden.«

Ihr Charmesprech war so mächtig, dass die Worte über Annabeth hinwegspülten und ihr das Verlangen einflößten, ihren Dolch fallen zu lassen und in aller Ruhe zu plaudern.

Für ein Kind der Aphrodite gab Piper sich große Mühe, ihre Schönheit zu verbergen. Sie trug zerfetzte Jeans, ausgelatschte Turnschuhe und ein weißes Trägerhemd mit HELLO KITTY-Aufdruck. (Vielleicht war das auch ein Witz, obwohl Annabeth sich bei Piper niemals sicher war.) Ihre ungleichmäßig geschnittenen braunen Haare waren rechts mit einer Adlerfeder geschmückt und zu einem Zopf geflochten.

Dann war da noch Pipers Freund, Jason. Er stand am Bug auf der höher gelegenen Armbrustplattform, wo die Römer ihn mit Leichtigkeit entdecken könnten. Seine Fingerknöchel waren weiß auf dem Griff seines goldenen Schwertes. Ansonsten sah er gelassen aus für jemanden, der sich gerade zur Zielscheibe machte. Über seinen Jeans und seinem orangefarbenen T-Shirt aus Camp Half-Blood trug er eine Toga und einen lila Umhang – Symbole seines alten Ranges als Prätor. Mit seinen vom Wind zerzausten blonden Haaren und den eisblauen Augen sah er auf raue Weise gut und gebieterisch aus – wie es sich für einen Sohn des Jupiter gehörte. Er war in Camp Jupiter aufgewachsen und sein vertrautes Gesicht würde die Römer hoffentlich davon abhalten, das Schiff vom Himmel zu pusten.

Annabeth versuchte, es zu verbergen, aber sie vertraute dem Typen noch immer nicht so ganz. Er verhielt sich zu perfekt – befolgte immer die Vorschriften, tat immer das, was anständig war. Er sah sogar zu perfekt aus. Im Hinterkopf hatte Annabeth einen bohrenden Zweifel: *Was, wenn das ein Trick ist und er uns verrät? Was, wenn wir ins Camp Jupiter segeln und er sagt, ›He, Römer! Seht euch mal das tolle Schiff und diese Gefangenen an, die ich euch mitgebracht habe!‹*

Annabeth bezweifelte, dass das passieren würde. Trotzdem konnte sie Jason nicht ansehen, ohne einen bitteren Geschmack im Mund zu bekommen. Er war ein Teil von Heras erzwungenem »Austauschprogramm« gewesen, um die beiden Lager miteinander bekannt zu machen. Ihre Überaus Nervtötende Majestät, die Königin des Olymp, hatte den anderen Göttern eingeredet, dass die beiden Gruppen von Kindern – römische und griechische – sich zusammentun müssten, um die Welt vor der bösen Göttin Gaia, die aus der Erde erwachte, und ihren grauenhaften Kindern, den Giganten, zu retten.

Ohne Vorwarnung hatte Hera sich Annabeths Freund Percy Jackson geschnappt, seine Erinnerungen ausgelöscht und ihn ins römische Lager gesteckt. Im Austausch hatten die Griechen Jason bekommen. Nichts davon war Jasons Schuld, aber immer wenn Annabeth ihn ansah, wurde sie daran erinnert, wie sehr Percy ihr gefehlt hatte.

Percy … der jetzt irgendwo unter ihnen war.

O, Götter! Panik wogte in ihr auf und sie kämpfte dagegen an. Sie durfte sich jetzt nicht gehenlassen.

Ich bin ein Kind der Athene, sagte sie sich. *Ich muss mich auf meinen Plan konzentrieren und darf mich nicht ablenken lassen.*

Sie spürte es wieder – dieses vertraute Zittern, als ob ein psychotischer Schneemann hinter sie geschlichen wäre und ihr in den Nacken hauchte. Sie drehte sich um, aber da war niemand.

Sicher ihre Nerven. Nicht einmal in einer Welt der Gottheiten und Monster konnte Annabeth sich vorstellen, dass es auf einem neuen Kriegsschiff spukte. Die Argo II war gut geschützt. Die Schilde aus Himmlischer Bronze an der Reling waren besprochen worden, um Monster abzuwehren, und der schiffseigene Satyr, Trainer Hedge, würde jeden Eindringling wittern.

Annabeth wünschte, sie könnte ihre Mutter um Rat bitten, aber das war im Moment nicht möglich. Nicht nachdem sie im vergangenen Monat diese entsetzliche Begegnung mit ihrer Mom gehabt und das schlimmste Geschenk ihres Lebens erhalten hatte …

Die Kälte drängte sich noch näher an sie heran. Sie glaubte, im Wind eine leise Stimme lachen zu hören. Jeder Muskel in ihrem Körper spannte sich an. Irgendetwas würde gleich furchtbar schiefgehen.

Fast hätte sie Leo befohlen, den Kurs zu ändern. Dann erklangen unten im Tal Hörner. Die Römer hatten sie entdeckt.

Annabeth glaubte zu wissen, was sie erwartete. Jason hatte ihr Camp Jupiter in allen Einzelheiten beschrieben. Trotzdem konnte sie ihren Augen kaum trauen. Das von den Oakland Hills umgebene Tal war fast doppelt so groß wie Camp Half-Blood. Ein kleiner Fluss schlängelte sich an der einen Seite vorbei und bog sich zur Mitte hin zu einem großen G, um dann in einen blitzblauen See zu münden.

Gleich unter dem Schiff, am Ufer des Sees, funkelte die Stadt Neu-Rom im Sonnenlicht. Sie erkannte die Wahrzeichen, die Jason ihr geschildert hatte – das Hippodrom, das Kolosseum, die Tempel und Grünanlagen, das Wohnviertel Seven Hills mit seinen verwinkelten Straßen, bunten Villen und blühenden Gärten.

Sie sah die Spuren der kürzlich stattgefundenen Schlacht der Römer gegen eine Armee aus Monstern. Die Kuppel eines Hauses, das sie für das Senatsgebäude hielt, war eingestürzt. Das riesige Forum war von Kratern durchsetzt. Etliche Springbrunnen und Statuen waren nur noch Trümmer.

Dutzende von Jugendlichen in Togen strömten aus dem Senatsgebäude, um die Argo II in Augenschein zu nehmen. Weitere Römer kamen aus Läden und Cafés, glotzten und zeigten auf das sich senkende Schiff.

Einen knappen Kilometer weiter im Westen, wo die Hörner erklangen, ragte auf einem Hügel eine römische Festung auf. Sie sah genau aus wie die Illustrationen, die Annabeth aus Büchern über Militärgeschichte kannte: ein mit Metallstacheln besetzter Verteidigungsgraben, hohe Mauern und Wachttürme mit Katapulten. In der Festung säumten perfekte Reihen aus weißen Baracken die Hauptstraße – die *Via Principalis.*

Eine Kolonne aus Halbgöttern kam aus dem Tor, ihre Rüstungen und Speere funkelten, als sie in Richtung Stadt liefen. Mitten in der Truppe gab es einen echten Kriegselefanten.

Annabeth wollte die Argo II landen lassen, ehe die Soldaten eintrafen, aber der Boden lag noch immer über hundert Meter unter ihnen. Sie suchte die Menge ab und hoffte, dabei Percy zu entdecken.

Dann machte etwas hinter ihr *BUMM!*

Die Explosion hätte sie fast über Bord geworfen. Sie wirbelte herum und fand sich einer wütenden Statue gegenüber wieder.

»Inakzeptabel!«, schrie das Standbild.

Offenbar war es hier auf Deck ins Dasein explodiert. Schwefelgelber Rauch hob sich von seinen Schultern. Asche stob um seine Locken auf. Unterhalb der Gürtellinie war es nur ein viereckiger

Marmorsockel, oberhalb ein muskulöser Mann in einer gemeißelten Toga.

»Ich dulde innerhalb der Demarkationslinie keine Waffen!«, verkündete er mit der Stimme eines pingeligen Lehrers. »Und Griechen dulde ich schon gar nicht.«

Jason warf Annabeth einen Blick zu, der sagte: *Überlass das mir.*

»Terminus«, sagte er. »Ich bin's. Jason Grace.«

»Ach, an dich erinnere ich mich, Jason«, knurrte Terminus. »Ich hätte dich für gescheiter gehalten, als dich mit den Feinden Roms einzulassen.«

»Aber das sind keine Feinde ...«

»Stimmt«, schaltete sich Piper ein. »Wir wollen nur reden. Wenn du bitte erlaubst ...«

»Ha«, fauchte die Statue. »Komm mir ja nicht mit deinem Charmesprech, junge Dame. Und leg diesen Dolch weg, ehe ich ihn dir aus der Hand schlage!«

Piper warf einen Blick auf ihren Bronzedolch, offenbar hatte sie vergessen, dass sie ihn in der Hand hielt. »Äh ... na gut. Aber wie willst du mich denn schlagen? Du hast doch keine Arme!«

»Unverschämtheit!« Ein scharfes *POP* war zu hören und ein gelber Blitz leuchtete auf. Piper wimmerte und ließ den Dolch fallen, der jetzt dampfte und Funken sprühte.

»Dein Glück, dass ich gerade erst eine Schlacht hinter mir habe«, verkündete Terminus. »Wenn ich im Vollbesitz meiner Kräfte wäre, hätte ich diese fliegende Monstrosität schon vom Himmel geholt.«

»Moment mal.« Leo trat vor und schwenkte seinen Wii-Controller. »Hast du mein Schiff als Monstrosität bezeichnet? Ich bin mir sicher, dass du das nicht getan hast.«

Die Vorstellung, Leo könnte die Statue mit seinem Spielzeug angreifen, reichte, um Annabeth aus ihrem Schock zu reißen.

»Jetzt alle mal ganz ruhig.« Sie hob die Hände, um zu zeigen, dass sie keine Waffen hatte. »Ich vermute, du bist Terminus, der Gott der Grenzen. Jason hat mir erzählt, dass du die Stadt Neu-Rom beschützt, richtig? Ich bin Annabeth Chase, Tochter der …«

»Oh, ich weiß, wer du bist.« Die Statue starrte sie aus blanken weißen Augen wütend an. »Ein Kind der *Athene,* Minervas griechischer Ausgabe. Skandalös! Ihr Griechen habt kein Gefühl für Anstand. Wir Römer wissen, welcher Platz dieser Göttin zukommt.«

Annabeth biss die Zähne zusammen. Die Statue machte es ihr nicht leicht, diplomatisch zu sein. »Wie genau ist das zu verstehen, *diese* Göttin? Und was ist so skandalös an …«

»Genau!«, fiel Jason ihr ins Wort. »Jedenfalls, Terminus, sind wir in friedlicher Absicht gekommen. Wir bitten um Landegenehmigung, damit wir …«

»Unmöglich!«, quiekte der Gott. »Legt eure Waffen nieder und ergebt euch. Und verlasst augenblicklich meine Stadt.«

»Also was jetzt?«, fragte Leo. »Ergeben oder verlassen?«

»Beides!«, sagte Terminus. »Ergeben, dann verlassen. Ich hau dir eine runter für diese alberne Frage, du lächerlicher Knabe. Merkst du das?«

»Mannomann.« Leo musterte Terminus mit beruflichem Interesse. »Du bist ja ziemlich überdreht. Hast du irgendwelche Federn, die überspannt sind? Ich könnte mal nachsehen.«

Er ersetzte den Wii-Controller durch einen Schraubenzieher aus seinem magischen Werkzeuggürtel und klopfte gegen den Sockel der Statue.

»Aufhören!«, befahl Terminus. Eine weitere kleine Explosion sorgte dafür, dass Leo den Schraubenzieher fallen ließ. »Innerhalb der Demarkationslinie sind auf römischem Boden Waffen nicht gestattet.«

»Der was?«, fragte Piper.

»Stadtgrenze«, übersetzte Jason.

»Und dieses ganze Schiff ist eine Waffe«, sagte Terminus. »Ihr dürft nicht landen.«

Unten im Tal hatten die Verstärkungstruppen die Hälfte des Weges zur Stadt hinter sich gebracht. Die Menge auf dem Forum zählte jetzt über hundert Menschen. Annabeth musterte die Gesichter und … o Götter, da war er. Er kam auf das Schiff zu und hatte die Arme um zwei andere Jugendliche gelegt, als ob die seine besten Freunde wären – ein kräftiger Junge mit kurz geschorenen schwarzen Haaren und ein Mädchen mit einem römischen Kavalleriehelm. Percy sah so entspannt aus, so glücklich. Er trug einen lila Umhang, genau wie Jason – das Zeichen eines Prätors.

Annabeths Herz vollführte eine Turnübung.

»Leo, Schiff anhalten«, befahl sie.

»Was?«

»Du hast mich gehört. Lass uns genau hier bleiben.«

Leo zog seine Fernbedienung heraus und riss sie nach oben. Alle neunzig Ruder erstarrten mitten in der Bewegung. Das Schiff senkte sich nicht mehr.

»Terminus«, sagte Annabeth. »Es gibt doch keine Regel, die es untersagt, über Neu-Rom zu schweben, oder?«

Die Statue runzelte die Stirn. »Na ja, das nicht …«

»Wir können das Schiff hier oben halten«, sagte Annabeth. »Dann nehmen wir eine Strickleiter, um aufs Forum zu gelangen.

Auf diese Weise berührt das Schiff nicht den römischen Boden. Technisch gesehen.«

Die Statue schien darüber nachzudenken. Annabeth fragte sich, ob Terminus sich wohl mit imaginären Händen am Kinn kratzte.

»Technisch gesehen stimmt das«, gab er zu. »Trotzdem …«

»Alle unsere Waffen werden an Bord bleiben«, versprach Annabeth. »Ich vermute, die Römer – und sogar die Verstärkung, die da auf uns zumarschiert – müssen sich ebenfalls an eure Regeln innerhalb der Demarkationslinie halten, wenn du ihnen das befiehlst?«

»Natürlich«, sagte Terminus. »Sehe ich aus, als ob ich Regelbrecher duldete?«

»Äh, Annabeth«, fragte Leo, »bist du sicher, dass das eine gute Idee ist?«

Sie ballte die Fäuste, um ihre Hände am Zittern zu hindern. Das kalte Gefühl war noch immer da. Es schwebte hinter ihr her, und jetzt, da Terminus nicht mehr herumbrüllte oder Explosionen auslöste, glaubte sie, dieses Etwas lachen zu hören vor Freude über die falschen Entscheidungen, die sie hier traf.

Aber Percy war dort unten … Er war so nah. Sie musste zu ihm.

»Das geht schon in Ordnung«, sagte sie. »Niemand wird bewaffnet sein. Wir können friedlich miteinander reden. Terminus wird dafür sorgen, dass beide Seiten sich an die Regeln halten.« Sie sah die Marmorstatue an. »Ist das abgemacht?«

Terminus schnaubte. »Bis auf weiteres. Du kannst deine Strickleiter nach Neu-Rom hinabsteigen, Tochter der Athene. Bitte versuche meine Stadt nicht zu zerstören.«

II

Annabeth

Ein Meer aus eilig zusammengeströmten Halbgöttern teilte sich für Annabeth, als sie über das Forum ging. Manche sahen angespannt aus, andere nervös. Einige trugen von der Schlacht gegen die Giganten noch Verbände, aber keiner war bewaffnet. Keiner griff sie an.

Ganze Familien hatten sich eingefunden, um die Neuankömmlinge zu bestaunen. Annabeth sah Paare mit Babys, kleine Kinder, die sich an die Beine ihrer Eltern klammerten, sogar einige ältere Leute in einer Mischung aus römischen Gewändern und moderner Kleidung. Waren das alles Halbgötter? Annabeth ging davon aus, auch wenn sie noch nie einen solchen Ort gesehen hatte. Im Camp Half-Blood waren die meisten Halbgötter im Teenageralter. Wenn sie lange genug überlebten, um die Highschool zu beenden, blieben sie entweder als Betreuer da oder versuchten, so gut wie möglich in der Welt der Sterblichen zu überleben. Hier dagegen gab es eine ganze Gemeinschaft aus vielen Generationen.

Ganz hinten in der Menge entdeckte Annabeth Tyson, den Zyklopen, und Percys Höllenhund Mrs O'Leary – der als Erster aus den von Camp Half-Blood ausgesandten Suchmannschaften in Camp Jupiter eingetroffen war. Sie schienen beide guter Laune zu sein. Tyson winkte ihr zu und grinste. Er hatte sich ein SPQR-Banner umgebunden wie ein riesiges Schlabberlätzchen.

Ein Teil von Annabeths Gehirn registrierte die Schönheit der Stadt – den Duft der Bäckereien, die plätschernden Springbrunnen, die blühenden Blumen in den Gärten. Und die Architektur –

o Götter, die Architektur: vergoldete Marmorsäulen, blendende Mosaike, monumentale Bögen und Villen mit Terrassen.

Vor ihr machten die Halbgötter einem Mädchen in voller römischer Rüstung und mit einem lilafarbenen Umhang Platz. Dunkle Haare fielen ihr über die Schultern. Ihre Augen waren schwarz wie Obsidian.

Reyna.

Jason hatte sie gut beschrieben. Aber auch ohne diese Beschreibung hätte Annabeth sie als die Anführerin erkannt. Sie strahlte ein solches Selbstvertrauen aus, dass die anderen Halbgötter zurückwichen und ihren Blick abwandten.

Annabeth erkannte noch etwas in ihrem Gesicht – die fest zusammengepressten Zähne und die Art, wie sie ihr Kinn hob, als sei sie bereit, jegliche Herausforderung anzunehmen. Reyna zwang sich dazu, mutig auszusehen, während sie eine Mischung aus Hoffnung und Sorge und Angst unterdrückte, die sie in der Öffentlichkeit nicht zeigen durfte.

Annabeth kannte diesen Ausdruck. Sie sah ihn jedes Mal, wenn sie in einen Spiegel schaute.

Die beiden Mädchen musterten einander. Annabeths Freunde verteilten sich auf ihren Seiten. Die Römer murmelten Jasons Namen und starrten ihn voller Ehrfurcht an.

Dann tauchte aus der Menge noch jemand auf und Annabeths Blickfeld wurde ganz schmal.

Percy lächelte sie an – dieses sarkastische, provozierende Grinsen, das sie jahrelang genervt hatte, das sie aber am Ende lieben gelernt hatte. Seine meergrünen Augen waren so wunderbar wie in ihrer Erinnerung. Seine dunklen Haare waren zur Seite geweht, als ob er gerade von einem Strandspaziergang zurückkäme. Er sah noch besser aus als vor sechs Monaten – brauner und größer, schlanker und muskulöser.

Annabeth war zu verblüfft, um sich zu bewegen. Sie hatte das Gefühl, alle Moleküle in ihrem Körper müssten bersten, wenn sie dichter an ihn heranträte. Sie hatte sich schon mit zwölf Jahren heimlich in ihn verliebt. Im vergangenen Sommer war es dann richtig ernst geworden. Vier Monate lang waren sie ein glückliches Paar gewesen – und dann war er verschwunden.

Während dieser Trennung war mit Annabeths Gefühlen etwas passiert. Sie waren schmerzlich intensiv geworden – als ob sie gezwungen worden wäre, eine lebensrettende Medizin abzusetzen. Jetzt wusste sie nicht so recht, was quälender war – mit dieser entsetzlichen Sehnsucht zu leben oder wieder mit Percy zusammen zu sein.

Reyna, die Prätorin, richtete sich gerade auf. Mit sichtlichem Widerstreben wandte sie sich Jason zu.

»Jason Grace, mein ehemaliger Kollege …« Sie sprach das Wort *Kollege* aus wie eine Beleidigung. »Willkommen daheim. Und deine Freunde hier …«

Annabeth wollte es gar nicht, aber sie stürzte vorwärts. Percy kam ihr im selben Moment entgegen. Die Menge erstarrte. Einige griffen nach ihren nicht vorhandenen Schwertern.

Percy schlang seine Arme um sie. Sie küssten sich und für einen Moment spielte nichts anderes mehr eine Rolle. Ein Asteroide hätte die Erde treffen und alles Leben auslöschen können, und Annabeth wäre es egal gewesen.

Percy roch nach Meeresluft. Seine Lippen waren salzig.

Algenhirn, dachte sie verwirrt.

Percy wich zurück und musterte ihr Gesicht. »O Götter, ich hätte nie gedacht …«

Annabeth packte sein Handgelenk und warf ihn über ihre Schulter. Er knallte auf das steinerne Pflaster. Die Römer schrien auf. Einige kamen näher, aber Reyna rief: »Halt! Zurückbleiben!«

Annabeth stemmte Percy ihr Knie auf die Brust. Sie drückte mit dem Unterarm auf seine Kehle. Ein weiß glühender Ball aus Wut wurde in ihrer Brust immer größer – eine Wucherung aus Sorge und Verbitterung, die sie seit dem vergangenen Herbst mit sich herumgeschleppt hatte.

»Wenn du mich je wieder verlässt«, sagte sie und ihre Augen brannten, »dann schwöre ich bei allen Göttern …«

Percy war frech genug, zu lachen. Plötzlich schmolz der Ball aus erhitzten Gefühlen in Annabeth.

»Ich betrachte das als Warnung«, sagte Percy. »Du hast mir auch gefehlt.«

Annabeth erhob sich und half ihm auf die Beine. Sie hätte ihn sooo gern wieder geküsst, konnte sich aber beherrschen.

Jason räusperte sich. »Also ja … schön, wieder hier zu sein.«

Er stellte Reyna Piper vor, die ein wenig sauer wirkte, weil sie ihren eingeübten Text nicht hatte aufsagen können, und dann Leo, der grinste und das Peace-Zeichen machte.

»Und das ist Annabeth«, sagte Jason. »Äh, normalerweise legt sie die Leute nicht mit Judogriffen aufs Kreuz.«

Reynas Augen sprühten Funken. »Bist du sicher, dass du keine Römerin bist, Annabeth? Oder Amazone?«

Annabeth wusste nicht, ob das ein Kompliment sein sollte, aber sie streckte die Hand aus. »Ich mache das nur mit meinem Freund«, versprach sie. »Schön, dich kennenzulernen.«

Reyna schüttelte ihr energisch die Hand. »Offenbar haben wir eine Menge zu besprechen. Zenturionen!«

Einige Römer aus dem Camp traten vor – offenbar die rangoberen Offiziere. Zwei Jugendliche stellten sich neben Percy, dieselben, die Annabeth schon vorher mit ihm herumkumpeln gesehen hatte. Der bullige Asiate mit den kurz geschorenen Haaren war um die fünfzehn. Er war niedlich auf eine überdimensionale Pandabärenkuschelige-Art. Das Mädchen war jünger, vielleicht dreizehn, mit bernsteinfarbenen Augen, schokoladenbrauner Haut und langen lockigen Haaren. Ihr Kavalleriehelm klemmte unter ihrem Arm.

Annabeth konnte der Körpersprache der beiden entnehmen, dass sie Percy nahestanden. Sie hielten sich beschützerisch in seiner Nähe, als ob sie bereits viele Abenteuer geteilt hätten. Annabeth musste einen Moment ihre Eifersucht unterdrücken. War es möglich, dass Percy und dieses Mädchen … Nein. Die Chemie zwischen diesen dreien war anders. Annabeth hatte ihr Leben lang gelernt, Menschen einzuschätzen. Sie brauchte das zum Überleben. Ihrer Einschätzung nach war der große Asiate der Freund des Mädchens, auch wenn sie annahm, dass die beiden noch nicht lange zusammen waren.

Eins aber begriff sie nicht: Warum starrte das Mädchen immer wieder stirnrunzelnd zu Piper und Leo hinüber? Es war, als ob sie ihr bekannt vorkämen und die Erinnerung wehtäte.

Inzwischen erteilte Reyna ihren Offizieren Befehle. »… sag der Legion, sie soll wegtreten. Dakota, sag den Küchengeistern Bescheid. Sie sollen ein Willkommensfest vorbereiten. Und, Octavian …«

»Du willst diese Eindringlinge ins Camp lassen?« Ein großer Typ mit strähnigen blonden Haaren drängte sich zu Reyna durch. »Reyna, das Sicherheitsrisiko …«

»Wir lassen sie nicht ins Camp, Octavian«, Reyna warf ihm einen strengen Blick zu. »Wir essen hier, auf dem Forum.«

»Na, das ist ja deutlich besser«, knurrte Octavian. Er schien der Einzige zu sein, der Reyna nicht als überlegen anerkannte, trotz der Tatsache, dass er mager und bleich war und aus irgendeinem Grund drei Teddybären an seinem Gürtel hängen hatte. »Du willst also, dass wir im Schatten ihres Kriegsschiffes feiern.«

»Sie sind unsere Gäste«, Reyna spuckte jedes Wort aus. »Wir werden sie willkommen heißen und wir werden mit ihnen reden. Als Augur solltest du eine Opfergabe verbrennen, um den Göttern dafür zu danken, dass sie Jason heil zu uns zurückgebracht haben.«

»Gute Idee«, schaltete sich Percy ein. »Geh und verbrenn deine Teddys, Octavian.«

Reyna schien ein Lächeln zu unterdrücken. »Ihr habt meine Befehle gehört. Also los.«

Die Offiziere verschwanden. Octavian sah Percy hasserfüllt an. Dann musterte er Annabeth misstrauisch von Kopf bis Fuß und stakste davon.

Percys Hand schob sich in Annabeths. »Mach dir keine Sorgen wegen Octavian«, sagte er. »Die meisten Römer sind in Ordnung – wie Frank und Hazel hier und Reyna. Das wird schon.«

Annabeth hatte das Gefühl, als hätte jemand einen kalten Waschlappen in ihren Rücken geklatscht. Sie hörte wieder dieses wispernde Lachen, als ob das Wesen ihr vom Schiff her gefolgt wäre.

Sie sah zur Argo II hoch. Der massive Bronzerumpf funkelte im Sonnenlicht. Ein Teil von ihr hätte Percy am liebsten sofort entführt, um mit ihm an Bord zu klettern und zu verschwinden, solange das noch möglich war.

Sie konnte das Gefühl, dass etwas Schreckliches passieren würde, einfach nicht abschütteln. Und nie im Leben würde sie riskieren, Percy noch einmal zu verlieren.

»Das wird schon«, wiederholte sie und versuchte, es zu glauben.

»Hervorragend«, sagte Reyna. Sie wandte sich Jason zu und Annabeth glaubte, in ihren Augen eine Art hungriges Funkeln zu erkennen. »Also, reden wir, und dann können wir richtig Wiedersehen feiern.«

III

Annabeth

Annabeth wünschte, sie hätte Appetit, denn die Römer wussten wirklich, was gutes Essen ist.

Ruheliegen und niedrige Tische wurden aufs Forum gebracht, bis es aussah wie ein Möbelladen. Römer lungerten in Gruppen von zehn oder zwanzig herum, redeten und lachten, während Windgeister – *Aurae* – über ihnen umherwirbelten und endlose Mengen von Pizzen, belegten Broten, Pommes, Limonade und frisch gebackenen Plätzchen brachten. Violette Geister – *Laren* – in Toga und Legionärsrüstung schwebten durch die Menge. Und am Rand der Feiernden trotteten Satyrn (*nein, Faune*, dachte Annabeth) von Tisch zu Tisch und bettelten um Essen und Kleingeld. Auf den Wiesen in der Nähe tobte der Kriegselefant mit Mrs O'Leary herum und Kinder spielten Fangen an den Statuen des Terminus, die die Stadtgrenzen kennzeichneten.

Der ganze Anblick war so vertraut und doch so total fremd, dass es Annabeth dabei schwindlig wurde.

Sie wollte doch nur mit Percy zusammen sein – am liebsten allein. Aber sie wusste, sie würde warten müssen. Wenn ihr Einsatz ein Erfolg werden sollte, brauchten sie diese Römer, und das bedeutete, dass sie sie kennenlernen und ihr Vertrauen gewinnen mussten.

Reyna und einige ihrer Offiziere (auch dieser blonde Junge, Octavian, der wieder da war, nachdem er für die Götter einen Teddybären verbrannt hatte) saßen bei Annabeth und ihren Freunden. Percy schloss sich ihnen mit seinen beiden neuen Vertrauten, Frank und Hazel, an.

Während ein Tornado aus Schüsseln auf dem Tisch eintraf, beugte Percy sich vor und flüsterte: »Ich möchte dir Neu-Rom zeigen. Nur du und ich. Diese Stadt ist unglaublich.«

Annabeth hätte eigentlich glücklich sein müssen. *Nur du und ich*, genau das wollte sie doch auch. Aber ihre Kehle schnürte sich vor Ärger zusammen. Wie konnte Percy so begeistert über dieses Lager reden? Was war mit Camp Half-Blood – *ihrem* Lager, *ihrem* Zuhause?

Sie versuchte, die neuen Zeichen auf Percys Arm nicht anzustarren: ein eintätowiertes SPQR, wie Jason es hatte. Im Camp Half-Blood bekamen die Halbgötter Holzperlen für jedes Jahr des Trainings. Hier brannten die Römer ihnen Tätowierungen ins Fleisch, wie um zu sagen: *Du gehörst zu uns. Für immer.*

Sie schluckte einen bissigen Kommentar hinunter. »Klar. Sicher.«

»Ich hab mir was überlegt«, sagte er nervös. »Ich hätte da so eine Idee …«

Er verstummte, als Reyna auf die Freundschaft anstoßen wollte.

Nachdem sich alle vorgestellt hatten, begannen die Römer und Annabeths Mannschaft, Geschichten auszutauschen. Jason erzählte, wie er ohne Gedächtnis in Camp Half-Blood eingetroffen war und dann mit Leo und Piper losgezogen war, um die Göttin Hera (oder Juno – ob griechisch oder römisch, nervig war sie immer) aus ihrer Gefangenschaft im Wolfshaus in Nordkalifornien zu retten.

»Unmöglich«, schaltete sich Octavian ein. »Das ist unsere heiligste Stätte. Wenn die Giganten dort eine Göttin gefangen gehalten hätten …«

»Sie hätten sie vernichtet«, sagte Piper. »Und die Schuld den Griechen zugeschoben und einen Krieg zwischen beiden Camps ausgelöst. Jetzt sei still und lass Jason ausreden.«

Octavian öffnete den Mund, brachte aber keinen Ton heraus. Annabeth war hingerissen von Pipers Charmesprech. Sie bemerkte, wie Reynas Blicke zwischen Jason und Piper hin und her wanderten und wie sie die Stirn runzelte, als ob ihr jetzt erst aufginge, dass die beiden ein Paar waren.

»Also«, sagte Jason. »So haben wir von der Erdgöttin Gaia erfahren. Sie liegt noch immer im Halbschlaf, aber sie ist diejenige, die die Monster aus dem Tartarus befreit und die Riesen herbeiruft. Porphyrion, dieser große Trottel von Anführer, den wir beim Wolfshaus bekämpft haben, der hat gesagt, er wolle sich in die Alte Welt zurückziehen – also nach Griechenland. Er will Gaia aufwecken und die Götter vernichten, indem er … Wie hat er das noch genannt? *… sie mit der Wurzel ausrottet.*«

Percy nickte nachdenklich. »Gaia war auch hier am Werk. Wir hatten schon selbst eine Begegnung mit Königin Lehmgesicht.«

Percy erzählte seinen Teil der Geschichte. Er erzählte, wie er im Wolfshaus aufgewacht war, ohne irgendeine Erinnerung außer an einen Namen – Annabeth.

Als sie das hörte, musste Annabeth sich alle Mühe geben, um nicht in Tränen auszubrechen. Percy erzählte ihnen, wie er mit Frank und Hazel nach Alaska gereist war – wie sie den Riesen Alcyoneus besiegt und den Todesgott Thanatos befreit hatten und dann mit dem verlorenen goldenen Adler des römischen Lagers zurückgekehrt waren, um einen Angriff der Riesen zurückzuschlagen.

Als Percy fertig war, stieß Jason einen bewundernden Pfiff aus. »Kein Wunder, dass sie dich zum Prätor gewählt haben.«

Octavian schnaubte. »Was bedeutet, dass wir jetzt drei Prätoren haben. Aber die Vorschriften sagen deutlich, dass es nur zwei geben darf.«

»Die gute Nachricht«, sagte Percy, »ist, dass Jason und ich beide einen höheren Rang innehaben als du. Also dürfen wir dir beide befehlen, die Klappe zu halten.«

Octavian wurde so lila wie ein römisches T-Shirt. Jason schlug mit seiner Faust gegen Percys.

Sogar Reyna brachte ein Lächeln zu Stande, obwohl ihre Augen düster dreinblickten.

»Wir werden das Problem des überzähligen Prätors später klären«, sagte sie. »Im Moment haben wir dringlichere Themen.«

»Ich trete gern für Jason zurück«, sagte Percy. »Ist doch nicht der Rede wert.«

»Nicht der Rede wert?« Octavian hätte sich fast verschluckt. »Das römische Prätorenamt *nicht der Rede wert*?«

Percy achtete nicht auf ihn, sondern wandte sich Jason zu. »Du bist der Bruder von Thalia Grace, oder? Ihr habt aber überhaupt keine Ähnlichkeit miteinander.«

»Ja, ist mir auch schon aufgefallen«, sagte Jason. »Egal, danke, dass du meinem Camp geholfen hast, während ich unterwegs war. Du hast verdammt viel geleistet.«

»Danke, gleichfalls«, sagte Percy.

Annabeth versetzte ihm einen Tritt gegen das Schienbein. Sie störte ja nur ungern eine beginnende Romanze, aber Reyna hatte Recht: Sie hatten dringlichere Dinge zu besprechen. »Wir wollten über die Große Weissagung reden. Die Römer scheinen die ja auch zu kennen.«

Reyna nickte. »Wir nennen sie die Weissagung der Sieben. Octavian, weißt du sie auswendig?«

»Natürlich«, sagte er. »Aber, Reyna …«

»Dann sag sie bitte auf. Auf Englisch, nicht auf Latein.«

Octavian seufzte. *»Dem Ruf werden folgen der Halbblute sieben. Die Welt wird sterben in Sturm oder Feuer …«*

»Ein letzter Atem ist zur Erfüllung des Eides geblieben«, fügte Annabeth hinzu. *»Und der Feind trägt Waffen zu des Todes Gemäuer.«*

Alle starrten sie an – außer Leo, der aus der Alufolie, in der Tacos gewesen waren, eine Windmühle konstruiert hatte und sie den vorüberhuschenden Windgeistern in den Weg hielt.

Annabeth wusste nicht, warum ihr diese Zeilen der Weissagung herausgerutscht waren. Sie hatte einfach nicht anders gekonnt.

Der große Junge, Frank, starrte sie voller Faszination an. »Bist du wirklich ein Kind der Min… ich meine, der Athene?«

»Ja«, sagte Annabeth und fühlte sich plötzlich angegriffen. »Wieso überrascht dich das so?«

Octavian schnaubte verächtlich. »Wenn du wirklich ein Kind der Göttin der *Weisheit* bist …«

»Das reicht jetzt«, fauchte Reyna. »Annabeth ist, was sie sagt. Sie ist in Frieden gekommen. Außerdem …« Sie bedachte Annabeth mit einem Blick voll widerstrebendem Respekt. »Percy hat nur Gutes über dich gesagt.«

Annabeth konnte die Untertöne in Reynas Stimme nicht sofort entschlüsseln. Percy schlug die Augen nieder und interessierte sich plötzlich sehr für seinen Cheeseburger.

Annabeths Gesicht glühte. O Götter … Reyna hatte ihr Glück bei Percy versucht. Das erklärte den Beiklang von Verbitterung, vielleicht sogar von Neid in ihren Worten. Percy hatte Annabeth ihr vorgezogen.

In diesem Moment verzieh Annabeth ihrem albernen Liebsten alles, was er jemals angerichtet hatte. Sie hätte ihn so gern umarmt, befahl sich aber, ruhig zu bleiben.

»Äh, danke«, sagte sie zu Reyna. »Jedenfalls wird jetzt ein Teil der Weissagung klar. Die Feinde, die Waffen zu des Todes Gemäuer tragen ... das sind Römer und Griechen. Wir müssen uns zusammentun, um das Tor in diesem Gemäuer zu finden.«

Hazel, das Mädchen mit dem Kavalleriehelm und den langen lockigen Haaren, hob etwas auf, das neben ihrem Teller gelegen hatte. Es sah aus wie ein riesiger Rubin, aber ehe Annabeth es genauer ansehen konnte, ließ Hazel es in der Tasche ihres Jeanshemdes verschwinden.

»Mein Bruder Nico hat sich auf die Suche danach gemacht«, sagte sie.

»Warte mal«, sagte Annabeth. »Nico di Angelo? Der ist dein Bruder?«

Hazel nickte, als ob das selbstverständlich wäre. Ein Dutzend weitere Fragen wirbelte Annabeth durch den Kopf, aber darin drehte sich ohnehin schon alles so wie Leos Windmühle. Sie beschloss, die Sache auf sich beruhen zu lassen. »Okay. Und weiter?«

»Er ist verschwunden«, Hazel feuchtete sich die Lippen an. »Ich fürchte ... Ich bin nicht sicher, aber ich glaube, ihm ist etwas zugestoßen.«

»Wir werden ihn suchen«, versprach Percy. »Wir müssen ja ohnehin die Tore des Todes ausfindig machen. Thanatos hat uns gesagt, dass wir beide Antworten in Rom finden – dem eigentlichen Rom. Das liegt doch auf dem Weg nach Griechenland, oder?«

»Das hat Thanatos euch gesagt?« Annabeth versuchte, sich mit dieser Vorstellung anzufreunden. »Der Todesgott?«

Ihr waren schon viele Götter begegnet. Sie war sogar in der Unterwelt gewesen, aber Percys Bericht, wie sie den Inbegriff des Todes befreit hatten, verpasste ihr eine Gänsehaut.

Percy biss in seinen Burger. »Jetzt, da der Tod frei ist, werden Monster wieder zerfallen und in den Tartarus zurückkehren, so wie früher. Aber solange die Tore des Todes offen stehen, werden sie immer wieder zurückkommen.«

Piper spielte an der Feder in ihren Haaren. »Wie Wasser, das durch einen Damm sickert«, sagte sie.

»Ja«, sagte Percy. »Wir haben ein ver-Damm-tes Problem.«

»Was?«, fragte Piper.

»Nichts«, sagte er. »Insiderwitz. Entscheidend ist, dass wir die Tore finden und schließen müssen, ehe wir nach Griechenland aufbrechen können. Das ist unsere einzige Chance, die Giganten zu besiegen und dafür zu sorgen, dass sie auch besiegt bleiben.«

Reyna nahm sich einen Apfel aus einer vorüberschwebenden Obstschale. Sie drehte ihn in ihren Fingern und betrachtete die dunkelrote Oberfläche. »Ihr wollt mit eurem Kriegsschiff nach Griechenland fahren? Euch ist doch klar, dass die Alte Welt – und das Mare Nostrum – gefährlich sind?«

»Was für ein Mare Monster?«, fragte Leo.

»Das Mare Nostrum«, erklärte Jason. »Unser Meer. So haben die alten Römer das Mittelmeer genannt.«

Reyna nickte. »Das Gebiet, das einst das Römische Reich war, ist nicht nur der Geburtsort der Götter. Es ist auch die ursprüngliche Heimat der Monster, Titanen und Riesen … und noch schlimmerer Dinge. Reisen für Halbgötter ist hier in Amerika schon gefährlich genug, aber dort ist es noch zehnmal schlimmer.«

»Du hast auch gesagt, Alaska wäre schlimm«, sagte Percy mahnend. »Und das haben wir überlebt.«

Reyna schüttelte den Kopf. Ihre Fingernägel bohrten kleine Halbmonde in den Apfel, als sie ihn umdrehte. »Percy, eine Reise auf dem Mittelmeer ist eine ganz andere Liga. Es war für römische Halbgötter viele Jahrhunderte lang verbotenes Terrain. Kein Held, der bei klarem Verstand ist, würde sich dort blickenlassen.«

»Dann sind wir genau die Richtigen«, Leo grinste über seine Windmühle hinweg. »Denn wir sind doch alle verrückt, oder? Außerdem ist die Argo II ein supertolles Kriegsschiff. Sie wird uns da rausholen.«

»Wir müssen uns beeilen«, fügte Jason hinzu. »Ich weiß nicht genau, was die Giganten vorhaben, aber Gaia kommt immer mehr zu sich. Sie dringt in Träume ein, erscheint an seltsamen Orten, ruft immer mächtigere Ungeheuer zusammen. Wir müssen die Giganten stoppen, ehe sie sie vollständig aufwecken.«

Annabeth bekam eine Gänsehaut. Sie hatte in letzter Zeit schon genug eigene Albträume.

»Dem Ruf werden folgen der Halbblute sieben«, sagte sie. »Und sie müssen aus beiden Camps kommen. Jason, Piper, Leo und ich. Das sind vier.«

»Und ich«, sagte Percy. »Dazu Hazel und Frank. Macht sieben.«

»Was?« Octavian sprang von seiner Liege. »Das sollen wir einfach so hinnehmen? Ohne Abstimmung im Senat? Ohne richtige Diskussion? Ohne …«

»Percy!« Tyson, der Zyklop, kam dicht gefolgt von Mrs O'Leary auf sie zugesprungen. Auf dem Rücken des Höllenhundes saß die magerste Harpyie, die Annabeth jemals gesehen hatte – ein kränklich aussehendes Mädchen mit roten Haaren, einem Kleid aus Sackleinen und rot gefiederten Flügeln.

Annabeth wusste nicht, woher die Harpyie stammte, aber es wärmte ihr das Herz, Tyson in zerfetztem Flanell und Jeansstoff mit dem umgekehrten SPQR-Schriftzug auf dem Banner über seiner

Brust zu sehen. Sie hatte ziemlich schlechte Erfahrungen mit Zyklopen, aber Tyson war ein ganz liebes Exemplar. Außerdem war er Percys Halbbruder (lange Geschichte) und deshalb gehörte er fast zur Familie.

Tyson blieb neben ihrer Liege stehen und rang seine kräftigen Hände. Sein großes braunes Auge war voller Sorge. »Ella hat Angst«, sagte er.

»K…k…keine Boote mehr«, murmelte die Harpyie vor sich hin und zupfte fieberhaft an ihren Federn. »*Titanic, Lusitania, Pax.* Ella hat Angst«, sagte sie.

Leo kniff die Augen zusammen. Er sah Hazel an. »Hat diese kleine Henne eben mein Schiff mit der *Titanic* verglichen?«

»Sie ist keine Henne.« Hazel wandte sich ab, als ob Leo sie nervös machte. »Ella ist eine Harpyie. Sie ist nur eine bisschen … aufgekratzt.«

»Ella ist hübsch«, sagte Tyson. »Und hat Angst. Wir müssen sie wegbringen, aber sie will nicht auf das Schiff.«

»Kein Schiff«, sagte Ella noch einmal. Sie sah Annabeth ins Gesicht. »Nur Pech. Da ist sie: *Die Tochter der Weisheit geht allein* …«

»Ella!« Frank war aufgesprungen. »Vielleicht ist das nicht der richtige Moment …«

»Athenes Zeichen in Rom brennt sich ein«, fuhr Ella fort, hielt sich die Ohren zu und wurde lauter. *»Engelsodem die Zwillinge aushauchen, um die Schlüssel zum ewigen Tod zu gebrauchen. Der Fluch der Giganten steht golden und bleich, in Schmerz gewonnen aus gewebtem Reich.«*

Es war, als hätte jemand eine Leuchtgranate auf den Tisch fallen lassen. Alle starrten die Harpyie an. Niemand sagte etwas. Annabeths Herz hämmerte. *Athenes Zeichen* … Sie widerstand dem Drang, in ihrer Tasche nachzusehen, aber sie konnte spüren, wie die Silbermünze wärmer wurde – die verfluchte Gabe ihrer Mutter. *Folge dem Zeichen der Athene. Räche mich.*

Um sie herum ging der Lärm des Festmahls weiter, aber gedämpft und fern, als ob ihre kleine Gruppe von den Ruheliegen in eine ruhigere Dimension geglitten wäre.

Percy fasste sich als Erster. Er stand auf und nahm Tyson am Arm.

»Ich habe eine Idee!«, sagte er mit gespielter Begeisterung. »Wie wäre es, mit Ella ein bisschen frische Luft zu schnappen? Du und Mrs O'Leary …«

»Moment mal.« Octavian packte einen seiner Teddybären und würgte ihn mit zitternden Händen. Sein Blick haftete an Ella. »Was hat sie da gesagt? Das klang wie …«

»Ella liest sehr viel«, sagte Frank eilig. »Wir haben sie in einer Bücherei gefunden.«

»Ja«, sagte Hazel. »Sicher hat sie das irgendwo in einem Buch gelesen.«

»Bücher«, murmelte Ella hilfsbereit. »Ella mag Bücher.«

Jetzt, da sie ihren Spruch aufgesagt hatte, wirkte die Harpyie viel entspannter. Sie saß im Schneidersitz auf Mrs O'Learys Rücken und putzte ihre Flügel.

Annabeth sah Percy neugierig an. Offenbar hatten er und Frank und Hazel etwas zu verbergen. Und offenbar hatte Ella eine Weissagung aufgesagt – eine Weissagung, die Annabeth betraf.

Percys Gesicht sagte *Hilfe.*

»Das war eine Weissagung«, erklärte Octavian störrisch. »Das klang wie eine Weissagung.«

Niemand sagte etwas.

Annabeth wusste nicht so recht, was hier vor sich ging, aber ihr war klar, dass Percy große Probleme bekommen könnte.

Sie zwang sich zu einem Lachen. »Wirklich, Octavian? Vielleicht sind Harpyien hier, bei den Römern, ja anders, aber unsere sind gerade intelligent genug, um Hütten zu putzen und Essen zu kochen. Sagen eure häufiger die Zukunft voraus? Befragst du sie für deine Augurien?«

Ihre Worte hatten die ersehnte Wirkung. Die römischen Offiziere lachten nervös. Jemand musterte Ella, sah dann Octavian an und schnaubte. Die Vorstellung, so eine kleine Henne könne Weissagungen äußern, war für die Römer offenbar ebenso lachhaft wie für die Griechen.

»Ich, äh …« Octavian ließ seinen Teddybären fallen.

»Sie sagt nur irgendwelche Zeilen aus einem Buch auf«, sagte Annabeth. »Wie Hazel vermutet hat. Außerdem haben wir schon eine echte Weissagung, über die wir uns Sorgen machen können.«

Sie wandte sich Tyson zu. »Percy hat Recht. Geh doch einfach mit Ella und Mrs O'Leary auf eine kleine Schattenreise. Wäre Ella das recht?«

»Große Hunde sind gut«, sagte Ella. »*Sein Freund Jello*, 1957, Drehbuch von Fred Gipson und William Tunberg.«

Annabeth wusste nicht so genau, was sie von dieser Antwort halten sollte, aber Percy lächelte, als sei das Problem damit gelöst.

»Super«, sagte Percy. »Wir schicken euch eine Iris-Botschaft, wenn wir fertig sind, und stoßen dann zu euch.«

Die Römer sahen Reyna an und warteten auf ihre Entscheidung. Annabeth hielt den Atem an.

Reyna hatte ein hervorragendes Pokergesicht. Sie musterte Ella, aber Annabeth konnte ihre Gedanken nicht erraten.

»Schön«, sagte die Prätorin endlich. »Geht.«

»Jay!« Tyson lief um die Ruheliegen herum und umarmte alle

energisch – sogar Octavian, der darüber nicht gerade glücklich aussah. Dann kletterte er mit Ella auf Mrs O'Learys Rücken und der Höllenhund rannte vom Forum. Die drei tauchten in den Schatten des Senatsgebäudes und waren verschwunden.

»Nun gut.« Reyna legte den ungegessenen Apfel weg. »Octavian hat in einem Punkt Recht. Wir brauchen die Zustimmung des Senats, bevor wir unsere Legionäre auf einen Einsatz ziehen lassen können – vor allem auf einen so gefährlichen, wie ihr hier andeutet.«

»Das Ganze stinkt doch nach Verrat«, knurrte Octavian. »Diese Triere ist ein Kriegsschiff.«

»Komm an Bord, Mann«, bot Leo an. »Ich führ dich rum. Du darfst mal am Steuerrad drehen, und wenn du das richtig gut machst, kriegst du eine Kapitänsmütze aus Papier.«

Octavian blähte die Nasenflügel. »Wie kannst du es wagen …«

»Das ist eine gute Idee«, sagte Reyna. »Octavian, geh und sieh dir das Schiff an. Der Senat tritt dann in einer Stunde zusammen.«

»Aber …« Octavian unterbrach sich. Offenbar konnte er Reyna ansehen, dass weiterer Widerspruch nicht gut für seine Gesundheit wäre. »Schön.«

Leo stand auf. Er drehte sich zu Annabeth um und sein Lächeln veränderte sich plötzlich. Es ging so schnell, dass Annabeth glaubte, es sich nur eingebildet zu haben, aber für einen kurzen Moment schien jemand anders an Leos Stelle zu stehen und mit einem grausamen Funkeln in den Augen kalt zu lächeln. Dann blinzelte Annabeth und da stand wieder der gute alte Leo mit seinem üblichen Koboldgrinsen.

»Bin bald wieder da«, versprach er. »Das wird großartig.«

Eine furchtbare Kälte überkam Annabeth. Als Leo und Octavian auf die Strickleiter zuliefen, hätte sie sie fast zurückgerufen – aber wie hätte sie das erklären sollen? Allen sagen, dass sie verrückt wurde, Dinge sah und Kälte spürte?

Die Windgeister fingen an, das Geschirr einzusammeln.

»Äh, Reyna«, sagte Jason. »Wenn du nichts dagegen hast, würde ich Piper vor der Senatsversammlung gern herumführen. Sie war doch noch nie in Neu-Rom.«

Reynas Ausdruck verhärtete sich.

Annabeth begriff nicht, wie Jason so dumm sein konnte. War ihm denn wirklich nicht klar, wie sehr Reyna ihn mochte? Für Annabeth lag das auf der Hand. Sie zu fragen, ob er seiner neuen Freundin Reynas Stadt zeigen dürfe, bedeutete doch, Salz in die Wunde zu streuen.

»Natürlich«, sagte Reyna mit kalter Stimme.

Percy nahm Annabeths Hand. »Ja, also, ich auch, ich würde Annabeth gern zeigen …«

»Nein«, fauchte Reyna.

Percy runzelte die Stirn. »Bitte?«

»Ich möchte kurz mit Annabeth reden«, sagte Reyna. »Allein. Wenn du nichts dagegen hast, mein Mit-Prätor.«

Ihr Tonfall stellte klar, dass sie nicht um Erlaubnis bat.

Die Kälte wanderte Annabeths Rücken hinunter. Sie hätte gern gewusst, was Reyna vorhatte. Vielleicht passte es der Prätorin nicht, dass gleich zwei Jungen ihre Freundinnen durch die Stadt führen wollten. Oder vielleicht wollte sie ihr wirklich etwas unter vier Augen sagen. Jedenfalls hatte Annabeth keine große Lust, mit der römischen Anführerin unbewaffnet und allein zurückgelassen zu werden.

»Komm, Tochter der Athene«, Reyna erhob sich von ihrem Lager. »Gehen wir.«

IV

Annabeth

Annabeth hätte Neu-Rom gern gehasst. Aber als angehende Architektin musste sie die Terrassengärten, die Springbrunnen und Tempel, die verschlungenen Pflasterstraßen und die leuchtenden weißen Villen einfach bewundern. Nach dem Titanenkrieg des vergangenen Sommers hatte sich ihr Traum erfüllt, Paläste für den Olymp zu entwerfen. Während sie durch diese Miniaturstadt ging, dachte sie immer wieder: *Ich hätte so eine Kuppel bauen sollen. Ich finde es wunderschön, wie diese Säulen in den Innenhof führen.* Wer immer Neu-Rom entworfen hatte, hatte eine Menge Zeit und Liebe in dieses Projekt investiert.

»Wir haben die besten Architekten und Baumeister auf der ganzen Welt«, sagte Reyna, als hätte sie ihre Gedanken gelesen. »Das war in Rom schon immer so. Viele Halbgötter bleiben hier, wenn sie ihre Zeit als Legionäre hinter sich haben. Sie besuchen unsere Universität. Sie gründen Familien. Percy schien das interessant zu finden.«

Annabeth fragte sich, was das wohl bedeuten sollte. Sicher hatte sie wütend die Stirn gerunzelt, denn nun lachte Reyna.

»Du bist wirklich eine Kriegerin«, sagte die Prätorin. »Du hast Feuer in den Augen.«

»Tut mir leid.« Annabeth versuchte, nicht ganz so wütend zu starren.

»Nicht nötig. Ich bin die Tochter der Bellona.«

»Römische Kriegsgöttin?«

Reyna nickte. Sie drehte sich um und pfiff wie nach einem Taxi. Gleich darauf kamen zwei Metallhunde auf sie zugerast – Automaton-Windhunde, einer silbern und der anderen golden. Sie rieben sich an Reynas Beinen und starrten Annabeth aus funkelnden Rubinaugen an.

»Meine Schoßhunde«, erklärte Reyna. »Aurum und Argentum. Du hast doch nichts dagegen, wenn sie uns begleiten?«

Wieder hatte Annabeth den Eindruck, dass das eigentlich keine Frage war. Sie sah, dass die Windhunde Zähne wie stählerne Pfeilspitzen hatten. Okay. Waffen waren in der Stadt nicht gestattet, aber Reynas Schoßhunde könnten sie trotzdem in Fetzen reißen.

Reyna ging mit ihr zu einem Straßencafé, wo der Kellner sie offenbar kannte. Er lächelte und reichte ihr einen Pappbecher, dann bot er auch Annabeth einen an.

»Möchtest du?«, fragte Reyna. »Sie machen hier wunderbare heiße Schokolade. Nicht gerade ein römisches Getränk …«

»Aber Schokolade ist international«, sagte Annabeth.

»Genau.«

Es war ein warmer Juninachmittag, doch Annabeth nahm den Becher dankend an. Die beiden Mädchen gingen weiter und Reynas Gold- und Silberhund hielten sich in ihrer Nähe.

»In unserem Camp«, sagte Reyna, »heißt Athene Minerva. Weißt du, worin sich ihre römische Gestalt von der griechischen unterscheidet?«

Annabeth hatte sich das noch nicht richtig überlegt. Ihr fiel ein, wie Terminus Minerva *diese* Göttin genannt hatte, als ob sie ein Skandal wäre. Octavian hatte geklungen, als sei Annabeths bloße Existenz schon eine Schande.

»Ich vermute, Minerva wird … äh, hier nicht ganz so geachtet?«

Reyna blies in ihren Becher. »Wir achten Minerva durchaus. Sie ist die Göttin des Handwerks und der Weisheit … aber sie ist eben keine echte Kriegsgöttin. Nicht für die Römer. Sie ist zudem eine jungfräuliche Göttin, wie Diana … die ihr Artemis nennt. Du wirst hier keine Kinder der Minerva finden. Die Vorstellung, dass Minerva Kinder haben könnte – ehrlich, die ist ein kleiner Schock für uns.«

»Ach.« Annabeth merkte, wie ihr Gesicht rot anlief. Sie wollte nicht ins Detail gehen, was Athenes Kinder betraf – dass sie aus dem Geist der Göttin geboren wurden, so wie Athene der Stirn des Zeus entsprungen war. Bei diesem Thema fühlte Annabeth sich immer komisch, wie eine Art Missgeburt. Sie wurde oft gefragt, ob sie einen Bauchnabel habe oder nicht, wo sie doch auf magische Weise geboren worden war. Natürlich hatte sie einen Bauchnabel. Sie konnte nicht erklären, warum. Sie wollte das auch gar nicht wissen.

»Ich weiß ja, dass ihr Griechen das nicht so seht«, sagte Reyna jetzt. »Aber die Römer nehmen das Gelübde der Jungfräulichkeit sehr ernst. Die Vestalischen Jungfrauen zum Beispiel … Wenn sie sich in jemanden verliebten und ihre Gelübde brachen, wurden sie lebendig begraben. Deshalb ist die Vorstellung, dass eine jungfräuliche Göttin Kinder haben könnte …«

»Schon verstanden.« Annabeths heiße Schokolade schmeckte plötzlich nach Staub. Kein Wunder, dass die Römer sie so seltsam angesehen hatten. »Mich dürfte es gar nicht geben. Und wenn es in eurem Camp trotzdem Kinder der Minerva gäbe …«

»Dann wären sie nicht so wie du«, sagte Reyna. »Sie wären vielleicht Handwerker, Künstler, vielleicht auch Ratgeber, aber keine Krieger. Keine Anführer gefährlicher Einsätze.«

Annabeth wollte schon einwenden, dass sie bei diesem Einsatz nicht die Anführerin war. Nicht offiziell. Aber sie wusste nicht, ob ihre Freunde auf der Argo II ihr da zustimmen würden. In den vergangenen Tagen hatten sie immer Befehle von ihr erwartet – sogar Jason, der doch als Sohn des Jupiter auf seinen Rang pochen könnte, und Trainer Hedge, der sich von niemandem etwas sagen ließ.

»Das ist noch nicht alles«, Reyna schnippte mit den Fingern und der goldene Hund Aurum kam angelaufen. Die Prätorin streichelte seine Ohren. »Die Harpyie Ella ... das war doch eine Weissagung. Das wissen wir beide, oder?«

Annabeth schluckte. Etwas an Aurums Rubinaugen machte sie nervös. Sie hatte gehört, Hunde könnten Angst wittern, könnten Veränderungen im Atem und Herzschlag eines Menschen bemerken. Sie wusste nicht, ob das auch auf magische Metallhunde zutraf, aber sie beschloss, dass es besser war, die Wahrheit zu sagen.

»Es hat sich angehört wie eine Weissagung«, gab sie zu. »Aber ich bin Ella heute zum ersten Mal begegnet und diese Zeilen habe ich auch noch nie gehört.«

»Ich schon«, murmelte Reyna. »Teilweise jedenfalls.«

Einige Meter weiter bellte der Silberhund. Eine Gruppe von Kindern kam aus einer Nebenstraße gerannt und sammelte sich um Argentum, streichelte den Hund und lachte, unbeeindruckt von seinen rasierklingenscharfen Zähnen.

»Lass uns weitergehen«, sagte Reyna. Sie folgten dem Weg, der sich den Hang hochschlängelte. Die Windhunde kamen hinterher, die Kinder blieben zurück. Annabeth schaute immer wieder in Reynas Gesicht. Eine vage Erinnerung regte sich – wie Reyna sich die Haare hinter die Ohren strich, ihr Silberring, der eine Fackel und ein Schwert zeigte …

»Wir sind uns schon einmal begegnet«, sagte Annabeth vorsichtig. »Du warst jünger, glaube ich.«

Reyna lächelte trocken. »Sehr gut. Percy konnte sich nicht an mich erinnern. Natürlich habt ihr vor allem mit meiner älteren Schwester Hylla gesprochen, die jetzt die Königin der Amazonen ist. Sie hat uns heute Morgen verlassen, vor eurem Eintreffen. Bei unserer letzten Begegnung war ich eine bescheidene Dienerin im Haus der Circe.«

»Circe …« Annabeth dachte an ihren Besuch auf der Insel der Zauberin. Sie war damals dreizehn gewesen. Sie und Percy waren im Meer der Ungeheuer an Land getrieben worden und Hylla hatte sie willkommen geheißen. Sie hatte Annabeth geholfen, sich zu waschen, hatte ihr ein schönes neues Kleid und eine komplette kosmetische Behandlung spendiert. Dann hatte Circe ihr ein Angebot gemacht: Wenn Annabeth auf der Insel bliebe, würde sie eine Zauberlehre machen können und unvorstellbare Macht erlangen. Annabeth war in Versuchung gewesen, zumindest ein wenig, bis ihr aufging, dass sie in eine Falle gegangen und Percy in ein Nagetier verwandelt worden war. (Im Nachhinein kam ihr das witzig vor, aber damals war es entsetzlich gewesen.) Und was Reyna betraf … Sie war eine der Zofen gewesen, die Annabeths Haare gekämmt hatten.

»Du?«, sagte Annabeth überrascht. »Und Hylla ist Königin der Amazonen? Wie seid ihr zwei …«

»Lange Geschichte«, sagte Reyna. »Aber ich kann mich gut an dich erinnern. Ich hatte noch nie erlebt, dass jemand Circes Gastfreundschaft abgelehnt und sie dann sogar ausgetrickst hat. Kein Wunder, dass du Percy so wichtig bist.«

Ihre Stimme klang sehnsüchtig. Annabeth hielt es für klüger, nicht darauf einzugehen.

Sie kamen oben auf dem Hügel an, wo eine Aussichtsterrasse einen Blick auf das ganze Tal bot.

»Das ist meine Lieblingsstelle«, sagte Reyna. »Der Garten des Bacchus.«

Traubenspaliere bildeten über ihnen einen Baldachin. Bienen summten durch Klee und Jasmin, die die Nachmittagsluft mit einem schwindelerregenden Gemisch aus Düften füllten. In der Mitte der Terrasse stand eine Statue des Bacchus in einer Art Ballettposition, er trug nur einen Lendenschurz. Seine Wangen waren aufgeblasen und durch die gespitzten Lippen spie er Wasser in einen Brunnen.

Trotz ihrer Sorgen musste Annabeth fast lachen. Sie kannte diesen Gott in seiner griechischen Gestalt als Dionysos – oder Mr D, wie sie ihn im Camp Half-Blood nannten. Ihren ewig übellaunigen alten Campdirektor hier in Stein zu sehen, in eine Windel gewickelt, während er Wasser spie, versetzte sie in eine etwas bessere Laune.

Reyna blieb am Rand der Terrasse stehen. Der Ausblick war die Kletterpartie wert. Die ganze Stadt breitete sich unter ihnen aus wie ein dreidimensionales Mosaik. Im Süden hinter dem See ragten auf einem Hügel etliche Tempel auf. Im Norden zog sich ein Aquädukt zu den Berkeley Hills hin. Arbeitsmannschaften reparierten einen zerbrochenen Teil, der sicher bei der Schlacht zu Schaden gekommen war.

»Ich wollte es von dir hören«, sagte Reyna.

Annabeth drehte sich um. »Was denn?«

»Die Wahrheit«, sagte Reyna. »Überzeuge mich davon, dass ich keinen Fehler begehe, wenn ich euch vertraue. Erzähle mir von dir. Erzähle mir von Camp Half-Blood. Deine Freundin Piper hat Zauberkraft in ihrer Stimme. Ich war lange genug bei Circe, um Charmesprech zu erkennen. Ihren Worten kann ich kein Vertrauen schenken. Und Jason … na, der hat sich verändert. Er scheint so weit weg, gar nicht mehr richtig römisch.«

Die Verletztheit in ihrer Stimme war scharf wie zerbrochenes Glas. Annabeth hätte gern gewusst, ob auch sie so geklungen hatte in den vielen Monaten der Suche nach Percy. Wenigstens hatte sie ihren Freund wiedergefunden. Reyna hatte niemanden. Sie musste das Camp ganz allein leiten. Annabeth spürte, dass Reyna von Jason geliebt werden wollte, aber Jason war verschwunden und dann mit einer neuen Freundin zurückgekehrt. Percy war derweil zum Prätor aufgestiegen, aber auch er hatte Reyna abgewiesen. Jetzt war Annabeth gekommen, um ihn mitzunehmen. Reyna würde wieder allein sein und die Aufgaben von zwei Personen auf sich nehmen müssen.

Als Annabeth im Camp Jupiter angekommen war, war sie darauf vorbereitet gewesen, mit Reyna zu verhandeln oder vielleicht sogar gegen sie zu kämpfen. Sie war nicht darauf vorbereitet gewesen, dass Reyna ihr leidtun würde.

Sie behielt diese Empfindung für sich. Reyna wirkte durchaus nicht wie eine, die sich über Mitleid freuen würde.

Stattdessen erzählte sie Reyna von ihrem eigenen Leben. Sie beschrieb ihren Dad und ihre Stiefmutter und die beiden Halbbrüder in San Francisco, und dass sie sich in ihrer Familie vorgekommen war wie eine Fremde. Sie erzählte, dass sie mit nur sieben Jahren weggelaufen war und Luke und Thalia kennengelernt hatte und schließlich im Camp Half-Blood auf Long Island eingetroffen war.

Sie beschrieb das Camp und ihre Jahre dort. Sie erzählte, wie sie Percy kennengelernt hatte und welche Abenteuer sie gemeinsam bestanden hatten.

Reyna war eine gute Zuhörerin.

Annabeth fühlte sich versucht, ihr mehr über ihre aktuellen Probleme zu erzählen: ihren Streit mit ihrer Mom, die silberne Münze, die sie geschenkt bekommen hatte, und die Albträume – und über eine alte Angst, die sie dermaßen lähmte, dass sie sich fast gegen diesen Einsatz entschieden hätte. Aber so viel Offenheit brachte sie dann doch nicht über sich.

Als Annabeth fertig war, schaute Reyna hinab auf Neu-Rom. Ihre metallischen Windhunde schnupperten auf der Terrasse herum und schnappten nach den Bienen im Klee. Endlich zeigte Reyna auf die Gruppe von Tempeln auf dem Hügel in der Ferne.

»Das kleine rote Gebäude«, sagte sie, »da auf der Nordseite, das ist der Tempel meiner Mutter Bellona.« Reyna drehte sich zu Annabeth um. »Anders als deine Mutter hat Bellona kein griechisches Äquivalent. Sie ist durch und durch römisch. Sie ist die Göttin, die die Heimat schützt.«

Annabeth sagte nichts. Sie wusste nur sehr wenig über diese römische Göttin. Sie wünschte, sie hätte sich vorher informiert, aber Latein fiel ihr einfach nicht so leicht wie Griechisch. Dort unten leuchtete der Rumpf der Argo II, der wie ein riesiger Partyballon aus Bronze über dem Forum schwebte.

»Wenn die Römer in den Krieg ziehen«, sagte Reyna, »dann gehen sie zuerst in den Tempel der Bellona. Drinnen gibt es ein symbolisches Stück Boden, das die feindliche Erde symbolisiert. Wir bohren einen Speer in diesen Boden, um klarzustellen, dass wir uns jetzt im Krieg befinden. Verstehst du, die Römer haben den

Angriff immer für die beste Verteidigung gehalten. Wenn unsere Vorfahren sich in den alten Zeiten von ihren Nachbarn bedroht fühlten, marschierten sie dort ein, um sich selbst zu schützen.«

»Sie haben alles um sich herum erobert«, sagte Annabeth. »Karthago, Gallien …«

»Und Griechenland.« Reyna schwieg nach diesem Kommentar für einen Moment. »Was ich sagen will, Annabeth, ist, dass es nicht gerade Art der Römer ist, mit anderen Mächten zusammenzuarbeiten. Immer wenn griechische und römische Halbgötter aufeinandergestoßen sind, kam es zum Kampf. Konflikte zwischen uns haben einige der grausamsten Kriege in der Geschichte der Menschheit ausgelöst – vor allem Bürgerkriege.«

»Es muss aber nicht so sein«, sagte Annabeth. »Wir müssen zusammenarbeiten, sonst wird Gaia uns vernichten.«

»So sehe ich das auch«, sagte Reyna. »Aber ist eine Zusammenarbeit überhaupt möglich? Was, wenn Junos Plan nicht gut genug ist? Sogar Göttinnen können sich irren.«

Annabeth wartete darauf, dass Reyna vom Blitz getroffen oder in einen Pfau verwandelt würde. Nichts geschah.

Leider teilte Annabeth Reynas Zweifel. Hera irrte sich durchaus ab und zu. Annabeth hatte nichts als Ärger mit dieser arroganten Göttin gehabt, und sie würde ihr nie verzeihen, dass sie Percy entführt hatte, auch wenn das zu einem guten Zweck geschehen war.

»Ich hab auch kein Vertrauen zu dieser Göttin«, gab Annabeth zu. »Aber ich vertraue meinen Freunden. Das hier ist kein Trick, Reyna. Wir können wirklich zusammenarbeiten.«

Reyna trank den letzten Schluck von ihrer Schokolade. Sie stellte den Becher auf das Geländer der Terrasse und schaute über das Tal hinaus, als ob sie über Schlachtaufstellungen nachdachte.

»Ich glaube, dass dir das ernst ist«, sagte sie. »Aber wenn du in die Alte Welt fährst, vor allem nach Rom, dann musst du etwas über deine Mutter wissen.«

Annabeths Schultern spannten sich an. »Meine … meine Mutter?«

»Als ich auf Circes Insel gelebt habe«, sagte Reyna, »hatten wir viel Besuch. Einmal, vielleicht ein Jahr vor dir und Percy, wurde ein junger Mann angespült. Er war vor Durst und Hitze halb wahnsinnig. Er war seit Tagen auf dem Meer herumgetrieben. Was er sagte, ergab nicht viel Sinn, aber er behauptete, ein Sohn der Athene zu sein.«

Reyna legte eine Pause ein, als wartete sie auf eine Reaktion. Annabeth hatte keine Ahnung, wer dieser Junge gewesen sein mochte. Ihr war kein anderes Kind der Athene bekannt, das im Meer der Ungeheuer auf einem Einsatz gewesen war, aber sie verspürte trotzdem ein gewisses Grauen. Das Licht, das durch die Traubenranken gefiltert wurde, warf Schatten auf den Boden, die zitterten wie ein Insektenschwarm.

»Was ist aus diesem Halbgott geworden?«, fragte sie.

Reyna machte eine wegwerfende Handbewegung. »Natürlich hat Circe ihn in ein Meerschweinchen verwandelt. Er war ein ganz schön verrückter kleiner Nager. Aber davor hat er die ganze Zeit über seinen missglückten Einsatz gejammert. Er behauptete, in Rom gewesen zu sein, um dem Zeichen der Athene zu folgen.«

Annabeth packte das Geländer, um nicht aus dem Gleichgewicht zu geraten.

»Ja«, sagte Reyna, die ihr Unbehagen bemerkt hatte. »Er murmelte die ganze Zeit etwas über das *Kind der Weisheit*, über das *Zeichen der Athene* und über den *Fluch der Giganten, der golden und bleich dasteht.* Genau die Zeilen, die Ella aufgesagt hat. Aber du meinst, dass du sie vor dem heutigen Tag noch nie gehört hast?«

»Nicht so, wie Ella sie aufgesagt hat.« Annabeths Stimme war schwach. Sie log nicht. Sie hatte diese Weissagung noch nie gehört, aber ihre Mutter hatte ihr aufgetragen, dem Zeichen der Athene zu folgen, und als sie an die Münze in ihrer Tasche dachte, kam ihr ein entsetzlicher Verdacht. Sie dachte an die schneidenden Worte ihrer Mutter. Sie dachte an die seltsamen Albträume, die sie neuerdings hatte. »Hat dieser Halbgott … Hat er erklärt, worum es bei seinem Einsatz ging?«

Reyna schüttelte den Kopf. »Damals hatte ich keine Ahnung, wovon er redete. Viel später, als ich Prätorin von Camp Jupiter wurde, kam mir ein Verdacht …«

»Was denn für ein Verdacht?«

»Es gibt eine alte Sage, die die Prätoren von Camp Jupiter im Laufe der Jahrhunderte immer weitergereicht haben. Wenn sie zutrifft, könnte sie erklären, warum unsere beiden Gruppen von Halbgöttern niemals zusammengearbeitet haben. Es könnte sich um den Grund unserer Feindschaft handeln. Bis diese alte Rechnung endgültig beglichen ist, heißt es in der Sage, wird es zwischen Römern und Griechen niemals Frieden geben. Und bei der Sage geht es um Athen …«

Ein schrilles Geräusch zerfetzte die Luft. Grelles Licht loderte in Annabeths Augenwinkeln auf.

Sie drehte sich gerade noch rechtzeitig um, um zu sehen, wie eine Explosion einen neuen Krater in das Forum riss. Eine brennende Ruheliege wirbelte durch die Luft. Halbgötter rannten voller Panik auseinander.

»Giganten?« Annabeth griff nach ihrem Dolch, der natürlich nicht da war. »Ich dachte, ihre Armee sei besiegt!«

»Das sind keine Giganten«, Reynas Augen kochten vor Zorn. »Ihr habt unser Vertrauen verraten.«

»Was? Nein!«

Kaum hatte Annabeth das gesagt, da gab die Argo II eine weitere Salve ab. Ihr Heckkatapult feuerte einen riesigen Speer ab, der in Griechisches Feuer gehüllt war, durch die zerbrochene Kuppel des Senatsgebäudes flog und drinnen explodierte. Er erleuchtete das Haus wie einen ausgehöhlten Halloweenkürbis. Wenn jemand drinnen gewesen war …

»O Götter, nein!« Eine Welle der Übelkeit ließ Annabeths Knie fast nachgeben. »Reyna, das kann nicht sein. Das würden wir nie tun.«

Die Metallhunde rannten zu ihrer Herrin. Sie fauchten Annabeth an, sprangen aber unschlüssig hin und her, als ob sie sich nicht zum Angriff entscheiden könnten.

»Du sagst die Wahrheit«, beschloss Reyna. »Vielleicht hast du von diesem Verrat nichts gewusst, aber irgendjemand muss dafür bezahlen.«

Unten auf dem Forum breitete sich Chaos aus. Die vielen Menschen drängten in alle Richtungen. Prügeleien brachen aus.

»Blutvergießen«, sagte Reyna.

»Dem müssen wir ein Ende setzen!«

Annabeth hatte das schreckliche Gefühl, es könnte das letzte Mal sein, dass sie und Reyna jemals auf einer Seite standen, aber zusammen rannten sie nun den Hügel hinab.

Wenn in der Stadt Waffen gestattet gewesen wären, wären Annabeths Freunde bereits tot gewesen. Die römischen Halbgötter auf dem Forum hatten sich in einen wütenden Mob verwandelt. Einige bewarfen die Argo II mit Tellern, Essen und Steinen, aber das brachte nichts. Das meiste fiel wieder auf die Menge herab.

Mehrere Dutzend Römer hatten Piper und Jason umzingelt, die ohne besonderen Erfolg versuchten, sie zu beruhigen. Pipers Charmesprech konnte gegen so viele kreischende, wütende Halbgötter nichts ausrichten. Jason blutete an der Stirn. Sein lila Umhang war in Fetzen gerissen worden. Immer wieder beteuerte er: »Ich bin doch auf eurer Seite«, aber sein orangefarbenes T-Shirt aus Camp Half-Blood machte die Sache nicht besser – und auch das Kriegsschiff über ihnen nicht, das Neu-Rom mit flammenden Speeren beschoss. Einer landete in der Nähe und legte einen Togaladen in Schutt und Asche.

»Bei Plutos Schulterplatten«, fluchte Reyna. »Sieh mal!«

Bewaffnete Legionäre rannten auf das Forum zu. Zwei Artillerieabteilungen hatten unmittelbar vor der Demarkationslinie Katapulte aufgebaut und machten sich bereit zum Beschuss der Argo II.

»Das wird alles nur noch schlimmer machen«, sagte Annabeth.

»Ich hasse meinen Job«, knurrte Reyna. Sie stürzte mit ihren Hunden auf die Legionäre zu.

Percy, dachte Annabeth und suchte verzweifelt das Forum ab. *Wo bist du?*

Zwei Römer versuchten, sie zu packen. Sie wich aus und stürzte sich in die Menge. Als ob die wütenden Römer, die brennenden Ruheliegen und die explodierenden Gebäude nicht schon ausreichten, so schwebten nun auch noch Hunderte von violetten Geistern über das Forum, durchquerten einfach die Körper der Halbgötter und jammerten wild durcheinander. Auch die Faune machten sich das Chaos zu Nutze. Sie drängten sich um die Tische und schnappten sich Essen, Teller und Tassen. Einer trabte an Annabeth vorbei, die Arme voller Tacos und mit einer ganzen Ananas zwischen den Zähnen.

Eine Statue des Terminus explodierte unmittelbar vor Annabeth ins Dasein. Er brüllte sie auf Latein an und nannte sie bestimmt eine Lügnerin und Regelbrecherin, aber sie stieß die Statue um und rannte weiter.

Endlich entdeckte sie Percy. Er und seine Freunde Hazel und Frank standen mitten in einem Brunnen, während Percy die wütenden Römer mit Wassergüssen zurücktrieb. Percys Toga war zerfetzt, aber er sah unversehrt aus.

Annabeth rief seinen Namen, als eine weitere Explosion das Forum erschütterte. Diesmal leuchtete das grelle Licht direkt über ihr auf. Ein römisches Katapult war abgeschossen worden und die Argo II stöhnte und lehnte sich zur Seite, während Flammen aus dem mit Bronze verkleideten Rumpf schlugen.

Annabeth sah eine Gestalt, die sich verzweifelt an die Strickleiter klammerte und versuchte, nach unten zu klettern. Es war Octavian, seine Gewänder dampften und sein Gesicht war rußgeschwärzt.

Drüben beim Brunnen trieb Percy den römischen Mob mit immer neuen Wasserfontänen auseinander. Annabeth rannte auf ihn zu und wich dabei einer römischen Faust und einer Platte voller belegter Brote aus.

»Annabeth«, rief Percy. »Was …«

»Ich weiß nicht«, schrie sie.

»Ich kann es euch sagen«, ertönte eine Stimme von oben. Octavian war unten an der Leiter angekommen. »Die Griechen haben uns beschossen. Euer Freund Leo hat seine Waffen an Rom ausprobiert.«

Annabeths Brust füllte sich mit flüssigem Wasserstoff. Sie hatte das Gefühl, jeden Moment in eine Million Stücke zu zerspringen.

»Du lügst«, sagte sie. »Leo würde niemals ...«

»Ich war dabei«, kreischte Octavian. »Ich habe es mit meinen eigenen Augen gesehen!«

Die Argo II erwiderte das Feuer. Die Legionäre auf der Wiese liefen auseinander, als eins ihrer Katapulte zerschmettert wurde.

»Seht ihr?«, schrie Octavian. »Römer, tötet die Invasoren!«

Annabeth knurrte vor Frustration. Sie hatten keine Zeit, die Wahrheit herauszufinden. Die Mannschaft aus Camp Half-Blood war hundertfach in der Minderheit, und selbst wenn Octavian irgendeinen Trick angewandt hatte (was sie nicht für wahrscheinlich hielt), so würden sie die Römer niemals davon überzeugen können, ehe sie überwältigt und getötet worden wären.

»Wir müssen weg hier«, sagte sie zu Percy. »Und zwar sofort.«

Er nickte düster. »Hazel, Frank, ihr müsst euch entscheiden. Kommt ihr mit?«

Hazel sah restlos verängstigt aus, aber sie setzte ihren Kavalleriehelm auf. »Natürlich tun wir das. Aber ihr schafft es nie im Leben bis zum Schiff, wenn wir nicht erst mal Zeit schinden.«

»Wie denn?«, fragte Annabeth.

Hazel stieß einen Pfiff aus. Sofort jagte ein beigefarbener Umriss über das Forum. Ein prachtvolles Pferd materialisierte sich neben dem Brunnen. Hazel sprang auf seinen Rücken wie die geborene Reiterin. An den Sattel des Pferdes war ein römisches Kavallerieschwert geschnallt.

Hazel zog die goldene Klinge hervor. »Schickt mir eine Iris-Botschaft, wenn ihr heil entkommen seid, dann treffen wir uns!«, sagte sie. »Arion, lauf!«

Das Pferd schoss mit unglaublicher Geschwindigkeit durch die Menge, stieß Römer beiseite und verursachte eine Massenpanik.

Annabeth verspürte einen Funken Hoffnung. Vielleicht könnten sie ja doch lebend hier herauskommen. Dann hörte sie Jason über das halbe Forum hinweg rufen.

»Ihr Römer!«, rief er. »Bitte!«

Er und Piper wurden mit Tellern und Steinen beworfen. Jason versuchte Piper zu beschützen, aber ein Ziegel traf ihn über dem Auge. Er sackte in sich zusammen und die Menge drängte vorwärts.

»Zurück!«, schrie Piper. Ihr Charmesprech ergoss sich über die Meute und ließ sie zögern, aber Annabeth wusste, dass diese Wirkung nicht von Dauer sein würde. Percy und sie würden unmöglich rechtzeitig bei ihnen sein können.

»Frank«, sagte Percy. »Es liegt an dir. Kannst du ihnen helfen?«

Annabeth begriff nicht, wie Frank das ganz allein schaffen sollte, aber er schluckte nervös.

»O Götter«, murmelte er. »Klar, natürlich. Klettert ihr nach oben.«

Percy und Annabeth jagten zur Leiter. Octavian klammerte sich noch immer daran, aber Percy riss ihn weg und schleuderte ihn in die Menge.

Sie fingen an zu klettern, während bewaffnete Legionäre das Forum überfluteten. Pfeile pfiffen an Annabeths Kopf vorbei. Fast hätte eine Explosion sie von der Leiter geworfen. Auf halber Höhe hörte sie unten Gebrüll und schaute hinab.

Die Römer schrien und strömten auseinander, als ein ausgewachsener Drache durch das Forum stürmte – ein Untier, das noch beängstigender aussah als die bronzene Galionsfigur der Argo II. Er hatte runzlige graue Haut wie ein Komodowaran und ledrige Fledermausflügel. Pfeile und Steine prallten wirkungslos von ihm ab, als er auf Piper und Jason zutrottete, sie mit den Vorderklauen packte und in die Luft schleuderte.

»Ist das …?« Annabeth konnte diesen Gedanken nicht einmal in Worte kleiden.

»Frank«, bestätigte Percy ungefähr einen Meter über ihr. »Er besitzt einige besondere Talente.«

»Das ist wohl etwas untertrieben«, murmelte Annabeth. »Weiterklettern.«

Ohne den Drachen und Hazels Pferd, die die Bogenschützen ablenkten, hätten sie niemals die Leiter hochsteigen können, aber endlich kletterten sie an einer Reihe von zerbrochenen Luftrudern vorbei an Deck. Die Takelage brannte. Das Vorsegel war in der Mitte durchgerissen und das Schiff hatte böse Schlagseite nach Steuerbord.

Von Trainer Hedge war nichts zu sehen, aber Leo stand mittschiffs und lud in aller Ruhe das Katapult. Annabeths Innereien krampften sich vor Entsetzen zusammen.

»Leo!«, schrie sie. »Was machst du denn da?«

»Sie zerstören …« Er schaute Annabeth an. Seine Augen waren glasig. Er bewegte sich wie ein Roboter. »Sie alle zerstören.«

Er drehte sich zum Katapult um, aber Percy griff ihn an. Leos Kopf knallte auf das Deck und seine Augen verdrehten sich, bis nur noch das Weiße zu sehen war.

Der graue Drache tauchte neben ihnen auf. Er kreiste einmal um das Schiff, landete am Bug und setzte Jason und Piper ab, die beide zusammenbrachen.

»Los«, schrie Percy. »Bring uns hier raus!«

Mit einem Schock begriff Annabeth, dass sie gemeint war.

Sie rannte zum Steuerruder. Sie machte den Fehler, über die Reling zu blicken, und sah bewaffnete Legionäre, die im Forum ihre Reihen schlossen und brennende Pfeile vorbereiteten. Hazel jagte auf Arion aus der Stadt, gefolgt von einer wütenden Meute. Weitere Katapulte wurden in Schussweite gerollt. Überall an der Demarkationslinie leuchteten die Statuen des Terminus violett auf, als ob sie die Energie für einen Angriff sammelten.

Annabeth schaute hektisch die Steuerhebel an. Sie verfluchte Leo, der alles so kompliziert eingerichtet hatte. Keine Zeit für elegante Manöver, aber immerhin wusste sie ein grundlegendes Kommando: Nach oben.

Sie packte den Schubhebel und riss ihn nach hinten. Das Schiff stöhnte. Der Bug hob sich in einem beängstigenden Winkel. Die Vertäuungen rissen und die Argo II schoss in die Wolken.

V

Leo

Leo wünschte, er könnte eine Zeitmaschine erfinden. Er würde zwei Stunden zurückgehen und alles ungeschehen machen. Entweder das, oder er würde einen Haut-den-Leo-Apparat erfinden, um sich zu bestrafen, auch wenn er bezweifelte, dass das so wehtun würde wie der Blick, den Annabeth ihm jetzt zuwarf.

»Noch mal«, sagte sie. »Was genau ist passiert?«

Leo ließ sich gegen den Mast sinken. Sein Kopf schmerzte noch immer vom Sturz aufs Deck. Sein schönes neues Schiff war ein Trümmerhaufen. Die Armbrüste achtern waren Reisigstapel. Das Vorsegel war zerfetzt. Die Satellitenanlage für Internet und Fernsehen an Bord war in Stücke geschossen, was Trainer Hedge ziemlich in Wut versetzt hatte. Festus, der bronzene Galionsdrache, würgte Rauch aus wie Haarbälle, und Leo konnte dem Knacken auf Backbordseite entnehmen, dass einige Luftruder aus ihren Befestigungen gerissen oder ganz und gar abgebrochen waren. Das erklärte, warum das Schiff so schief und ruckartig flog und die Motoren wie eine asthmatische Dampflok keuchten.

Leo würgte ein Schluchzen hinunter. »Ich weiß nicht. Es ist alles so verschwommen.«

Zu viele Menschen sahen ihn an. Annabeth (Leo fand es schrecklich, sie wütend zu machen, er hatte Angst vor diesem Mädchen), Trainer Hedge mit seinen zottigen Bocksbeinen, seinem orangefarbenen Polohemd und einem Baseballschläger (musste er den wirklich überall mit sich herumschleppen?), und der Neuankömmling, Frank.

Leo wusste nicht so recht, was er von Frank halten sollte. Der Typ sah aus wie ein kleiner Sumoringer, aber Leo war nicht so blöd, das laut zu sagen. Leos Erinnerung war verschwommen, aber auch bei halbem Bewusstsein war er ziemlich sicher, dass er gesehen hatte, wie ein Drache auf dem Schiff gelandet war – ein Drache, der sich in Frank verwandelt hatte.

Annabeth verschränkte die Arme. »Du meinst, du kannst dich nicht erinnern?«

»Ich …« Leo hatte das Gefühl, eine Murmel verschlucken zu müssen. »Ich erinnere mich, aber es ist so, als ob ich mich selbst dabei beobachte. Ich konnte nichts dagegen tun.«

Trainer Hedge schlug mit dem Baseballschläger auf das Deck. In seinem Trainingsanzug, die Mütze über die Hörner gezogen, sah er aus wie damals in der Wüstenschule, wo er anonym ein Jahr als Jasons, Pipers und Leos Sportlehrer verbracht hatte. So, wie der alte Satyr ihn anstarrte, rechnete Leo fast damit, dass der Trainer ihn gleich Liegestütze machen lassen würde.

»Hör mal, Kleiner«, sagte Hedge. »Du hast da einiges hochgehen lassen. Du hast Römer angegriffen. Großartig. Hervorragend! Aber musstest du wirklich die Satellitensender ausschalten? Ich hab mir gerade ein Wrestlingturnier angesehen!«

»Trainer«, sagte Annabeth. »Könnten Sie mal nachsehen, ob alle Feuer gelöscht sind?«

»Das hab ich doch schon.«

»Machen Sie es noch mal.«

Der Satyr trottete davon und murmelte dabei vor sich hin. Nicht einmal Hedge war so verrückt, sich mit Annabeth anzulegen.

Sie kniete sich neben Leo. Ihre grauen Augen waren so stählern wie Kugellager. Ihre blonden Haare fielen offen auf ihre Schultern, aber Leo fand das kein bisschen attraktiv. Er hatte keine Ahnung, woher das Klischee der dämlichen kichernden Blondine kam. Seit er Annabeth im vergangenen Winter am Grand Canyon zum ersten Mal begegnet war, als sie mit diesem Gebt-Percy-Jackson-heraus-sonst-bring-ich-euch-um-Gesicht auf ihn zumarschiert war, kamen Blondinen Leo viel zu intelligent und gefährlich vor.

»Leo«, sagte sie gelassen. »Hat Octavian dich irgendwie ausgetrickst? Hat er dich angegriffen oder …«

»Nein.« Leo hätte lügen und alles diesem blöden Römer zuschieben können, aber er wollte die Sache nicht noch schlimmer machen. »Der Typ ist zwar ein Idiot, aber er hat das Camp nicht beschossen. Das war ich.«

Der neue Junge, Frank, runzelte die Stirn. »Mit Absicht?«

»Nein!« Leo kniff die Augen zu. »Na ja, doch … Ich meine, ich wollte das nicht. Aber zugleich hatte ich das Gefühl, dass ich es doch wollte. Etwas in mir hat mich dazu gebracht. Ich hatte so ein kaltes Gefühl in mir …«

»Ein kaltes Gefühl.« Annabeths Tonfall änderte sich. Sie klang fast … ängstlich.

»Ja«, sagte Leo. »Warum?«

Von unter Deck rief Percy: »Annabeth, wir brauchen dich!«

O Götter, dachte Leo. *Macht bitte, dass Jason nichts passiert ist.*

Sowie sie an Bord gekommen waren, hatte Piper Jason nach unten gebracht. Die Wunde auf seiner Stirn hatte ziemlich übel ausgesehen. Leo kannte Jason länger als alle anderen in Camp Half-Blood. Er war sein bester Freund. Wenn Jason nicht durchkam …

»Der kommt wieder in Ordnung.« Annabeths Gesicht wurde weicher. »Frank, ich bin gleich wieder da. Nur … pass auf Leo auf. Bitte.«

Frank nickte.

Hätte Leo sich noch mieser fühlen können, dann hätte er es getan. Annabeth vertraute jetzt einem römischen Halbgott, den sie seit ungefähr drei Sekunden kannte, mehr als Leo.

Als sie verschwunden war, starrten Leo und Frank einander an. Der große Dussel sah ziemlich komisch aus in einer Bettlakentoga über seinem grauen Kapuzenpullover und den Jeans, mit Pfeil und Bogen aus der Waffenkammer des Schiffes über seiner Schulter. Leo dachte daran, wie er den Jägerinnen der Artemis begegnet war – einer Bande aus attraktiven schlanken Mädchen in silberner Kleidung, alle mit Bögen bewaffnet. Er stellte sich Frank vor, wie er mit ihnen durch die Gegend tollte. Diese Vorstellung war so albern, dass er sich fast besser fühlte.

»Also«, sagte Frank. »Du heißt nicht Sammy?«

Leo sah ihn wütend an. »Was ist denn das für eine Frage?«

»Nur so«, sagte Frank eilig. »Ich dachte nur … nichts. Und diese Schüsse auf das Camp – Octavian könnte dahinterstecken, auf magische Weise oder so. Er wollte nicht, dass die Römer sich mit euch verständigen.«

Leo wollte das glauben. Er war diesem Jungen dankbar, weil er ihn nicht hasste. Aber er wusste, dass es nicht Octavian gewesen war. Leo war zum Katapult gegangen und hatte losgeballert. Ein Teil von ihm hatte gewusst, dass das nicht richtig war. Er hatte sich gefragt: *Was zum Henker mache ich hier eigentlich?* Aber er hatte es trotzdem getan.

Vielleicht wurde er gerade verrückt. Der Stress all dieser Monate, in denen er an der Argo II gearbeitet hatte, hatte ihn vielleicht endgültig um den Verstand gebracht.

»Hör mal«, sagte er. »Ich müsste mal mit Festus reden und mir einen Überblick über die Schäden verschaffen. Hast du was dagegen …?«

Frank half ihm beim Aufstehen. »Wer ist Festus?«

»Mein Freund«, sagte Leo. »Er heißt auch nicht Sammy, falls du das gedacht haben solltest. Komm mit. Ich stelle ihn dir vor.«

Zum Glück war der Bronzedrache unversehrt. Na ja, abgesehen von der Tatsache, dass er im vergangen Winter alles außer seinem Kopf verloren hatte – aber das zählte für Leo nicht mit.

Als sie am Bug ankamen, drehte sich die Galionsfigur um hundertachtzig Grad, um sie anzusehen. Frank quiekte und wich zurück.

»Der lebt ja!«, sagte er.

Leo hätte gelacht, wenn ihm nicht so elend zu Mute gewesen wäre. »Ja. Frank, das ist Festus. Er war mal ein vollständiger Bronzedrache, aber dann hatten wir einen Unfall.«

»Du hast ganz schön viele Unfälle«, sagte Frank.

»Na ja, manche können sich eben nicht in Drachen verwandeln und müssen ihre eigenen bauen.« Leo hob die Augenbrauen und sah Frank an. »Jedenfalls habe ich ihn als Galionsfigur wiederbelebt. Er ist jetzt sozusagen der wichtigste Kommunikationskanal des Schiffes. Wie sieht es aus, Festus?«

Festus schnaubte Rauch und stieß eine Serie von schrillen Summgeräuschen aus. In den vergangenen Monaten hatte Leo gelernt, diese Maschinensprache zu deuten. Andere Halbgötter verstanden vielleicht Latein und Griechisch, Leo konnte Krächz und Quiek. »Aha«, sagte Leo. »Könnte schlimmer sein, aber der Rumpf ist an mehreren Stellen schwer beschädigt. Die Backbordruder müssen repariert werden, ehe wir wieder mit voller Kraft fahren können. Wir brauchen Material für die Reparaturen: Himmlische Bronze, Teer, Kalk …«

»Wozu brauchst du denn Alk?«

»Dussel, Kalk! Kalziumkarbonat, wie in Zement und noch allerlei … ach, egal. Das Problem ist, dass dieses Schiff nicht weit kommen wird, wenn wir es nicht reparieren.«

Festus stieß ein Klick-Quiek-Geräusch aus, das Leo nicht erkannte. Es klang wie Ay-Zuhl.

»Ach, Hazel …«, vermutete er. »Das ist das Mädchen mit den Locken, oder?«

Frank würgte. »Ist ihr was passiert?«

»Nein, der geht's gut«, sagte Leo. »Festus sagt, dass das Pferd unter uns entlangjagt. Sie folgt uns.«

»Dann müssen wir landen«, sagte Frank.

Leo musterte ihn. »Ist sie deine Freundin?«

Frank biss sich auf die Lippe. »Ja.«

»Du klingst nicht gerade überzeugt.«

»Doch. Bestimmt. Ich bin überzeugt.«

Leo hob die Hände. »Schon gut. Das Problem ist, dass wir nur einmal landen können. Bei dem Zustand von Rumpf und Rudern könnten wir nicht wieder abheben, bis alles repariert ist, deshalb müssen wir irgendwo landen, wo wir alles finden, was wir brauchen.«

Frank kratzte sich am Kopf. »Woher bezieht man denn Himmlische Bronze? Die kann man ja wohl nicht im Baumarkt kaufen.«

»Festus, sieh mal nach.«

»Er kann magische Bronze finden?«, staunte Frank. »Gibt es auch etwas, das er nicht kann?«

Du hättest ihn mal sehen sollen, als er noch einen Körper hatte, dachte Leo. Aber das sagte er nicht. Es tat zu weh, daran zu denken, wie Festus gewesen war.

Leo schaute über den Bug. Das zentralkalifornische Tiefland zog unter ihnen dahin. Leo hatte nicht sehr viel Hoffnung, dass sie alles Notwendige an einem Ort finden könnten, aber sie mussten es versuchen. Außerdem wollte sich Leo so weit wie möglich von Neu-Rom entfernen. Die Argo II konnte durch ihren magischen Motor ziemlich schnell riesige Strecken zurücklegen, aber er ging davon aus, dass auch die Römer ihre magischen Reisemethoden hatten.

Hinter ihm ächzte die Treppe. Percy und Annabeth kamen mit düsteren Gesichtern zum Vorschein.

Leos Herz setzte aus. »Ist Jason …«

»Der ruht sich aus«, sagte Annabeth. »Piper kümmert sich um ihn, aber er wird sicher wieder.«

Percy sah Leo streng an. »Annabeth sagt, du hast die Schüsse wirklich selbst abgegeben?«

»Mann, ich … ich weiß nicht, wie das passieren konnte. Es tut mir so leid …«

»Leid?«, knurrte Percy.

Annabeth legte ihrem Freund eine Hand auf die Brust. »Wir klären das später. Im Moment müssen wir uns neu organisieren und einen Plan machen. Wie ist der Zustand des Schiffs?«

Leos Beine zitterten. Percys Blick löste in ihm dasselbe Gefühl aus wie Jason, wenn er Blitze befehligte. Leos Haut prickelte und jeder Instinkt in seinem Körper schrie: *Kopf einziehen!*

Er schilderte Annabeth die Schäden und was sie zur Reparatur brauchten. Er fühlte sich zumindest ein wenig besser, wenn er über etwas sprach, das sich wiedergutmachen ließ.

Er klagte noch über den Mangel an Himmlischer Bronze, als Festus wieder quiekte und brummte.

»Perfekt«, sagte Leo erleichtert.

»Was ist perfekt?«, fragte Annabeth. »Etwas *Perfektes* könnte ich jetzt wirklich brauchen.«

Leo brachte ein Lächeln zu Stande. »Alles, was wir benötigen, an einem Ort. Frank, kannst du mal eben zu einem Vogel werden oder so? Flieg nach unten und sag deiner Freundin, dass wir uns am Großen Salzsee in Utah treffen.«

Als sie dort ankamen, folgte keine sanfte Landung. Da die Ruder beschädigt und das Vorsegel zerfetzt waren, konnte Leo den Anflug kaum regulieren. Die anderen schnallten sich unter Deck an – abgesehen von Trainer Hedge, der unbedingt auf die Reling steigen wollte und brüllte: »JA! Komm schon, See!« Leo stand allein am Ruder und zielte, so gut er konnte.

Festus ächzte und stöhnte Warnsignale, die durch die Schiffsanlage am Achterdeck weitergegeben wurden.

»Ich weiß, ich weiß«, sagte Leo und knirschte mit den Zähnen.

Er hatte nicht viel Zeit, um sich die Gegend anzusehen. Im Südosten kauerte eine Stadt in den Vorläufern einer Bergkette, blau und lila im Schatten des Nachmittags. Eine flache Wüstenlandschaft breitete sich im Süden aus. Direkt unter ihnen glitzerte der Große Salzsee wie Alufolie, das Ufer war gefleckt von weißen Salzsümpfen, die Leo an Fotos vom Mars erinnerten.

»Festhalten, Trainer«, brüllte er. »Das tut jetzt weh!«

»Fürs Wehtun bin ich geboren!«

BUUUMM! Eine Woge aus Salzwasser spülte über den Bug und Trainer Hedge hinweg. Die Argo II bekam gefährlich Schlagseite, richtete sich dann aber auf und schwankte auf der Seeoberfläche hin und her. Die Motoren brummten, als die Luftruder sich dem Wasser anpassten.

Drei Reihen aus automatischen Rudern tauchten ins Wasser und bewegten sie vorwärts.

»Gut gemacht, Festus«, sagte Leo. »Bring uns zum Südufer.«

»Ja!« Trainer Hedge bohrte die Fäuste in die Luft. Er war von Horn bis Huf durchnässt, aber er grinste wie ein irrer Bock. »Noch mal!«

»Äh … später vielleicht«, sagte Leo. »Bleiben Sie einfach unter Deck, ja? Sie können Wache halten, falls … Sie wissen schon, falls der See uns angreift oder so.«

»Wird gemacht«, versprach Hedge.

Leo läutete die Entwarnungsglocke und lief zur Treppe. Ehe er dort ankam, erschütterte ein lautes Dröhnen den Rumpf. Ein brauner Hengst tauchte an Deck auf und auf seinem Rücken saß Hazel Levesque.

»Wie …« Leos Frage blieb ihm in der Kehle stecken. »Wir sind mitten auf einem See. Kann das Teil da fliegen?«

Das Pferd wieherte wütend.

»Arion kann nicht fliegen«, sagte Hazel, »aber er kann über alles hinwegrennen. Wasser, senkrechte Oberflächen, kleine Berge – das macht ihm alles nichts aus.«

»Ach.«

Hazel sah ihn seltsam an, wie schon auf dem Fest auf dem Forum – als suche sie in seinem Gesicht etwas. Er hätte gern gefragt, ob sie sich schon einmal begegnet waren, aber er war sicher, dass das nicht der Fall war. An so ein hübsches Mädchen, das sich für ihn interessierte, würde er sich erinnern. Es gab nicht viele davon.

Sie ist Franks Freundin, schärfte er sich ein.

Frank war noch immer unten, aber Leo wünschte fast, er käme die Treppe hoch. Unter Hazels Blick fühlte er sich unsicher und verlegen.

Trainer Hedge kam mit seinem Baseballschläger angeschlichen und musterte das magische Pferd misstrauisch. »Valdez, zählt das als Invasion?«

»Nein!«, sagte Leo. »Äh, Hazel, du kommst besser mit mir. Ich habe unter Deck einen Stall gebaut, falls Arion …«

»Der ist eher ein Freigeist.« Hazel glitt aus dem Sattel. »Er wird am See grasen, bis ich ihn rufe. Aber ich möchte das Schiff sehen. Führst du mich rum?«

Die Argo II war wie eine antike Triere gebaut, nur doppelt so groß. Das erste Deck hatte einen Mittelgang mit Kabinen auf beiden Seiten. Auf einer normalen Triere wäre fast der gesamte Platz von drei Bankreihen eingenommen worden, auf denen einige Hundert verschwitzte Typen die Handarbeit leisten müssten, aber Leos Ruder waren automatisch und konnten eingezogen werden, deshalb nahmen sie im Schiffsrumpf nur sehr wenig Platz ein. Angetrieben wurde das Schiff vom Maschinenraum auf dem zweiten, dem unteren Deck, wo es auch Krankenstube, Laderaum und Ställe gab.

Leo führte Hazel durch den Gang. Er hatte dem Schiff acht Kabinen gegeben – sieben für die Halbgötter aus der Weissagung und eine für Trainer Hedge (also echt – hielt Chiron den wirklich für einen verantwortungsbewussten erwachsenen Betreuer?). Am Bug gab es eine große Messe, und dorthin war Leo jetzt unterwegs.

Dabei kamen sie an Jasons Zimmer vorbei. Die Tür stand offen.

Piper saß an seinem Bett und hielt Jasons Hand. Jason hatte eine Eispackung auf dem Kopf und schnarchte.

Piper schaute Leo kurz an. Sie hob einen Finger an ihre Lippen, sah aber nicht böse aus. Das war immerhin etwas. Leo versuchte, seine Schuldgefühle zu verdrängen, und ging weiter. Als sie die Messe erreichten, fanden sie dort die anderen – Percy, Annabeth und Frank –, die hoffnungslos um den Esstisch saßen.

Leo hatte den Salon so schön gestaltet wie möglich, denn er hatte angenommen, dass sie dort sehr viel Zeit verbringen würden. Im Regal gab es magische Tassen und Teller aus Camp Half-Blood, die sich mit allen gewünschten Speisen und Getränken füllten. Es gab auch einen magischen Kühlkasten mit Erfrischungsgetränken in Dosen, perfekt für ein Picknick am Strand. Die Sessel waren gemütlich und tief und boten eine Tausendfingermassage, eingebaute Kopfhörer und Schwert- und Getränkehalter für alle Entspannungsbedürfnisse des Halbgottlebens. Es gab keine Fenster, aber die Wände waren verzaubert und zeigten Liveübertragungen von Camp Half-Blood – den Strand, den Wald, die Erdbeerfelder –, obwohl Leo sich jetzt fragte, ob das bei den anderen nicht eher Heimweh verursachte als Glücksgefühle.

Percy starrte sehnsüchtig den Half-Blood Hill im Sonnenuntergang an, wo in den Zweigen der hohen Fichte das Goldene Vlies funkelte.

»Wir sind also gelandet«, sagte Percy. »Was jetzt?«

Frank zupfte an seiner Bogensehne. »Die Weissagung deuten? Ich meine … das war doch eine Weissagung, was Ella da aufgesagt hat, oder? Aus den Sibyllinischen Büchern?«

»Woraus?«, fragte Leo.

Frank erklärte, dass ihre Freundin, die Harpyie, sich Bücher teuflisch gut merken konnte. Irgendwann in der Vergangenheit hatte sie eine Sammlung von uralten Weissagungen in sich aufgenommen, die angeblich beim Untergang Roms vernichtet worden waren.

»Ach, deshalb hast du das den Römern nicht gesagt«, vermutete Leo. »Du wolltest sie ihnen nicht überlassen.«

Percy starrte noch immer das Bild von Half-Blood Hill an. »Ella ist empfindlich. Sie war gefangen, als wir sie gefunden haben. Ich wollte einfach nicht …« Er ballte eine Faust. »Egal. Ich habe Tyson eine Iris-Botschaft geschickt und gesagt, er soll Ella nach Camp Half-Blood bringen. Da ist sie in Sicherheit.«

Leo bezweifelte, dass irgendwer von ihnen je wieder in Sicherheit sein könnte, jetzt, da er zu allen anderen Problemen, die sie mit Gaia und den Giganten hatten, auch noch ein Lager voller wütender Römer gegen sich aufgebracht hatte, aber er hielt den Mund.

Annabeth verschränkte die Finger. »Ich werde bei Gelegenheit über die Weissagung nachdenken – aber im Moment haben wir dringlichere Probleme. Wir müssen dieses Schiff reparieren. Leo, was brauchen wir?«

»Das Einfachste ist Teer.« Leo war froh über diesen Themenwechsel. »Den können wir in der Stadt besorgen, in einem Baumarkt oder so etwas. Und wir brauchen Himmlische Bronze und Kalk. Festus sagt, dass wir beides auf einer Insel im See finden können, gleich westlich von hier.«

»Wir müssen uns beeilen«, mahnte Hazel. »Wie ich Octavian kenne, sucht er uns mit seinen Augurien. Die Römer werden eine Kampfeinheit nach uns ausschicken. Das ist eine Frage der Ehre.«

Leo spürte, wie alle ihn ansahen. »Leute … ich weiß nicht, was passiert ist. Ehrlich, ich …«

Annabeth hob die Hand. »Wir haben das geklärt. Wir sind uns alle sicher, dass du es nicht gewesen sein kannst, Leo. Dieses kalte Gefühl, das du erwähnt hast … Ich hatte das auch. Es muss irgendein Zauber sein, entweder von Octavian oder von Gaia und ihren Jüngern. Aber bis wir begriffen haben, was da passiert ist …«

Frank grunzte. »Wie können wir sicher sein, dass es nicht wieder passiert?«

Leos Finger wurden heiß, als ob sie gleich Feuer fangen würden. Eine seiner Fähigkeiten als Sohn des Hephaistos war, dass er Flammen herbeirufen konnte, aber er musste sich alle Mühe geben, das nicht aus Versehen zu tun, vor allem in einem mit Sprengstoff und brennbaren Dingen gefüllten Schiff.

»Bei mir ist alles wieder in Ordnung«, sagte er und wünschte, das sicher wissen zu können. »Vielleicht sollten wir das Kumpelsystem anwenden. Niemand geht allein irgendwohin. Wir können Piper und Trainer Hedge mit Jason hier an Bord lassen, ein Team zum Teerholen in die Stadt schicken und ein weiteres Team kann Bronze und Kalk besorgen.«

»Uns aufteilen?«, fragte Percy. »Das klingt nach einer richtig schlechten Idee.«

»Es würde aber schneller gehen«, wandte Hazel ein. »Außerdem gibt es einen Grund, warum eigentlich immer nur drei Halbgötter zu einem Einsatz ausziehen, oder?«

Annabeth hob die Augenbrauen, als ob sie Hazels Vorzüge noch einmal neu bewertete. »Du hast Recht. Das ist der Grund, warum wir die Argo II brauchten … Außerhalb des Camps würden sieben Halbgötter auf einmal viel zu viele Monster auf sich aufmerksam machen. Das Schiff wurde entworfen, um uns zu verstecken und zu beschützen. An Bord sind wir einigermaßen sicher; aber wenn wir es verlassen, sollten wir das nicht in Gruppen von mehr als dreien machen. Es bringt nichts, Gaias Aufmerksamkeit noch stärker zu erregen als nötig.«

Percy sah noch immer nicht glücklich über diese Entscheidung aus, nahm aber Annabeths Hand. »Solange ich dein Kumpel bin, ist mir das recht.«

Hazel lächelte. »Ach, das ist einfach. Frank, das war umwerfend, wie du dich in einen Drachen verwandelt hast. Könntest du das noch mal machen und Annabeth und Percy zum Teerholen in die Stadt fliegen?«

Frank öffnete den Mund, wie um zu widersprechen. »Ich … Ich denke schon. Aber was ist mit dir?«

»Ich werde auf Arion reiten, zusammen mit Sa… mit Leo.« Sie fummelte an ihrem Schwertgriff herum, was Leo unruhig machte. Sie besaß noch mehr nervöse Energie als er. »Wir holen die Bronze und den Kalk. Und bei Einbruch der Dunkelheit treffen wir uns alle wieder hier.«

Frank sah verärgert aus. Es passte ihm offenbar nicht, dass Leo mit Hazel losziehen würde. Aus irgendeinem Grund sorgte Franks Ärger dafür, dass Leo unbedingt loswollte. Er musste beweisen, dass sie ihm vertrauen konnten. Er würde nicht wieder einfach so die Geschütze abfeuern.

»Leo«, sagte Annabeth. »Wenn wir das Material haben, wie lange brauchst du, um das Schiff zu reparieren?«

»Wenn ich Glück habe, nur ein paar Stunden.«

»Schön«, beschloss sie. »Wir sind so bald wie möglich wieder hier, aber sorg dafür, dass euch nichts passiert. Ein bisschen Glück könnten wir brauchen. Aber das bedeutet nicht, dass wir es auch kriegen werden.«

VI

Leo

Auf Arion zu reiten war das Beste, was Leo an diesem Tag bisher passiert war – was nicht viel hieß, denn es war ein mieser Tag gewesen. Die Pferdehufe verwandelten die Seeoberfläche in salzigen Nebel. Leo legte die Hand auf die Flanke des Pferdes und spürte die Muskeln arbeiten wie gut geölte Maschinen. Zum ersten Mal begriff er, warum Automotoren in Pferdestärken gemessen wurden. Arion war ein vierbeiniger Maserati.

Vor ihnen lag eine Insel mit einem so weißen Sandstreifen, dass es sich auch um reines Salz handeln könnte. Dahinter ragte eine Reihe von mit Gras bewachsenen Dünen und verwitterten Felsbrocken auf.

Leo saß hinter Hazel und hatte einen Arm um ihre Taille gelegt. Der enge Kontakt war ihm ein wenig peinlich, aber nur so konnte er an Bord bleiben (oder wie auch immer man das bei einem Pferd nannte).

Vor ihrem Aufbruch hatte Percy ihn beiseitegenommen, um ihm Hazels Geschichte zu erzählen. Es klang, als wolle er Leo einen Gefallen tun, aber es hatte einen Beigeschmack von: *Wenn du mit meiner Freundin irgendwelchen Mist baust, werde ich dich persönlich an einen großen weißen Hai verfüttern.*

So, wie Percy es darstellte, war Hazel eine Tochter des Pluto. Sie war kurz nach 1940 gestorben und erst vor wenigen Monaten ins Leben zurückgeholt worden.

Leo konnte das kaum glauben. Hazel kam ihm warm und sehr

lebendig vor, nicht wie die Gespenster oder die anderen wiedergeborenen Sterblichen, mit denen er bisher aneinandergeraten war.

Sie schien auch mit anderen gut umgehen zu können, anders als Leo, der sich in Gesellschaft von Maschinen viel wohler fühlte. Lebende Materie wie Pferde und Mädchen? Er hatte keine Ahnung, wie die funktionierten.

Hazel war außerdem Franks Freundin, deshalb wusste Leo, dass er auf Distanz zu bleiben hatte. Aber ihre Haare dufteten und der Ritt mit ihr ließ sein Herz gegen seinen Willen loshämmern. Sicher kam das von der Geschwindigkeit des Pferdes.

Arion donnerte auf den Strand. Er stampfte mit den Hufen auf und wieherte triumphierend, wie Trainer Hedge, wenn er einen Schlachtruf ausstieß.

Hazel und Leo stiegen ab. Arion scharrte im Sand.

»Er muss essen«, erklärte Hazel. »Er mag Gold, aber …«

»Gold?«, fragte Leo.

»Er wird sich auch mit Gras zufriedengeben. Dann los, Arion. Danke fürs Bringen. Ich rufe dich dann.«

Und sofort war das Pferd verschwunden – übrig war nur eine dampfende Spur über dem See.

»Schnelles Pferd«, sagte Leo. »Aber teuer im Futter.«

»Eigentlich nicht«, sagte Hazel. »Gold ist kein Problem für mich.«

Leo hob die Augenbrauen. »Wieso ist Gold kein Problem für dich? Erzähl mir bitte nicht, dass du mit König Midas verwandt bist. Ich kann den Kerl nicht ausstehen.«

Hazel spitzte die Lippen, als ob sie bereute, dieses Thema zur Sprache gebracht zu haben. »Ach, vergiss es.«

Das machte Leo nur noch neugieriger, aber er beschloss, sie nicht zu bedrängen. Er kniete nieder und füllte seine Hände mit weißem Sand. »Na ja … immerhin ein Problem gelöst. Kalk.«

Hazel runzelte die Stirn. »Der ganze Strand?«

»Ja. Siehst du? Die Körner sind perfekt gerundet. Das ist kein Sand, sondern Kalziumkarbonat.« Leo zog eine wiederverschließbare Tüte aus seinem Werkzeuggürtel und bohrte die Hand in den Kalk.

Dann erstarrte er. Ihm fiel ein, wie oft die Erdgöttin Gaia ihm im Boden erschienen war – ihr schlafendes Gesicht aus Staub oder Sand oder Lehm. Sie fand es wunderbar, ihn aufzuziehen. Er stellte sich ihre geschlossenen Augen und ihr verträumtes Lächeln vor, das im weißen Kalzium wirbelte.

Geh, kleiner Held, sagte Gaia. *Ohne dich kann das Schiff nicht repariert werden.*

»Leo?«, fragte Hazel. »Alles in Ordnung?«

Er holte zitternd Atem. Gaia war nicht da. Er machte sich nur selbst verrückt.

»Ja«, sagte er. »Ja, alles klar.«

Er begann, die Tüte zu füllen.

Hazel kniete neben ihm nieder und half. »Wir hätten einen Eimer und Schaufeln mitbringen sollen.«

Diese Vorstellung heiterte Leo auf. Er lächelte sogar. »Wir könnten eine Sandburg bauen.«

»Eine Kalkburg.«

Ihre Blicke begegneten sich eine Sekunde zu lang.

Hazel wandte sich ab. »Du hast solche Ähnlichkeit mit …«

»Sammy?«, vermutete Leo.

Sie zuckte zurück. »Du weißt es?«

»Ich habe keine Ahnung, wer Sammy ist. Aber Frank hat mich gefragt, ob ich sicher bin, dass ich nicht so heiße.«

»Und … das tust du nicht?«

»Nein! Meine Güte.«

»Du hast keinen Zwillingsbruder oder …« Hazel verstummte. »Stammt deine Familie aus New Orleans?«

»Nö, Houston. Wieso? Ist dieser Sammy ein Bekannter von dir?«

»Ich … ach, nichts. Du siehst nur aus wie er.«

Leo wusste, dass sie zu verlegen war, um noch mehr zu sagen. Aber wenn Hazel ein Kind aus der Vergangenheit war, bedeutete das dann, dass auch Sammy aus den Vierzigerjahren stammte? Und wenn, wieso kannte Frank den Typen auch? Und warum hielt Hazel Leo für Sammy, so viele Jahrzehnte später?

Sie füllten schweigend die Tüte. Leo stopfte sie in seinen Werkzeuggürtel und die Tüte verschwand – kein Gewicht, keine Masse, kein Volumen –, obwohl Leo wusste, dass sie da sein würde, sowie er danach griff. Alles, was in diese Taschen passte, konnte Leo mit sich herumtragen. Er liebte seinen Werkzeuggürtel. Er wünschte nur, die Taschen wären groß genug für eine Kettensäge oder vielleicht eine Bazooka.

Er stand auf und sah sich auf der Insel um – weiß gebleichte Dünen, Decken aus Gras und mit Salz überzogene Felsquader wie mit Zuckerguss. »Festus sagt, dass es hier in der Nähe Himmlische Bronze gibt, aber ich bin nicht sicher, wo …«

»Da lang«, Hazel zeigte am Strand entlang. »An die fünfhundert Meter.«

»Woher weißt du …«

»Edelmetall«, sagte Hazel. »Das ist so ein Pluto-Ding.«

Leo fiel ein, dass sie gesagt hatte, Gold sei kein Problem. »Praktische Begabung. Dann los, Frau Metalldetektorin.«

Die Sonne ging unter und der Himmel verwandelte sich in eine bizarre Mischung aus Lila und Gelb. In einer anderen Wirklichkeit hätte Leo einen Strandspaziergang mit einem hübschen Mädchen genossen, aber je weiter sie gingen, umso nervöser wurde er. Endlich bog Hazel ins Binnenland ab.

»Bist du sicher, dass das eine gute Idee ist?«, fragte er.

»Wir sind bald da«, versprach sie. »Also komm schon.«

Und gleich hinter den Dünen sahen sie die Frau.

Sie saß mitten in einer Wiese auf einem Felsblock. Ein schwarz verchromtes Motorrad stand in der Nähe, aber bei jedem Rad war aus den Speichen ein großes Stück entfernt worden wie bei Pac-Man. In diesem Zustand könnte das Motorrad unmöglich fahren.

Die Frau hatte schwarze Locken und war ziemlich knochig. Sie trug eine schwarze Lederhose, hohe Lederstiefel und eine blutrote Lederjacke – im Stil von *Michael Jackson bei den Hell's Angels*. Zu ihren Füßen war der Boden mit, wie es aussah, zerbrochenen Muscheln übersät. Sie beugte sich vor, zog weitere aus einem Sack und brach sie auf. Austern? Leo wusste nicht, ob es im Großen Salzsee Austern gab. Er glaubte nicht.

Er wollte nicht so gern näher herankommen. Mit fremden Damen hatte er schlechte Erfahrungen gemacht. Seine alte Babysitterin, Tía Callida, hatte sich als Hera entpuppt und die schlechte Angewohnheit gehabt, ihn zum Schlafen in einen lodernden Kamin zu legen. Die Erdgöttin Gaia hatte seine Mutter mit einem Werkstattbrand ums Leben gebracht, als Leo acht war. Die Schneegöttin Chione hatte in Sonoma versucht, ihn in eine Art Eis am Stiel zu verwandeln.

Aber Hazel lief weiter, also blieb ihm nichts anderes übrig, als ihr zu folgen.

Als sie näher kamen, fielen Leo beunruhigende Dinge auf. Am Gürtel der Frau war eine aufgerollte Peitsche befestigt. Ihre rote Lederjacke zeigte ein raffiniertes Muster – die verschlungenen Zweige eines Apfelbaumes, auf denen Vogelskelette saßen. Die Austern, die sie aufbrach, waren in Wirklichkeit Glückskekse.

Die zerbrochenen Kekse auf dem Boden reichten ihr bis zu den Knöcheln. Sie zog immer neue aus dem Sack, öffnete sie und las die Weissagungen. Die meisten warf sie weg. Einige entlockten ihr ein unzufriedenes Gemurmel. Sie strich mit dem Finger über das Papierstück, wie um etwas zu verwischen, dann versiegelte sie den Keks auf magische Weise wieder und warf ihn in einen in der Nähe stehenden Korb.

»Was machen Sie denn da?«, fragte Leo unwillkürlich.

Die Frau schaute auf. Leos Lunge füllte sich so schnell, dass er dachte, sie müsse bersten.

»Tante Rosa?«, fragte er.

Es ergab keinen Sinn, aber diese Frau sah genauso aus wie seine Tante. Sie hatte die gleiche breite Nase mit dem Muttermal auf der einen Seite, den gleichen verdrossenen Mund und die gleichen harten Augen. Aber sie konnte nicht Rosa sein. Rosa würde sich niemals so anziehen, und soweit Leo wusste, war sie auch noch in Houston. Sie konnte nicht in der Mitte des Großen Salzsees Glückskekse aufbrechen.

»Das siehst du also?«, fragte die Frau. »Interessant. Und du, Hazel, Liebes?«

»Wie haben Sie …?« Hazel wich erschrocken zurück. »Sie sehen aus wie Mrs Leer, meine Lehrerin im dritten Schuljahr. Ich habe sie gehasst.«

Die Frau kicherte schrill. »Hervorragend. Du konntest sie nicht leiden, was? Hat Sie dich ungerecht behandelt?«

»Sie … Sie hat meine Hände auf den Tisch geklebt, wenn ich mich nicht gut benommen hatte«, sagte Hazel. »Sie hat meine Mutter als Hexe bezeichnet. Sie hat mir alles Mögliche unterstellt, was ich nicht getan hatte, und … Nein! Sie muss doch tot sein. Wer sind Sie?«

»Leo weiß das«, sagte die Frau. »Wie denkst du denn über Tante Rosa, *Mijo?*«

Mijo. So hatte Leos Mom ihn immer genannt. Nach dem Tod seiner Mutter hatte Rosa Leo nicht haben wollen. Sie hatte ihn *Teufelsbrut* genannt und ihn für das Feuer verantwortlich gemacht, das ihre Schwester getötet hatte. Rosa hatte die Familie gegen ihn aufgestachelt und ihn – einen mageren Waisenjungen von acht Jahren – dem Sozialamt überlassen. Leo war von Pflegefamilie zu Pflegefamilie weitergereicht worden, bis er endlich im Camp Half-Blood ein Zuhause gefunden hatte. Leo hasste nicht viele Menschen, doch nach all den Jahren kochte er noch immer vor Wut, wenn er Tante Rosas Gesicht sah.

Wie er über sie dachte? Er wollte abrechnen. Er wollte Rache.

Seine Blicke wanderten zu dem Motorrad mit den Pac-Man-Rädern. Wo hatte er so etwas schon gesehen? Hütte 16 im Camp Half-Blood – das Symbol über ihrer Tür war ein zerbrochenes Rad.

»Nemesis«, sagte er. »Ihr seid die Göttin der Rache.«

»Siehst du?« Die Göttin lächelte Hazel an. »Er hat mich erkannt.«

Nemesis zerbrach noch einen Keks und rümpfte die Nase. *»Dir wird ein großes Vermögen zuteilwerden, wenn du es am wenigsten erwartest«,* las sie vor. »Diese Art Unsinn hasse ich. Jemand öffnet einen Glückskeks und sitzt plötzlich mit der Weissagung da, dass er reich wird. Daran ist diese Schlampe Tyche schuld. Immer verteilt sie Glück an Leute, die es nicht verdient haben.«

Leo schaute sich den Haufen aus zerbrochenen Keksen an. »Öh … Ihr wisst doch, dass das keine echten Weissagungen sind, oder? Die werden in irgendeiner Fabrik in die Glückskekse gestopft …«

»Komm mir ja nicht mit Entschuldigungen«, fauchte Nemesis. »Das sieht Tyche ähnlich, den Leuten Hoffnungen zu machen. Nein, nein. Ich muss ihr auf die Finger hauen.« Nemesis strich mit einem Finger über den Zettel und die Buchstaben änderten sich. *»Du wirst einen schmerzhaften Tod erleiden, wenn du es am wenigsten erwartest.* So, viel besser.«

»Das ist schrecklich«, sagte Hazel. »Ihr würdet das jemanden in einem Glückskeks finden lassen und dann trifft es ein?«

Nemesis grinste boshaft. Es war richtig unheimlich, dieses Grinsen in Tante Rosas Gesicht zu sehen. »Meine liebe Hazel, hast du Mrs Leer nicht auch schon grauenhafte Dinge gewünscht, weil sie so gemein zu dir war?«

»Das heißt aber nicht, dass ich will, dass sie passieren.«

»Bah.« Die Göttin schloss den Glückskeks wieder und warf ihn in ihren Korb. »Tyche ist für dich wohl Fortuna, vermute ich, wo du doch Römerin bist. Wie die anderen ist sie jetzt in einer schlimmen Lage. Mich geht das nichts an. Ich heiße auf Griechisch und auf Latein Nemesis. Ich ändere mich nicht, denn Rache ist universell.«

»Worüber redet Ihr eigentlich?«, fragte Leo. »Und was macht Ihr hier?«

Nemesis öffnete noch einen Keks. »Glückszahlen. Albern. Das ist nicht mal eine echte Weissagung.« Sie zerbrach den Glückskeks und verstreute die Krümel auf dem Boden.

»Um deine Frage zu beantworten, Leo Valdez, die Götter sind in einer schrecklichen Lage. Das passiert immer, wenn zwischen Römern und Griechen ein Bürgerkrieg heraufzieht. Die Olympier sind zwischen ihren beiden Erscheinungsformen hin- und hergerissen, und beide Seiten rufen sie um Hilfe an. Sie werden richtig schizophren, fürchte ich. Schneidende Kopfschmerzen. Verwirrung.«

»Aber wir haben keinen Krieg«, sagte Leo.

»Öh, Leo«, Hazel wand sich. »Abgesehen von der Tatsache, dass du gerade einen großen Teil von Neu-Rom in die Luft gejagt hast.«

Leo starrte sie an und fragte sich, zu wem sie hier eigentlich hielt. »Aber nicht absichtlich!«

»Ich weiß …«, sagte Hazel. »Aber den Römern ist das nicht klar. Und sie werden uns verfolgen und Rache fordern.«

Nemesis lachte abermals schrill. »Leo, hör auf das Mädchen. Der Krieg kommt. Dafür hat Gaia gesorgt, mit deiner Hilfe. Und kannst du erraten, wem die Götter die Schuld für diesen Ärger geben?«

Leo hatte den Geschmack von Kalziumkarbonat im Mund. »Mir.«

Die Göttin schnaubte. »Na, Bescheidenheit ist ja wohl nicht gerade deine Zier. Du bist nur ein Bauer auf dem Schachbrett, Leo Valdez. Ich meine die Spielerin, die für diesen lächerlichen Einsatz gesorgt hat, indem sie Römer und Griechen zusammengebracht hat. Die Götter machen Hera verantwortlich – oder Juno, wenn dir das lieber ist. Die Königin des Himmels ist aus dem Olymp geflohen, um dem Zorn ihrer Familie zu entgehen. Von deiner Schutzherrin kannst du keine Hilfe mehr erwarten.«

Leos Kopf dröhnte. Er wusste nicht, was er von Hera halten sollte. Seit seiner Geburt hatte sie sich in sein Leben eingemischt und ihn geformt, damit er bei der Großen Weissagung ihren Zielen dienen könnte, aber wenigstens war sie auf seiner Seite gewesen – mehr oder weniger. Wenn sie jetzt nicht mehr mitspielte …

»Und warum seid Ihr hier?«, fragte er.

»Um meine Hilfe anzubieten natürlich.« Nemesis lächelte aasig.

Leo schaute zu Hazel hinüber. Die sah aus, als sei ihr soeben eine Gratisschlange angeboten worden.

»Eure Hilfe«, sagte Leo.

»Natürlich«, sagte die Göttin. »Ich finde es wunderbar, die Stolzen und Starken vom Sockel zu ziehen, und niemand hätte das mehr verdient als Gaia und ihre Giganten. Aber ich muss euch auch sagen, dass ich keinen unverdienten Erfolg zulassen werde. Glück ist ein Trug. Das Glücksrad ist ein mieser Trick. Wahrer Erfolg braucht Opfer.«

»Opfer?« Hazels Stimme klang gepresst. »Ich habe meine Mutter verloren. Ich bin gestorben und zurückgekehrt. Jetzt ist mein Bruder verschollen. Sind das nicht genug Opfer für Euch?«

Leo war da ganz ihrer Ansicht. Er wollte schon schreien, dass auch er seine Mom verloren hatte. Sein ganzes Leben lang war ein Unglück dem anderen gefolgt. Er hatte seinen Drachen Festus verloren. Er hatte sich fast umgebracht, als er versucht hatte, die Argo II fertig zu bauen. Jetzt hatte er das römische Lager beschossen, aller Wahrscheinlichkeit nach einen Krieg ausgelöst und vielleicht das Vertrauen seiner Freunde verloren.

»Im Moment«, sagte er und versuchte, seinen Zorn zu beherrschen, »wünsche ich mir nichts anderes als ein wenig Himmlische Bronze.«

»Ach, das ist einfach«, sagte Nemesis. »Die gibt es gleich da hinter der Anhöhe, bei den Schwärmerinnen.«

»Moment«, sagte Hazel. »Was für Schwärmerinnen?«

Nemesis stecke sich einen Glückskeks in den Mund und schluckte ihn hinunter, mit der Weissagung und allem. »Du wirst schon sehen. Vielleicht werden sie dir eine Lehre erteilen, Hazel Levesque. Die meisten Helden können ihrer Natur nicht entkommen, selbst wenn ihnen ein zweites Leben geschenkt wird.« Sie lächelte. »Und da schon die Rede von deinem Bruder Nico ist, dir bleibt nicht viel Zeit. Mal sehen … Ist heute der fünfundzwanzigste Juni? Ja, von heute an noch sechs Tage. Dann wird er sterben, zusammen mit der gesamten Stadt Rom.«

Hazel machte große Augen. »Wie … Was?«

»Und was dich betrifft, Kind des Feuers«, sie wandte sich Leo zu, »deine schlimmsten Leiden stehen noch aus. Du wirst immer der Außenseiter sein, das siebte Rad. Du wirst unter deinen Geschwistern keinen Platz finden. Bald wirst du vor einem Problem stehen, das du nicht lösen kannst, aber ich könnte dir helfen … gegen Bezahlung.«

Leo roch Rauch. Er merkte, dass die Finger an seiner linken Hand loderten und Hazel ihn voller Entsetzen anstarrte.

Er schob die Hand in die Tasche, um die Flammen zu löschen. »Ich löse meine Probleme lieber selbst.«

»Sehr schön.« Nemesis wischte sich Krümel von der Jacke.

»Aber, äh, was für eine Bezahlung wäre das?«

Die Göttin zuckte mit den Schultern. »Eines meiner Kinder hat kürzlich ein Auge gegen die Fähigkeit eingetauscht, hier auf der Welt richtig was bewirken zu können.«

Leo drehte sich der Magen um. »Ihr wollt ein Auge?«

»In deinem Fall würde vielleicht auch ein anderes Opfer reichen. Aber es muss genauso wehtun. Hier.« Sie reichte ihm einen ungeöffneten Glückskeks. »Wenn du eine Antwort brauchst, dann zerbrich den hier. Das wird dein Problem lösen.«

Leos Hand zitterte, als er den Glückskeks annahm.

»Du wirst wissen, wenn der richtige Moment gekommen ist.«

»Nein, danke«, sagte Leo mit fester Stimme. Aber seine Hand, die ihren eigenen Willen zu haben schien, ließ den Glückskeks in eine Tasche seines Werkzeuggürtels gleiten.

Nemesis nahm noch einen Keks aus ihrem Sack und brach ihn auf. *»Du wirst deine Möglichkeiten bald überdenken müssen.* Ach, das gefällt mir. Hier braucht nichts geändert zu werden.«

Sie versiegelte den Keks wieder und warf ihn in den Korb. »Sehr wenige Götter werden euch bei eurem Einsatz helfen können. Die meisten sind zu nichts mehr in der Lage und ihre Verwirrung wird nur noch schlimmer werden. Es gibt etwas, das den Olymp wieder vereinen könnte – ein altes Unrecht, das endlich gerächt wird. Ach, das wäre wirklich wunderbar, die Waagschalen würden endlich ausbalanciert. Aber es wird nicht passieren, wenn ihr meine Hilfe nicht annehmt.«

»Ich vermute, Ihr wollt uns nicht verraten, worüber Ihr hier redet«, murmelte Hazel. »Oder warum mein Bruder Nico nur noch sechs Tage zu leben hat. Oder warum Rom zerstört werden wird.«

Nemesis kicherte. Sie erhob sich und warf sich ihren Sack mit Keksen über die Schulter. »Ach, das hängt alles zusammen, Hazel Levesque. Und du, Leo Valdez, denk über mein Angebot nach. Du bist ein gutes Kind. Du arbeitest hart. Wir könnten ins Geschäft kommen. Aber ich habe euch schon zu lange aufgehalten. Ihr solltet das Wasserbecken aufsuchen, solange es noch hell genug ist. Mein armer verfluchter Junge … regt sich immer ziemlich auf, wenn es dunkel wird.«

Für Leo hörte sich das gar nicht gut an, aber die Göttin stieg auf ihr Motorrad. Offenbar konnte es doch fahren, trotz der Pac-Man-Räder, denn Nemesis ließ den Motor aufdröhnen und verschwand in einer pilzförmigen Wolke aus schwarzem Rauch.

Hazel bückte sich. Die vielen zerbrochenen Kekse und Horoskopzettel waren verschwunden, bis auf ein zerknülltes Stück Papier. Sie hob es auf und las es vor. *»Du wirst dein Spiegelbild sehen und einen Grund zur Verzweiflung haben.«*

»Fantastisch«, knurrte Leo. »Na, dann mal sehen, was das bedeutet.«

VII

Leo

»Wer ist Tante Rosa?«, fragte Hazel.

Leo wollte nicht über sie reden. Die Worte der Nemesis klangen noch immer in seinen Ohren. Sein Werkzeuggürtel kam ihm schwerer vor, seit er den Glückskeks darin verstaut hatte – aber das war unmöglich. Die Taschen konnten alles aufnehmen, ohne dass sich ihr Gewicht veränderte. Nicht einmal überaus zerbrechliche Dinge kamen zu Schaden. Aber Leo hatte das Gefühl, den Keks spüren zu können, er zog den Gürtel nach unten und wollte geöffnet werden.

»Lange Geschichte«, sage er. »Sie hat mich im Stich gelassen, nachdem meine Mutter gestorben war, hat mich in ein Pflegeheim gesteckt.«

»Das tut mir leid.«

»Ach, na ja …« Leo wollte unbedingt das Thema wechseln. »Was ist mit dir? Was hat Nemesis da über deinen Bruder gesagt?«

Hazel blinzelte, als ob sie Salz im Auge hätte. »Nico … Er hat mich in der Unterwelt gefunden. Er hat mich in die Welt der Sterblichen zurückgebracht und die Römer im Camp Jupiter überredet, mich aufzunehmen. Ich verdanke ihm meine zweite Lebenschance. Wenn Nemesis Recht hat und Nico in Gefahr schwebt … dann muss ich ihm helfen.«

»Sicher«, sagte Leo, obwohl ihm bei dieser Vorstellung unwohl war. Er glaubte nicht, dass die Rachegöttin jemals aus purer Herzensgüte einen Rat erteilte. »Und dass dein Bruder nur noch sechs

Tage zu leben hat und Rom zerstört werden wird ... Hast du irgendeine Vorstellung, wie Nemesis das gemeint hat?«

»Keine«, gab Hazel zu. »Aber ich fürchte ...«

Was immer sie befürchtete, sie beschloss, ihre Befürchtungen nicht zu teilen. Sie kletterte auf einen der größten Felsen, um sich einen besseren Überblick zu verschaffen. Leo versuchte ihr zu folgen und verlor das Gleichgewicht. Hazel packte seine Hand. Sie zog ihn hoch und dann standen sie auf dem Felsen, sahen sich an und hielten sich an der Hand.

Hazels Augen funkelten wie Gold.

Gold ist kein Problem, hatte sie gesagt. Das kam Leo aber ganz anders vor, wenn er sie ansah. Er hätte gern gewusst, wer Sammy war. Leo hatte den bohrenden Verdacht, dass er das wissen müsste, aber er konnte den Namen einfach nicht unterbringen. Wer immer dieser Sammy sein mochte, er konnte sich glücklich schätzen, weil er Hazel so viel bedeutete.

»Öh, danke.« Er ließ ihre Hand los, aber sie standen noch immer so dicht beieinander, dass er die Wärme ihres Atems spüren konnte. Sie kam ihm überhaupt nicht vor wie eine Tote.

»Als wir mit Nemesis geredet haben ...«, sagte Hazel verlegen. »Deine Hände ... Ich habe Flammen gesehen.«

»Ja«, sagte er. »Es ist eine Hephaistos-Fähigkeit. Meistens habe ich das unter Kontrolle.«

»Oh.« Sie legte beschützend eine Hand auf ihr Jeanshemd, wie um einen Treueeid abzulegen. Leo hatte das Gefühl, dass sie gern zurückgewichen wäre, aber der Felsen war zu klein.

Toll, dachte er. *Noch eine, die mich für eine schreckliche Missgeburt hält.*

Er schaute über die Insel. Das andere Ufer war nur wenige Hundert Meter entfernt. Überall gab es Dünen und Felsblöcke, aber nichts, das Ähnlichkeit mit einem Wasserbecken gehabt hätte.

Du wirst immer der Außenseiter sein, hatte Nemesis zu ihm gesagt. *Das siebte Rad. Du wirst unter deinen Geschwistern keinen Platz finden.*

Da hätte sie ihm auch gleich Säure in die Ohren schütten können. Niemand brauchte Leo zu erzählen, dass er nicht dazugehörte. Er hatte Monate allein in Bunker 9 in Camp Half-Blood verbracht und an seinem Schiff gearbeitet, während seine Freunde zusammen trainierten und aßen und aus Spaß Eroberung der Flagge spielten. Sogar seine beiden besten Freunde, Piper und Jason, behandelten ihn oft wie einen Außenseiter. Seit sie ein Paar waren, kam Leo sich oft überflüssig vor. Sein einziger anderer Freund, Festus, der Drache, war zu einer Galionsfigur reduziert worden, als seine Festplatte bei ihrem letzten Abenteuer zerstört worden war. Leo fehlten die technischen Möglichkeiten, um sie zu reparieren.

Das siebte Rad. Leo hatte vom fünften Rad gehört – einem zusätzlichen überflüssigen Ersatzteil. Er ging davon aus, dass ein siebtes Rad noch schlimmer war.

Er hatte gedacht, dieser Einsatz könnte für ihn vielleicht ein Neubeginn sein. All seine harte Arbeit an der Argo II würde sich auszahlen. Er würde sechs gute Freunde haben, die ihn bewunderten und ihn zu schätzen wussten, und sie würden in den Sonnenaufgang hineinsegeln, um gegen Giganten zu kämpfen. Vielleicht, so hatte Leo insgeheim gehofft, würde er sogar eine Freundin finden.

Sei realistisch, tadelte er sich.

Nemesis hatte Recht. Er gehörte vielleicht einer Gruppe aus sieben an, aber er war noch immer allein. Er hatte die Römer beschossen und seinen Freunden nur Ärger eingehandelt. *Du wirst unter deinen Geschwistern keinen Platz finden.*

»Leo?«, fragte Hazel sanft. »Du darfst dir nicht zu Herzen nehmen, was Nemesis gesagt hat.«

Er runzelte die Stirn. »Aber wenn es stimmt?«

»Sie ist die Göttin der Rache«, erinnerte ihn Hazel. »Vielleicht ist sie auf unserer Seite, vielleicht auch nicht; aber sie ist dazu da, Zwietracht zu säen.«

Leo wünschte, er könnte seine Gefühle so leicht wegschieben. Aber es war ja nicht Hazels Schuld.

»Wir sollten weitergehen«, sagte er. »Ich wüsste gern, was Nemesis damit gemeint hat, dass wir fertig werden sollten, solange es noch hell ist.«

Hazel schaute zur Sonne hoch, die gerade den Horizont streifte. »Und wer ist dieser verfluchte Junge, den sie erwähnt hat?«

Unter ihnen sagte eine Stimme: »Erwähnt hat.«

Zuerst konnte Leo niemanden sehen. Dann passten seine Augen sich dem Zwielicht an. Er sah eine junge Frau, die kaum mehr als drei Meter von ihnen entfernt unten am Felsen stand. Sie trug eine griechische Tunika in der Farbe der Steine. Ihre dünnen Haare waren irgendwas zwischen braun, blond und grau und verschwommen mit dem trockenen Gras. Sie war zwar nicht direkt unsichtbar, aber fast perfekt getarnt, solange sie sich nicht bewegte, und selbst dann fiel es Leo schwer, sie deutlich zu sehen. Ihr Gesicht war hübsch, aber nicht einprägsam. Wenn Leo blinzelte, wusste er danach nicht mehr, wie sie ausgesehen hatte, und musste sich darauf konzentrieren, sie wiederzufinden.

»Hallo«, sagte Hazel. »Wer bist du?«

»Wer bist du«, antwortete das Mädchen. Ihre Stimme klang müde, als habe sie es satt, diese Frage zu beantworten.

Hazel und Leo wechselten einen Blick. Als Halbgott wusste man nie, was einem über den Weg laufen würde. In neun von zehn Fällen war es nichts Gutes. Ein Ninjamädchen in Erdfarben war nichts, mit dem Leo es gerade aufnehmen wollte.

»Bist du das verfluchte Kind, das Nemesis erwähnt hat?«, fragte er. »Aber du bist ein Mädchen.«

»Bist ein Mädchen«, sagte das Mädchen.

»Entschuldige?«, fragte Leo.

»Entschuldige«, sagte das Mädchen verzweifelt.

»Du wiederholst …« Leo unterbrach sich. »Moment mal, Hazel, gibt es nicht eine Sage über ein Mädchen, das alles wiederholt hat …«

»Echo«, sagte Hazel.

»Echo«, sagte das Mädchen zustimmend. Sie bewegte sich und ihr Kleid änderte sich mit der Landschaft. Ihre Augen hatten die Farbe von Salzwasser. Leo versuchte, sich ihre Züge einzuprägen, aber es gelang ihm nicht.

»Ich kann mich nicht an diese Sage erinnern«, gab er zu. »Du bist verflucht worden, immer das Letzte zu wiederholen, was gesagt wird?«

»Was gesagt wird«, sagte Echo.

»Du Arme«, sagte Hazel. »Wenn ich mich richtig erinnere, war das eine Göttin?«

»Eine Göttin«, bestätigte Echo.

Leo kratzte sich am Kopf. »Aber war das nicht vor Jahrtausenden … Ach, ich weiß. Du bist eine von den Sterblichen, die durch die Tore des Todes zurückgekommen sind. Ich wünschte wirklich, wir stießen nicht immer auf Tote.«

»Auf Tote«, sagte Echo und es klang wie eine Zurechtweisung.

Leo merkte, dass Hazel Echos Füße anstarrte.

»Äh, tut mir leid«, murmelte er. »Das ging wohl nach hinten los.«

»Los.« Echo zeigte auf das andere Ufer der Insel.

»Du willst uns etwas zeigen?«, fragte Hazel. Sie kletterte vom Felsen und Leo folgte ihrem Beispiel.

Auch aus der Nähe war Echo nur schwer zu sehen. Sie schien sogar immer unsichtbarer zu werden, je länger er sie ansah.

»Bist du sicher, dass du echt bist?«, fragte er. »Ich meine … aus Fleisch und Blut?«

»Fleisch und Blut.« Sie berührte Leos Gesicht und er zuckte zusammen. Ihre Finger waren warm.

»Also … du musst alles wiederholen?«, fragte er.

»Wiederholen.«

Leo konnte sich ein Lächeln nicht verkneifen. »Das könnte witzig sein.«

»Witzig sein«, sagte sie unglücklich.

»Blaue Elefanten.«

»Blaue Elefanten.«

»Küss mich, du Dussel.«

»Du Dussel.«

»He!«

»He!«

»Leo«, bat Hazel. »Mach dich nicht lustig über sie.«

»Okay, okay«, sagte Leo, auch wenn es ihm schwerfiel, der Versuchung zu widerstehen. Er begegnete ja nicht jeden Tag jemandem mit eingebauter Antwortfunktion. »Worauf hast du gezeigt? Brauchst du unsere Hilfe?«

»Hilfe«, sagte Echo voller Zustimmung. Sie winkte den beiden und rannte den Hang hinab. Leo konnte nur durch die Bewegung des Grases und das Schimmern ihres Kleides, das seine Farbe passend zum Gestein änderte, sehen, wo sie gerade war.

»Wir sollten uns beeilen«, sagte Hazel. »Sonst finden wir sie nicht wieder.«

Sie fanden das Problem – wenn man eine Bande gut aussehender Mädchen als Problem bezeichnen kann. Echo führte Leo und Hazel einen mit Gras bewachsenen Hang hinab, in eine Senke von der Form eines Bombenkraters, in der ein kleiner Teich lag. Am Ufer des Teiches hatten sich mehrere Dutzend Nymphen versammelt – jedenfalls hielt Leo sie für Nymphen. Wie die in Camp Half-Blood trugen sie hauchdünne Kleider. Ihre Füße waren nackt. Sie hatten die Züge von Elfen und ihre Haut wies eine leicht grünliche Tönung auf.

Leo begriff nicht, was sie dort machten, aber sie hatten sich alle an einer Stelle zusammengedrängt, starrten auf den Teich und kämpften darum, besser sehen zu können. Einige hielten ihre Handys hoch, um über die Köpfe der anderen hinweg Fotos machen zu können. Leo hatte noch nie eine Nymphe mit einem Handy gesehen. Er fragte sich, ob sie vielleicht einen Leichnam anstarrten. Aber warum hüpften sie dann so aufgeregt auf und ab und kicherten?

»Was die wohl anstarren?«, überlegte Leo laut.

»Anstarren«, seufzte Echo.

»Es gibt nur einen Weg, das festzustellen.« Hazel marschierte los und fing an, sich durch die Menge zu drängen. »Entschuldigung.«

»He!«, beschwerte sich eine Nymphe. »Wir waren zuerst hier.«

»Ja«, schnaubte eine weitere. »Und für dich interessiert er sich bestimmt nicht.«

Die zweite Nymphe hatte sich große rote Herzen auf die Wangen gemalt. Über ihrem Kleid trug sie ein T-Shirt mit dem Aufdruck I LOVE N.

»Äh. Halbgottangelegenheiten«, sagte Leo und versuchte, sich amtlich anzuhören. »Platz da! Danke.«

Die Nymphen murrten, wichen aber auseinander und gaben den Blick auf einen jungen Mann frei, der am Ufer kniete und konzentriert ins Wasser starrte.

Leo achtete normalerweise nicht sonderlich darauf, wie andere Jungen aussahen. Das lag wahrscheinlich daran, dass er so viel mit Jason zusammen war – groß, blond, markante Züge und einfach alles, was Leo niemals haben würde. Leo war daran gewöhnt, von Mädchen nicht bemerkt zu werden. Immerhin wusste er, dass er nie durch sein Aussehen ein Mädchen erobern würde. Er hoffte, dass es ihm eines Tages mit seiner Persönlichkeit und seinem Sinn für Humor gelingen würde, obwohl es bisher eindeutig noch nicht funktioniert hatte.

Aber Leo konnte die Tatsache nicht übersehen, dass dieser Typ am Teich fantastisch gut aussah. Er hatte ein fein geschnittenes Gesicht mit Lippen und Augen, die irgendwo zwischen weiblich schön und männlich gut aussehend lagen. Dunkle Haare fielen ihm in die Stirn. Er mochte siebzehn oder zwanzig sein, das war schwer zu sagen, und er war gebaut wie ein Tänzer – mit langen, eleganten Armen, muskulösen Beinen und perfekter Haltung – und strahlte königliche Gelassenheit aus. Er trug ein schlichtes weißes T-Shirt und Jeans und hatte sich Bogen und Köcher umgeschnallt. Die Waffen waren offenbar seit einer ganzen Weile nicht mehr benutzt worden. Die Pfeile waren von Staub bedeckt und oben im Bogen hatte eine Spinne ein Netz gewebt.

Als Leo näher kam, sah er, dass das Gesicht des Jungen ungewöhnlich golden war. Das Licht des Sonnenuntergangs wurde von einer großen flachen Platte aus Himmlischer Bronze reflektiert, das unten im Teich lag und Schönlings Züge in ein warmes Leuchten hüllte.

Der Typ schien von seinem Spiegelbild im Metall fasziniert zu sein.

Hazel schnappte nach Luft. »Er ist wunderbar.«

Die Nymphen um sie herum quiekten und applaudierten zustimmend.

»Stimmt«, murmelte der junge Mann verträumt und starrte noch immer das Wasser an. »Ich bin so wunderbar.«

Eine Nymphe zeigte Hazel das Display ihres iPhones. »Sein neues Video bei YouTube ist in einer Stunde eine Million Mal angeklickt worden. Ich glaube, die Hälfte davon war ich.«

Die anderen Nymphen kicherten.

»YouTube-Video?«, fragte Leo. »Was macht er denn da, singt er?«

»Nein, du Trottel«, schimpfte die Nymphe. »Er war mal ein Prinz und ein großartiger Jäger und so. Aber das spielt keine Rolle. Jetzt ist er … na ja, sieh selbst.« Sie zeigte Leo das Video. Es war genau das, was sie hier vor sich sahen – der Typ starrte sich im Teich an.

»Er ist soooooooo heiß«, sagte ein anderes Mädchen. Auf ihrem T-Shirt stand MRS NARZISS.

»Narziss?«, fragte Leo.

»Narziss«, bestätigte Echo traurig.

Leo hatte ganz vergessen, dass Echo bei ihnen war. Die Nymphen hatten sie offenbar auch nicht bemerkt.

»Oh, nicht du schon wieder.« Mrs Narziss versuchte, Echo wegzuschieben, aber sie verfehlte die Stelle, wo das getarnte Mädchen stand, und stieß mehrere andere Nymphen an.

»Du hast deine Chance gehabt, Echo«, sagte die Nymphe mit dem iPhone. »Er hat dich vor viertausend Jahren fallenlassen. Du bist so total nicht gut genug für ihn.«

»Für ihn«, sagte Echo traurig.

»Warte.« Es fiel Hazel offenbar schwer, ihren Blick von dem schönen Typen loszureißen, aber sie schaffte es. »Was läuft hier denn eigentlich? Warum hat Echo uns hergeführt?«

Eine Nymphe verdrehte die Augen. Sie hielt einen Kugelschreiber und ein zerknülltes Poster von Narziss in der Hand. »Echo war vor langer Zeit eine Nymphe wie wir, aber sie konnte die Klappe nicht halten. Klatsch, klatsch, bla, bla, bla, die ganze Zeit.«

»Weiß ich!«, kreischte eine andere Nymphe. »Und wer soll das aushalten? Erst vor kurzem hab ich zu Cleopeia gesagt – ihr wisst schon, sie wohnt einen Quader weiter –, ich habe ihr also gesagt: ›Hör auf mit dem Klatsch, sonst endest du noch wie Echo!‹ Cleopeia ist so ein Großmaul! Habt ihr gehört, was sie über die Wolkennymphe und den Satyrn gesagt hat?«

»Allerdings«, sagte die Nymphe mit dem Poster. »Jedenfalls, als Bestrafung für das Geplapper hat Hera Echo verflucht, und seither musste sie alles wiederholen, was uns ja nur recht war. Aber dann hat Echo sich in unseren wunderbaren Narziss verliebt – als ob der sie auch nur bemerken würde.«

»Als ob!«, sagte ein halbes Dutzend anderer.

»Und jetzt hat sie es sich in den Kopf gesetzt, dass er gerettet werden muss«, sagte Mrs Narziss. »Sie sollte einfach abhauen.«

»Abhauen«, knurrte Echo sie an.

»Ich bin soooo froh, dass Narziss wieder lebt«, sagte eine Nymphe in einem grauen Kleid. Sie hatte sich mit schwarzem Filzstift NARZISS + LAIEA auf die Arme geschrieben. »Er ist einfach der Beste. Und er ist in meinem Territorium.«

»Ach, hör doch auf, Laiea«, sagte ihre Freundin. »Ich bin die Teichnymphe. Du bist bloß die Felsnymphe.«

»Na, und ich bin die Grasnymphe«, erklärte eine dritte wütend.

»Er ist ja wohl hergekommen, weil ihm die Wiesenblumen gefallen«, sagte eine vierte. »Und die gehören mir.«

Die ganze Meute fing an zu streiten, während Narziss den Teich anstarrte und alles ignorierte.

Langsam kamen die Nymphen zur Ruhe und widmeten sich wieder dem Fotografieren.

Leo kniete neben dem Schönling nieder. »Also, Narziss. Was machst du denn hier so?«

»Könntest du zur Seite gehen?«, fragte Narziss zerstreut. »Du ruinierst mir den Ausblick.«

Leo schaute ins Wasser. Neben dem Spiegelbild des Narziss sah er jetzt sein eigenes in der gekräuselten Wasseroberfläche über der versenkten Bronzeplatte. Im Vergleich zu Narziss sah er aus wie ein zu klein geratener Troll. Aber es konnte keinen Zweifel daran geben, dass es sich bei der Metallplatte um ein Stück flach gehämmerte Himmlische Bronze handelte, mehr oder weniger rund, ein Meter fünfzig im Durchmesser.

Was diese Platte im Teich zu suchen hatte, wusste Leo nicht. Aber Himmlische Bronze fiel an den seltsamsten Stellen auf die Erde. Er hatte gehört, die meisten Stücke seien Abfall aus den Werkstätten seines Vaters. Hephaistos bekam oft einen Wutanfall, wenn aus einem Projekt nichts wurde, und warf den Schrott dann in die Welt der Sterblichen. Das Stück hier sah aus, als hätte es ein Schild für einen Gott werden sollen, der dann misslungen war. Wenn Leo es aufs Schiff bringen könnte, hätte er gerade genug Bronze für die Reparaturen.

»Ja, toller Anblick«, sagte Leo. »Ich gehe ja gern zur Seite, aber wenn du es nicht brauchst, kann ich dann dieses Stück Bronze mitnehmen?«

»Nein«, sagte Narziss. »Ich liebe ihn. Er ist hinreißend.«

Leo schaute sich um, um zu sehen, ob die Nymphen lachten. Das alles musste doch ein Riesenwitz sein. Aber die schienen kurz vor einer Ohnmacht zu stehen und nickten zustimmend. Nur Hazel wirkte entsetzt. Sie rümpfte die Nase, als sei sie zu dem Schluss gekommen, dass Narziss weniger gut roch, als er aussah.

»Mann«, sagte Leo zu Narziss. »Dir ist doch klar, dass du dich da im Wasser selbst siehst, oder?«

»Ich bin so fantastisch«, seufzte Narziss. Er streckte eine Hand aus, wie um das Wasser zu berühren, zog sie aber zurück. »Nein, ich darf das Wasser nicht aufwühlen. Das ruiniert das Bild. Oh Mann … ich bin so wunderbar.«

»Ja«, murmelte Leo. »Aber wenn ich die Bronze wegnehme, kannst du dich noch immer im Wasser sehen. Oder hier …« Er griff in den Werkzeuggürtel und zog einen einfachen Spiegel von der Größe eines Monokels heraus. »Wir tauschen.«

Narziss nahm widerstrebend den Spiegel und schaute sich voller Bewunderung an. »Sogar du hast mein Bild bei dir? Kein Wunder. Ich bin hinreißend. Danke.« Er legte den Spiegel weg und wandte sich wieder dem Teich zu. »Aber ich habe schon ein viel besseres Bildnis. Die Farbe schmeichelt mir, findest du nicht?«

»O Götter, ja«, kreischte eine Nymphe. »Heirate mich, Narziss!«

»Nein, mich«, rief eine andere. »Würdest du mein Poster signieren?«

»Nein, signiere mein Hemd!«

»Nein, meine Stirn!«

»Nein, mein …«

»Aufhören«, fauchte Hazel.

»Aufhören«, sagte Echo zustimmend.

Leo hatte Echo wieder aus den Augen verloren, aber jetzt sah er, dass sie auf der anderen Seite neben Narziss kniete und ihre Hand vor seinem Gesicht hin und her bewegte, wie um seine Konzentration zu stören. Narziss blinzelte nicht einmal.

Der Nymphen-Fanclub versuchte, Hazel wegzuschieben, aber sie zog ihr Kavallerieschwert und trieb sie zurück. »Schluss damit!«, schrie sie.

»Der signiert dein Schwert nicht«, erklärte die Poster-Nymphe.

»Er wird dich nicht heiraten«, sagte die mit dem iPhone. »Und du darfst ihm den Bronzespiegel nicht wegnehmen. Schließlich bleibt er nur deswegen hier.«

»Ihr seid alle lächerlich«, sagte Hazel. »Der interessiert sich doch nur für sich selbst. Wie könnt ihr ihn mögen?«

»Ihn mögen«, seufzte Echo und bewegte noch immer die Hand vor seinem Gesicht hin und her.

Die anderen seufzten ebenfalls.

»Ich bin so heiß«, sagte Narziss verständnisvoll.

»Narziss, hör mal zu.« Hazel hielt ihr Schwert weiterhin bereit. »Echo hat uns geholt, damit wir dir helfen. Nicht wahr, Echo?«

»Echo«, sagte Echo.

»Wer?«, fragte Narziss.

»Das einzige Mädchen, das sich offenbar dafür interessiert, was aus dir wird«, sagte Hazel. »Weißt du noch, wie du gestorben bist?«

Narziss runzelte die Stirn. »Ich … nein. Das kann nicht stimmen. Ich bin viel zu wichtig, um zu sterben.«

»Du bist gestorben, während du dich selbst angestarrt hat«, sagte Hazel ungerührt. »Jetzt erinnere ich mich an diese Geschichte. Nemesis war die Göttin, die dich verflucht hat, weil du so viele Herzen gebrochen hast. Deine Strafe war, dich in dein Spiegelbild zu verlieben.«

»Ich liebe mich so sehr«, sagte Narziss zustimmend.

»Dann bist du gestorben«, erzählte Hazel weiter. »Ich weiß nicht, welche Version der Geschichte zutrifft. Entweder hast du dich ertränkt oder in eine Blume verwandelt, die über dem Wasser hängt, oder … Echo, welche stimmt?«

»Welche stimmt«, sagte Echo hoffnungslos.

Leo richtete sich auf. »Ist doch egal. Entscheidend ist, dass du jetzt wieder lebst, Mann. Du hast noch eine Chance. Das hat Nemesis uns gesagt. Du kannst aufstehen und mit deinem Leben weitermachen. Echo versucht, dich zu retten. Oder du kannst hierbleiben und dich anglotzen, bis du wieder stirbst.«

»Bleib hier«, kreischten alle Nymphen.

»Heirate mich, ehe du stirbst«, quiekte eine andere.

Narziss schüttelte den Kopf. »Ihr wollt nur mein Spiegelbild. Ich kann euch da keine Vorwürfe machen, aber das geht nicht. Ich gehöre mir.«

Hazel stöhnte. Sie schaute zur rasch sinkenden Sonne hinüber. Dann zeigte sie mit ihrem Schwert auf den Rand des Kraters. »Leo, kann ich kurz mit dir reden?«

»Entschuldige uns«, sagte Leo zu Narziss. »Echo, könntest du mitkommen?«

»Mitkommen«, bestätigte Echo.

Die Nymphen drängten sich wieder um Narziss und machten weitere Videos und Fotos.

Hazel ging vor, bis sie außer Hörweite waren. »Nemesis hat Recht«, sagte sie. »Einige Halbgötter können sich nicht ändern. Narziss wird hierbleiben, bis er wieder stirbt.«

»Nein«, sagte Leo.

»Nein«, sagte Echo zustimmend.

»Wir brauchen diese Bronze«, sagte Leo. »Wenn wir sie mitnehmen, könnte das für Narziss ein Grund sein, zu sich zu kommen. Und vielleicht könnte Echo ihn dann retten.«

»Echo ihn dann retten«, sagte Echo dankbar.

Hazel bohrte ihr Schwert in den Sand. »Es könnte uns auch den Zorn von mehreren Dutzend Nymphen bescheren«, sagte sie. »Und Narziss hat vielleicht nicht vergessen, wie man Pfeil und Bogen benutzt.«

Leo überlegte. Die Sonne war jetzt fast untergegangen. Nemesis hatte erwähnt, dass Narziss sich nach Einbruch der Dunkelheit immer ziemlich aufregte, vermutlich, weil er dann sein Spiegelbild nicht mehr sehen konnte. Leo wollte gar nicht erst herausfinden, was die Göttin damit meinte. Er hatte außerdem seine Erfahrungen mit verrückten Nymphenmeuten. Die wollte er nicht wiederholen.

»Hazel«, sagte er. »Bei deiner Macht über Edelmetall – kannst du das nur entdecken oder es auch heranholen?«

Sie runzelte die Stirn. »Manchmal kann ich es heranholen. Mit einem Stück Himmlischer Bronze habe ich das noch nie probiert. Vielleicht könnte ich es durch die Erde zu mir ziehen, aber ich müsste ziemlich dicht dran sein. Es erfordert sehr viel Konzentration und geht auch nicht gerade schnell.«

»Schnell«, drängte Echo.

Leo fluchte. Er hatte gehofft, sie könnten einfach aufs Schiff zurückkehren und Hazel könnte die Himmlische Bronze aus sicherer Entfernung teleportieren.

»Na gut«, sagte er. »Wir müssen es riskieren. Hazel, kannst du versuchen, die Bronze von hier aus heranzuholen? Lass sie im Sand versinken und dann durch einen Tunnel herkommen, und dann schnappst du sie dir und rennst zum Schiff.«

»Aber Narziss lässt sie nicht aus den Augen«, sagte sie.

»Nicht aus den Augen«, sagte Echo.

»Das ist meine Aufgabe«, sagte Leo und fand seinen Plan jetzt schon grausig. »Echo und ich werden für Ablenkung sorgen.«

»Für Ablenkung sorgen?«, fragte Echo.

»Das erklär ich gleich«, versprach Leo. »Bist du dabei?«

»Dabei«, sagte Echo.

»Super«, sagte Leo. »Dann lasst uns hoffen, dass wir das überleben.«

VIII

Leo

Leo machte sich bereit für eine vollständige Typveränderung. Er holte Pfefferminzpastillen und eine Schweißerbrille aus seinem Werkzeuggürtel. Die Brille war nicht direkt eine Sonnenbrille, aber sie musste reichen. Er rollte sich die Hemdsärmel hoch. Er nahm Maschinenöl, um sich die Haare glatt zu streichen. Er steckte sich einen Schraubenschlüssel in die Hintertasche (wozu, wusste er nicht so recht) und ließ sich von Hazel mit Filzstift HEISSE WARE auf den Bizeps schreiben und Schädel und gekreuzte Knochen danebenzeichnen.

»Was in aller Welt denkst du dir dabei eigentlich?« Sie hörte sich ziemlich gereizt an.

»Ich versuche, gar nicht zu denken«, gab Leo zu. »Das stört beim Verrücktsein. Du konzentrierst dich einfach darauf, die Himmlische Bronze herzubewegen. Echo, bist du so weit?«

»So weit«, sagte Echo.

Leo holte tief Luft. Er stolzierte zurück zum Teich und hoffte, umwerfend auszusehen und nicht wie jemand mit einem Nervenleiden. »Leo ist der Coolste!«, brüllte er.

»Leo ist der Coolste!«, brüllte auch Echo.

»Platz für den King!«

»Den King!«

»Narziss ist ein Schwächling!«

»Schwächling!«

Die Nymphen stoben überrascht auseinander. Leo verscheuchte

sie, als ob sie ihm lästig wären. »Keine Autogramme, Mädels. Ich weiß, ihr wünscht euch Leo-Zeit, aber ich bin viel zu cool. Bleibt ihr lieber bei diesem hässlichen Weichei Narziss. Der ist doch lahm!«

»Lahm«, sagte Echo voller Begeisterung.

Die Nymphen murmelten wütend durcheinander.

»Was redest du da eigentlich?«, fragte eine.

»*Du* bist lahm«, sagte eine andere.

Leo rückte die Brille gerade und lächelte. Er ließ seinen Bizeps spielen, auch wenn da nicht viel zu spielen war, und zeigte seine HEISSE WARE-Tätowierung. Nun hatte er die Aufmerksamkeit der Nymphen, wenn auch nur, weil sie total verdutzt waren. Narziss dagegen starrte noch immer sein Spiegelbild an.

»Wisst ihr, wie hässlich Narziss ist?«, fragte Leo die Menge. »Er ist so hässlich, dass seine Mutter ihn bei seiner Geburt für einen umgekehrten Zentauren gehalten hat – mit einem Pferdehintern als Gesicht.«

Einige Nymphen schnappten nach Luft. Narziss runzelte die Stirn, als ob er vage eine Mücke registriert hätte, die um seinen Kopf surrte.

»Wisst ihr, warum sein Bogen voller Spinnweben ist?«, fragte Leo jetzt. »Er hat damit nach Mädels gejagt, aber er kann keine kriegen.«

Eine Nymphe lachte. Die anderen brachten sie sofort mit Rippenstößen zum Schweigen.

Narziss drehte sich um und sah Leo wütend an. »Wer bist du eigentlich?«

»Ich bin der supergroße Überschurke, Mann!«, sagte Leo. »Ich bin Leo Valdez, der allergrößte Taugenichts. Und die Damen lieben Taugenichtse.«

»Lieben Taugenichtse«, sagte Echo mit überzeugendem Seufzer.

Leo zog einen Kugelschreiber hervor und schrieb einer Nymphe ein Autogramm auf den Arm. »Narziss ist ein Verlierer! Der ist so schwach, der kann ja nicht mal ein Papiertaschentuch stemmen. Der ist so lahm, dass ein Bild von Narziss auftaucht, wenn man bei Wikipedia ›lahm‹ eingibt, nur ist das Bild so hässlich, dass es sich niemand je ansieht.«

Narziss runzelte seine edle Stirn. Sein Gesicht verfärbte sich von Bronze zu Lachsrosa. Für den Augenblick hatte er den Teich total vergessen, und Leo konnte sehen, wie die Bronzeplatte im Sand versank.

»Was redest du da eigentlich?«, fragte Narziss verärgert. »Ich bin umwerfend. Das wissen doch alle.«

»Umwerfend bescheuert«, sagte Leo. »Wenn ich so bescheuert wäre wie du, würde ich mich ertränken. Aber Moment, das hast du ja schon.«

Eine weitere Nymphe kicherte. Dann noch eine. Narziss runzelte die Stirn, und schon sah er ein bisschen weniger gut aus. Leo strahlte, bewegte die Augenbrauen über seiner Schweißerbrille und breitete die Hände aus, um Applaus einzufordern.

»Richtig so!«, sagte er. »Punkt für Team Leo!«

»Punkt für Team Leo!«, schrie Echo. Sie hatte sich unter die Nymphen gemischt, und weil sie so schwer zu sehen war, glaubten die offenbar, die Stimme stamme von einer von ihnen.

»O Götter, was bin ich hinreißend!«, brüllte Leo.

»Hinreißend!«, brüllte Echo zurück.

»Er ist wirklich witzig«, sagte eine Nymphe zaghaft.

»Und niedlich, auf seine schmächtige Weise«, sagte eine andere.

»Schmächtig?«, fragte Leo. »Baby, ich habe *schmächtig* erfunden!

Schmächtig ist das neue *brodelnd heiß*. Und ICH bin hier schmächtig. Narziss? Der ist so ein Verlierer, dass nicht mal die Unterwelt ihn wollte. Er konnte kein Geistermädel zu einem Date überreden.«

»Uäh«, sagte eine Nymphe.

»Uäh«, stimmte Echo ihr zu.

»Halt!« Narziss sprang auf. »Das stimmt nicht. Dieser Kerl ist eindeutig nicht hinreißend, also muss er …« Er suchte nach Worten. Anscheinend hatte er lange über nichts anderes mehr geredet als sich selbst. »Der will uns reinlegen!«

Offenbar war Narziss doch kein Vollidiot. Langsam schien ihm eine Erkenntnis zu kommen. Er drehte sich zum Teich um. »Der Bronzespiegel ist verschwunden! Mein Spiegelbild! Gib es zurück!«

»Team Leo!«, quiekte eine Nymphe. Aber die anderen wandten ihre Aufmerksamkeit wieder Narziss zu.

»Ich bin hier der Schöne!«, erklärte Narziss. »Er hat meinen Spiegel gestohlen und ich gehe, wenn wir ihn nicht zurückbekommen!«

Die Mädchen schnappten nach Luft. Eine zeigte zum Kraterrand. »Da!«

Sie sahen, wie Hazel so schnell sie konnte wegrannte, während sie eine große Bronzeplatte an sich presste.

»Holt das zurück!«, schrie eine Nymphe.

Vermutlich gegen ihren Willen murmelte Echo: »Holt das zurück.«

»Ja!« Narziss riss den Bogen von der Schulter und zog einen Pfeil aus seinem verstaubten Köcher. »Diejenige von euch, die die Bronze zurückholt, werde ich fast so gern mögen wie mich. Vielleicht küsse ich sie sogar, nachdem ich mein Spiegelbild geküsst habe.«

»Bei den Göttern«, kreischten die Nymphen.

»Und bringt diese Halbgötter um!«, fügte Narziss hinzu und starrte Leo wunderschön wütend an. »Die sind eben nicht so cool wie ich!«

Leo konnte ziemlich schnell laufen, wenn jemand versuchte, ihn umzubringen. Leider hatte er darin sehr viel Übung.

Er überholte Hazel, was einfach war, denn sie mühte sich mit fünfzig Pfund Himmlischer Bronze ab. Er packte eine Seite der Platte und schaute sich um. Narziss legte einen Pfeil an, aber der war so alt und morsch, dass er zersplitterte.

»Au!«, schrie Narziss auf hinreißende Weise. »Meine Maniküre!«

Normalerweise waren Nymphen schnell – jedenfalls die im Camp Half-Blood –, aber diese waren beladen mit Postern, T-Shirts und anderen Narziss-Fanartikeln. Immer wieder stolperten sie und schubsten sich gegenseitig. Echo machte alles noch schlimmer, da sie zwischen ihnen hin und her lief und so vielen ein Bein stellte, wie sie nur konnte.

Aber sie holten trotzdem schnell auf.

»Ruf Arion!«, keuchte Leo.

»Schon geschehen!«, sagte Hazel.

Sie rannten zum Ufer und konnten die Argo II sehen, hatten aber keine Möglichkeit, dorthin zu gelangen. Es war viel zu weit zum Schwimmen, selbst wenn sie keine Bronzeplatte hätten schleppen müssen.

Leo drehte sich um. Die Meute kam jetzt über die Dünen, angeführt von Narziss, der seinen Bogen hielt wie ein Tambourmajor seinen Stab. Die Nymphen hatten allerlei Waffen herbeigezaubert. Einige hatten Steine, andere hatten mit Blumen umwundene Keulen. Einige Teichnymphen hatten Wasserpistolen – die nicht allzu beängstigend aussahen –, aber ihre Blicke waren trotzdem mörderisch.

»Oh Mann«, murmelte Leo und beschwor Feuer in seiner freien Hand herauf. »Kämpfe von Angesicht zu Angesicht sind nicht gerade meine Stärke.«

»Halt die Himmlische Bronze fest«, Hazel zog ihr Schwert. »Und stell dich hinter mich!«

»Hinter mich«, wiederholte Echo. Das getarnte Mädchen rannte jetzt vor der Meute her. Sie blieb vor Leo stehen, drehte sich um und breitete die Arme aus, als wollte sie ihn persönlich beschützen.

»Echo?« Leo hatte einen Kloß im Hals und konnte kaum sprechen. »Du bist wirklich eine mutige Nymphe.«

»Mutige Nymphe?« Es klang wie eine Frage.

»Ich bin stolz darauf, dich im Team Leo zu haben«, sagte er. »Wenn wir das hier überleben, solltest du Narziss vergessen.«

»Narziss vergessen?«, fragte sie unsicher.

»Du bist viel zu gut für ihn.«

Die Nymphen umringten sie jetzt in einem Halbkreis.

»Alles Betrug«, sagte Narziss. »Die lieben mich nicht, Mädels. Wir lieben mich alle, oder?«

»Ja«, schrien die Mädchen, bis auf eine verwirrte Nymphe in einem gelben Kleid, die »Team Leo!« quietschte.

»Bringt sie um!«, befahl Narziss.

Die Nymphen stürzten vor, aber der Sand vor ihnen explodierte. Arion kam von nirgendwoher angejagt und umkreiste die Meute so schnell, dass er einen Sandsturm hervorrief und die Nymphen mit weißem Kalk überschüttete, der ihnen in die Augen geriet.

»Ich liebe dieses Pferd«, sagte Leo.

Die Nymphen fielen zu Boden, sie würgten und husteten. Narziss taumelte umher und schwenkte blind seinen Bogen wie beim Topfschlagen.

Hazel stieg in den Sattel, zog die Bronzeplatte zu sich hoch und streckte Leo ihre Hand hin.

»Wir dürfen auf keinen Fall Echo zurücklassen«, sagte Leo.

»Echo zurücklassen!«, wiederholte die Nymphe.

Sie lächelte und zum ersten Mal konnte Leo ihr Gesicht deutlich sehen. Sie war wirklich hübsch. Ihre Augen waren blauer, als ihm bewusst gewesen war. Wie hatte er das übersehen können?

»Warum?«, fragte Leo. »Meinst du wirklich, du kannst Narziss noch retten?«

»Narziss noch retten«, sagte sie zuversichtlich. Und obwohl es nur ein Echo war, wusste Leo, dass sie es so meinte. Sie hatte eine zweite Chance erhalten und war entschlossen, sie zu nutzen, um den Mann zu retten, den sie liebte – auch wenn er ein total hoffnungsloser (aber sehr schöner) Trottel war.

Leo wollte widersprechen, aber Echo beugte sich vor, küsste ihn auf die Wange und schob ihn sanft weg.

»Leo, komm jetzt«, drängte Hazel.

Die anderen Nymphen kamen wieder auf die Beine. Sie wischten sich den Kalk aus den vor Wut lodernden grünen Augen. Leo hielt wieder Ausschau nach Echo, aber die war mit ihrer Umgebung verschmolzen.

»Ja«, sagte er mit ausgedörrter Kehle. »Ja, okay.«

Er stieg hinter Hazel auf. Arion jagte über das Wasser und die Nymphen kreischten ihnen hinterher. Narziss brüllte: »Bringt mich zurück! Bringt mich zurück!«

Als Arion auf die Argo II zuschoss, fiel Leo ein, was Nemesis über Echo und Narziss gesagt hatte: *Vielleicht werden sie dir eine Lehre erteilen.*

Leo hatte gedacht, sie habe Narziss gemeint, aber jetzt fragte er sich, ob die wahre Lehre für ihn Echo sein könnte – unsichtbar für ihre Geschwister, verflucht, jemanden zu lieben, der sich nichts aus ihr machte. *Ein siebtes Rad.* Er versuchte, diesen Gedanken zu verdrängen. Er hielt die Bronzeplatte vor sich wie einen Schild.

Er war fest entschlossen, Echos Gesicht niemals zu vergessen. Sie verdiente wenigstens einen Menschen, der sie wirklich sah und wusste, wie gut sie war. Leo schloss die Augen, aber schon verblasste die Erinnerung an ihr Lächeln.

IX

Piper

Piper wollte das Messer nicht benutzen.

Aber als sie in Jasons Kabine saß und darauf wartete, dass er aufwachte, fühlte sie sich einsam und hilflos.

Jasons Gesicht war so blass, er hätte auch tot sein können. Sie dachte an das grauenhafte Geräusch, mit dem der Stein seine Stirn getroffen hatte – und diese Verletzung hatte er sich nur zugezogen, weil er versucht hatte, sie vor den Römern zu beschützen.

Auch nachdem sie ihm Nektar und Ambrosia eingeflößt hatten, war Piper nicht sicher, in welchem Zustand er zu sich kommen würde. Was, wenn er wieder sein Gedächtnis verloren hatte – aber diesmal seine Erinnerungen an *sie?*

Das wäre der gemeinste Streich, den die Götter ihr bisher gespielt hätten, und sie hatten sich schon einige Gemeinheiten geleistet.

Sie hörte Gleeson Hedge in der Nachbarkabine, er summte ein Soldatenlied – vielleicht *Stars and Stripes forever*? Da das Satellitenfernsehen seinen Geist aufgegeben hatte, saß der Satyr vermutlich auf seinem Bett und las alte Ausgaben der *Waffenrevue.* Er war kein schlechter Betreuer, aber zweifellos der kriegerischste alte Ziegenbock, der Piper jemals über den Weg gelaufen war.

Natürlich war sie dem Satyrn dankbar. Er hatte ihrem Vater, dem Filmschauspieler Tristan McLean, wieder auf die Beine geholfen, nachdem er im vergangenen Winter von Riesen verschleppt worden war. Und vor einigen Wochen hatte Hedge seine Freundin Mellie gebeten, den McLean-Haushalt zu übernehmen, damit er auf diesem Einsatz helfen konnte.

Trainer Hedge hatte versucht, es so klingen zu lassen, als sei die Rückkehr nach Camp Half-Blood allein seine Idee gewesen, aber Piper vermutete, dass das nicht die ganze Geschichte war. In den vergangenen Wochen hatten ihr Dad und Mellie sie jedes Mal gefragt, was denn los sei, wenn sie zu Hause angerufen hatte. Vielleicht hatte etwas in ihrer Stimme sie verraten.

Piper konnte ihre Visionen mit niemandem teilen. Sie waren zu schrecklich. Außerdem hatte ihr Dad einen Trunk zu sich genommen, der Pipers Halbgott-Geheimnisse alle aus seinem Gedächtnis getilgt hatte. Aber er merkte noch immer, wenn etwas ihr zu schaffen machte, und sie war ziemlich sicher, dass ihr Dad Trainer Hedge gebeten hatte, sich um sie zu kümmern.

Sie würde ihre Klinge nicht ziehen. Sie würde sich danach nur noch elender fühlen.

Endlich wurde die Versuchung zu groß. Sie zog *Katoptris* aus der Scheide. Das Messer sah nicht weiter aufregend aus, eine dreieckige Klinge mit einem Griff ohne Verzierungen, aber es hatte einst der schönen Helena gehört. Der Name des Dolchs bedeutete »Spiegel«.

Piper starrte die Bronzeklinge an. Zuerst sah sie nur ihr eigenes Spiegelbild. Dann zuckte ein Lichtschein über das Metall. Sie sah eine Menge römische Halbgötter, die sich auf dem Forum versammelt hatten. Der blonde Vogelscheuchenknabe, Octavian, sprach zu ihnen und schüttelte dabei die Faust. Piper konnte ihn nicht hören, aber was er meinte, war deutlich: *Wir müssen diese Griechen umbringen!*

Reyna, die Prätorin, stand dabei und ihr Gesicht wirkte verkniffen vor lauter unterdrückten Gefühlen. Bitterkeit? Wut? Piper war nicht sicher.

Sie hatte Reyna hassen wollen, aber das war ihr nicht gelungen. Auf dem Fest auf dem Forum hatte sie Reyna dafür bewundert, wie sie ihre Gefühle im Griff behielt.

Reyna hatte die Beziehung von Piper und Jason sofort durchschaut. Als Tochter der Aphrodite wusste Piper so etwas einfach. Aber Reyna war höflich und beherrscht geblieben. Sie hatte den Griechen eine faire Chance gegeben … bis die Argo II angefangen hatte, ihre Stadt zu zerstören.

Fast hätte Piper ihr gegenüber ein schlechtes Gewissen gehabt, weil sie Jasons Freundin war, aber das war albern. Jason war niemals Reynas Freund gewesen, zumindest nicht richtig.

Vielleicht war Reyna total in Ordnung, aber das spielte jetzt keine Rolle. Sie hatten ihre Chance auf Frieden ruiniert. Pipers Überredungskünste hatten in diesem Fall ausnahmsweise nichts genutzt.

Pipers geheime Furcht war, dass sie sich nicht genug Mühe gegeben hatte. Sie hatte sich niemals mit den Römern anfreunden wollen. Sie hatte zu große Angst, Jason an sein altes Leben zu verlieren. Vielleicht hatte sie sich unbewusst nicht allzu große Mühe mit dem Charmesprech gegeben.

Jetzt war Jason verletzt. Das Schiff war fast zerstört worden. Und wenn Pipers Dolch Recht hatte, fachte dieser verrückte Teddywürger Octavian die Kriegslust der Römer weiter an.

Das Bild in ihrer Klinge änderte sich. Sie sah eine rasche Folge von Bildern, die sie schon kannte, aber sie verstand sie noch immer nicht: Jason, der auf einem Pferd in die Schlacht ritt, wobei seine Augen golden waren und nicht blau; eine Frau in einem altmodischen Südstaatenkleid, die in einem am Meer gelegenen Park mit Palmen stand; ein Stier mit dem Gesicht eines bärtigen Mannes, der sich aus einem Fluss erhob, und zwei mit identischen gelben Togen bekleidete Riesen, die mit einem Flaschenzug einen riesigen Bronzekrug aus einer Grube hievten.

Dann kam die schlimmste Vision von allen: Sie sah sich zusammen mit Jason und Percy unten in einer dunklen runden Kammer, die aussah wie ein riesiger Brunnen, bis zur Hüfte im Wasser stehen. Geisterhafte Gestalten bewegten sich durch das rasch ansteigende Wasser. Piper kratzte an den Wänden, aber es gab keinen Ausweg. Das Wasser erreichte Brusthöhe. Jason wurde nach unten gezogen. Percy stolperte und verschwand.

Wie könnte ein Kind des Meeresgottes ertrinken? Piper wusste es nicht, aber sie sah sich in der Vision, wie sie allein im Wasser um sich schlug, bis es über ihren Kopf stieg.

Piper schloss die Augen. *Zeig mir das nicht wieder,* flehte sie. *Zeig mir etwas, das hilft.*

Sie zwang sich, wieder die Klinge anzusehen.

Diesmal sah sie einen leeren Highway, der Felder voller Weizen und Sonnenblumen durchschnitt. Ein Wegweiser verkündete: TOPEKA 50 km. Am Straßenrand stand ein Mann in Khakishorts und einem lilafarbenen Camp-T-Shirt. Sein Gesicht verlor sich im Schatten des breitkrempigen Hutes, der mit Weinranken umschlungen war. Er hob einen silbernen Kelch und winkte Piper zu. Aus irgendeinem Grund wusste sie, dass er ihr ein Geschenk anbieten wollte – ein Heilmittel oder ein Gegengift.

»Hallo«, krächzte Jason.

Piper war so verwirrt, dass sie ihr Messer fallen ließ. »Du bist ja wach!«

»Wieso überrascht dich das so?« Jason berührte seinen verbundenen Kopf und runzelte die Stirn. »Was … Was ist passiert? Ich erinnere mich an die Explosionen und …«

»Erinnerst du dich an mich?«

Jason versuchte zu lachen, aber das Lachen verwandelte sich in eine schmerzverzerrte Grimasse. »Soweit ich weiß, bist du meine umwerfende Liebste Piper. Falls sich das nicht geändert hat, während ich weggetreten war.«

Piper hätte vor Erleichterung schluchzen mögen. Sie half ihm beim Aufsitzen und ließ ihn am Nektar nippen, während sie ihn auf den neuesten Stand brachte. Sie erklärte gerade, wie Leo das Schiff reparieren wollte, als sie über ihren Köpfen Pferdehufe über das Deck klappern hörten.

Gleich darauf taumelten Leo und Hazel mit einer großen Platte aus gehämmerter Bronze zwischen sich in die Türöffnung.

»Götter des Olymp!« Piper starrte Leo an. »Was ist denn mit dir passiert?«

Seine Haare waren mit Fett nach hinten geklebt. Er trug eine Schweißerbrille auf der Stirn, hatte Lippenstiftspuren auf der Wange, seine Arme waren mit Tätowierungen bedeckt und auf seinem T-Shirt stand HEISSE WARE, BÖSER BUBE und TEAM LEO.

»Lange Geschichte«, sagte er. »Sind die anderen zurück?«

»Noch nicht«, sagte Piper.

Leo stieß einen Fluch aus. Dann sah er, dass Jason sich aufgesetzt hatte, und seine Miene hellte sich auf. »Hey, Mann. Schön, dass es dir besser geht. Ich bin dann mal im Maschinenraum.«

Er lief mit der Bronzeplatte davon und ließ Hazel in der Türöffnung stehen.

Piper hob eine Augenbraue. *»Team Leo?«*

»Wir sind Narziss begegnet«, sagte Hazel, was aber nicht gerade viel erklärte. »Und Nemesis, der Göttin der Rache.«

Jason seufzte. »Da hab ich ja das Beste verpasst.«

Oben auf Deck hörten sie ein Dröhnen, als sei dort ein schweres Wesen gelandet. Annabeth und Percy kamen durch den Gang gelaufen und Percy trug einen dampfenden Fünf-Liter-Eimer aus Plastik, der grauenhaft stank. Annabeth hatte etwas Schwarzes in ihren Haaren kleben. Percys Hemd war von diesem schwarzen Zeug überzogen.

»Teer zum Dachdecken?«, vermutete Piper.

Frank kam hinter ihnen angestolpert, und damit war der Gang mit Halbgöttern ziemlich verstopft. Franks Gesicht war schwarz verschmiert.

»Sind auf Teermonster gestoßen«, sagte Annabeth. »Hallo Jason, schön, dass du wach bist. Hazel, wo ist Leo?«

Sie zeigte nach unten. »Maschinenraum.«

Plötzlich lehnte sich das ganze Schiff nach Backbord. Die Halbgötter stolperten. Percy hätte fast seinen Teereimer ausgekippt.

»Äh, was war das denn?«, fragte er.

»Oh …« Hazel machte ein verlegenes Gesicht. »Vielleicht haben wir die Nymphen verärgert, die in diesem See leben. So ungefähr … alle.«

»Spitze.« Percy reichte Frank und Annabeth den Teereimer. »Ihr helft Leo. Ich halte uns die Wassergeister vom Leib, solange ich kann.«

»Ich mach mit!«, versprach Frank.

Die drei rannten los und ließen Hazel an der Kabinentür stehen. Wieder legte sich das Schiff auf die Seite und Hazel presste die Hände auf den Bauch, als ob ihr gleich schlecht werden würde.

»Ich muss kurz …« Sie schluckte, zeigte den Gang entlang und war verschwunden.

Jason und Piper blieben unter Deck, während das Schiff hin und her schwankte. Für eine Halbgöttin kam Piper sich ziemlich nutzlos vor. Wellen brachen sich am Schiffsrumpf, während zornige Stimmen vom Deck her ertönten – Percy brüllte, Trainer Hedge schrie den See an. Festus, die Galionsfigur, spie mehrere Male Feuer. Unten im Schiff stöhnte Hazel jämmerlich in ihrer Kabine. Im Maschinenraum weiter unten schienen Leo und die anderen mit an die Füße gebundenen Ambossen einen irischen Stepptanz aufzuführen. Erst nach Stunden, so kam es ihr vor, fing der Motor an zu summen. Die Ruder ächzten und stöhnten und Piper spürte, wie sich das Schiff in die Luft hob.

Das Wackeln und Rütteln hörte auf und das Schiff wurde still, abgesehen vom Dröhnen der Maschinen. Endlich tauchte Leo aus dem Maschinenraum auf, bedeckt von Schweiß, Kalkstaub und Teer. Sein T-Shirt sah aus, als wäre es von einer Rolltreppe in Fetzen gekaut worden. Statt TEAM LEO stand jetzt auf seiner Brust AM LEO. Aber er grinste wie ein Verrückter und verkündete, sie seien wieder gut unterwegs.

»Wir treffen uns in einer Stunde in der Messe«, sagte er. »Verrückter Tag, was?«

Nachdem alle sich gewaschen hatten, übernahm Trainer Hedge das Steuerruder und die Halbgötter versammelten sich unter Deck zum Essen. Zum ersten Mal setzten sie sich alle zusammen – nur die sieben. Eigentlich hätte ihre Anwesenheit Piper beruhigen müssen, aber sie alle an einem Ort zu sehen, erinnerte sie daran, dass die Weissagung der Sieben sich nun endlich erfüllte. Kein Warten mehr darauf, dass Leo das Schiff fertigstellte. Keine lässigen Tage im Camp Half-Blood, an denen sie so tun konnte, als liege die Zukunft noch in weiter Ferne. Jetzt waren sie auf dem Weg, eine Bande wütender Römer auf den Fersen und vor ihnen die Alte Welt. Wo sicher die Giganten warteten. Gaia erhob sich. Und wenn sie bei diesem Einsatz keinen Erfolg hätten, würde die Welt zerstört werden.

Die anderen empfanden es wohl auch so. Die Spannung in der Messe war wie ein elektrischer Sturm, der sich zusammenbraute, und angesichts von Percys und Jasons Fähigkeiten war das ja auch gut möglich. In einem unglücklichen Moment hatten beide versucht, sich am Kopfende des Tisches in denselben Sessel zu setzen. Jasons Hände sprühten Funken. Nach kurzem Schweigen, während dem sie beide sicher dachten, *Muss das denn sein, du Dussel?,* überließen sie Annabeth den Sessel und nahmen einander gegenüber Platz.

Die Mannschaft tauschte Geschichten aus, aber nicht einmal Leos Geschichte darüber, wie er den albernen Narziss ausgetrickst hatte, konnte die Gruppe aufheitern.

»Und wohin jetzt?«, fragte Leo mit einem Mundvoll Pizza. »Ich habe eine Schnellreparatur durchgeführt, um uns vom See wegzubringen, aber es gibt noch immer eine Menge Schäden. Wir müssten eigentlich noch mal landen und alles in Ordnung bringen, ehe wir den Atlantik überqueren.«

Percy aß gerade ein Stück Kuchen, das aus irgendeinem Grund durch und durch blau war – Füllung, Teig und sogar die Schlagsahne. »Wir müssen weiter weg von Camp Jupiter«, sagte er. »Frank hat über Salt Lake City Adler gesehen. Wir nehmen an, dass die Römer nicht weit hinter uns sind.«

Das konnte die Stimmung am Tisch nicht verbessern. Piper wollte eigentlich gar nichts sagen, fühlte sich aber verpflichtet … und ein wenig schuldig. »Ich nehme an, es ist keine gute Idee, kehrtzumachen und zu versuchen, die Römer zur Vernunft zu bringen? Vielleicht … Vielleicht habe ich mir mit dem Charmesprech nicht genug Mühe gegeben.«

Jason nahm ihre Hand. »Das war nicht deine Schuld, Pipes. Und auch nicht Leos«, fügte er rasch hinzu. »Was immer da passiert sein mag, Gaia hatte es so geplant, um die beiden Camps auseinanderzubringen.«

Piper war dankbar für diese Unterstützung, aber sie fühlte sich noch immer nicht wohl in ihrer Haut. »Aber wenn wir ihnen alles erklären könnten …«

»Ohne Beweise?«, fragte Annabeth. »Und ohne eine Vorstellung davon, was wirklich passiert ist? Ich weiß dein Angebot zu schätzen, Piper. Ich will die Römer auch nicht als Feinde haben, aber ehe wir wissen, was Gaia vorhat, wäre Rückkehr Selbstmord.«

»Sie hat Recht«, sagte Hazel. Sie sah nach der Seekrankheit noch immer ein wenig elend aus, versuchte aber, ein paar salzige Cracker zu essen. Ihr Tellerrand war dicht an dicht mit Rubinen belegt und Piper war ziemlich sicher, dass die zu Beginn der Mahlzeit nicht da gewesen waren. »Reyna würde uns vielleicht zuhören, Octavian aber nicht. Die Römer müssen an ihre Ehre denken. Sie sind angegriffen worden. Sie würden sofort schießen und ihre Fragen *posthac* stellen.«

Piper starrte ihren eigenen Teller an. Die magischen Teller konnten eine großartige Auswahl an vegetarischen Gerichten liefern. Die Quesadilla mit Avocado und gegrillter Paprika mochte sie besonders, aber an diesem Abend hatte sie kaum Appetit.

Sie dachte an die Visionen, die sie in ihrem Messer gesehen hatte: Jason mit goldenen Augen, der Stier mit dem Menschenkopf, die beiden Riesen in gelber Toga, die einen Bronzekrug aus einer Grube hievten. Das Schlimmste war die Erinnerung daran, wie sie selbst im schwarzen Wasser ertrank.

Piper hatte das Wasser immer geliebt. Sie hatte schöne Erinnerungen daran, wie sie mit ihrem Dad surfen gewesen war. Aber seit sie angefangen hatte, in *Katoptris* diese Vision zu sehen, dachte sie immer häufiger an eine alte Cherokee-Geschichte, die ihr Großvater ihr immer erzählt hatte, damit sie nicht zum Fluss bei seiner Hütte lief. Er hatte ihr gesagt, die Cherokee glaubten an gute Wassergeister, wie die Najaden der Griechen, aber sie glaubten auch an böse Wassergeister, die Wasserkannibalen, die Sterbliche mit unsichtbaren Pfeilen jagten und vor allem kleine Kinder gern ertränkten.

»Du hast Recht«, entschied sie. »Wir müssen machen, dass wir weiterkommen. Nicht nur wegen der Römer. Wir müssen uns beeilen.«

Hazel nickte. »Nemesis hat gesagt, dass uns nur sechs Tage bleiben, bis Nico stirbt und Rom zerstört wird.«

Jason runzelte die Stirn. »Du meinst Rom-Rom und nicht Neu-Rom?«

»Ich glaube schon«, sagte Hazel. »Und wenn das stimmt, dann ist das nicht viel Zeit.«

»Wieso sechs Tage?«, fragte Percy. »Und wie wollen sie Rom zerstören?«

Niemand antwortete. Piper wollte nicht noch mehr schlechte Nachrichten verbreiten, aber sie hatte das Gefühl, dass sie das tun müsste.

»Das ist noch nicht alles«, sagte sie. »Ich habe da so was in meinem Messer gesehen.«

Der große Bursche, Frank, erstarrte mit einer Gabel voll Spaghetti auf halbem Weg zum Mund. »Und zwar …?«

»Nur verworrene Bilder, die alle keinen richtigen Sinn ergeben«, sagte Piper. »Aber ich habe zwei Riesen gesehen, die gleich angezogen waren. Wie Zwillinge.«

Annabeth starrte die magischen Videos aus Camp Half-Blood an der Wand an. In diesem Moment zeigten sie den Aufenthaltsraum im Hauptgebäude, ein gemütliches Feuer im Kamin und Seymour, den ausgestopften Leopardenkopf, der zufrieden über dem Kaminsims schlief.

»Zwillinge, wie in Ellas Weissagung«, sagte Annabeth. »Wenn wir diese Zeilen deuten könnten, wäre das sicher eine Hilfe.«

»Die Tochter der Weisheit geht allein«, sagte Percy. *»Athenes Zeichen in Rom brennt sich ein.* Annabeth, damit musst du gemeint sein. Juno hat mir gesagt … na ja, sie hat gesagt, in Rom liege eine schwere Aufgabe vor dir. Sie hat gesagt, sie bezweifelt, dass du es schaffst. Aber ich weiß, dass sie sich irrt.«

Annabeth holte tief Luft. »Reyna wollte mir etwas sagen, bevor das Schiff auf uns gefeuert hat. Sie hat gesagt, dass es bei den römischen Prätoren eine alte Sage gibt – etwas, das mit Athene zu tun hat. Sie sagte, das könnte der Grund sein, warum Griechen und Römer sich noch nie vertragen haben.«

Leo und Hazel wechselten nervöse Blicke.

»Nemesis hat auch so etwas gesagt«, sagte Leo. »Sie hat über eine alte Rechnung geredet, die bezahlt werden muss …«

»Das Einzige, was die Doppelnatur der Götter in Harmonie bringen kann«, erinnerte sich Hazel. *»Ein altes Unrecht, das endlich gerächt wird.«*

Percy malte ein stirnrunzelndes Gesicht in seine blaue Schlagsahne. »Ich war nur etwa zwei Stunden lang Prätor. Jason, hast du je von so einer Sage gehört?«

Jason hielt noch immer Pipers Hand. Seine Finger waren jetzt schweißnass.

»Ich … äh, ich bin nicht sicher«, sagte er. »Ich werde mal darüber nachdenken.«

Percy kniff die Augen zusammen. »Du bist nicht *sicher*?«

Jason gab keine Antwort. Piper wollte ihn fragen, was los war. Ihr war klar, dass er über diese alte Sage nicht reden wollte. Sie fing die stumme Bitte in seinem Blick auf: *Später.*

Hazel brach das Schweigen. »Was ist mit den anderen Zeilen?« Sie drehte ihren mit Rubinen besetzten Teller hin und her. *»Engelsodem die Zwillinge aushauchen, um die Schlüssel zum ewigen Tod zu gebrauchen.«*

»Der Fluch der Giganten steht golden und bleich«, fügte Frank hinzu, *»in Schmerz gewonnen aus gewebtem Reich.«*

»Der Fluch der Giganten«, sagte Leo. »Alles, was einem Riesen schadet, ist gut für uns, oder? Das müssen wir herausfinden. Wenn es den Göttern helfen kann, ihre schizophrene Nummer zu beenden, ist das gut.«

Percy nickte. »Wir können ohne die Hilfe der Götter keine Giganten töten.«

Jason drehte sich zu Frank und Hazel um. »Ich dachte, ihr hättet diesen Giganten in Alaska ohne göttliche Hilfe erledigt, nur ihr beide.«

»Alcyoneus war ein Sonderfall«, erklärte Frank. »Er war nur in dem Gebiet, in dem er wiedergeboren worden war, unsterblich – in Alaska. Aber nicht in Kanada. Ich wünschte, ich könnte alle Riesen umbringen, indem ich sie über die Grenze von Alaska nach Kanada zerre, aber …« Er zuckte mit den Schultern. »Percy hat Recht, wir werden die Götter brauchen.«

Piper starrte die Wände an. Sie wünschte wirklich, Leo hätte sie nicht mit Bildern von Camp Half-Blood belegt. Es war wie eine Tür zu einem Zuhause, durch die sie niemals gehen könnte. Sie sah das Herdfeuer der Hestia in der Mitte des Rasens brennen, als die Hütten nach der Sperrstunde die Lichter löschten.

Sie fragte sich, wie die römischen Halbgötter, Frank und Hazel, diese Bilder wohl empfanden. Kamen die ihnen fremd vor oder fanden sie es unfair, dass Camp Jupiter hier nicht vertreten war? Bekamen sie Heimweh nach ihrem eigenen Zuhause?

Die anderen Zeilen der Weissagung wollten Piper nicht aus dem Kopf. Was war ein gewebtes Reich? Wie konnten Zwillinge den Odem eines Engels auslöschen? Und das mit dem Schlüssel zum ewigen Tod klang auch nicht gerade ermutigend …

»Also«, Leo schob seinen Sessel zurück. »Alles der Reihe nach, würde ich sagen. Wir müssen morgen früh landen, um die Reparaturen zu beenden.«

»Irgendwo in der Nähe einer Stadt«, schlug Annabeth vor. »Falls wir irgendwas besorgen müssen. Aber an einer abgelegenen Stelle, damit die Römer uns nicht so leicht finden. Irgendwelche Vorschläge?«

Niemand sagte etwas. Piper dachte an ihre Vision im Messer: Der fremde Mann in Lila, der einen Kelch hochgehalten und ihr gewinkt hatte. Er hatte vor einem Wegweiser mit der Aufschrift TOPEKA 50 km gestanden.

»Na«, sagte sie tapfer, »was sagt ihr denn zu Kansas?«

X

Piper

Piper konnte nicht einschlafen.

Trainer Hedge hatte sich in der ersten Stunde nach dem Schlafengehen seinen nächtlichen Pflichten gewidmet, war im Gang hin und her gelaufen und hatte dabei gerufen: »Licht aus! Ruhe im Karton! Wer versucht, sich rauszuschleichen, wird mit einem Schlag zurück nach Long Island befördert!«

Er knallte mit seinem Baseballschläger an alle Kabinentüren, hinter denen er ein Geräusch hörte, und das machte das Einschlafen für alle natürlich völlig unmöglich. Bestimmt hatte der Satyr sich nicht mehr so köstlich amüsiert, seit er sich in der Wüstenschule als Sportlehrer ausgegeben hatte.

Sie starrte die Bronzestreben unter der Decke an. Ihre Kabine war wirklich gemütlich. Leo hatte die Aufenthaltsräume so programmiert, dass sie sich automatisch der bevorzugten Temperatur der Bewohner anpassten, deshalb war es niemals zu warm oder zu kalt. Matratze und Kissen waren mit Pegasusdaunen gestopft (aber bei der Produktion erlitten die Pegasi keinerlei Schmerzen, wie Leo versichert hatte), deshalb waren sie mehr als nur behaglich. Eine Bronzelaterne hing von der Decke und leuchtete genauso hell, wie Piper wollte. Die Seiten der Laterne waren durchlöchert und nachts schwebten schimmernde Sternbilder über die Wände.

Piper hatte so viele Gedanken im Kopf, dass sie glaubte, sie würde niemals einschlafen können. Aber das Wiegen des Bootes und das Summen der Ruder, die sich durch die Luft bewegten, hatten etwas Friedliches.

Endlich wurden ihre Augenlider schwer und sie schlief ein.

Nur wenige Sekunden schienen vergangen zu sein, als sie von der Frühstücksglocke geweckt wurde.

»Yo, Piper!« Leo klopfte an ihre Tür. »Wir landen gleich.«

»Landen?« Sie setzte sich benommen auf.

Leo öffnete ihre Tür und schaute herein. Er hielt sich die Augen zu, was eine nette Geste gewesen wäre, wenn er nicht durch seine Finger gelinst hätte.

»Leo!«

»Entschuldige.« Er grinste. »He, klasse Power-Ranger-Schlafanzug.«

»Die haben mit Power Rangers nichts zu tun. Das sind Cherokee-Adler.«

»Klar doch. Jedenfalls landen wir einige Kilometer außerhalb von Topeka, wie bestellt. Und, äh …« Er schaute auf den Gang, dann beugte er sich wieder ins Zimmer. »Danke dafür, dass du mich nicht hasst, weil ich gestern die Römer in die Luft gejagt habe.«

Piper rieb sich die Augen. *Das Fest in Neu-Rom war erst gestern gewesen?* »Schon gut, Leo. Du hattest dich schließlich nicht unter Kontrolle.«

»Ja, aber trotzdem … du hättest dich nicht für mich einsetzen müssen.«

»Machst du Witze? Du bist der nervtötende kleine Bruder, den ich nie gehabt habe. Natürlich setze ich mich für dich ein.«

»Äh … danke.«

Von oben her schrie Trainer Hedge: »Wal, da bläst er! Kansas ahoi!«

»Heiliger Hephaistos«, murmelte Leo. »Er muss wirklich an seiner Seemannssprache arbeiten. Ich geh jetzt mal lieber an Deck.«

Als Piper geduscht, sich anzogen und in der Messe einen Bagel geschnappt hatte, konnte sie hören, wie das Schiff die Räder ausfuhr. Sie kletterte an Deck zu den anderen, während die Argo II mitten in einem Feld voller Sonnenblumen landete. Die Laufplanke wurde ausgelegt.

Die Morgenluft roch nach künstlicher Bewässerung, warmen Pflanzen und gedüngter Erde. Kein schlechter Geruch. Er erinnerte Piper an die Hütte ihres Großvaters Tom in Tahlequah, Oklahoma, damals im Reservat.

Percy bemerkte sie als Erster. Er lächelte sie an, was Piper aus irgendeinem Grund überraschte. Er trug verwaschene Jeans und ein sauberes orangefarbenes Camp-Half-Blood-T-Shirt, als ob er die Griechen nie verlassen hätte. Die neuen Kleider hatten offenbar seine Stimmung verbessert – und natürlich die Tatsache, dass er mit Annabeth im Arm an der Reling stand.

Piper hatte noch nie eine so gute Freundin gehabt und freute sich, dass Annabeths Augen leuchteten. Monatelang hatte Annabeth sich herumgequält und jeden wachen Augenblick der Suche nach Percy gewidmet. Jetzt hatte sie wenigstens ihren Freund wieder, trotz der gefährlichen Aufgabe, die vor ihnen lag.

»Also!« Annabeth nahm Piper den Bagel aus der Hand und biss hinein, aber Piper machte das nichts aus. Im Camp hatten sie sich immer gegenseitig das Frühstück geklaut. »Da wären wir. Und was jetzt?«

»Ich würde mir gern mal den Highway ansehen«, sagte Piper. »Das Schild mit TOPEKA 50 km finden.«

Leo schwenkte seinen Wii-Controller im Kreis und die Segel

senkten sich. »Dürfte nicht weit weg sein«, sagte er. »Festus und ich haben die Landung so gut berechnet, wie wir nur konnten. Was glaubst du denn, was du an dem Verkehrsschild finden wirst?«

Piper erklärte, was sie im Messer gesehen hatte – den Mann in Lila mit dem Becher. Sie sagte jedoch nichts über die anderen Bilder; die Vision von Percy Jackson und wie sie selbst ertrunken war. Sie wusste nicht, was das bedeutete, und alle schienen an diesem Morgen so viel besser gelaunt zu sein, dass sie diese Stimmung nicht ruinieren wollte.

»Lila Hemd?«, frage Jason. »Weinranken um den Hut? Hört sich an wie Bacchus.«

»Dionysos«, murmelte Percy. »Wenn wir den ganzen Weg nach Kansas gekommen sind, um uns mit Mr D zu treffen …«

»Bacchus ist gar nicht so übel«, sagte Jason. »Seine Anhängerinnen gefallen mir aber nicht besonders …«

Piper schauderte es. Jason, Leo und sie wären einige Monate zuvor fast mit den Mänaden aneinandergeraten und in Stücke gerissen worden.

»Aber der Gott selbst ist in Ordnung«, fuhr Jason fort. »Ich hab ihm mal im Weinland einen Gefallen getan.«

Percy sah entsetzt aus. »Von mir aus, Mann. Vielleicht ist er in der römischen Version ja erträglicher. Aber warum treibt er sich in Kansas herum? Hat Zeus den Göttern nicht befohlen, jeglichen Kontakt zu den Sterblichen einzustellen?«

Frank grunzte. Er trug an diesem Morgen einen blauen Trainingsanzug, wie für einen Lauf durch die Sonnenblumen.

»Den Befehl haben die Götter aber nicht gerade gewissenhaft befolgt«, sagte er. »Und wenn die Götter wirklich schizophren geworden sind, wie Hazel gesagt hat …«

»Und wie Leo gesagt hat«, warf Leo dazwischen.

Frank sah ihn wütend an. »Wer weiß, was dann bei den Olympiern los ist? Könnte da draußen ganz schön mies zugehen.«

»Klingt beunruhigend!«, stimmte Leo fröhlich zu. »Na ja … dann amüsiert euch. Ich muss den Rumpf reparieren. Trainer Hedge kümmert sich um die defekten Armbrüste. Und, äh, Annabeth – ich könnte deine Hilfe wirklich brauchen. Du bist die Einzige hier, die auch nur die geringste Ahnung von Technik hat.«

Annabeth sah Percy an, als wollte sie um Entschuldigung bitten. »Er hat Recht. Ich sollte hierbleiben und helfen.«

»Ich komme zu dir zurück.« Er küsste sie auf die Wange. »Versprochen.«

Sie gingen so locker miteinander um, dass Pipers Herz sich zusammenkrampfte.

Natürlich war Jason wunderbar. Aber manchmal wirkte er so weit weg, wie am Vorabend, als er nichts über diese alte römische Sage hatte erzählen wollen. Er schien so oft an sein altes Leben im Camp Jupiter zu denken. Piper fragte sich, ob sie diese Schranke wohl jemals überwinden würde.

Der Besuch in Camp Jupiter und die Begegnung mit Reyna waren auch keine Hilfe gewesen. Und auch nicht die Tatsache, dass Jason an diesem Tag einen lila Umhang trug – in der Farbe der Römer also.

Frank ließ den Bogen von seiner Schulter gleiten und lehnte ihn gegen die Reling. »Ich glaube, ich verwandle mich in eine Krähe oder so was, fliege durch die Gegend und halte Ausschau nach römischen Adlern.«

»Wieso Krähe?«, fragte Leo. »Mann, wenn du dich in einen Drachen verwandeln kannst, warum wirst du dann nicht immer ein Drache? Das wäre doch das Coolste.«

Franks Gesicht sah aus, als ob es mit Preiselbeersaft vollgespritzt worden wäre. »Genauso gut könnte ich dich fragen, warum du nicht bei jeder Trainingsrunde dein Maximalgewicht stemmst. Weil es schwer ist und weil du dich verletzen könntest. Es ist nicht leicht, sich in einen Drachen zu verwandeln.«

»Oh.« Leo nickte. »Woher soll ich das wissen? Ich stemme keine Gewichte.«

»Na, vielleicht solltest du das mal überlegen, Mister …«

Hazel trat zwischen sie.

»Ich helfe dir, Frank«, sagte sie und warf Leo einen wütenden Blick zu. »Ich kann Arion rufen und mich da draußen mal umsehen.«

»Gute Idee«, sagte Frank und starrte Leo noch immer düster an. »Danke.«

Piper hätte gern gewusst, was da lief. Die Jungs spielten sich vor Hazel auf und machten sich gegenseitig an – so viel begriff sie. Aber Hazel und Leo wirkten fast, als ob sie eine gemeinsame Geschichte hätten. Soweit Piper wusste, hatten sie sich gestern erst kennengelernt. Sie fragte sich, ob bei dem Abstecher zum Großen Salzsee wohl noch etwas passiert sein konnte – etwas, das die beiden nicht erwähnt hatten.

Hazel drehte sich zu Percy um. »Sei aber vorsichtig da draußen. Jede Menge Felder, jede Menge Getreide. Da könnten *Karpoi* ihr Unwesen treiben.

»Karpoi?«, fragte Piper.

»Getreidegeister«, sagte Hazel. »Glaub mir, denen willst du lieber nicht über den Weg laufen.«

Piper konnte sich nicht vorstellen, was an einem Getreidegeist so schrecklich sein könnte, aber Hazels Tonfall machte ihr klar, dass sie lieber nicht nachfragen sollte.

»Dann können wir anderen drei uns ja das Verkehrsschild ansehen«, sagte Percy. »Ich, Jason, Piper. Ich hab allerdings nicht gerade Supersehnsucht nach einem Wiedersehen mit Mr D. Der Kerl ist doch eine Pest. Aber Jason, wenn du dich besser mit ihm verstehst …«

»Ja«, sagte Jason. »Wenn wir ihn finden, werde ich mit ihm reden. Piper, das ist deine Vision. Also sag, was wir tun sollen.«

Piper zitterte. Sie hatte gesehen, wie sie alle drei in dem düsteren Brunnen ertrunken waren. Würde das in Kansas passieren? Es kam ihr nicht so vor, aber sie konnte nicht sicher sein.

»Klar«, sagte sie und versuchte, zuversichtlich zu klingen. »Dann wollen wir mal den Highway suchen.«

Leo hatte gesagt, sie wären nicht weit entfernt. Aber seine Vorstellung von »nicht weit entfernt« war mit ganz schön viel Arbeit verbunden.

Nachdem sie fast einen Kilometer durch heiße Felder gestapft, von Moskitos zerstochen und von kratzigen Sonnenblumen ins Gesicht geschlagen worden waren, erreichten sie endlich die Straße. Eine alte Werbetafel von *Bubba's Gas n' Grub* teilte ihnen mit, dass sie noch über sechzig Kilometer von der ersten Abfahrt nach Topeka entfernt waren.

»Ich kann mich ja verrechnet haben«, sagte Percy, »aber bedeutet das nicht, dass wir noch über zwölf Kilometer laufen müssen?«

Jason schaute sich auf der verlassenen Straße in beiden Richtungen um. Er sah an diesem Tag besser aus, was den Heilkräften von Nektar und Ambrosia zu verdanken war. Seine Hautfarbe war wieder normal und die Narbe auf seiner Stirn fast verschwunden. Der neue *Gladius,* das Hera ihm im Winter gegeben hatte, hing an seinem Gürtel. Die meisten Jungs hätten ganz schön seltsam ausgesehen, wenn sie mit einer Schwertscheide an ihren Jeans durch die Gegend gelaufen wären, aber bei Jason wirkte es ganz normal.

»Keine Autos …«, sagte er. »Aber wir wollten ja ohnehin nicht per Anhalter fahren.«

»Nein«, stimmte Piper zu und schaute sich nervös auf dem Highway um. »Wir sind schon zu viel über Land gereist. Die Erde ist Gaias Territorium.«

»Hmmmm«, Jason schnippte mit den Fingern. »Ich könnte einen Freund zum Reiten rufen.«

Percy hob die Augenbrauen. »Ach was? Ich auch. Wollen wir doch mal sehen, wessen Freund zuerst hier ist.«

Jason stieß einen Pfiff aus. Piper wusste, was er vorhatte, aber es war ihm erst dreimal gelungen, Sturm herbeizurufen, seit sie dem Sturmgeist im vergangenen Winter beim Wolfshaus begegnet waren. An diesem Tag war der Himmel so blau, dass Piper sich nicht vorstellen konnte, wie das funktionieren sollte.

Percy schloss einfach die Augen und konzentrierte sich.

Piper hatte ihn noch nie aus der Nähe betrachtet. Gemessen daran, was sie in Camp Half-Blood alles über Percy Jackson gehört hatte, fand sie, er sah … na ja, nicht gerade beeindruckend aus, vor allem nicht, wenn er neben Jason stand. Percy war schlanker, einen Daumenbreit kleiner, mit etwas längeren, etwas dunkleren Haaren.

Er war eigentlich nicht Pipers Typ. Wenn sie ihm irgendwo in einem Einkaufszentrum begegnet wäre, hätte sie ihn sicher für einen Skater gehalten – gut aussehend auf ruppige Weise, ein bisschen wild, eindeutig ein Störenfried. Sie hätte einen Bogen um ihn gemacht. Sie hatte in ihrem Leben schon genug Ärger. Aber sie konnte verstehen, dass Annabeth ihn liebte, und sie sah deutlich, warum

Percy Annabeth brauchte. Wenn jemand einen solchen Typen im Griff behalten konnte, dann Annabeth.

Donner grollte am klaren Himmel.

Jason lächelte. »Gleich.«

»Zu spät.« Percy zeigte nach Osten, wo eine schwarze geflügelte Gestalt in Spiralbewegungen auf sie zukam. Zuerst dachte Piper, es sei Frank in Krähengestalt. Dann ging ihr auf, dass die Gestalt viel zu groß für einen Vogel war.

»Ein schwarzer Pegasus?«, fragte sie. »So was habe ich ja noch nie gesehen.«

Der geflügelte Hengst setzte zur Landung an. Er trottete auf Percy zu und schmiegte seine Wange an dessen Gesicht, dann drehte er sich fragend zu Piper und Jason um.

»Blackjack«, sagte Percy. »Das sind Piper und Jason. Freunde von uns.«

Das Pferd wieherte leise.

»Äh, vielleicht später«, antwortete Percy.

Piper hatte gehört, dass Percy mit Pferden sprechen konnte, schließlich war er der Sohn des Pferdegottes Poseidon, aber sie hatte es noch nicht miterlebt.

»Was will Blackjack?«, fragte sie.

»Donuts«, sagte Percy. »Immer Donuts. Er kann uns alle drei tragen, falls …«

Plötzlich wurde die Luft kalt. In Pipers Ohren rauschte es. An die fünfzig Meter weiter jagte ein winziger, drei Stockwerke hoher Wirbelwind wie in einer Szene aus dem Film *Der Zauberer von Oz* über die Sonnenblumen. Er setzte neben Jason auf der Straße auf und nahm Pferdegestalt an – ein Nebelpferd, durch dessen Körper Blitze zuckten.

»Sturm«, sagte Jason mit breitem Grinsen. »Lange nicht mehr gesehen, mein Freund.«

Der Sturmgeist bäumte sich auf und wieherte. Blackjack wich nervös zurück.

»Ganz ruhig, Junge«, sagte Percy. »Der ist auch ein Freund.« Er sah beeindruckt zu Jason hinüber. »Nettes Reittier.«

Jason zuckte mit den Schultern. »Ich habe mich beim Kampf am Wolfshaus mit ihm angefreundet. Er ist ein Freigeist, im wahrsten Sinne des Wortes, aber ab und zu ist er bereit, mir zu helfen.«

Percy und Jason stiegen auf ihre Pferde. Piper hatte sich in Gesellschaft von Sturm noch nie wohlgefühlt. Auf einem Wesen durch die Gegend zu galoppieren, das sich jederzeit in Dampf auflösen könnte, machte sie ein wenig nervös. Trotzdem nahm sie Jasons Hand und stieg auf.

Sturm jagte die Straße entlang und Blackjack flog über ihm. Zum Glück begegneten sie keinem Auto, sonst hätten sie sicher einen Unfall verursacht. Rasend schnell hatten sie das Schild erreicht, das genauso aussah wie in Pipers Vision.

Blackjack landete. Beide Pferde scharrten auf dem Asphalt. Keins schien sich über den plötzlichen Halt zu freuen, wo sie doch gerade erst ihr Tempo erreicht hatten.

Blackjack wieherte.

»Du hast Recht«, sagte Percy. »Keine Spur vom Weinfredi.«

»Wie meinen?«, fragte eine Stimme aus den Feldern.

Sturm fuhr so rasch herum, dass Piper fast hinuntergefallen wäre.

Der Weizen teilte sich und der Mann aus ihrer Vision tauchte auf. Er trug einen breitkrempigen, mit Weinranken umwundenen Hut, Khakishorts und Birkenstocksandalen mit weißen Socken. Er sah aus wie vielleicht dreißig und hatte einen leichten Schmerbauch, wie ein Student, der noch nicht kapiert hat, dass die Uni zu Ende ist.

»Hat mich hier irgendwer *Weinfredi* genannt?«, fragte er träge. »Mein Name ist Bacchus, bitte. Oder Mr Bacchus. Oder Herr Bacchus. Oder manchmal auch Oh-Gott-bitte-nicht-umbringen-Herr-Bacchus.«

Percy drängte Blackjack vorwärts, was dem Pegasus gar nicht zu gefallen schien.

»Sie sehen anders aus«, sagte Percy zu dem Gott. »Magerer. Und Sie haben längere Haare. Und Ihr Hemd ist nicht so schrill.«

Der Weingott schaute aus zusammengekniffenen Augen zu ihm auf. »Worüber redest du da, zum Henker? Wer bist du und wo ist Ceres?«

»Äh … wer?«

»Ceres«, sagte Jason. »Die Göttin der Landwirtschaft. Du würdest sie Demeter nennen.« Er nickte respektvoll zu dem Gott hinüber. »Herr Bacchus, erinnert Ihr Euch an mich? Ich habe Euch mit dem verschwundenen Leoparden in Sonoma geholfen.«

Bacchus kratzte sich das stoppelige Kinn. »Ah … ja. John Green.«

»Jason Grace.«

»Von mir aus«, sagte der Gott. »Also, hat Ceres euch geschickt?«

»Nein, Herr Bacchus«, sagte Jason. »Hattet Ihr erwartet, sie hier zu treffen?«

Der Gott schnaubte. »Na ja, ich bin nicht nach Kansas gekommen, um hier eine Party zu feiern, mein Junge. Ceres hat mich zu einem Kriegsrat hergebeten. Weil Gaia sich erhebt, verkommt die Ernte. Dürre breitet sich aus. Die *Karpoi* rebellieren. Nicht einmal meine Trauben sind sicher. Ceres wollte, dass wir uns im Pflanzenkrieg verbünden.«

»Im Pflanzenkrieg«, wiederholte Percy. »Wollt Ihr jeder Traube ein winziges Gewehr in die Hand drücken?«

Der Gott kniff die Augen zusammen. »Kennen wir uns?«

»Aus Camp Half-Blood«, sagte Percy. »Ich kenne Euch als Mr D – Dionysos.«

»Uäh!« Bacchus zuckte zusammen und presste sich die Hände auf die Schläfen. Für einen Moment flimmerte seine Erscheinung. Piper sah einen anderen – fetter, gedrungener, in einem schrillen Hemd mit Leopardenmuster. Dann war Bacchus wieder Bacchus. »Hör auf damit!«, verlangte er. »Hör auf, auf Griechisch an mich zu denken!«

Percy blinzelte. »Na ja, aber …«

»Hast du überhaupt eine Vorstellung davon, wie schwer es ist, sich zu konzentrieren? Bohrende Kopfschmerzen, die ganze Zeit. Ich weiß nie, was ich mache oder wohin ich unterwegs bin. Und bin immer schlecht gelaunt.«

»Das klingt doch ganz normal für Euch«, sagte Percy.

Die Nasenflügel des Gottes blähten sich. Ein Weinblatt auf seinem Hut ging in Flammen auf. »Wenn wir uns aus dem *anderen* Camp kennen, dann ist es ein Wunder, dass ich dich noch nicht in einen Delphin verwandelt habe.«

»Es stand mal zur Debatte«, versicherte Percy. »Ich glaube, Ihr wart einfach nur zu faul.«

Piper hatte mit entsetzter Spannung zugesehen, so wie sie einem unmittelbar bevorstehenden Autounfall zugesehen hätte. Jetzt ging ihr auf, dass Percy die Sache nicht gerade besser machte, und Annabeth war nicht in der Nähe, um ihn zurückzuhalten. Piper war sicher, dass ihre Freundin ihr niemals verzeihen würde, wenn sie Percy in Gestalt eines Meeressäugetieres zurückbrächte.

»Herr Bacchus«, sagte sie und ließ sich von Sturms Rücken gleiten.

»Piper, vorsichtig«, sagte Jason.

Sie warf ihm einen warnenden Blick zu: *Überlass das mir.*

»Es tut mir leid, Euch belästigen zu müssen, hoher Herr«, sagte sie zu dem Gott. »Aber wir sind hergekommen, um Euch um Rat zu fragen. Bitte, wir brauchen Eure Weisheit.«

Sie sprach mit ihrem reizendsten Tonfall und legte tiefen Respekt in ihren Charmesprech.

Der Gott runzelte die Stirn, aber das violette Leuchten verschwand aus seinen Augen.

»Du weißt, wie man sich ausdrückt, Mädchen. Meinen Rat, was? Ich würde nicht zum Karaoke gehen. Wirklich, diese Partys sind eigentlich out. In diesen düsteren Zeiten möchten die Leute lieber etwas Ruhigeres, Bescheidenes, mit organischen Kleinigkeiten aus der Region und …«

»Es geht nicht um Partys«, fiel Piper ihm ins Wort. »Obwohl das natürlich ein unglaublich nützlicher Rat ist, Herr Bacchus. Aber wir haben gehofft, Ihr könntet uns bei unserem Einsatz helfen.«

Sie erzählte von der Argo II und ihrem Versuch, die Riesen davon abzuhalten, Gaia zu wecken. Sie erzählte ihm, was Nemesis gesagt hatte: Dass Rom in sechs Tagen zerstört werden würde. Sie beschrieb die Vision, die sich in ihrer Klinge widergespiegelt hatte und in der Bacchus ihr einen silbernen Kelch anbot.

»Ein silberner Kelch?« Das schien den Gott nicht gerade zu beeindrucken. Er schnappte sich von nirgendwoher eine Pepsi light und öffnete die Dose.

»Ihr trinkt doch Cola light«, sagte Percy.

»Ich weiß nicht, wovon du redest«, fauchte Bacchus. »Und was deine Vision vom Kelch angeht, junge Dame, ich habe für dich nichts zu trinken, falls du keine Pepsi willst. Jupiter hat mir streng verboten, Minderjährigen Wein zu geben. Nervig, aber so ist es nun mal. Und was die Giganten angeht, die kenne ich gut. Ich habe im Ersten Gigantenkrieg gekämpft, müsst ihr wissen.«

»Ihr könnt kämpfen?«, fragte Percy.

Piper wünschte, er hätte nicht so ungläubig geklungen.

Bacchus fauchte. Seine Pepsi light verwandelte sich in einen ein Meter fünfzig langen Stab, der mit Efeu umwickelt und von einem Tannenzapfen gekrönt war.

»Ein *Thyrsos*«, sagte Piper, in der Hoffnung, den Gott abzulenken, ehe er Percy damit auf den Kopf schlug. Sie hatte solche Waffen schon in den Händen durchgeknallter Nymphen gesehen und dieses Wiedersehen hier machte ihr gar keine Freude. Aber sie versuchte, sich beeindruckt anzuhören: »Was für eine mächtige Waffe!«

»In der Tat«, stimmte Bacchus zu. »Ich freue mich, dass wenigstens eine von euch gescheit ist. Der Tannenzapfen ist eine furchterregende Vernichtungswaffe. Im Ersten Gigantenkrieg war ich noch Halbgott, müsst ihr wissen. Der Sohn des Jupiter.«

Jason zuckte zusammen. Wahrscheinlich wurde er nicht gern daran erinnert, dass der Weinfredi streng genommen sein großer Bruder war.

Bacchus schwenkte den Stab durch die Luft, obwohl sein Schmerbauch ihn dabei fast aus dem Gleichgewicht gebracht hätte. »Natürlich war das, lange bevor ich den Wein erfunden habe und zum Weingott geworden bin. Ich habe Seite an Seite mit den Göttern und einem anderen Halbgott gekämpft … Harry Klee, glaube ich.«

»Herakles?«, schlug Piper höflich vor.

»Von mir aus«, sagte Bacchus. »Jedenfalls habe ich den Riesen Ephialtes und seinen Bruder Otis erschlagen. Unglaublich ungehobelte Trottel, alle beide. Ein Tannenzapfen in die Visage, für beide.«

Piper hielt den Atem an. Mehrere Dinge auf einmal tauchten in ihrem Kopf auf – die Vision in der Klinge, die Zeilen aus der Weissagung, über die sie am Vorabend gesprochen hatten. Sie kam sich vor wie beim Schnorcheln mit ihrem Vater, wenn er unter Wasser ihre Tauchermaske abgewischt hatte. Plötzlich sah sie alles klarer.

»Herr Bacchus«, sagte sie und versuchte, die Nervosität ihrer Stimme unter Kontrolle zu behalten. »Diese beiden Riesen, Ephialtes und Otis … sind das zufällig Zwillinge?«

»Hmmm?« Der Gott wirkte durch seine *Thyrsos*-Schwenkerei etwas abgelenkt, aber er nickte. »Ja. Zwillinge. Stimmt.«

Piper drehte sich zu Jason um. Sie wusste, dass er an dasselbe dachte wie sie: *Engelsodem die Zwillinge aushauchen.*

In der Klinge von *Katoptris* hatte sie zwei Riesen in gelben Gewändern gesehen, die einen Krug aus einer tiefen Grube hoben.

»Deshalb sind wir hier«, sagte Piper zu dem Gott. »Ihr gehört zu unserem Einsatz.«

Bacchus runzelte die Stirn. »Tut mir leid, meine Kleine. Ich bin kein Halbgott mehr. Mit Einsätzen bin ich fertig.«

»Aber Riesen können nur getötet werden, wenn Helden und Götter sich zusammentun«, sagte sie eindringlich. »Ihr seid jetzt ein Gott und die beiden Riesen, gegen die wir kämpfen müssen, sind Ephialtes und Otis. Ich glaube … Ich glaube, sie warten in Rom auf uns. Sie wollen die Stadt auf irgendeine Weise zerstören. Der silberne Kelch aus meiner Vision – vielleicht ist das ein Symbol für Eure Hilfe. Ihr müsst uns einfach helfen, die Riesen zu töten!«

Bacchus starrte sie wütend an und Piper ging auf, dass sie sich nicht sonderlich geschickt ausgedrückt hatte.

»Mein Kind«, sagte er kühl. »Ich muss überhaupt nichts. Außerdem helfe ich nur denen, dir mir den angemessenen Tribut zahlen, und das hat seit vielen, vielen Jahrhunderten niemand mehr getan.« Blackjack wieherte unruhig.

Piper konnte ihm da keine Vorwürfe machen. Das Wort »Tribut« gefiel ihr nicht. Sie dachte an die Mänaden, die verrückten Jüngerinnen des Bacchus, die Ungläubige mit bloßen Händen in Fetzen rissen. Und dann hatten sie noch Glück gehabt.

Percy sprach die Frage aus, die Piper nicht zu stellen wagte: »Was denn für ein Tribut?«

Bacchus winkte ab. »Nichts, dem du gewachsen wärst, du unverschämter Grieche. Aber ich will euch gratis einen Rat geben, da dieses Mädchen immerhin halbwegs weiß, was sich gehört. Sucht Gaias Sohn Phorkys. Er hat seine Mutter immer gehasst – nicht, dass ich ihm da einen Vorwurf machen würde. Er konnte auch mit seinen Brüdern, den Zwillingen, nicht viel anfangen. Ihr findet ihn in der Stadt, die nach dieser Halbgöttin benannt ist – Atalante.«

Piper zögerte. »Ihr meint Atlanta?«

»Ganz richtig.«

»Aber dieser Phorkys«, fragte Jason. »Ist das denn kein Riese? Kein Titan?«

Bacchus lachte. »Weder noch. Sucht das Salzwasser.«

»Salzwasser?«, fragte Percy. »In Atlanta?«

»Ja«, sagte Bacchus. »Hörst du nicht gut? Wenn euch jemand etwas über Gaia und die Zwillinge verraten kann, dann Phorkys. Aber nehmt euch vor ihm in Acht.«

»Wie meint Ihr das?«, fragte Jason.

Der Gott schaute zur Sonne hoch, die jetzt fast ihren höchsten

Punkt erreicht hatte. »Es sieht Ceres gar nicht ähnlich, zu spät zu kommen, es sei denn, sie hat Gefahr gewittert. Oder …«

Plötzlich klappte dem Gott das Kinn herunter. »Oder es ist eine Falle. Na, ich muss los. Und ich an eurer Stelle würde auch abhauen.«

»Herr Bacchus, wartet«, rief Jason.

Der Gott leuchtete auf und verschwand mit dem Geräusch einer Dose Cola, die geöffnet wird.

Der Wind ließ die Sonnenblumen rascheln. Die Pferde scharrten angespannt mit den Hufen. Trotz des heißen, trockenen Tages zitterte Piper. Dieses kalte Gefühl … Annabeth und Leo hatten beide ein kaltes Gefühl beschrieben …

»Bacchus hat Recht«, sagte sie. »Wir müssen weg hier …«

Zu spät, sagte eine schläfrige Stimme, ließ die Felder summen und den Boden unter Pipers Füßen vibrieren.

Percy und Jason zogen die Schwerter. Piper stand auf der Straße zwischen ihnen, vor Angst erstarrt. Die Macht Gaias war plötzlich überall. Die Sonnenblumen drehten sich zu ihnen um. Der Weizen krümmte sich wie eine Million Sicheln.

Willkommen auf meiner Party, murmelte Gaia. Ihre Stimme erinnerte Piper an das Wachsen von Mais – ein knisterndes, zischendes, heißes und ausdauerndes Geräusch, das sie bei ihrem Opa Tom in den stillen Nächten in Oklahoma oft gehört hatte.

Was hat Bacchus gesagt?, fragte die Göttin spöttisch. *Ein einfaches bescheidenes Fest mit Ökohäppchen? Jawohl. Für meine Häppchen brauche ich nur zwei Zutaten: das Blut einer Halbgöttin und das Blut eines Halbgottes. Piper, meine Liebe, entscheide du, welcher Held mit dir sterben soll.*

»Gaia!«, schrie Jason. »Versteckt Euch nicht länger im Weizen! Zeigt Euch!«

Welcher Mut, zischte Gaia. *Aber der andere, Percy Jackson, ist auch nicht ohne. Entscheide, Piper McLean, sonst werde ich es tun.*

Pipers Herz hämmerte wie besessen. Gaia wollte sie töten. Das war keine Überraschung. Aber wieso sollte sie sich einen der Jungen aussuchen? Warum wollte Gaia denn einen von ihnen laufenlassen? Das hier war eine Falle.

»Ihr seid wahnsinnig«, rief sie. »Für Euch suche ich überhaupt nichts aus!«

Plötzlich keuchte Jason. Er setzte sich im Sattel kerzengerade auf.

»Jason!«, schrie Piper. »Was ist los?«

Er schaute auf sie herab, seine Miene war wie versteinert. Seine Augen waren nicht mehr blau. Sie leuchteten wie massives Gold.

»Percy, Hilfe!« Piper wich taumelnd vor Sturm zurück.

Aber Percy galoppierte von ihnen fort. Er blieb zehn Meter entfernt stehen und ließ seinen Pegasus wenden, hob sein Schwert und richtete die Spitze auf Jason.

»Einer wird sterben«, sagte Percy, aber es war nicht seine Stimme. Die Stimme war tief und dumpf, als ob jemand aus einem Kanonenlauf heraus flüsterte.

»Ich entscheide, welcher«, antwortete Jason mit der gleichen dumpfen Stimme.

»Nein!«, schrie Piper.

Um sie herum knisterten und zischten die Felder; sie lachten mit Gaias Stimme, während Percy und Jason mit erhobenen Waffen aufeinander zustürmten.

XI

Piper

Ohne die Pferde hätte Piper das nicht überlebt.

Jason und Percy stürmten aufeinander los, aber Sturm und Blackjack zögerten lange genug, dass Piper zur Seite springen konnte.

Sie rollte sich an den Straßenrand und sah sich um, benommen und außer sich vor Entsetzen, als die Jungen ihre Schwerter kreuzten, Gold gegen Bronze. Ihre Klingen waren nur verschwommen zu sehen, während sie zuschlugen und parierten, und der Boden zitterte. Der erste Waffengang dauerte nur eine Sekunde, aber Piper konnte nicht fassen, wie schnell sie die Schwerter schwangen. Dann wichen die Pferde wieder zurück – Sturm donnerte aus Protest vor sich hin und Blackjack schlug mit den Flügeln.

»Aufhören!«, schrie Piper.

Einen Moment lang gehorchte Jason ihrer Stimme. Seine goldenen Augen richteten sich auf sie, und Percy griff an und traf Jason mit seiner Klinge. Den Göttern sei Dank drehte Percy dabei sein Schwert – vielleicht bewusst, vielleicht aus Versehen –, so dass er Jasons Brust mit der flachen Seite traf, aber der Hieb war immer noch stark genug, um Jason von seinem Reittier zu stoßen.

Blackjack trabte davon, während Sturm sich verwirrt aufbäumte. Das Geisterpferd preschte in die Sonnenblumen und löste sich zu Dampf auf.

Percy versuchte, seinen Pegasus zum Wenden zu bringen.

»Percy!«, schrie Piper. »Jason ist dein Freund. Lass die Waffe sinken!«

Percys Schwertarm fiel herab. Vielleicht hätte Piper ihn unter Kontrolle bringen können, aber leider kam jetzt Jason auf die Beine.

Jason brüllte und ein Blitzstrahl schoss aus dem klaren blauen Himmel. Der Blitz prallte von Percys *Gladius* ab und warf ihn vom Pferd.

Blackjack wieherte und floh ins Weizenfeld. Jason griff den auf dem Rücken liegenden Percy an, dessen Kleidung durch den Blitzeinschlag rauchte.

Einen entsetzlichen Augenblick lang versagte Pipers Stimme. Gaia schien ihr zuzuflüstern: *Du musst dich für einen entscheiden. Lass Jason ihn doch einfach töten.*

»Nein!«, schrie Piper. »Jason, aufhören!«

Er erstarrte, sein Gesicht war keine zwanzig Zentimeter von Percys Gesicht entfernt.

Jason drehte sich um, und das goldene Licht in seinen Augen flackerte unsicher. *»Ich kann nicht aufhören. Einer muss sterben.«*

Etwas an dieser Stimme … das war nicht Gaia. Es war nicht Jason. Wer immer es sein mochte, er sprach stockend, als sei Englisch für ihn eine Fremdsprache.

»Wer bist du?«, fragte Piper mit gebieterischer Stimme.

Jasons Mund verzog sich zu einem grausamen Lächeln. *»Wir sind die Eidola. Wir werden wieder leben.«*

Eidola …? Pipers Gedanken überschlugen sich. Sie hatte in Camp Half-Blood sehr viel über Monster gelernt, aber dieser Begriff war ihr fremd. »Ihr … Ihr seid eine Art Gespenster?«

»Er muss sterben!« Jason wandte seine Aufmerksamkeit wieder Percy zu, aber Percy hatte sich schneller erholt, als ihnen beiden klar gewesen war. Er holte mit dem Bein aus und stieß Jason um.

Jasons Kopf knallte mit einem widerlichen *Klonk* auf den Asphalt.

Percy erhob sich.

»Aufhören!«, schrie Piper wieder, aber in ihrer Stimme lag keinerlei Charmesprech. Sie brüllte aus purer Verzweiflung.

Percy hob Springflut über Jasons Brust.

Vor Panik schnürte sich Pipers Kehle zusammen. Sie wollte Percy mit ihrem Dolch angreifen, aber sie wusste, dass das nichts nützen würde. Was immer ihn da im Griff hatte, besaß alle Fähigkeiten Percys, und es wäre für Piper unmöglich, ihn im Kampf zu besiegen.

Sie zwang sich zur Konzentration. Sie legte all ihre Wut in ihre Stimme. »Eidolon, aufhören!«

Percy erstarrte.

»Sieh mich an«, befahl Piper.

Der Sohn des Meeresgottes fuhr herum. Seine Augen waren nicht grün, sondern golden, sein Gesicht bleich und grausam, ganz anders als Percys.

»Du hast dich nicht entschieden«, sagte er. *»Also wird dieser hier sterben.«*

»Du bist ein Geist aus der Unterwelt«, mutmaßte Piper. »Du bist in Percy Jackson gefahren. Stimmt das?«

Percy grinste hämisch. *»Ich werde in diesem Körper ein neues Leben anfangen. Das hat die Erdmutter mir versprochen. Ich gehe, wohin ich will, und unterwerfe mir, wen ich will.«*

Eine Welle der Kälte schwappte über Piper hinweg. »Leo … das ist auch Leo passiert. Er war von einem Eidolon besessen.«

Das Ding in Percys Gestalt lachte freudlos. *»Das geht dir zu spät auf. Du darfst niemandem vertrauen.«*

Jason bewegte sich noch immer nicht. Piper wusste keinen Rat, wusste nicht, wie sie ihn beschützen könnte.

Hinter Percy raschelte etwas im Weizen. Piper sah die Spitze eines schwarzen Flügels und Percy begann, sich zu diesem Geräusch hinzudrehen.

»Achte nicht darauf!«, wimmerte sie. »Sieh mich an!«

Percy gehorchte. *»Du kannst mich nicht aufhalten. Ich werde Jason Grace töten.«*

Hinter ihm tauchte Blackjack aus dem Weizenfeld auf und bewegte sich für ein so großes Tier erstaunlich leise.

»Du wirst ihn nicht töten«, befahl Piper. Aber sie sah Percy nicht an. Ihre Blicke trafen sich mit denen des Pegasus und sie legte all ihre Kraft in ihre Worte, in der Hoffnung, dass Blackjack sie verstehen würde. »Du wirst ihn k.o. schlagen.«

Der Charmesprech spülte über Percy hinweg. Er trat unsicher von einem Fuß auf den anderen. *»Ich werde … ihn k.o. schlagen?«*

»Ach, entschuldige.« Piper lächelte. »Mit dir rede ich doch gar nicht.«

Blackjack bäumte sich auf und traf Percy mit dem Huf am Kopf.

Percy sackte neben Jason auf den Boden.

»Bei den Göttern!« Piper lief zu den Jungen. »Blackjack, du hast ihn doch wohl nicht umgebracht?«

Der Pegasus schnaubte. Piper sprach kein Pferdisch, aber sie ging davon aus, dass er in etwa gesagt hatte: *Bitte. Ich kenne meine Kraft.*

Sturm war nirgendwo zu sehen. Der Blitzhengst war offenbar dahin zurückgekehrt, wo immer Sturmgeister sich an klaren Sonnentagen aufhalten.

Piper untersuchte Jason. Er atmete gleichmäßig, aber zwei Schläge auf den Kopf in zwei Tagen konnten nicht gesund sein. Dann nahm sie sich Percys Kopf vor. Sie sah kein Blut, aber dort, wo der Huf ihn getroffen hatte, bildete sich jetzt eine dicke Beule. »Wir müssen sie beide auf das Schiff schaffen«, sagte sie zu Blackjack.

Der Pegasus bewegte zustimmend den Kopf. Er kniete nieder, damit Piper ihm Percy und Jason über den Rücken legen konnte. Nach langer harter Arbeit (die beiden bewusstlosen Jungen waren schwer) hatte sie sie ausreichend befestigt, stieg ebenfalls auf Blackjacks Rücken, und sie kehrten zum Schiff zurück.

Die anderen waren etwas erstaunt, als Piper mit zwei bewusstlosen Halbgöttern auf einem Pegasus zurückkehrte. Während Frank und Hazel sich um Blackjack kümmerten, halfen Annabeth und Leo, Piper und die Jungen in die Krankenstube zu bringen.

»Wenn das so weitergeht, haben wir bald kein Ambrosia mehr«, knurrte Trainer Hedge, als er sich um ihre Wunden kümmerte. »Wieso werde ich nie zu diesen heftigen Ausflügen eingeladen?«

Piper saß bei Jason. Sie kam sich nach einem Schluck Nektar und etwas Wasser völlig fit vor, aber sie machte sich noch immer Sorgen um die Jungen.

»Leo«, sagte Piper. »Sind wir aufbruchbereit?«

»Ja, aber …«

»Dann auf nach Atlanta. Ich erkläre das später.«

»Aber … okay.« Weg war er.

Auch Annabeth widersprach nicht. Sie war zu sehr damit beschäftigt, sich die hufeisenförmige Kerbe in Percys Hinterkopf anzusehen.

»Was hat ihn denn da bloß getroffen?«, fragte sie.

»Blackjack«, sagte Piper.

»Was?«

Piper versuchte, das zu erklären, während Trainer Hedge die Köpfe der Jungen mit einer heilenden Salbe bestrich. Sie war von Hedges Fähigkeiten als Krankenpfleger noch nie beeindruckt gewesen, aber irgendwas hatte er offenbar richtig gemacht. Entweder das, oder die Geister, die in die Jungen gefahren waren, hatten sie besonders widerstandsfähig gemacht. Beide stöhnten und öffneten die Augen.

Schon nach wenigen Minuten konnten Percy und Jason aufrecht in ihren Betten sitzen und in vollständigen Sätzen reden. Sie hatten nur vage Erinnerungen daran, was geschehen war. Als Piper den Zweikampf auf dem Highway schilderte, krümmte sich Jason.

»In zwei Tagen zweimal k.o.«, murmelte er. »Und so was nennt sich Halbgott.« Er schaute verlegen zu Percy hinüber. »Tut mir leid, Mann. Ich wollte dich nicht in die Luft gehen lassen.«

Percys Hemd war mit Brandlöchern durchsiebt. Seine Haare waren noch zerzauster als sonst. Aber dennoch brachte er ein schwaches Lachen heraus. »Wäre nicht das erste Mal. Deine große Schwester hat mich im Camp mal erwischt.«

»Ja, aber … ich hätte dich umbringen können.«

»Oder ich dich«, sagte Percy.

Jason zuckte mit den Schultern. »Wenn es in Kansas einen Ozean gäbe, dann vielleicht …«

»Ich brauche keinen Ozean.«

»Jungs«, schaltete sich Annabeth ein. »Ich bin sicher, ihr hättet euch gegenseitig ganz wunderbar umgebracht. Aber im Moment braucht ihr erst mal Ruhe.«

»Erst was zu essen«, sagte Percy. »Bitte. Und wir müssen wirklich reden. Bacchus hat da ein paar Dinge gesagt, die ich …«

»Bacchus?« Annabeth hob die Hand. »Na gut, von mir aus. Wir

müssen reden. Messe. In zehn Minuten. Ich sag den anderen Bescheid. Und bitte, Percy … zieh dich um. Du stinkst, als ob du von einem elektrischen Pferd umgerannt worden wärst.«

Leo überließ Trainer Hedge wieder das Steuer, nachdem er dem Satyrn das Versprechen abgenommen hatte, sie nicht »nur zum Spaß« zum nächsten Militärstützpunkt zu fahren.

Sie sammelten sich um den Esstisch und Piper erklärte, was beim Schild TOPEKA 50 km geschehen war – ihr Gespräch mit Bacchus, die Falle, die Gaia ihnen gestellt hatte, die Eidola, die in die Jungen gefahren waren.

»Natürlich!« Hazel schlug auf den Tisch, worüber Frank dermaßen erschrak, dass er sein Burrito fallen ließ. »Und das ist auch Leo passiert!«

»Es war also nicht meine Schuld«, sagte Leo erleichtert. »Ich habe nicht den Dritten Weltkrieg ausgelöst. Ich war einfach nur von einem bösen Geist besessen. Was für eine Erleichterung!«

»Aber das wissen die Römer nicht«, sagte Annabeth. »Und warum sollten sie es uns glauben?«

»Wir könnten uns an Reyna wenden«, schlug Jason vor. »Sie würde uns glauben.«

Pipers Herz wurde schwer, als sie hörte, wie er ihren Namen aussprach, als sei der eine Rettungsleine in seine Vergangenheit.

Jason wandte sich mit einem hoffnungsvollen Funkeln in den Augen zu ihr um. »Du könntest sie überzeugen, Pipes. Ich weiß, dass du das könntest.«

Piper hatte das Gefühl, dass alles Blut aus ihrem Körper in ihre Füße lief. Annabeth sah sie mitfühlend an, als wollte sie sagen: *Jungen haben einfach keine Ahnung.* Sogar Hazel zuckte zusammen.

»Ich könnte es versuchen«, sagte Piper halbherzig. »Aber Octavian ist derjenige, um den wir uns Sorgen machen müssen. Ich habe in meiner Klinge gesehen, wie er alle Römer unter seine Kontrolle brachte. Ich bin nicht sicher, ob Reyna ihn aufhalten kann.«

Jasons Miene verdüsterte sich. Es machte Piper nicht gerade Spaß, seine Illusionen zu zerstören, aber die anderen Römer – Hazel und Frank – nickten zustimmend.

»Sie hat Recht«, sagte Frank. »Als wir uns heute Nachmittag draußen umgesehen haben, haben wir wieder Adler gesehen. Sie waren noch weit weg, holten aber rasch auf. Octavian ist auf dem Kriegspfad.«

Hazel schnitt eine Grimasse. »Das ist genau die Gelegenheit, auf die Octavian schon die ganze Zeit wartet. Er wird versuchen, die Macht an sich zu reißen. Wenn Reyna ihm widerspricht, wird er sagen, dass sie viel zu griechenfreundlich ist. Und was diese Adler angeht … die scheinen uns riechen zu können.«

»Können sie auch«, sagte Jason. »Römische Adler können Halbgötter noch leichter durch ihren magischen Geruch ausfindig machen als Monster. Dieses Schiff versteckt uns vielleicht einigermaßen, aber nicht vollständig – nicht vor ihnen.«

Leo trommelte mit den Fingern auf der Tischplatte. »Super. Ich hätte einen Rauchschirm installieren sollen, der das Schiff wie einen riesigen Cheeseburger riechen lässt. Erinnert mich nächstes Mal daran, dass ich so was erfinde.«

Hazel runzelte die Stirn. »Was ist ein Cheeseburger?«

»Oh Mann …« Leo schüttelte überrascht den Kopf. »Stimmt ja. Du hast ja die letzten … so ungefähr siebzig Jahre verpasst. Also, mein Lehrling, ein Cheeseburger ist …«

»Spielt keine Rolle«, unterbrach ihn Annabeth. »Entscheidend ist doch, dass es schwer sein wird, den Römern die Wahrheit klarzumachen. Selbst wenn sie uns glauben …«

»Du hast Recht«, Jason beugte sich vor. »Wir sollten einfach weitermachen. Wenn erst der Atlantik hinter uns liegt, sind wir in Sicherheit – jedenfalls vor der Legion.«

Er hörte sich so verzweifelt an, dass Piper nicht wusste, ob sie Mitleid mit ihm haben oder sauer auf ihn sein sollte. »Wie kannst du so sicher sein?«, fragte sie. »Warum sollten sie uns nicht folgen?«

Er schüttelte den Kopf. »Du hast doch gehört, was Reyna über die Alte Welt gesagt hat. Sie ist viel zu gefährlich. Römische Halbgötter dürfen sie schon seit Generationen nicht mehr aufsuchen. Nicht einmal Octavian könnte diese Vorschrift umgehen.«

Frank schluckte ein Stück Burrito hinunter, als ob es sich in seinem Mund in Pappe verwandelt hätte. »Aber wenn *wir* dahin fahren …«

»Sind wir nicht nur Verräter, sondern auch vogelfrei«, bestätigte Jason. »Jeder römische Halbgott hat dann das Recht, uns sofort zu töten. Aber darüber würde ich mir keine Sorgen machen. Wenn wir den Atlantik überqueren, werden sie uns nicht weiter verfolgen. Sie werden davon ausgehen, dass wir auf dem Mittelmeer umkommen – dem Mare Nostrum.«

Percy zeigte mit seiner Pizzaschnitte auf Jason. »Du, mein Guter, bist ja ein wahrer Sonnenschein.«

Jason widersprach nicht. Die anderen Halbgötter starrten ihre Teller an, außer Percy, der weiterhin genüsslich seine Pizza aß. Wo er dieses ganze Essen ließ, begriff Piper einfach nicht. Dieser Kerl konnte fressen wie ein Satyr.

»Dann wollen wir mal einen Plan machen«, schlug Percy vor. »Und sicherstellen, dass wir nicht umkommen. Mr D – Bacchus –, äh, muss ich ihn jetzt Mr B nennen? Jedenfalls hat er die Zwillinge in Ellas Weissagung erwähnt. Zwei Riesen. Otis und, äh, irgendwas mit F?«

»Ephialtes«, sagte Jason.

»Zwei Riesen, wie Piper es in ihrer Klinge gesehen hat …« Annabeth fuhr mit dem Finger über ihren Tassenrand. »Ich erinnere mich an eine Geschichte über zwei Riesen. Sie wollten auf den Olymp gelangen, indem sie lauter Berge aufeinanderschichteten.«

Frank hätte sich fast verschluckt. »Na, wunderbar. Riesen, die mit Bergen spielen wie mit Bauklötzchen. Und ihr sagt, Bacchus hat diese Typen mit einem Tannenzapfen an einem Stock erschlagen?«

»So ungefähr«, sagte Percy. »Ich glaube aber nicht, dass wir uns diesmal auf seine Hilfe verlassen sollten. Er wollte einen Tribut und hat ganz deutlich gesagt, dass wir diesen Tribut niemals entrichten könnten.«

Schweigen senkte sich über die Tafelrunde. Piper konnte Trainer Hedge oben an Deck ein Walfängerlied singen hören, nur wusste er den Text nicht und sang deshalb vor allem »bla-bla-humdi-dum-dum«.

Piper wurde das Gefühl nicht los, dass es Bacchus' Aufgabe war, ihnen zu helfen. Die Riesenzwillinge waren in Rom. Sie hatten etwas, das die Halbgötter brauchten – etwas in diesem Bronzegefäß. Was immer es war, sie hatte das Gefühl, dass es die Antwort auf die Frage war, wie die Tore des Todes versiegelt werden könnten – *die Schlüssel zu endlosem Tod.* Sie war sich zudem sicher, dass sie ohne die Hilfe des Bacchus die Riesen niemals besiegen könnten. Und wenn sie das nicht innerhalb von fünf Tagen schafften, würde Rom zerstört werden und Hazels Bruder Nico sterben.

Andererseits, wenn die Vision, in der Bacchus ihr einen Silberkelch reichte, ein Trugbild war, dann würden sich vielleicht auch die anderen Visionen nicht erfüllen – vor allem nicht die von ihr, Percy und Jason beim Ertrinken. Vielleicht war das alles nur symbolisch.

Das Blut einer Halbgöttin, hatte Gaia gesagt. *Und das Blut eines Halbgottes. Piper, meine Liebe, such dir aus, welcher Held mit dir sterben soll.*

»Sie will zwei von uns«, murmelte Piper.

Alle fuhren zu ihr herum.

Piper hasste es, im Mittelpunkt der Aufmerksamkeit zu stehen. Vielleicht war das seltsam für ein Kind der Aphrodite, aber sie erlebte seit Jahren, wie ihr Dad, der Filmstar, mit seinem Ruhm klarkommen musste. Sie dachte daran, wie Aphrodite sie beim Lagerfeuer vor dem gesamten Camp anerkannt und ihr eine magische Beauty-Queen-Behandlung verpasst hatte. Es war der peinlichste Augenblick in ihrem ganzen Leben gewesen. Sogar hier, vor nur sechs anderen Halbgöttern, fühlte Piper sich bloßgestellt.

Das sind meine Freunde, sagte sie sich. *Das ist schon in Ordnung.*

Aber sie hatte ein seltsames Gefühl … als ob sie von mehr als nur von sechs Augenpaaren beobachtet würde.

»Heute auf dem Highway«, sagte sie, »hat Gaia mir gesagt, dass sie das Blut von zwei Halbgöttern braucht – einem weiblichen und einem männlichen. Sie … ich sollte entscheiden, welcher Junge sterben muss.«

Jason drückte ihre Hand. »Aber wir sind beide nicht gestorben. Du hast uns gerettet.«

»Ich weiß. Es ist bloß … warum sollte sie das wollen?«

Leo stieß einen leisen Pfiff aus. »Leute, wisst ihr noch, beim Wolfshaus? Unsere Lieblings-Eisprinzessin, Chione? Sie hat gesagt, wenn Jasons Blut vergossen wird, besudelt es den Ort für Generationen. Vielleicht hat das Blut von Halbgöttern irgendeine Kraft.«

»Oh …« Percy legte sein drittes Stück Pizza wieder hin. Er ließ sich zurücksinken und starrte ins Nichts, als ob der Pferdetritt gegen seinen Kopf sich erst jetzt bemerkbar machte.

»Percy?« Annabeth packte seinen Arm.

»Übel«, murmelte er. »Übel. Übel.« Er sah über den Tisch hinweg Frank und Hazel an. »Ihr erinnert euch doch an Polybotes?«

»Der Riese, der Camp Jupiter überfallen hat«, sagte Hazel. »Der Anti-Poseidon, dem du mit einer Terminus-Statue eine reingesemmelt hast. Ja, ich glaube, an den kann ich mich erinnern.«

»Ich habe von ihm geträumt«, sagte Percy, »als wir nach Alaska geflogen sind. Polybotes sprach mit den Gorgonen, und er hat gesagt … Er hat gesagt, er wollte mich lebend haben, nicht tot. Er hat so ungefähr gesagt: ›Ich will ihn zu meinen Füßen in Ketten liegen sehen, damit ich ihn töten kann, wenn die Zeit reif ist. Sein Blut soll die Steine des Olymp wässern und die Erdmutter aufwecken.‹«

Piper fragte sich, ob die Klimaanlage der Messe ausgefallen war, denn sie konnte plötzlich nicht mehr aufhören zu zittern. Genauso hatte sie sich auf dem Highway bei Topeka gefühlt. »Du meinst, die Riesen benutzen unser Blut … das Blut von zweien von uns …«

»Ich weiß es nicht«, sagte Percy. »Aber solange wir es nicht herausgefunden haben, schlage ich vor, dass wir uns allesamt nicht einfangen lassen.«

Jason grunzte. »Da kann ich dir nur zustimmen.«

»Aber wie sollen wir das herausfinden?«, fragte Hazel. »Das Zeichen der Athene, die Zwillinge, Ellas Weissagung … wie passt das alles zusammen?«

Annabeth presste die Hände gegen die Tischkante. »Piper, du hast Leo doch gesagt, er soll Kurs auf Atlanta nehmen.«

»Richtig«, sagte Piper. »Bacchus hat uns gesagt, wir sollten zu ... wie hieß der doch noch gleich?«

»Phorkys«, sagte Percy.

Annabeth sah überrascht aus, als sei sie nicht daran gewöhnt, dass ihr Freund solche Dinge wusste. »Du kennst ihn?«

Percy zuckte mit den Schultern. »Ich habe den Namen nicht gleich erkannt. Dann hat Bacchus Salzwasser erwähnt, und da ging mir ein Licht auf. Phorkys ist ein alter Meeresgott aus der Zeit vor meinem Dad. Bin ihm nie begegnet, aber er ist angeblich ein Sohn der Gaia. Ich begreife aber noch immer nicht, was ein Meeresgott in Atlanta zu suchen hat.«

Leo schnaubte. »Was hat ein Weingott in Kansas zu suchen? Die spinnen, die Götter. Jedenfalls müssten wir morgen gegen Mittag in Atlanta eintreffen, wenn nicht noch was schiefgeht.«

»Beschwör es bloß nicht herauf«, murmelte Annabeth. »Es wird spät. Wir sollten eine Runde schlafen.«

»Wartet«, sagte Piper.

Abermals starrten alle sie an.

Ihr Mut schwand dahin und sie fragte sich, ob ihr Instinkt falsch lag, aber dann zwang sie sich zum Reden.

»Noch ein Letztes«, sagte sie. »Die Eidola – diese Besessenheitsgeister. Sie sind noch immer hier, in diesem Raum.«

XII

Piper

Piper konnte nicht erklären, woher sie das wusste.

Geschichten über Phantome und gequälte Seelen hatten sie immer schon total fertiggemacht. Ihr Dad hatte gern Witze über Opa Toms Cherokee-Sagen aus dem Reservat gerissen, aber sogar zu Hause in ihrem großen Haus in Malibu mit Blick auf den Pazifik konnte sie die Geistergeschichten nicht mehr aus dem Kopf bekommen, wenn ihr Dad sie ihr erzählte.

Cherokee-Geister waren ruhelos. Oft verirrten sie sich auf dem Weg ins Land der Toten oder blieben aus purem Trotz bei den Lebenden zurück. Manchmal begriffen sie nicht einmal, dass sie tot waren.

Je mehr Piper sich in ihrem Leben als Halbgöttin zurechtfand, umso überzeugter war sie davon, dass die Unterschiede zwischen den Sagen der Cherokee und den griechischen Mythen gar nicht so groß waren. Diese Eidola verhielten sich ziemlich ähnlich wie die Geister in den Geschichten ihres Vaters.

Piper hatte das Gefühl, dass sie noch immer da waren, einfach weil niemand sie weggeschickt hatte.

Als sie das alles erklärt hatte, sahen die anderen sie skeptisch an. An Deck sang Hedge etwas, das so ungefähr klang wie »La Paloma ohé«, während Blackjack mit den Hufen aufstampfte und wütend wieherte.

Endlich sagte Hazel seufzend: »Piper hat Recht.«

»Wie kannst du da so sicher sein?«, fragte Annabeth.

»Mir sind auch schon Eidola begegnet«, sagte Hazel. »In der Unterwelt, als ich … Ihr wisst schon.«

Als ich tot war.

Piper hatte vergessen, dass Hazel zum zweiten Mal am Leben war. Auf ihre eigene Weise war auch Hazel ein wiedergeborener Geist.

»Also …« Frank fuhr sich mit der Hand über seine kurz geschorenen Haare, als ob gerade ein Geist unter seinen Skalp vorgedrungen wäre. »Du meinst, diese Typen lauern möglicherweise auf dem Schiff oder …«

»Sie lauern möglicherweise in einem von uns«, sagte Piper. »Das wissen wir nicht.«

Jason ballte die Faust. »Wenn das stimmt …«

»Wir müssen Maßnahmen ergreifen«, sagte Piper. »Ich glaube, ich kann das übernehmen.«

»Was denn übernehmen?«, fragte Percy.

»Hör einfach zu, ja?« Piper holte tief Luft. »Alle mal herhören!«

Piper sah ihnen in die Augen, einem nach dem anderen.

»Eidola«, sagte sie mit Charmesprech. »Hebt die Hände.«

Angespannte Stille folgte.

Leo lachte nervös. »Hast du wirklich gedacht, das könnte …«

Seine Stimme erstarb. Sein Gesicht wurde schlaff. Er hob die Hand.

Jason und Percy taten es ihm nach. Ihre Augen waren jetzt glasig und golden. Hazel hielt den Atem an. Neben Leo erhob Frank sich aus dem Sessel und lehnte sich an die Wand.

»Bei den Göttern«, Annabeth sah Piper flehend an. »Kannst du sie heilen?«

Piper hätte gern gewimmert und sich unter dem Tisch versteckt, aber sie musste Jason helfen. Sie konnte nicht glauben, dass sie die Hand eines … nein, sie wollte nicht daran denken.

Sie konzentrierte sich auf Leo, weil der am wenigsten beängstigend war.

»Sind noch mehr von euch hier auf dem Schiff?«, fragte sie.

»Nein«, sagte Leo mit dumpfer Stimme. *»Die Erdmutter hat drei geschickt. Die Stärksten, die Besten. Wir werden weiterleben.«*

»Aber nicht hier«, knurrte Piper. »Ihr drei, jetzt hört mir mal gut zu.«

Jason und Percy drehten sich zu ihr um. Diese goldenen Augen machten Piper nervös, aber alle drei Jungen so zu sehen, ließ ihren Zorn auflodern.

»Ihr werdet diese Körper verlassen«, befahl sie.

»Nein«, sagte Percy.

Leo zischte leise. *»Wir müssen leben.«*

Frank streckte die Hand nach seinem Bogen aus. »Allmächtiger Mars, ist das unheimlich! Haut ab, ihr Geister. Lasst unsere Freunde in Ruhe!«

Leo drehte sich zu ihm um. *»Du hast uns nichts zu befehlen, Kind des Krieges. Dein eigenes Leben ist vergänglich. Deine Seele könnte jeden Moment verbrennen.«*

Piper war nicht sicher, wie das gemeint war, aber Frank geriet ins Schwanken wie nach einem Schlag in die Magengrube. Er zog mit zitternden Händen einen Pfeil aus dem Köcher. »Ich … Ich bin schon mit übleren Dingen als dir fertig geworden. Wenn du kämpfen willst …«

»Frank, nicht!« Hazel sprang auf.

Neben ihr zog Jason sein Schwert.

»Halt!«, befahl Piper, aber ihre Stimme zitterte. Sie verlor immer mehr das Vertrauen zu ihrem Plan. Sie hatte die Eidola gerufen, aber was jetzt? Wenn sie sie nicht zum Verschwinden überreden könnte, würde jegliches Blutvergießen ihre Schuld sein. Irgendwo in ihrem Hinterkopf konnte sie Gaia fast schon lachen hören.

»Hör auf Piper!« Hazel zeigte auf Jasons Schwert. Die goldene Klinge schien in seiner Hand schwer zu werden. Sie fiel klirrend auf den Tisch und Jason ließ sich in seinen Sessel fallen.

Percy knurrte auf sehr unpercyhafte Weise: *»Tochter des Pluto, Edelsteine und Metall kannst du vielleicht herumkommandieren. Aber den Toten hast du nichts zu sagen.«*

Annabeth streckte die Hand nach ihm aus, wie um ihn zu beruhigen, aber Hazel winkte ab.

»Hört zu, Eidola«, sagte Hazel streng. »Ihr gehört nicht hierher. Ich kann euch nichts befehlen, aber Piper schon. Ihr müsst ihr gehorchen.«

Sie drehte sich zu Piper um, und ihr Gesicht sagte deutlich: *Mach noch einen Versuch. Du kannst es schaffen.*

Piper nahm all ihren Mut zusammen. Sie sah Jason an, sah in die Augen des Dings, das ihn beherrschte. »Ihr werdet diese Körper verlassen«, wiederholte Piper noch energischer.

Jason verzog gequält das Gesicht. Schweißperlen traten auf seine Stirn. *»Wir … Wir werden diese Körper verlassen.«*

»Ihr werdet beim Styx schwören, nie wieder zu diesem Schiff zurückzukehren«, fügte Piper hinzu. »Und niemals mehr in irgendein Mitglied dieser Mannschaft zu fahren.«

Leo und Percy fauchten wütend.

»Das werdet ihr beim Styx schwören«, verlangte Piper.

Ein Moment der Anspannung folgte – sie spürte, wie die Willenskräfte der Eidola gegen ihren kämpften. Dann sagten alle drei Eidola wie aus einem Munde: *»Wir schwören beim Styx.«*

»Ihr seid tot«, sagte Piper.

»Wir sind tot«, sagten sie zustimmend.

»Und jetzt geht.«

Alle drei Jungen sackten in sich zusammen. Percy knallte mit dem Gesicht in seine Pizza.

»Percy!« Annabeth packte ihn.

Piper und Hazel schnappten sich Jasons Arme, als er aus seinem Sessel rutschte.

Leo hatte weniger Glück. Er fiel auf Frank zu, und der machte keinerlei Versuch, ihn aufzufangen. Leo traf unsanft auf dem Boden auf.

»Au!«, stöhnte er.

»Alles in Ordnung bei dir?«, fragte Hazel.

Leo rappelte sich auf. An seiner Stirn klebte ein zu einer 3 gebogenes Stück Spaghetti. »Hat es geklappt?«

»Es hat geklappt«, sagte Piper und war ziemlich sicher, dass sie Recht hatte. »Ich glaube, die kommen nicht wieder.«

Jason blinzelte. »Bedeutet das, jetzt ist für mich Schluss mit den Kopfverletzungen?«

Piper lachte und atmete zugleich erleichtert auf. »Na los, Blitzjunge. Lass uns mal frische Luft schnappen gehen.«

Piper und Jason liefen auf Deck hin und her. Jason war noch immer wacklig auf den Beinen, deshalb riet Piper ihm, den Arm um sie zu legen und sich auf sie zu stützen.

Leo stand am Steuer und sprach per Intercom mit Festus, er wusste ja aus Erfahrung, dass er Piper und Jason ab und zu ein wenig allein lassen musste. Da das Satellitenfernsehen wieder funktionierte, saß Trainer Hedge in seiner Kabine und brachte sich glücklich auf den neuesten Stand bei den Kampfsportwettkämpfen. Percys Pegasus Blackjack war irgendwohin geflogen. Die anderen Halbgötter machten sich zum Schlafen bereit.

Die Argo II jagte ostwärts, mehrere Hundert Meter über dem Boden. Unter ihnen zogen kleine Städte vorüber wie beleuchtete Inseln im dunklen Meer der Prärie.

Piper dachte an den vergangenen Winter, als sie auf Festus, dem Drachen, über die Stadt Quebec geflogen waren. Sie hatte noch nie etwas so Schönes gesehen und war noch nie so glücklich gewesen wie damals, weil Jason seine Arme um sie gelegt hatte – aber das hier war noch besser.

Die Nacht war warm. Das Schiff bewegte sich gleichmäßiger als ein Drache. Und vor allem entfernten sie sich so schnell von Camp Jupiter, wie das überhaupt nur möglich war. Egal wie gefährlich die Alte Welt sein mochte, Piper konnte es nicht erwarten, dort anzukommen. Sie hoffte, dass Jason Recht hatte und die Römer sie nicht über den Atlantik verfolgen würden.

Jason blieb mittschiffs stehen und lehnte sich gegen die Reling. Das Mondlicht färbte seine blonden Haare silbern.

»Danke, Pipes«, sagte er. »Du hast mich schon wieder gerettet.«

Er legte den Arm um ihre Taille. Sie dachte an den Tag, an dem sie in den Grand Canyon gestürzt waren – als sie zum ersten Mal gesehen hatte, dass Jason die Luft beherrschte. Er hatte sie so fest an sich gedrückt, dass sie seinen Herzschlag gespürt hatte. Dann waren sie nicht mehr gestürzt, sondern hatten einfach in der Luft geschwebt. Er war der beste Freund aller Zeiten.

Sie hätte ihn jetzt gern geküsst, aber etwas hielt sie zurück.

»Ich weiß nicht, ob Percy mir noch vertraut«, sagte sie. »Ich meine, nachdem ich seinem Pferd befohlen habe, ihn k. o. zu schlagen.«

Jason lachte. »Da brauchst du dir keine Sorgen zu machen. Percy ist schon in Ordnung, aber ich habe das Gefühl, er braucht ab und zu einen Schlag auf den Kopf.«

»Du hättest ihn umbringen können.«

Jasons Lächeln verblasste. »Das war nicht ich.«

»Aber ich hätte es fast zugelassen«, sagte Piper. »Als Gaia gesagt hat, ich müsste das entscheiden, habe ich gezögert und …«

Sie blinzelte und verfluchte sich, weil sie weinte.

»Sei nicht so hart zu dir«, sagte Jason. »Du hast uns beide gerettet.«

»Aber wenn zwei von unserer Mannschaft sterben müssen, ein Junge und ein Mädchen …«

»Das lasse ich nicht zu. Wir werden Gaia aufhalten. Alle sieben werden unversehrt nach Hause zurückkehren. Das verspreche ich dir.«

Piper wünschte, er hätte das nicht *versprochen.* Allein schon das Wort erinnerte sie an die Weissagung der Sieben: *Ein letzter Atem ist zur Erfüllung des Eides geblieben.*

Bitte, dachte sie und fragte sich, ob ihre Mom, die Göttin der Liebe, sie wohl hören könnte. *Lass das nicht Jasons letzter Atem sein. Wenn Liebe überhaupt etwas bedeutet, dann nimm ihn mir nicht weg.*

Sowie sie sich das gewünscht hatte, fühlte sie sich schuldig. Wie sollte sie diesen Schmerz bei Annabeth mitansehen, wenn Percy sterben müsste? Wie sollte sie weiterleben, wenn irgendein anderer der sieben Halbgötter starb? Sie hatten doch alle schon so viel durchgemacht. Sogar die beiden neuen römischen Jugendlichen, Hazel und Frank, die Piper kaum kannte, kamen ihr vor wie ihre

Familie. Im Camp Jupiter hatte Percy von der Reise nach Alaska erzählt, und das war ungefähr das Schlimmste, was Piper je gehört hatte. Und seit Hazel und Frank versucht hatten, ihr bei dem Exorzismus zu helfen, war ohnehin klar, dass die beiden total in Ordnung waren.

»Die Sage, die Annabeth da erwähnt hat«, sagte sie, »über dieses Zeichen der Athene … Warum wolltest du nicht darüber sprechen?«

Sie hatte Angst, Jason könnte abwehren, aber er senkte nur den Kopf, als ob er diese Frage schon erwartet hätte. »Pipes, ich weiß nicht, was stimmt und was nicht. Diese Sage … die könnte richtig gefährlich sein.«

»Für wen?«

»Für uns alle«, sagte er düster. »In der Geschichte heißt es, dass die Römer den Griechen etwas Wichtiges gestohlen haben, in uralten Zeiten, als die Römer die griechischen Städte erobert haben.«

Piper wartete, aber Jason schien in Gedanken verloren zu sein.

»Was haben sie denn gestohlen?«, fragte sie.

»Ich weiß nicht«, sagte er. »Ich bin nicht sicher, ob irgendwer in der Legion das jemals gewusst hat. Aber der Sage zufolge wurde dieses Ding nach Rom geschafft und dort versteckt. Die Kinder der Athene, griechische Halbgötter, hassen uns seither. Sie haben immer all ihre Geschwister gegen die Römer aufgestachelt. Wie gesagt, ich weiß nicht, wie viel davon wahr ist …«

»Aber warum willst du es Annabeth nicht sagen?«, fragte Piper. »Sie wird dich schon nicht plötzlich hassen.«

Er schien ihr nur mit Mühe in die Augen schauen zu können. »Das hoffe ich auch. Aber die Sage behauptet, dass die Kinder der Athene dieses Ding seit Jahrtausenden suchen. In jeder Generation wählt die Göttin einige wenige dazu aus. Offenbar werden sie von irgendeinem Zeichen nach Rom geführt … dem *Zeichen der Athene*.«

»Wenn Annabeth eine dieser Erwählten ist … dann müssen wir ihr helfen.«

Jason zögerte. »Vielleicht. Wenn wir uns Rom nähern, werde ich ihr das wenige erzählen, das ich weiß. Ganz bestimmt. Aber in der Sage – jedenfalls in der Fassung, die ich gehört habe – heißt es, dass die Griechen uns niemals verzeihen werden, wenn sie herausfinden, was damals gestohlen wurde. Sie werden die Legion und Rom ein für alle Mal zerstören. Und nach dem, was Nemesis zu Leo gesagt hat, darüber, dass Rom in fünf Tagen vom Feuer zerstört werden soll …«

Piper sah Jason ins Gesicht. Er war zweifellos der mutigste Mensch, der ihr jemals begegnet war, aber sogar er fürchtete sich. Diese Sage – die Vorstellung, dass ihre Gruppe zerrissen und eine Stadt dem Erdboden gleichgemacht werden könnte – jagte ihm eine Höllenangst ein.

Piper hätte gern gewusst, was an dem Ding, das damals gestohlen worden war, so wichtig sein mochte. Sie konnte sich nichts vorstellen, was Annabeth plötzlich rachsüchtig machen würde.

Aber Piper konnte sich auch nicht vorstellen, das Leben eines Halbgottes für ein anderes zu opfern, und doch hatte Gaia sie heute, auf der verlassenen Straße, wenn auch nur für einen Moment, in Versuchung führen können …

»Es tut mir übrigens leid«, sagte Jason.

Piper wischte sich eine letzte Träne aus dem Gesicht. »Was denn? Es war doch das Eidolon, das den Angriff …«

»Das meine ich nicht.« Die kleine Narbe an Jasons Oberlippe

schien im Mondlicht weiß zu glühen. Piper hatte diese Narbe immer schon geliebt. Dass sein Gesicht nicht ganz vollkommen war, machte es viel interessanter.

»Es war blöd von mir, dich wegen Reyna zu fragen«, sagte er. »Da habe ich nicht nachgedacht.«

»Ach.« Piper schaute zu den Wolken hoch und fragte sich, ob ihre Mutter Aphrodite ihn wohl auf irgendeine Weise beeinflusste. Seine Bitte um Entschuldigung war zu schön, um wahr zu sein.

Nicht aufhören, dachte sie. »Das ist schon erledigt, wirklich.«

»Es ist nur … für Reyna habe ich nie so empfunden«, sagte Jason. »Deswegen habe ich nicht daran gedacht, dass dir das unangenehm sein könnte. Du brauchst dir keine Sorgen zu machen, Pipes.«

»Ich wollte sie hassen«, gab Piper zu. »Ich hatte solche Angst, du könntest ins Camp Jupiter zurückwollen.

Jason sah überrascht aus. »Das wird nie passieren. Es sei denn, du kommst mit. Das verspreche ich dir.«

Piper hielt seine Hand. Sie brachte ein Lächeln zu Stande, aber sie dachte: Noch ein Versprechen. *Ein letzter Atem ist zur Erfüllung des Eides geblieben.* Sie versuchte, diese Gedanken zu verdrängen. Sie wusste, sie sollte diesen ruhigen Augenblick mit Jason einfach nur genießen. Aber als sie über die Reling schaute, musste sie daran denken, wie sehr die Prärie in der Nacht einer Wasserfläche ähnelte – wie in dem versinkenden Raum, den sie in ihrer Messerklinge gesehen hatte.

XIII

Percy

Vergiss den Rauch-Schutzschirm mit dem Cheeseburger-Geruch. Percy hätte Leo gern gebeten, einen Anti-Traum-Schirm zu erfinden.

In dieser Nacht hatte er furchtbare Albträume. Zuerst träumte er, er sei wieder in Alaska und suche den Adler der Legion. Er wanderte eine Bergstraße entlang, aber sowie er am Straßenrand stehen blieb, wurde er vom Sumpf verschlungen – dem Muskeg, wie Hazel ihn genannt hatte. Er drohte, im Schlamm zu ersticken, konnte sich nicht bewegen, nichts sehen und nicht atmen. Zum ersten Mal in seinem Leben begriff er, wie es war, zu ertrinken.

Das ist bloß ein Traum, sagte er sich. *Gleich wache ich auf.*

Aber das machte die Sache nicht weniger entsetzlich.

Percy hatte nie Angst vor dem Wasser gehabt. Es war das Element seines Vaters. Aber seit der Sache mit dem Muskeg hatte er Angst vor dem Ersticken. Er würde das niemals zugeben, aber jetzt war er sogar nervös, wenn er ins Wasser musste. Er wusste, das war töricht. Er konnte nicht ertrinken. Aber er hatte den Verdacht, dass die Angst anfangen würde, ihn zu beherrschen, wenn er sie nicht unter Kontrolle brachte.

Er dachte an seine Freundin Thalia, die an Höhenangst litt, obwohl sie die Tochter des Himmelsgottes war. Ihr Bruder Jason konnte fliegen, indem er die Winde herbeirief. Thalia konnte das nicht, vielleicht, weil sie sich zu sehr fürchtete, um es zu versuchen. Wenn Percy anfing, zu glauben, er könne ertrinken …

Der Muskeg drückte gegen seine Brust. Seine Lunge drohte zu bersten.

Aufhören, sagte er sich. *Das ist nicht echt.*

Und als er wirklich nicht länger den Atem anhalten konnte, änderte sich sein Traum.

Er stand in einem riesigen düsteren Raum, wie einer Tiefgarage. Reihen von Steinsäulen zogen sich in allen Richtungen dahin und trugen die fast sieben Meter hohe Decke. Kohlenpfannen warfen ein trübes rotes Licht auf den Boden.

Percy konnte in den Schatten nicht weit sehen, aber unter der Decke erkannte er Flaschenzüge, Sandsäcke und Reihen von dunklen Theaterscheinwerfern. Überall im Raum standen Holzkästen mit Aufschriften wie REQUISITEN, WAFFEN und KOSTÜME. Auf einem stand: RAKETENABSCHUSSTEILE JEDER ART.

In der Dunkelheit hörte Percy Maschinen ächzen, riesige Hebel knarren und Wasser durch Rohre schießen.

Dann sah er den Riesen … oder zumindest hielt Percy ihn für einen Riesen.

Er war an die vier Meter groß – sehr respektabel für einen Zyklopen, aber dennoch nur halb so groß wie andere Riesen, mit denen Percy zu tun gehabt hatte. Er sah auch menschlicher aus als ein typischer Riese, ohne die Drachenbeine seiner höhergewachsenen Verwandtschaft. Seine lange lila Mähne jedoch war zu einem Pferdeschwanz aus Dreadlocks gebunden, und das schien Percy eine typische Riesenfrisur zu sein. Der Riese hatte sich einen über drei Meter langen Speer auf den Rücken geschnallt – eine typische Riesen-Waffe.

Der Riese trug den größten Rollkragenpullover, den Percy je gesehen hatte, eine schwarze Hose und schwarze Lederschuhe mit so langen krummen Spitzen, dass sie aussahen wie Narrenschuhe. Er schritt vor einer Tribüne hin und her und untersuchte ein Bronzegefäß, das ungefähr so groß war wie Percy.

»Nein, nein, nein«, murmelte der Riese vor sich hin. »Wo ist der besondere Touch? Wo ist der Mehrwert?« Er schrie in die Dunkelheit: »Otis!«

Percy hörte in der Ferne schlurfende Schritte. Ein weiterer Riese tauchte aus der Finsternis auf. Er trug genau die gleiche schwarze Kleidung, bis hinab zu den Schnabelschuhen. Der einzige Unterschied zwischen den beiden Riesen war, dass der zweite grüne Haare hatte, keine lilafarbenen.

Der erste Riese fluchte. »Otis, warum tust tu mir das jeden Tag an? Ich hab dir doch gesagt, dass *ich* heute den schwarzen Rollkragenpullover anziehe! Du kannst alles anziehen, nur nicht den schwarzen Rolli.«

Otis blinzelte, als ob er gerade erst aufgewacht wäre. »Ich dachte, du wolltest heute die gelbe Toga anziehen.«

»Das war gestern! Als du in der gelben Toga aufgekreuzt bist.«

»Ach. Richtig. Tut mir leid, Ephie.«

Sein Bruder fauchte. Sie mussten Zwillinge sein, denn ihre Gesichter waren genau gleich hässlich.

»Und nenn mich nicht Ephie!«, verlangte Ephie. »Nenn mich Ephialtes! So heiße ich. Oder du kannst meinen Künstlernamen benutzen: der GROSSE F!«

Otis schnitt eine Grimasse. »Ich weiß noch immer nicht, was ich von diesem Künstlernamen halten soll.«

»Unsinn. Der ist perfekt. Also, wie weit sind wir mit den Vorbereitungen?«

»Ziemlich weit.« Otis klang nicht gerade begeistert. »Die menschenfressenden Tiger, die rotierenden Klingen … Aber ich finde immer noch, ein paar Ballerinas würden sich gut machen.«

»Keine Ballerinas«, fauchte Ephialtes. »Und das da?« Er zeigte angeekelt auf das Bronzegefäß. »Wozu ist das gut? Aufregend ist das nicht.«

»Aber das ist doch der ganze Sinn der Show. Er wird sterben, wenn die anderen ihn nicht retten. Und wenn sie pünktlich eintreffen …«

»Oh, das sollten sie!«, sagte Ephialtes. »Der erste Juli, die Kalenden des Juli. Dann will Mutter diese blöden Halbgötter vernichten und Juno richtig eins auswischen. Außerdem bezahle ich diesen Gladiatorengeistern keine Überstunden.«

»Na, dann sterben sie alle«, sagte Otis. »Und wir fangen mit der Zerstörung Roms an. Genau wie Mutter das will. Das wird perfekt. Die Massen werden begeistert sein. Römische Geister lieben so was.«

Ephialtes sah nicht überzeugt aus. »Aber der Krug steht einfach nur da. Könnten wir ihn nicht über ein Feuer hängen oder ihn in einem Säurebad auflösen oder so?«

»Wir brauchen ihn noch ein paar Tage lebend«, erinnerte Otis seinen Bruder. »Sonst beißen die sieben nicht an und kommen nicht her, um ihn zu retten.«

»Hmm. Ja, vermutlich. Ich hätte trotzdem gern ein bisschen mehr Geschrei. Dieser langsame Tod ist öde. Ach, und was ist mit unserer begabten Freundin? Kann sie jetzt ihren Gast empfangen?«

Otis machte ein säuerliches Gesicht. »Ich will wirklich nicht mit ihr reden. Sie macht mich nervös.«

»Aber ist sie so weit?«

»Ja«, sagte Otis widerstrebend. »Sie ist seit Jahrhunderten bereit. Niemand wird diese Statue entfernen.«

»Hervorragend.« Ephialtes rieb sich erwartungsvoll die Hände. »Das ist unsere große Chance, Bruderherz.«

»Das hast du bei unserer letzten Nummer auch gesagt«, murmelte Otis. »Ich hing sechs Monate lang in diesem Eisblock über dem Lethe und die Medien haben uns total ignoriert.«

»Das hier ist etwas anderes!«, widersprach Ephialtes. »Wir werden einen neuen Unterhaltungsstandard setzen! Wenn Mutter zufrieden ist, sind uns Ruhm und Vermögen sicher!«

»Wenn du meinst«, Otis seufzte. »Aber ich finde noch immer, dass diese Ballerinakostüme aus *Schwanensee* sich gut machen würden.«

»Kein Ballett!«

»Schade.«

»Los«, sagte Ephialtes. »Sehen wir uns mal die Tiger an. Ich will sichergehen, dass sie Hunger haben.«

Die Riesen trotteten in die Finsternis und Percy drehte sich zu dem Krug um.

Ich muss hineinschauen, dachte er.

Er zwang seinen Traum weiter vorwärts, bis zur Oberfläche des Krugs. Dann trat er hindurch.

Die Luft im Krug roch nach schalem Atem und angelaufenem Metall. Das einzige Licht stammte vom trüben roten Schein eines dunklen Schwertes, dessen Klinge aus stygischem Eisen an der einen Seite des Behälters lehnte. Daneben hockte ein elend aussehender Junge in zerfetzten Jeans, einem schwarzen Hemd und einer alten Fliegerjacke. An seiner rechten Hand funkelte ein silberner Totenkopfring.

»Nico!«, rief Percy. Aber der Sohn des Hades konnte ihn nicht hören.

Der Behälter war vollständig versiegelt und die Luft wurde immer giftiger. Nicos Augen waren geschlossen, sein Atem flach. Er schien zu meditieren. Sein Gesicht war bleich und schmaler als in Percys Erinnerung.

Nico schien mit seinem Schwert drei Kerben in die Innenwand des Kruges geschlagen zu haben – vielleicht war er seit drei Tagen hier eingesperrt?

Es schien unmöglich, dass er so lange überlebt haben könnte, ohne zu ersticken. Selbst im Traum geriet Percy langsam in Panik und musste um Sauerstoff kämpfen.

Dann sah er etwas zwischen Nicos Füßen – eine kleine Sammlung von glitzernden Gegenständen, die nicht größer waren als Babyzähne.

Kerne, erkannte Percy. *Granatapfelkerne.* Drei waren gegessen und ausgespuckt worden, fünf waren noch im dunkelroten Fruchtfleisch eingeschlossen.

»Nico«, sagte Percy. »Wo bist du? Wir werden dich retten.«

Das Bild verblasste und eine Mädchenstimmte flüsterte: »Percy.«

Zuerst glaubte Percy, noch immer zu schlafen. Als er sein Gedächtnis verloren hatte, hatte er wochenlang von Annabeth geträumt, dem einzigen Menschen aus seiner Vergangenheit, an den er sich erinnerte. Als er die Augen öffnete und sein Blick sich klärte, ging ihm auf, dass sie wirklich da war.

Sie stand vor seinem Bett und lächelte auf ihn herab.

Ihre blonden Haare fielen ihr auf die Schultern. Ihre sturmgrauen Augen leuchteten amüsiert. Er erinnerte sich an seinen ersten Tag in Camp Half-Blood, fünf Jahre zuvor, als er aus seiner Betäubung erwacht war und Annabeth über ihm gestanden hatte. Sie hatte gesagt: *Du sabberst im Schlaf.*

In dieser Hinsicht war sie sentimental.

»W…Was ist los?«, fragte er. »Sind wir da?«

»Nein«, sagte sie leise. »Es ist mitten in der Nacht.«

»Du meinst …« Percys Herz hämmerte los. Ihm ging auf, dass er seinen Schlafanzug trug. Wahrscheinlich hatte er wirklich gesabbert oder im Schlaf seltsame Geräusche gemacht. Zweifellos waren seine Haare wild verstrubbelt und sein Atem duftete nicht gerade lieblich. »Du hast dich in meine Kabine geschlichen?«

Annabeth verdrehte die Augen. »Percy, in zwei Monaten sind wir siebzehn. Du kannst doch nicht ernsthaft befürchten, dass du Ärger mit Trainer Hedge kriegst.«

»Äh, hast du seinen Baseballschläger gesehen?«

»Algenhirn, ich dachte einfach, wir könnten einen Spaziergang machen. Wir hatten noch gar keine Zeit für uns. Ich möchte dir etwas zeigen – meine Lieblingsstelle hier auf dem Schiff.«

Percys Puls hämmerte noch immer, aber nicht aus Angst vor Ärger. »Kann ich, du weißt schon, mir vorher die Zähne putzen?«

»Das musst du sogar«, sagte Annabeth. »Vorher werde ich dich nämlich nicht küssen. Und wenn du schon dabei bist, dann kämm dich doch noch gleich.«

Für eine Triere war das Schiff groß, aber Percy kam es trotzdem gemütlich vor – wie sein Wohnheim damals an der Yancy Academy oder an allen anderen Schulen, von denen er geflogen war. Annabeth und er schlichen auf das zweite Deck hinab, von dem Percy bisher nur die Krankenstube kannte.

Sie führte ihn am Maschinenraum vorbei, der wie ein überaus gefährliches mechanisches Dschungel-Fitnessstudio aussah, mit Röhren und Kolben und Schläuchen, die aus einer zentralen Bronzekugel kamen. Kabel, die aussahen wie riesige Metallnudeln, schlängelten sich über den Boden und die Wände hoch.

»Wie kann das denn überhaupt funktionieren?«, fragte Percy.

»Keine Ahnung«, sagte Annabeth. »Und ich bin außer Leo die Einzige, die damit umgehen kann.«

»Das ist ja beruhigend.«

»Wird schon klappen. Bisher ist es nur einmal fast in die Luft geflogen.«

»Du machst Witze, hoffe ich.«

Sie lächelte. »Komm schon.«

Sie gingen weiter, vorbei an Vorratsräumen und Waffenkammer. Kurz vor dem Heck erreichten sie eine hölzerne Doppeltür, die in einen großen Stall führte. Der Raum roch nach frischem Heu und Wolldecken. An der linken Wand waren drei leere Boxen, wie die, die sie im Camp für die Pegasi benutzten. An der rechten Wand standen zwei leere Käfige, die groß genug für Zootiere waren.

Mitten im Boden war ein sieben Quadratmeter großes Fenster. Tief unter ihnen jagte die nächtliche Landschaft vorbei – Kilometer um Kilometer dunkler Flächen, durchzogen von leuchtenden Straßen wie Fäden in einem Gewebe.

»Ein Boot mit Glasboden?«, fragte Percy.

Annabeth nahm eine Decke von der nächstgelegenen Boxentür und breitete sie auf einem Teil des Glasbodens aus. »Setz dich zu mir.«

Sie ließen sich wie zu einem Picknick auf der Decke nieder und sahen zu, wie die Welt vorüberzog.

»Leo hat die Boxen so gebaut, damit die Pegasi nach Belieben kommen und gehen könnten«, sagte Annabeth. »Ihm war nur nicht klar, dass Pegasi lieber frei umherziehen, deshalb sind die Boxen immer leer.«

Percy hätte gern gewusst, wo Blackjack war – ob er irgendwo am Himmel herumstromerte und ihnen hoffentlich folgte. Percys Kopf dröhnte noch immer von Blackjacks Huftritt, aber er machte dem Pferd deshalb keine Vorwürfe.

»Wie meinst du das, nach Belieben kommen und gehen?«, fragte er. »Muss nicht auch ein Pegasus erst die beiden Treppen hinuntersteigen?«

Annabeth klopfte mit den Fingerknöcheln auf das Glas. »Das sind Falltüren, wie bei einem Bomber.«

Percy schluckte. »Du meinst, wir sitzen auf einer Tür? Und was, wenn die aufgeht?«

»Dann fallen wir wohl in den Tod. Aber die geht nicht auf. Aller Wahrscheinlichkeit nach nicht.«

»Super.«

Annabeth lachte. »Weißt du, warum ich gern hier bin? Nicht nur wegen der Aussicht. Woran erinnert dich das hier?«

Percy sah sich um. Die Käfige und Boxen, die Lampe aus Himmlischer Bronze, die von der Decke hing, der Duft nach Heu, und natürlich Annabeth, die dicht neben ihm saß, ihr Gesicht gespenstisch und schön in dem weichen bernsteingelben Licht.

»An diesen Tiertransporter«, sagte Percy dann. »Mit dem wir nach Las Vegas gefahren sind.«

Ihr Lächeln sagte ihm, dass er die richtige Antwort gefunden hatte.

»Das ist so lange her«, sagte Percy. »Wir waren in mieser Form und haben versucht, das Land zu durchqueren und diesen blöden Blitzstrahl zu finden, gefangen in einem Wagen mit misshandelten Tieren. Wieso sehnst du dich danach zurück?«

»Weil wir damals zum ersten Mal richtig geredet haben, du und ich, Algenhirn. Ich habe dir von meiner Familie erzählt und …« Sie zog ihr Camp-Halsband hervor, an dem der College-Ring ihres Dads und eine bunte Tonperle für jedes Jahr in Camp Half-Blood hingen. Und jetzt gab es an dem Lederriemen noch etwas anderes: einen roten Korallenanhänger, den Percy ihr geschenkt hatte, als sie frisch zusammen waren. Er hatte ihn aus dem Palast seines Vaters auf dem Meeresgrund mitgebracht.

»Und«, sagte Annabeth, »es erinnert mich daran, wie lange wir uns schon kennen. Wir waren zwölf, Percy. Kannst du das fassen?«

»Nein«, gab er zu. »Also … von diesem Moment an hast du gewusst, dass du mich leiden magst?«

Sie feixte. »Zuerst habe ich dich gehasst. Du bist mir auf die Nerven gegangen. Ein paar Jahre lang habe ich dich toleriert. Und dann …«

»Na gut, schön.«

Sie beugte sich vor und küsste ihn: ein guter, echter Kuss, ohne Zuschauer – nirgendwo irgendwelche Römer, kein kreischender Anstandssatyr.

Dann wich sie zurück. »Du hast mir gefehlt, Percy.«

Percy wollte ihr dasselbe sagen, aber es kam ihm zu wenig vor. Während er in der römischen Welt gewesen war, hatte er sich fast nur dadurch am Leben erhalten, dass er an Annabeth gedacht hatte. *Du hast mir gefehlt* brachte das nicht so ganz zum Ausdruck.

Er dachte daran, wie Piper das Eidolon gezwungen hatte, seine Gedanken freizugeben. Percy hatte von dessen Anwesenheit nichts gewusst, bis Piper ihr Charmesprech angewandt hatte. Als das Eidolon verschwunden war, hatte er das Gefühl gehabt, ein glühender Dorn sei aus seiner Stirn entfernt worden. Ihm war gar nicht klar gewesen, was für schlimme Schmerzen er erleiden musste, bis der Geist dann weg gewesen war. Danach wurden seine Gedanken klarer. Seine Seele machte es sich in seinem Körper wieder gemütlich.

Hier mit Annabeth zu sitzen, gab ihm dasselbe Gefühl. Die vergangenen Monate hätten glatt einer seiner seltsamen Träume sein können. Die Ereignisse von Camp Jupiter wirkten so verschwommen und vage wie sein Kampf mit Jason, als sie beide von den Eidola besessen gewesen waren.

Und doch bereute er nicht, in Camp Jupiter gewesen zu sein. Dort waren seine Augen in mancher Hinsicht geöffnet worden.

»Annabeth«, sagte er zögernd. »In Neu-Rom können Halbgötter ihr Leben in Frieden verbringen.«

Ihr Gesicht wurde wachsam. »Das hat Reyna mir auch erzählt. Aber Percy, du gehörst nach Camp Half-Blood. Dieses andere Leben …«

»Ich weiß«, sagte Percy. »Aber als ich dort war, habe ich so viele Halbgötter ohne Angst leben sehen: junge Leute, die aufs College gehen, Paare, die heiraten und eine Familie gründen. So was gibt es in Camp Half-Blood nicht. Ich habe immer an dich und mich gedacht … und dass wir vielleicht eines Tages, wenn dieser Krieg gegen die Riesen vorüber ist …«

Es war schwer, das in dem goldenen Licht zu erkennen, aber er hatte den Eindruck, dass Annabeth rot wurde. »Oh«, sagte sie.

Percy hatte Angst, zu viel gesagt zu haben. Vielleicht hatte er ihr mit seinen tollen Zukunftsplänen Angst gemacht. Eigentlich war sie sonst diejenige, die Pläne machte. In Gedanken verfluchte er sich.

Er kannte Annabeth schon so lange und hatte doch das Gefühl, nur wenig von ihr zu begreifen. Auch jetzt, da sie seit Monaten ein

Paar waren, wirkte ihre Beziehung noch immer neu und zerbrechlich wie eine Glasfigur. Er hatte furchtbare Angst davor, einen Fehler zu machen und sie zu zerbrechen.

»Tut mir leid«, sagte er. »Das war nur … Ich musste immer daran denken, um durchzuhalten. Um die Hoffnung zu behalten. Vergiss, dass ich es erwähnt …«

»Nein!«, sagte sie. »Nein, Percy. Bei den Göttern, das ist so süß. Es ist bloß … Vielleicht haben wir uns den Weg zurück verbaut. Wenn wir die Sache mit den Römern nicht in Ordnung bringen können – na ja, diese beiden Gruppen von Halbgöttern haben niemals in Frieden leben können. Deshalb halten die Götter uns ja getrennt. Ich weiß nicht, ob wir da jemals hingehören können.«

Percy wollte nicht widersprechen, aber er konnte die Hoffnung noch nicht aufgeben. Es kam ihm wichtig vor – nicht nur für Annabeth und ihn, sondern auch für alle anderen Halbgötter. Es musste doch möglich sein, in zwei verschiedene Welten zugleich zu gehören. Darum ging es doch gerade bei Halbgöttern – sie gehörten weder ganz in die Welt der Sterblichen noch auf den Olymp, sondern versuchten, beide Seiten ihres Wesens miteinander zu vereinen.

Leider erinnerte ihn das an die Götter, an den Krieg, der ihnen bevorstand, und an seinen Traum von den Zwillingen Ephialtes und Otis.

»Ich hatte einen Albtraum, als du mich geweckt hast«, gab er zu. Er erzählte Annabeth, was er gesehen hatte.

Nicht einmal die beunruhigendsten Teile schienen sie zu überraschen. Sie schüttelte traurig den Kopf, als er von Nicos Gefangenschaft im Bronzekrug erzählte. Ihre Augen funkelten wütend, als er erzählte, dass die Riesen eine Art Zerstörungsfest für Rom planten, bei dem ihr qualvoller Tod die Einstiegsnummer darstellen sollte.

»Nico ist der Köder«, murmelte sie. »Gaias Leute müssen ihn auf irgendeine Weise gefangen haben. Aber wir wissen nicht genau, wo sie ihn festhalten.«

»Irgendwo in Rom«, sagte Percy. »Irgendwo unter der Erde. Es klang so, als hätte Nico noch einige Tage zu leben, aber ich kann mir nicht vorstellen, wie er ohne Sauerstoff so lange durchhalten soll.«

»Noch fünf Tage, wenn Nemesis Recht hat«, sagte Annabeth. »Die Kalenden des Juli. Immerhin ergibt diese Frist jetzt einen Sinn.«

»Was sind Kalenden?«

Annabeth feixte, als freute sie sich darüber, dass sie in ihr vertrautes Muster zurückgefallen waren – Percy hatte keine Ahnung und sie erklärte alles. »Das ist das römische Wort für den Ersten eines Monats. Daher kommt das Wort Kalender. Aber wie soll Nico so lange überleben? Wir müssten mit Hazel sprechen.«

»Jetzt?«

Sie zögerte. »Nein. Das hat Zeit bis morgen früh. Ich will ihr diese Nachricht nicht mitten in der Nacht vor den Kopf knallen.«

»Die Riesen haben eine Statue erwähnt«, sagte Percy. »Und etwas über eine begabte Freundin, die sie bewacht. Wer immer diese Freundin sein mag, Otis hat Angst vor ihr. Und wer einem Riesen Angst machen kann …«

Annabeth starrte einen Highway an, der sich unter ihnen durch dunkle Hügel schlängelte. »Percy, hast du in letzter Zeit Poseidon gesehen? Oder irgendein Zeichen von ihm empfangen?«

Er schüttelte den Kopf. »Nicht seit … Himmel! Da habe ich noch gar nicht drüber nachgedacht. Nicht seit dem Ende des Titanenkrieges. Er war im Camp Half-Blood, aber das war vorigen August.«

Böse Ahnungen stiegen in ihm auf. »Warum? Hast du Athene getroffen?«

Annabeth wich seinem Blick aus.

»Vor ein paar Wochen«, gestand sie. »Es … Es war nicht so toll. Sie wirkte nicht wie sie selbst. Vielleicht ist das die griechisch-römische Schizophrenie, die Nemesis beschrieben hat. Ich bin nicht sicher. Sie hat Dinge gesagt, die mir ziemlich wehgetan haben. Sie hat gesagt, ich hätte sie im Stich gelassen.«

»Sie im Stich gelassen?« Percy glaubte fast, sich verhört zu haben. Annabeth war doch das perfekte Halbgottkind. Genau so wie sie musste eine Tochter der Athene sein. »Wie könntest du sie je …«

»Ich weiß nicht«, sagte sie verzweifelt. »Und außerdem habe ich auch Albträume. Aber die ergeben nicht so viel Sinn wie deine.«

Percy wartete, aber Annabeth sagte nichts mehr. Er hätte sie gern getröstet und ihr gesagt, dass alles gut werden würde, aber er konnte es nicht. Er wollte für sie beide alles in Ordnung bringen, damit es ein gutes Ende gäbe. Nach all den Jahren mussten sogar die grausamsten Götter zugeben, dass sie das verdient hatten.

Aber er hatte so ein Gefühl im Bauch, dass er Annabeth diesmal nicht helfen konnte, außer dadurch, dass er da war. *Die Tochter der Weisheit geht allein.*

Er fühlte sich so gefangen und hilflos wie im Muskeg.

Annabeth brachte ein müdes Lächeln zu Stande. »Was für ein romantischer Abend, was? Jetzt will ich bis morgen früh nichts Schlimmes mehr hören.« Sie küsste ihn wieder. »Wir finden für alles eine Lösung. Ich habe dich wieder. Im Moment ist nur das wichtig.«

»Richtig«, sagte Percy. »Kein Wort mehr über Gaias Erwachen, Nico in Geiselhaft, das Ende der Welt, die Riesen …«

»Halt die Klappe, Algenhirn«, befahl Annabeth. »Nimm mich einfach in den Arm.«

So saßen sie eng aneinandergeschmiegt und genossen gegenseitig ihre Wärme. Ehe Percy sich's versah, hatten das Brummen der Maschinen, das trübe Licht und das schöne Gefühl, bei Annabeth zu sein, seine Augen schwer werden lassen, und er war eingeschlafen.

Als er aufwachte, strömte Tageslicht durch den Glasboden und eine Jungenstimme sagte: »Oh … jetzt kriegt ihr aber Ärger!«

XIV

Percy

Percy hatte Frank umringt von kannibalischen Ungeheuern gesehen, im Angesicht eines untötbaren Riesen, und sogar beim Befreien von Thanatos, dem Gott des Todes. Aber er hatte Frank noch nie so verängstigt gesehen wie jetzt, als er ihn und Annabeth schlafend im Stall fand.

»Was …«, Percy rieb sich die Augen. »Wir sind doch nur eingeschlafen.«

Frank schluckte. Er trug Laufschuhe, eine dunkle Cargohose und ein T-Shirt von den Olympischen Winterspielen in Vancouver, an dessen Halsbund er sein römisches Zenturionenabzeichen gesteckt hatte (was Percy entweder traurig oder hoffnungsvoll vorkam, jetzt, da sie beide abtrünnig waren). Frank wandte den Blick ab, als ob der Anblick der beiden zusammen ihn verbrennen könnte.

»Alle glauben, ihr seid entführt worden«, sagte er. »Wir haben das ganze Schiff durchsucht. Wenn Trainer Hedge das erfährt … O Götter, wart ihr die ganze Nacht hier?«

»Frank!« Annabeths Ohren waren so rot wie Erdbeeren. »Wir sind zum Reden hergekommen. Dann sind wir eingeschlafen. Aus Versehen. Das ist alles.«

»Und haben uns zweimal geküsst«, sagte Percy.

Annabeth starrte ihn wütend an. »Sehr hilfreich.«

»Wir sollten …« Frank zeigte auf die Doppeltür. »Äh, wir sollen zum Frühstück kommen. Würdet ihr Hedge erklären, was ihr getan habt – ich meine, nicht getan? Ich meine … ich möchte wirklich von diesem Faun – ich meine, Satyrn – nicht umgebracht werden.«

Frank rannte los.

Als sich alle in der Messe versammelt hatten, war es nicht so schlimm, wie Frank befürchtet hatte. Jason und Piper waren vor allem erleichtert. Leo konnte nicht aufhören zu grinsen und zu murmeln: »Klassisch, klassisch.« Nur Hazel wirkte geschockt, vielleicht, weil sie aus den Vierzigerjahren stammte. Sie fächelte sich Luft zu und wich Percys Blicken aus.

Natürlich drehte Trainer Hedge durch, aber Percy fand es schwer, den Satyrn ernst zu nehmen, er war schließlich kaum eins fünfzig groß.

»Ums Verrecken!«, brüllte der Trainer, schwenkte seinen Baseballschläger und schlug damit eine Schüssel voller Äpfel vom Tisch. »Gegen die Vorschriften! Verantwortungslos!«

»Trainer«, sagte Annabeth. »Das war ein Versehen. Wir haben geredet und sind dabei eingeschlafen.«

»Außerdem«, sagte Percy, »hören Sie sich total an wie Terminus.«

Hedge kniff die Augen zusammen. »Soll das eine Beleidigung sein, Jackson? Denn dann … dann mach ich Terminus aus dir, Kumpel!«

Percy versuchte, nicht zu lachen. »Es wird nicht wieder vorkommen, Trainer. Versprochen. Haben wir jetzt nicht anderes zu bereden?«

Hedge kochte. »Schön! Aber ich behalte dich im Auge, Jackson. Und dich, Annabeth Chase. Ich hätte dir mehr Verstand zugetraut …«

Jason räusperte sich. »Also, jetzt haut rein, allesamt. Fangen wir an.«

Das Frühstück war eine Art Kriegsrat mit Donuts. Aber in Camp Half-Blood hatten sie ihre ernsthaftesten Diskussionen am Ping-pong-Tisch im Hobbyraum geführt, mit Crackern und Käsebällchen, deshalb fühlte Percy sich ganz wie zu Hause.

Er erzählte den anderen von seinem Traum – den Riesenzwillingen, die sie in einer Tiefgarage mit Raketenabschussgeräten empfangen wollten, und Nico di Angelo, der in einem Bronzekrug gefangen war, langsam erstickte und Granatapfelkerne zu seinen Füßen liegen hatte.

Hazel unterdrückte ein Schluchzen. »Nico … bei den Göttern. Die Kerne.«

»Weißt du, was das ist?«, fragte Annabeth.

Hazel nickte. »Er hat sie mir einmal gezeigt. Sie stammen aus dem Garten unserer Stiefmutter.«

»Eurer Stief… ach«, sagte Percy. »Du meinst Persephone.«

Percy war der Gattin des Hades einmal begegnet. Sie war nicht gerade herzlich gewesen. Er hatte auch ihren Garten in der Unterwelt besucht – ein unheimlicher Ort voller Kristallbäume und Blumen, die blutrot und geisterhaft weiß blühten.

»Die Kerne sind eine Art Notration«, sagte Hazel. Percy sah, dass sie nervös war, denn alles Silberbesteck auf dem Tisch bewegte sich auf sie zu. »Nur Kinder des Hades dürfen sie essen. Nico hat immer welche dabei, für den Notfall. Aber wenn er wirklich gefangen ist …«

»Die Riesen wollen uns anlocken«, sagte Annabeth. »Sie gehen davon aus, dass wir versuchen, ihn zu retten.«

»Na, da haben sie doch Recht!« Hazel sah sich am Tisch um und ihr Optimismus zerbröselte sehr schnell. »Oder nicht?«

»Doch!«, brüllte Trainer Hedge mit dem Mund voller Servietten. »Da wird doch gekämpft, oder?«

»Hazel, natürlich helfen wir ihm«, sagte Frank. »Aber wie viel Zeit bleibt uns, bis … äh, ich meine, wie lange kann Nico durchhalten?«

»Ein Kern pro Tag reicht«, sagte Hazel unglücklich. »Aber nur, wenn er sich in eine Todestrance versetzt.«

»Eine Todestrance?« Annabeth runzelte die Stirn. »Das klingt nicht lustig.«

»Dann verbraucht er nicht so viel Luft«, sagte Hazel. »Das ist wie Winterschlaf oder ein Koma. Ein Kern kann ihn einen knappen Tag überleben lassen.«

»Und er hat noch fünf«, sagte Percy. »Das macht fünf Tage, mit heute. Die Riesen haben das sicher so geplant, damit wir bis zum ersten Juli dort sein müssen. Angenommen, sie verstecken Nico irgendwo in Rom …«

»Das ist nicht viel Zeit«, fasste Piper die Lage zusammen. Sie legte Hazel eine Hand auf die Schulter. »Wir werden ihn finden. Immerhin wissen wir jetzt, was das in der Weissagung bedeutet. *Engelsodem die Zwillinge aushauchen, um die Schlüssel zum ewigen Tod zu gebrauchen.* Das ist der Nachname deines Bruders: Di Angelo. Angelo ist Italienisch für *Engel.*«

»O Götter«, murmelte Hazel. »Nico …«

Percy biss in einen mit Marmelade gefüllten Donut. Er hatte eine schwierige Beziehung zu Nico di Angelo. Der Typ hatte ihn einmal dazu gebracht, den Palast des Hades zu besuchen, und Percy war in einer Zelle gelandet. Aber meistens war Nico auf der Seite der Guten. Er hatte es wirklich nicht verdient, langsam in einem Bronzekrug zu ersticken, und Percy konnte es nicht ertragen, Hazel so verzweifelt zu sehen.

»Wir werden ihn retten«, versprach er ihr. »Das müssen wir. In der Weissagung heißt es, dass er die Schlüssel zum ewigen Tod hat.«

»Stimmt«, sagte Piper ermutigend. »Hazel, dein Bruder wollte doch die Tore des Todes in der Unterwelt suchen, oder? Er hat sie offenbar gefunden.«

»Er kann uns sagen, wo die Tore sind«, sagte Percy. »Und wie man sie schließt.«

Hazel holte tief Luft. »Ja. Gut.«

»Äh«, Leo rutschte unruhig hin und her. »Eins noch. Die Riesen erwarten das von uns, oder? Also laufen wir in eine Falle?«

Hazel sah Leo an, als ob er eine obszöne Geste gemacht hätte. »Wir haben keine Wahl.«

»Versteh das nicht falsch, Hazel. Es ist nur, dass dein Bruder Nico … der kannte beide Camps, oder?«

»Na ja, das schon«, sagte Hazel.

»Er ist hin und her gewechselt«, sagte Leo. »Und hat es keiner Seite gesagt.«

Jason beugte sich mit düsterer Miene vor. »Du fragst dich, ob wir diesem Jungen vertrauen können. Geht mir auch so.«

Hazel sprang auf. »Ich glaube das einfach nicht. Er ist mein Bruder! Er hat mich aus der Unterwelt geholt, und ihr wollt ihm nicht helfen?«

Frank legte ihr die Hand auf die Schulter. »Das hat doch niemand gesagt.« Er schaute Leo wütend an. »Und das sollte auch niemand sagen!«

Leo blinzelte. »Hört mal, Leute. Ich meine doch bloß …«

»Hazel«, sagte Jason. »Leo hat wirklich nicht Unrecht. Ich kenne Nico aus dem Camp Jupiter. Jetzt höre ich, dass er auch Camp Half-Blood besucht hat. Und das finde ich … na ja, ein bisschen zwielichtig. Wissen wir wirklich, wo seine Loyalitäten liegen? Wir müssen einfach vorsichtig sein.«

Hazels Arme bebten. Eine Silberplatte jagte auf sie zu und knallte links von ihr gegen die Wand. Rührei spritzte auf. »Du … der große Jason Grace … der Prätor, den ich bewundert habe … du warst angeblich so fair, ein so guter Anführer. Und jetzt willst du …« Hazel stampfte mit dem Fuß auf und stürzte aus der Messe.

»Hazel!«, rief Leo hinter ihr her. »Himmel. Ich hätte …«

»Du hast genug angerichtet«, knurrte Frank. Er stand auf, um ihr zu folgen, aber Piper winkte ihn zurück.

»Lass ihr Zeit«, sagte sie. Dann sah sie Leo und Jason stirnrunzelnd an. »Jungs, das war ganz schön hart.«

Jason sah getroffen aus. »Hart? Ich bin nur vorsichtig.«

»Ihr Bruder stirbt«, sagte Piper.

»Ich rede mit ihr«, erklärte Frank.

»Nein«, sagte Piper. »Sie muss sich erst beruhigen. Glaub mir. Ich sehe in ein paar Minuten nach ihr.«

»Aber …« Frank schnaubte wie ein gereizter Bär. »Schön. Ich warte.«

Von oben kam ein Krach wie von einem Riesenbohrer.

»Das ist Festus«, sagte Leo, »ich hab ihn auf Autopilot gestellt, aber wir sind jetzt sicher bald in Atlanta. Ich muss rauf … äh, falls wir wissen, wo wir landen sollen.«

Alle drehten sich zu Percy um.

Jason hob eine Augenbraue. »Du bist Käpten Salzwasser. Irgendein Vorschlag des Fachmannes?«

Lag da Groll in seiner Stimme? Percy überlegte, ob Jason insgeheim wegen des Duells in Kansas sauer sein könnte. Jason hatte Witze darüber gerissen, aber Percy wurde langsam klar, dass sie beide deshalb verärgert waren. Man konnte nicht zwei Halbgötter aufeinanderhetzen, ohne dass sie sich nachher fragten, wer wohl stärker gewesen wäre.

»Ich bin nicht sicher«, gab er zu. »Irgendwo zentral, hoch oben, damit wir einen guten Überblick über die Stadt haben. Vielleicht in einem Park mit Wald? Wir wollen schließlich nicht mitten in der Stadt mit einem Kriegsschiff landen. Ich glaube, nicht einmal der Nebel könnte etwas so Großes verbergen.«

Leo nickte. »Dann los.« Er rannte zur Treppe.

Frank ließ sich widerstrebend wieder in seinen Sessel sinken. Er tat Percy leid. Auf dem Weg nach Alaska hatte er gesehen, wie Frank und Hazel einander näherkamen. Er wusste, wie gern Frank sie beschützen wollte, und hatte auch gesehen, wie wütend Frank Leo immer wieder ansah. Es kam ihm wie eine gute Idee vor, Frank für eine Weile vom Schiff zu holen.

»Wenn wir gelandet sind, seh ich mich mal in Atlanta um«, sagte Percy. »Frank, ich könnte deine Hilfe brauchen.«

»Du meinst, ich soll mich wieder in einen Drachen verwandeln? Ehrlich, Percy, ich will diesen Einsatz nicht als das fliegende Taxi für alle Welt verbringen …«

»Nein«, sagte Percy. »Ich möchte, dass du mitkommst, weil du das Blut des Poseidon in dir hast. Vielleicht kannst du mir helfen, das Salzwasser zu finden. Außerdem bist du ein guter Kämpfer.«

Das schien Franks Stimmung ein wenig zu heben. »Sicher. Glaub schon.«

»Super«, sagte Percy. »Wir brauchen noch jemanden. Annabeth …«

»Nichts da«, blaffte Trainer Hedge. »Junge Dame, du hast Hausarrest.«

Annabeth starrte ihn an, als redete er in einer fremden Sprache. »Verzeihung?«

»Du und Jackson, ihr geht zusammen nirgendwohin!«, erklärte Hedge. Er starrte Percy wütend an, wie um ihn zum Widerspruch herauszufordern. »Ich begleite Frank und Mr Schleicher Jackson. Ihr anderen passt auf das Schiff auf und sorgt dafür, dass Annabeth nicht gegen noch mehr Vorschriften verstößt.«

Wunderbar, dachte Percy. *So ganz unter Jungs, mit Frank und einem blutrünstigen Satyrn, um in einer Stadt mitten im Land Salzwasser zu suchen.*

»Das«, sagte er, »wird ja ein Superspaß!«

XV

Percy

Percy ging an Deck und sagte: »Wow!«

Sie waren in der Nähe eines bewaldeten Hügels gelandet. Ein Komplex aus weißen Gebäuden, wie ein Museum oder eine Universität, lag auf ihrer linken Seite in einem Fichtenwald. Unter ihnen breitete sich die Stadt Atlanta aus – eine Ansammlung von braunen und silbernen Wolkenkratzern, die sich aus einem scheinbar endlosen Gelände voller Straßen, Bahnlinien, Häusern und grünen Waldgebieten erhoben.

»Ach, ist das schön«, Trainer Hedge sog die Morgenluft ein. »Gute Wahl, Valdez.«

Leo zuckte mit den Schultern. »Ich hab mir einfach eine Anhöhe ausgesucht. Das dahinten ist eine Bibliothek mit Museum. Sagt jedenfalls Festus.«

»Das kann ich ja wohl nicht ahnen!«, blaffte Hedge. »Aber ist dir klar, was auf diesem Hügel passiert ist? Du, Frank Zhang, müsstest das wissen.«

Frank zuckte zusammen. »Ich?«

»Ein Sohn des Ares hat hier gestanden«, rief Hedge empört.

»Ich bin übrigens Römer … also Mars.«

»Egal! Berühmter Ort aus dem Amerikanischen Bürgerkrieg.«

»Ich bin übrigens Kanadier.«

»Auch egal! General Sherman, Oberkommandant der Union, stand auf diesem Hügel und hat zugesehen, wie die Stadt Atlanta brannte. Hat eine Schneise der Verwüstung von hier bis zum Meer geschlagen. Sengen, plündern, verwüsten – das war noch ein Halbgott!«

Frank wich vor dem Satyrn zurück. »Ja, schon gut.«

Percy interessierte sich nicht besonders für Geschichte, fragte sich aber, ob die Landung hier ein böses Omen war. Er hatte gehört, dass die meisten Bürgerkriege der Menschen als Kämpfe zwischen griechischen und römischen Halbgöttern angefangen hatten. Jetzt standen sie am Schauplatz einer solchen Schlacht. Die Stadt unter ihnen war auf Befehl eines Kindes des Ares dem Erdboden gleichgemacht worden.

Percy konnte sich vorstellen, dass einige der Jugendlichen aus Camp Half-Blood so einen Befehl erteilen würden. Clarisse La Rue zum Beispiel würde nicht zögern. Aber von Frank konnte er sich das nicht vorstellen.

»Egal«, sagte Percy. »Lasst uns versuchen, die Stadt diesmal nicht abzufackeln.«

Trainer Hedge machte ein enttäuschtes Gesicht. »Na gut. Aber wohin jetzt?«

Percy zeigte in Richtung Innenstadt. »Im Zweifel immer in der Mitte anfangen.«

Es war leichter, mitgenommen zu werden, als sie gedacht hatten. Sie gingen zur Präsidentenbibliothek – die sich als Carter-Center entpuppte – und fragten an der Rezeption, ob ihnen jemand ein Taxi rufen oder den Weg zur nächsten Bushaltestelle erklären könnte. Percy hätte Blackjack rufen können, aber er wollte den Pegasus so kurz nach der letzten Katastrophe nicht schon wieder um Hilfe bitten. Frank wollte sich in nichts verwandeln. Und außerdem wollte Percy zur Abwechslung gern mal wie ein gewöhnlicher Sterblicher reisen.

Eine Bibliothekarin, die Esther hieß, bestand darauf, sie zu fahren. Sie war so nett, dass Percy sie für ein verkleidetes Monster hielt; aber Hedge nahm ihn beiseite und versicherte ihm, dass Esther wie ein normaler Mensch roch.

»Mit einem interessanten Parfüm«, sagte er. »Nelken. Rosenblätter. Geschmackvoll.«

Sie stiegen in Esthers großen schwarzen Cadillac und fuhren auf die Stadt zu. Esther war so klein, sie konnte gerade über das Steuerrad hinwegblicken, aber das schien ihr nichts auszumachen. Sie lenkte ihren Wagen energisch durch den Verkehr und unterhielt sie mit Geschichten über die verrückten Familien von Atlanta – die alten Plantagenbesitzer, die Gründer von Coca-Cola, die Sportstars und die CNN-Leute. Sie schien so viel zu wissen, dass Percy beschloss, sein Glück zu versuchen.

»Äh, also, Esther«, sagte er. »Das ist sicher eine schwierige Frage. Meerwasser in Atlanta. Was fällt Ihnen dazu als Erstes ein?«

Die alte Dame kicherte. »Ach, mein Süßer. Das ist einfach. Walhaie.«

Frank und Percy wechselten einen Blick.

»Walhaie?«, fragte Frank nervös. »Haben Sie welche in Atlanta?«

»Im Aquarium, mein Süßer«, sagte Esther. »Sehr berühmt. Mitten in der Stadt. Wollt ihr dahin?«

Ein Aquarium. Percy überlegte. Er wusste nicht, was ein alter griechischer Meeresgott in einem Aquarium in Georgia zu suchen haben könnte, aber ihm fiel nichts Besseres ein.

»Ja«, sagte Percy. »Da wollen wir hin.«

Esther setzte sie vor dem Haupteingang ab, wo sich bereits eine Warteschlange bildete. Sie bestand darauf, ihnen für den Notfall ihre Mobilnummer zu geben und ein Glas selbst eingekochte Pfirsichmarmelade, das sie aus irgendeinem Grund im Kofferraum liegen hatte. Frank steckte das Glas in den Rucksack und bedankte sich bei Esther, die ihn schon nicht mehr »mein Süßer« nannte, sondern »mein Sohn«.

Als sie wegfuhr, fragte Frank: »Ob wohl alle Leute in Atlanta so nett sind?«

Hedge grunzte. »Ich hoffe nicht. Ich kann ja nicht mit ihnen kämpfen, wenn sie nett sind. Also lasst uns ein paar Walhaie zusammenschlagen. Die klingen gefährlich!«

Percy hatte gar nicht daran gedacht, dass sie Eintritt zahlen oder sich hinter allerlei Familien und Kindern aus Sommerlagern anstellen müssten.

Als er sich die Grundschüler in ihren bunten T-Shirts aus allerlei Feriencamps ansah, war Percy für einen Moment traurig. Er sollte jetzt eigentlich in Camp Half-Blood sein, sich für den Sommer in seiner Hütte einrichten, in der Arena Schwertunterricht geben und den anderen Betreuern Streiche spielen. Diese Kinder hatten doch keine Ahnung, wie verrückt Ferien in einem Sommerlager sein konnten.

Er seufzte. »Ja, da müssen wir uns wohl anstellen. Hat hier irgendwer Geld?«

Frank durchsuchte seine Taschen. »Drei Denarii aus Camp Jupiter, fünf kanadische Dollars.«

Hedge klopfte seine Laufshorts ab und zog heraus, was er finden konnte. »Drei Vierteldollar, zwei Zehncentstücke, ein Gummiband und – hurra! Ein Stück Sellerie!«

Er stopfte sich den Sellerie in den Mund und musterte das Kleingeld und das Gummiband, als würden sie als Nächste an die Reihe kommen.

»Großartig«, sagte Percy. Seine eigenen Taschen waren leer, bis auf seinen Schwertkugelschreiber Springflut. Er überlegte, ob sie sich auf irgendeine Weise ins Aquarium schleichen könnten, als eine Frau in einem blaugrünen T-Shirt vom Aquarium Georgia auf sie zukam und sie strahlend anlächelte.

»Ah, VIP-Gäste!« Sie hatte perfekte Grübchen in den Wangen, eine Brille mit dickem Rahmen, eine Zahnklammer und kräuselige, zu Zöpfchen geflochtene Haare, und obwohl sie sicher schon Ende zwanzig war, sah sie aus wie ein Schulmädchen mit Spinner-Tendenzen – irgendwie niedlich, aber auch komisch. Zu ihrem Aquarium-T-Shirt trug sie eine dunkle Hose und schwarze Turnschuhe, und sie wippte auf den Fußsohlen, als ob sie ihre Energie einfach nicht unter Kontrolle hätte. Auf ihrem Namensschild stand KATE.

»Ihr habt den Eintritt, wie ich sehe«, sagte sie. »Hervorragend.«

»Was?«, fragte Percy.

Kate schnappte sich die drei Denarii aus Franks Hand. »Stimmt so. Und jetzt hier lang!«

Sie wirbelte herum und lief auf den Haupteingang zu.

Percy sah Trainer Hedge und Frank an. »Ist das eine Falle?«

»Vermutlich«, sagte Frank.

»Sie ist nicht sterblich«, sagte Hedge und witterte in der Luft. »Vermutlich eine Art ziegenfressende halbgottzerstörende Feindin aus dem Tartarus.«

»Zweifellos«, stimmte Percy zu.

»Super«, Hedge grinste. »Also los.«

Kate lotste sie problemlos an der Wartschlange vorbei ins Aquarium.

»Hier lang.« Kate grinste Percy an. »Es ist eine wunderbare Ausstellung. Ihr werdet nicht enttäuscht sein. Wir kriegen nur so selten VIPs.«

»Äh«, sagte Frank, »du meinst Halbgötter?«

Kate zwinkerte ihm schelmisch zu und legte einen Finger an die Lippen. »Da drüben ist die Kaltwasser-Welt, mit Pinguinen und Belugawalen und was weiß ich nicht allem. Und dort hinten – ja, das sind offenbar Fische.«

Für eine Aquariumsangestellte schien sie nur wenig über Fische zu wissen. Sie kamen an einem großen Glaskasten voller tropischer Arten vorbei, und als Frank auf einen Fisch zeigte und fragte, was das für einer sei, sagte Kate: »Ach, das sind die gelben.«

Sie stießen auf einen Kiosk. Frank wurde bei den Sonderangeboten an Kleidern und Spielzeug langsamer.

»Greift nur zu«, sagte Kate.

Frank blinzelte. »Wirklich?«

»Natürlich. Du bist hier ein VIP.«

Frank zögerte. Dann stopfte er sich einige T-Shirts in den Rucksack.

»Dussel«, sagte Percy. »Was soll das denn?«

»Sie hat gesagt, ich dürfte«, flüsterte Frank. »Und ich brauche Klamotten. Ich habe nicht für eine so lange Reise gepackt.«

Er nahm sich auch eine Schneekugel, die für Percy nicht gerade nach Klamotten aussah. Dann griff Frank zu einem geflochtenen Zylinder von der Größe eines Schokoriegels.

Er musterte ihn aus zusammengekniffenen Augen. »Was ist …«

»Eine Fingerfalle«, sagte Percy. »Auch Chinesische Handschellen genannt.«

Frank, der Chinesisch-Kanadier, sah beleidigt aus. »Wieso denn chinesisch?«

»Weiß ich nicht«, sagte Percy. »Wird eben so genannt. Das ist ein Scherzartikel.«

»Kommt, Jungs«, rief Kate ihnen quer durch die Halle zu.

»Ich zeig dir das später«, versprach Percy.

Frank stopfte auch die Fingerfalle in seinen Rucksack und sie gingen weiter.

Sie gingen durch einen durchsichtigen Tunnel. Fische schwammen über ihren Köpfen herum und Percy fühlte eine irrationale Panik in sich aufsteigen.

Das ist Blödsinn, sagte er sich. *Ich war schon eine Million Mal unter Wasser. Und ich bin ja nicht mal im Wasser.*

Die wirkliche Bedrohung war Kate, rief er sich in Erinnerung. Hedge hatte schon bemerkt, dass sie kein Mensch war. Sie konnte sich jeden Augenblick in ein Ungeheuer verwandeln und sie angreifen. Leider sah Percy keine andere Möglichkeit, als bei ihrer VIP-Tour mitzuspielen, bis sie den Meeresgott Phorkys gefunden hatten, selbst, wenn sie dabei immer tiefer in die Falle gingen.

Sie erreichten einen von blauem Licht durchfluteten Aussichtsraum. Hinter einer Glaswand befand sich das größte Aquarium, das Percy je gesehen hatte. Dutzende von riesigen Fischen zogen dort ihre Kreise, darunter zwei gefleckte Haie, beide doppelt so groß wie Percy. Sie waren fett und träge, mit offenem Maul und ohne Zähne.

»Walhaie«, knurrte Trainer Hedge. »Jetzt werden wir um Leben und Tod kämpfen!«

Kate kicherte. »Alberner Satyr. Walhaie sind friedlich. Sie fressen nur Plankton.«

Percy runzelte die Stirn. Er hätte gern gewusst, woher Kate wusste, dass der Trainer ein Satyr war. Hedge trug eine Hose und seine Spezialschuhe über seinen Hufen, wie Satyrn das meistens machten, wenn sie sich unter Menschen mischen wollten. Seine Baseballmütze verbarg seine Hörner. Je mehr Kate kicherte und freundlich tat, umso weniger konnte Percy sie leiden, aber Trainer Hedge schien das alles nichts auszumachen.

»Friedliche Haie?«, fragte er angewidert. »Wozu soll das denn gut sein?«

Frank las die Aufschrift neben dem Aquarium. »Die einzigen Walhaie auf der Welt, die in Gefangenschaft leben«, sagte er nachdenklich. »Das ist wirklich erstaunlich.«

»Ja, und die sind noch klein«, sagte Kate. »Ihr solltet mal einige von meinen Babys draußen in freier Wildbahn sehen.«

»Deine Babys?«, fragte Frank.

So boshaft wie Kates Augen funkelten, war Percy sich sicher, dass er ihre *Babys* nicht kennenlernen wollte. Er beschloss, dass es Zeit wurde, zur Sache zu kommen. Er wollte nicht tiefer in dieses Aquarium hineingehen als unbedingt nötig.

»Also, Kate«, sagte er. »Wir suchen einen Typen … ich meine, einen Gott namens Phorkys. Kennst du den zufällig?«

Kate schnaubte. »Ob ich den kenne? Das ist mein Bruder. Zu dem gehen wir doch gerade, ihr Dussel. Die *echten* Ausstellungen sind hier lang.«

Sie zeigte auf die Wand ganz hinten. Die kompakte schwarze Oberfläche wellte sich und öffnete sich zu einem weiteren Tunnel, der durch ein leuchtendes rotes Wasserbecken führte.

Kate ging hinein. Ihr zu folgen war wirklich das Letzte, worauf Percy Lust hatte, aber wenn Phorkys wirklich auf der anderen Seite war und Dinge wusste, die ihnen weiterhelfen konnten … Percy holte tief Luft und folgte seinen Freunden in den Tunnel.

Kaum waren sie drinnen, stieß Trainer Hedge einen Pfiff aus. »Na, das ist mal interessant.«

Über ihnen glitten bunte Quallen von der Größe von Mülleimern dahin, jede mit Hunderten von Tentakeln, die aussahen wie seidiger Stacheldraht. Eine Qualle hatte einen gelähmten, drei Meter langen Schwertfisch gepackt und wickelte ihre Tentakel langsam immer fester um ihre Beute.

Kate strahlte Trainer Hedge an. »Siehst du? Vergiss die Walhaie. Und das ist noch längst nicht alles.«

Kate führte sie in einen noch größeren Raum mit weiteren Aquarien. An einer Wand stand mit roter Leuchtschrift: TOD IN DER TIEFSEE. *Gesponsert von Monster Donut.*

Percy las die Inschrift zweimal, wegen seiner Legasthenie, und dann noch zweimal, um sich die Mitteilung klarzumachen. »Monster Donut?«

»Genau«, sagte Kate. »Eine unserer Förderfirmen.«

Percy schluckte. Seine letzte Erfahrung mit Monster Donut war nicht angenehm gewesen und hatte mit Säure speienden Schlangenköpfen, viel Geschrei und einer Kanone zu tun gehabt.

In einem Aquarium trieb ein Dutzend Hippocampi – Pferde mit Fischschwänzen – ziellos umher. Percy war in freier Wildbahn vielen Hippocampi begegnet, er war sogar auf einigen geritten, aber in einem Aquarium hatte er noch nie eins gesehen. Er versuchte, mit ihnen zu reden, aber sie trieben nur herum und schlugen manchmal gegen das Glas. Sie wirkten reichlich zugedröhnt.

»Da ist was faul«, murmelte Percy.

Er drehte sich um und sah etwas noch Schlimmeres. Unten in einem kleineren Behälter saßen im Schneidersitz zwei Nereiden – weibliche Meeresgeister – und spielten Karten. Sie sahen unbeschreiblich gelangweilt aus. Ihre langen grünen Haare trieben träge um ihre Gesichter und sie hatten die Augen halb geschlossen.

Percy war so wütend, dass er kaum Luft bekam. Er starrte Kate an. »Wie könnt ihr sie hier gefangen halten?«

»Ich weiß«, Kate seufzte. »Sie sind nicht sonderlich interessant. Wir haben versucht, ihnen ein paar Tricks beizubringen, aber das hat leider nicht geklappt. Ich glaube, das Aquarium da drüben wird euch viel besser gefallen.«

Percy wollte widersprechen, aber Kate war schon weitergegangen.

»Heilige Ziegenmutter!«, rief Trainer Hedge. »Seht euch diese Schönheiten an!«

Er glotzte zwei Seeschlangen an – zehn Meter lange Monster mit leuchtend blauen Schuppen und Kiefern, die einen Hai hätten zerbeißen können. In einem anderen Aquarium lugte ein Tintenfisch von der Größe eines Sattelschleppers und mit einem Schnabel wie ein riesiger Bolzenschneider aus seinem Betongehäuse.

Ein drittes Aquarium enthielt ein Dutzend menschenähnliche Wesen mit glatten Seehundleibern, Hundegesichtern und Menschenhänden. Sie saßen auf dem Sand unten auf dem Boden ihres Behälters und bauten mit Legosteinen, obwohl diese Wesen ebenso benommen wirkten wie die Nereiden.

»Sind das …« Es machte Percy Mühe, die Frage herauszubringen.

»Telchinen?«, fragte Kate. »Ja. Die einzigen Exemplare in Gefangenschaft.«

»Aber im letzten Krieg haben sie für Kronos gekämpft«, sagte Percy. »Die sind gefährlich.«

Kate verdrehte die Augen. »Na, wir könnten das doch nicht TOD IN DER TIEFSEE nennen, wenn diese Wesen nicht gefährlich wären. Aber keine Sorge. Sie kriegen Beruhigungsmittel.«

»Beruhigungsmittel?«, fragte Frank. »Ist das denn erlaubt?«

Kate schien diese Frage nicht gehört zu haben. Sie ging weiter und zeigte auf andere Ausstellungsstücke. Percy sah sich zu den Telchinen um. Einer war offenbar noch sehr jung. Er versuchte, sich ein Legoschwert zu bauen, war aber zu benebelt, um die Teile zusammenzufügen. Percy hatte Seedämonen nie leiden können, aber jetzt taten sie ihm leid.

»Und *diese* Seeungeheuer«, erzählte Kate weiter vorn, »können im Ozean über hundertfünfzig Meter lang werden. Sie haben über tausend Zähne. Und die da? Deren Lieblingskost sind Halb…«

»Halbgötter?«, wimmerte Frank.

»Aber sie essen auch Wale oder Boote.« Kate drehte sich zu Percy um und wurde rot. »Tut mir leid … Was bin ich doch für ein Trottel! Das weißt du doch sicher alles, als Sohn des Poseidon und überhaupt.«

Percys Ohren klingelten wie Alarmglocken. Es gefiel ihm gar nicht, dass Kate so viel über ihn wusste. Es gefiel ihm auch nicht, wie sie mit Informationen darüber um sich schmiss, wie gefangene Wesen unter Drogen gesetzt wurden oder welche ihrer *Babys* gern Halbgötter verschlangen.

»Wer bist du eigentlich?«, fragte er. »Ist Kate irgendeine Abkürzung?«

»Kate?« Für einen Moment sah sie verwirrt aus. Dann schaute sie ihr Namensschild an. »Oh …« Sie lachte. »Nein, das ist …«

»Hallo«, dröhnte eine neue Stimme durch das Aquarium.

Ein kleiner Mann kam aus der Dunkelheit gelaufen. Er ging seitwärts, auf krummen Beinen, wie ein Krebs, mit gewölbtem Rücken und die Arme zu beiden Seiten erhoben, so als hätte er unsichtbare Schüsseln daruntergeklemmt.

Er trug einen Taucheranzug in mehreren fürchterlichen Grüntönen. Glitzernde Silberbuchstaben an der Seite verkündeten: PORKYS WAHNSINN. Ein Headset war über seine drahtigen fettigen Haare gestülpt. Seine Augen waren von milchigem Blau, eins saß höher als das andere, und obwohl er lächelte, sah er nicht freundlich aus – eher so, als ob sein Gesicht in einem Windtunnel nach hinten gezerrt würde.

»Besucher!«, sagte der Mann und das Wort donnerte durch sein Mikrofon. »Willkommen zu Porkys Wahnsinn.«

Er bewegte seine Arme in eine Richtung, als wolle er ihre Aufmerksamkeit auf eine Explosion lenken. Nichts geschah.

»Verflucht«, knurrte der Mann. »Telchinen, das war euer Stichwort. Ich winke mit beiden Händen und ihr springt in eurem Kasten auf, schlagt einen synchronen Salto und landet in Pyramidenformation. Das haben wir doch geübt!«

Die Seedämonen achteten nicht auf ihn.

Trainer Hedge beugte sich zu dem Krebsmann vor und schnüffelte an dem glitzernden Taucheranzug. »Nettes Outfit!«

Er schien das wirklich ernst zu meinen. Natürlich trug der Satyr auch zum Spaß Trainingskleidung.

»Danke.« Der Mann strahlte. »Ich bin Phorkys.«

Frank trat von einem Fuß auf den anderen. »Warum steht auf deinem Anzug dann Porky?«

Phorkys fauchte. »Die blöden Uniformenhersteller. Die kriegen gar nichts gebacken.«

Kate tippte auf ihr Namensschild. »Ich habe ihnen gesagt, dass ich Keto heiße. Aber daraus haben sie Kate gemacht. Mein Bruder … na, jetzt heißt er Porky.«

»Tu ich nicht«, fauchte der Mann. »Porky ist ein Schweinename!

Und zum Wahnsinn passt das auch nicht. Was für eine Show heißt denn *Porkys Wahnsinn*? Aber ihr wollt euch sicher nicht unser Gejammer anhören. Schaut die wundersame Majestät des Killertintenfisches an!«

Er zeigte mit dramatischer Geste auf das Tintenfischbecken. Diesmal gingen wie aufs Stichwort vor dem Glas Feuerwerkskörper hoch und ließen Geysire aus goldenen Funken aufstieben. Musik dröhnte aus den Lautsprechern. Die Lichter wurden heller und zeigten die wundersame Majestät eines leeren Aquariums.

Der Tintenfisch hatte sich offenbar schmollend in seinem Gehäuse verkrochen.

»Verflucht!«, schrie Phorkys abermals. Er fuhr zu seiner Schwester herum. »Keto, den Tintenfisch abzurichten war deine Aufgabe. Jonglieren, hab ich gesagt. Vielleicht ein kleines Massaker fürs Finale. Ist das zu viel verlangt?«

»Er ist schüchtern«, sagte Kate zu ihrer Verteidigung. »Außerdem hat jedes seiner Tentakel zweiundsechzig rasierklingenscharfe Stachel, die jeden Tag angespitzt werden müssen.« Sie sah Frank an. »Wusstest du, dass der Monstertintenfisch das einzige Wesen ist, das ganze Halbgötter verschlingt, mit Rüstung und allem, ohne sich den Magen zu verderben? Das ist wirklich wahr!«

Frank taumelte rückwärts und presste sich die Hände auf den Bauch, wie um sich davon zu überzeugen, dass er noch unversehrt war.

»Keto!«, schnappte Phorkys – im wahrsten Sinne des Wortes, denn er schnappte mit Fingern und Daumen wie mit Krebsscheren. »Du langweilst unsere Gäste mit diesem Übermaß an Informationen. Weniger Bildung, mehr Unterhaltung! Darüber waren wir uns doch einig.«

»Aber …«

»Kein Aber. Wir sind hier, um TOD IN DER TIEFSEE vorzuführen. Gesponsert von Monster Donut.«

Die letzten Wörter hallten mit einem zusätzlichen Echo im Raum wider. Lichter blitzten. Rauchwolken quollen aus dem Boden auf und bildeten donutförmige Ringe, die wie echte Donuts rochen.

»Alles am Kiosk erhältlich«, teilte Phorkys mit. »Aber ihr habt eure sauer verdienten Denarii ausgegeben, weil ihr die VIP-Tour wolltet, und die sollt ihr jetzt auch haben.«

»Äh, Moment mal«, sagte Percy.

Phorkys Lächeln schmolz auf hässliche Weise. »Ja?«

»Du bist ein Meeresgott, oder?«, fragte Percy. »Sohn der Gaia?«

Der Krebsmann seufzte. »Fünftausend Jahre, und noch immer bin ich nur als Gaias Kleiner bekannt. Spielt keine Rolle, dass ich einer der ältesten Meeresgötter überhaupt bin. Älter als dein Vater, dieser Emporkömmling, übrigens. Ich bin der Gott der verborgenen Tiefen. Der Herr des wässrigen Terrors. Vater von tausend Monstern! Aber nein … ich bin total unbekannt. Ich mache einen kleinen Fehler, unterstütze die Titanen in ihrem Krieg, und schon werde ich aus dem Ozean verbannt – und dann ausgerechnet nach Atlanta.«

»Wir dachten, die Olympier hätten *Atlantis* gesagt«, erklärte Keto. »Sie finden das wohl komisch, uns stattdessen hierher zu schicken.« Percy kniff die Augen zusammen. »Und du bist eine Göttin?«

»Keto, ja.« Sie lächelte glücklich. »Göttin der Meeresungeheuer natürlich. Wale, Haie, Tintenfische und andere riesige Seewesen, aber mein Herz hat immer den Monstern gehört. Hast du gewusst, dass junge Seeschlangen das Fleisch ihrer Opfer immer wieder erbrechen und sechs Jahre lang dieselbe Mahlzeit verzehren können? Das ist wirklich wahr!«

Frank presste sich noch immer die Hände auf den Bauch, als ob ihm gerade schlecht würde.

Trainer Hedge stieß einen Pfiff aus. »Sechs Jahre? Faszinierend!«

»Ich weiß.« Keto strahlte.

»Und wie genau zerfetzt ein Killertintenfisch das Fleisch seiner Opfer?«, fragte Hedge. »Ach, ich liebe die Natur.«

»Na ja …«

»Aufhören!«, verlangte Phorkys. »Ihr ruiniert mir die Show. Und jetzt seht zu, wie unsere nereidischen Gladiatorinnen um ihr Leben kämpfen.«

Eine Discokugel mit Facettenschliff wurde ins Aquarium der Nereiden heruntergelassen und ließ bunte Lichter im Wasser tanzen. Zwei Schwerter fielen zu Boden und bohrten sich in den Sand. Die Nereiden achteten nicht darauf, sondern spielten weiter ihr Kartenspiel.

»Verflucht!« Phorkys stampfte seitwärts auf.

Keto grinste Trainer Hedge an. »Achte nicht auf Porky. Er ist so ein Windbeutel! Komm mit mir, mein fescher Satyr. Ich werde dir vielfarbige Diagramme über die Jagdgewohnheiten der Monster zeigen.«

»Hervorragend!«

Ehe Percy sich einschalten konnte, führte Keto Trainer Hedge durch ein Labyrinth aus Aquariumglas und ließ Frank und ihn mit dem krebsigen Meeresgott allein zurück.

Eine Schweißperle lief an Percys Hals hinab. Er tauschte einen nervösen Blick mit Frank. Das hier sah aus wie eine *Teile und Herrsche*-Strategie. Er konnte sich nicht vorstellen, dass diese Begegnung gut ausgehen könnte. Ein Teil von ihm wollte Phorkys sofort angreifen – das würde ihnen wenigstens den Überraschungseffekt sichern –, aber sie hatten noch keine brauchbaren Informationen erhalten. Percy war nicht sicher, ob er Trainer Hedge wiederfinden könnte. Er war nicht einmal sicher, ob er den Ausgang finden könnte.

Phorkys sah ihm das offenbar an.

»Ach, keine Sorge«, versicherte ihm der Gott. »Keto ist vielleicht ein bisschen langweilig, aber sie wird sich sehr gut um deinen Freund kümmern. Und ehrlich, der beste Teil der Tour kommt erst noch.«

Percy versuchte nachzudenken, aber er bekam langsam Kopfschmerzen. Er wusste nicht, ob das von der Verletzung am Vortag kam, von Phorkys' Sondereffekten oder von Ketos Vorträgen über ekelerregende Seeungeheuertatsachen. »Also …«, brachte er heraus. »Dionysos hat uns hergeschickt.«

»Bacchus«, korrigierte Frank.

»Richtig.« Percy versuchte, sich seine Verärgerung nicht anmerken zu lassen. Er konnte sich ja kaum einen Namen pro Gottheit merkten. »Der Weingott. Wie auch immer.« Er sah Phorkys an. »Bacchus hat gesagt, du weißt vielleicht, was deine Mutter Gaia und deine beiden riesigen Brüder vorhaben – die Zwillinge Ephialtes und Otis. Und wenn du zufällig irgendeine Ahnung von diesem Zeichen der Athene hast …«

»Bacchus hat gedacht, ich würde euch helfen?«, fragte Phorkys.

»Na ja, schon«, sagte Percy. »Ich meine, du bist schließlich Phorkys. Du bist in aller Munde.«

Phorkys legte den Kopf schräg, so dass seine Augen fast auf gleicher Höhe waren. »Echt?«

»Aber klar doch. Oder, Frank?«

»Oh … sicher!«, sagte Frank. »Du bist total in aller Munde.«

»Was sagt man denn so über mich?«, fragte der Gott.

Frank sah verlegen aus. »Na ja, dass du tolle Pyrotechnik hast. Und eine fantastische Ansagerstimme. Und, äh, eine Discokugel …«

»Stimmt!« Phorkys schnippte aufgeregt mit Fingern und Daumen. »Ich habe außerdem die größte Sammlung von gefangenen Meeresungeheuern auf der ganzen Welt.«

»Und was du alles weißt!«, sagte Percy. »Zum Beispiel über diese Zwillinge und was sie alles vorhaben.«

»Die Zwillinge!« Phorkys ließ seine Stimme hallen. Vorn im Aquarium der Seeschlangen stoben Funken auf. »Ja, ich weiß alles über Ephialtes und Otis! Diese Möchtegerns! Sie werden nie zu den anderen Riesen gehören. Zu schmächtig – und dann diese Schlangenfüße!«

»Schlangenfüße?« Percy dachte an die langen Schnabelschuhe, die die Zwillinge in seinem Traum getragen hatten.

»Ja, ja«, sagte Phorkys ungeduldig. »Sie wussten, dass sie durch Kraft nichts werden können, und da haben sie sich fürs Drama entschieden – Illusionen, Bühnentricks, solchen Kram. Versteht ihr, Gaia hat ihre Riesenkinder im Hinblick auf besondere Feinde geschaffen. Jeder Riese wurde geboren, um einen besonderen Gott zu töten. Und Ephialtes und Otis … Na ja, zusammen waren sie so eine Art Anti-Dionysos.«

Percy versuchte, sich mit dieser Vorstellung vertraut zu machen. »Also … wollen sie Wein durch Preiselbeersaft ersetzen, oder so was?«

Der Meeresgott schnaubte. »Keine Spur! Ephialtes und Otis wollten immer alles besser machen, strahlender, aufregender. Oh, natürlich wollten sie Dionysos umbringen. Aber zuerst wollten sie ihn dadurch demütigen, dass sie seine Feste lahm wirken ließen.« Frank schaute zu den Funkenschleudern hinüber. »Mit Feuerwerkskörpern und Discokugeln?«

Phorkys' Mund verzog sich zu diesem Windtunnellächeln. »Genau! Ich habe den Zwillingen alles beigebracht, was sie wissen, oder zumindest habe ich das versucht. Sie haben ja nie zugehört. Ihr erster großer Trick war, auf den Olymp zu klettern, indem sie Berge aufeinandergestapelt haben. Es war natürlich nur eine Illusion. Ich habe ihnen gesagt, das sei lächerlich. ›Ihr müsst klein anfangen‹, habe ich ihnen gesagt, ›zersägt euch gegenseitig, zieht Gorgonen aus einem Hut. So was. Und besorgt euch identische, mit Pailletten besetzte Anzüge. Das brauchen Zwillinge.‹«

»Guter Rat«, sagte Percy. »Und jetzt sind diese Zwillinge …«

»Ach, die bereiten ihre Weltuntergangsshow in Rom vor«, sagte Phorkys verächtlich. »Eine von Mutters albernen Ideen. Sie halten da irgendwen in einem Bronzekrug gefangen.« Er drehte sich zu Frank um. »Du bist ein Kind des Ares, oder? Du riechst so. Die Zwillinge haben auch deinen Vater mal so eingesperrt.«

»Kind des Mars«, korrigierte Frank. »Warte … diese Riesen haben meinen Vater in einem Bronzekrug gefangen gehalten?«

»Ja, noch so eine blöde Nummer«, sagte der Meeresgott. »Wie soll man denn mit einem Gefangenen protzen, der in einem Bronzekrug steckt? Kein Unterhaltungswert. Nicht wie meine süßen Exemplare!«

Er zeigte auf die Hippocampi, die apathisch die Köpfe gegen die Glasscheiben schlugen.

Percy versuchte zu überlegen. Er spürte, wie die Lethargie der betäubten Wesen auf ihn übergriff. »Du hast gesagt, diese … diese Weltuntergangsshow sei Gaias Idee?«

»Na ja, Mutters Pläne waren immer schon vielschichtig.« Er lachte. »Die Erde hat ja auch Schichten. Das passt ja!«

»Hm, ja«, sagte Percy. »Und ihr Plan ist also …«

»Ach, sie hat ein Kopfgeld auf eine Gruppe von Halbgöttern ausgesetzt«, sagte Phorkys. »Ihr ist es an sich egal, wer die umbringt, solange sie umgebracht werden. Nein … das nehme ich zurück. Sie hat betont, dass zwei verschont werden müssen. Ein Junge und ein Mädchen. Weiß der Tartarus, warum. Jedenfalls planen die Zwillinge ihre kleine Show und hoffen, dass die Halbgötter davon nach Rom gelockt werden. Ich vermute, der Gefangene im Krug ist ein Freund von ihnen oder so was. Oder sie halten diese Gruppe von Halbgöttern für töricht genug, um auf ihrem Territorium nach dem Zeichen der Athene zu suchen.« Phorkys versetzte Frank einen Rippenstoß. »Ha! Viel Glück, sag ich da, oder?«

Frank lachte nervös. »Ja. Ha, ha. Das wäre wirklich bescheuert, weil …«

Phorkys kniff die Augen zusammen.

Percy schob die Hand in die Tasche. Seine Finger schlossen sich um Springflut. Selbst dieser alte Meeresgott musste doch irgendwann kapieren, dass sie die Halbgötter waren, auf die das Kopfgeld ausgesetzt war.

Aber Phorkys grinste nur und versetzte Frank noch einen Rippenstoß. »Ha! Richtig so, Kind des Mars. Bestimmt hast du Recht. Hat auch keinen Sinn, darüber zu reden. Sogar, wenn die Halbgötter in Charleston die Karte fänden, würden sie es niemals lebend bis Rom schaffen.«

»Ja, die KARTE IN CHARLESTON«, sagte Frank laut, und starrte Percy aus weit aufgerissenen Augen an, um sich davon zu überzeugen, dass der die Information begriffen hatte. Er hätte nicht auffälliger sein können, wenn er ein großes Schild mit der Aufschrift STICHWORT!!! hochgehoben hätte.

»Aber genug des langweiligen Bildungskrams«, sagte Phorkys. »Ihr habt für die VIP-Behandlung bezahlt. Würdet ihr mich die Führung nun bitte beenden lassen? Die drei Denarii Eintrittsgeld können nicht zurückgezahlt werden.«

Percy war nicht scharf auf noch mehr Feuerwerk, nach Donuts riechenden Rauch oder deprimierende Meereswesen. Aber er warf Frank einen Blick zu und beschloss, dass es besser war, den krustigen alten Meeresgott zufriedenzustellen, jedenfalls bis sie Trainer Hedge gefunden und unversehrt den Ausgang erreicht hatten. Außerdem würde er ja vielleicht noch weitere Informationen aus Phorkys herausholen können.

»Danach«, fragte Percy, »dürfen wir dann Fragen stellen?«

»Natürlich. Ich werde euch alles sagen, was ihr wissen müsst.« Phorkys klatschte zweimal in die Hände. In der Wand öffnete sich unter dem roten Leuchtschild ein neuer Tunnel, der in ein weiteres Aquarium führte.

»Dieser Gang! Mir nach!« Phorkys lief seitwärts in den Tunnel.

Frank kratzte sich am Kopf. »Müssen wir …« Er drehte sich zur Seite.

»Das war nicht so gemeint, Mann«, sagte Percy. »Komm schon.«

XVI

Percy

Der Tunnel führte unter dem Boden eines Aquariums von der Größe einer Turnhalle hindurch. Abgesehen von Wasser und billigen Dekorationen wirkte es majestätisch leer. Percy vermutete, dass sich über ihren Köpfen an die fünfzigtausend Liter Wasser befanden. *Wenn der Tunnel aus irgendeinem Grund einstürzte …*

Auch egal, dachte er dann. *Ich war schon tausendmal von Wasser umgeben. Für mich ist das ein Heimspiel.*

Aber sein Herz hämmerte. Er dachte daran, wie er in Alaska in dem kalten Sumpf versunken war – schwarzer Schlamm hatte seine Augen, seinen Mund und seine Nase bedeckt.

Phorkys blieb mitten im Tunnel stehen und hob stolz die Arme. »Wunderbare Ausstellung, oder?«

Percy versuchte, sich abzulenken, indem er sich auf die Einzelheiten konzentrierte. In einer Ecke des Aquariums stand in einem Wald aus nachgemachtem Seetang ein Hexenhäuschen, aus dessen Schornstein Blasen aufstiegen. In der Ecke gegenüber kniete die Plastikskulptur eines Mannes in einem altmodischen Taucheranzug neben einer Schatztruhe, die alle paar Sekunden aufsprang, Blasen ausspie und wieder zuklappte. Auf dem weißen Sandboden lagen überall Murmeln in der Größe von Bowlingkugeln und eine seltsame Sammlung von Waffen wie Dreizack und Harpunenkanone. Vor der Glaswand befand sich ein Amphitheater mit Bänken für mehrere Hundert Zuschauer.

»Was habt ihr denn hier drin?«, fragte Frank. »Riesige Killerkois?«

Phorkys hob die Augenbrauen. »Ach, das wäre lustig! Aber nein, Frank Zhang, Nachkomme des Poseidon. Das ist kein Aquarium für Kois.«

Nachkomme des Poseidon. Frank zuckte zusammen. Er trat zurück und packte seinen Rucksack wie eine Keule.

Bange Ahnungen liefen durch Percys Kehle wie Hustensaft. Leider war das ein Gefühl, das er sehr gut kannte.

»Woher weißt du Franks Nachnamen?«, fragte er. »Woher weißt du, dass er von Poseidon abstammt?«

»Na ja …« Phorkys zuckte mit den Schultern und versuchte, bescheiden auszusehen. »Vermutlich, weil Gaia euch so gut beschrieben hat. Du weißt schon, wegen des Kopfgeldes, Percy Jackson.«

Percy drehte die Kappe von seinem Kugelschreiber. Sofort hielt er Springflut in der Hand. »Komm mir hier nicht mit Tricks, Phorkys. Du hast mir Antworten versprochen!«

»Nach der VIP-Behandlung, ja«, sagte Phorkys zustimmend. »Ich habe versprochen, euch alles zu sagen, was ihr wissen müsst. Es ist nur so, dass ihr eigentlich gar nichts zu wissen braucht.« Er verzog das Gesicht zu seinem grotesken Lächeln. »Selbst, wenn ihr es nach Rom schafft, was überaus unwahrscheinlich ist, würdet ihr doch niemals meine Riesenbrüder besiegen können, solange kein Gott auf eurer Seite kämpft. Aber welcher Gott würde euch schon helfen? Also habe ich einen besseren Plan. Ihr bleibt hier. Ihr seid VIPs – Very Important Prisoners.«

Percy stieß mit dem Schwert zu. Frank schleuderte seinen Rucksack nach dem Kopf des Meeresgottes. Phorkys verschwand ganz einfach.

Die Stimme des Gottes hallte im Aquariensystem wider. »Ja, gut! Kämpfen ist gut! Versteht ihr, Mutter hat mir niemals wichtige

Aufgaben übertragen, aber sie hat gesagt, ich dürfte alles behalten, was ich fange. Ihr zwei werdet wunderbare Ausstellungsstücke abgeben – der einzige halbgöttische Poseidonlaich in Gefangenschaft. *Halbgott-Terror*, ja, das gefällt mir. Wir haben schon eine Sponsoring-Abmachung mit dem Schnäppchenmarkt. Ihr könnt jeden Tag um elf Uhr morgens und ein Uhr mittags zum Zweikampf antreten, und um sieben gibt es dann noch eine Abendvorstellung.«

»Du spinnst!«, schrie Frank.

»Mach dich doch nicht so klein!«, sagte Phorkys. »Du wirst unser Publikumsmagnet!«

Frank rannte zum Ausgang, knallte aber gegen eine Glaswand. Percy lief in die andere Richtung, aber auch die war versperrt. Ihr Tunnel war zu einer Blase geworden. Er legte die Hand an das Glas und merkte, dass es weich wurde, es schmolz wie Eis. Bald würde das Wasser hereinbrechen.

»Wir machen da nicht mit, Phorkys«, brüllte er.

»Ach, da bin ich optimistisch«, dröhnte die Stimme des Gottes. »Wenn ihr nicht sofort gegeneinander kämpfen wollt, kein Problem. Ich kann jeden Tag frische Meeresungeheuer hereinschicken. Wenn ihr euch erst an die Nahrung hier gewöhnt habt, bekommt ihr Beruhigungsmittel, und dann tut ihr, was euch gesagt wird. Glaubt mir, ihr werdet euer neues Zuhause lieben.«

Über Percys Kopf bekam die Glaskuppel Risse und fing an zu lecken.

»Ich bin der Sohn des Poseidon!« Percy versuchte, die Angst aus seiner Stimme herauszuhalten. »Du kannst mich im Wasser nicht einsperren. Da bin ich am stärksten.«

Phorkys' Lachen schien von allen Seiten zu kommen. »Was für ein Zufall! Da bin auch ich am stärksten. Dieses Aquarium ist extra für Halbgötter konstruiert. Und jetzt amüsiert euch, ihr zwei. Wir sehen uns zur Fütterung!«

Die Glaskuppel zerbarst und das Wasser brach über sie herein.

Percy hielt den Atem an, bis er es nicht mehr ertragen konnte. Als er endlich seine Lunge mit Wasser füllte, kam es ihm vor wie normales Atmen. Der Druck des Wassers machte ihm nichts aus. Seine Kleider wurden nicht einmal nass. Seine Unterwasserfähigkeiten waren so gut wie immer.

Das ist nur eine blöde Phobie, sagte er sich. *Ich werde nicht ertrinken.*

Dann fiel ihm Frank ein, und sofort überkamen ihn Panik und Schuldgefühle. Percy war so sehr um sich selbst besorgt gewesen, dass er ganz vergessen hatte, dass sein Freund nur ein entfernter Nachkomme des Poseidon war. Frank konnte unter Wasser nicht atmen.

Aber wo war er?

Percy schwamm eine Runde. Dann schaute er auf. Über ihm schwamm ein riesiger Fisch. Frank hatte sich – mit Rucksack, Kleidern und allem – in einen Koi in Teenagergröße verwandelt.

Dussel. Percy schickte seine Gedanken durch das Wasser, so, wie er mit anderen Seewesen sprach. *Ein Koi?*

Franks Stimme drang zu ihm durch. *Ich bin durchgedreht. Wir haben über Kois geredet, deshalb hatte ich das im Kopf. Blöd von mir.*

Ich unterhalte mich telepathisch mit einem Riesenkoi, sagte Percy. *Grandios. Kannst du dich in etwas … Nützlicheres verwandeln?*

Schweigen. Vielleicht konzentrierte sich Frank, auch wenn das nicht zu sehen war, denn ein Koi hat kein ausgeprägtes Mienenspiel.

Tut mir leid. Frank schien verlegen zu sein. *Ich stecke fest. Das passiert manchmal, wenn ich in Panik gerate.*

Schön. Percy knirschte mit den Zähnen. *Dann lass uns mal überlegen, wie wir hier rauskommen.*

Frank schwamm durch das Aquarium, fand aber keinen Ausgang. Oben war es mit einem Gitter aus Himmlischer Bronze bedeckt, wie Eisenmarkisen vor Geschäften es manchmal haben. Percy versuchte, es mit Springflut zu zerschlagen, aber er hinterließ noch nicht einmal eine Kerbe. Er versuchte, das Glas mit dem Schwertgriff zu zerschmettern, aber ohne Erfolg. Dann wiederholte er seine Bemühungen mit mehreren der Waffen, die auf dem Boden lagen, und schaffte es, drei Dreizacke, ein Schwert und eine Harpunenkanone zu ruinieren.

Schließlich versuchte er, das Wasser unter seine Kontrolle zu bringen. Er wollte, dass es sich ausdehnte und das Aquarium zerbrach oder nach oben explodieren ließ. Das Wasser gehorchte nicht. Vielleicht war es verzaubert oder stand unter Phorkys' Befehl. Percy konzentrierte sich, bis seine Ohren zu bersten drohten, aber alles, was er schaffte, war, den Deckel von der Schatztruhe aufspringen zu lassen.

Na, das war's dann, dachte er hoffnungslos. *Ich werde den Rest meines Lebens in einem Plastikhexenhäuschen verbringen, mit meinem riesigen Koifreund kämpfen und auf die Fütterung warten.*

Phorkys hatte versprochen, dass sie ihr neues Zuhause lieben würden. Percy dachte an die zugedröhnten Telchinen, die Nereiden und die Hippocampi, die alle ihre trägen, gelangweilten Kreise schwammen. Die Vorstellung, so zu enden, ließ seine Angst nicht gerade kleiner werden.

Er hätte gern gewusst, ob Phorkys Recht hatte. Selbst wenn sie entkommen könnten, wie sollten sie die Riesen besiegen, wenn die Götter alle verhindert waren? Vielleicht könnte Bacchus helfen. Er hatte die Riesenzwillinge schon einmal getötet, aber er würde nur mitmachen, wenn er einen unmöglichen Tribut bekäme, und bei der Vorstellung, Bacchus überhaupt irgendeinen Tribut zu zahlen, hätte Percy sich am liebsten mit einem Monster-Donut erstickt.

Sieh mal! sagte Frank.

Auf der anderen Seite des Glases führte Keto Trainer Hedge durch das Amphitheater und hielt ihm dabei einen Vortrag, während der Trainer nickte und die Bänke bewunderte.

Trainer!, schrie Percy. Dann ging ihm auf, dass das sinnlos war. Der Trainer konnte seinen telepathischen Schrei nicht hören.

Frank schlug mit dem Kopf gegen das Glas.

Hedge schien das nicht zu bemerken. Keto führte ihn eilig auf die andere Seite des Amphitheaters. Sie schaute nicht einmal durch das Glas, sicher weil sie davon ausging, dass das Aquarium noch leer war. Sie zeigte auf die andere Seite des Raumes und schien zu sagen: *Da lang. Da sind noch mehr grauenhafte Meeresungeheuer.*

Percy ging auf, dass der Trainer in wenigen Sekunden verschwunden sein würde. Er schwamm hinter den beiden her, aber das Wasser half ihm nicht wie sonst bei seinen Bewegungen; es schien ihn sogar zurückzustoßen. Er ließ Springflut fallen und nahm beide Arme zu Hilfe.

Trainer Hedge und Keto waren nur noch anderthalb Meter vom Ausgang entfernt.

In seiner Verzweiflung hob Percy eine Riesenmurmel auf und schleuderte sie wie eine Bowlingkugel.

Sie traf das Glas mit lautem Knall – aber längst nicht laut genug, um Aufmerksamkeit zu erregen.

Percys Herz wurde schwer.

Aber Trainer Hedge hatte Satyrnohren. Er schaute sich kurz um. Als er Percy sah, machte sein Gesicht im Bruchteil von Sekunden mehrere Veränderungen durch – Verständnislosigkeit, Überraschung, Zorn, dann eine Maske der Gelassenheit.

Ehe Keto etwas bemerkte, zeigte Hedge im Amphitheater nach oben. Er schien zu schreien: *Ihr Götter des Olymp, was ist das?*

Keto fuhr herum. Sofort streifte Trainer Hedge seinen falschen Fuß ab und verpasste ihr mit seinem Ziegenfuß einen Ninjatritt in den Rücken. Keto fiel zu Boden.

Percy fuhr zusammen. Sein kürzlich getretener Kopf dröhnte vor Mitgefühl, aber er hatte sich noch nie so darüber gefreut, einen Betreuer zu haben, der für Kampfsportarten schwärmte.

Hedge kam zum Glas gerannt. Er hob die Handflächen, wie um zu sagen: *Was treibst du denn da, Jackson?*

Percy hämmerte mit der Faust gegen das Glas und formte mit den Lippen das Wort: *Zerbrich es!*

Hedge schrie eine Frage, die lauten könnte: *Wo ist Frank?*

Percy zeigte auf den Riesenkoi. Frank winkte mit der Heckflosse.

Hinter Hedge begann die Meeresgöttin, sich zu bewegen. Percy gestikulierte hektisch.

Hedge schüttelte sein Bein, wie um seinen Kickhuf aufzuwärmen, aber Percy fuchtelte mit den Armen. *Nein.* Sie konnten Keto nicht ewig aufs Haupt schlagen. Da sie unsterblich war, würde das nichts nutzen und es würde sie nicht aus diesem Aquarium befreien. Es war nur eine Frage der Zeit, bis Phorkys zurückkam, um nach ihnen zu sehen.

Bei drei, sagte Percy und hob drei Finger, dann zeigte er auf das Glas, *schlagen wir alle drei gleichzeitig zu.*

Percy war noch nie ein guter Pantomime gewesen, aber Hedge nickte und schien begriffen zu haben. Dinge einzuschlagen war etwas, das der Satyr in jeder Sprache verstand.

Percy schnappte sich eine weitere Riesenmurmel. *Frank, dich brauchen wir auch. Kannst du dich jetzt verwandeln?*

Vielleicht wieder in einen Menschen.

Mensch ist gut! Halt einfach den Atem an. Wenn das hier klappt …

Keto kam auf die Knie. Keine Zeit zu verlieren.

Percy zählte an den Fingern ab. *Eins, zwei, drei.*

Frank wurde zum Menschen und presste seine Schulter gegen das Glas. Der Trainer machte mit dem Huf einen Chuck-Norris-Kick. Percy wandte alle Kraft auf, um die Murmel gegen die Wand zu knallen, aber das war noch nicht alles: Er forderte das Wasser auf, ihm zu gehorchen, und diesmal ließ er sich kein Nein bieten. Er erspürte den aufgestauten Druck im Aquarium und machte ihn sich zu Nutze. Wasser wollte frei sein. Wenn es genug Zeit hatte, könnte Wasser jede Schranke überwinden, und es wollte einfach nicht gefangen sein, so wenig wie Percy. Er dachte an seine Rückkehr zu Annabeth. Er dachte daran, wie er dieses grauenhafte Gefängnis für Meereswesen zerstörte. Er dachte daran, wie er Phorkys das Mikrofon in den hässlichen Hals rammte. Fünfzigtausend Liter Wasser antworteten auf seinen Zorn.

Die Glaswand bekam Risse. Die Risse liefen im Zickzack über die Wand und plötzlich barst das Glas. Percy wurde von der Strömung gepackt und taumelte zusammen mit Frank, einigen Riesenmurmeln und einem Klumpen Kunststoffseetang über den Boden des Amphitheaters. Keto kam gerade wieder auf die Beine, als die Statue des Tauchers wie zu einer Umarmung gegen sie geschleudert wurde.

Trainer Hedge spuckte Salzwasser aus. »Bei Pans Flöten, Jackson. Was hattest du denn da drin zu suchen?«

»Phorkys«, rief Percy mit dem Mund voll Wasser. »Falle! Weg hier!«

Alarmsirenen brachen los, als sie zum Ausgang rannten. Sie jagten an den Nereiden und dann an den Telchinen vorbei. Percy hätte sie gern befreit, aber wie? Sie waren unter Drogen und träge, und sie waren Meereswesen. Sie würden nicht überleben, wenn er sie nicht zum Ozean transportieren könnte.

Außerdem war Percy ziemlich sicher, dass er gegen die Macht des Meeresgottes nichts ausrichten könnte, wenn Phorkys sie einholte. Und Keto verfolgte sie sicher auch, bereit, sie an ihre Meeresungeheuer zu verfüttern.

Ich komme zurück, versprach Percy, aber wenn die Wesen in den Ausstellungskästen ihn gehört hatten, dann ließen sie sich das nicht anmerken.

Durch den Lautsprecher dröhnte Phorkys' Stimme: »Percy Jackson!«

Ohne besonderes System entzündeten sich Feuerwerkskörper und Wunderkerzen. Nach Donuts riechender Rauch füllte die Hallen. Dramatische Musik – fünf oder sechs unterschiedliche Stücke – dröhnten gleichzeitig aus den Lautsprechern. Lampen barsten und fingen Feuer, als alle Sondereffekte im Gebäude gleichzeitig eingeschaltet wurden.

Percy, Trainer Hedge und Frank taumelten aus dem Glastunnel und standen wieder vor dem Becken der Walhaie. Die sterbliche Abteilung des Aquariums war überfüllt mit kreischenden Massen – Familien und Jugendgruppen rannten ziellos hin und her, während die Angestellten hektisch hinterherliefen und versuchten, allen einzureden, es sei nur ein falscher Alarm.

Percy wusste es besser. Er und seine Freunde schlossen sich den Sterblichen an und rannten zum Ausgang.

XVII

Annabeth

Annabeth versuchte, Hazel aufzumuntern, indem sie ihr von Percys übelsten Algenhirnmomenten erzählte, als Frank über den Gang gestolpert kam und in ihre Kajüte stürzte.

»Wo ist Leo?«, keuchte er. »Starten! Starten!«

Beide Mädchen sprangen auf.

»Wo ist Percy?«, fragte Annabeth. »Und der Bock?«

Frank umklammerte seine Knie und versuchte, zu Atem zu kommen. Seine Kleider waren starr und feucht, als ob sie in purer Stärke gewaschen worden wären. »An Deck. Denen geht's gut. Wir werden verfolgt.«

Annabeth drängte sich an ihm vorbei und nahm auf der Treppe drei Stufen auf einmal. Hazel folgte ihr auf dem Fuße, während der noch immer keuchende Frank die Nachhut bildete. Percy und Hedge lagen an Deck und sahen erschöpft aus. Hedge hatte seine Schuhe verloren. Er grinste zum Himmel hoch und murmelte: »Wunderbar. Wunderbar.« Percy war von Schnitten und Schrammen übersät, als ob er durch ein Fenster gesprungen wäre. Er sagte nichts, nahm aber mit schwachem Griff Annabeths Hand, wie um zu sagen: *Bin gleich bei dir, sobald die Welt sich nicht mehr dreht wie verrückt.*

Leo, Piper und Jason, die in der Messe beim Essen gesessen hatten, kamen die Treppen hochgerannt.

»Was? Was?« Leo schwenkte ein halb getoastetes Käsesandwich. »Kann man hier nicht mal mehr Mittagspause machen? Was ist denn los?«

»Verfolger«, brüllte Frank noch einmal.

»Was für Verfolger?«, fragte Jason.

»Weiß ich nicht«, keuchte Frank. »Wale? Meeresungeheuer? Vielleicht auch Kate und Porky.«

Annabeth hätte den Kerl erwürgen mögen, aber sie wusste nicht, ob ihre Hände seinen stämmigen Hals umschließen könnten. »Das ergibt doch keinen Sinn. Leo, du solltest uns wohl hier rausholen.«

Leo schob sich das Sandwich wie einen Piratendolch zwischen die Zähne und rannte zum Steuer.

Bald erhob sich die Argo II in die Luft. Annabeth stand achtern an einer Armbrust. Sie sah keine Anzeichen von Verfolgung durch Wale oder andere Wesen, aber Percy, Frank und Hedge erholten sich erst wieder, als die Skyline von Atlanta nur noch ein dunstiger Fleck am Horizont war.

»Charleston«, sagte Percy und humpelte über das Deck wie ein alter Mann. »Kurs auf Charleston.«

»Charleston?« Jason sprach diesen Namen aus, als ob er Erinnerungen zurückbrächte. »Was habt ihr denn in Atlanta eigentlich gefunden?«

Frank öffnete seinen Rucksack und fing an, seine Andenken auszupacken. »Pfirsichmarmelade. Ein paar T-Shirts. Eine Schneekugel. Und, äh, diese eigentlich nicht chinesischen Fingerfallen.«

Annabeth zwang sich, ruhig zu bleiben. »Wie wäre es, vorn anzufangen – mit der Geschichte, nicht dem Rucksack.«

Sie versammelten sich auf dem Achterdeck, damit Leo gleichzeitig steuern und zuhören konnte. Percy und Frank erzählten abwechselnd, was im Aquarium passiert war, während Trainer Hedge ab und zu etwas dazwischenwarf wie: »Das war umwerfend!«, oder: »Dann hab ich sie vor den Kopf getreten!«

Immerhin schien der Trainer vergessen zu haben, dass Percy und Annabeth in der Nacht im Pferdestall eingeschlafen waren. Aber Percys Geschichte zeigte ohnehin, dass Annabeth größere Sorgen hatte als ihren Hausarrest.

Als Percy von den gefangenen Meereswesen im Aquarium erzählte, begriff sie, warum er so verstört wirkte.

»Das ist schrecklich«, sagte sie. »Wir müssen ihnen helfen.«

»Werden wir«, versprach Percy. »Sobald wir können. Aber ich muss erst herausfinden, wie. Ich wünschte …« Er schüttelte den Kopf. »Egal. Zuerst müssen wir die Sache mit dem Kopfgeld klären.«

Trainer Hedge hatte das Interesse an dem Gespräch verloren – vermutlich, weil es sich nicht mehr um ihn drehte – und wanderte zum Bug, wobei er seine Roundhouse-Kicks übte und sich zu seiner Technik gratulierte.

Annabeth packte ihren Dolchgriff. »Ein Kopfgeld … als ob wir nicht ohnehin schon genug Monster anlockten!«

»Kriegen wir dann auch Fahndungsplakate?«, frage Leo. »Und haben sie die Kopfgelder in einer Art Preisliste gestaffelt?«

Hazel rümpfte die Nase. »Wovon redest du da eigentlich?«

»Würde mich nur interessieren, was ich heutzutage so wert bin«, sagte Leo. »Ich meine, ich kann ja verstehen, dass ich nicht so viel bringe wie Percy oder Jason, aber … ich könnte vielleicht zwei oder drei Franks wert sein!«

»He!«, beschwerte sich Frank,

»Hört jetzt auf«, befahl Annabeth. »Immerhin wissen wir jetzt, dass wir als Nächstes nach Charleston müssen, um diese Karte zu suchen.«

Piper lehnte sich gegen das Schaltpult. Sie hatte sich heute weiße Federn in den Zopf geflochten und das passte gut zu ihren dunkelbraunen Haaren. Annabeth hätte gern gewusst, woher sie die Zeit nahm. Annabeth dachte nie daran, ihre Haare auch nur zu kämmen.

»Eine Karte«, sagte Piper. »Aber eine Karte wofür?«

»Das Zeichen der Athene.« Percy schaute Annabeth vorsichtig an, als ob er Angst hätte, zu weit gegangen zu sein. Sie schien starke *Ich-will-nicht-darüber-reden*-Strahlungen auszusenden.

»Was immer das sein mag«, fügte er hinzu. »Wir wissen, dass die Karte zu etwas Wichtigem in Rom führt, etwas, das vielleicht die Spaltung zwischen Römern und Griechen kitten kann.«

»Der Fluch der Giganten«, sagte Hazel.

Percy nickte. »Und in meinem Traum haben die Riesenzwillinge etwas über eine Statue gesagt.«

»Äh …«, Frank spielte mit seinen nicht richtig chinesischen Fingerfallen herum. »Wenn Phorkys Recht hat, dann müssen wir verrückt sein, wenn wir dieses Ding suchen. Aber was ist das denn nun?«

Alle sahen Annabeth an. Ihre Kopfhaut prickelte, als ob die Gedanken in ihrem Gehirn unbedingt hinauswollten: eine Statue … Athene … Griechen und Römer, ihre Albträume und ihr Streit mit ihrer Mutter. Sie sah, wie die Stücke sich zusammenfügten, aber sie konnte nicht glauben, dass es stimmte. Die Antwort war zu groß, zu wichtig und viel zu beängstigend.

Sie merkte, dass Jason sie beobachtete, als wisse er genau, was sie dachte, und als gefalle es ihm ebenso wenig wie ihr. Wieder konnte sie nicht anders, als sich zu fragen: *Warum macht dieser Typ mich so nervös? Ist er wirklich auf meiner Seite?* Aber vielleicht waren das ja auch Eingebungen ihrer Mom …

»Ich … Ich nähere mich einer Antwort«, sagte sie. »Ich werde mehr wissen, wenn wir diese Karte haben. Jason, so wie du auf den Namen *Charleston* reagiert hast … Warst du da schon mal?«

Jason schaute besorgt Piper an, und Annabeth wusste nicht, warum.

»Ja«, gab er zu. »Reyna und ich waren vor ungefähr einem Jahr dort im Einsatz. Wir haben Waffen aus Kaiserlichem Gold aus der CSS Huntley geholt.«

»Woraus?«, fragte Piper.

»Super!«, sagte Leo. »Das war das erste funktionstüchtige militärische U-Boot. Im Bürgerkrieg. Das wollte ich mir immer schon mal ansehen.«

»Es wurde von römischen Halbgöttern entworfen«, sagte Jason. »Es enthielt einen geheimen Vorrat an Torpedos aus Kaiserlichem Gold – bis wir sie geborgen und nach Camp Jupiter geholt haben.«

Hazel verschränkte die Arme. »Die Römer haben also auf Seiten der Südstaaten gekämpft? Darf ich als eine, deren Großmutter Sklavin war, sagen, dass ich das nicht gerade toll finde?«

Jason hob die Hände. »Ich war damals noch nicht am Leben. Und es war nicht so, dass alle Griechen auf der einen und alle Römer auf der anderen Seite waren. Aber klar. Nicht gerade toll. Manchmal treffen Halbgötter falsche Entscheidungen.« Er sah Hazel hilflos an. »Und manchmal sind wir zu misstrauisch. Und reden, ohne nachzudenken.«

Hazel starrte ihn an. Langsam ging ihr offenbar auf, dass er um Entschuldigung bat.

Jason stupste Leo an.

»Au!«, quiekte Leo. »Ich meine, ja … falsche Entscheidungen. Wie zum Beispiel den Brüdern von Leuten nicht zu vertrauen, die, na ja, gerettet werden müssen. So mal ganz theoretisch.«

Hazel schob die Unterlippe vor. »Schön. Zurück zu Charleston. Soll das heißen, wir sollten uns noch mal dieses U-Boot ansehen?«

Jason zuckte mit den Schultern. »Na ja … ich kann mir zwei Stellen in Charleston vorstellen, wo wir suchen könnten. Die eine ist das Museum, wo die Huntley aufbewahrt wird. Da gibt es eine Menge Sachen aus dem Bürgerkrieg. Darin könnte durchaus eine Karte versteckt sein. Ich kenne mich da aus und könnte ein Team hineinführen.«

»Ich komme mit«, sagte Leo. »Das klingt cool.«

Jason nickte. Er wandte sich zu Frank um, der gerade versuchte, seine Finger aus der chinesischen Fingerfalle zu ziehen. »Du solltest auch mitkommen, Frank. Vielleicht brauchen wir dich.«

Frank machte ein überraschtes Gesicht. »Warum? Im Aquarium hab ich doch auch nicht viel getaugt.«

»Du warst super«, versicherte ihm Percy. »Ohne dich hätten wir das Glas nicht kaputtgekriegt.«

»Außerdem bist du ein Sohn des Mars«, sagte Jason. »Die Geister gescheiterter Unternehmungen müssen dir dienen. Und in dem Museum in Charleston gibt es jede Menge Südstaatengeister. Wir werden dich brauchen, um sie im Zaum zu halten.«

Frank schluckte. Annabeth dachte an Percys Kommentar darüber, dass Frank sich in einen riesigen Koi verwandelt hatte, und sie unterdrückte ein Lächeln. Sie würde Frank nie wieder anschauen können, ohne ihn als Koi vor sich zu sehen.

»Na gut.« Frank gab nach. »Okay.« Er musterte stirnrunzelnd seine Finger und versuchte, sie aus der Falle zu ziehen. »Äh, wie kann ich die …«

Leo kicherte. »Mann, hast du so was noch nie gesehen? Das ist ein ganz einfacher Trick.«

Frank machte noch einen vergeblichen Versuch. Sogar Hazel versuchte, nicht zu lachen.

Frank schnitt eine Grimasse, weil er sich so sehr konzentrierte. Plötzlich war er verschwunden. Wo er gestanden hatte, hockte ein grüner Leguan neben den leeren chinesischen Fingerfallen an Deck.

»Gut gemacht, Frank Zhang«, sagte Leo trocken und ahmte Chiron, den Zentauren, nach. »Genau so befreit man sich aus chinesischen Fingerfallen. Man verwandelt sich in einen Leguan.«

Alle prusteten los. Frank wurde wieder zum Menschen, hob die Handschellen auf und steckte sie in seinen Rucksack. Er brachte ein verlegenes Lächeln zu Stande.

»Jedenfalls«, sagte er dann in dem klaren Bestreben, das Thema zu wechseln, »suchen wir also im Museum. Aber Jason, du hast von zwei Stellen gesprochen?«

Jasons Lächeln verschwand. Was immer er denken mochte, Annabeth wusste, es war nicht angenehm.

»Also«, sagte er. »Die andere Stelle ist der Battery-Park gleich beim Hafen. Als ich zuletzt da war … mit Reyna …« Er schaute zu Piper hinüber, dann redete er eilig weiter. »Im Park haben wir etwas gesehen. Einen Geist oder eine Art Gespenst, das aussah wie eine Südstaatenschönheit aus dem Bürgerkrieg, es leuchtete und schwebte dahin. Wir wollten es genauer ansehen, aber es verschwand immer, wenn wir näher kamen. Dann hatte Reyna so ein Gefühl – sie sagte, sie wollte es allein versuchen. Als ob das Gespenst nur mit einem Mädchen sprechen würde. Sie ging also zu dem Geist und er hat wirklich mit ihr gesprochen.«

Alle warteten.

»Was hat er gesagt?«, fragte Annabeth.

»Reyna wollte es mir nicht verraten«, gestand Jason. »Aber es muss wichtig gewesen sein. Sie wirkte … erschüttert. Vielleicht war es eine Weissagung oder eine schlechte Nachricht. Reyna war danach mir gegenüber nie mehr so wie früher.«

Annabeth dachte darüber nach. Nach ihrem Erlebnis mit den Eidola gefiel ihr die Vorstellung gar nicht, sich einem Geist zu nähern, schon gar keinem, der durch schlechte Nachrichten oder Weissagungen Leute dazu brachte, ihr Verhalten zu ändern. Andererseits war ihre Mom ja die Göttin des Wissens und Wissen war die mächtigste Waffe. Annabeth konnte eine mögliche Informationsquelle nicht verwerfen.

»Dann ist das also ein Mädchenabenteuer«, sagte sie. »Piper und Hazel können mit mir kommen.«

Beide nickten, aber Hazel sah nervös aus. Zweifellos hatte ihr Aufenthalt in der Unterwelt sie ausreichend mit Geistererfahrungen für zwei Leben versorgt. Pipers Augen leuchteten trotzig auf, als wollte sie sagen, dass sie alles, was Reyna schaffte, ebenso gut könnte.

Annabeth wurde klar, dass Percy allein mit Trainer Hedge auf dem Schiff bleiben würde, wenn die anderen sechs auf diese beiden Expeditionen gingen – keine Situation, in die eine treu sorgende Freundin ihn bringen würde. Und sie wollte Percy ja auch gar nicht wieder aus den Augen lassen – nicht, nachdem sie so viele Monate lang getrennt gewesen waren. Andererseits hatte Percy nach seinen Erlebnissen mit den gefangenen Meereswesen so verstört ausgesehen, dass er vielleicht ein wenig Ruhe gut gebrauchen könnte. Sie fing seinen Blick auf und stellte ihm eine stumme Frage. Er nickte, wie um zu sagen, *ja, das ist gut so.*

»Das ist also abgemacht.« Annabeth wandte sich Leo zu, der seine Schalthebel musterte und zuhörte, wie Festus über die Sprechanlage klickte und quietschte. »Leo, wie lange brauchen wir bis Charleston?«

»Gute Frage«, murmelte er. »Festus hat eben hinter uns eine große Gruppe von Adlern entdeckt – Langstreckenradar, noch nicht zu sehen.«

Piper beugte sich zu ihm vor. »Bist du sicher, dass das Römer sind?«

Leo verdrehte die Augen. »Nein, Pipes. Das könnte auch eine ganz zufällig vorbeikommende Gruppe von Adlern sein, in perfekter Formation. Natürlich sind das Römer. Wir könnten das Schiff umdrehen und kämpfen …«

»Was eine sehr schlechte Idee wäre«, sagte Jason. »Und jeglichen Zweifel daran ausräumen würde, dass wir Feinde Roms sind.«

»Ich habe eine andere Idee«, sagte Leo. »Wenn wir direkt nach Charleston fliegen, können wir in einigen Stunden da sein. Aber die Adler würden uns überholen, und das würde Probleme machen. Andere Möglichkeit: Wir könnten die Adler ablenken. Wir machen mit dem Schiff einen Umweg, nehmen den langen Weg nach Charleston und sind dann morgen früh da …«

Hazel wollte schon protestieren, aber Leo hob die Hand. »Ich weiß, ich weiß. Nico ist in Gefahr und wir müssen uns beeilen.«

»Es ist der 27. Juni«, sagte Hazel. »Nach heute haben wir noch vier Tage. Dann stirbt er.«

»Weiß ich. Aber auf diese Weise können wir die Römer vielleicht abschütteln. Wir müssten dann noch immer Zeit genug haben, um Rom zu erreichen.«

Hazel starrte ihn wütend an. »Wenn du sagst, *wir müssten* …«

Leo zuckte mit den Schultern. »Wäre dir *müssten gerade so eben* lieber?«

Hazel legte das Gesicht in die Hände. »Klingt typisch für uns.«

Annabeth beschloss, das als grünes Licht aufzufassen. »Na gut, Leo. Und was für eine Ablenkung meinst du?«

»Wie schön, dass du fragst.« Er betätigte einige Knöpfe am Schaltpult, ließ die Drehscheibe rotieren und drückte mehrmals ganz schnell auf den A-Knopf an seiner Wii-Steuerung. Dann rief er in die Sprechanlage: »Buford? Zum Rapport, bitte.«

Frank trat einen Schritt zurück. »Ist da noch jemand an Deck? Wer ist denn Buford?«

Eine Rauchwolke stieg aus dem Treppenhaus auf und Leos automatischer Tisch erschien an Deck.

Annabeth hatte Buford auf dieser Fahrt noch nicht oft gesehen. Er hielt sich meistens im Maschinenraum auf. (Leo behauptete, Buford sei heimlich in den Motor verliebt.) Er war ein dreibeiniger Tisch mit Mahagoniplatte. Sein bronzenes Unterteil enthielt mehrere Schubladen, Schaltungen und einen Satz Dampfventile. An sein eines Bein hatte Buford eine Tasche geschnallt, die aussah wie ein Postsack. Er lief klappernd zum Steuer und stieß einen Pfiff aus wie eine Lokomotive.

»Das ist Buford«, teilte Leo mit.

»Du gibst deinen Möbeln Namen?«, fragte Frank.

Leo schnaubte. »Mann, du hättest doch nur zu gern auch so coole Möbel. Buford, bist du bereit zur Operation Beistelltisch?«

Buford spie Dampf und trat an die Reling. Seine Mahagoniplatte teilte sich in vier Segmente, die dann zu hölzernen Rotoren wurden. Die Rotoren setzten sich in Bewegung und Buford hob ab.

»Ein Hubschraubertisch«, murmelte Percy. »Ich muss zugeben, das ist wirklich cool. Was ist in der Tasche?«

»Schmutzige Halbgötterwäsche«, sagte Leo. »Ich hoffe, du hast nichts dagegen, Frank.«

Frank hätte sich fast verschluckt. »Was?«

»Das wird die Adler von unserer Fährte abbringen.«

»Das war meine einzige Ersatzhose!«

Leo zuckte mit den Schultern. »Ich habe Buford gesagt, er soll sie unterwegs waschen und bügeln lassen. Hoffentlich macht er das.« Er rieb sich die Hände und grinste. »Na, das war doch ein gutes Tagewerk. Ich werde jetzt unseren Umweg berechnen. Wir sehen uns beim Essen.«

Percy ging ein Nickerchen machen, und Annabeth hatte nichts anderes zu tun, als ihren Computer anzustarren.

Sie hatte natürlich den Laptop des Dädalus dabei. Zwei Jahre zuvor hatte sie ihn vom größten Erfinder aller Zeiten geerbt, und darin wimmelte es von Ideen für Erfindungen, Plänen und Diagrammen, von denen Annabeth die meisten noch längst nicht durchschaut hatte. Nach zwei Jahren wäre ein normaler Laptop veraltet gewesen, aber Annabeth nahm an, dass der des Dädalus ihnen immer noch um fünfzig Jahre voraus war. Er konnte zu einem großen Rechner heranwachsen, zu einem Tablet-Computer schrumpfen oder sich zu einer Metallscheibe zusammenfalten, die kleiner war als ein Mobiltelefon. Er war schneller als jeder Rechner, den Annabeth je gehabt hatte, er konnte Satellitenmitteilungen und die Sendungen des Hephaistos-TV vom Olymp empfangen und hatte jede Menge Programme, die alles konnten, nur keine Schnürsenkel binden. Vielleicht gab es auch dafür eine App, aber die hatte Annabeth noch nicht gefunden.

Sie saß auf ihrem Bett und sah sich ein Modell des Parthenon in

Athen in einem 3-D-Programm des Dädalus an. Sie hatte den Parthenon immer schon besuchen wollen, weil sie Architektur liebte und weil er der berühmteste Tempel ihrer Mutter war.

Jetzt könnte ihr Wunsch in Erfüllung gehen, wenn sie lange genug lebte, um nach Griechenland zu gelangen. Aber je mehr sie an das Zeichen der Athene und die alte griechische Sage dachte, die Reyna erwähnt hatte, umso nervöser wurde sie.

Widerwillig erinnerte sie sich an ihren Streit mit ihrer Mutter. Selbst nach so vielen Wochen taten Athenes Worte ihr noch immer weh.

Annabeth hatte Percys Mom besucht und war dann mit der U-Bahn von der Upper East Side zurückgefahren. In den langen Monaten, in denen Percy verschwunden war, hatte Annabeth diese Reise fast jede Woche unternommen, einerseits, um Sally Jackson und ihren Mann Paul über den neuesten Stand der Suche zu unterrichten, andererseits, weil Annabeth und Sally sich gegenseitig ermutigen und versichern konnten, dass Percy unversehrt wieder auftauchen würde.

Der Frühling war besonders hart gewesen. Annabeth hatte inzwischen Grund zur Hoffnung gehabt, dass Percy noch am Leben war, da Hera offenbar vorhatte, ihn auf die römische Seite zu schicken, aber sie wusste immer noch nicht, wo er sich aufhielt. Jason hatte sich so ungefähr an die Lage seines alten Camps erinnert, aber nicht einmal die gesamte Magie der Griechen – auch nicht die der Bewohner von Hekates Hütte – konnte bestätigen, dass Percy dort irgendwo war. Er schien vom Erdboden verschwunden zu sein. Rachel, das Orakel, hatte versucht, die Zukunft zu lesen, und sie hatte zwar nicht viel sehen können, war aber sicher gewesen, dass Leo die Argo II vollenden musste, ehe sie Kontakt zu den Römern aufnehmen könnten.

Dennoch hatte Annabeth jeden freien Moment damit verbracht, jeder möglichen Spur nachzugehen. Sie hatte mit Naturgeistern gesprochen, hatte Sagen über Rom gelesen, hatte in den Notizen des Dädalus nach Hinweisen gesucht und Hunderte von Golddrachmen für Iris-Botschaften an alle freundlichen Geister, Halbgötter oder Monster ausgegeben, denen sie je begegnet war – alles ohne Erfolg.

An diesem Nachmittag, auf der Rückfahrt von Sally, war Annabeth sogar noch erschöpfter gewesen als sonst. Sie und Sally hatten zuerst geweint und dann versucht, sich zusammenzureißen, aber sie waren mit den Nerven am Ende. Schließlich ging Annabeth zur U-Bahn-Station Lexington Avenue, um zur Grand Central Station zu fahren.

Es gab auch andere Möglichkeiten, um von der Upper East Side zu ihrem Highschool-Wohnheim zurückzukehren, aber Annabeth ging gern durch die Grand Central Station. Die schöne Architektur und der weite, offene Raum erinnerten sie an den Olymp. Wenn sie prachtvolle Gebäude sah, hob sich ihre Stimmung – vielleicht weil sie sich an einem so dauerhaften Ort selbst auch dauerhaft fühlte.

Sie war gerade an *Sweet on America* vorbeigekommen, dem Süßigkeitenladen, in dem Percys Mom früher gearbeitet hatte, und spielte schon mit dem Gedanken, hineinzugehen und sich aus purer Nostalgie blaue Bonbons zu kaufen, als sie Athene sah, die in den U-Bahn-Plan an der Wand vertieft war.

»Mutter!« Annabeth konnte es nicht fassen. Sie hatte ihre Mom seit Monaten nicht mehr gesehen – seit Zeus die Tore des Olymp verschlossen und jegliche Kommunikation mit Halbgöttern verboten hatte.

Annabeth hatte trotzdem immer wieder versucht, ihre Mom zu

erreichen; sie hatte um einen guten Rat gebeten, hatte bei jeder Mahlzeit im Camp ein Brandopfer gebracht. Aber sie hatte keine Antwort erhalten. Und hier stand Athene nun, in Jeans und Wanderstiefeln und einem roten Flanellhemd, ihre dunklen Haare wogten über ihre Schultern. Sie trug einen Rucksack und hatte einen Wanderstab in der Hand, als ob sie sich auf eine lange Reise aufgemacht hätte.

»Ich muss nach Hause«, murmelte Athene und sah weiter die Karte an. »Der Weg ist schwierig. Ich wünschte, Odysseus wäre hier. Der würde das verstehen.«

»Mom!«, sagte Annabeth. »Athene.«

Die Göttin drehte sich um. Sie schien durch Annabeth hindurchzublicken, ohne sie zu erkennen.

»Das war mein Name«, sagte die Göttin träumerisch. »Ehe sie meine Stadt verwüstet, mir meine Identität genommen und mich zu dem hier gemacht haben.« Sie schaute angeekelt ihre Kleidung an. »Ich muss zurück nach Hause.«

Annabeth wich geschockt zurück. »Du … Ihr seid Minerva?«

»Nenn mich nicht so!« Die grauen Augen der Göttin loderten zornig auf. »Ich hatte einen Speer und einen Schild. Ich hatte den Sieg schon fast in der Hand. Ich war so viel mehr als das hier.«

»Mom!« Annabeths Stimme zitterte. »Ich bin's, Annabeth. Deine *Tochter.*«

»Meine Tochter …«, wiederholte Athene. »Ja, meine Kinder werden mich rächen. Sie müssen die Römer vernichten. Die entsetzlichen, ehrlosen Römer, diese schnöden Imitatoren. Hera wollte, dass wir die beiden Camps getrennt halten. Ich habe gesagt: ›Nein, sollen sie doch kämpfen. Sollen meine Kinder die Usurpatoren doch vernichten.‹«

Annabeths Herzschlag hämmerte in ihren Ohren. »Das hast du gewollt? Aber du bist doch weise. Du kennst dich mit Kriegen besser aus als …«

»Das war einmal!«, sagte die Göttin. »Ersetzt. Entwertet. Zur Beute gemacht wie eine Trophäe und weggeschleppt – fort aus meiner geliebten Heimat. Ich habe so viel verloren. Ich habe geschworen, niemals zu vergeben. Und meine Kinder auch nicht.« Sie sah Annabeth an. »Du bist meine Tochter?«

»Ja.«

Die Göttin fischte etwas aus ihrer Hemdentasche – eine altmodische U-Bahn-Wertmarke – und drückte es Annabeth in die Hand.

»Folge dem Zeichen der Athene«, sagte die Göttin. »Räche mich.«

Annabeth sah die Münze an. Vor ihren Augen verwandelte sie sich in eine antike Silberdrachme, wie sie im alten Athen verwendet worden war. Sie zeigte eine Eule, das heilige Tier der Athene, zwischen einem Olivenzweig und einer griechischen Inschrift.

Das Zeichen der Athene.

Damals hatte Annabeth keine Ahnung gehabt, was das bedeutete. Sie hatte nicht begriffen, warum ihre Mom sich so verhielt. Minerva oder nicht, so verwirrt konnte sie doch gar nicht sein.

»Mom«, sie versuchte, sich so vernünftig wie möglich anzuhören. »Percy ist verschwunden. Ich brauche deine Hilfe.« Sie wollte erklären, dass Hera die Camps zum gemeinsamen Kampf gegen die Riesen zusammenbringen wollte, aber die Göttin stieß wütend mit dem Wanderstab auf den Marmorboden.

»Niemals!«, sagte sie. »Wer den Römern hilft, muss untergehen. Wenn du dich denen anschließt, bist du nicht mein Kind. Du hast mich bereits im Stich gelassen.«

»Mutter!«

»Dieser Percy bedeutet mir nichts. Wenn er zu den Römern übergelaufen ist, soll er untergehen. Töte ihn. Töte alle Römer. Finde das Zeichen, folge ihm zu seiner Quelle. Werde Zeugin dafür, wie Rom mich geschändet hat, und schwöre Rache.«

»Athene ist nicht die Göttin der Rache«, Annabeths Fingernägel bohrten sich in ihre Handflächen. Die Silbermünze schien in ihrer Hand wärmer zu werden. »Percy ist alles für mich.«

»Und Rache ist alles für mich«, fauchte die Göttin. »Welche von uns ist weiser?«

»Mit dir stimmt etwas nicht. Was ist passiert?«

»Rom ist passiert«, sagte die Göttin bitter. »Sieh, was sie getan haben, sie haben mich zur *Römerin* gemacht. Ich soll ihre Göttin sein? Dann sollen sie ihre eigenen bösen Taten kosten. Töte sie, Kind!«

»Nein!«

»Dann bist du nichts.« Die Göttin wandte sich wieder dem U-Bahn-Plan zu. Ihre Miene wurde sanfter, verwirrt und unkonzentriert. »Wenn ich den Weg finden könnte … den Weg nach Hause, dann vielleicht – Nein. Räche mich oder lass mich in Ruhe. Du bist nicht mein Kind.«

Annabeths Augen brannten. Ihr gingen tausend Gemeinheiten durch den Kopf, die sie gern gesagt hätte, aber das schaffte sie nicht. Sie drehte sich um und floh.

Sie hatte versucht, die Silbermünze wegzuwerfen, aber sie tauchte immer wieder in ihrer Tasche auf, wie Springflut bei Percy. Leider hatte Annabeths Drachme keine magischen Fähigkeiten – jedenfalls keine brauchbaren. Die Drachme bescherte ihr nur Albträume, und was sie auch tat, sie wurde sie nicht los.

Jetzt, in ihrer Kabine auf der Argo II, fühlte sie, wie die Münze in ihrer Tasche warm wurde. Sie starrte das Modell des Parthenon auf ihrem Bildschirm an und dachte an ihren Streit mit Athene. Dinge, die sie in den letzten Tagen gehört hatte, wirbelten durch ihren Kopf: *Eine begabte Freundin, bereit für den Gast, niemand wird diese Statue zurückholen. Die Tochter der Weisheit geht allein.*

Sie fürchtete, endlich begriffen zu haben, was das alles bedeutete. Sie betete zu den Göttern, sie möge sich irren.

Als es an der Tür klopfte, fuhr sie zusammen.

Sie hoffte, es wäre Percy, doch stattdessen steckte Frank Zhang den Kopf herein.

»Äh, entschuldige«, sagte er. »Dürfte ich …«

Sie war so verwirrt über seinen Anblick, dass sie erst nach ein paar Sekunden begriff, dass er hereinkommen wollte.

»Sicher«, sagte sie. »Ja.«

Er kam herein und schaute sich in der Kabine um. Es gab nicht viel zu sehen. Auf ihrem Schreibtisch lagen ein Bücherstapel, ein Notizbuch und ein Kugelschreiber, daneben stand ein Bild ihres Dads, wie er sein Sopwith-Camel-Flugzeug lenkte und dabei den Daumen hob. Annabeth liebte dieses Foto. Es erinnerte sie an den Tag, an dem sie sich ihm so nah gefühlt hatte, den Tag, als er eine Armee von Monstern mit Kanonen aus Himmlischer Bronze angegriffen hatte, um Annabeth zu beschützen – so ungefähr das beste Geschenk, auf das eine Tochter hoffen konnte.

An einem Haken an der Wand hing ihre Mütze mit dem Logo der New York Yankees, das Geschenk ihrer Mutter, das ihr am wichtigsten war. Früher hatte die Mütze als Tarnkappe fungiert, aber seit Annabeths Streit mit Athene hatte sie diese Magie verloren. Annabeth wusste nicht, warum, und sie hatte sie trotzig mit auf den Einsatz genommen. Jeden Morgen setzte sie sie auf, in der Hoffnung, dass sie wieder funktionierte, aber bisher erinnerte die Mütze sie nur an den Zorn ihrer Mutter.

Ansonsten war die Kabine leer. Sie hielt sie sauber und übersichtlich, denn das half ihr beim Denken. Percy glaubte es zwar nicht, weil sie immer hervorragende Zeugnisnoten bekam, aber wie die meisten Halbgötter war sie ein Fall von Hyperaktivität. Wenn es in ihrer nächsten Umgebung zu viele Ablenkungen gab, konnte sie sich nicht konzentrieren.

»Also … Frank«, sagte sie. »Was kann ich für dich tun?«

Von allen Jugendlichen auf dem Schiff war Frank der, von dem sie am wenigsten einen Besuch erwartet hätte. Sie war nicht weniger verwirrt, als er errötete und seine Chinesische Fingerfalle aus der Tasche zog.

»Ich will wissen, wie das funktioniert«, murmelte er. »Kannst du mir den Trick zeigen? Ich hab mich nicht getraut, jemand anders zu fragen.«

Annabeth verarbeitete diese Mitteilung mit einer kurzen Verspätung. Moment … Frank bat ausgerechnet sie um Hilfe? Dann ging es ihr auf: Natürlich, Frank war das peinlich. Leo hatte ihn ziemlich verspottet. Niemand wurde gern lächerlich gemacht. Franks entschiedene Miene sagte ihr, dass das niemals wieder passieren sollte. Er wollte das Rätsel verstehen, ohne die Leguan-Lösung.

Annabeth fühlte sich seltsam geehrt. Frank verließ sich darauf, dass sie sich nicht über ihn lustig machen würde. Außerdem hatte sie eine Schwäche für alle, die nach Wissen strebten, selbst wenn es um etwas so Simples wie Chinesische Fingerfallen ging.

Sie klopfte neben sich auf das Bett. »Kein Problem. Setz dich.«

Frank setzte sich auf den Bettrand, als ob er zur raschen Flucht bereit sein wollte. Annabeth nahm die Chinesische Fingerfalle und hielt sie vor ihren Computer.

Sie drückte auf die Taste für den Infrarotscan. Einige Sekunden darauf erschien auf dem Bildschirm ein dreidimensionales Bild der Fingerfalle. Sie drehte den Laptop so, dass Frank ihn sehen konnte.

»Wie hast du das geschafft?«, fragte er staunend.

»Griechische Technologie der Spitzenklasse«, sagte sie. »Also, schau her. Die Struktur ist ein zylindrischer zweiachsiger Zopf, deshalb ist sie von ungeheurer Widerstandsfläche.« Sie manipulierte das Bild und es zog sich wie ein Akkordeon auseinander und wieder zusammen. »Wenn du die Finger hineinschiebst, lockert das Gewebe sich. Aber wenn du sie dann herausziehen willst, schrumpft der Raum, weil die Falle sich zusammenzieht. Wenn du dich wehrst, kommst du da nicht wieder raus.«

Frank starrte sie verständnislos an. »Aber was ist die Lösung?«

»Na ja …« Sie zeigte ihm einige ihrer Berechnungen – wie die Handschellen auch unter unbeschreiblichem Zug nicht rissen, je nachdem, welches Material für das Geflecht verwendet wurde. »Ganz schön beeindruckende Webstruktur, was? Ärzte benutzen sie für Streckverbände und elektrische Kontraktoren …«

»Äh, und die Lösung?«

Annabeth lachte. »Du wehrst dich eben nicht gegen die Handschellen. Du schiebst die Finger rein, nicht raus. Das lockert das Gewebe.«

»Ach.« Frank machte einen Versuch. Es funktionierte. »Danke, aber … hättest du mir das nicht an der Fingerfalle zeigen können, ohne das 3-D-Programm und die Berechnungen?«

Annabeth zögerte. Manchmal kam Weisheit von seltsamen Orten, sogar von riesigen Teenager-Kois. »Ja, da hast du wohl Recht. Das war blöd von mir. Jetzt habe ich auch etwas gelernt.«

Frank probierte die Fingerfalle noch einmal aus. »Wenn man die Lösung weiß, ist es ganz einfach.«

»Viele der besten Fallen sind einfach«, sagte Annabeth. »Du musst nur darüber nachdenken und hoffen, dass dein Opfer das nicht tut.«

Frank nickte. Er schien noch nicht gehen zu wollen.

»Weißt du«, sagte Annabeth, »Leo will nicht gemein sein. Er hat nur eine große Klappe. Und wenn jemand ihn nervös macht, wehrt er sich mit seinem Humor.«

Frank runzelte die Stirn. »Warum sollte ich ihn nervös machen?«

»Du bist zweimal so groß wie er. Du kannst dich in einen Drachen verwandeln.« *Und Hazel hat dich gern*, dachte Annabeth, aber das sagte sie nicht.

Frank sah nicht überzeugt aus. »Leo kann Feuer heraufbeschwören.« Er streifte die Fingerfalle ab. »Annabeth … könntest du mir vielleicht irgendwann noch bei einem anderen Problem helfen, das nicht so einfach ist? Ich habe … na ja, man könnte es wohl eine Achillesferse nennen.«

Annabeth kam sich vor, als ob sie gerade römischen Kakao getrunken hätte. Frank gab ihr immer so ein warmes, kuscheliges Gefühl. Er war einfach ein großer Teddybär. Sie konnte verstehen, was Hazel an ihm fand. »Sehr gern«, sagte sie. »Weiß sonst noch jemand von der Achillesferse?«

»Percy und Hazel«, sagte er. »Das sind alle. Percy … der ist wirklich in Ordnung. Ich würde überall mit ihm hingehen. Das wollte ich dir auch noch sagen.«

Annabeth streichelte seinen Arm. »Percy hat ein Händchen dafür, sich gute Freunde auszusuchen. Wie dich. Aber Frank, du kannst allen hier auf dem Schiff vertrauen. Sogar Leo. Wir sind ein Team. Wir sind aufeinander angewiesen.«

»Ja … vermutlich.«

»Und was ist nun diese Schwäche, die dir Sorgen macht?«

Die Glocke rief zum Essen und Frank sprang auf.

»Vielleicht … Vielleicht später«, sagte er. »Es ist schwer, darüber zu reden. Aber danke, Annabeth.« Er hob die Chinesische Fingerfalle hoch. »Immer einfach denken.«

XVIII

Annabeth

In dieser Nacht hatte Annabeth keine Albträume, und das machte sie nervös, als sie aufwachte – wie die Stille vor dem Sturm.

Leo ließ das Schiff am Pier im Hafen von Charleston anlegen, direkt an der Kaimauer. Am Ufer lag ein historisches Viertel mit hohen Villen, Palmen und schmiedeeisernen Zäunen. Alte Kanonen waren auf das Wasser gerichtet.

Als Annabeth an Deck kam, waren Jason, Frank und Leo schon zum Museum aufgebrochen. Trainer Hedge teilte mit, sie hätten versprochen, bei Sonnenuntergang zurück zu sein. Piper und Hazel waren schon abmarschbereit, aber Annabeth drehte sich noch einmal zu Percy um, der steuerbords an der Reling lehnte und auf die Bucht hinausschaute.

Annabeth nahm seine Hand. »Was willst du machen, während wir weg sind?«

»Ins Hafenbecken springen«, sagte er locker, so wie jemand anders sagen würde, *irgendwo schnell was essen.* »Ich will mal mit den Nereiden hier reden. Vielleicht können die mir sagen, wie man die Gefangenen in Atlanta befreien kann. Außerdem glaube ich, dass das Meer mir vielleicht guttut. Nach diesem Aquarium fühle ich mich irgendwie … unrein.«

Seine Haare waren wie immer dunkel und verwuschelt, aber Annabeth dachte an die graue Strähne, die er auf der einen Seite gehabt hatte. Als sie beide vierzehn gewesen waren, hatten sie (unfreiwillig) abwechselnd das Gewicht des Himmels getragen. Diese

Anstrengung hatte ihnen beiden einige weiße Haare eingebracht. Während des vergangenen Jahres, als Percy vermisst war, waren die grauen Strähnen bei ihnen beiden verschwunden, und das hatte Annabeth traurig und ein wenig besorgt gemacht. Sie hatte das Gefühl gehabt, eine symbolische Verbindung zu Percy zu verlieren.

Annabeth küsste ihn. »Viel Glück, Algenhirn. Aber komm zu mir zurück, versprochen?«

»Versprochen«, sagte er. »Und du auch.«

Annabeth versuchte, ihre wachsende Unruhe zu verdrängen.

Sie drehte sich zu Piper und Hazel um. »Na gut, die Damen. Dann wollen wir mal den Geist des Battery-Parks suchen.«

Später wünschte Annabeth, sie wäre mit Percy ins Hafenbecken gesprungen. Sogar ein Museum voller Geister wäre ihr lieber gewesen.

Nicht, dass sie nicht gern mit Hazel und Piper unterwegs war, es machte ihnen durchaus Spaß, durch den Park zu spazieren. Den Schildern nach hieß er White Point Gardens. Der Seewind fegte die stickige Hitze des Sommernachmittags davon, und im Schatten der kleinen Palmen war es angenehm kühl. An der Straße standen Kanonen aus dem Bürgerkrieg und Statuen historischer Persönlichkeiten, und Annabeth bekam eine Gänsehaut. Sie dachte an die Statuen in New York City, die durch Dädalus' Plan 23 während des Titanenkrieges zum Leben erwacht waren. Sie hätte gern gewusst, wie viele andere Standbilder im Land insgeheim Automatons waren und nur auf ihr Stichwort warteten.

Der Hafen von Charleston glitzerte im Sonnenschein. Im Norden und Süden streckten sich Landzungen aus wie Arme, um die Bucht zu umschließen, und etwa anderthalb Kilometer von ihnen entfernt in der Mündung der Bucht lag eine Insel mit einem Steinfort. Annabeth erinnerte sich vage, dass dieses Fort im Bürgerkrieg wichtig gewesen war, aber sie dachte nicht weiter darüber nach.

Die meiste Zeit atmete sie einfach die Seeluft ein und dachte an Percy. Die Götter mochten verhüten, dass sie sich je wieder von ihm trennen müsste. Sie würde niemals wieder das Meer sehen können, ohne an ihr gebrochenes Herz zu denken. Sie war erleichtert, als sie sich vom Ufer entfernten und sich die andere Seite des Parks vornahmen.

Im Park war nicht viel los. Annabeth vermutete, dass die meisten Einheimischen Sommerferien machten oder zu Hause eine Siesta abhielten. Sie schlenderten über die South Battery Street, die von vierstöckigen Villen aus der Kolonialzeit gesäumt war. Die Backsteinmauern waren von Efeu überwuchert und die Fassaden hatten hohe weiße Säulen, wie griechische Tempel. Die Vorgärten barsten geradezu vor Rosensträuchern, Klee und blühenden Bougainvilleen. Es sah aus, als ob Demeter schon vor Jahrzehnten hier alles auf »Wachsen« gestellt und dann vergessen hätte, je wieder nach dem Rechten zu sehen.

»Erinnert irgendwie an Neu-Rom«, sagte Hazel. »Die großen Häuser und die Gärten. Die Säulen und die Bögen.«

Annabeth nickte. Ihr fiel ein, dass sie gelesen hatte, dass vor dem Bürgerkrieg die Südstaaten oft mit Rom verglichen worden waren. In den alten Zeiten hatte sich dort alles um beeindruckende Architektur, Ehre und Ritterlichkeit gedreht. Und, das war die üble Seite, um Sklaverei. *In Rom hat es doch auch Sklaverei gegeben,* hatten manche Südstaatler argumentiert. *Warum dann nicht bei uns?*

Annabeth zitterte. Die Architektur hier fand sie wunderbar. Die Häuser und die Gärten waren so schön, sehr römisch. Aber sie hätte gern gewusst, warum schöne Dinge mit einer bösen Geschichte zusammenhängen mussten. Oder war es umgekehrt? Vielleicht machte die böse Geschichte es notwendig, schöne Dinge zu bauen, um die düsteren Seiten zu verbergen.

Sie schüttelte den Kopf. Percy mochte ihre philosophische Seite nicht. Wenn sie versuchte, mit ihm über solche Dinge zu reden, wurden seine Augen glasig.

Die anderen Mädchen sagten nicht viel.

Piper sah sich immer wieder um, als ob sie mit einem Überfall rechnete. Sie hatte gesagt, sie habe diesen Park in ihrer Messerklinge gesehen, aber mehr war aus ihr nicht herauszuholen. Annabeth nahm an, sie hatte Angst, zu reden. Schließlich hatten Percy und Jason einander fast umgebracht, als Piper das letzte Mal eine Vision in ihrem Messer zu deuten versucht hatte.

Auch Hazel wirkte besorgt. Vielleicht nahm sie ihre Umgebung in Augenschein, oder sie machte sich Sorgen um ihren Bruder. In weniger als vier Tagen würde Nico tot sein, falls sie ihn nicht fanden und befreiten.

Annabeth merkte, dass diese Frist auch sie belastete. Sie hatte Nico di Angelo gegenüber immer gemischte Gefühle gehabt. Sie vermutete, dass er in sie verliebt war, seit sie ihn und seine ältere Schwester Bianca aus der Militärakademie in Maine gerettet hatten, aber Annabeth hatte sich nie zu Nico hingezogen gefühlt. Er war zu jung und zu launisch. Er hatte eine Düsterkeit in sich, die sie beunruhigte.

Aber sie fühlte sich für ihn verantwortlich. Als sie sich damals kennengelernt hatten, hatten sie beide nichts von seiner Halbschwester Hazel gewusst. Damals war Bianca Nicos einzige lebende Verwandte gewesen. Bei ihrem Tod war Nico zu einem heimatlosen

Waisenjungen geworden, der allein durch die Welt stromerte. Annabeth konnte das nachfühlen.

Sie war dermaßen in Gedanken verloren, sie hätte immer weiter durch den Park laufen können, aber Piper packte sie am Arm.

»Da!« Sie zeigte auf den Hafen. An die hundert Meter weit draußen schwebte eine schimmernde weiße Gestalt auf dem Wasser. Zuerst hielt Annabeth sie für ein kleines Boot oder eine Boje, die das Sonnenlicht reflektierte, aber die Gestalt leuchtete eindeutig und bewegte sich gleichmäßiger als ein Boot; sie kam in gerader Linie auf sie zu. Als sie näher kam, sah Annabeth, dass es sich um die Gestalt einer Frau handelte.

»Der Geist«, sagte sie.

»Das ist kein Geist«, sagte Hazel. »So hell leuchtet kein Geist.«

Annabeth beschloss, ihr das zu glauben. Sie konnte sich nicht vorstellen, wie es war, Hazel zu sein – in so jungen Jahren zu sterben, dann aus der Unterwelt zurückzukehren und mehr über die Toten zu wissen als über die Lebenden.

Wie in Trance lief Piper über die Straße bis zum Wasser und wich in letzter Sekunde einem Pferdewagen aus.

»Piper!«, rief Annabeth.

»Wir sollten ihr folgen«, sagte Hazel.

Als Annabeth und Hazel Piper eingeholt hatten, war die geisterhafte Erscheinung nur noch wenige Meter von ihnen entfernt.

Piper starrte sie an, als ob der Anblick sie beleidigte.

»Sie ist es wirklich«, knurrte sie.

Annabeth musterte den Geist aus zusammengekniffenen Augen, aber der strahlte zu grell und sie konnte keine Details erkennen. Dann schwebte die Erscheinung ans Ufer und blieb vor ihnen stehen. Das Leuchten verblasste.

Annabeth schnappte nach Luft. Die Frau war atemberaubend schön und kam ihr seltsam bekannt vor. Ihr Gesicht war schwer zu beschreiben, ihre Züge schienen zwischen denen vieler glamouröser Filmstars zu wechseln. Ihre Augen funkelten neckisch – manchmal grün, dann blau oder bernsteingelb. Ihre Haare wechselten von blond zu schokoladenbraunen Locken.

Annabeth war sofort neidisch. Sie hatte sich immer dunkle Haare gewünscht. Sie hatte das Gefühl, als Blondine von niemandem ernst genommen zu werden. Sie musste doppelt so hart arbeiten, um als Strategin, Architektin, Hüttenälteste Anerkennung zu finden – bei allem, das mit Gehirn zu tun hatte.

Die Frau war gekleidet wie eine Südstaatenschönheit, genau wie Jason es beschrieben hatte. Ihr Kleid hatte ein ausgeschnittenes Mieder aus rosa Seide und einen dreistufigen, mit weißen Spitzen besetzten Reifrock. Sie trug lange weiße Seidenhandschuhe und hielt sich einen rosa-weißen Fächer aus Federn vor die Brust.

Alles an ihr gab Annabeth das Gefühl, nicht gut genug zu sein: die lässige Eleganz, mit der sie ihr Kleid trug, das perfekte und doch unaufdringliche Make-up, die Art, wie sie einen femininen Charme ausstrahlte, dem sicher kein Mann widerstehen könnte.

Annabeth wusste, dass ihr Neid unvernünftig war. Die Frau wollte, dass ihr so zu Mute war. Sie hatte das schon einmal erlebt. Sie erkannte diese Frau, auch wenn ihr Gesicht sich in Sekundenschnelle veränderte und immer schöner wurde.

»Aphrodite«, sagte sie.

»Venus?«, fragte Hazel überrascht.

»Mom«, sagte Piper ohne Begeisterung.

»Mädchen!« Die Göttin breitete die Arme aus wie zu einer Gruppenumarmung.

Aber die drei Halbgöttinnen machten da nicht mit. Hazel wich zu einer Palme zurück.

»Ich bin ja so froh, dass ihr hier seid«, sagte Aphrodite. »Der Krieg kommt. Blutvergießen ist unvermeidlich. Und da bleibt uns nur eins.«

»Äh … und das wäre?«, fragte Annabeth.

»Na, Tee trinken und plaudern natürlich. Kommt mit.«

Aphrodite wusste, wie man Tee servieren sollte.

Sie führte sie zu einem Pavillon mitten im Park – einem Aussichtspavillon mit weißen Säulen, wo ein Tisch mit silbernem Besteck, Porzellantassen und natürlich einer dampfenden Teekanne gedeckt war, deren Aroma so rasch wechselte wie Aphrodites Aussehen – manchmal Zimt, dann Jasmin oder Minze. Es gab Schüsseln mit Scones, Plätzchen und Muffins, mit frischer Butter und Marmelade – *und das alles machte,* dachte Annabeth, *unglaublich dick* – aber natürlich nur, wenn man nicht zufällig die unsterbliche Göttin der Liebe war.

Aphrodite saß in einem Korbsessel – man könnte sagen, sie hielt Hof. Sie goss Tee ein und verteilte das Gebäck, ohne auch nur einen Krümel auf ihr Kleid fallen zu lassen, ihre Haltung immer perfekt, ihr Lächeln umwerfend.

Annabeth hasste sie mehr und mehr, je länger sie hier saßen.

»Ach, ihr süßen Mädchen«, sagte die Göttin. »Ich liebe Charleston ja so sehr. Was habe ich in diesem Pavillon für Hochzeiten besucht – da kommen mir die Tränen. Und die eleganten Bälle in den Tagen des alten Südens. Ach, waren die schön. Viele dieser Villen haben im Garten noch immer Statuen von mir, auch wenn sie mich Venus genannt haben.«

»Und welche seid Ihr?«, fragte Annabeth. »Venus oder Aphrodite?«

Die Göttin nippte an ihrem Tee. Ihre Augen funkelten boshaft. »Annabeth Chase, du wirst langsam zu einer schönen jungen Dame. Du solltest aber wirklich etwas für deine Haare tun. Und Hazel Levesque, deine Kleidung …«

»Meine Kleidung?« Hazel schaute hinab auf ihre zerknitterten Jeans, aber nicht verlegen, sondern überrascht, als ob sie sich nicht vorstellen könnte, was daran auszusetzen war.

»Mutter!«, sagte Piper. »Das ist peinlich.«

»Na, ich weiß wirklich nicht, warum«, sagte die Göttin. »Nur weil du meine Modetipps nicht zu schätzen weißt, Piper, brauchen die anderen das nicht auch so zu sehen. Ich könnte Annabeth und Hazel schnell umstylen, vielleicht mit seidenen Ballkleidern wie meinem …«

»Mutter!«

»Na gut.« Aphrodite seufzte. »Um deine Frage zu beantworten, Annabeth, ich bin sowohl Aphrodite als auch Venus. Anders als viele meiner Olympgenossen habe ich mich von einem Zeitalter zum anderen kaum verändert. Ich glaube sogar, ich bin kein bisschen gealtert!« Ihre Finger flatterten zufrieden um ihr Gesicht. »Liebe ist schließlich Liebe, bei Griechen wie bei Römern. Dieser Bürgerkrieg wird mich nicht so treffen wie die anderen.«

Wunderbar, dachte Annabeth. Ihre eigene Mutter, die vernünftigste vom ganzen Olymp, war zu einem geifernden boshaften Wirrkopf in einer U-Bahnstation verkommen. Und von allen Gottheiten, die ihnen helfen könnten, schienen nur Aphrodite, Nemesis und Dionysos von der griechisch-römischen Spaltung nicht beeinflusst zu sein. Liebe, Rache, Wein. *Sehr hilfreich.*

Hazel knabberte an einem Plätzchen. »Wir sind nicht im Krieg.«

»Ach, liebe Hazel.« Aphrodite faltete ihren Fächer zusammen. »Was für ein Optimismus, und dabei liegen herzzerreißende Tage vor dir. Natürlich kommt der Krieg. Liebe und Krieg gehören immer zusammen. Sie sind die Gipfel der menschlichen Empfindungen. Gut und Böse, Schönheit und Hässlichkeit.«

Sie lächelte Annabeth an, als wüsste sie, was diese vorhin über den alten Süden gedacht hatte.

Hazel legte ihr Plätzchen weg. Sie hatte noch einige Krümel am Kinn, und Annabeth gefiel es, dass sie das entweder nicht wusste oder dass es ihr egal war.

»Wie meint Ihr das?«, fragte Hazel. »Herzzerreißende Tage?«

Die Göttin lachte, als ob Hazel ein niedliches Hundebaby wäre. »Na, davon kann Annabeth dir vielleicht eine Vorstellung machen. Ich habe einmal versprochen, ihr Liebesleben interessant werden zu lassen. Und, habe ich das etwa nicht getan?«

Annabeth hätte fast den Henkel von ihrer Teetasse abgebrochen. Jahrelang war ihr Herz zerrissen gewesen. Zuerst war da Luke Castellan gewesen, ihr erster Schwarm, der sie nur als kleine Schwester betrachtet hatte, dann war er zur bösen Seite gewechselt und hatte beschlossen, sie doch zu lieben – unmittelbar vor seinem Tod. Danach kam Percy, der nervig gewesen war, aber reizend, und doch hatte er sich offenbar in eine gewisse Rachel verliebt, und dann wäre er fast gestorben, mehrmals sogar. Dann hatte Annabeth Percy endlich für sich gehabt, woraufhin er für sechs Monate verschwand und das Gedächtnis verlor.

»Interessant«, sagte Annabeth, »ist ja wohl untertrieben.«

»Na ja, nicht alle deine Probleme sind mein Verdienst«, sagte die Göttin. »Aber ich liebe Verwicklungen in Liebesgeschichten. Ach, ihr seid alle so interessante Geschichten – ich meine Mädchen. Ich bin stolz auf euch!«

»Mutter«, fragte Piper. »Bist du deshalb gekommen?«

»Hmmm? Ach, du meinst, außer zum Tee? Ich komme oft her. Ich liebe die Aussicht, das Essen, die Atmosphäre – hier kann man Romanzen und gebrochene Herzen doch geradezu in der Luft riechen, oder? Jahrhunderte davon.«

Sie zeigte auf eine Villa in der Nähe. »Seht ihr den Balkon da oben? Da hatten wir an dem Abend eine Party, als der Amerikanische Bürgerkrieg losgegangen ist. Als Fort Sumter beschossen wurde.«

»Genau.« Jetzt wusste Annabeth es wieder. »Die Insel im Hafen. Da haben die ersten Kämpfe des Bürgerkriegs stattgefunden. Die Südstaatenarmee hat die Nordstaatensoldaten beschossen und das Fort erobert.«

»Ach, was für eine Party!«, sagte Aphrodite. »Ein Streichquartett, und alle Männer in ihren eleganten neuen Uniformen. Die Kleider der Frauen – die hättet ihr mal sehen sollen! Ich habe mit Ares getanzt – oder war es Mars? Ich fürchte, ich war ein wenig beschwipst. Und die wunderschönen Blitze über dem Hafen, das Dröhnen der Kanonen, das den Männern einen Grund gab, die Arme um ihre verängstigten Angebeteten zu legen!«

Annabeths Tee war kalt geworden. Sie hatte nichts gegessen, hätte sich aber gern übergeben. »Ihr redet vom Beginn des blutigsten Krieges in der Geschichte der USA. Über sechshunderttausend Menschen sind damals ums Leben gekommen – mehr Amerikaner als in beiden Weltkriegen zusammen.«

»Und die Erfrischungen«, schwärmte Aphrodite ungerührt. »Ach, die waren göttlich. General Beauregard schaute ebenfalls vorbei. Was für ein Schurke. Er hatte gerade seine zweite Frau geheiratet, aber ihr hättet mal sehen sollen, wie er Lisbeth Cooper angestarrt hat …«

»Mutter!« Piper warf ihren Scone den Tauben hin.

»Ja, entschuldige«, sagte die Göttin. »Um es kurz zu machen, ich bin gekommen, um euch zu helfen. Ich glaube nicht, dass Hera sich oft sehen lassen wird. Euer kleiner Einsatz macht sie im Thronsaal nicht gerade zu einem willkommenen Gast. Und die anderen Gottheiten sind auch nicht gut drauf, so hin- und hergerissen zwischen Griechen und Römern. Einige mehr als andere.« Aphrodite richtete ihren Blick auf Annabeth. »Ich nehme an, du hast deinen Freundinnen schon von dem Zerwürfnis mit deiner Mutter erzählt?«

Annabeths Wangen wurden heiß. Hazel und Piper sahen sie neugierig an.

»Zerwürfnis?«, fragte Hazel.

»Eine Meinungsverschiedenheit«, sagte Annabeth. »Nicht weiter wichtig.«

»Nicht weiter wichtig?«, wiederholte die Göttin. »Da bin ich mir aber nicht so sicher. Athene war die griechischste von allen Göttinnen. Als die Römer die Herrschaft an sich gerissen haben … na ja, da haben sie Athene schon irgendwie übernommen. Sie wurde Minerva, die Göttin des Handwerks und der Klugheit. Aber für den Krieg hatten die Römer bereits Gottheiten, die mehr nach ihrem Geschmack waren, zuverlässiger römisch … wie Bellona.«

»Reynas Mom«, murmelte Piper.

»Ja, richtig«, sagte die Göttin. »Ich hatte vor einiger Zeit einen reizenden Plausch mit Reyna, auch hier im Park. Und natürlich hatten die Römer Mars. Und später dann Mithras – der war nicht mal richtig griechisch oder römisch, aber die Legionäre waren verrückt nach seinem Kult. Ich fand ihn immer ungehobelt und schrecklich *neugöttisch.* Jedenfalls haben die Römer die arme Athene ziemlich kaltgestellt. Sie haben ihr fast ihre ganze militärische Bedeutung genommen. Die Griechen haben den Römern diese Beleidigung nie verziehen. Und Athene auch nicht.«

In Annabeths Ohren klingelte es.

»Das Zeichen der Athene«, sagte sie. »Das führt zu einer Statue, oder? Es führt zu … *der* Statue.«

Aphrodite lächelte. »Du bist klug, wie deine Mutter. Du musst aber wissen, dass deine Geschwister, die Kinder der Athene, seit Jahrhunderten nach dieser Statue suchen. Bisher hat niemand sie ausfindig machen können. Derweil haben sie die griechische Fehde mit den Römern am Leben erhalten. Jeder Bürgerkrieg – so viel Blutvergießen und gebrochene Herzen – wurde vor allem von den Kindern der Athene inszeniert.«

»Das ist …«, Annabeth wollte schon *unmöglich* sagen, aber dann dachte sie an Athenes bittere Worte in der Grand Central Station, an den lodernden Hass in ihren Augen.

»Romantisch?«, schlug Aphrodite vor. »Ja, ich glaube schon.«

»Aber …«, Annabeth versuchte, den Nebel aus ihrem Gehirn zu vertreiben. »Das Zeichen der Athene, wie funktioniert das? Ist das eine Serie von Hinweisen oder eine von Athene gelegte Fährte …«

»Hmmm.« Aphrodite sah höflich gelangweilt aus. »Das weiß ich wirklich nicht. Ich glaube nicht, dass Athene das Zeichen bewusst hergestellt hat. Wenn sie wüsste, wo ihre Statue sich befindet, würde sie es dir ganz einfach sagen. Nein … ich nehme an, es ist eher eine geistige Spur aus Brotkrümeln. Es ist eine Verbindung zwischen der Statue und den Kindern der Göttin. Die Statue will gefunden werden, verstehst du, aber nur von jemandem, der das wirklich verdient hat.«

»Und seit Jahrtausenden«, sagte Annabeth, »ist das niemandem gelungen.«

»Moment mal«, sagte Piper. »Von welcher Statue reden wir hier eigentlich?«

Die Göttin lachte. »Ach, ich bin sicher, das kann euch Annabeth sagen. Jedenfalls, der Hinweis, den ihr braucht, ist ganz in der Nähe: eine Art Landkarte, die die Kinder der Athene 1861 hier hinterlassen haben – ein Erinnerungsstück, das euch auf den Weg bringen wird, wenn ihr erst in Rom seid. Aber wie du gesagt hast, Annabeth Chase, bisher hat noch niemals jemand das Zeichen der Athene bis zum Ende verfolgen können. Dort wirst du deiner schlimmsten Angst gegenüberstehen – der Angst eines jeden Kindes der Athene. Und selbst wenn du überlebst – wie willst du deine Belohnung nutzen? Für Krieg oder für Frieden?«

Annabeth war dankbar für die Tischdecke, denn darunter zitterten ihre Beine. »Diese Karte«, sagte sie. »Wo ist die?«

»Leute!« Hazel zeigte zum Himmel.

Über den Palmen kreisten zwei große Adler. Darüber erschien ein fliegender, von Pegasi gezogener Wagen, der sich rasch dem Boden näherte. Offenbar hatte Leos Ablenkung durch Buford den Beistelltisch nicht funktioniert – jedenfalls nicht lange genug.

Aphrodite strich Butter auf einen Muffin, als ob sie alle Zeit der Welt hätte. »Die Karte liegt natürlich in Fort Sumter.« Sie zeigte mit dem Buttermesser auf die Insel am Hafenausgang. »Aber die Römer haben euch offenbar den Weg abgeschnitten. Ich an eurer Stelle würde ganz schnell zum Schiff zurückkehren. Würdet ihr gern ein bisschen Teegebäck mitnehmen?«

XIX

Annabeth

Sie schafften es nicht mehr bis zum Schiff.

Als sie die Anleger zur Hälfte hinter sich gebracht hatten, senkten sich vor ihnen drei riesige Adler herab. Von jedem sprang ein römisches Kommando in lila T-Shirts und Jeans mit funkelnder goldener Rüstung, Schwert und Schild. Die Adler flogen davon und der Römer in der Mitte, der magerer war als die anderen, hob sein Visier.

»Ergebt euch Rom!«, kreischte Octavian.

Hazel zog ihr Kavallerieschwert und murmelte: »Da kannst du lange warten, Octavian!«

Annabeth fluchte leise. Allein hätte der magere Augur sie nicht beunruhigt, aber die beiden anderen Typen sahen aus wie erfahrene Krieger – sehr viel größer und stärker, als es Annabeth lieb war, vor allem, da sie und Piper nur mit Dolchen bewaffnet waren.

Piper hob die Hände zu einer besänftigenden Geste. »Octavian, was da im Camp passiert ist, war eine Falle. Wir können alles erklären.«

»Können dich nicht hören!«, schrie Octavian. »Wachs in den Ohren – das übliche Vorgehen im Kampf gegen Sirenen. Und jetzt lasst eure Waffen fallen und dreht euch langsam um, damit ich eure Hände fesseln kann.«

»Ich möchte ihn aufspießen«, murmelte Hazel. »Bitte.«

Das Schiff war nur fünfzig Meter entfernt, aber Annabeth konnte keine Spur von Trainer Hedge sehen. Der saß bestimmt unter Deck und sah sich seine blöden Kampfsportübertragungen an. Jasons

Gruppe würde erst bei Sonnenuntergang zurückkehren, und Percy war sicher unter Wasser und hatte keine Ahnung von der Invasion. Wenn Annabeth an Bord gelangte, könnte sie ein Katapult abschießen, aber an diesen drei Römern kam sie nicht vorbei.

Ihr lief die Zeit davon. Die Adler kreisten über ihnen und schrien, wie um ihren Brüdern mitzuteilen: *He, hier gibt's leckere griechische Halbgöttinnen!* Annabeth konnte den fliegenden Wagen nicht mehr sehen, aber sie nahm an, dass er in der Nähe war. Sie musste sich etwas überlegen, ehe noch mehr Römer dazukamen.

Sie brauchte Hilfe, musste irgendein Notsignal an Trainer Hedge senden – oder besser noch, an Percy.

»Na?«, fragte Octavian ungeduldig. Seine beiden Freunde hoben die Schwerter.

Sehr langsam und mit nur zwei Fingern zog Annabeth ihren Dolch. Statt ihn fallen zu lassen, warf sie ihn so weit sie konnte ins Wasser.

Octavian quietschte auf. »Wozu sollte das denn gut sein? Von Wegwerfen habe ich nichts gesagt. Das hätte ein Beweisstück sein können. Unsere Kriegsbeute.«

Annabeth versuchte ein dummes Blondchen-Lächeln: *Ach, ich Dussel.* Niemand, der sie kannte, wäre darauf hereingefallen. Aber Octavian ging ihr offenbar auf den Leim. Er schnaubte resigniert.

»Ihr anderen zwei …« – er zeigte mit dem Schwert auf Hazel und Piper – »… legt die Waffen auf den Boden. Keine Tricks jetzt, und …«

Um die Römer herum explodierte der Hafen von Charleston wie eine Showfontäne in Las Vegas. Als die Wand aus Seewasser in sich zusammenbrach, lagen die drei Römer in der Bucht, spuckten Wasser und versuchten verzweifelt, sich in ihrer Rüstung über Wasser zu halten. Percy stand an Land und hielt Annabeths Dolch in der Hand.

»Du hast was verloren«, sagte er mit Pokergesicht.

Annabeth fiel ihm um den Hals. »Ich liebe dich.«

»Leute«, schaltete sich Hazel ein. Sie lächelte ein wenig. »Wir sollten uns beeilen.«

Im Wasser schrie Octavian: »Holt mich hier raus! Ich bringe euch um!«

»Verlockend!«, rief Percy zurück.

»Was?«, brüllte Octavian. Er klammerte sich an einen seiner Begleiter, dem es schwerfiel, sie beide über Wasser zu halten.

»Nichts«, rief Percy. »Dann los, Leute.«

Hazel runzelte die Stirn. »Wir können sie doch nicht ertrinken lassen, oder?«

»Die ertrinken nicht«, versprach Percy. »Ich lasse das Wasser um ihre Füße kreisen. Sowie wir außer Reichweite sind, werde ich sie an Land spucken.«

Piper grinste: »Nett.«

Sie kletterten an Bord der Argo II und Annabeth rannte ans Steuer. »Piper, nach unten. Nimm das Spülbecken in der Kombüse für eine Iris-Botschaft. Sag Jason, sie sollen sofort zurückkommen.«

Piper nickte und stürzte davon.

»Hazel, geh zu Trainer Hedge und sag ihm, er soll sein Hinterteil an Deck heben.«

»Alles klar.«

»Und Percy – wir beide müssen das Schiff nach Fort Sumter schaffen.«

Percy nickte und rannte zum Mast. Annabeth nahm das Steuer. Ihre Hände flogen über die Hebel. Sie hoffte einfach, dass sie genug wusste, um sie zu bedienen.

Annabeth hatte erlebt, wie Percy allein mit seiner Willenskraft große Segelschiffe gelenkt hatte. Auch diesmal enttäuschte er sie nicht. Trossen flogen ganz von selbst, lösten sich und hoben den Anker. Die Segel öffneten sich und fingen den Wind. Annabeth warf inzwischen den Motor an. Die Ruder wurden mit einem Dröhnen ausgefahren, und die Argo II verließ den Anleger und steuerte auf die Insel in der Ferne zu.

Die drei Adler kreisten noch immer über ihnen, aber sie machten keinen Versuch, an Deck zu landen, vermutlich weil Festus, die Galionsfigur, Feuer spie, wann immer sie näher kamen. Weitere Adler flogen in Formation auf Fort Sumter zu – mindestens ein Dutzend. Wenn auf jedem ein römischer Halbgott saß … das wären ganz schön viele Feinde.

Trainer Hedge kam dicht gefolgt von Hazel die Treppe hochgetrampelt.

»Wo sind sie?«, rief er. »Wen soll ich umbringen?«

»Niemanden«, befahl Annabeth. »Verteidigen Sie einfach das Schiff.«

»Aber sie haben mich bei einem Film mit Chuck Norris gestört!«

Auch Piper kam jetzt nach oben. »Hab Jason erreicht. Ziemlich verschwommen, aber er ist auf dem Weg. Er müsste – oh! Da!«

Über die Stadt hinweg jagte ein riesiger Weißkopfseeadler auf sie zu, er sah ganz anders aus als die goldenen Vögel der Römer.

»Frank!«, sagte Hazel.

Leo klammerte sich an die Füße des Adlers, und sogar aus der Ferne konnte Annabeth ihn schreien und fluchen hören.

Hinter ihnen flog Jason, der auf dem Wind ritt.

»Hab Jason noch nie fliegen sehen«, knurrte Percy. »Er sieht aus wie ein blonder Supermann.«

»Das ist nicht der richtige Moment«, tadelte ihn Piper. »Schau mal, die haben Probleme.«

Und wirklich, der römische Wagen kam aus einer Wolke hervor und hielt genau auf sie zu. Jason und Frank wichen aus und stiegen höher, um nicht von den Pegasi zertrampelt zu werden. Die Krieger im Wagen feuerten ihre Pfeile ab. Sie zischten unter Leos Füßen vorbei, was zu weiteren Schreien und Verwünschungen führte. Jason und Frank mussten über die Argo II hinwegjagen und auf Fort Sumter zufliegen.

»Ich hole sie runter!«, schrie Trainer Hedge.

Er drehte das Backbord-Katapult herum. Ehe Annabeth *machen Sie keine Dummheiten* rufen konnte, schoss Hedge es ab. Ein lodernder Speer hielt auf den Wagen zu.

Er explodierte über den Köpfen der Pegasi und versetzte sie in Panik. Leider versengte er auch Franks Flügel und Frank drehte sich desorientiert um sich selbst. Dabei ließ er Leo fallen. Der Wagen schoss in Richtung Fort Sumter weiter und stieß mit Jason zusammen.

Annabeth sah voller Entsetzen zu, wie Jason – offenbar benommen und verletzt – nach Leo griff, ihn erwischte und sich dann alle Mühe gab, um an Höhe zu gewinnen. Er konnte ihren Sturz aber nur verlangsamen und sie verschwanden hinter den Festungsmauern. Frank taumelte hinterher. Dann stürzte der Wagen ab und knallte mit ohrenbetäubendem Lärm gegen irgendwas im Fort. Ein zerbrochenes Rad wurde in die Luft gewirbelt.

»Trainer!«, schrie Piper.

»Was?«, rief Hedge zurück. »Das war nur ein Warnschuss.«

Annabeth jagte den Motor hoch. Der Rumpf bebte, als sie schneller wurden. Der Anleger der Insel war nur hundert Meter entfernt, aber ein weiteres Dutzend Adler jagte über sie hinweg und jeder trug einen römischen Halbgott in seinen Krallen.

Die Besatzung der Argo II wäre mindestens drei zu eins in der Minderheit.

»Percy«, sagte Annabeth. »Das wird eine Bruchlandung. Du musst das Wasser lenken, damit wir nicht gegen den Kai knallen. Wenn wir dann dort sind, musst du uns die Angreifer vom Leib halten. Ihr anderen helft ihm, das Schiff zu bewachen.«

»Aber – Jason!«, sagte Piper.

»Und Frank und Leo«, fügte Hazel hinzu.

»Ich finde sie«, versprach Annabeth. »Ich muss rauskriegen, wo die Karte liegt. Und ich bin ziemlich sicher, dass nur ich das schaffen kann.«

»In diesem Fort wimmelt es nur so von Römern«, sagte Percy warnend. »Du musst dich durchkämpfen, unsere Freunde suchen – wenn die unversehrt sind –, diese Karte finden und alle lebend zurückbringen. Und das alles allein?«

»Ein ganz normaler Tag eben«, Annabeth küsste ihn. »Was immer ihr macht, überlasst ihnen ja nicht unser Schiff!«

XX

Annabeth

Der neue Bürgerkrieg hatte begonnen.

Leo hatte seinen Sturz irgendwie unverletzt überstanden. Annabeth sah, wie er geduckt von Torbogen zu Torbogen lief und die Riesenadler, die sich auf ihn stürzen wollten, mit Feuer bewarf. Römische Halbgötter versuchten, ihn zu jagen, fielen über Kanonenkugeln und rempelten schreiende, im Kreis laufende Touristen an.

Fremdenführer riefen immer wieder: »Das ist nur ein historisches Schauspiel!« Aber sie klangen nicht überzeugt. Der Nebel konnte doch nicht alles verändern, was die Sterblichen sahen.

Mitten auf dem Hof knickte ein ausgewachsener Elefant – konnte das Frank sein? – die Flaggenmasten ab und jagte römische Krieger auseinander. Jason stand etwa fünfzig Meter weiter und focht einen Schwertkampf mit einem untersetzten Zenturio aus, dessen Lippen kirschrot verschmiert waren, wie mit Blut. Ein Möchtegern-Vampir, oder vielleicht ein Himbeersaftjunkie?

Während Annabeth noch hinsah, rief Jason: »Tut mir leid, Dakota!«

Er sprang über den Kopf des Zenturio wie ein Akrobat und knallte den Griff seines *Gladius* gegen den Hinterkopf des Römers. Dakota ging zu Boden.

»Jason!«, rief Annabeth.

Er sah sich auf dem Schlachtfeld um, bis er sie gefunden hatte.

Sie zeigte zur Argo II hinüber. »Schaff die anderen an Deck. Rückzug!«

»Was ist mit dir?«, rief er.

»Wartet nicht auf mich!«

Annabeth stürzte davon, ehe er protestieren konnte.

Es fiel ihr schwer, sich einen Weg durch die Touristenmassen zu bahnen. Warum wollten sich an einem heißen Sommertag bloß so viele Leute Fort Sumter ansehen? Aber Annabeth sah rasch ein, dass diese Massen ihnen das Leben gerettet hatten. Ohne das Chaos, das diese in Panik geratenen Sterblichen veranstalteten, hätten die Römer sie in ihrer Überzahl schon längst umzingelt.

Annabeth verschwand in einer Kammer, die offenbar zur Garnison gehört hatte. Sie versuchte, ruhig zu atmen. Sie stellte sich vor, wie einem Nordstaatensoldaten 1861 auf dieser Insel zu Mute gewesen sein mochte. Umgeben von Feinden. Immer weniger Lebensmittel und Vorräte und keine Verstärkung in Sicht.

Einige der Nordstaatensoldaten auf der Insel waren Kinder der Athene gewesen. Sie hatten hier eine wichtige Landkarte versteckt – eine Karte, die nicht in die Hände der Feinde fallen sollte. Wenn Annabeth einer dieser Halbgötter gewesen wäre, wo hätte sie die Karte untergebracht?

Plötzlich funkelten die Wände. Die Luft wurde warm. Annabeth fragte sich, ob sie halluzinierte. Sie wollte schon hinausrennen, als die Tür zufiel. Der Mörtel zwischen den Steinen warf Blasen. Die Blasen platzten und Tausende kleiner schwarzer Spinnen quollen heraus.

Annabeth war wie erstarrt. Ihr Herz schien stehengeblieben zu sein. Die Spinnen bedeckten die Wände, krochen übereinander, verteilten sich auf dem Boden und umzingelten sie nach und nach. Es war unmöglich. Das konnte nicht wirklich sein!

Furchtbare Erinnerungen wurden wach. Sie war wieder sieben

Jahre alt, allein in ihrem Schlafzimmer in Richmond, Virginia. Die Spinnen kamen in der Nacht. Sie krochen in Wellen aus ihrem Schrank und warteten in den Schatten. Annabeth schrie nach ihrem Vater, aber der war in der Universität. Er war offenbar immer in der Universität.

Stattdessen kam ihre Stiefmutter.

Es macht mir nichts aus, der böse Bulle zu sein, hatte sie einmal zu Annabeths Vater gesagt, als sie geglaubt hatte, dass Annabeth sie nicht hören könnte.

Das bildest du dir nur ein, sagte ihre Stiefmutter über die Spinnen. *Du machst deinen kleinen Brüdern Angst.*

Das sind nicht meine Brüder, widersprach Annabeth, und da wurde ihre Stiefmutter noch wütender. Ihre Augen waren fast so beängstigend wie die Spinnen.

Schlaf jetzt, befahl die Stiefmutter. *Schluss mit dem Geschrei.*

Die Spinnen kehrten zurück, sowie ihre Stiefmutter das Zimmer verlassen hatte. Annabeth versuchte, sich unter der Bettdecke zu verstecken, aber das half nichts. Endlich schlief sie aus purer Erschöpfung ein. Am Morgen erwachte sie, übersät von Bissen, ihre Augen, ihre Nase und ihr Mund von Spinnweben bedeckt.

Die Bisse verschwanden, noch ehe sie sich angezogen hatte, deshalb konnte sie ihrer Stiefmutter nur die Spinnweben zeigen, und die Stiefmutter hielt das für irgendeinen raffinierten Trick.

Kein Gerede mehr über Spinnen, verlangte ihre Stiefmutter. *Du bist jetzt ein großes Mädchen.*

In der zweiten Nacht waren die Spinnen wieder da. Die Stiefmutter war noch immer der böse Bulle. Annabeth durfte ihren Vater nicht anrufen, um ihn mit diesem Unfug zu belästigen. Nein, er würde auch nicht früher nach Hause kommen.

In der dritten Nacht brannte Annabeth durch.

Später, im Camp Half-Blood, erfuhr sie, dass alle Kinder der Athene sich vor Spinnen fürchten. Vor langer Zeit hatte Athene der sterblichen Weberin Arachne eine gemeine Lehre erteilt – sie hatte sie in die erste Spinne aller Zeiten verwandelt, um sie für ihren Stolz zu strafen. Und seither hassten die Spinnen die Kinder der Athene.

Aber das machte es Annabeth nicht leichter, mit ihrer Angst umzugehen. Einmal hätte sie Connor Stoll im Camp fast umgebracht, weil er eine Tarantel in ihr Bett gesetzt hatte. Jahre später hatte sie in einem Wasserpark in Denver fast einen Panikanfall erlitten, als sie und Percy von mechanischen Spinnen angegriffen worden waren. Und in den vergangenen Wochen hatte Annabeth fast jede Nacht von Spinnen geträumt – die auf ihr herumkrochen, sie erstickten, sie in ihre Netze wickelten.

Und jetzt, in den Kasernen von Fort Sumter, war sie umzingelt. Ihre Albträume waren wahr geworden.

Eine schläfrige Stimme murmelte in ihrem Kopf: *Bald, meine Liebe. Bald wirst du der Weberin begegnen.*

»Gaia?«, murmelte Annabeth. Sie fürchtete sich vor der Antwort, fragte jedoch: »Wer … Wer ist die Weberin?«

Die Spinnen gerieten in Erregung, schwärmten über die Wände, wirbelten um Annabeths Füße wie ein glitzernder schwarzer Strudel. Nur die Hoffnung, es könnte eine Illusion sein, verhinderte, dass Annabeth vor Angst in Ohnmacht fiel.

Ich hoffe, du überlebst, Kind, sagte die Frauenstimme. *Ich hätte lieber dich als mein Opfer. Aber die Weberin muss ja schließlich Rache nehmen dürfen …*

Gaias Stimme verklang. Ganz hinten an der Wand, im Zentrum des Spinnenschwarms, leuchtete ein rotes Symbol auf: Eine Eule, wie die auf den Silberdrachmen, starrte Annabeth ins Gesicht. Dann, genau wie in ihren Albträumen, brannte sich das Zeichen der Athene durch die Mauer und verwandelte die Spinnen in Asche, bis es im Raum nichts mehr gab außer dem widerlich süßen Gestank der verbrannten Körper.

Geh, sagte eine neue Stimme – die von Annabeths Mutter. *Räche mich. Folge dem Zeichen.*

Das lodernde Symbol der Eule verblasste. Die Tür sprang auf. Annabeth stand verwirrt mitten in der Kammer und wusste nicht, ob sie etwas Wirkliches oder nur eine Vision gesehen hatte.

Eine Explosion ließ das Gebäude erbeben. Annabeth fiel ein, dass ihre Freunde in Gefahr waren. Sie war schon viel zu lange hier.

Sie riss sich los. Noch immer zitternd stolperte sie hinaus. Die Meeresluft half ihr, klarer zu denken. Sie schaute über den Hof, vorbei an den verängstigten Besuchern und den kämpfenden Halbgöttern, zum Ende der Befestigungsmauern, wo eine riesige Kanone aufs Meer wies.

Es mochte Einbildung sein, aber Annabeth hatte den Eindruck, dass die alte Artilleriewaffe rot glühte. Annabeth rannte darauf zu. Ein Adler stieß auf sie herab, aber sie wich aus und rannte weiter. Nichts konnte ihr größere Angst machen als die Spinnen.

Römische Halbgötter waren in Stellung gegangen und rückten auf die Argo II zu, aber ein Miniatursturm braute sich über ihren Köpfen zusammen. Obwohl es ein klarer Tag war, grollte Donner und Blitze jagten über die Römer hinweg. Regen und Wind trieben sie zurück.

Annabeth ließ sich keine Zeit, darüber nachzudenken.

Sie war bei der Kanone angekommen und legte die Hand auf

die Mündung. Auf dem Metallstück, das die Öffnung versperrte, leuchtete das Zeichen der Athene auf – die roten Umrisse einer Eule.

»In der Kanone«, sagte Annabeth. »Natürlich.«

Sie betastete den Verschluss. Kein Glück. Fluchend zog sie den Dolch. Sowie die Himmlische Bronze den Verschluss berührte, schrumpfte er und lockerte sich. Annabeth zog ihn heraus und schob die Hand in die Kanone.

Ihre Finger berührten etwas Kaltes, Glattes und Metallisches. Sie zog eine kleine Bronzescheibe von der Größe einer Untertasse heraus, in die feine Buchstaben und Zeichen eingeätzt waren. Sie beschloss, sich das alles später anzusehen, steckte die Scheibe in den Rucksack und drehte sich um.

»Hast du es eilig?«, fragte Reyna.

Die Prätorin stand nur drei Meter von ihr entfernt, in voller Kampfmontur, mit einem goldenen Wurfspeer in der Hand. Ihre beiden Metallhunde knurrten neben ihr.

Annabeth sah sich um. Sie waren mehr oder weniger allein. Der Kampf hatte sich in Richtung Hafenanlagen verlagert. Sie hoffte, dass ihre Freunde an Bord gelangt waren, aber sie würden sofort Segel setzen müssen, wenn sie nicht doch noch besiegt werden wollten. Annabeth musste sich beeilen.

»Reyna«, sagte sie. »Was in Camp Jupiter passiert ist, war Gaias Schuld. Eidola, Besessenheitsgeister …«

»Die Erklärungen kannst du dir sparen«, sagte Reyna. »Die wirst du vor Gericht noch brauchen.«

Die Hunde bleckten die Zähne und drängten sich vorwärts. Diesmal schien es ihnen egal zu sein, dass Annabeth die Wahrheit sagte. Sie versuchte, eine Fluchtmöglichkeit zu finden. Sie bezweifelte, Reyna im Zweikampf besiegen zu können. Gegen diese Metallhunde hätte sie keine Chance.

»Wenn du zulässt, dass Gaia unsere Camps auseinanderbringt«, sagte Annabeth, »dann haben die Riesen bereits gewonnen. Sie werden die Römer, die Griechen, die Götter und die ganze sterbliche Welt vernichten.«

»Meinst du, das wüsste ich nicht?« Reynas Stimme war hart wie Eisen. »Welche Wahl habt ihr mir denn gelassen? Octavian hat Blut geleckt. Er hat die Legion aufgehetzt und ich kann nichts dagegen tun. Also ergib dich. Ich bringe dich zur Gerichtsverhandlung zurück nach Neu-Rom. Es wird kein fairer Prozess. Du wirst auf qualvolle Weise hingerichtet werden. Aber vielleicht reicht das, um weiteres Blutvergießen zu verhindern. Octavian wird natürlich nicht zufrieden sein, aber ich glaube, ich werde die anderen dazu überreden können, aufzuhören.«

»Ich war das doch gar nicht!«

»Das spielt keine Rolle!«, fauchte Reyna. »Irgendwer muss für das bezahlen, was geschehen ist. Zum Beispiel du. Das ist die bessere Lösung.«

Annabeth bekam eine Gänsehaut. »Besser als was?«

»Nutz doch deine Weisheit«, sagte Reyna. »Wenn du heute entkommst, werden wir dich nicht verfolgen. Das habe ich dir doch gesagt – nicht einmal ein Verrückter würde über das Meer in die Alte Welt fahren. Wenn Octavian sich nicht an deinem Schiff rächen kann, wird er sich Camp Half-Blood zuwenden. Die Legion wird in euer Territorium einmarschieren. Wir werden alles dem Erdboden gleichmachen und den Boden versalzen.«

Töte alle Römer, hörte sie die dringliche Stimme ihrer Mutter sagen. *Die können niemals eure Verbündeten sein.*

Annabeth hätte aufschluchzen mögen. Camp Half-Blood war das einzige wirkliche Zuhause, das sie je gehabt hatte, und bei dem Versuch, ihre Freundschaft zu erlangen, hatte sie Reyna die genaue Lage des Camps verraten. Sie konnte es jetzt nicht der Gnade der Römer überlassen und um die halbe Welt reisen.

Aber ihr Einsatz und alles, was sie durchgemacht hatte, um Percy zurückzubekommen … Wenn sie nicht in die Alte Welt führe, würde das alles ohne Bedeutung sein. Außerdem musste das Zeichen der Athene nicht zu Rache führen.

Wenn ich den Weg finden könnte, hatte ihre Mutter gesagt. *Den Weg nach Hause …*

Wie willst du deine Belohnung nutzen? hatte Aphrodite gefragt. *Für Krieg oder für Frieden?*

Es *gab* eine Antwort. Das Zeichen der Athene könnte sie hinführen – wenn sie überlebte.

»Ich gehe«, sagte sie zu Reyna. »Ich folge dem Zeichen der Athene nach Rom.«

Die Prätorin schüttelte den Kopf. »Du hast doch keine Ahnung, was dir bevorsteht.«

»Oh doch«, sagte Annabeth. »Diese Fehde zwischen unseren Camps … Ich kann ihr ein Ende machen.«

»Unsere Fehde ist Tausende von Jahren alt. Wie soll ein Mensch dem ein Ende machen?«

Annabeth wünschte, sie hätte eine überzeugende Antwort, könnte Reyna ein 3-D-Diagramm oder ein brillantes Schaubild zeigen, aber das konnte sie nicht. Sie wusste nur, dass sie es versuchen musste. Sie erinnerte sich an den verlorenen Gesichtsausdruck ihrer Mutter: *Den Weg nach Hause …*

»Unser Einsatz muss gelingen«, sagte sie. »Du kannst versuchen, mich aufzuhalten, und dann werden wir auf Leben und Tod kämpfen. Oder du kannst mich gehen lassen und ich werde versuchen, unsere beiden Camps zu retten. Wenn ihr wirklich Camp Half-Blood angreifen müsst, dann versuch wenigstens, das hinauszuzögern. Versuche, Octavian aufzuhalten.«

Reyna kniff die Augen zusammen. »Mal so unter uns Kriegsgöttinnentöchtern – ich habe Respekt vor deiner Kühnheit. Aber wenn du jetzt gehst, dann gibst du dein Lager der Vernichtung preis.«

»Du solltest Camp Half-Blood nicht unterschätzen«, warnte Annabeth.

»Du hast die Legion noch nie im Krieg gesehen«, gab Reyna zurück.

Bei den Hafenanlagen kreischte eine bekannte Stimme in den tosenden Wind: »Tötet sie! Tötet sie alle!«

Octavian hatte sein Bad im Hafen überlebt. Er kauerte hinter seinen Leibwachen und feuerte die anderen römischen Halbgötter an, die sich auf das Schiff zukämpften und ihre Schilde hoben, als ob das den um sie herum wütenden Sturm ablenken könnte.

Auf dem Deck der Argo II standen Percy und Jason nebeneinander, mit gekreuzten Schwertern. Annabeth lief es eiskalt den Rücken hinunter, als sie sah, dass die beiden Jungen wie einer handelten und Himmel und Meer ihrem Befehl unterwarfen. Wasser und Wind schlugen gegeneinander. Wellen brachen sich an den Festungsmauern und Blitze leuchteten auf. Die Überreste des fliegenden Wagens brannten im Wasser und Trainer Hedge schwang eine Armbrust und schoss nach den über ihm fliegenden römischen Vögeln.

»Siehst du?«, fragte Reyna bitter. »Der Speer ist geworfen. Unsere Leute befinden sich im Krieg.«

»Nicht, wenn ich Erfolg habe«, sagte Annabeth.

Reynas Miene war dieselbe wie in Camp Jupiter, als ihr aufgegangen war, dass Jason eine andere gefunden hatte. Die Prätorin war zu einsam und zu verbittert, um zu glauben, dass für sie jemals wieder irgendetwas gut gehen könnte. Annabeth wartete auf ihren Angriff.

Aber Reyna machte nur eine kurze Handbewegung. Die Metallhunde wichen zurück. »Annabeth Chase«, sagte Reyna. »Wenn wir uns wiedersehen, dann als Feindinnen auf dem Schlachtfeld.«

Annabeth fürchtete, das könnte ein Trick sein, aber sie hatte keine Zeit für weitere Zweifel. Sie rannte zum Schiff.

Die Winde, die die Römer zurückdrängten, schienen keine Wirkung auf Annabeth zu haben.

Annabeth rannte durch die feindlichen Linien. Octavian schrie: »Haltet sie!«

Ein Speer flog an ihrem Ohr vorbei. Die Argo II legte bereits ab. Piper stand an der Laufplanke und streckte die Hand aus.

Annabeth sprang und packte Pipers Hand. Die Laufplanke fiel ins Wasser und die beiden Mädchen fielen aufs Deck.

»Los!«, schrie Annabeth. »Los, los, los!«

Die Motoren grollten unter ihr. Die Ruder bewegten sich. Jason änderte die Windrichtung und Percy rief eine riesige Welle herbei, die das Schiff über die Festungsmauern hob und ins Meer hinausschob. Als die Argo II ihre Höchstgeschwindigkeit erreichte, war Fort Sumter nur noch ein Fleck in der Ferne, und sie jagten über die Wellen in Richtung Alte Welt.

XXI

Leo

Nach dem Überfall auf ein Museum voller Geister glaubte Leo, dass dieser Tag nicht mehr schlimmer werden könnte. Aber da hatte er sich geirrt.

Sie hatten im U-Boot aus dem Bürgerkrieg oder sonstwo im Museum nichts gefunden, nur ein paar ältliche Touristen, einen schläfrigen Wächter und – als sie versucht hatten, sich die Ausstellungsstücke anzusehen – ein ganzes Bataillon aus blöden leuchtenden Zombies in grauen Uniformen.

Die Vorstellung, dass Frank die Geister beherrschen könnte, war ein totaler Reinfall gewesen. Als Piper ihre Iris-Botschaft geschickt hatte, um sie vor dem römischen Angriff zu warnen, waren sie schon auf halbem Weg zurück zum Schiff gewesen und wurden von einer Meute wütender toter Südstaatler durch Charleston gejagt.

Dann – oh, Mann! – hatte Frank der freundliche Adler Leo eine Mitfluggelegenheit angeboten, damit sie gegen einen Haufen Römer kämpfen könnten. Bei denen war offenbar das Gerücht angekommen, dass es Leo gewesen war, der auf ihr Städtchen gefeuert hatte, denn diese Römer schienen gerade ihn unbedingt umbringen zu wollen.

Aber halt! Das war noch nicht alles. Trainer Hedge hatte sie vom Himmel geschossen, Frank hatte ihn fallen lassen (das war kein Zufall gewesen) und sie hatten eine Bruchlandung in Fort Sumter hingelegt.

Jetzt, da die Argo II über die Wellen jagte, brauchte Leo alle seine Fähigkeiten, um das Schiff am Auseinanderbrechen zu hindern. Percy und Jason waren ein bisschen zu gut in der Kunst, gewaltige Stürme zusammenzukochen.

Einmal stand Annabeth neben ihm und schrie durch das Tosen des Windes: »Percy sagt, dass er im Hafen von Charleston mit einer Nereide gesprochen hat.«

»Schön für ihn«, schrie Leo zurück.

»Die Nereide sagt, wir sollten Chirons Brüder um Hilfe bitten.«

»Was soll das denn heißen? Die Partyponys?« Leo war den verrückten Verwandten des Zentauren nie begegnet, aber er hatte Gerüchte über Schwertkämpfe, Malzbierwetttrinken und riesige Sprühdosen voller Schlagsahne gehört.

»Weiß nicht«, sagte Annabeth. »Aber ich habe Koordinaten. Kannst du Länge und Breite in dieses Ding eingeben?«

»Ich kann auch Sternenkarten eingeben und einen Smoothie für dich bestellen, wenn du das willst. Natürlich kann ich Länge und Breite eingeben.«

Annabeth ratterte die Zahlen herunter. Auf irgendeine Weise konnte Leo sie eintippen, während er mit einer Hand das Steuer hielt. Ein roter Punkt tauchte auf dem bronzenen Display auf.

»Diese Position ist mitten im Atlantik«, sagte er. »Haben die Partyponys eine Jacht?«

Annabeth zuckte hilflos mit den Schultern. »Halte einfach das Schiff zusammen, bis wir weiter von Charleston weg sind. Jason und Percy werden sich um den Wind kümmern.«

»Na, dann viel Spaß.«

Es schien nie ein Ende zu nehmen, aber endlich beruhigte sich die See und der Wind legte sich.

»Valdez«, sagte Trainer Hedge überraschend sanft. »Gib mir mal das Steuer. Du stehst da schon seit zwei Stunden.«

»Zwei Stunden?«

»Ja. Gib mir das Steuer.«

»Trainer Hedge?«

»Ja, mein Junge?«

»Ich kann die Hände nicht öffnen.«

Das stimmte. Leos Finger schienen zu Stein geworden zu sein. Seine Augen brannten, weil er schon so lange den Horizont anstarrte. Seine Knie waren wie aus Gummi. Hedge schaffte es, ihn vom Steuer zu lösen.

Leo warf einen letzten Blick auf die vielen Hebel und hörte Festus plappern und einen Lagebericht abgeben. Leo hatte das Gefühl, etwas vergessen zu haben. Er starrte die Kontrollhebel an, versuchte, zu denken, aber es half alles nichts. Seine Augen sahen kaum noch klar. »Halten Sie einfach Ausschau nach Monstern«, sagte er dem Trainer. »Und vorsichtig mit dem beschädigten Stabilisator. Und …«

»Ich habe alles im Griff«, versprach Trainer Hedge. »Und jetzt weg mit dir.«

Leo nickte müde. Er taumelte über das Deck auf seine Freunde zu.

Percy und Jason saßen an den Mast gelehnt da und ihre Köpfe kippten vor Erschöpfung nach vorn. Annabeth und Piper versuchten, ihnen Wasser einzuflößen.

Hazel und Frank standen knapp außer Hörweite und führten ein erregtes Gespräch, zu dem eine Menge Handbewegungen und Kopfschütteln gehörten. Leo hätte sich darüber nicht freuen dürfen, aber ein Teil von ihm tat es doch. Der andere Teil hatte deshalb ein schlechtes Gewissen.

Die Auseinandersetzung verstummte ganz plötzlich, als Hazel Leo entdeckte. Alle versammelten sich beim Mast.

Frank runzelte so heftig die Stirn, als ob er versuchte, sich in eine Bulldogge zu verwandeln. »Sieht nicht aus, als ob wir verfolgt würden«, sagte er.

»Land ist aber auch nicht in Sicht«, sagte Hazel. Sie sah ein bisschen grün aus, aber Leo wusste nicht, ob das vom Schaukeln des Schiffes kam oder von dem Streit.

Leo schaute zum Horizont. Nichts als Ozean in allen Richtungen. Das hätte ihn nicht überraschen dürfen. Er hatte sechs Monate an diesem Schiff gearbeitet und gewusst, dass es den Atlantik überqueren würde. Aber bis heute war ihm ihre Reise in die Alte Welt nicht real vorgekommen. Leo hatte die USA noch nie verlassen – abgesehen von einem schnellen Drachenflug nach Quebec. Jetzt waren sie mitten auf dem offenen Meer, ganz allein, und segelten zum Mare Nostrum, aus dem alle furchtbaren Monster und fiesen Riesen kamen. Die Römer verfolgten sie vielleicht wirklich nicht, aber sie konnten auch nicht auf Hilfe aus Camp Half-Blood hoffen.

Leo tastete seinen Bauch ab, um sich davon zu überzeugen, dass sein Werkzeuggürtel noch vorhanden war. Leider erinnerte ihn das auch an den Glückskeks der Nemesis, der in einer Gürteltasche verstaut war.

Du wirst immer ein Außenseiter sein. Die Stimme der Göttin hallte noch immer in seinem Kopf wider. *Das siebte Rad.*

Vergiss sie, sagte Leo sich. *Konzentrier dich auf den Kram, von dem du Ahnung hast.*

Er drehte sich zu Annabeth um. »Hast du die Karte gefunden?«

Sie nickte, war aber blass. Leo hätte gern gewusst, was sie in Fort

Sumter so erschüttert haben könnte. »Ich muss sie mir erst ansehen«, sagte sie, als ob das Thema damit beendet wäre. »Wie weit sind wir von diesen Koordinaten entfernt?«

»Bei Höchstgeschwindigkeit ungefähr eine Stunde«, sagte Leo. »Irgendeine Vorstellung, wonach wir suchen?«

»Nein«, gab sie zu. »Percy?«

Percy hob den Kopf. Seine grünen Augen waren rot und müde. »Die Nereide hat gesagt, Chirons Brüder seien dort. Und sie würden von dem Aquarium in Atlanta hören wollen. Ich weiß nicht, wie sie das gemeint hat, aber …« Er verstummte, als ob er all seine Energie verbraucht hätte, als er das alles gesagt hatte. »Sie hat mir auch gesagt, wir sollen vorsichtig sein. Keto, die Göttin im Aquarium – sie ist die Mutter von vielen Meeresungeheuern. Sie sitzt ja vielleicht in Atlanta fest, aber sie kann uns immer noch ihre Kinder auf den Hals hetzen. Die Nereide meinte, wir müssten mit einem Angriff rechnen.«

»Wunderbar«, murmelte Frank.

Jason versuchte aufzustehen, was keine gute Idee war. Piper packte ihn, damit er nicht umkippte, und er glitt wieder am Mast nach unten.

»Können wir das Schiff fliegen lassen?«, fragte er. »Wenn wir fliegen könnten …«

»Das wäre großartig«, sagte Leo. »Nur sagt mir Festus, dass der Luftstabilisator backbords pulverisiert worden ist, als das Schiff in Fort Sumter gegen die Hafenmauer geknallt ist.«

»Wir hatten es eilig«, sagte Annabeth. »Um dich zu retten.«

»Und mich zu retten ist ein überaus hehres Ziel«, sagte Leo. »Ich wollte nur sagen, es wird dauern, das zu reparieren. Bis dahin fliegen wir nirgendwohin.«

Percy bewegte die Schultern und ächzte. »Mir nur recht. Meer ist gut.«

»Das hast du gesagt.« Hazel schaute zur Abendsonne hoch, die fast den Horizont erreicht hatte. »Wir müssen uns beeilen. Wir haben noch einen Tag verbrannt und Nico bleiben nur noch drei.«

»Wir können das schaffen«, versprach Leo. Er hoffte, dass Hazel ihm verziehen hatte, dass er ihrem Bruder nicht vertraut hatte (aber für Leo hatte dieses Misstrauen absolut vernünftig gewirkt), und er wollte diese Wunde nicht wieder aufreißen. »In drei Tagen können wir in Rom sein – wenn, ihr wisst schon, nichts Unerwartetes dazwischenkommt.«

Frank grunzte. Er schien noch immer an seiner Verwandlung in eine Bulldogge zu arbeiten. »Gibt es zufällig auch gute Nachrichten?«

»Zufällig ja«, sagte Leo. »Festus sagt, dass unser fliegender Tisch Buford heil zurückgekehrt ist, während wir in Charleston waren, also haben die Adler ihn nicht erwischt. Leider hat er die Tasche mit deiner Wäsche verloren.«

»Verflixt!«, bellte Frank, und Leo nahm an, dass das für seine Verhältnisse ein ungeheuer unflätiger Fluch war.

Frank hätte zweifellos noch weitergeflucht – und Donnerschock und Scheibenkleister gerufen –, aber Percy hielt ihn davon ab, indem er sich krümmte und aufstöhnte.

»Hat die Welt sich gerade auf den Kopf gestellt?«, fragte er.

Jason presste sich die Hände an den Kopf. »Ja, und sie dreht sich immer weiter. Alles ist gelb. Soll denn alles gelb sein?«

Annabeth und Piper wechselten besorgte Blicke.

»Diesen Sturm herbeizurufen hat wirklich alle eure Kräfte gefordert«, sagte Piper. »Ihr müsst euch jetzt ausruhen.«

Annabeth nickte zustimmend. »Frank, kannst du uns helfen, die Jungs unter Deck zu schaffen?«

Frank schaute zu Leo hinüber und wollte ihn eindeutig nicht mit Hazel allein lassen.

»Ist schon gut, Mann«, sagte Leo. »Versuch einfach, sie auf der Treppe nicht fallen zu lassen.«

Als die anderen unter Deck verschwunden waren, sahen Hazel und Leo einander verlegen an. Sie waren allein, bis auf Trainer Hedge, der auf dem Achterdeck stand und den Pokémon-Titelsong schmetterte. Er hatte allerdings den Text umgeändert zu *Komm, hau sie tot,* und Leo wollte nicht wissen, warum.

Das Lied schien Hazel auch nicht von der Seekrankheit befreien zu können.

»Uäh …« Sie krümmte sich und presste sich die Arme an den Leib. Sie hatte so schöne Haare – voller Kräusel und goldbraun wie Zimtstangen. Ihre Haare erinnerten Leo an ein Lokal in Houston, wo es köstliche *Churros* gab. Bei diesem Gedanken bekam er Hunger.

»Bück dich nicht«, riet er. »Mach die Augen nicht zu. Davon wird dir nur noch schlechter.«

»Echt? Wirst du auch seekrank?«

»Nicht seekrank. Aber mir wird in Autos schlecht und …«

Er unterbrach sich. Er hatte sagen wollen, *wenn ich mit Mädchen rede,* aber er beschloss, das für sich zu behalten.

»Autos?«, Hazel richtete sich mit Mühe auf. »Du kannst mit einem Segelschiff fahren und auf einem Drachen fliegen, aber in Autos wird dir schlecht?«

»Ich weiß, das ist komisch.« Leo zuckte mit den Schultern. »Das ist eben meine besondere Note. Hör mal, schau den Horizont an. Das ist ein Fixpunkt. Und es hilft.«

Hazel holte tief Luft und starrte in die Ferne. Ihre Augen waren von leuchtendem Gold, wie die Kupfer- und Bronzescheiben in Festus' mechanischem Kopf.

»Schon besser?«, fragte er.

»Vielleicht ein bisschen.« Es klang, als ob sie nur höflich sein wollte. Sie schaute weiter zum Horizont hinüber, aber Leo hatte das Gefühl, dass sie seine Stimmung auslotete und sich überlegte, was sie sagen sollte.

»Frank hat dich nicht bewusst fallen lassen«, sagte sie. »So ist er nicht. Er ist nur manchmal ein bisschen ungeschickt.«

»Huch«, sagte Leo mit seiner besten Frank-Zhang-Stimme. *»Da ist mir Leo doch tatsächlich in eine feindliche Schwadron gefallen. So ein Pech aber auch.«*

Hazel versuchte, ein Lächeln zu unterdrücken. Leo fand, Lächeln war immer noch besser als Erbrechen.

»Sei nett zu ihm«, sagte Hazel. »Du mit deinen Feuerkugeln machst Frank nervös.«

»Der Typ kann sich in einen Elefanten verwandeln, und ich mache ihn nervös?«

Hazel starrte weiter den Horizont an. Sie sah nicht mehr ganz so elend aus, obwohl Trainer Hedge am Steuer noch immer sein Pokémon-Lied schmetterte.

»Leo«, sagte sie. »Das, was da am Großen Salzsee passiert ist …«

Jetzt kommt's, dachte Leo.

Er dachte an ihre Begegnung mit der Rachegöttin Nemesis. Der Glückskeks in seinem Werkzeuggürtel wurde schwerer. In der letzten Nacht, als sie Atlanta verlassen hatten, hatte Leo in seiner Kabine gelegen und darüber nachgedacht, wie wütend er Hazel gemacht hatte. Er hatte sich überlegt, wie er das wohl wiedergutmachen könnte.

Bald wirst du vor einem Problem stehen, das du nicht lösen kannst, hatte Nemesis gesagt. *Aber ich könnte dir helfen … gegen Bezahlung.*

Leo hatte den Glückskeks aus seinem Werkzeuggürtel genommen und zwischen seinen Fingern gedreht, und er hatte sich gefragt, welche Bezahlung wohl fällig sein würde, wenn er ihn zerbräche.

Vielleicht war der Moment jetzt gekommen.

»Ich wäre bereit«, sagte er zu Hazel. »Ich könnte den Glückskeks benutzen, um deinen Bruder zu finden.«

Hazel sah verdutzt aus. »Was? Nein! Ich meine … ich würde das nie von dir verlangen. Nicht nach dem, was Nemesis über den schrecklichen Preis gesagt hat. Wir kennen uns doch kaum!«

Das mit dem *Wir kennen uns doch kaum* tat weh, aber Leo wusste ja, dass es stimmte.

»Also … darüber wolltest du nicht mit mir reden?«, fragte er. »Äh, wolltest du über den Händchen-halten-auf-dem-Felsbrocken-Moment sprechen? Weil …«

»Nein!«, sagte sie ganz schnell und fächelte ihrem Gesicht auf diese niedliche Weise Luft zu, wie sie das immer machte, wenn ihr etwas peinlich war. »Nein, ich hatte nur daran gedacht, wie du Narziss und die Nymphen ausgetrickst hast.«

»Ach, richtig«, Leo schaute verlegen seinen Arm an. Das HEISSE WARE-Tattoo war noch nicht vollständig verblasst. »Kam mir in dem Moment wie eine gute Idee vor.«

»Du warst umwerfend«, sagte Hazel. »Ich habe darüber nachgedacht, wie sehr du mich an …«

»Sammy erinnerst«, vermutete Leo. »Ich wünschte, du würdest mir endlich sagen, wer das ist.«

»Wer das *war*«, korrigierte Hazel. Die Abendluft war warm, aber sie zitterte. »Ich habe mir überlegt … ich könnte es dir vielleicht zeigen …«

»Du meinst, wie ein Foto?«

»Nein. Ich kriege manchmal so eine Art Flashback. Ich hatte jetzt lange keinen mehr und ich habe nie versucht, einen kommen zu lassen. Aber einmal habe ich einen mit Frank geteilt, und da dachte ich …«

Hazel schaute ihm in die Augen. Leo war aufgekratzt wie nach einer Kaffeespritze. Wenn dieser Flashback etwas war, das Frank mit Hazel geteilt hatte … Entweder wollte Leo damit nichts zu tun haben oder er wollte es unbedingt auch ausprobieren. Er wusste nicht so recht, was nun stimmte.

»Wenn du Flashback sagst …«, er schluckte. »Worüber reden wir dann genau? Ist das gefährlich?«

Hazel streckte die Hand aus. »Ich würde dich nicht darum bitten, wenn ich nicht sicher wäre, dass es wichtig ist. Es kann einfach kein Zufall sein, dass wir uns begegnet sind. Wenn es klappt, dann begreifen wir vielleicht endlich, was uns verbindet.«

Leo schaute sich zum Steuer um. Er hatte immer noch den bohrenden Verdacht, etwas vergessen zu haben, aber Trainer Hedge schien keine Probleme zu haben. Der Himmel vor ihnen war klar. Es gab keine Anzeichen für Ärger.

Außerdem konnte so ein Flashback doch nicht lange dauern. Es konnte nichts schaden, den Trainer noch einige Minuten am Steuer zu lassen, oder?

»Na gut«, er gab nach. »Zeig es mir.«

Er nahm Hazels Hand und die Welt löste sich auf.

XXII

Leo

Sie standen im Innenhof eines alten Gebäudekomplexes, eines Klosters vielleicht. Die roten Ziegelmauern waren überwuchert von wildem Wein. Hohe Magnolienbäume hatten das Pflaster aufspringen lassen. Die Sonne brannte und die Luftfeuchtigkeit schien bei an die zweihundert Prozent zu liegen; es war noch stickiger als in Houston. Irgendwo in der Nähe wurden Fische gebraten. Der Himmel über ihnen war schwer und grau und gestreift wie ein Tigerfell.

Der Hof war ungefähr so groß wie ein Basketballplatz. In der Ecke lag ein alter, verschrumpelter Fußball, zu Füßen einer Marienstatue.

Die Fenster in den Gebäuden waren offen. Leo konnte dahinter Bewegungen sehen, aber alles war gespenstisch still. Er sah nirgendwo eine Klimaanlage, und das bedeutete, dass es im Haus an die tausend Grad heiß sein musste.

»Wo sind wir?«, fragte er.

»Meine alte Schule«, sagte Hazel neben ihm. *»St. Agnes Academy für farbige Kinder und Indianer.«*

»Was für ein Name …«

Er drehte sich zu Hazel um und schrie auf. Sie war ein Geist – nur eine dunstige Silhouette in der feuchten Luft. Leo sah an sich hinab und ihm ging auf, dass auch sein Körper sich in Dunst verwandelt hatte.

Alles um ihn herum wirkte real und solide, aber er war ein Geist. Nachdem er drei Tage lang von einem Eidolon besessen gewesen war, wusste er dieses Gefühl überhaupt nicht zu schätzen.

Ehe er eine Frage stellen konnte, erklang im Haus eine Glocke – es war kein modernes elektronisches Geräusch, sondern der altmodische Schlag eines Hammers gegen Metall.

»Das hier ist eine Erinnerung«, sagte Hazel. »Deshalb wird uns niemand sehen. Also, da kommen wir.«

»Wir?«

Aus allen Türen kamen Dutzende von Kindern auf den Hof gelaufen, sie lärmten und rempelten einander an. Es waren vor allem Afroamerikaner, aber einige sahen auch wie Latinos aus, und es gab alle Altersstufen, von Kindergarten bis Highschool. Leo wusste, dass er in der Vergangenheit war, denn alle Mädchen trugen Kleider und Lederschuhe mit Schnallen. Die Jungen hatten weiße Oberhemden und Hosen mit Hosenträgern an. Viele trugen Schirmmützen, wie Jockeys. Manche hatten Pausenbrote bei sich. Andere nicht. Ihre Kleidung war sauber, aber abgetragen und verschossen. Einige hatten an den Knien Löcher in der Hose oder Schuhe mit geplatzten Absätzen.

Einige der Mädchen spielten mit einer alten Wäscheleine Seilspringen. Die älteren Jungen warfen einen zerfetzten Baseball hin und her. Die, die Proviant bei sich hatten, setzten sich zusammen und plauderten.

Niemand achtete auf die Geister Hazel und Leo.

Dann betrat Hazel den Hof – die Hazel aus der Vergangenheit. Leo erkannte sie sofort, auch wenn sie zwei Jahre jünger aussah als jetzt. Ihre Haare waren zu einem Knoten nach hinten gekämmt. Ihre goldenen Augen jagten nervös über den Hof. Sie trug ein dunkles Kleid, anders als die anderen Mädchen in ihren weißen oder geblümten Baumwollkleidern, deshalb wirkte sie fremd wie eine Trauernde bei einer Hochzeit.

Sie griff nach einer leinenen Provianttasche und bewegte sich an der Mauer entlang, als ob sie nicht gesehen werden wollte.

Doch es half nichts. Ein Junge rief: »Hexengöre!« Er lief auf sie zu und drängte sie in eine Ecke. Der Junge konnte vierzehn oder auch neunzehn sein, es war schwer zu sagen, weil er so groß und kräftig war, sicher der größte Junge auf dem Schulhof. Leo vermutete, dass er mehrere Male sitzengeblieben war. Er trug ein schmutziges Hemd in der Farbe von Schmierlappen, eine fadenscheinige Wollhose (bei dieser Hitze konnte das nicht besonders angenehm sein), und er hatte keine Schuhe. Vielleicht hatten die Lehrer zu große Angst vor ihm, um auf Schuhen zu bestehen, oder er besaß einfach keine.

»Das ist Rufus«, sagte Geist Hazel angewidert.

»Echt? Der kann doch nie im Leben Rufus heißen«, sagte Leo.

»Komm mit«, sagte Geist Hazel. Sie schwebte auf die beiden zu. Leo folgte ihr. Er war das Schweben nicht gewöhnt, aber einmal war er auf einem Segway-Roller gefahren, und das war ähnlich gewesen. Er beugte sich einfach in die Richtung, in die er wollte, und glitt los.

Der große Junge, Rufus, hatte ein flaches Gesicht, als ob er die meiste Zeit mit der Nase nach unten auf dem Bürgersteig läge. Sein Haar waren oben ganz kurz geschoren, so dass ein Miniflugzeug es als Landebahn hätte nehmen können.

Rufus streckte die Hand aus. »Mittagessen.«

Hazel aus der Vergangenheit wehrte sich nicht. Sie reichte ihm ihre Leinentasche, als ob das ein alltägliches Ereignis wäre.

Einige ältere Mädchen kamen herüber, um sich den Spaß nicht entgehen zu lassen. Eine kicherte Rufus zu. »Das willst du doch gar nicht essen«, sagte sie warnend. »Das ist sicher vergiftet.«

»Stimmt«, sagte Rufus. »Hat deine Hexenmom das gemacht, Levesque?«

»Sie ist keine Hexe«, murmelte Hazel.

Rufus ließ die Tasche fallen und trat darauf, so dass der Inhalt von seiner bloßen Ferse zerquetscht wurde. »Du kriegst es gleich wieder. Aber ich will einen Diamanten. Ich hab gehört, deine Mom kann die aus der Luft holen. Gib mir einen Diamanten.«

»Ich habe keine Diamanten«, sagte Hazel. »Geh weg.«

Rufus ballte die Fäuste. Leo war in genug Sonderschulen und Pflegeheimen gewesen, um zu wissen, wann die Lage übel wurde. Er wollte eingreifen und Hazel helfen, aber er war ein Geist. Und das alles war ja schon vor Jahrzehnten passiert.

Dann kam ein anderer Junge ans Tageslicht gestolpert.

Leo schnappte nach Luft. Der Junge sah genauso aus wie er.

»Siehst du?«, fragte Geist Hazel.

Der falsche Leo war so groß wie der echte – also klein. Er hatte dieselbe nervöse Energie – trommelte mit den Fingerspitzen auf seine Hose, zupfte an seinem weißen Baumwollhemd herum, rückte die Jockeymütze auf seinen braunen Locken zurecht. (*Wirklich,* dachte Leo, *kleine Leute sollten keine Jockeymützen tragen, wenn sie nicht zufällig Jockeys waren.*) Der falsche Leo hatte das gleiche teuflische Lächeln, das Leo bei jedem Blick in einen Spiegel begrüßte – ein Ausdruck, bei dem alle Lehrer sofort riefen: »Das kannst du gleich vergessen!« und ihn in die erste Reihe setzten.

Offenbar war der falsche Leo von einem Lehrer zusammengestaucht worden. Er hielt eine Eselsmütze in der Hand – einen hohen Pappkegel mit der Aufschrift ESEL. Leo dachte immer, die hätte es nur auf Witzzeichnungen gegeben.

Er konnte verstehen, warum der falsche Leo die Mütze nicht aufsetzen wollte. Es war schlimm genug, wie ein Jockey auszusehen. Mit so einem Kegel auf dem Kopf hätte er ausgesehen wie ein Gartenzwerg.

Einige Kinder wichen zurück, als der falsche Leo herauskam. Andere stupsten sich gegenseitig an und liefen auf ihn zu, als ob sie eine lustige Nummer erwarteten.

Plattgesicht Rufus dagegen versuchte noch immer, Hazel einen Diamanten zu entlocken, und merkte nicht, dass der falsche Leo jetzt da war.

»Na los, Mädchen.« Rufus ragte mit geballten Fäusten über Hazel auf. »Her damit.«

Hazel presste sich gegen die Mauer. Plötzlich knackte der Boden unter ihren Füßen wie ein zerbrechender Zweig. Ein perfekter Diamant von Pistaziengröße glitzerte zwischen ihren Füßen.

»Ha!«, blaffte Rufus, als er ihn sah. Er wollte sich bücken, aber Hazel wimmerte: »Bitte nicht!«, als ob sie sich ehrlich Sorgen um den Mistkerl machte.

Und dann hatte der falsche Leo seinen Auftritt.

Jetzt kommt's, dachte Leo. *Der falsche Leo wird eine Runde Jiu-Jitsu im Stil von Trainer Hedge hinlegen und der Tag ist gerettet.*

Aber der falsche Leo hielt sich die Spitze der Eselsmütze an den Mund und schrie: »SCHNITT!«

Das kam mit einer solchen Autorität, dass die anderen Kinder sofort erstarrten. Sogar Rufus richtete sich auf und trat verwirrt zurück.

Einer der kleinen Jungen kicherte ganz leise: »Sammy der Große!«

Sammy. Leo zitterte. *Wer zum Henker war dieser Junge bloß?*

Sammy/der falsche Leo stürzte auf Rufus zu, mit der Eselmütze in der Hand und zornigem Gesicht. »Nein, nein, nein!«, rief er und winkte mit der freien Hand hektisch den anderen Kindern zu, die jetzt zusammenströmten, um sich den Spaß nicht entgehen zu lassen.

Sammy drehte sich zu Hazel um. »Miss Lamarr, Ihr Text ist …« Sammy drehte sich gereizt herum. »Drehbuch! Was ist Hedy Lamarrs Text?«

»Bitte nicht, Sie Schurke!«, rief einer der Jungen.

»Danke«, sagte Sammy. »Miss Lamarr, Sie müssen jetzt sagen: *Bitte nicht, Sie Schurke!* Und Sie, Clark Gable …«

Der ganze Schulhof prustete los. Leo wusste vage, dass Clark Gable ein uralter Schauspieler war, aber viel mehr auch nicht. Offenbar war die Vorstellung, Plattgesicht Rufus könnte Clark Gable sein, für die Kinder hier wahnsinnig komisch.

»Mr Gable …«

»Nein!«, rief ein Mädchen. »Der soll Gary Cooper sein!«

Noch mehr Gelächter. Rufus sah aus, als ob er gleich platzen würde. Er ballte die Fäuste, wie um jemanden zu schlagen, aber er konnte ja nicht die gesamte Schule angreifen. Er fand es offenbar furchtbar, ausgelacht zu werden, aber sein langsames kleines Gehirn erfasste nicht so recht, worauf Sammy hinauswollte.

Leo nickte beifällig. Sammy war wirklich wie er. Leo hatte sich auf diese Weise viele Jahre lang gegen Macker gewehrt.

»Also«, schrie Sammy ungeduldig. »Mr Cooper, Sie sagen: *Aber der Diamant gehört doch mir, mein treuloser Liebling.* Und dann schnappen Sie sich den Diamanten, so.«

»Sammy, nein«, protestierte Hazel, aber Sammy hatte den Stein schon an sich gerissen und ließ ihn mit einer gleitenden Bewegung in seiner Hosentasche verschwinden.

Er drehte sich zu Rufus um. »Ich will Gefühle. Ich will, dass die

Damen im Publikum in Ohnmacht fallen. Meine Damen, hat Mr Cooper Sie eben in Ohnmacht fallen lassen?«

»Nein«, antworteten mehrere Mädchen.

»Na, sehen Sie!«, rief Sammy. »Also noch mal von vorn«, schrie er in seine Eselsmütze. »Aufnahme!«

Rufus' Verwirrung ließ langsam nach. Er trat auf Sammy zu und sagte: »Valdez, ich werde dich …«

Die Glocke wurde geläutet. Die Kinder rannten zu den Türen. Sammy zog Hazel beiseite, als die Kleinen – die sich verhielten, als würden sie von Sammy dafür bezahlt – Rufus mitrissen, so dass er auf einer Flut aus Kindergartenkindern davongetragen wurde.

Bald waren Sammy und Hazel allein, bis auf die Geister.

Sammy hob Hazels zertretenes Mittagessen auf, wischte dramatisch die Leinentasche ab und überreichte sie ihr mit einer tiefen Verbeugung, wie eine Krone. »Miss Lamarr?«

Hazel aus der Vergangenheit nahm ihr verdorbenes Essen. Sie sah aus, als ob sie gleich losweinen würde, aber Leo wusste nicht, ob vor Erleichterung oder vor Bewunderung. »Sammy … Rufus wird dich umbringen.«

»Ach, der wagt es nicht, sich mit mir anzulegen.« Sammy setzte sich die Eselsmütze auf seine Jockeymütze. Er richtete sich gerade auf und schob seine magere Brust vor. Die Eselsmütze fiel herunter.

Hazel lachte. »Du bist albern.«

»Na, vielen Dank, Miss Lamarr.«

»Gern geschehen, *mein treuloser Liebling.*«

Sammys Lächeln erstarb. Die Luft wirkte bedrohlich geladen. Hazel starrte zu Boden. »Du hättest den Diamanten nicht anfassen dürfen. Das ist gefährlich.«

»Ach, hör doch auf«, sagte Sammy. »Für mich nicht.«

Hazel sah ihn aufmerksam an, als ob sie es glauben wollte. »Es könnten schlimme Dinge passieren. Du darfst nicht …«

»Ich will ihn ja nicht verkaufen«, sagte Sammy. »Versprochen! Ich behalte ihn nur als Beweis deiner Kunst.«

Hazel rang sich ein Lächeln ab. »Ich glaube, du meinst, als Beweis meiner Gunst.«

»Richtig! Wir müssen los. Jetzt kommt die nächste Szene: *Hedy Lamarr stirbt im Englischunterricht fast vor Langeweile.*«

Sammy bot ihr wie ein Mann von Welt den Ellbogen an, aber Hazel schob ihn lachend weg. »Danke dafür, dass du da bist, Sammy.«

»Miss Lamarr, für Sie werde ich immer da sein!«, sagte er strahlend. Dann rannten die beiden zurück ins Schulhaus.

Leo kam sich mehr denn je vor wie ein Geist. Vielleicht war er ja sein Leben lang ein Eidolon gewesen, denn dieser Junge, den er gerade gesehen hatte, sollte der echte Leo sein. Er war cleverer, lässiger und witziger. Er flirtete so geschickt mit Hazel, dass er ihr ganz offenbar das Herz gestohlen hatte.

Kein Wunder, dass Hazel Leo bei ihrer ersten Begegnung so seltsam angesehen hatte. Kein Wunder, dass sie mit so viel Gefühl *Sammy* gesagt hatte. Aber Leo war nicht Sammy, so wenig wie Plattgesicht Rufus Clark Gable war.

»Hazel«, sagte er. »Ich … Ich weiß nicht …«

Der Schulhof löste sich zu einer anderen Szene auf.

Hazel und Leo waren noch immer Geister, aber jetzt standen sie vor einem baufälligen Haus neben einem von Unkraut überwucherten Abwasserkanal. Eine Gruppe von Bananenbäumen ließ auf dem Hof die Blätter hängen. Auf einer Treppe spielte ein altmodisches Radio mexikanische Musik und auf der überdachten Veranda saß ein magerer alter Mann in einem Schaukelstuhl und schaute den Horizont an.

»Wo sind wir?«, fragte Hazel. Noch immer war sie nur Dunst, aber ihre Stimme klang besorgt. »Das ist nicht aus meinem Leben.«

Leo hatte das Gefühl, dass sein Gespensterleib sich verdichtete, wirklicher wurde. Dieses Haus kam ihm seltsam bekannt vor.

»Das ist Houston«, ging ihm dann auf. »Ich kenne das. Der Abwasserkanal … das ist die Gegend, wo meine Mom früher gewohnt hat, wo sie aufgewachsen ist. Der Flughafen Hobby ist gleich in der Nähe.«

»Das ist *dein* Leben?«, fragte Hazel. »Das verstehe ich nicht. Wie …«

»Das fragst du mich?«, gab Leo zurück.

Plötzlich murmelte der alte Mann: »Ach, Hazel …«

Leo jagte es kalt das Rückgrat hoch. Die Augen des alten Mannes waren noch immer auf den Horizont gerichtet. Woher wusste er, dass sie hier waren?

»Unsere Zeit war wohl zu Ende«, sagte der alte Mann jetzt träumerisch. »Na ja …«

Er beendete diesen Satz nicht.

Hazel und Leo hielten ganz still. Der alte Mann ließ sich nicht weiter anmerken, ob er sie gesehen oder gehört hatte. Leo ging auf, dass er mit sich selbst geredet hatte. Aber warum hatte er dann Hazels Namen genannt?

Er hatte eine ledrige Haut, weiße Locken und knotige Hände, als ob er sein Leben lang in einer Werkstatt gearbeitet hätte. Er trug ein blassgelbes Hemd, makellos und sauber, eine graue Hose mit Hosenträgern und blank geputzte schwarze Schuhe.

Trotz seines Alters waren seine Augen scharf und klar. Er saß mit einer Art ruhiger Würde da. Er sah gelassen aus – sogar belustigt, als ob er dächte: *Verflixt, so lange lebe ich schon? Gar nicht schlecht.*

Leo war sich ziemlich sicher, dass er diesen Mann noch nie gesehen hatte. Warum kam er ihm also bekannt vor? Dann sah er, dass der alte Mann mit den Fingern auf seiner Armlehne trommelte, aber es war kein willkürliches Getrommel – er trommelte Morsezeichen, wie Leos Mutter es für ihn gemacht hatte … und der alte Mann tippte dieselbe Nachricht: *Ich liebe dich.*

Die Verandatür ging auf. Eine junge Frau kam aus dem Haus. Sie trug Jeans und eine türkisfarbene Bluse. Sie hatte die Haare zu einer kurzen schwarzen Bob geschnitten. Sie war hübsch, aber nicht zart, mit muskulösen Armen und schwieligen Händen. Auch ihre Augen funkelten belustigt. In ihren Armen lag ein in eine blaue Decke gewickeltes Baby.

»Sieh mal, *Mijo*«, sagte sie zu dem Baby. »Das ist dein *Bisabuelo. Bisabuelo,* möchtest du ihn mal auf den Arm nehmen?«

Als Leo ihre Stimme hörte, schluchzte er auf.

Es war seine Mutter – jünger als in seiner Erinnerung, aber so lebendig. Das bedeutete, dass das Baby in ihren Armen …

Der alte Mann lächelte strahlend. Er hatte perfekte Zähne, so weiß wie seine Haare. Sein Gesicht zerfurchte sich zu Lachfältchen. »Ein Junge! *Mi bebito* Leo!«

»Leo?«, flüsterte Hazel. »Das … Das bist du? Was ist ein *Bisabuelo*?«

Leo konnte seine Stimme nicht finden. *Urgroßvater,* wollte er sagen.

Der alte Mann nahm das Baby Leo in die Arme, kicherte zufrieden und kitzelte das Baby am Kinn – und Geist Leo begriff endlich, was er da sah.

Auf irgendeine Weise hatte Hazels Fähigkeit, die Vergangenheit zu besuchen, das eine Ereignis gefunden, das ihrer beider Leben miteinander verband – die Stelle, wo Leos Leben das von Hazel berührte.

Dieser alte Mann …

»Oh …« Hazel schien im selben Moment zu begreifen, wer das war. Ihre Stimme wurde sehr dünn, sie weinte fast. »Ach, Sammy, nein …«

»Ach, kleiner Leo«, sagte Sammy Valdez, der jetzt über siebzig sein musste. »Du musst mein Double sein, ja? So wird das doch genannt, oder? Sag ihr das von mir. Ich hatte gehofft, ich würde lange genug leben, aber *ay*, der Fluch lässt das nicht zu.«

Hazel schluchzte. »Gaia … Gaia hat mir gesagt, dass er in den Sechzigerjahren an einem Herzinfarkt gestorben ist. Aber das ist nicht … das kann nicht …«

Sammy Valdez sprach weiter mit dem Baby, während Leos Mutter Esperanza mit gequältem Lächeln zusah – vielleicht auch ein wenig besorgt, weil Leos *Bisabuelo* Unsinn redete, und ein wenig traurig, weil er verwirrt war.

»Diese Dame, Doña Callida, sie hat mich gewarnt.« Sammy schüttelte traurig den Kopf. »Sie hat gesagt, Hazel würde nicht zu meinen Lebzeiten in diese schreckliche Gefahr geraten. Aber ich habe versprochen, für sie da zu sein. Du musst ihr sagen, dass es mir leidtut, Leo. Hilf ihr, wenn du kannst.«

»Bisabuelo«, sagte Esperanza. »Du musst müde sein.«

Sie streckte die Arme nach dem Baby aus, aber der alte Mann drückte es noch einen Moment an sich. Baby Leo schien das sehr zu gefallen.

»Sag ihr, es tut mir leid, dass ich den Diamanten verkauft habe, ja?«, sagte Sammy. »Als sie in Alaska verschwunden ist … ach, so lange her … da habe ich den Diamanten genommen und bin nach Texas gegangen, wie ich immer geträumt hatte. Ich habe meine Werkstatt aufgemacht und bin Mechaniker geworden. Habe eine Familie gegründet. Es war ein gutes Leben, aber Hazel hatte Recht. Auf dem Diamanten lag ein Fluch. Ich habe sie niemals wiedergesehen.«

»Oh, Sammy«, sagte Hazel. »Nein, kein Fluch hat mich von dir ferngehalten. Ich wollte doch zurückkommen.«

Der alte Mann schien das nicht gehört zu haben. Er lächelte das Baby an und küsste es auf den Kopf. »Ich gebe dir meinen Segen, Leo. Mein erster Urenkel! Ich habe so ein Gefühl, dass du etwas Besonderes bist, wie damals Hazel. Du bist mehr als ein normales Baby, was? Du wirst für mich weitermachen. Du wirst sie eines Tages sehen. Grüß sie von mir.«

»Bisabuelo«, sagte Esperanza ein wenig dringlicher.

»Ja, ja«, Sammy kicherte. *»El viejo loco* und sein Gefasel. Ich bin müde, Esperanza. Du hast Recht. Aber bald werde ich mich ausruhen. Es war ein gutes Leben. Erzieh ihn gut, *Nieta.*«

Die Szene verblasste.

Leo stand an Deck der Argo II und hielt Hazels Hand. Die Sonne war untergegangen und das Schiff wurde nur von Bronzelaternen beleuchtet. Hazels Augen waren vom Weinen geschwollen.

Was sie gesehen hatten, war zu viel. Der ganze Ozean hob sich unter ihnen, und zum ersten Mal hatte Leo das Gefühl, dass sie die Orientierung vollständig verloren hatten.

»Hallo, Hazel Levesque«, sagte er mit gepresster Stimme.

Ihr Kinn zitterte. Sie wandte sich ab und öffnete den Mund, um etwas zu sagen, aber ehe sie das konnte, legte sich das Schiff auf eine Seite.

»Leo!«, schrie Trainer Hedge.

Festus schnarrte warnend und spie Flammen in den Nachthimmel. Die Schiffsglocke läutete Alarm.

»Weißt du noch, diese Monster, über die du dir Sorgen gemacht hast?«, brüllte Hedge. »Eins hat uns gerade gefunden.«

XXIII

Leo

Leo hätte eine Eselsmütze verdient.

Wenn er bei Sinnen gewesen wäre, hätte er das Ortungssystem des Schiffes von Radar auf Sonar umgestellt, sowie sie den Hafen von Charleston verlassen hatten. Und das hatte er vergessen. Er hatte den Rumpf so konstruiert, dass er alle paar Sekunden Wellen durch den Nebel schickte, um Festus auf Monster aufmerksam zu machen, die sich in der Nähe befanden, aber das funktionierte immer nur in einem Medium: Wasser oder Luft.

Er war von den Römern, dem Sturm und dann Hazel so fertig gewesen, dass er das total vergessen hatte. Und jetzt befand sich ein Monster genau unter ihnen.

Das Schiff hatte Schlagseite nach Steuerbord. Hazel packte ein Tau. Hedge schrie: »Valdez, mit welchem Knopf lasse ich Monster hochgehen? Nimm das Steuer!«

Leo kletterte das gekippte Deck hoch und konnte die Reling backbords packen. Dann versuchte er, seitwärts zum Steuer zu gelangen, doch als er das Monster auftauchen sah, vergaß er, wie man sich bewegt.

Das Ding war so lang wie das Schiff. Im Mondlicht sah es aus wie eine Kreuzung zwischen einer Riesenkrabbe und einer Kakerlake, mit einem rosa Chitinpanzer, einem flachen Krebsschwanz und Tausendfüßlerbeinen, die sich hypnotisch bewegten und am Rumpf der Argo II kratzten.

Dann kam auch der Kopf an die Oberfläche – ein schleimiges

rosa Gesicht mit glasigen toten Augen, einem aufgerissenen zahnlosen Schlund und einem Wald von Tentakeln, die aus beiden Nasenlöchern wuchsen und den buschigsten Nasenwald bildeten, den Leo jemals hatte ansehen müssen.

Leo dachte daran, wie er und seine Mom freitagabends in einem Fischrestaurant in Houston gegessen hatten. Sie hatten immer Krabben und Welse gegessen. Bei dieser Erinnerung hätte er sich fast übergeben.

»Na los, Valdez«, schrie Hedge. »Nimm das Steuer, damit ich meinen Baseballschläger holen kann!«

»Ein Baseballschläger hilft hier nicht weiter«, sagte Leo, lief aber auf das Steuer zu.

Hinter ihm kamen seine Freunde die Treppe hochgestolpert.

Percy schrie: »Was ist denn … Bah! Krabzilla!«

Frank rannte zu Hazel. Sie klammerte sich noch immer an der Trosse fest, benommen von ihrem Flashback, winkte ihm aber zu, um zu zeigen, dass alles in Ordnung sei.

Das Monster rammte abermals das Schiff. Der Rumpf stöhnte. Annabeth, Piper und Jason taumelten nach Steuerbord und wären fast über die Reling gegangen.

Leo erreichte das Steuer. Seine Hände jagten über die Hebel. Per Intercom klickte und klackte Festus über Lecks unter Deck, aber das Schiff schien nicht zu sinken – noch nicht.

Leo schaltete die Ruder um. Sie konnten sich in Speere verwandeln, was ausreichen müsste, um das Monster zu vertreiben – nur klemmten sie leider fest. Offenbar hatte Krabzilla sie aus ihrer Befestigung gerissen. Außerdem war das Monster in Spuckentfernung, was bedeutete, dass Leo die Katapulte nicht einsetzen konnte, ohne auch die Argo II in Brand zu schießen.

»Wie konnte es denn so dicht an uns herankommen?«, rief Annabeth und zog sich an einem der Schilde an der Reling hoch.

»Ich weiß nicht«, fauchte Hedge. Er hielt Ausschau nach seinem Schläger, der über das Achterdeck gerollt war.

»Ich bin blöd«, schimpfte Leo sich selbst aus. »Blöd, blöd. Ich habe das Sonar vergessen!«

Das Schiff kippte noch weiter nach Steuerbord. Entweder versuchte das Monster, sie zu umarmen, oder es war dabei, sie zum Kentern zu bringen.

»Sonar?«, fragte Hedge. »Bei Pans Flöten, Valdez! Wenn du nicht so lange in Hazels Augen gestarrt und mit ihr Händchen gehalten hättest …«

»Was?«, quiekte Frank.

»So war das nicht!«, widersprach Hazel.

»Das ist jetzt egal«, sagte Piper. »Jason, kannst du ein paar Blitze herbeirufen?«

Jason kam mühsam auf die Beine. »Ich …« Er konnte nur den Kopf schütteln. Dass er vorhin den Sturm gerufen hatte, hatte ihn zu viel Kraft gekostet. Leo vermutete, der arme Junge könnte in dieser Verfassung nicht einmal eine Wunderkerze anzünden.

»Percy«, sagte Annabeth. »Kannst du mit diesem Ding da reden? Weißt du, was es ist?«

Der Sohn des Meeresgottes schüttelte sichtlich verwirrt den Kopf. »Vielleicht ist es nur neugierig auf das Schiff. Vielleicht …«

Die Tentakel des Monsters schossen so schnell über das Deck, dass Leo nicht einmal mehr *Aufpassen!* schreien konnte.

Einer traf Percy vor der Brust und schleuderte ihn die Treppe hinunter. Ein anderer wickelte sich um Pipers Beine und zog sie zur Reling. Sie schrie. Dutzende von anderen Tentakeln schlangen sich um die Masten, legten sich um die Armbrüste und rissen die Takelage herunter.

»Attacke, Nasenhaar!« Hedge schnappte sich seinen Schläger und legte los, aber seine Schläge prallten von den Tentakeln ab, ohne ihnen zu schaden.

Jason zog das Schwert. Er versuchte, Piper zu befreien, aber er war noch zu schwach. Seine goldene Klinge durchschnitt die Tentakel ohne Schwierigkeiten, aber so schnell er sie auch kappte, umso schneller wuchsen sie nach.

Annabeth zog den Dolch aus der Scheide. Sie rannte durch den Wald aus Tentakeln, duckte sich und stach nach jedem Ziel, das sie finden konnte. Frank nahm seinen Bogen. Er feuerte von der Reling aus auf den Leib des Ungeheuers und setzte seine Pfeile in die Spalten zwischen den Schuppen, aber das schien das Monster nur zu verärgern. Es brüllte und rüttelte am Schiff. Der Mast ächzte, als ob er jeden Moment umstürzen könnte.

Sie brauchten Feuergeschütze, aber sie konnten die Katapulte nicht einsetzen. Sie brauchten einen Treffer, der das Schiff nicht zerstören würde. Aber wie …?

Leos Blick fiel auf einen Vorratskasten neben Hazels Füßen.

»Hazel!«, schrie er. »Der Kasten! Aufmachen!«

Sie zögerte, dann sah sie, welchen Kasten er meinte. Auf dem Aufkleber stand: VORSICHT! NICHT ÖFFNEN!

»Aufmachen!«, schrie Leo noch einmal. »Hedge, ans Steuer! Drehen Sie uns auf das Monster zu, oder wir kentern!«

Hedge tänzelte auf seinen geschickten Ziegenhufen zwischen den Tentakeln hindurch und schlug mit Begeisterung um sich. Er galoppierte zum Steuer und griff nach den Hebeln.

»Hoffentlich hast du einen Plan!«, brüllte er.

»Einen schlechten!« Leo rannte auf den Mast zu.

Das Monster stieß abermals gegen die Argo II. Das Deck war jetzt um fünfundvierzig Grad gekippt. Obwohl alle sich abmühten, waren es einfach zu viele Tentakel. Und sie schienen so lang werden zu können, wie sie wollten. Bald würden sie die Argo II vollständig umfangen haben. Percy war nicht wieder an Deck gekommen. Die anderen kämpften gegen Nasenhaar um ihr Leben.

»Frank!«, rief Leo, als er auf Hazel zurannte. »Kauf uns Zeit. Kannst du dich in einen Hai verwandeln oder so was?«

Frank schaute sich um und runzelte wütend die Stirn. Im selben Moment knallte ein Tentakel gegen ihn und warf ihn über Bord.

Hazel schrie auf. Sie hatte den Kasten geöffnet und ließ beinahe die beiden Glasphiolen fallen, die sie in der Hand hielt.

Leo fing sie auf. Jede war so groß wie ein Apfel, und die Flüssigkeit darin leuchtete phosphorgrün. Das Glas fühlte sich warm an. Leos Brust schien vor Schuldgefühlen platzen zu wollen. Er hatte Frank abgelenkt und war vermutlich an dessen Tod schuld, aber er konnte jetzt nicht darüber nachdenken. Er musste das Schiff retten.

»Na los!« Er gab Hazel eine der Phiolen. »Wir können das Monster töten – und Frank retten!«

Er hoffte, dass das nicht gelogen war. Der Weg zur Backbord-Reling war eher wie Bergsteigen als wie ein Spaziergang, aber endlich waren sie am Ziel.

»Was ist das denn?«, fragte Hazel und drückte ihre Phiole an sich.

»Griechisches Feuer.«

Hazel riss die Augen auf. »Bist du wahnsinnig? Wenn die zerbrechen, setzen wir das ganze Schiff in Brand.«

»Den Rachen!«, sagte Leo. »Wirf sie ihm einfach in den …«

Plötzlich wurde Leo gegen Hazel gepresst und die Welt drehte sich seitlich. Als sie in die Luft gehoben wurden, ging ihm auf, dass sie in einen Tentakel gewickelt waren. Leo hatte die Arme frei, aber er konnte damit nur das griechische Feuer festhalten. Hazel kämpfte. Ihre Arme steckten fest, und das bedeutete, dass die zwischen ihnen eingeklemmte Phiole jeden Augenblick zerbrechen könnte … Und das wäre für ihre Gesundheit überhaupt nicht gut.

Sie wurden in die Luft gehoben, zehn Meter, dreizehn Meter. Leo sah für einen Moment seine Freunde in einer verlorenen Schlacht, sie schrien und schlugen auf die Nasenhaare des Monsters ein. Er sah Trainer Hedge, der verzweifelt versuchte, das Schiff am Kentern zu hindern. Das Meer war dunkel, aber im Mondlicht glaubte Leo, in der Nähe des Monsters etwas Glitzerndes treiben zu sehen – vielleicht der Körper des bewusstlosen Frank Zhang.

»Leo«, keuchte Hazel. »Ich kann nicht … meine Arme …«

»Hazel«, sagte er. »Vertraust du mir?«

»Nein!«

»Ich mir auch nicht«, gab Leo zu. »Wenn dieses Dings uns fallen lässt, dann halt die Luft an. Egal was du tust, versuch, deine Phiole so weit vom Schiff wegzuwerfen wie überhaupt nur möglich.«

»Warum … Warum sollte es uns fallen lassen?«

Leo starrte auf den Kopf des Monsters hinunter. Es würde schwer sein, zu treffen, aber ihm blieb keine andere Wahl. Er hob die Phiole mit der linken Hand. Dann presste er die rechte Hand gegen den Tentakel und rief Feuer in seine Handfläche – eine ganz schmale weiß glühende Flamme.

Das erregte die Aufmerksamkeit des Ungeheuers. Ein Zittern lief durch den Tentakel, als die Haut unter Leos Berührung Blasen warf. Das Monster riss den Schlund auf und brüllte vor Schmerz, und Leo warf ihm das Griechische Feuer in den Rachen.

Danach ging alles durcheinander. Leo spürte, wie der Tentakel sie losließ. Sie stürzten. Er hörte eine gedämpfte Explosion und sah im riesigen rosa Lampenschirm, den der Leib des Monsters bildete, ein grünes Licht aufblitzen. Das Wasser schlug gegen Leos Gesicht wie ein in Sandpapier gewickelter Backstein, und er versank in der Dunkelheit. Er presste den Mund zu, versuchte, nicht zu atmen, aber er spürte, wie er das Bewusstsein verlor.

Durch das brennende Salzwasser glaubte er, über sich die Silhouette des Schiffsrumpfes zu sehen – ein dunkles Oval, umgeben von einem feurigen grünen Lichtschein, aber er wusste nicht, ob das Schiff wirklich brannte.

Von einer Riesenkrabbe umgebracht, dachte Leo bitter. *Aber lass wenigstens die Argo II überleben. Lass meine Freunde unversehrt sein.*

Vor seinen Augen wurde alles trübe. Seine Lunge brannte.

Als er schon aufgeben wollte, sah er über sich ein seltsames Gesicht – einen Mann, der aussah wie Chiron, ihr Unterrichtskoordinator in Camp Half-Blood. Er hatte die gleichen Locken, den gleichen zottigen Bart und die gleichen intelligenten Augen – wie eine Mischung aus wildem Hippie und väterlichem Professor, nur dass seine Haut die Farbe einer Limabohne hatte. Der Mann hob schweigend einen Dolch. Seine Miene war düster und vorwurfsvoll, als ob er sagen wollte: *Halt jetzt still, sonst kann ich dich nicht richtig umbringen.*

Vor Leos Augen wurde alles schwarz.

Als er zu sich kam, fragte er sich, ob er ein Geist in einem Flashback sein könnte, denn er trieb schwerelos dahin. Seine Augen gewöhnten sich langsam an das trübe Licht.

»Wird ja auch mal Zeit.« Franks Stimme hallte zu stark wider, als ob er durch mehrere Schichten Plastikfolie spräche.

Leo setzte sich auf … oder genauer gesagt, sein Oberkörper trieb aufwärts. Er befand sich unter Wasser, in einer Höhle von der Größe einer Doppelgarage. Selbstleuchtendes Moos wuchs an der Decke und tauchte den Raum in ein blaugrünes Licht. Der Boden war ein Teppich aus Seeigeln, was sicher unangenehm unter den Füßen war, deshalb war Leo froh darüber, dass er schwebte. Er begriff nicht, wie er ohne Luft atmen konnte.

Frank schwebte in Meditationshaltung in der Nähe. Mit seinem molligen Gesicht und seiner verärgerten Miene sah er aus wie ein Buddha, dem eine überaus unwillkommene Erleuchtung zuteilgeworden ist.

Der einzige Eingang in die Höhle war blockiert von einer riesigen Ohrschnecke – ihre Oberfläche funkelte perlmuttfarben, rosa und türkis. Wenn diese Höhle ein Gefängnis war, dann immerhin eins mit einer umwerfenden Tür.

»Wo sind wir?«, fragte Leo. »Und wo sind die anderen alle?«

»Wieso alle?«, knurrte Frank. »Keine Ahnung. Soviel ich weiß, sind nur du und ich und Hazel hier unten. Die Fischpferdtypen haben Hazel vor ungefähr einer Stunde geholt und mich hier bei dir zurückgelassen.«

Franks Tonfall machte deutlich, dass er dieses Arrangement gar nicht gut fand. Er sah nicht beleidigt aus, aber Leo registrierte, dass Frank keinen Bogen oder Köcher mehr hatte. Voller Panik berührte Leo seinen Bauch. Sein Werkzeuggürtel war verschwunden.

»Sie haben uns durchsucht«, sagte Frank. »Haben alles mitgenommen, das sich als Waffe benutzen lässt.«

»Wer?«, fragte Leo. »Wer sind diese Fischpferd…?«

»Fischpferdtypen«, erklärte Frank, was aber nicht weiterhalf. »Sie haben uns offenbar geschnappt, als wir ins Meer gefallen sind, und uns irgendwohin verschleppt … wo immer das hier sein mag.«

Leo erinnerte sich daran, was er vor der Ohnmacht zuletzt gesehen hatte – das limabohnenfarbene Gesicht des bärtigen Mannes mit dem Dolch. »Das Krabbenmonster. Die Argo II – hat das Schiff überlebt?«

»Keine Ahnung«, sagte Frank düster. »Die anderen könnten in Gefahr sein oder verletzt oder … oder schlimmer. Aber ich vermute, dir ist dein Schiff wichtiger als deine Freunde.«

Leo hatte das Gefühl, sein Gesicht sei noch einmal aufs Wasser aufgeschlagen. »Was ist das für eine blöde …«

Dann begriff er, warum Frank so wütend war. Der Flashback! Beim Angriff des Monsters war alles so schnell gegangen, dass Leo Trainer Hedges idiotische Bemerkung über Leo und Hazel, die Händchen hielten und einander in die Augen starrten, fast vergessen hatte. Es war vermutlich auch keine Hilfe, dass Leo gleich darauf dafür gesorgt hatte, dass Frank über Bord gegangen war.

Plötzlich fiel es Leo schwer, Frank in die Augen zu schauen.

»Hör mal, Mann … tut mir leid, dass ich uns diesen Mist eingebrockt habe. Ich habe es versiebt.« Er holte tief Luft, was sich überraschend normal anfühlte, schließlich war er ja unter Wasser. »Hazel und ich und das Händchenhalten … das war nicht so, wie du denkst. Sie hat mir einen Flashback aus ihrer Vergangenheit gezeigt, um meine Verbindung zu Sammy herauszufinden.«

Franks wütendes Gesicht schien sich zu besänftigen und jetzt sah er eher neugierig aus. »Hat sie … Habt ihr was herausgefunden?«

»Ja«, sagte Leo. »Na ja, so halbwegs. Wegen Krabzilla konnten wir ja nicht mehr darüber reden, aber Sammy war mein Urgroßvater.«

Er erzählte Frank, was sie gesehen hatten. Er hatte noch nicht richtig erfasst, wie seltsam das alles war, doch jetzt, da er versuchte, es in Worte zu fassen, konnte Leo es kaum glauben. Hazel war in seinen *Bisabuelo* verliebt gewesen, einen Typen, der gestorben war, als Leo noch ein Baby gewesen war. Leo hatte diese Verbindung bisher nicht gesehen, aber er erinnerte sich vage daran, dass ältere Familienmitglieder seinen Großvater Sam junior genannt hatten. Und das bedeutete, dass Sam senior Sammy war, Leos *Bisabuelo.* Irgendwann hatte Tía Callida – also Hera – mit Sammy gesprochen, ihn getröstet und ihn kurz in die Zukunft blicken lassen, was bedeutete, dass Hera Leos Leben schon Generationen vor seiner Geburt geformt hatte. Wenn Hazel in den Vierzigerjahren geblieben wäre, hätte sie Sammy geheiratet, und Leo könnte ihr Urenkel sein.

»Oh Mann«, sagte Leo, als er seine Geschichte beendet hatte. »Ich fühle mich nicht gerade toll. Aber beim Styx, das habe ich gesehen.«

Frank machte dasselbe Gesicht wie der Monsterwelskopf: große glasige Augen und weit geöffneter Mund. »Hazel … Hazel hat deinen *Urgroßvater* gerngehabt? Und deshalb mag sie dich?«

»Frank, ich weiß, das klingt seltsam. Glaub mir bitte. Ich mag Hazel nicht so – nicht auf diese Weise. Ich will dir deine Freundin nicht ausspannen.«

Frank runzelte die Stirn. »Nicht?«

Leo hoffte, dass er nicht rot wurde. Eigentlich hatte er keine Ahnung, was er für Hazel empfand. Sie war bewundernswert und reizend, und Leo hatte eine Schwäche für bewundernswerte und reizende Mädchen. Aber der Flashback hatte seine Gefühle ganz schön verkompliziert.

Außerdem war das Schiff in Gefahr.

Ich vermute, dir ist dein Schiff wichtiger als deine Freunde.

Das stimmte nicht, oder? Leos Dad, Hephaistos, hatte einmal zugegeben, dass er mit organischen Lebensformen seine Schwierigkeiten hatte. Und auch Leo hatte sich mit Maschinen immer wohler gefühlt als mit Menschen. Aber seine Freunde waren ihm wirklich wichtig. Piper und Jason … sie kannte er am längsten, aber auch die anderen waren ihm wichtig. Sogar Frank. Sie waren wie eine Familie.

Das Problem war, dass Leo schon so lange keine Familie mehr hatte, dass er nicht einmal mehr wusste, was das für ein Gefühl war. Klar, im vergangenen Winter war er zum Hüttenältesten der Hephaistos-Hütte gewählt worden, aber die meiste Zeit war er mit dem Bau des Schiffes beschäftigt gewesen. Er mochte seine Hüttengenossen. Er wusste, wie er mit ihnen zusammenarbeiten konnte – aber kannte er sie denn wirklich?

Wenn Leo überhaupt eine Familie hatte, dann die Halbgötter an Bord der Argo II – und vielleicht Trainer Hedge, was Leo aber niemals offen zugeben würde.

Du wirst immer ein Außenseiter bleiben, mahnte die Stimme der Nemesis, aber Leo versuchte, diese Erinnerung zu verdrängen.

»Na gut …«, er schaute sich um. »Wir brauchen einen Plan. Wie atmen wir hier? Wenn wir unter dem Meer sind, müsste der Wasserdruck uns dann nicht zerquetschen?«

Frank zuckte mit den Schultern. »Fischpferdemagie, nehme ich an. Ich weiß noch, dass der grüne Typ meinen Kopf mit der Spitze eines Dolches berührt hat. Dann konnte ich atmen.«

Leo sah sich die Muscheltür an. »Kannst du uns hier raussprengen? Dich in einen Hammerhai verwandeln oder so was?«

Frank schüttelte düster den Kopf. »Ich kann mich hier nicht verwandeln. Ich weiß nicht, warum. Vielleicht haben sie mich verflucht oder ich bin zu kaputt, um mich zu konzentrieren.«

»Hazel könnte in Gefahr sein«, sagte Leo. »Wir müssen hier raus.«

Er schwamm zur Tür und fuhr mit den Fingern über die Muschel. Er konnte keinen Riegel oder anderen Mechanismus finden. Entweder konnte die Tür nur durch Magie geöffnet werden oder brutale Gewalt war gefragt – und beides war nicht Leos Spezialität.

»Ich hab es schon versucht«, sagte Frank. »Selbst wenn wir hier rauskommen, sind wir nicht bewaffnet.«

»Hmmm …« Leo hob die Hand. »Das ist noch die Frage.«

Er konzentrierte sich und Feuer flackerte an seinen Fingern. Für den Bruchteil einer Sekunde war Leo glücklich, denn er hatte nicht damit gerechnet, dass es unter Wasser funktionieren würde. Dann funktionierte sein Plan ein wenig zu gut. Feuer jagte seinen Arm hoch und dann über seinen Körper, bis er in einen dünnen Flammenschleier gehüllt war. Er versuchte zu atmen, aber er atmete pure Hitze ein.

»Leo!« Frank fuchtelte mit den Armen, als ob er von einem Barhocker fiel. Statt Leo zu Hilfe zu kommen, presste er sich so fest wie möglich an die Wand.

Leo zwang sich zur Ruhe. Er wusste, was hier vor sich ging. Das Feuer würde ihm nicht schaden können. Er zwang die Flammen in Gedanken, sich zu legen, und zählte bis fünf. Vorsichtig holte er Atem. Er hatte wieder Sauerstoff.

Frank unterbrach seinen Versuch, mit der Höhlenwand zu verschmelzen. »Alles … Alles in Ordnung bei dir?«

»Ja«, knurrte Leo. »Danke für die Hilfe.«

»Es … Es tut mir leid.« Frank sah so verängstigt und beschämt aus, dass Leo ihm kaum noch böse sein konnte. »Ich bin nur … Was ist passiert?«

»Kluge Magie«, sagte Leo. »Uns umgibt eine feine Schicht aus Sauerstoff, wie eine zusätzliche Haut. Regeneriert sich offenbar selbst. Deshalb können wir atmen und bleiben trocken. Der Sauerstoff hat das Feuer genährt – nur hat das Feuer mich eben auch erstickt.«

»Ich finde wirklich nicht …«, Frank schluckte. »Ich finde es nicht gut, wie du das Feuer herbeirufst.« Er schien sich mit der Wand wieder bestens zu verstehen.

Leo wollte es nicht, aber er musste einfach lachen. »Mann, ich werde dich doch nicht angreifen.«

»Feuer«, wiederholte Frank, als ob dieses Wort alles erklärte.

Leo dachte daran, was Hazel gesagt hatte – dass sein Feuer Frank nervös machte. Er hatte schon häufiger das Unbehagen in Franks Gesicht gesehen, aber er hatte es nicht ernst genommen. Frank wirkte doch um vieles mächtiger als Leo.

Jetzt dachte er, dass Frank vielleicht schlechte Erfahrungen mit Feuer gemacht hatte. Leos Mom war bei einem Werkstattbrand ums Leben gekommen. Und Leo war die Schuld dafür zugeschoben worden. Er war als Kind Missgeburt und Brandstifter genannt worden, denn immer brannte etwas, wenn er wütend wurde.

»Tut mir leid, dass ich gelacht habe«, sagte er und meinte es auch so. »Meine Mom ist bei einem Brand ums Leben gekommen. Ich kann verstehen, wenn du davor Angst hast. Hast du … äh, ist dir auch mal so was passiert?«

Frank schien abzuwägen, wie viel er sagen könnte. »Mein Haus …

das von meiner Großmutter. Es ist abgebrannt. Aber das ist noch nicht alles …« Er starrte die Seeigel auf dem Boden an. »Annabeth hat gesagt, ich könnte der Mannschaft vertrauen. Sogar dir.«

»Sogar mir, ja?« Leo hätte gern gewusst, wie die beiden auf dieses Thema gekommen waren. »Was für ein Lob!«

»Meine Schwäche …«, begann Frank, als ob die Wörter seinen Mund zerschnitten. »Ich habe so ein Stück Brennholz …«

Die Muscheltür glitt zur Seite.

Leo fuhr herum und stand dem Limabohnenmann gegenüber, der eigentlich gar kein Mann war. Der Typ war bei weitem das seltsamste Wesen, dem Leo je begegnet war, und das wollte was heißen.

Von der Hüfte aufwärts war er mehr oder weniger Mensch – ein dünner, barbrüstiger Kerl mit einem Dolch und einem Gürtel aus Muscheln, den er sich wie einen Patronengurt quer über die Brust geschnallt hatte. Seine Haut war grün, sein struppiger Bart braun und seine langen Haare hatte er mit einem Halstuch aus Seetang zurückgebunden. Eine Hummerschere ragte wie zwei Hörner von seinem Kopf ab und öffnete und schloss sich ohne tieferen Sinn.

Leo fand, dass er doch nicht solche Ähnlichkeit mit Chiron hatte. Er sah eher aus wie das Poster, das Leos Mom in ihrer Werkstatt aufgehängt hatte – von dem alten mexikanischen Banditen Pancho Villa, nur eben mit Muscheln und Hummerschere.

Von der Hüfte abwärts war die Sache dann komplizierter. Er hatte die Vorderbeine eines blaugrünen Pferdes, ungefähr wie ein Zentaur, aber nach hinten wurde sein Pferdekörper zu einem ungefähr drei Meter langen Fischschwanz mit einer regenbogenfarbenen v-förmigen Rückenflosse.

Jetzt begriff Leo, was Frank mit Fischpferdtypen gemeint hatte.

»Ich bin Bythos«, sagte der Grüne. »Ich will Frank Zhang verhören.«

Seine Stimme war ruhig und fest und ließ keinen Raum für Diskussionen.

»Warum habt ihr uns gefangen genommen?«, fragte Leo. »Und wo ist Hazel?«

Bythos kniff die Augen zusammen. Seine Miene schien zu sagen: *Ach, dieses winzige Wesen kann sprechen?* »Du, Leo Valdez, gehst mit meinem Bruder.«

»Deinem Bruder?«

Leo entdeckte, dass hinter Bythos eine noch viel größere Gestalt wartete, die den gesamten Höhleneingang füllte.

»Ja«, sagte Bythos und grinste. »Versuch, Aphros nicht wütend zu machen.«

XXIV

Leo

Aphros sah aus wie sein Bruder, nur war er blau und nicht grün und sehr viel größer. Er hatte einen Bauch und Arme wie Arnold als Terminator und einen viereckigen brutalen Kopf. Ein riesiges Conanschwert war quer über seinen Rücken geschnallt. Sogar seine Frisur war größer – ein massiver Klumpen aus blauschwarzer Kräuselmähne, so dick, dass seine Hummerscherenhörner zu ertrinken schienen.

»Heißt du deshalb Aphros?«, fragte Leo. »Weil du einen Afro hast?«

Aphros runzelte verärgert die Stirn. »Wie meinst du das?«

»Ach, egal«, sagte Leo eilig. Immerhin würde er sich immer merken können, welcher von diesen Fischfritzen welcher war. »Aber was seid ihr denn eigentlich für Wesen?«

»Ichthyozentauren«, sagte Aphros und es klang, als habe er diese Frage reichlich satt.

»Öh, was für Ichties?«

»Fischzentauren. Wir sind Chirons Halbbrüder.«

»Ach, das ist ein Freund von mir.«

Aphros kniff die Augen zusammen. »Das hat uns diese Hazel auch gesagt, aber wir werden die Wahrheit ermitteln. Komm mit.«

Leo hörte das mit *die Wahrheit ermitteln* gar nicht so gern. Sofort dachte er an Folterbänke und rot glühende Eisenstangen.

Er folgte dem Fischzentauren durch einen riesigen Seetangwald. Leo hätte problemlos zur Seite gleiten und zwischen den Pflanzen verschwinden können, machte aber nicht einmal einen Versuch. Zum einen nahm er an, dass Aphros sich im Wasser viel schneller bewegte, und außerdem könnte der Typ den Zauber auspusten, durch den Leo atmen und sich bewegen konnte. Ob in der Höhle oder draußen, Leo war ein Gefangener.

Noch dazu hatte Leo keine Ahnung, wo er war.

Sie schwammen zwischen Tangreihen entlang, die so hoch waren wie Wohnblocks. Die grüngelben Pflanzen wogten schwerelos dahin, wie Säulen aus weißen Heliumballons. Hoch oben sah Leo einen weißen Flecken, bei dem es sich vielleicht um die Sonne handelte. Was vermutlich bedeutete, dass sie hier übernachtet hatten.

War die Argo II wohl unversehrt? War sie ohne ihn, Frank und Hazel weitergefahren oder suchten ihre Freunde noch nach ihnen?

Leo wusste ja nicht einmal, wie tief unten sie waren. Hier wuchsen Pflanzen – wahnsinnig tief konnte es also nicht sein, oder? Aber er wusste, dass er nicht einfach an die Oberfläche schwimmen könnte. Er hatte von Menschen gehört, die zu rasch hochgestiegen waren und Stickstoffblasen in ihrem Blut entwickelt hatten. Leo wollte kein mit Gasblasen angereichertes Blut.

Sie trieben einen knappen Kilometer weiter. Leo hätte gern gefragt, wo Aphros ihn hinführte, aber das große Schwert auf dem Rücken des Zentauren lud nicht gerade zum Plausch ein.

Endlich öffnete sich der Tangwald. Leo keuchte auf. Sie standen (schwammen, oder was auch immer) oben auf einem Unterwasserberg. Unter ihnen erstreckte sich eine komplette Stadt aus griechischen Gebäuden über den Meeresboden.

Die Dächer waren mit Perlmutt gedeckt. In den Gärten wuchsen Korallen und Seeanemonen. Hippocampi grasten auf einem Tangfeld. Eine Gruppe von Zyklopen setzte eine Kuppel auf einen neuen Tempel und nutzte einen blauen Wal als Kran. Und in den Straßen und auf den Höfen schwammen und in der Arena trainierten mit Dreizack und Schwert Dutzende von Meermännern und Meerfrauen – ehrliche, redliche Fischleute.

Leo hatte schon allerlei Irrsinn gesehen, aber er hatte Meerleute immer für alberne Märchenwesen gehalten, wie Schlümpfe oder Muppets.

Diese Meerleute jedoch hatten nichts Niedliches oder Albernes an sich. Sogar aus der Ferne sahen sie wild und gar nicht menschlich aus. Ihre Augen leuchteten gelb. Sie hatten Haifischzähne und Lederhaut in allen Farben zwischen Korallenrot und Tintenschwarz.

»Das ist ein Trainingslager«, sagte Leo. Er sah Aphros beeindruckt an. »Ihr trainiert Helden, wie Chiron?«

Aphros nickte mit einem stolzen Funkeln im Blick. »Wir haben alle berühmten Meereshelden trainiert! Nenn mir einen Meereshelden, und ich sage dir, wir haben ihn trainiert.«

»Äh, sicher«, sagte Leo. »Zum Beispiel … die kleine Meerjungfrau?«

Aphros runzelte die Stirn. »Wen? Nein! Ich meine Triton, Glaucus, Weissmüller und Bill!«

»Ach«, Leo hatte keine Ahnung, wer diese Leute waren. »Ihr habt Bill trainiert? Beeindruckend.«

»Allerdings!« Aphros schlug sich mit den Fäusten auf die Brust. »Ich habe Bill selbst trainiert. Ein großer Meermann.«

»Ihr unterrichtet Kampf, nehme ich an.«

Aphros hob verzweifelt die Hände. »Warum glauben das eigentlich alle?«

Leo schaute das riesige Schwert auf dem Rücken des Fischtypen an. »Öh, keine Ahnung.«

»Ich unterrichte Musik und Poesie«, sagte Aphros. »Und Lebenskunde. Hauswirtschaft. Das ist wichtig für Helden.«

»Unbedingt.« Leo versuchte, ernst zu bleiben. »Nähen? Plätzchenbacken?«

»Ja. Ich freue mich, dass du das verstehst. Vielleicht gebe ich dir später mein Brownie-Rezept, wenn ich dich nicht umbringen muss.« Aphros zeigte verächtlich hinter sich. »Mein Bruder Bythos – der unterrichtet Kampf.«

Leo wusste nicht so recht, ob er erleichtert oder beleidigt sein sollte, weil der Kampftrainer Frank verhörte, während Leo mit dem Hauswirtschaftslehrer abgespeist wurde. »Na, super. Das ist also Camp … wie nennt Ihr das? Camp Fischblut?«

Aphros runzelte die Stirn. »Ich hoffe, das sollte ein Witz sein. Das ist Camp –« Er machte ein Geräusch, das sich anhörte wie eine Serie von pfeifenden und zischenden Sonarsignalen.

»Blöd von mir«, sagte Leo. »Und weißt du, ein paar Brownies könnten mir jetzt wirklich gefallen. Also, was müssen wir tun, um das Nicht-umbringen-Stadium zu erreichen?«

»Erzähl mir deine Geschichte«, sagte Aphros.

Leo zögerte, aber nicht lange. Irgendwie spürte er, dass hier die Wahrheit angebracht war. Er fing von vorne an – damit, dass Hera seine Babysitterin gewesen war und ihn in die Flammen gelegt hatte, dass seine Mutter wegen Gaia gestorben war, die Leo als künftigen Feind identifiziert hatte. Er erzählte, dass er seine Kindheit im Hin und Her zwischen Pflegefamilien verbracht hatte, bis er und Jason und Piper nach Camp Half-Blood gebracht worden waren. Er schilderte die Weissagung der Sieben, den Bau der Argo II und ihr Ziel, Griechenland zu erreichen und die Riesen zu besiegen, ehe Gaia erwachte.

Während er erzählte, zog Aphros einige übel aussehende Metalldornen aus seinem Gürtel. Leo hatte schon Angst, etwas Falsches gesagt zu haben, aber Aphros zog ein wenig Seetanggarn aus seinem Beutel und fing an zu stricken. »Weiter«, sagte er. »Nicht aufhören.«

Als Leo bei den Eidola, dem Ärger mit den Römern und all den Problemen angekommen war, die die Argo II auf dem Weg durch die USA und seit dem Verlassen von Charleston gehabt hatte, hatte Aphros bereits ein Babyhäubchen fertig.

Leo wartete, bis der Fischzentaur seine Stricksachen weggepackt hatte. Aphros' Hummerhörner schwammen noch immer durch seine dicken Haare und Leo musste den Drang unterdrücken, sie dort herauszufischen.

»Sehr schön«, sagte Aphros. »Ich glaube dir.«

»Einfach so?«

»Ich bin sehr gut darin, Lügen zu entdecken. Bei dir habe ich keine gehört. Deine Geschichte stimmt auch damit überein, was Hazel Levesque uns erzählt hat.«

»Ist sie …?«

»Natürlich«, sagte Aphros. »Es geht ihr gut.« Er steckte die Finger in den Mund und pfiff, was unter Wasser seltsam klang wie ein kreischender Delphin. »Meine Leute werden sie bald herbringen. Du musst wissen – unser Camp ist ein sorgfältig gehütetes Geheimnis. Du und deine Freunde seid mit einem Kriegsschiff aufgetaucht und wurdet von einem von Ketos Meeresungeheuern verfolgt. Wir wussten nicht, auf wessen Seite ihr steht.«

»Was ist mit dem Schiff?«

»Beschädigt«, sagte Aphros. »Aber nicht zu sehr. Der Skolopender hat sich zurückgezogen, nachdem er einen Mundvoll Feuer abbekommen hatte. Gut gemacht.«

»Danke. Skolopender? Nie davon gehört.«

»Dann kannst du dich glücklich schätzen. Unangenehme Geschöpfe. Jedenfalls haben wir dich und die beiden anderen aus den Tentakeln dieser Kreatur gerettet, als sie sich in die Tiefe zurückziehen wollte. Deine Freunde suchen euch noch immer da oben, aber wir haben ihre Sicht getrübt. Wir mussten sichergehen, dass ihr keine Bedrohung seid. Sonst hätten wir … Maßnahmen ergreifen müssen.«

Leo schluckte. Er war ziemlich sicher, dass *Maßnahmen ergreifen* nicht *Brownies backen* bedeutete. Und wenn diese Fischheinis so mächtig waren, dass sie ihr Camp vor Percy verstecken konnten, wo der doch diese ganzen poseidonischen Wasserkräfte besaß, dann war mit ihnen nicht zu spaßen. »Also … können wir gehen?«

»Bald«, versprach Aphros. »Ich muss das noch mit Bythos klären. Wenn er mit deinem Freund Gank …«

»Frank.«

»Frank. Wenn sie fertig sind, schicken wir euch zurück zu eurem Schiff. Und wir haben vielleicht noch ein paar Warnungen für euch.«

»Warnungen?«

»Da!« Aphros streckte die Hand aus. Hazel tauchte aus dem Tangwald auf, begleitet von zwei brutal aussehenden Meerfrauen, die ihre Fangzähne bleckten und zischten. Leo dachte, Hazel sei vielleicht in Gefahr, aber dann sah er, dass sie total entspannt war. Sie grinste und unterhielt sich mit ihren Begleiterinnen, und Leo ging auf, dass die Meerfrauen lachten.

»Leo!« Hazel schwamm zu ihm. »Ist das hier nicht alles umwerfend?«

Sie wurden allein auf dem Bergkamm zurückgelassen, was bedeuten musste, dass Aphros ihnen wirklich vertraute. Während der Zentaur und die Meerfrauen Frank holen gingen, trieben Leo und Hazel über dem Berg und schauten hinab auf das unterseeische Camp.

Hazel erzählte ihm, dass sie sich sofort mit den Meerfrauen verstanden hatte. Aphros und Bythos waren von ihrer Geschichte fasziniert gewesen, weil ihnen noch nie ein Kind des Pluto begegnet war. Außerdem hatten sie viele Sagen über das Pferd Arion gehört, und sie staunten darüber, dass Hazel sich mit ihm angefreundet hatte.

Hazel hatte versprochen, sie mit Arion zu besuchen. Die Meerfrauen hatten mit wasserfester Tinte ihre Telefonnummern auf Hazels Arm geschrieben, damit sie sich bei ihnen melden könnte. Leo fragte gar nicht erst, wieso die Meerfrauen mitten im Atlantik Netzempfang hatten.

Während Hazel erzählte, schwammen ihre Haare wie eine Wolke um ihr Gesicht – wie braune Erde und Goldstaub im Sieb eines Goldsuchers –, und sie war überhaupt nicht mehr das scheue, nervöse Mädchen auf dem Schulhof in New Orleans mit der zertrampelten Leinentasche zu ihren Füßen.

»Wir sind gar nicht mehr zum Reden gekommen«, sagte Leo. Er wollte das Thema eigentlich nicht so gern zur Sprache bringen, aber er wusste, dass das hier vielleicht ihre einzige Gelegenheit sein würde. »Ich meine, über Sammy.«

Ihr Lächeln verschwand. »Ich weiß … Ich muss es erst einmal verarbeiten. Es ist eine seltsame Vorstellung, dass du und er …«

Sie brauchte diesen Satz nicht zu beenden. Leo wusste genau, wie seltsam das war.

»Ich bin nicht sicher, ob ich das Frank erklären kann«, sagte sie dann noch. »Dass du und ich Händchen gehalten haben.«

Sie wich Leos Blick aus. Unten im Tal jubelten die Zyklopen, als das Tempeldach aufgesetzt wurde.

»Ich habe mit ihm gesprochen«, sagte Leo. »Ich habe ihm gesagt, dass ich nicht versuche … Du weißt schon. Zwischen euch Probleme zu machen.«

»Ach. Gut.«

Klang sie enttäuscht? Leo wusste es nicht und er war auch nicht sicher, ob er es wissen wollte.

»Frank, äh, wirkte ziemlich fertig, als ich Feuer herbeigerufen habe.« Leo erzählte, was in der Höhle passiert war.

Hazel sah entsetzt aus. »Oh nein! Das muss ihm ja schreckliche Angst gemacht haben.«

Sie griff an ihre Jeansjacke, als ob sie etwas in der Innentasche ertastete. Sie trug dieses Jacke oder dieses Oberhemd immer, selbst wenn es sehr heiß war. Leo hatte angenommen, es sei aus Schüchternheit oder weil die Jacke gut zum Reiten war, wie eine Motorradjacke. Aber jetzt kamen ihm Zweifel.

Sein Gehirn arbeitete auf Hochtouren. Er dachte daran, was Frank über seine Schwäche gesagt hatte … ein Stück Brennholz. Er fragte sich, warum dieser Junge Angst vor Feuer haben könnte, und warum Hazel so sehr auf diese Gefühle einging. Leo dachte an einige Geschichten, die er in Camp Half-Blood gehört hatte. Aus naheliegenden Gründen hörte er bei Geschichten über Feuer immer zu. Jetzt fiel ihm eine ein, an die er seit Monaten nicht mehr gedacht hatte.

»Es gibt eine alte Sage über einen Helden«, erinnerte er sich. »Sein Leben war an ein Holzscheit in einem Kamin gebunden, und wenn dieses Scheit verbrannte …«

Hazels Miene verdüsterte sich. Leo wusste, dass er die Wahrheit gefunden hatte.

»Frank hat dieses Problem«, vermutete er. »Und das Stück Holz …« Er zeigte auf Hazels Jacke. »Das hat er dir zum Aufbewahren gegeben?«

»Leo, bitte … ich darf nicht darüber reden.«

Leos Mechanikerinstinkte schalteten sich ein. Er fing an, über die Eigenschaften von Holz und die zersetzenden Kräfte von Salz und Wasser nachzudenken. »Kann das Stück Holz im Ozean denn bestehen? Wird es von deiner Luftschicht beschützt?«

»Das ist kein Problem«, sagte Hazel. »Das Holz ist nicht mal nass geworden. Außerdem ist es in mehrere Schichten Stoff und Plastik gewickelt und …« Sie biss sich frustriert in die Lippe. »Und ich soll nicht darüber reden, Leo! Leo, wenn Frank Angst vor dir zu haben scheint oder nervös wirkt, dann musst du das verstehen …«

Leo war froh, dass er im Wasser trieb, denn ihm war so schwindlig, dass er vermutlich nicht stehen könnte. Er versuchte, sich in Franks Lage zu sehen, mit einem so zerbrechlichen Leben, dass es jederzeit verbrennen könnte, im wahrsten Sinne des Wortes. Er stellte sich vor, wie viel Vertrauen dazu gehörte, dieses Leben – sein ganzes Schicksal – einem anderen Menschen anzuvertrauen.

Frank hatte sich offenbar für Hazel entschieden. Und als er Leo gesehen hatte – einen Typen, der nach Lust und Laune Feuer herbeirufen konnte und der sich an seine Freundin heranmachte …

Leo schauderte es. Kein Wunder, dass Frank ihn nicht leiden konnte. Und plötzlich kam ihm Franks Fähigkeit, sich in alle möglichen Tiere zu verwandeln, nicht mehr so beneidenswert vor – nicht, wenn sie mit diesem riesigen Problem verbunden war.

Leo dachte an die Zeile aus der Weissagung der Sieben, die er am wenigsten leiden konnte: *Die Welt wird sterben in Sturm oder Feuer.* Er wusste schon längst, dass Jason oder Percy für den Sturm standen – oder vielleicht auch beide. Leo war der Feuertyp. Niemand hatte das ausgesprochen, aber es lag auf der Hand. Wenn er einen Fehler beging, würde die Welt vergehen. Nein … sie musste vergehen. Leo hätte gern gewusst, ob Frank und sein Holzscheit etwas mit dieser Zeile zu tun hatten. Leo hatte schon einige Riesenfehler begangen. Es wäre ihm ein Leichtes, Frank Zhang aus Versehen in Flammen aufgehen zu lassen.

»Da seid ihr ja!« Beim Klang von Bythos' Stimme zuckte Leo zusammen.

Bythos und Aphros kamen auf sie zu, sie hatten den bleich, aber unversehrt aussehenden Frank zwischen sich genommen. Frank musterte Hazel und Leo forschend, als ob er versuchte, zu erraten, worüber sie geredet hatten.

»Ihr könnt gehen«, sagte Bythos. Er öffnete seine Satteltaschen und holte ihre beschlagnahmten Habseligkeiten heraus. Leo war noch nie so froh gewesen, den Werkzeuggürtel um seine Taille zu spüren.

»Sagt Percy Jackson, er soll sich keine Sorgen machen«, sagte Aphros. »Wir haben die Sache mit den gefangenen Meereswesen in Atlanta verstanden. Keto und Phorkys muss das Handwerk gelegt werden. Wir werden eine Abordnung Meerhelden schicken, um sie zu besiegen und ihre Gefangenen zu befreien. Cyrus vielleicht?«

»Oder Bill«, schlug Bythos vor.

»Ja. Bill wäre perfekt«, sagte Aphros zustimmend. »Jedenfalls sind wir dankbar, dass Percy uns darauf aufmerksam gemacht hat.

»Ihr solltet persönlich mit ihm reden«, sagte Leo. »Ich meine, wo er doch der Sohn des Poseidon ist und überhaupt.«

Beide Fischzentauren schüttelten mit ernster Miene den Kopf. »Manchmal ist es besser, nicht direkt mit Poseidons Brut zu tun zu haben«, sagte Aphros. »Wir unterhalten freundschaftliche Beziehungen zu ihm, aber die Politik der unterseeischen Gottheiten ist … kompliziert. Und unsere Unabhängigkeit ist uns wichtig. Wie auch immer, richtet Percy jedenfalls unseren Dank aus. Wir werden unser Bestes tun, um euch sicher und ohne weitere Zusammenstöße mit Ketos Monstern über den Atlantik zu bringen, aber seid gewarnt: Im Alten Meer, dem Mare Nostrum, warten weitere Gefahren.«

Frank seufzte. »Natürlich.«

Bythos klopfte dem großen Burschen auf die Schulter. »Es wird schon gut gehen, Frank Zhang. Du musst diese Meereswesenverwandlungen üben. Der Koi ist schon gut, aber versuch es mal mit einem Fregattvogel. Denk daran, was ich dir gezeigt habe. Das Atmen bringt's.«

Frank sah tödlich verlegen aus. Leo biss sich in die Lippe und war entschlossen, nicht zu lachen.

»Und du, Hazel«, sagte Aphros, »besuch uns mal wieder, und bring dein Pferd mit. Ich weiß, du machst dir Sorgen wegen der Zeit, die ihr verloren habt, weil ihr die Nacht in unserem Reich verbringen musstet. Du machst dir Sorgen um deinen Bruder Nico …«

Hazel packte ihr Kavallerieschwert. »Ist er … Weißt du, wo er ist?«

Aphros schüttelte den Kopf. »Nicht genau. Aber wenn du näher kommst, müsstest du seine Nähe spüren können. Hab keine Angst. Ihr müsst übermorgen in Rom eintreffen, wenn ihr ihn retten wollt, aber ihr habt noch Zeit. Und ihr müsst ihn unbedingt retten.«

»Ja«, stimmte Bythos zu. »Er wird für eure Reise unerlässlich sein. Ich weiß nicht, auf welche Weise, aber ich spüre, dass es so ist.«

Aphros legte Leo die Hand auf die Schulter. »Und du, Leo Valdez, bleib in der Nähe von Hazel und Frank, wenn ihr in Rom ankommt. Ich spüre, sie werden … äh, mechanische Probleme haben, die nur du überwinden kannst.«

»Mechanische Probleme?«, fragte Leo.

Aphros lächelte, als ob das eine großartige Nachricht wäre. »Und ich habe Geschenke für dich, den tapferen Lenker der Argo II.«

»Ich sehe mich gern als Kapitän«, sagte Leo. »Oder als Oberbefehlshaber.«

»Brownies«, sagte Aphros stolz und drückte Leo einen altmodischen Picknickkorb in die Arme. Der Korb war von einer Luftblase umgeben und Leo hoffte, die würde die Brownies davon abhalten, sich zu Salzwassermatsch aufzulösen. »Das Rezept liegt ebenfalls im Korb. Nicht zu viel Butter. Das bringt's. Und ich habe euch ein Empfehlungsschreiben an Tiberinus mitgegeben, den Gott des Tiber. Wenn ihr erst in Rom seid, wird eure Freundin, die Tochter der Athene, es brauchen.«

»Annabeth«, sagte Leo. »Na gut, aber warum?«

Bythos lachte. »Sie folgt doch dem Zeichen der Athene, oder nicht? Tiberinus kann ihr da weiterhelfen. Er ist ein uralter stolzer Gott, der … schwierig sein kann, aber für römische Geister bedeuten Empfehlungsschreiben eine Menge. Meins wird Tiberinus dazu bringen, ihr zu helfen. Hoffe ich.«

»Hoffe ich auch«, sagte Leo.

Bythos zog drei kleine rosa Perlen aus seiner Satteltasche. »Und jetzt los mit euch, ihr Halbgötter. Gute Fahrt.«

Er warf ihnen der Reihe nach die Perlen zu und drei schimmernde rosa Blasen aus Energie bildeten sich um sie.

Sie stiegen durch das Wasser nach oben. Leo konnte gerade noch denken: *Ein Seifenblasen-Aufzug?* Dann wurde er immer schneller und schoss zur in der Ferne leuchtenden Sonne hoch.

XXV

Piper

Piper machte einen neuen Eintrag in ihre Liste *Momente, in denen Piper sich überflüssig vorkommt.*

Mit einem Dolch und einer hübschen Stimme gegen Krabzilla kämpfen? Nicht so wirkungsvoll. Dann war das Monster mit drei von ihren Freunden in der Tiefe verschwunden, und sie hatte ihnen nicht helfen können.

Danach rannten Annabeth, Trainer Hedge und Buford der Tisch hin und her und nahmen Reparaturen vor, damit das Schiff nicht versank. Percy suchte den Ozean nach ihren Freunden ab, obwohl er vollkommen erschöpft war. Jason, ebenfalls erschöpft, flog wie ein blonder Peter Pan in der Takelage herum und löschte die Feuer der zweiten grünen Explosion, die unmittelbar über dem Hauptmast den Himmel erleuchtet hatte.

Piper dagegen konnte nur ihr Messer *Katoptris* anstarren und versuchen, Leo, Hazel und Frank ausfindig zu machen. Doch die einzigen Bilder, die zu ihr kamen, waren Bilder, die sie nicht sehen wollte: drei schwarze Geländewagen, die Charleston in Richtung Norden verließen, voll besetzt mit römischen Halbgöttern, Reyna am Steuer des ersten. Riesige Adler flogen über ihnen. Immer wieder tauchten leuchtende violette Geister in gespenstischen Autos auf und schlossen sich ihnen an, um den Highway in Richtung New York und Camp Half-Blood hochzudonnern.

Piper konzentrierte sich noch mehr. Sie sah die albtraumhaften Bilder, die sie schon kannte: den Stier mit dem Menschenkopf, der sich aus dem Wasser erhob, dann den dunklen Brunnenraum, der sich mit schwarzem Wasser füllte, während Jason, Percy und sie um ihr Leben kämpften.

Sie schob *Katoptris* in die Scheide und fragte sich, wie die schöne Helena während des Trojanischen Krieges bei Verstand geblieben war, wenn diese Klinge ihr als einzige Nachrichtenquelle gedient hatte. Dann fiel ihr ein, dass alle in Helenas Umgebung von der siegreichen griechischen Armee niedergemetzelt worden waren. Vielleicht war sie ja nicht bei Verstand geblieben.

Als die Sonne aufging, hatte niemand von ihnen geschlafen. Percy hatte den Meeresboden abgesucht und nichts gefunden. Die Argo II drohte nicht mehr zu sinken, aber ohne Leo konnten sie sie nicht richtig reparieren. Das Schiff war segeltüchtig, aber niemand schlug vor aufzubrechen – nicht ohne ihre vermissten Freunde.

Piper und Annabeth schickten eine Traumvision nach Camp Half-Blood, um Chiron mitzuteilen, was sie in Fort Sumter mit den Römern erlebt hatten. Annabeth schilderte ihren Wortwechsel mit Reyna. Piper beschrieb ihre Vision von den Geländewagen, die nach Norden brausten. Das freundliche Gesicht des Zentauren schien während dieses Gesprächs um dreißig Jahre zu altern, aber er versicherte, sich um die Verteidigung des Camps zu kümmern. Tyson, Mrs O'Leary und Ella waren wohlbehalten eingetroffen. Wenn nötig, könnte Tyson eine Zyklopenarmee zur Verteidigung des Camps herberufen, und Ella und Rachel Dare verglichen bereits Weissagungen und versuchten mehr darüber herauszufinden, was die Zukunft für sie bereithielt. Die Aufgabe der sieben Halbgötter an Bord der Argo II war, wie Chiron bekräftigte, ihren Einsatz zu vollenden und unversehrt heimzukehren.

Nach der Iris-Botschaft wanderten die Halbgötter schweigend an Deck hin und her und hofften auf ein Wunder.

Als es dann endlich eintraf – drei riesige rosa Blasen platzten an der Wasseroberfläche steuerbords und spuckten Frank, Hazel und Leo aus –, drehte Piper ein wenig durch. Sie schrie vor Erleichterung auf und sprang einfach ins Wasser.

Was hatte sie sich dabei gedacht? Sie hatte kein Seil und keine Schwimmweste und gar nichts. Aber sie war einfach so glücklich, dass sie zu Leo hinüberschwamm und ihn auf die Wange küsste, was ihn irgendwie überraschte.

»Hast du mich vermisst?«, fragte er lachend.

Plötzlich wurde Piper wütend. »Wo habt ihr gesteckt? Wieso seid ihr am Leben?«

»Lange Geschichte«, sagte er. Neben ihm tauchte ein Picknickkorb auf. »Brownie gefällig?«

Als sie dann an Bord waren und trockene Kleider angezogen hatten (der arme Frank musste sich von Jason eine viel zu kleine Hose ausleihen), versammelten sich alle am Achterdeck, um mit einem Frühstück zu feiern – außer Trainer Hedge, der knurrte, die Stimmung werde für seinen Geschmack zu gemütlich, weshalb er nach unten ging und Beulen im Schiffsrumpf glatt hämmerte. Während Leo sich an den Steuerhebeln zu schaffen machte, erzählten Hazel und Frank von den Fischzentauren und ihrem Trainingslager.

»Unglaublich«, sagte Jason. »Diese Brownies sind einfach köstlich.«

»Hast du sonst nichts dazu zu sagen?«, fragte Piper.

Er machte ein überraschtes Gesicht. »Was? Ich habe die Geschichte gehört. Fischzentauren. Meerleute. Brief an den Gott des Tiber. Hab verstanden. Aber diese Brownies …«

»Stimmt«, sagte Frank mit vollem Mund. »Probier sie mal mit Esthers Pfirsichmarmelade.«

»Das«, sagte Hazel, »ist total widerlich.«

»Gib mir mal das Glas«, sagte Jason.

Hazel und Piper wechselten einen Blick vollständiger Resignation. *Männer!*

Percy dagegen wollte jedes Detail über das Wassercamp hören. Er landete immer wieder bei der einen Frage: »Sie wollten sich nicht mit mir treffen?«

»Nicht direkt«, sagte Hazel. »Das war einfach … Unterwasserpolitik, glaube ich. Diese Meerleute wollen ihr Territorium für sich behalten. Die gute Nachricht ist, dass sie sich um das Aquarium in Atlanta kümmern. Und sie werden helfen, die Argo II zu beschützen, wenn wir den Atlantik überqueren.«

Percy nickte zerstreut. »Aber mich wollten sie nicht treffen?«

Annabeth klopfte ihm auf den Arm. »Hör doch auf, Algenhirn. Wir haben andere Sorgen.«

»Da hat sie Recht«, sagte Hazel. »Von heute an hat Nico noch weniger als zwei Tage. Die Fischzentauren haben gesagt, dass wir ihn unbedingt retten müssen. Er ist auf irgendeine Weise entscheidend für unseren Einsatz.«

Sie sah sich herausfordernd um, als ob sie auf Widerspruch wartete. Es kam keiner. Piper versuchte, sich vorzustellen, wie Nico di Angelo zu Mute war, der in einem Krug gefangen war und zum Überleben nur zwei Granatapfelkerne hatte, ohne zu wissen, ob er gerettet werden würde. Piper wollte jetzt unbedingt nach Rom, obwohl sie das grauenhafte Gefühl hatte, auf ihren eigenen Kerker zuzusegeln – eine mit Wasser gefüllte schwarze Kammer.

»Nico muss etwas über die Tore des Todes wissen«, sagte Piper.

»Wir werden ihn retten, Hazel. Wir können es rechtzeitig schaffen. Oder, Leo?«

»Was?« Leo riss seine Augen von den Hebeln. »Ach, klar. Wir müssten morgen früh im Mittelmeer ankommen. Dann brauchen wir den Rest des Tages, um nach Rom zu segeln – oder zu fliegen, wenn ich bis dahin den Stabilisator reparieren kann …«

Jason machte plötzlich ein Gesicht, als ob sein Brownie mit eingemachten Pfirsichen doch nicht so gut schmeckte. »Was uns am letzten möglichen Tag für Nico nach Rom bringt. Vierundzwanzig Stunden, um ihn zu finden – allerhöchstens.«

Percy schlug die Beine übereinander. »Und das ist nur ein Teil des Problems. Da ist auch noch das Zeichen der Athene.«

Annabeth schien über diesen Themenwechsel nicht glücklich zu sein. Sie legte die Hand auf ihren Rucksack, den sie immer bei sich zu haben schien, seit sie Charleston verlassen hatten.

Sie öffnete ihn und zog eine dünne Bronzescheibe vom Durchmesser eines Donuts heraus. »Das ist die Karte, die ich in Fort Sumter gefunden habe. Sie ist …«

Sie verstummte und starrte die glatte Bronzeoberfläche an. »Die ist ja leer!«

Percy sah sich beide Seiten an. »War sie das vorher nicht?«

»Nein! Ich habe sie in meiner Kabine angesehen und …« Annabeth murmelte leise: »Das muss wie das Zeichen der Athene sein. Ich kann nur etwas sehen, wenn ich allein bin. Anderen Halbgöttern zeigt es sich nicht.«

Frank wich zurück, als ob die Scheibe explodieren könnte. Er hatte einen Schnurrbart aus Orangensaft und einen Bart aus Browniekrümeln, und Piper hätte ihm gern eine Serviette gegeben.

»Aber was war denn da drauf?«, fragte Frank besorgt. »Und was ist dieses Zeichen der Athene eigentlich? Ich hab das noch immer nicht kapiert.«

Annabeth nahm Percy die Scheibe ab. Sie drehte sie im Sonnenlicht um, aber die Scheibe war und blieb leer. »Es war schwer, die Karte zu lesen, aber sie hat eine Stelle am Tiber in Rom gezeigt. Ich glaube, da soll meine Suche beginnen … der Weg, den ich gehen muss, um dem Zeichen zu folgen.«

»Vielleicht wird dir da der Flussgott Tiberinus begegnen«, sagte Piper. »Aber was ist denn nun dieses Zeichen?«

»Die Münze«, murmelte Annabeth.

Percy runzelte die Stirn. »Was für eine Münze?«

Annabeth suchte in ihrer Tasche und holte eine Silberdrachme heraus. »Die habe ich bei mir, seit mir in der Grand Central Station meine Mom begegnet ist. Das ist eine Athener Münze.«

Sie reichte die Münze herum. Während die anderen Halbgötter sie betrachteten, hatte Piper eine alberne Erinnerung an die Grundschule, wo sie Dinge vorzeigen und beschreiben mussten.

»Eine Eule«, sagte Leo. »Na, das ist doch überzeugend. Ich nehme an, dieser Zweig da ist ein Olivenzweig? Aber was ist das für eine Inschrift – ΑΘΕ – Athene Ohne Ende?«

»Das ist Alpha, Theta, Epsilon«, sagte Annabeth. »Auf Griechisch steht das für *Von den Athenern* … oder man könnte es auch als *Die Kinder der Athene* lesen. Das ist eine Art Motto Athens.«

»Wie SPQR für die Römer«, meinte Percy.

Annabeth nickte. »Und das Zeichen der Athene ist eine Eule, wie diese hier. Sie erscheint in feurigem Rot. Ich habe sie im Traum gesehen. Und dann zweimal in Fort Sumter.«

Sie beschrieb ihre Erlebnisse im Fort – die Stimme der Gaia, die

Spinnen in der Kammer, das Zeichen, das sie einäscherte. Piper sah, dass es ihr nicht leichtfiel, darüber zu sprechen.

Percy nahm Annabeths Hand. »Ich hätte bei dir sein sollen.«

»Aber das ist es ja gerade«, sagte Annabeth. »Niemand darf bei mir sein. Wenn ich nach Rom komme, muss ich allein losgehen. Sonst zeigt sich das Zeichen nicht. Ich muss ihm folgen, bis … bis zur Quelle.«

Frank nahm Leo die Münze ab. Er starrte die Eule an. *»Der Fluch der Giganten steht golden und bleich, in Schmerz gewonnen aus gewebtem Reich.«*

Er sah Annabeth an: »Was ist das … dieses Ding an der Quelle?«

Ehe Annabeth antworten konnte, sagte Jason: »Eine Statue. Eine Statue der Athene. Wenigstens … nehme ich das an.«

Piper runzelte die Stirn. »Du hast gesagt, dass du das nicht weißt.«

»Tu ich auch nicht. Aber je mehr ich darüber nachdenke … Es gibt nur einen Gegenstand, zu dem die Sage passen könnte.« Er drehte sich zu Annabeth um. »Es tut mir leid. Ich hätte dir viel früher alles erzählen müssen, was ich gehört habe. Aber ehrlich gesagt hatte ich Angst. Wenn diese Sage die Wahrheit berichtet …«

»Ich weiß«, sagte Annabeth. »Das habe ich schon verstanden, Jason. Ich mache dir auch keine Vorwürfe. Aber wenn wir diese Statue retten können, Griechen und Römer zusammen … Verstehst du das nicht? Es könnte die Fehde beenden.«

»Moment mal«, Percy hob die Hände. »Was denn für eine Statue?«

Annabeth nahm die Silbermünze und steckte sie in die Tasche. »Die Athena Parthenos«, sagte sie. »Die berühmteste griechische Statue von allen. Sie war fast über dreizehn Meter hoch und mit Gold überzogen. Sie stand im Zentrum des Parthenon in Athen.«

Das Schiff verstummte, nur die Wellen schlugen noch immer gegen den Rumpf.

»Okay, jetzt will ich's wissen«, sagte Leo endlich. »Was ist damit passiert?«

»Sie ist verschwunden«, sagte Annabeth.

Leo runzelte die Stirn. »Wie kann eine dreizehn Meter hohe Statue mitten auf dem Parthenon einfach so verschwinden?«

»Gute Frage«, sagte Annabeth. »Das gehört zu den größten ungelösten Rätseln der Geschichte. Eine Theorie ist, dass die Statue wegen des Goldes eingeschmolzen oder von Invasoren zerstört wurde. Athen wurde ja schließlich mehrere Male erobert. Andere meinen, die Statue sei verschleppt worden …«

»Von Römern«, fügte Jason hinzu. »Das ist jedenfalls eine Theorie und sie passt zu der Sage, die ich in Camp Jupiter gehört habe. Um die Griechen zu entmutigen, haben die Römer die Athena Parthenos weggeschafft, als sie die Stadt Athen eingenommen hatten. Sie haben sie in Rom in einem unterirdischen Gewölbe versteckt. Die römischen Halbgötter schworen, sie würde das Tageslicht niemals wiedersehen. Die haben Athene gestohlen, damit sie kein Symbol der griechischen Militärmacht mehr sein könnte. Sie wurde zu Minerva, einer viel zahmeren Göttin.«

»Und seither suchen die Kinder der Athene die Statue«, sagte Annabeth. »Die meisten kennen die Sage nicht, aber in jeder Generation werden einige wenige von der Göttin ausgesucht. Sie bekommen so eine Münze wie ich. Sie folgen dem Zeichen der Athene – einer Art magischer Fährte, die sie mit der Statue verbindet – und hoffen, das Versteck der Athena Parthenos zu finden und die Statue zurückholen zu können.«

Piper sah den beiden – Annabeth und Jason – mit stummer Verwunderung zu. Sie sprachen wie Verbündete miteinander, ohne Feindseligkeit oder Schuldzuweisungen. Bisher hatten sie einander niemals richtig vertraut. Piper stand beiden nahe genug, um das zu wissen. Aber jetzt … Wenn sie über ein dermaßen großes Problem so ruhig diskutieren konnten, dann gab es vielleicht doch noch Hoffnung für die beiden Camps.

Percy schien ähnlich zu denken, wenn man nach seiner verdutzten Miene urteilen konnte. »Und wenn wir – ich meine, wenn du die Statue findest … was machen wir dann damit? Könnten wir sie denn überhaupt transportieren?«

»Ich bin nicht sicher«, gab Annabeth zu. »Aber wenn wir sie irgendwie retten könnten, könnte sie die beiden Camps zusammenführen. Sie könnte meine Mutter von dem Hass befreien, der sie zerfrisst, weil er ihre beiden Erscheinungsformen auseinanderreißt. Und vielleicht … vielleicht hat die Statue irgendeine Macht, die uns gegen die Riesen helfen könnte.«

Piper starrte Annabeth bewundernd an und begann erst jetzt, die riesige Verantwortung zu erfassen, die ihre Freundin da auf sich genommen hatte. Und Annabeth wollte das allein machen.

»Das könnte alles ändern«, sagte Piper. »Es könnte Jahrtausende der Feindseligkeit beenden. Es könnte der Schlüssel zum Sieg über Gaia sein. Aber wenn wir dir nicht helfen können …«

Sie beendete den Satz nicht, aber die Frage schien in der Luft zu hängen: *War es dann überhaupt möglich, die Statue zu bergen?*

Annabeth hob die Schultern. Piper wusste, dass sie innerlich vor Angst umkommen musste, aber es gelang ihr hervorragend, das zu verbergen.

»Ich muss es schaffen«, sagte Annabeth einfach. »Es ist das Risiko wert.«

Hazel zwirbelte nachdenklich eine Haarsträhne. »Mir gefällt die Vorstellung nicht, dass du allein dein Leben aufs Spiel setzt, aber du hast Recht. Wir haben gesehen, was die Rückeroberung der Adlerstandarte für die römische Legion bedeutet hat. Wenn diese Statue das mächtigste Symbol der Athene ist, das jemals geschaffen wurde …«

»Dann könnte sie eine ganz schön fette Beute abgeben«, meinte Leo.

Hazel runzelte die Stirn. »So würde ich das nicht ausdrücken, aber du hast Recht.«

»Allerdings …«, Percy nahm wieder Annabeths Hand. »Kein Kind der Athene hat sie jemals gefunden. Annabeth, was ist da unten? Was bewacht sie? Wenn es mit Spinnen zu tun hat …«

»In Schmerz gewonnen aus gewebtem Reich«, zitierte Frank. »Gewebt, wie in Spinnweben?«

Annabeths Gesicht wurde weiß wie Papier. Piper vermutete, dass Annabeth wusste, was sie erwartete … oder dass sie zumindest eine sehr klare Vorstellung hatte. Sie versuchte, eine Welle aus Panik und Entsetzen zurückzudrängen.

»Darum kümmern wir uns, wenn wir in Rom sind«, schlug Piper vor und legte ein wenig Charmesprech in ihre Stimme, um die Nerven ihrer Freundin zu beruhigen. »Es wird schon gut gehen. Annabeth wird fette Beute machen. Ihr werdet ja sehen.«

»Ja«, sagte Percy. »Das habe ich schon längst gelernt: Bei Wetten immer auf Annabeth setzen.«

Annabeth sah die beiden dankbar an.

Ihrem nur halb gegessenen Frühstück nach zu urteilen war den anderen noch immer unwohl zu Mute, aber Leo schaffte es, sie aus dieser Stimmung zu reißen. Er drückte auf einen Knopf und eine

Dampfwolke quoll mit lautem Knall aus Festus' Maul. Alle fuhren hoch.

»Na«, sagte Leo. »Das klingt ja schon mal gut, aber auf diesem Schiff ist noch immer eine Menge in Ordnung zu bringen, bis wir das Mittelmeer erreichen. Bitte meldet euch bei Oberbefehlshaber Leo, der euch eure superspaßigen Aufgaben zuteilen wird.«

Piper und Jason säuberten das untere Deck, das beim Monsterangriff in ein großes Chaos verwandelt worden war. Sie waren fast den ganzen Tag damit beschäftigt, die Krankenstube wiederherzurichten und die Lagerräume aufzuräumen, aber Piper machte das nichts aus. Zum einen war sie ja die ganze Zeit mit Jason zusammen und zum anderen hatten die Explosionen des vergangenen Abends Piper einen gewaltigen Respekt vor dem Griechischen Feuer eingeflößt. Sie wollte nicht, dass mitten in der Nacht Phiolen mit diesem Zeug durch die Gänge kullerten.

Während sie in den Ställen beschäftigt waren, dachte Piper an die Nacht, die Annabeth und Percy versehentlich hier verbracht hatten. Piper wünschte, sie könnte die ganze Nacht mit Jason reden – sich einfach auf dem Stallboden zusammenrollen und mit ihm zusammen sein. Warum konnten *sie* nicht gegen die Vorschriften verstoßen?

Aber Jason war nicht so. Er war darauf gepolt, Anführer und ein gutes Beispiel zu sein. Gegen Vorschriften zu verstoßen lag ihm überhaupt nicht.

Zweifellos hatte Reyna das an ihm bewundert. Piper bewunderte es ja auch … meistens.

Das einzige Mal, als sie ihn zu einer kleinen Rebellion hatte überreden können, war in der Wüstenschule gewesen, als sie sich eines Nachts aufs Dach geschlichen hatten, um sich einen Meteoritenschwarm anzusehen. Und dort hatten sie sich zum ersten Mal geküsst.

Leider war diese Erinnerung ein Nebeltrick, eine magische Lüge, die Hera ihr in den Kopf gepflanzt hatte. Piper und Jason waren *jetzt* zusammen, im wirklichen Leben, aber ihre Beziehung gründete auf einer Illusion. Wenn Piper versuchte, den echten Jason dazu zu bringen, sich nachts hinauszuschleichen, würde ihr das gelingen?

Sie fegte das Heu zu Haufen zusammen. Jason reparierte eine zerbrochene Boxentür. Durch das Glasfenster im Boden leuchtete der Ozean unter ihnen – eine grüne Welt aus Licht und Schatten, die nach unten hin kein Ende zu nehmen schien. Piper schaute immer wieder hinunter, voller Angst, dort ein Monstergesicht zu erblicken, oder Wasserkannibalen aus den alten Geschichten ihres Großvaters, aber sie sah nur ab und zu einen Heringsschwarm.

Als sie Jason bei der Arbeit zusah, bewunderte sie die Leichtigkeit, mit der er jede Aufgabe erledigte, ob er nun eine Tür reparierte oder Sättel einölte. Es lag nicht nur an seinen starken Armen und seinen geschickten Händen, obwohl auch die Piper sehr gut gefielen, sondern daran, wie fröhlich und voller Selbstvertrauen er an die Arbeit ging. Er tat, was getan werden musste, ohne sich zu beklagen. Er war guter Laune, obwohl er doch todmüde sein musste, da er in der vergangenen Nacht nicht geschlafen hatte. Piper konnte Reyna wirklich keine Vorwürfe machen, dass sie in ihn verliebt war. Jason war durch und durch ein Römer.

Piper dachte an die Teegesellschaft ihrer Mutter in Charleston. Sie hätte gern gewusst, was die Göttin ein Jahr zuvor Reyna erzählt hatte, und warum Reyna Jason danach anders behandelt hatte. Hatte Aphrodite ihr zu- oder abgeraten, Jason zu mögen?

Piper war sich nicht sicher, wünschte aber, ihre Mom wäre in Charleston nicht aufgetaucht. Normale Mütter waren schon peinlich genug. Aber göttliche Glamourmütter, die deine Freundinnen zum Tee und zum Klatsch über Jungs einluden – die waren einfach tödlich.

Aphrodite hatte sich so um Annabeth und Hazel gekümmert, dass Piper nervös geworden war. Wenn ihre Mom sich für das Liebesleben irgendeines Menschen interessierte, war das normalerweise ein schlechtes Zeichen. Es bedeutete, dass Ärger bevorstand. Oder, wie Aphrodite sagen würde, *Irrungen und Wirrungen.*

Aber Piper war insgeheim auch verletzt, weil sie ihre Mutter nicht für sich gehabt hatte. Aphrodite hatte sie kaum beachtet. Sie hatte kein Wort über Jason gesagt. Sie hatte sich auch nicht dazu herabgelassen, mehr über ihr Gespräch mit Reyna zu erzählen.

Es war fast so, als ob Aphrodite Piper nicht mehr interessant fände. Piper hatte ihren Freund bekommen. Jetzt musste sie selbst dafür sorgen, dass alles gut lief, und Aphrodite wandte sich neuerem Klatsch zu, so leichthin, wie sie eine alte Nummer einer Illustrierten weggeworfen hätte.

Ihr seid alle so interessante Geschichten, hatte Aphrodite gesagt. *Ich meine Mädchen.*

Piper hatte das nicht gern gehört, aber ein Teil von ihr hatte gedacht: *Schön. Ich will keine Geschichte sein. Ich will ein nettes ruhiges Leben mit einem netten festen Freund.*

Wenn sie nur mehr darüber wüsste, wie Beziehungen gut liefen. Sie sollte hier die Expertin sein, schließlich war sie die Hüttenälteste der Aphrodite-Hütte. Dauernd kamen andere Campbewohner zu ihr und wollten einen Rat. Piper hatte sich alle Mühe gegeben, aber wenn es um ihren eigenen Freund ging, dann hatte sie keine

Ahnung. Sie versuchte immer wieder, zu raten, überinterpretierte Jasons Miene, seine Stimmungen, seine lockeren Kommentare. Warum musste das alles so schwer sein? Warum konnte es nicht immer einen Und-wenn-sie-nicht-gestorben-sind-dann-leben-sie-noch-heute-Ritt in den Sonnenuntergang geben?

»Woran denkst du?«, fragte Jason.

Piper ging auf, dass sie sauer wirken musste. Ihr Spiegelbild im Bodenfenster sah aus, als ob sie einen Teelöffel Salz verschluckt hätte.

»Nichts«, sagte sie. »Ich meine … an vieles. Irgendwie alles gleichzeitig.«

Jason lachte. Die Narbe an seiner Lippe verschwand fast, wenn er lächelte. Und nach allem, was er durchgemacht hatte, war es ein Wunder, dass er dermaßen gut gelaunt sein konnte.

»Es wird schon gut gehen«, versprach er. »Das hast du selbst gesagt.«

»Ja«, sagte Piper zustimmend. »Allerdings habe ich das nur gesagt, um Annabeth zu trösten.«

Jason zuckte mit den Schultern. »Es ist aber trotzdem wahr. Wir haben die Alte Welt schon fast erreicht. Und wir haben die Römer abgeschüttelt.«

»Und jetzt sind sie unterwegs nach Camp Half-Blood, um unsere Freunde zu überfallen.«

Jason zögerte, als ob es ihm schwerfiel, das nun auch noch positiv zu sehen. »Chiron wird schon eine Möglichkeit finden, sie aufzuhalten. Die Römer brauchen vielleicht Wochen, um das Camp zu finden und den Angriff zu planen. Und Reyna wird sich alle Mühe geben, sie aufzuhalten. Sie ist noch immer auf unserer Seite. Das weiß ich.«

»Du vertraust ihr.« Pipers Stimme klang hohl, sogar in ihren eigenen Ohren.

»Hör mal, Pipes, ich hab dir doch gesagt, du hast keinen Grund zur Eifersucht.«

»Sie ist schön. Sie ist mächtig. Sie ist so … römisch.«

Jason ließ seinen Hammer sinken. Er nahm ihre Hand, und das jagte einen Schauer durch ihren Arm. Pipers Dad war einmal mit ihr ins Aquarium gegangen und hatte ihr einen Zitteraal gezeigt. Er hatte ihr erzählt, dass der Aal elektrische Impulse aussandte, die seine Beute schockten und lähmten. Immer wenn Jason sie ansah oder ihre Hand berührte, kam Piper sich vor wie diese Beute.

»Du bist auch schön und mächtig«, sagte er. »Und ich will ja gar nicht, dass du römisch bist. Ich will, dass du Piper bist. Und außerdem sind wir ein Team, du und ich.«

Sie wollte ihm glauben. Sie waren jetzt seit Monaten zusammen, wirklich zusammen. Aber sie konnte sich nicht von ihren Zweifeln befreien, genauso wenig wie Jason sich von der in seinen Unterarm eingebrannten SPQR-Tätowierung befreien konnte.

Über ihnen rief die Schiffsglocke zum Essen.

Jason grinste. »Wir machen besser, dass wir nach oben kommen. Wir wollen ja nicht, dass Trainer Hedge uns Glocken um den Hals hängt.«

Piper schauderte es. Trainer Hedge hatte nach dem Percy/Annabeth-Skandal damit gedroht, denn dann wüsste er, wenn jemand sich außer Sichtweite schleichen wollte.

»Ja«, sagte sie bedauernd und sah die Glastür unter ihren Füßen an. »Wir könnten wohl eine Mahlzeit gebrauchen … und dann einmal gut schlafen.«

XXVI

Piper

Am nächsten Morgen wurde Piper von einem fremden Schiffssignal geweckt – und das war so laut, dass es sie geradezu aus dem Bett warf.

Sie fragte sich, ob Leo einen neuen Witz machte. Dann erscholl das Horn wieder. Es schien mehrere Hundert Meter weit weg zu sein – auf einem anderen Schiff.

Sie zog sich in aller Eile an. Als sie an Deck kam, hatten die anderen sich schon versammelt – alle eilig angekleidet, bis auf Trainer Hedge, der die Nachtwache übernommen hatte.

Franks T-Shirt von den Olympischen Winterspielen in Vancouver war auf links. Percy trug eine Schlafanzughose und einen bronzenen Brustpanzer, was einen interessanten Modetrend begründen könnte. Hazels Haare standen alle zu einer Seite ab, als ob sie durch einen Wirbelsturm gelaufen wäre, und Leo hatte sich aus Versehen angezündet. Sein T-Shirt bestand nur noch aus versengten Fetzen und seine Arme rauchten.

An die hundert Meter backbords glitt ein riesiges Kreuzfahrtschiff vorüber. Die Reisenden winkten ihnen von fünfzehn oder sechzehn Balkonreihen zu. Einige lächelten und fotografierten. Niemand schien sich über den Anblick einer altgriechischen Triere zu wundern. Vielleicht ließ der Nebel sie aussehen wie ein Fischerboot, oder vielleicht hielten die Kreuzfahrer die Argo II für eine Touristenattraktion.

Das andere Schiff tutete noch einmal und die Argo II erlitt einen Schüttelanfall.

Trainer Hedge hielt sich die Ohren zu. »Müssen die so laut sein?«

»Sie wollen nur Guten Tag sagen«, vermutete Frank.

»WAS?«, schrie Hedge zurück.

Das Schiff fuhr an ihnen vorbei und steuerte die offene See an. Die Passagiere winkten noch immer. Wenn sie es seltsam fanden, dass die Argo II von verschlafenen Jugendlichen in Rüstung und Schlafanzug und einem Mann mit Ziegenbeinen besetzt war, dann ließen sie sich nichts anmerken.

»Tschüs«, rief Leo und hob eine rauchende Hand.

»Kann ich ein Katapult besetzen?«, fragte Hedge.

»Nein«, sagte Leo mit gezwungenem Lächeln.

Hazel rieb sich die Augen und schaute über das funkelnde grüne Wasser. »Wo sind wir … Himmel!«

Piper folgte ihrem Blick und schnappte nach Luft. Jetzt, da das Kreuzfahrtschiff ihr nicht mehr die Sicht versperrte, sah sie einen Berg, der weniger als einen Kilometer nördlich von ihnen aus dem Meer ragte. Piper hatte schon häufiger beeindruckende Felsen gesehen. Sie war über den Highway 1 die kalifornische Küste entlanggefahren. Sie war sogar mit Jason in den Grand Canyon gefallen und wieder nach oben geflogen. Aber nichts davon war so umwerfend wie diese grandiose Faust aus blendend weißem Fels, die sich in den Himmel bohrte. Auf der einen Seite waren die Kalksteinfelsen fast vollständig kahl und fielen mehr als dreihundert Meter senkrecht ins Meer ab, wenn Piper das richtig sah. Auf der anderen Seite bildete der Berg Terrassen, die von grünem Wald bewachsen waren, und alles zusammen erinnerte Piper an eine im Laufe der Jahrhunderte verwitterte Sphinx, mit einem massiven weißen Kopf und Brustkasten und einem grünen Umhang.

»Der Felsen von Gibraltar«, sagte Annabeth ehrfürchtig. »An der

Spitze Spaniens. Und dort drüben …« Sie zeigte nach Süden, wo sich in der Ferne rote und ockergelbe Hügel dahinzogen. »Das muss Afrika sein. Wir befinden uns am Eingang zum Mittelmeer.«

Es war ein warmer Morgen, aber Piper zitterte. Trotz der weiten See vor ihnen hatte sie das Gefühl, vor einem undurchdringlichen Hindernis zu stehen. Wenn sie erst im Mittelmeer wären – dem Mare Nostrum –, dann waren sie in der Alten Welt. Wenn die Sagen zutrafen, würde ihre Suche dort noch zehnmal gefährlicher werden.

»Was jetzt?«, fragte sie. »Segeln wir einfach weiter?«

»Warum nicht?«, fragte Leo. »Das ist eine viel befahrene Wasserstraße. Hier sind die ganze Zeit Schiffe unterwegs.«

Aber keine Trieren voller Halbgötter, dachte Piper.

Annabeth starrte den Fels von Gibraltar an. Piper kannte diesen nachdenklichen Gesichtsausdruck ihrer Freundin. Er bedeutete fast immer, dass sie mit Problemen rechnete.

»In den alten Zeiten«, sagte Annabeth, »haben sie das hier die Säulen des Herkules genannt. Der Fels galt als die eine Säule. Die andere war einer der afrikanischen Berge. Aber niemand weiß so genau, welcher.«

»Herkules, was?« Percy runzelte die Stirn. »Der Typ ist so eine Art Starbucks des alten Griechenland. Wo immer man hinschaut – er ist schon da.«

Ein dröhnendes *BUMM* ließ die Argo II erbeben, aber Piper wusste nicht, woher es diesmal kam. Sie sah kein anderes Schiff und der Himmel war unbewölkt.

Ihr Mund war plötzlich wie ausgedörrt. »Also, diese Säulen des Herkules … sind die gefährlich?«

Annabeth schaute noch immer die weißen Felsen an, als ob sie darauf wartete, dass dort das Zeichen der Athene aufloderte. »Für die Griechen kennzeichneten die Säulen das Ende der bekannten Welt. Die Römer sagten, in den Säulen sei auf Latein eine Warnung eingeschrieben …«

»Non plus ultra«, sagte Percy.

Annabeth machte ein überraschtes Gesicht. »Ja. *Nicht darüber hinaus.* Woher weißt du das?«

Percy zeigte auf den Felsen. »Weil ich es vor der Nase habe.«

Genau vor ihnen, mitten in der Meerenge, war schimmernd eine Insel erschienen. Piper war sicher, dass da vorher keine gewesen war. Die Insel war eine kleine hügelige Landmasse, bedeckt mit Wäldern und umsäumt von weißen Stränden. Nicht sonderlich beeindruckend im Vergleich zu Gibraltar, aber an die hundert Meter vor der Insel ragten zwei weiße griechische Säulen aus den Wellen; sie waren so hoch wie die Masten der Argo II. Zwischen den Säulen funkelten riesige silberne Wörter unter Wasser – vielleicht eine Illusion, vielleicht in den Sand eingelassen: NON PLUS ULTRA.

»Leute, soll ich wenden?«, fragte Leo nervös. »Oder …«

Niemand antwortete – vor allem vielleicht deshalb, weil sie wie Piper eine Gestalt am Strand entdeckt hatten. Als das Schiff sich den Säulen näherte, sah sie einen dunkelhaarigen Mann in lilafarbenen Gewändern, der die Arme verschränkt hatte und ihr Schiff anstarrte, als ob er schon auf sie gewartet hätte. Piper konnte aus der Ferne sonst nicht viel erkennen, aber seine Haltung ließ annehmen, dass er nicht gerade glücklich war.

Frank schnappte nach Luft. »Könnte das …«

»Herkules«, sagte Jason. »Der mächtigste Halbgott aller Zeiten.«

Die Argo II war jetzt nur noch wenige Hundert Meter von den Säulen entfernt.

»Ich brauch eine Antwort«, drängte Leo. »Ich kann wenden, oder wir heben ab. Die Stabilisatoren funktionieren wieder. Aber ich muss ganz schnell wissen …«

»Wir müssen weiterfahren«, sagte Annabeth. »Ich glaube, er bewacht die Meerenge. Wenn das wirklich Herkules ist, wäre es nicht sinnvoll, umzudrehen oder zu fliegen. Er will sicher mit uns sprechen.«

Piper widerstand der Versuchung, Charmesprech anzuwenden. Sie wollte Leo zurufen: »Flieg los! Schaff uns hier weg!« Leider hatte sie das Gefühl, dass Annabeth Recht hatte. Wenn sie ins Mittelmeer wollten, führte kein Weg an dieser Begegnung vorbei.

»Wird Herkules nicht zu uns halten?«, fragte sie hoffnungsvoll. »Ich meine … er ist doch einer von uns, oder?«

Jason grunzte. »Er war der Sohn des Zeus, aber bei seinem Tod wurde er zum Gott erhoben. Und bei Göttern weiß man nie.«

Piper dachte an ihre Begegnung mit Bacchus in Kansas – noch so ein Gott, der früher mal Halbgott gewesen war. Er war nicht gerade hilfreich gewesen.

»Schön«, sagte Percy. »Wir sieben gegen Herkules.«

»Und ein Satyr«, fügte Trainer Hedge hinzu. »Den holen wir uns!«

»Ich habe einen besseren Vorschlag«, sagte Annabeth. »Wir schicken Botschafter an Land. Eine kleine Gruppe – höchstens zwei. Und versuchen, mit ihm zu reden.«

»Ich gehe«, sagte Jason. »Er ist ein Sohn des Zeus. Ich bin der Sohn des Jupiter. Vielleicht ist er da nett zu mir.«

»Vielleicht hasst er dich auch«, sagte Percy. »Halbbrüder verstehen sich nicht immer gut.«

Jason sah ihn wütend an. »Danke, Mr Optimismus.«

»Es ist einen Versuch wert«, sagte Annabeth. »Immerhin haben Jason und Herkules eine Gemeinsamkeit. Und wir brauchen unser größtes diplomatisches Talent. Jemanden, dem Wörter liegen.«

Alle schauten Piper an.

Sie versuchte, nicht zu schreien oder über die Reling zu springen. Böse Vorahnungen machten ihr zu schaffen. Aber wenn Jason an Land ging, wollte sie bei ihm sein. Vielleicht würde dieser ungeheuer mächtige Gott sich ja als hilfsbereit erweisen. Sie mussten doch auch irgendwann einmal Glück haben.

»Schön«, sagte sie. »Ich zieh mich nur schnell um.«

Als Leo die Argo II zwischen den Säulen verankert hatte, befahl Jason dem Wind, ihn und Piper an Land zu tragen.

Der Mann in Lila wartete schon auf sie.

Piper hatte unendlich viele Geschichten über Herkules gehört, hatte allerlei blöde Filme und Witzzeichnungen gesehen. Aber bisher hatte sie nie über ihn nachgedacht, sie hatte nur die Augen verdreht und sich einen haarigen Trottel von Mitte dreißig mit Heldenbrust und Hippiebart vorgestellt, der ein Löwenfell auf dem Kopf trug und eine riesige Keule hatte, wie ein Höhlenmensch. Sie stellte sich vor, dass er stank, rülpste, sich dauernd kratzte und durch Grunzen verständigte.

Das hier hatte sie nicht erwartet.

Er hatte bloße, mit Sand bedeckte Füße. Seine Gewänder gaben ihm ein priesterliches Aussehen, auch wenn Piper nicht mehr wusste, in welchem Rang Geistliche Violett trugen. Waren das Kardinäle? Bischöfe? Und bedeutete die Farbe, dass er die römische Version des Herkules war und nicht die griechische? Er hatte einen modischen Dreitagebart, aber nicht so einen, wie Pipers Dad und andere Schauspieler ihn trugen – die Sorte *Ich hab mich aus Versehen zwei Tage lang nicht rasiert und ich seh noch immer umwerfend aus.*

Er war gut gebaut, aber nicht zu kräftig. Seine ebenholzschwarzen Haare waren kurz geschnitten, nach römischer Art. Er hatte verwirrende blaue Augen, wie Jason, aber seine Haut war kupferbraun, als ob er sein ganzes Leben auf der Sonnenbank zubrachte. Und das Überraschendste an ihm war: Er sah aus wie dreißig. Auf keinen Fall älter. Er war hübsch auf eine raue Weise, aber er hatte nichts von einem Höhlenmenschen.

Er hatte allerdings eine Keule, die neben ihm im Sand lag, aber die sah eher aus wie ein überdimensionaler Baseballschläger – ein ein Meter fünfzig langer polierter Mahagonizylinder mit einem ledernen, in Bronze eingefassten Handgriff. Trainer Hedge wäre neidisch gewesen.

Jason und Piper landeten am Rand des Wassers. Sie näherten sich langsam und gaben sich alle Mühe, keine bedrohlichen Bewegungen zu machen. Herkules sah ihnen ungerührt zu, als ob sie eine Art Seevögel wären, die er noch nie bemerkt hätte.

»Hallo«, sagte Piper. Das war immer ein guter Anfang.

»Was läuft denn so?«, fragte Herkules. Seine Stimme war tief, aber lässig, sehr modern. Er hätte sie auch in der Garderobe in einer Highschool begrüßen können.

»Äh, nicht viel«, sagte Piper. »Na ja, eigentlich sehr viel. Ich bin Piper. Das ist Jason. Wir …«

»Wo ist dein Löwenfell?«, fiel Jason ihr ins Wort.

Piper hätte ihm gern einen Rippenstoß versetzt, aber Herkules sah eher belustigt aus als verärgert.

»Es sind fast vierzig Grad«, sagte er. »Warum sollte ich mein Löwenfell tragen? Gehst du im Pelzmantel an den Strand?«

»Das leuchtet eigentlich ein.« Jason klang enttäuscht. »Aber auf Bildern trägst du immer ein Löwenfell.«

Herkules starrte vorwurfsvoll gen Himmel, als hätte er gern seinem Vater Zeus ein paar harsche Worte gesagt. »Glaub nicht alles, was du über mich hörst. Berühmtsein ist nicht so lustig, wie du vielleicht glaubst.«

»Da sagst du was Wahres«, seufzte Piper.

Herkules richtete seine leuchtend blauen Augen auf sie. »Bist du berühmt?«

»Mein Dad … Er ist beim Film.«

Herkules fauchte. »Komm mir ja nicht mit Filmen. Götter des Olymp, da stimmt doch nichts. Hast du irgendeinen Film über mich gesehen, in dem ich richtig aussehe?«

Piper musste zugeben, dass er da nicht Unrecht hatte. »Ich bin überrascht, dass du so jung bist.«

»Ha! Unsterblichkeit ist eine gute Hilfe. Aber es stimmt, als ich gestorben bin, war ich noch nicht alt. Nicht nach modernen Maßstäben. Ich habe viel geleistet in meinen Heldenjahren … zu viel sogar.« Sein Blick wanderte zu Jason. »Sohn des Zeus, was?«

»Jupiter«, sagte Jason.

»Kein großer Unterschied«, knurrte Herkules. »Dad ist in jeder Form ein Nervbolzen. Ich wurde Herakles genannt. Dann kamen die Römer und machten daraus Herkules. Ich habe mich allerdings nicht sehr verändert, obwohl ich neuerdings bohrende Kopfschmerzen kriege, wenn ich daran denke.«

Seine linke Gesichtshälfte zuckte. Seine Gewänder schimmerten, wurden für einen Moment weiß, dann waren sie wieder lila.

»Jedenfalls«, sagte Herkules, »wenn du der Sohn des Jupiter bist, dann müsstest du das verstehen. Es ist ein ganz schöner Druck. Nichts ist je genug. Da kann man schon durchdrehen.«

Er wandte sich Piper zu. Sie hatte das Gefühl, dass tausend Ameisen ihren Rücken hochkrochen. In seinen Augen lag eine Mischung aus Trauer und Düsterkeit, die ein wenig verrückt und kein bisschen vertrauenerweckend wirkte.

»Und was dich angeht, meine Liebe«, sagte Herkules, »sei vorsichtig. Söhne des Zeus sind manchmal … ach, egal.«

Piper wusste nicht so ganz, was er meinte. Plötzlich wollte sie so weit von diesem Gott entfernt sein wie möglich, aber sie versuchte, eine ruhige, gelassene Miene zu behalten.

»Also, Herr Herkules«, sagte sie. »Wir sind hier im Einsatz. Wir bitten um die Erlaubnis, ins Mittelmeer zu fahren.«

Herkules zuckte mit den Schultern. »Deshalb bin ich hier. Nach meinem Tod hat Dad mich zum Torhüter des Olymp ernannt. Ich sagte: *Spitze! Palastdienst! Party rund um die Uhr!* Was er nicht erwähnt hat, war, dass ich den Eingang zur Alten Welt hüten und in alle Ewigkeit auf dieser Insel festsitzen würde. Ein Heidenspaß!«

Er zeigte auf die Säulen, die aus der Brandung aufragten. »Blöde Säulen. Manche behaupten, ich hätte die ganze Straße von Gibraltar geschaffen, indem ich die Berge auseinandergeschoben hätte. Manche behaupten, die Berge seien Säulen. Was für ein Haufen Augiaskot! Diese Säulen sind Säulen.«

»Genau«, sagte Piper. »Natürlich. Also … dürfen wir durch?«

Der Gott kratzte sich in seinem modischen Bart. »Na, ich muss euch vorschriftsgemäß darauf hinweisen, wie gefährlich die Alte Welt ist. Nicht jeder Halbgott kann das Mare Nostrum so einfach überleben. Und deshalb muss ich euch eine Aufgabe stellen. Ihr müsst euren Wert beweisen und so, bla, bla, bla. Ehrlich gesagt, ich mache kein großes Aufhebens davon. Meistens gebe ich Halbgöttern etwas Leichtes auf, einkaufen gehen, ein lustiges Lied singen, so was. Nach all den Arbeiten, die ich für meinen Vetter Eurystheus verrichten musste … So wie der will ich nicht sein, versteht ihr?«

»Das kann ich dir nachfühlen«, sagte Jason.

»Ach, nicht der Rede wert«, Herkules klang lässig und umgänglich, aber er machte Piper trotzdem nervös. Das dunkle Funkeln in seinen Augen erinnerte sie an in Kerosin schwimmende Braunkohle, die jeden Moment in die Luft fliegen kann.

»Also«, sagte Herkules. »Was habt ihr denn vor?«

»Riesen«, sagte Jason. »Wir sind unterwegs nach Griechenland, um zu verhindern, dass sie Gaia aufwecken.«

»Riesen«, murmelte Herkules. »Die Typen hasse ich. Damals, als ich noch Halbgott war … ach, egal. Und welche Gottheit hat euch das aufgegeben … Dad? Athene? Vielleicht Aphrodite?« Er hob eine Augenbraue und sah Piper an. »So hübsch wie du bist, tippe ich, dass sie deine Mom ist.«

Piper hätte schneller denken sollen, aber Herkules hatte sie durcheinandergebracht. Zu spät ging ihr auf, dass das Gespräch sich jetzt über vermintes Gelände bewegte.

»Hera schickt uns«, sagte Jason. »Sie hat uns zusammengeführt, um …«

»Hera.« Das Gesicht des Herkules war plötzlich wie der Felsen von Gibraltar – eine erbarmungslose Steinfläche.

»Wir hassen sie auch«, sagte Piper eilig. Götter, warum hatte sie nicht daran gedacht? Hera war die Todfeindin des Herkules gewesen. »Wir wollten ihr eigentlich nicht helfen. Sie hat uns aber keine Wahl gelassen, und …«

»Und hier seid ihr«, sagte Herkules und seine ganze Freundlichkeit war verschwunden. »Tut mir leid, ihr zwei. Es ist mir egal, wie wichtig euer Einsatz ist. Ich tue nichts, was Hera will. Nie und nimmer.«

Jason wirkte verwirrt. »Aber ich dachte, du hast dich mit Hera versöhnt, als du zum Gott geworden bist.«

»Wie gesagt«, knurrte Herkules. »Du darfst nicht alles glauben, was du so hörst. Wenn ihr ins Mittelmeer wollt, dann muss ich euch leider eine besonders schwere Aufgabe stellen.«

»Aber wir sind Brüder«, widersprach Jason. »Hera hat auch mein Leben verpfuscht. Ich verstehe …«

»Du verstehst gar nichts«, sagte Herkules kalt. »Meine erste Familie: tot. Mein Leben: mit idiotischen Aufgaben vergeudet. Meine zweite Frau: tot, nachdem sie dazu angestiftet worden war, mich zu vergiften, und mir ein qualvolles Siechtum beschert hatte. Und meine Entschädigung? Ich wurde zu einem Gott *zweiten Grades!* Unsterblich, so dass ich meinen Schmerz niemals vergessen kann. Und hierhin abgeschoben als Türsteher, als Aufpasser, als … Butler der Olympier. Nein, das verstehst du nicht. Der einzige Gott, der mich ein bisschen versteht, ist Dionysos. Und der hat wenigstens etwas Brauchbares erfunden. Ich kann nichts vorweisen außer miesen Verfilmungen meines Lebens.«

Piper schaltete ihren Charmesprech ein. »Das ist furchtbar traurig, Herr Herkules. Aber bitte, seid nicht so streng mit uns. Wir sind doch keine bösen Menschen.«

Sie glaubte, Erfolg zu haben. Herkules zögerte. Dann biss er die Zähne zusammen und schüttelte den Kopf. »Auf der anderen Seite der Insel, hinter diesen Hügeln, findet ihr einen Fluss. In der Mitte dieses Flusses haust der alte Gott Acheloos.«

Herkules verstummte und schien zu erwarten, dass diese Mitteilung sie entsetzt die Flucht ergreifen lassen würde.

»Und?«, fragte Jason.

»Und«, sagte Herkules, »ihr sollt sein anderes Horn abbrechen und mir bringen.«

»Er hat Hörner?«, sagte Jason. »Was? Sein *anderes* Horn? Was …«

»Das könnt ihr selbst rausfinden«, fauchte der Gott. »Hier, das müsste euch helfen.«

Er sagte *helfen*, als ob er das Gegenteil gemeint hätte. Unter seinem Gewand zog Herkules ein kleines Buch hervor und warf es Piper zu. Sie konnte es im letzten Moment auffangen.

Der Hochglanzumschlag des Buches zeigte eine Fotomontage aus griechischen Tempeln und lächelnden Monstern. Der Minotauros hob den Daumen. Das Buch hatte den Titel: *Der Herkules-Führer zum Mare Nostrum.*

»Bringt mir bis Sonnenuntergang dieses Horn«, sagte Herkules. »Nur ihr zwei. Ohne eure Freunde zu verständigen. Euer Schiff bleibt, wo es ist. Wenn ihr es schafft, dürft ihr ins Mittelmeer einfahren.«

»Und wenn nicht?«, fragte Piper, ziemlich sicher, dass sie die Antwort nicht hören wollte.

»Na, dann wird Acheloos euch natürlich umbringen«, sagte Herkules. »Und ich werde euer Schiff mit bloßen Händen zerbrechen und eure Freunde ins frühe Grab schicken.«

Jason trat von einem Fuß auf den anderen. »Könnten wir nicht doch lieber ein lustiges Lied singen?«

»Ich würde mich auf den Weg machen«, sagte Herkules eiskalt. »Bis Sonnenuntergang. Oder eure Freunde sind tot.«

XXVII

Piper

Der Herkules-Führer zum Mare Nostrum war gegen Moskitos und Schlangen keine große Hilfe.

»Wenn das eine Zauberinsel ist«, murrte Piper, »warum kann es dann keine nette Zauberinsel sein?«

Sie kraxelten auf einen Hügel und dann hinunter in ein üppig bewaldetes Tal, wobei sie sorgfältig den schwarz-weiß gestreiften Schlangen auswichen, die sich auf den Felsen sonnten. Moskitos schwärmten an den tiefstgelegenen Stellen über trüben Tümpeln. Der Wald bestand vor allem aus verkrüppelten Oliven, Zypressen und Pinien. Das Sirren der Zikaden und die drückende Hitze erinnerten Piper an das sommerliche Reservat in Oklahoma.

Bisher hatten sie noch keinen Fluss gefunden.

»Wir könnten fliegen«, schlug Jason noch einmal vor.

»Dann könnten wir etwas übersehen«, sagte Piper. »Und ich bin auch nicht sicher, ob ich auf einen unfreundlichen Gott fallen möchte. Wie hieß der doch noch gleich? Aschenlaus?«

»Acheloos.« Jason versuchte, im Gehen in dem Reiseführer zu lesen, und deshalb stieß er immer wieder gegen Bäume und stolperte über Felsen. »Hier steht, dass er ein Potamos ist.«

»Ein Hippopotamos?«

»Nein. Ein Potamos. Ein Flussgott. Dem Buch nach ist er der Geist irgendeines griechischen Flusses.«

»Da wir aber nicht in Griechenland sind, können wir davon ausgehen, dass er umgezogen ist«, sagte Piper. »Verheißt ja nichts Gutes. Sonst noch was?«

»Hier steht, dass Herkules einmal gegen ihn gekämpft hat«, teilte Jason mit.

»Herkules hat gegen neunundneunzig Prozent von *allem* im alten Griechenland gekämpft.«

»Stimmt. Mal sehen. Säulen des Herkules ...« Jason blätterte um. »Hier steht, dass es auf dieser Insel keine Hotels, keine Restaurants, keine Verkehrsmittel gibt. Sehenswürdigkeiten: Herkules und zwei Säulen. Ha, das ist interessant. Offenbar stammt das Dollarzeichen – du weißt schon, das S mit den zwei Schrägstrichen – vom spanischen Wappen, das die Säulen des Herkules mit einem dazwischen wehenden Banner zeigte.«

Wunderbar, dachte Piper. Endlich verträgt Jason sich mit Annabeth und schon greifen ihre Hirnitendenzen auf ihn über.

»Irgendwas Hilfreiches?«, fragte sie.

»Warte mal. Hier wird Acheloos kurz erwähnt: *Dieser Flussgott kämpfte mit Herkules um die Hand der schönen Deianeira. Dabei brach Herkules dem Flussgott ein Horn ab, was zum ersten Füllhorn wurde.*«

»Was denn für ein Fühlhorn?«

»Das ist diese Dekoration zu Thanksgiving«, sagte Jason. »Das Horn, aus dem alle Leckerbissen strömen. Wir haben eins in der Messe von Camp Jupiter. Ich wusste nicht, dass das Original mal ein echtes Horn war.«

»Und wir sollen also das andere holen«, sagte Piper. »Das wird sicher nicht so leicht. Wer war Deianeira?«

»Herkules hat sie geheiratet«, sagte Jason. »Ich glaube ... Das steht hier nicht. Aber ich glaube, sie hat kein gutes Ende genommen.«

Piper dachte daran, was Herkules ihnen erzählt hatte: seine erste Familie tot, seine zweite Frau angestiftet, ihn zu vergiften. Diese Aufgabe gefiel ihr immer weniger.

Sie trotteten über einen Felskamm zwischen zwei Hügeln und versuchten, sich im Schatten zu halten, aber Piper war schon schweißnass. Die Moskitos hinterließen kleine Schwellungen auf ihren Knöcheln, Armen und ihrem Hals, und vermutlich sah sie schon aus wie ein Fall von Pocken.

Endlich war sie mit Jason allein, und dann passierte *das*.

Sie war wütend auf Jason, weil er Hera erwähnt hatte, aber sie wusste, dass sie ihm keine Vorwürfe machen durfte. Vielleicht war sie nur ganz allgemein wütend auf ihn. Seit Camp Jupiter schleppte sie eine Menge Sorgen und Verstimmungen mit sich herum.

Sie hätte gern gewusst, was Herkules ihr über die Söhne des Zeus hatte sagen wollen. Auf die sei kein Verlass? Sie stünden unter zu hohem Druck? Piper versuchte sich vorzustellen, wie Jason nach seinem Tod zum Gott wurde, und wie er dann an irgendeinem Strand stand und die Tore zu einem Ozean bewachte, während Piper und alle anderen, die er in seinem sterblichen Leben gekannt hatte, längst tot waren.

Sie hätte auch gern gewusst, ob Herkules jemals so positiv wie Jason gewesen war – fröhlicher, zuversichtlicher, leicht zu trösten. Es war schwer vorstellbar.

Als sie ins nächste Tal hinunterstiegen, überlegte Piper, was wohl auf der Argo II vor sich ging. Sie hätte ihren Freunden gern eine Iris-Botschaft geschickt, aber Herkules hatte ihnen eingeschärft, dass sie keinen Kontakt zu ihnen aufnehmen durften. Sie hoffte, dass Annabeth erraten würde, was da vor sich ging, und niemanden mehr ans Ufer schickte. Piper war sich nicht sicher, wozu Herkules fähig war, wenn er noch einmal gestört wurde. Sie stellte sich vor, wie Trainer Hedge ungeduldig wurde und ein Katapult auf den Mann in Lila richtete, oder wie Eidola in die Mannschaft fuhren und sie zwangen, sich von Herkules in den Selbstmord treiben zu lassen.

Piper schauderte es. Sie wusste nicht, wie spät es war, aber die Sonne ging schon unter. Wie hatte der Tag so schnell vergehen können? Normalerweise hätte sie sich über den Sonnenuntergang gefreut, weil es dann kühler wurde, nur lief damit auch ihre Frist ab. Ein kühler Abendwind würde ihnen nicht viel helfen, wenn sie tot waren. Außerdem war am nächsten Morgen der erste Juli, die Kalenden des Juli. Wenn ihre Informationen zutrafen, würde das der letzte Tag im Leben von Nico di Angelo sein, und der Tag, an dem Rom zerstört würde.

»Halt«, sagte Jason.

Piper wusste erst nicht, warum. Dann ging ihr auf, dass sie vor sich Wasser rauschen hörte. Sie schlichen durch den Wald weiter und erreichten ein Flussufer. Der Fluss war über zehn Meter breit, aber nur wenige Daumenbreit tief, eine silberne Wasserdecke, die über ein Bett aus Steinen jagte. Einige Meter flussabwärts fielen die Stromschnellen in ein dunkelblaues Wasserloch.

Etwas an diesem Fluss machte ihr zu schaffen. Die Zikaden in den Bäumen waren verstummt. Kein Vogel zwitscherte. Das Wasser schien einen Vortrag zu halten und nur seine eigene Stimme zuzulassen.

Aber je mehr Piper lauschte, umso einladender kam ihr der Fluss vor. Sie hätte gern daraus getrunken. Vielleicht sollte sie die Schuhe ausziehen. Ihre Füße konnten wirklich ein Bad gebrauchen. Und dieses tiefe Wasserloch … Es wäre so nett, mit Jason hineinzuspringen und sich im Schatten der Bäume zu entspannen, sich in dem schönen kühlen Wasser treiben zu lassen.

Piper schüttelte sich. Das waren nicht ihre Gedanken. Etwas stimmte hier nicht. Sie hatte fast das Gefühl, als versuche der Fluss es mit Charmesprech.

Jason setzte sich auf einen Felsen und fing an, sich die Schuhe auszuziehen. Er grinste das Wasser an, als könnte er es nicht erwarten, hineinzuspringen.

»Schluss damit!«, schrie Piper den Fluss an.

Jason machte ein verwirrtes Gesicht. »Womit denn Schluss?«

»Nicht du«, sagte Piper. »Der da.«

Sie kam sich blöd vor, als sie auf das Wasser zeigte, aber sie war sicher, dass der Fluss irgendeine Art Zauber ausübte und ihre Gefühle verwirrte.

Als sie schon glaubte, den Verstand verloren zu haben und das auch jeden Moment von Jason zu hören zu kriegen, sprach der Fluss: *Verzeiht mir. Singen ist eine der wenigen Freuden, die mir noch bleiben.*

Eine Gestalt tauchte aus dem Wasserloch auf, als wäre sie mit dem Fahrstuhl hochgefahren.

Pipers Schultern spannten sich an. Es war das Wesen, das sie in ihrer Messerklinge gesehen hatte, der Stier mit dem Menschengesicht. Seine Haut war blau wie das Wasser. Seine Hufe schwebten über der Wasseroberfläche. Auf seinem Stiernacken saß der Kopf eines Mannes mit kurzen Locken und gekräuseltem Bart nach altgriechischer Mode, tiefen traurigen Augen hinter einer Gleitsichtbrille und einem Mund, der ununterbrochen zu schmollen schien. Aus der linken Seite seines Kopfes wuchs ein Stierhorn – ein geschwungenes schwarz-weißes von der Sorte, die Krieger als Trinkgefäße benutzten. Das Ungleichgewicht ließ seinen Kopf zur Seite kippen und er sah aus, als versuche er, Wasser aus seinem Ohr zu schütteln.

»Hallo«, sagte er traurig. »Ihr wollt mich umbringen, nehme ich an.«

Jason zog die Schuhe wieder an und erhob sich langsam. »Äh, na ja …«

»Nein«, schaltete sich Piper ein. »Es tut mir leid. Das ist uns peinlich. Wir wollen Euch eigentlich gar nicht belästigen, aber Herkules hat uns geschickt.«

»Herkules«, der Stiermann seufzte. Seine Hufe scharrten angriffsbereit auf dem Wasser. »Für mich wird er immer Herakles sein. Das ist sein griechischer Name, wisst ihr. *Der Ruhm der Hera.*«

»Komischer Name«, sagte Jason. »Wo er sie doch hasst.«

»Stimmt«, sagte der Stiermann. »Vielleicht hat er deshalb nicht widersprochen, als die Römer daraus Herkules gemacht haben. Natürlich ist das der Name, unter dem er vor allem bekannt ist … Das ist sein Markenzeichen, wenn ihr so wollt. Herkules ist ja schließlich imagebewusst.«

Der Stiermann sagte das bitter, aber vertraulich, als ob Herkules ein alter Freund sei, den er nicht mehr verstand.

»Ihr seid Acheloos?«, fragte Piper.

Der Stiermann knickte die Vorderbeine ein und senkte den Kopf zu einer Verbeugung, was Piper süß und ein bisschen traurig fand. »Zu Diensten. Flussgott zur besonderen Verfügung. Einst der Geist des mächtigsten Flusses in Griechenland. Jetzt verbannt hierher, auf die andere Seite der Insel meines alten Feindes. Ach, die Götter sind grausam! Aber wen von uns beiden sie damit bestrafen wollten, dass sie uns so dicht zusammengepfercht haben, weiß ich nicht so recht.«

Piper war nicht klar, was er damit meinte, aber wieder drang das Rauschen des Flusses in ihre Gedanken – und erinnerte sie daran, wie verschwitzt und durstig sie war und wie angenehm ein Bad doch wäre. Sie versuchte, sich zu konzentrieren.

»Ich bin Piper«, sagte sie. »Das hier ist Jason. Wir wollen nicht kämpfen. Es ist bloß so, dass Herakles – Herkules –, wer immer er nun sein mag, wütend auf uns ist und uns hergeschickt hat.«

Sie erzählte von ihrer Fahrt in die Alte Welt, um die Riesen am Aufwecken Gaias zu hindern. Sie beschrieb, wie ihr Team aus Griechen und Römern sich zusammengefunden hatte und wie Herkules einen Wutanfall erlitten hatte, als er erfahren hatte, dass Hera hinter alledem steckte.

Der Kopf des Acheloos kippte immer wieder nach links, deshalb war Piper nicht sicher, ob er einnickte oder mit einem einhörnigen Schwindel kämpfte.

Als sie fertig war, sah Acheloos sie an, als ob sie einen bedauerlichen Hautausschlag entwickelte. »Ach, meine Liebe ... die Sagen treffen zu, weißt du? Die Geister, die Wasserkannibalen.«

Piper musste ein Wimmern unterdrücken. Darüber hatte sie Acheloos doch gar nichts erzählt? »W... Wieso ...«

»Flussgötter wissen so manches«, sagte er. »Leider konzentrierst du dich auf die falsche Geschichte. Wenn du nach Rom gelangt wärst, hätte die Geschichte der Flut dir bessere Dienste geleistet.«

»Piper?«, fragte Jason. »Wovon redet er da?«

Ihre Gedanken waren plötzlich so durcheinander wie die Glasstücke in einem Kaleidoskop. *Die Geschichte der Flut ... Wenn du nach Rom gelangt wärst ...*

»Ich ... Ich bin nicht sicher«, sagte sie, obwohl die Sache mit der Flut ihr vage bekannt vorkam. »Acheloos, ich verstehe nicht ...«

»Nein, tust du nicht«, sagte der Flussgott mitfühlend. »Armes Ding. Noch ein Mädchen, das an einen Sohn des Zeus geraten ist.«

»Moment mal«, sagte Jason. »Sohn des Jupiter, bitte. Und wieso ist sie deshalb ein *armes Ding?*«

Acheloos achtete nicht auf ihn. »Mein Mädchen, weißt du, warum ich mit Herkules gekämpft habe?«

»Wegen einer Frau«, erinnerte sich Piper. »Deianeira.«

»Ja«, Acheloos seufzte. »Und weißt du, was aus ihr geworden ist?«

»Äh …«, Piper warf Jason einen Blick zu.

Er zog den Reiseführer heraus und blätterte eilig darin. »Das steht hier nicht …«

Acheloos schnaubte beleidigt. »Was ist das denn?«

Jason blinzelte. »Nur … *Der Herkulesführer zum Mare Nostrum.* Er hat uns das Buch gegeben, damit wir …«

»Das ist kein Buch«, erklärte Acheloos. »Er hat es euch gegeben, um mich zu nerven, was? Er weiß, wie sehr ich diese Dinger hasse.«

»Ihr hasst … Bücher?«, fragte Piper.

»Bah!« Acheloos lief rot an und seine blaue Haut wurde auberginenfarben. »Das ist doch kein Buch!«

Er griff ins Wasser. Eine Schriftrolle schoss wie eine Minirakete aus dem Fluss und landete vor ihm. Er stieß sie mit den Hufen auf. Das verwitterte gelbe Pergament entrollte sich, es war bedeckt von lateinischer Schrift und kunstvollen handgemalten Bildern.

»*Das* ist ein Buch!«, sagte Acheloos. »Ach, der Duft von Schafshaut! Das elegante Gefühl, wenn es sich unter meinen Hufen entrollt! Ihr könnt das einfach nicht zu so was machen!«

Er nickte angewidert zu dem Buch in Jasons Hand hinüber. »Ihr jungen Leute heutzutage mit eurem neumodischen Kram. Gebundene Seiten. Kleine kompakte Textvierecke, die überhaupt nicht huffreundlich sind. Das ist ein gebundenes Buch, ein G-Buch, wenn ihr darauf besteht. Aber es ist kein traditionelles Buch. Es wird die gute alte Schriftrolle niemals ersetzen können.«

»Äh, ich steck es schnell weg.« Jason ließ das Buch in seiner Gesäßtasche verschwinden wie eine gefährliche Waffe.

Acheloos schien sich ein wenig zu beruhigen, was für Piper eine Erleichterung war. Sie wollte auf keinen Fall von einem einhörnigen Stier mit Schriftrollenmanie zu Boden getrampelt werden.

»Also«, sagte Acheloos und tippte auf ein Bild auf der Rolle. »Das ist Deianeira.«

Piper kniete sich hin, um sich das Bild anzusehen. Das handgemalte Porträt war klein, aber sie sah, dass diese Frau sehr schön gewesen war, mit langen dunklen Haaren und einem neckischen Lächeln, das die Männer vermutlich in den Wahnsinn getrieben hatte.

»Die Prinzessin von Kalydon«, sagte der Flussgott traurig. »Sie war mir versprochen, aber dann kam Herkules dazwischen. Und bestand auf einem Kampf.«

»Und hat Euch das Horn abgebrochen?«, vermutete Jason.

»Ja«, sagte Acheloos. »Ich konnte ihm das nie verzeihen. Furchtbar unangenehm, wenn man nur ein Horn hat. Aber für die arme Deianeira war es noch schlimmer. Sie hätte ein langes glückliches Leben haben können, wenn sie mit mir verheiratet gewesen wäre.«

»Mit einem menschenköpfigen Stier«, sagte Piper. »Der in einem Fluss lebt.«

»Genau«, sagte Acheloos zustimmend. »Unvorstellbar, dass sie das ablehnen konnte, was? Aber sie ist mit Herkules durchgebrannt. Sie hat den gut aussehenden glamourösen Helden dem treuen Gatten vorgezogen, der sie gut behandelt hätte. Und was ist dann passiert? Na, sie hätte es wissen müssen. Herkules war viel zu sehr mit seinen eigenen Problemen beschäftigt, um ein guter Ehemann zu sein. Er hatte schon eine Gattin umgebracht, müsst ihr wissen. Hera verfluchte ihn und er geriet in Zorn und brachte seine ganze Familie um. Grauenhafte Geschichte. Deshalb musste er als Buße diese zwölf Aufgaben lösen.«

Piper war entsetzt. »Moment mal … Hera hat *ihn* verrückt werden lassen und *Herkules* musste dafür büßen?«

Acheloos zuckte mit den Schultern. »Die Olympier bezahlen doch nie für ihre Schandtaten. Und Hera hat die Söhne des Zeus … des Jupiter immer gehasst.« Er warf Jason einen misstrauischen Blick zu. »Jedenfalls hat meine arme Deianeira ein trauriges Ende genommen. Sie war eifersüchtig auf die vielen Liebschaften des Herkules. Er trieb sich auf der ganzen Welt herum, wisst ihr, genau wie sein Vater Zeus, und flirtete mit jeder Frau, die ihm über den Weg lief. Am Ende war Deianeira so verzweifelt, dass sie auf einen bösen Rat gehört hat. Ein durchtriebener Zentaur namens Nessos sagte ihr, sie sollte ein wenig Zentaurenblut in Herkules' Lieblingshemd verreiben, wenn sie wollte, dass er ihr von nun an treu bliebe. Aber Nessos hatte gelogen, weil er sich an Herkules rächen wollte. Deianeira folgte seinen Anweisungen, aber statt aus Herkules einen treuen Gatten zu machen …«

»Zentaurenblut ätzt«, sagte Jason.

»Ja«, sagte Acheloos. »Herkules ist einen qualvollen Tod gestorben. Als Deianeira begriff, was sie da getan hatte, hat sie …« Der Flussgott zog sich mit dem Finger einen Strich über die Kehle.

»Das ist grauenhaft«, sagte Piper.

»Und die Moral, meine Liebe?«, fragte Acheloos. »Hütet euch vor den Söhnen des Zeus.«

Piper konnte ihren Freund nicht ansehen. Sie wusste nicht, ob sie die Besorgnis in ihren Augen verbergen könnte. Jason würde niemals wie Herkules sein. Aber diese Geschichte schürte ihre vielen Ängste. Hera hatte ihre Beziehung manipuliert, so, wie sie Herkules manipuliert hatte. Piper wollte glauben, dass Jason niemals in so eine mörderische Wut geraten könnte wie Herkules. Aber erst vier Tage zuvor war er von einem Eidolon besessen gewesen und hätte fast Percy Jackson umgebracht.

»Herkules ist jetzt ein Gott«, sagte Acheloos. »Er hat Hebe geheiratet, die Göttin der Jugend, aber er ist immer noch fast nie zu Hause. Er haust hier auf der Insel und bewacht diese albernen Säulen. Er sagt, Zeus zwinge ihn dazu, aber ich glaube, er ist lieber hier als auf dem Olymp. Hier kann er sein Selbstmitleid pflegen und sein sterbliches Leben bejammern. Meine Anwesenheit erinnert ihn an sein Versagen – und vor allem an die Frau, die ihn getötet hat. Und seine Anwesenheit erinnert mich an meine arme Deianeira, die meine Frau hätte sein können.«

Der Stiermann ließ die Schriftrolle fallen. Sie rollte sich von selbst zusammen und versank im Wasser.

»Herkules will mein anderes Horn, um mich zu demütigen«, sagte Acheloos dann. »Vielleicht würde er sich besser fühlen, wenn er wüsste, dass auch ich unglücklich bin. Außerdem könnte das Horn zu einem Füllhorn werden. Köstliche Speise und edler Trunk würden herausströmen, so, wie meine Kraft den Fluss strömen lässt. Und zweifellos würde Herkules das Füllhorn für sich behalten. Es wäre eine Tragödie und eine Vergeudung.«

Piper vermutete, dass das Rauschen des Flusses und der schläfrige Klang von Acheloos' Stimme noch immer ihr Denken beeinflussten, aber sie musste dem Flussgott einfach zustimmen. Sie fing an, Herkules zu hassen. Dieser arme Stiermann wirkte so traurig und so einsam.

Jason räusperte sich. »Tut mir leid, Acheloos. Da habt Ihr echt die Arschkarte erwischt. Aber vielleicht … na ja, ohne das andere Horn hättet Ihr vielleicht keine Schlagseite. Das könnte ein besseres Gefühl sein.«

»Jason!«, rief Piper entsetzt.

Jason hob die Hände. »Nur so ein Gedanke. Und uns bleibt ja wohl kaum etwas anderes übrig. Wenn Herkules das Horn nicht kriegt, bringt er uns und unsere Freunde um.«

»Das stimmt«, sagte Acheloos. »Euch bleibt nichts anderes übrig. Weshalb ich hoffe, dass ihr mir verzeihen werdet.«

Piper runzelte die Stirn. Der Flussgott klang so tieftraurig und nach gebrochenem Herzen, dass sie gern seinen Kopf gestreichelt hätte. »Was denn verzeihen?«

»Auch mir bleibt nichts anderes übrig«, sagte Acheloos. »Ich muss euch davon abhalten.«

Der Fluss explodierte und eine Wasserwand brach über Piper zusammen.

XXVIII

Piper

Die Strömung packte sie wie eine Faust und riss sie in die Tiefe. Widerstand war zwecklos. Sie presste die Lippen aufeinander, zwang sich, nicht einzuatmen, aber sie konnte die Panik kaum beherrschen. Sie konnte nichts als Blasen sehen und hörte nur ihre eigenen verzweifelten Bewegungen und das dumpfe Tosen der Stromschnellen.

Sie hatte gerade beschlossen, dass sie auf diese Weise sterben würde: ertrunken in einem Wasserloch auf einer Insel, die es gar nicht gab. Dann, so plötzlich, wie sie nach unten gerissen worden war, wurde sie an die Oberfläche geschleudert. Sie fand sich mitten in einem Strudel wieder und konnte atmen, aber sie konnte sich nicht befreien.

Wenige Meter von ihr entfernt brach Jason an die Oberfläche und keuchte. Er hielt sein Schwert in der Hand und schwenkte es wild hin und her, aber es gab nichts, was er hätte angreifen können.

Etwa sieben Meter rechts von Piper tauchte Acheloos auf. »Es tut mir wirklich leid«, sagte er.

Jason versuchte einen Angriff, er rief die Winde herbei, um ihn aus dem Fluss zu heben, aber Acheloos war schneller und mächtiger. Ein Wasserwirbel knallte gegen Jason und ließ ihn ein weiteres Mal untergehen.

»Aufhören!«, schrie Piper,

Charmesprech zu benutzen, war nicht leicht, während sie hier im Strudel trieb, aber Acheloos hatte sie gehört.

»Ich fürchte, ich kann nicht aufhören«, sagte der Flussgott. »Ich kann Herkules mein anderes Horn nicht überlassen. Das wäre zu demütigend.«

»Es gibt eine andere Möglichkeit«, sagte Piper. »Ihr braucht uns nicht umzubringen.«

Jason kämpfte sich wieder an die Oberfläche. Über seinem Kopf bildete sich ein winziges Gewitter. Donner grollte.

»Komm mir ja nicht so, Sohn des Jupiter«, tadelte Acheloos. »Wenn du Blitze herbeirufst, bringst du deine Freundin mit einem Stromschlag um.«

Das Wasser zog Jason wieder nach unten.

»Lass ihn los!«, Piper legte alle Überzeugungskraft in ihre Stimme, die sie überhaupt aufbringen konnte. »Ich verspreche, Herkules kriegt das Horn nicht.«

Acheloos zögerte. Er kam auf sie zu und sein Kopf kippte nach links. »Das scheinst du ernst zu meinen.«

»Tu ich auch!«, beteuerte Piper. »Herkules ist ein Mistkerl. Aber bitte, lasst meinen Freund los!«

Das Wasser kochte an der Stelle, wo Jason untergegangen war. Piper hätte schreien mögen. Wie viel länger würde er noch den Atem anhalten können?

Acheloos musterte sie durch seine Gleitsichtbrille. Seine Miene besänftigte sich. »Ich verstehe. Du willst meine Deianeira sein. Du willst meine Braut sein, um mich für meinen Verlust zu entschädigen.«

»Was?« Piper glaubte, nicht richtig gehört zu haben. Der Strudel sorgte dafür, dass auch in ihrem Kopf alles herumwirbelte. »Äh, eigentlich hatte ich gedacht …«

»Oh, das verstehe ich«, sagte Acheloos. »Du hast nicht gewagt, das vor den Ohren deines Freundes vorzuschlagen. Du hast natürlich Recht. Ich würde dich viel besser behandeln als ein Sohn des Zeus. Ich könnte nach all diesen Jahrhunderten alles wieder in Ordnung bringen. Deianeira konnte ich zwar nicht retten, dich aber wohl.«

Waren das jetzt dreißig Sekunden gewesen? Eine Minute? Viel länger könnte Jason nicht durchhalten.

»Du würdest deine Freunde sterben lassen müssen«, sagte jetzt Acheloos. »Herkules würde wütend sein, aber ich kann dich vor ihm beschützen. Wir könnten wirklich glücklich zusammen sein. Fangen wir damit an, dass wir diesen Jason ertrinken lassen, ja?«

Piper konnte sich kaum beherrschen, aber sie musste sich konzentrieren. Sie verbarg ihre Angst und ihre Wut. Sie war ein Kind der Aphrodite. Sie musste die Hilfsmittel nutzen, die ihr gegeben worden waren.

Sie lächelte, so süß sie konnte, und hob die Arme. »Heb mich hoch, bitte.«

Acheloos' Gesicht hellte sich auf. Er packte Pipers Hände und zog sie aus dem Strudel.

Sie war noch nie auf einem Stier geritten, aber sie hatte im Camp Half-Blood auf ungesattelten Pegasi trainiert und wusste, was sie zu tun hatte. Sie nutzte den Schwung und warf ein Bein über den Rücken des Acheloos. Dann schloss sie die Knöchel um seinen Bauch, legte einen Arm um seine Kehle und zog mit der freien Hand ihr Messer. Sie presste die Klinge unter das Kinn des Flussgottes.

»Lass – Jason – raus!« Sie legte all ihre Kraft in diesen Befehl. »Sofort!«

Piper wusste, dass ihr Plan viele Schwächen hatte. Der Flussgott könnte sich einfach in Wasser auflösen. Oder er könnte sie unter

Wasser ziehen und warten, bis sie ertrunken wäre. Aber offenbar wirkte ihr Charmesprech. Vielleicht war Acheloos auch einfach zu überrascht, um klar zu denken. Vermutlich kam es selten vor, dass hübsche Mädchen damit drohten, ihm die Kehle aufzuschlitzen.

Jason schoss wie eine menschliche Kanonenkugel aus dem Wasser. Er brach durch die Zweige eines Olivenbaums und fiel ins Gras. Das hatte bestimmt wehgetan, aber er kam keuchend und hustend auf die Beine. Er hob sein Schwert und dunkle Wolken zogen sich über dem Fluss zusammen.

Piper warf ihm einen warnenden Blick zu. *Noch nicht.* Sie musste ja noch heil und ohne Elektroschocks aus diesem Fluss herauskommen.

Acheloos krümmte den Rücken, als ob er etwas vorhätte. Piper presste das Messer fester unter seine Kehle.

»Sei ein braver Stier«, mahnte sie.

»Du hast es versprochen«, sagte Acheloos durch zusammengebissene Zähne. »Du hast versprochen, dass Herkules nicht mein Horn bekommt.«

»Wird er auch nicht«, sagte Piper. »Das kriege ich.«

Sie hob das Messer und schnitt das Horn des Gottes ab. Die Himmlische Bronze glitt hindurch wie durch feuchten Ton. Acheloos brüllte vor Zorn auf. Doch ehe er sich besinnen konnte, war Piper auf seinem Rücken aufgestanden. Mit dem Horn in der einen und dem Dolch in der anderen Hand sprang sie in Richtung Ufer.

»Jason!«, rief sie.

Den Göttern sei Dank, er hatte begriffen. Ein Windstoß fing sie auf und trug sie sicher hinüber. Piper fiel zu Boden und rollte weiter, während sich ihre Nackenhaare sträubten. Ein metallischer

Geruch füllte die Luft. Sie drehte sich zum Fluss um und wurde geblendet.

BUMM! Blitze verwandelten den Fluss in einen kochenden Kessel, der rauchte und vor Elektrizität zischte. Piper kniff die Augen zusammen, um die gelben Flecken daraus zu vertreiben, während der Gott Acheloos heulte und sich unter der Wasseroberfläche auflöste. Seine entsetzte Miene schien zu fragen: *Wie konntest du?*

»Jason, los!« Piper war es noch immer schwindlig und ihr war schlecht vor Angst, aber sie und Jason stürzten in den Wald.

Als sie auf den Hügel kletterte und das Stierhorn an ihre Brust drückte, merkte Piper, dass sie schluchzte – aber sie war nicht sicher, ob vor Erleichterung oder weil sie sich dessen schämte, was sie dem alten Flussgott angetan hatte.

Sie wurden erst langsamer, als sie auf dem Hügelkamm angekommen waren.

Piper kam sich blöd vor, aber sie brach immer wieder in Tränen aus, während sie Jason erzählte, was passiert war, während er unter Wasser um sein Leben gekämpft hatte.

»Piper, du hattest keine Wahl.« Er legte ihr die Hand auf die Schulter. »Du hast mir das Leben gerettet.«

Sie wischte sich die Augen und versuchte, sich zu fassen. Die Sonne näherte sich dem Horizont. Sie mussten ganz schnell zurück zu Herkules, oder ihre Freunde würden sterben.

»Acheloos hat dich gezwungen«, sagte Jason. »Außerdem glaube ich nicht, dass dieser Blitzschlag ihn getötet hat. Er ist ein uralter Gott. Man müsste seinen Fluss vernichten, um ihn zu vernichten. Und er kann ohne das Horn leben. Wenn du dafür lügen musstest und sagen, dass du es Herkules nicht geben wirst, na ja …«

»Ich habe nicht gelogen.«

Jason starrte sie an. »Pipes … uns bleibt nichts anderes übrig. Herkules wird uns alle …«

»Herkules hat das nicht verdient.« Piper wusste nicht so recht, woher ihr Zorn kam, aber sie war sich in ihrem Leben noch nie so sicher gewesen.

Herkules war ein verbitterter, selbstsüchtiger Idiot. Er hatte viel zu viele Menschen verletzt und wollte sie auch weiter verletzen. Er mochte ja selbst Pech gehabt haben. Vielleicht hatten die Götter mit ihm Fußball gespielt. Aber das war keine Entschuldigung. Ein Held konnte die Götter nicht beherrschen, aber sich selbst musste er beherrschen können.

Jason würde niemals so sein. Er würde niemals andere für seine Probleme verantwortlich machen oder eine blöde Rache wichtiger finden, als das zu tun, was richtig war.

Piper würde Deianeiras Geschichte nicht wiederholen. Sie würde Herkules seinen Wunsch nicht erfüllen, nur weil er gut aussah und stark und Angst einflößend war. Diesmal würde er seinen Willen nicht bekommen – nicht, nachdem er ihr Leben bedroht und sie losgeschickt hatte, um Acheloos zu demütigen, weil er auf diese Weise Hera eins auswischen konnte. Piper würde ihm einen Denkzettel verpassen.

»Ich habe einen Plan«, sagte sie.

Sie sagte Jason, was sie vorhatte. Sie merkte nicht einmal, dass sie Charmesprech benutzte, bis seine Augen glasig wurden.

»Wie du meinst«, murmelte er. Dann blinzelte er einige Male. »Wir werden sterben, aber ich mache mit.«

Herkules wartete genau dort, wo sie ihn verlassen hatten. Er starrte die Argo II an, die zwischen den Säulen ankerte, während dahinter die Sonne unterging. Das Schiff sah unversehrt aus, aber Pipers Plan kam ihr jetzt wahnsinnig vor.

Es war jedoch zu spät, sich die Sache anders zu überlegen. Sie hatte Leo bereits eine Iris-Botschaft geschickt. Jason war vorbereitet. Und als sie Herkules wiedersah, war ihr klarer denn je, dass sie ihm seinen Wunsch nicht erfüllen wollte.

Herkules sah nicht direkt glücklich aus, als er das Stierhorn in Pipers Hand sah, aber er runzelte nicht mehr ganz so heftig die Stirn.

»Gut«, sagte er. »Ihr habt es. Dann könnt ihr gehen.«

Piper warf Jason einen Blick zu. »Du hast ihn gehört. Er hat es erlaubt.« Sie drehte sich zu dem Gott um. »Das bedeutet, dass unser Schiff ins Mittelmeer fahren darf?«

»Ja, ja«, Herkules schnippte mit den Fingern. »Und jetzt das Horn.«

»Nein«, sagte Piper.

Der Gott runzelte die Stirn. »Wie bitte?«

Sie hob das Füllhorn. Seit sie es vom Kopf des Acheloos geschnitten hatte, war das Horn hohl und innen glatt und dunkel geworden. Es wirkte nicht magisch, aber Piper vertraute seiner Kraft.

»Acheloos hat Recht«, sagte sie. »Du bist sein Fluch, genauso, wie er deiner ist. Du bist höchstens eine Karikatur von einem Helden.«

Herkules starrte sie an, als ob sie Japanisch spräche. »Dir ist doch klar, dass ich dich mit einem Fingerschnippen töten könnte«, sagte er. »Ich könnte meine Keule auf euer Schiff werfen und damit seinen Rumpf durchschlagen. Ich könnte …«

»Du könntest mal die Klappe halten«, sagte Jason. Er zog sein Schwert. »Vielleicht ist Zeus ja doch anders als Jupiter. Denn ich will keinen Bruder haben, der sich so verhält wie du.«

Die Adern am Hals des Herkules wurden so lila wie seine Kleider. »Du wärst nicht der erste Halbgott, den ich töte.«

»Jason ist besser als du«, sagte Piper. »Aber keine Sorge. Wir wollen nicht mit dir kämpfen. Wir werden diese Insel mit dem Horn verlassen. Du hast es nicht verdient. Ich werde es behalten, damit es mich an den armen Acheloos und die arme Deianeira erinnert, und daran, wie Halbgötter sich nicht verhalten dürfen.«

Die Nasenlöcher des Gottes blähten sich auf. »Erwähne diesen Namen nicht. Und du kannst nicht im Ernst glauben, dass ich Angst vor deinem mickrigen Freund habe. Keiner ist stärker als ich.«

»Ich habe nicht gesagt, stärker«, korrigierte Piper. »Ich habe gesagt, besser.«

Piper zeigte mit dem offenen Ende des Horns auf Herkules. Sie ließ der Verbitterung und den Zweifeln und der Wut, die sie seit Camp Jupiter in sich trug, freien Lauf. Sie konzentrierte sich auf all die guten Dinge, die sie mit Jason Grace geteilt hatte: im Grand Canyon aufwärts jagen, über den Strand in Camp Half-Blood spazieren, beim Rundgesang Händchen halten und zu den Sternen hochschauen, an trägen Nachmittagen bei den Erdbeerfeldern sitzen und den Satyrn beim Flötenspielen zuhören.

Sie dachte an eine Zukunft, in der die Riesen besiegt wären und Gaia schlief, und in der sie glücklich zusammenleben würden – keine Eifersucht, keine Monster, keine Schlachten. Sie füllte ihr Herz mit diesen Gedanken und spürte, wie das Füllhorn warm wurde.

Das Horn spie eine Flut aus Nahrungsmitteln aus, die so mächtig war wie der Fluss des Acheloos – ein Strom aus frischem Obst, Gebäck, geräuchertem Schinken, die Herkules unter sich begrub. Piper begriff nicht, wie der ganze Kram durch die Mündung des Horns passte, aber sie fand vor allem die Schinken sehr passend.

Als das Horn genug Köstlichkeiten ausgespien hatte, um ein Haus zu füllen, versiegte es. Piper hörte irgendwo darunter Herkules schreien und zappeln. Offenbar konnte sogar der stärkste Gott der Welt überwältigt werden, wenn er unter frischen Lebensmitteln begraben wurde.

»Los«, befahl sie Jason, der seinen Teil des Plans vergessen hatte und den Obsthaufen sprachlos anstarrte. »Los!«

Er packte Piper um die Taille und rief den Wind herbei. Sie jagten so schnell von der Insel weg, dass Piper fast ein Schleudertrauma erlitten hätte, aber es war keine Sekunde zu früh.

Als die Insel aus ihrem Blickfeld verschwand, brach der Kopf des Herkules durch den Berg aus Köstlichkeiten. Eine halbe Kokosnuss saß wie ein Kriegshelm auf seinem Schädel. »Töten!«, brüllte er und es klang, als ob er das schon sehr oft gesagt hätte.

Jason landete auf dem Deck der Argo II. Zum Glück hatte Leo seine Aufgabe erfüllt. Die Ruder waren bereits auf Luft umgestellt. Der Anker war gehoben. Jason rief einen so starken Sturm herbei, dass dieser sie in die Luft hob, während Percy eine drei Meter hohe Welle ans Ufer schickte, die Herkules ein zweites Mal umwarf, in einer Sturzflut aus Meerwasser und Ananas.

Als der Gott wieder auf die Füße kam und sie von tief unten mit Kokosnüssen bewarf, segelte die Argo II bereits durch die Wolken über dem Mittelmeer.

XXIX

Percy

Percy war überhaupt nicht glücklich.

Es war schon schlimm genug, dass er von tückischen Meeresgottheiten aus Atlanta verjagt worden war, den Angriff der Riesenkrabbe auf die Argo II nicht verhindern konnte und die Ichthyozentauren, die Brüder Chirons, ihn nicht einmal treffen wollten.

Nach alldem hatte Percy auf dem Schiff bleiben müssen, während der Großkotz Jason seinen Halbbruder Herkules besuchte, den berühmtesten Halbgott aller Zeiten; den hatte Percy also auch nicht treffen dürfen.

Na gut, nach dem, was Piper hinterher erzählt hatte, war Herkules ein Mistkerl, aber dennoch … Percy hatte es langsam satt, an Bord zu bleiben und auf Deck hin und her zu laufen.

Das offene Meer war doch eigentlich *sein* Territorium. Percy sollte eingreifen, das Kommando übernehmen und für die Sicherheit aller sorgen. Stattdessen hatte er auf dem ganzen Weg über den Atlantik so gut wie nichts gemacht, außer mit Haien zu plaudern und zuzuhören, wie Trainer Hedge Titellieder aus Fernsehsendungen schmetterte.

Um alles noch schlimmer zu machen, wirkte Annabeth weit weg, seit sie Charleston verlassen hatten. Sie saß meistens in ihrer Kabine, vertiefte sich in die Bronzekarte aus Fort Sumter oder suchte im Laptop des Dädalus nach Informationen.

Wenn Percy bei ihr vorbeischaute, war sie immer so in Gedanken versunken, dass ihre Gespräche ungefähr so verliefen:

Percy: »Na, wie sieht's aus?«

Annabeth: »Äh, nein danke.«

Percy: »Okay … hast du heute schon etwas gegessen?«

Annabeth. »Ich glaube, Leo hat gerade Küchendienst. Frag ihn.«

Percy: »Meine Haare brennen übrigens.«

Annabeth: »Na gut. Bis nachher.«

So war sie manchmal. Das war einer der Nachteile einer Beziehung mit einer Tochter der Athene. Aber Percy hätte trotzdem gern gewusst, wie er ihre Aufmerksamkeit erringen könnte. Seit ihrer Begegnung mit den Spinnen in Fort Sumter machte er sich Sorgen um sie und wusste nicht, wie er ihr helfen konnte, vor allem, wenn sie ihn nicht an sich heranließ.

Nachdem sie die Säulen des Herkules passiert hatten – bis auf ein paar Kokosnusseinschläge im Bronzebeschlag des Rumpfes unversehrt –, legte das Schiff mehrere Hundert Kilometer durch die Luft zurück.

Percy hoffte, die Alte Welt war nicht so schlimm, wie sie gehört hatten. Aber es war fast wie ein Werbespruch: *Sie merken sofort den Unterschied!*

Mehrmals pro Stunde wurde das Schiff angegriffen. Eine Schar von fleischfressenden Stymphalischen Vögeln kam aus dem Nachthimmel geschossen und Festus fackelte sie ab. Sturmgeister wirbelten um den Mast und Jason erledigte sie durch Blitze. Während Trainer Hedge auf dem Vorderdeck zu Abend aß, tauchte aus dem Nirgendwo ein wilder Pegasus auf, zertrampelte die Enchiladas des Trainers und flog wieder davon, nachdem er überall an Decke käsige Fußabdrücke hinterlassen hatte.

»Was sollte das nun wieder?«, fragte Trainer Hedge.

Beim Anblick des Pegasus hatte Percy Sehnsucht nach Blackjack.

Er hatte seinen Freund seit Tagen nicht mehr gesehen. Sturm und Arion hatten sich auch nicht blickenlassen. Vielleicht trauten sie sich nicht ins Mittelmeer, und da konnte Percy ihnen nicht mal Vorwürfe machen.

Endlich, gegen Mitternacht, nach dem neunten oder zehnten Angriff aus der Luft, fragte Jason ihn: »Wie wäre es mit einer Mütze voll Schlaf? Ich werde solange ich kann diesen Kram vom Himmel holen. Danach können wir erst mal über das Wasser fahren und du übernimmst.«

Percy war nicht sicher, ob er schlafen könnte, während das Schiff durch die Wolken schaukelte wie von wütenden Windgeistern gerüttelt, aber Jasons Vorschlag war vernünftig. Er ging unter Deck und ließ sich auf sein Bett fallen.

Seine Albträume waren dann natürlich alles andere als erholsam.

Im Traum war er in einer dunklen Höhle. Er konnte kaum einen Meter weit sehen, aber die Höhle war riesig. Irgendwo in der Nähe tropfte Wasser, und das Geräusch hallte von den fernen Wänden wider. Die Luftbewegungen ließen Percy vermuten, dass die Höhlendecke hoch über ihm war.

Er hörte schwere Schritte und die Riesenzwillinge Ephialtes und Otis kamen aus der Finsternis hervor. Percy konnte sie nur durch ihre Frisuren unterscheiden: Ephialtes hatte grüne, mit Silber- und Goldmünzen durchflochtene Locken, Otis einen lila Pferdeschwanz mit … Waren das Feuerwerkskörper?

Ansonsten waren sie genau gleich angezogen und ihr Aufzug passte eindeutig in einen Albtraum. Sie trugen identische weiße Hosen und goldene Buccaneer-Shirts mit V-Ausschnitten, die ihre allzu behaarte Brust frei ließen. Ein Dutzend Dolche hingen in

Scheiden an ihren mit Rheinkiesel besetzten Gürteln. Ihre Schuhe waren offene Sandalen, was bewies, dass sie – wirklich! – Schlangen als Füße hatten. Die Riemen waren um die Schlangenhälse gewickelt. Die Schlangen ließen aufgeregt ihre Zungen zucken und schauten aus ihren Goldaugen in alle Richtungen, wie Hunde, die aus einem Autofenster blicken. Vielleicht hatten sie schon lange nicht mehr in Schuhen mit Aussicht gesteckt.

Die Riesen standen vor Percy, achteten aber nicht auf ihn. Stattdessen starrten sie in die Dunkelheit.

»Hier sind wir«, verkündete Ephialtes. Trotz seiner dröhnenden Stimme verloren seine Worte sich in der Höhle und wurden von den Wänden zurückgeworfen, bis sie fern und unwichtig klangen.

Von hoch oben antwortete etwas: »Allerdings. Diese Outfits sind ja wohl nicht zu übersehen.«

Beim Klang dieser Stimme sackte Percys Magen an die sechs Fingerbreit tiefer. Sie klang irgendwie weiblich, aber absolut nicht menschlich. Jedes Wort war ein verzerrtes Zischen in verschiedenen Höhen, als ob ein Schwarm afrikanischer Killerbienen versuchte, wie aus einem Munde Englisch zu sprechen.

Es war nicht Gaia. Da war Percy sich sicher. Aber wer es auch sein mochte, die Riesenzwillinge wurden nervös. Sie traten von einer Schlange auf die andere und neigten ehrfürchtig die Köpfe.

»Natürlich, hohe Herrin«, sagte Ephialtes. »Wir bringen Nachricht von …«

»Warum seid ihr so angezogen?«, fragte die Kreatur in der Dunkelheit. Sie schien nicht näher zu kommen, und das war Percy nur recht.

Ephialtes warf seinem Bruder einen genervten Blick zu. »Mein Bruder sollte eigentlich etwas anderes anziehen. Leider …«

»Du hast gesagt, ich könnte heute der Messerwerfer sein«, widersprach Otis.

»Ich habe gesagt, *ich* bin der Messerwerfer. Du solltest der Zauberer sein. Verzeihung, hohe Herrin. Ihr wollt uns sicher nicht streiten hören. Wir sind gekommen, wie verlangt, um Euch Nachricht zu bringen. Das Schiff nähert sich.«

Die hohe Herrin, wer immer sie sein mochte, stieß eine Serie von wütenden Zischlauten aus, wie ein Reifen, in den immer wieder Löcher gestochen werden. Schaudernd begriff Percy, dass sie lachte.

»Wie lange noch?«, fragte sie.

»Sie müssten kurz nach Tagesanbruch in Rom landen, glaube ich«, sagte Ephialtes. »Natürlich müssen sie erst am Goldjungen vorbei.«

Er feixte dabei, als sei der *Goldjunge* nicht gerade sein bester Freund.

»Ich hoffe, sie kommen heil an«, sagte die hohe Herrin. »Es würde uns das Vergnügen ruinieren, wenn sie zu früh gefangen wurden. Seid ihr vorbereitet?«

»Ja, hohe Herrin.« Otis trat vor und die Höhle bebte. Unter Otis' linker Schlange öffnete sich ein Riss.

»Vorsichtig, du Blödmann!«, fauchte die hohe Herrin. »Oder willst du auf die harte Tour in den Tartarus zurückkehren?«

Otis wich zurück, sein Gesicht war vor Entsetzen verzerrt. Percy merkte, dass der Boden, der eigentlich wie massiver Stein ausgesehen hatte, wohl eher dem Gletscher glich, über den er in Alaska gewandert war – an manchen Stellen fest, an anderen nicht. Er war froh darüber, dass er in seinen Träumen kein Gewicht hatte.

»Es ist nicht mehr viel übrig, das diesen Ort hier zusammenhält«, warnte die hohe Herrin. »Außer natürlich meinen Fähigkeiten.

Jahrhundertelanger Zorn der Athene lässt sich nur bis zu einem gewissen Grad einsperren, und die große Erdmutter bewegt sich unter uns im Schlaf. Zwischen diesen beiden Kräften ist mein Nest ziemlich zerfallen. Uns bleibt nur zu hoffen, dass sich die Tochter der Athene als würdiges Opfer erweist. Sie könnte mein letztes Spielzeug sein.«

Ephialtes schluckte. Er starrte den Riss im Boden an. »Bald wird das keine Rolle mehr spielen, hohe Herrin. Gaia wird sich erheben und wir alle werden belohnt werden. Ihr werdet diesen Ort nicht mehr hüten und Eure Werke nicht mehr verstecken müssen.«

»Kann sein«, sagte die Stimme in der Dunkelheit. »Aber mir wird die Süße meiner Rache fehlen. Wir haben im Laufe der Jahrhunderte doch gut zusammengearbeitet, nicht wahr?«

Die Zwillinge verbeugten sich. Die Münzen in Ephialtes' Haaren funkelten, und Percy erkannte mit Übelkeit erregender Gewissheit, dass einige davon Silberdrachmen waren, genau wie die, die Annabeth von ihrer Mom erhalten hatte.

Annabeth hatte ihm erzählt, dass in jeder Generation einige Kinder der Athene ausgesandt wurden, um die verschollene Statue vom Parthenon zu suchen. Und keinem war es jemals gelungen.

Wir haben im Laufe der Jahrhunderte doch gut zusammengearbeitet …

Der Riese Ephialtes hatte Jahrhunderte in Münzen in seinen Zöpfen – Hunderte von Trophäen. Percy stellte sich vor, wie Annabeth allein in dieser Höhle stand. Er stellte sich vor, wie der Riese ihr die Münze abnahm und seiner Sammlung einverleibte. Percy hätte gern sein Schwert gezogen und dem Riesen einen Haarschnitt verpasst, der gleich am Hals anfing, aber er war hier machtlos. Er konnte nur zusehen.

»Äh, hohe Herrin«, sagte Ephialtes nervös. »Ich möchte Euch daran erinnern, dass Gaia das Mädchen lebend will. Ihr dürft sie quälen. Sie in den Wahnsinn treiben. Was immer Ihr wollt, natürlich. Aber ihr Blut muss auf den uralten Steinen vergossen werden.«

Die hohe Herrin zischte. »Zu diesem Zweck könnte man auch andere nehmen.«

»Ja«, sagte Ephialtes. »Aber es wird nun mal dieses Mädchen gewünscht. Und der Junge – der Sohn des Poseidon. Ihr begreift doch, warum diese beiden für die Aufgabe die Geeignetsten sind.«

Percy wusste nicht, was das bedeuten sollte, aber er hätte gern den Boden bersten lassen und diese beiden goldbehemdeten Zwillinge in die Vergessenheit hinabgestoßen. Er würde niemals zulassen, dass Gaia für irgendeine Aufgabe sein Blut vergoss – und auf keinen Fall würde er zulassen, dass irgendwer Annabeth verletzte.

»Wir werden ja sehen«, knurrte die hohe Herrin. »Geht jetzt. Trefft eure Vorbereitungen. Ihr werdet euer Spektakel bekommen. Und ich … ich werde in der Dunkelheit arbeiten.«

Der Traum löste sich auf und Percy schreckte aus dem Schlaf hoch.

Jason klopfte an die geöffnete Tür. Er sah restlos erschöpft aus.

»Wir sind zu Wasser gegangen«, sagte er. »Jetzt bist du an der Reihe.«

Percy tat das nur ungern, aber er weckte Annabeth. Er glaubte, dass nicht einmal Trainer Hedge Einwände dagegen haben könnte, dass er mit ihr sprach, wenn er Informationen besaß, die ihr das Leben retten könnten.

Sie standen an Deck, allein, nur Leo war noch immer am Steuer. Der Junge musste total kaputt sein, aber er weigerte sich, schlafen zu gehen.

»Ich will keine weiteren Krabzilla-Überraschungen«, sagte er immer wieder.

Alle versuchten Leo klarzumachen, dass der Angriff des Skolopenders nicht nur seine Schuld gewesen war, aber auf diesem Ohr war er taub. Percy wusste, wie ihm zu Mute war. Sich seine eigenen Fehler zu verzeihen war nicht gerade Percys starke Seite.

Es war gegen vier Uhr morgens. Das Wetter war übel. Der Nebel war so dick, dass Percy Festus am Bug nicht sehen konnte, und warmer Nieselregen hing in der Luft wie ein Vorhang aus Perlen. Während sie auf wogender See in sieben Meter hohe Wellenberge segelten, konnte Percy die arme Hazel unten in ihrer Kabine hören – ebenfalls wogend.

Trotz allem war Percy dankbar dafür, wieder auf dem Wasser zu sein. Das war ihm lieber, als durch Sturmwolken zu segeln und von menschenfressenden Vögeln und Enchiladas zertrampelnden Pegasi angegriffen zu werden.

Er stand mit Annabeth an der vorderen Reling und erzählte ihr von seinem Traum.

Percy war nicht sicher, wie sie diese Nachricht aufnehmen würde. Ihre Reaktion machte ihm noch mehr Sorgen, als er erwartet hatte: Sie wirkte gar nicht überrascht.

Sie schaute in den Nebel. »Percy, du musst mir etwas versprechen. Erzähl den anderen nichts über diesen Traum.«

»Ich soll nichts erzählen? Annabeth …«

»Was du da gesehen hast, hat mit dem Zeichen der Athene zu tun«, sagte sie. »Es hilft den anderen nichts, wenn sie es wissen. Sie machen sich dann nur Sorgen und für mich wird es schwerer, allein loszugehen.«

»Annabeth, das kann nicht dein Ernst sein. Diese Kreatur in

der Dunkelheit, diese Riesenkammer mit dem zerbröckelnden Boden …«

»Ich weiß.« Ihr Gesicht war unnatürlich blass, und Percy vermutete, dass das nicht nur vom Nebel kam. »Aber ich muss das allein machen.«

Percy schluckte seinen Zorn hinunter. Er wusste nicht, ob er auf Annabeth wütend war oder auf seinen Traum oder auf die ganze griechisch-römische Welt, die mit nur einem einzigen Ziel fünf Jahrtausende geformt und überdauert hatte: Um Percy Jackson das Leben so sauer wie überhaupt nur möglich zu machen.

»Du weißt, was in der Höhle ist«, sagte er. »Hat es mit Spinnen zu tun?«

»Ja«, sagte sie kleinlaut.

»Aber wie kannst du dann …?« Er verstummte.

Wenn Annabeth sich erst einmal entschieden hatte, dann war Widerspruch zwecklos. Er dachte an die Nacht dreieinhalb Jahre zuvor, als sie Nico und Bianca di Angelo in Maine gerettet hatten. Annabeth war von dem Titanen Atlas entführt worden. Zuerst hatte Percy nicht einmal gewusst, ob sie überhaupt noch lebte, und war durch das Land gereist, um sie vor dem Titanen zu retten. Es waren die härtesten Tage seines Lebens gewesen – nicht nur wegen der Monster und der Kämpfe, sondern vor allem wegen der Angst.

Wie sollte er sie nun freiwillig gehen lassen, in dem Wissen, dass sie sich in eine noch größere Gefahr begab?

Dann dämmerte es ihm: So, wie er sich damals gefühlt hatte, einige Tage lang, musste sich Annabeth in den sechs Monaten gefühlt haben, in denen er verschwunden gewesen war und sein Gedächtnis verloren hatte.

Plötzlich fühlte er sich schuldig und ein wenig selbstsüchtig, weil er sich hier mit ihr stritt. Sie musste diesen Weg antreten. Das Schicksal der Welt hing vielleicht davon ab. Aber ein Teil von ihm wollte sagen: *Vergiss die Welt.* Er wollte nicht ohne sie sein.

Percy starrte in den Nebel. Er konnte nichts sehen, aber auf See hatte er ein perfektes Gespür. Er kannte ihren genauen Längen- und Breitengrad. Er wusste, wie tief der Ozean war und in welche Richtung die Strömungen flossen. Er wusste, wie schnell das Schiff fuhr, und konnte weder Felsen noch Sandbänke oder andere natürliche Gefahren auf ihrem Kurs ausmachen. Aber es war dennoch nervig, blind zu sein.

Seit sie auf das Wasser aufgesetzt hatten, waren sie nicht mehr angegriffen worden, aber das Meer schien sich verändert zu haben. Percy war auf dem Atlantik und dem Pazifik und sogar im Golf von Alaska gewesen, aber dieses Meer kam ihm älter und mächtiger vor. Percy konnte spüren, wie die Schichten dieses Meeres unter ihm herumwirbelten. Alle griechischen und römischen Helden waren in diesen Gewässern gesegelt – von Herkules bis zu Aeneas. Noch immer hausten Monster in den Tiefen, in so dichten Nebel gehüllt, dass sie die meiste Zeit verschliefen, aber Percy spürte, wie sie sich regten, wie sie auf den bronzenen Rumpf einer griechischen Triere und die Nähe von Halbgottblut reagierten.

Da sind sie wieder, schienen die Monster zu sagen. *Endlich, frisches Menschenfleisch.*

»Wir sind nicht mehr weit von der italienischen Küste«, sagte Percy, vor allem, um das Schweigen zu brechen. »Vielleicht noch hundert Seemeilen bis zur Tibermündung.«

»Gut«, sagte Annabeth. »Bei Sonnenaufgang müssten wir …«

»Halt!«, Percys Haut war wie von Eis überzogen. »Wir müssen anhalten.«

»Warum?«, fragte Annabeth.

»Leo, anhalten!«, schrie Percy.

Zu spät. Das andere Schiff tauchte aus dem Nebel auf und rammte sie frontal. Im Bruchteil einer Sekunde registrierte Percy allerlei Details: eine Triere, schwarze Segel, auf die ein Gorgonenhaupt gemalt war, klobige Krieger, nicht ganz menschlich, die sich in griechischer Rüstung vorn im Schiff aneinanderdrängten, Schwerter und Speere gezückt. Und ein bronzener Rammbock auf Wasserhöhe, der gegen den Rumpf der Argo II donnerte.

Annabeth und Percy wurden fast über Bord geworfen.

Festus spie Feuer und schickte ein paar überaus verdutzte Krieger kopfüber ins Meer, aber immer neue enterten die Argo II. Fangseile schlangen sich um Reling und Mast und Eisenkrallen bohrten sich in die Balken des Rumpfes.

Als Percy sich gefasst hatte, war der Feind bereits überall. Percy konnte durch den Nebel und die Dunkelheit nicht gut genug sehen, aber die Angreifer kamen ihm vor wie menschenähnliche Delphine oder delphinähnliche Menschen. Manche hatten graue Schnauzen. Andere hielten die Schwerter in Flossenstümpfen und watschelten auf halb zusammengewachsenen Beinen, während wieder andere Flossen als Füße hatten, was Percy an Clownsschuhe erinnerte.

Leo läutete die Alarmglocke. Er sprang auf das nächststehende Katapult zu, wurde aber unter einem Haufen schnatternder Delphinkrieger begraben.

Annabeth und Percy standen Rücken an Rücken da, wie schon so oft, die Waffen erhoben. Percy versuchte, die Wellen herbeizurufen, in der Hoffnung, sie könnten die Schiffe auseinandertreiben oder sogar das feindliche Schiff kentern lassen, aber nichts geschah.

Er hatte fast das Gefühl, dass etwas seinen Willen zurückdrängte und ihm die Herrschaft über das Meer entrang.

Er hob Springflut, bereit zum Kampf, aber sie waren hoffnungslos in der Minderheit. Mehrere Dutzend Krieger senkten die Speere und bildeten einen Kreis um sie, wobei sie sich wohlweislich außer Reichweite von Percys Schwert hielten. Die Delphinmänner öffneten die Schnauzen und stießen pfeifende, klackende Geräusche aus. Percy hatte sich noch nie überlegt, wie blutrünstig Delphinzähne eigentlich aussahen.

Er versuchte zu überlegen. Vielleicht könnte er den Kreis durchbrechen und einige wenige Angreifer vernichten, aber dann würden die restlichen ihn und Annabeth durchbohren.

Immerhin schienen die Krieger sie nicht sofort töten zu wollen. Sie hielten Percy und Annabeth fest, während ihre Kameraden unter Deck strömten und den Schiffsrumpf besetzten. Percy konnte hören, wie sie die Kabinentüren aufbrachen und mit seinen Freunden kämpften. Selbst wenn die anderen Halbgötter nicht tief und fest geschlafen hätten, hätten sie gegen diese Übermacht keine Chancen gehabt.

Leo wurde halb bewusstlos und stöhnend über das Deck geschleift und auf eine Taurolle geworfen. Unter Deck wurden die Kampfesgeräusche jetzt leiser. Entweder waren die anderen besiegt worden oder … Percy weigerte sich, daran zu denken.

Auf der einen Seite in dem Kreis aus Speeren teilten sich die Delphinkrieger, um jemanden durchzulassen. Es war ein Mensch, und danach, wie die Delphine Platz für ihn machten, war er eindeutig der Anführer. Er trug eine griechische Kampfrüstung – Sandalen, kurzen Rock und Beinschienen, dazu einen mit ausgefeilten Seeungeheuermustern dekorierten Brustpanzer – und alles, was er trug, war aus Gold. Sogar sein Schwert, eine griechische Klinge wie Springflut, war aus Gold statt aus Bronze.

Der Goldjunge, dachte Percy, dem sein Traum einfiel. *Sie müssen am Goldjungen vorbei.*

Was Percy wirklich nervös machte, war der Helm des Typen. Das Visier war eine Gesichtsmaske, die geformt war wie ein Gorgonenhaupt – geschwungene Hauzähne, grauenhafte, zu einem Zähneblecken verzerrte Züge und goldene Schlangenhaare, die das Gesicht umgaben. Percy war bereits Gorgonen begegnet. Die Ähnlichkeit war groß – ein wenig zu groß für seinen Geschmack.

Annabeth drehte sich um und stand Schulter an Schulter mit Percy. Er hätte gern schützend den Arm um sie gelegt, aber er glaubte nicht, dass sie diese Geste gut finden würde, und er wollte dem Goldjungen auch nicht zeigen, dass Annabeth seine Freundin war. Es hatte schließlich keinen Zweck, dem Feind noch mehr Druckmittel in die Hand zu geben, als er ohnehin schon hatte.

»Wer bist du?«, fragte Percy. »Was willst du?«

Der goldene Krieger kicherte. Mit einer kurzen Bewegung seiner Klinge, schneller als Percy gucken konnte, hatte er Springflut aus Percys Hand geschlagen und ins Meer fliegen lassen.

Es war, als hätte er Percys Lunge ins Wasser geworfen, denn plötzlich konnte Percy nicht mehr atmen. Er war noch nie so leicht entwaffnet worden.

»Hallo, Bruder.« Die Stimme des goldenen Kriegers war klangvoll und samtig, mit einem exotischen Akzent – levantinisch, vielleicht –, der Percy vage bekannt vorkam. »Freut mich immer wieder, einen anderen Sohn des Poseidon auszurauben. Ich bin Chrysaor, das Goldene Schwert. Und was ich will …« Er wandte seine goldene Maske Annabeth zu. »Na, das ist einfach. Alles, was du hast.«

XXX

Percy

Percys Herz schlug einen Salto nach dem anderen. Chrysaor schritt hin und her und musterte sie wie Vieh auf einem Markt. Ein Dutzend seiner Delphinmenschenkrieger standen im Kreis um sie herum, die Speere auf Percys Brust gerichtet, während die übrigen das Schiff durchsuchten und unter Deck herumlärmten und tobten. Einer trug einen Kasten voll Ambrosia die Treppe hoch. Ein anderer hatte sich einen Armvoll Geschosse und eine Packung Griechisches Feuer geschnapt.

»Vorsicht«, warnte Annabeth. »Das kann unsere beiden Schiffe in die Luft gehen lassen.«

»Ha!«, sagte Chrysaor. »Mit Griechischem Feuer kennen wir uns aus, Mädchen. Keine Sorge. Wir plündern schon seit Äonen auf dem Mare Nostrum Schiffe aus.«

»Dein Akzent kommt mir bekannt vor«, sagte Percy. »Sind wir uns schon mal begegnet?«

»Das Vergnügen habe ich noch nicht gehabt.« Chrysaors goldene Gorgonenmaske schien Percy anzufauchen, aber es war unmöglich zu sagen, welche Miene sich wohl darunter versteckte. »Aber ich habe alles über dich gehört, Percy Jackson. Oh ja, der junge Mann, der den Olymp gerettet hat, und seine getreue Handlangerin Annabeth Chase.«

»Ich bin niemandes Handlangerin«, knurrte Annabeth. »Und, Percy, sein Akzent klingt vertraut, weil er redet wie seine Mutter. Die haben wir in New Jersey umgebracht.«

Percy runzelte die Stirn. »Ich bin aber ziemlich sicher, dass der Akzent nicht aus New Jersey ist. Wer ist denn seine … oh!«

Jetzt war ihm alles klar. Tante Ems Gartenzwerg-Emporium – das Versteck der Medusa. Sie hatte mit diesem Akzent gesprochen, jedenfalls, bis Percy ihr den Kopf abgehauen hatte.

»Medusa ist deine Mom?«, fragte er. »Mann, da kannst du einem aber leidtun.«

Danach, wie Chrysaor sich anhörte, bleckte er jetzt unter seiner Maske die Zähne.

»Du bist genauso arrogant wie der erste Perseus«, sagte Chrysaor. »Aber es stimmt, Percy Jackson. Poseidon ist mein Vater, Medusa meine Mutter. Als Medusa von der sogenannten Göttin der Weisheit in ein Ungeheuer verwandelt wurde …«, die goldene Maske wandte sich Annabeth zu, »… das ist dann ja wohl *deine* Mutter, glaube ich … da waren die beiden Kinder der Medusa in ihr gefangen und konnten nicht geboren werden. Als der ursprüngliche Perseus der Medusa den Kopf abschlug …«

»Sprangen zwei Kinder heraus«, erinnerte sich Annabeth. »Pegasus und du.«

Percy blinzelte. »Dein Bruder ist also ein geflügeltes Pferd. Aber du bist mein Halbbruder, und das bedeutet, dass auch alle fliegenden Pferde auf der Welt meine … weißt du was? Vergessen wir das.«

Er hatte schon vor Jahren gelernt, dass es besser war, nicht zu viel darüber nachzudenken, wer in der Welt der Götter mit wem verwandt war. Nachdem Tyson, der Zyklop, ihn als Bruder adoptiert hatte, hatte Percy beschlossen, dass er die Familie nicht noch weiter ausdehnen wollte.

»Aber wenn du der Sohn der Medusa bist«, fragte er, »wieso habe ich dann noch nie von dir gehört?«

Chrysaor seufzte resigniert. »Wenn Pegasus dein Bruder ist, gewöhnst du dich daran, vergessen zu werden. Ach, sieh an, ein geflügeltes Pferd! Achtet da noch jemand auf mich? Niemals.« Er hob die Schwertspitze auf Percys Augenhöhe. »Aber du solltest mich nicht unterschätzen. Mein Name bedeutet nicht ohne Grund *Goldschwert.*«

»Kaiserliches Gold?«, fragte Percy.

»Bah! *Verzaubertes* Gold, ja. Später haben die Römer es Kaiserliches Gold genannt, aber ich war der Erste, der daraus eine Klinge geschmiedet hat. Ich hätte der berühmteste Heros aller Zeiten werden müssen. Aber da die Geschichtenerzähler mich ignoriert haben, wurde ich zum Schurken. Ich beschloss, mein Erbe zu nutzen. Als Sohn der Medusa würde ich Angst und Schrecken verbreiten. Als Sohn des Poseidon würde ich über die Meere herrschen.«

»Du wurdest Pirat«, fasste Annabeth die Sache zusammen.

Chrysaor breitete die Arme aus, was Percy nur recht war, weil er nun nicht mehr das Schwert vor den Augen hatte.

»Der beste Pirat der Welt«, sagte Chrysaor. »Ich segele seit Jahrhunderten in diesen Gewässern und überfalle Halbgötter, die töricht genug sind, sich ins Mare Nostrum zu wagen. Das hier ist jetzt mein Territorium. Und alles, was ihr besitzt, gehört mir.«

Einer der Delphinkrieger zerrte Trainer Hedge an Deck.

»Lass mich los, du Thunfisch!«, brüllte Hedge. Er versuchte, dem Krieger einen Tritt zu versetzen, aber sein Huf prallte von dessen Rüstung ab. Die Hufeisenabdrücke in Brustpanzer und Helm des Delphins verrieten, dass der Trainer schon mehrere Versuche unternommen hatte.

»Ah, ein Satyr«, sagte Chrysaor nachdenklich. »Ein bisschen alt und zäh, aber Zyklopen bezahlen gut für so einen Bissen. Fesselt ihn.«

»Ich bin niemandes Ziegenbraten!«, protestierte Hedge.

»Und knebelt ihn auch gleich«, befahl Chrysaor.

»Du vergoldeter kleiner …« Hedge konnte die Beleidigung nicht vollenden, weil der Delphin ihm einen verdreckten Segeltuchlappen in den Mund stopfte. Bald war der Trainer verschnürt wie ein Rodeokalb und wurde zu der übrigen Beute geworfen – Kisten mit Lebensmitteln, Reservewaffen, sogar die magische Eistruhe aus der Messe.

»Das könnt ihr nicht machen!«, rief Annabeth.

Chrysaors Lachen hallte in seiner goldenen Gesichtsmaske wider. Percy fragte sich, ob er darunter vielleicht entsetzlich entstellt war, oder ob sein Blick andere zu Stein erstarren lassen konnte, so wie der seiner Mutter.

»Ich kann tun, was ich will«, sagte Chrysaor. »Meine Krieger sind perfekt trainiert. Sie sind brutale Kehlenschlitzer und …«

»Delphine«, sagte Percy.

Chrysaor zuckte mit den Schultern. »Ja. Und? Sie hatten Pech vor ein paar Jahrtausenden, haben die falsche Person entführt. Einige aus ihrer Mannschaft wurden ganz und gar in Delphine verwandelt. Andere wurden verrückt. Aber diese hier … die haben als Zwitterwesen überlebt. Als ich sie im Meer gefunden und ihnen ein neues Leben angeboten habe, wurden sie zu meiner treuen Mannschaft. Sie fürchten sich vor nichts.«

Einer der Krieger plapperte nervös auf ihn ein.

»Ja, ja«, knurrte Chrysaor. »Es gibt etwas, wovor sie sich fürchten, aber das spielt kaum eine Rolle. Der ist nicht hier.«

In Percys Hinterkopf fing eine Idee an zu prickeln. Ehe er sie weiterverfolgen konnte, kamen weitere Delphinkrieger die Treppe hoch und zerrten die übrigen Halbgötter hinter sich her. Jason war bewusstlos. Die neuen Wunden in seinem Gesicht verrieten, dass er sich gewehrt hatte. Hazel und Piper waren an Händen und Füßen gefesselt. Piper war zudem geknebelt, also hatten die Delphine wohl entdeckt, dass sie Charmesprech beherrschte. Nur Frank fehlte, und zwei Delphine hatten jede Menge Bienenstiche im Gesicht.

Konnte Frank sich etwa in einen Bienenschwarm verwandeln? Percy hoffte es. Wenn Frank auf dem Schiff herumfliegen könnte, wäre das ein Vorteil, sofern Percy auf irgendeine Weise Kontakt zu ihm aufnehmen könnte.

»Hervorragend!«, sagte Chrysaor schadenfroh. Er befahl seinen Kriegern, Jason bei den Armbrüsten fallen zu lassen. Dann untersuchte er die Mädchen, als ob sie Weihnachtsgeschenke wären, und Percy knirschte bei diesem Anblick mit den Zähnen.

»Der Junge nutzt mir nichts«, sagte Chrysaor. »Aber wir haben eine Abmachung mit der Hexe Circe. Sie wird die Frauen kaufen – ob als Sklavinnen oder Lehrlinge, das hängt von ihren Fähigkeiten ab. Aber dich nicht, liebliche Annabeth.«

Annabeth fuhr zurück. »Du bringst mich nirgendwohin.«

Percys Hand stahl sich in seine Tasche. Sein Kugelschreiber war wieder in der Jeans aufgetaucht. Er brauchte nur einen unbeobachteten Moment, um sein Schwert zu ziehen. Vielleicht würde die Mannschaft in Panik geraten, wenn er Chrysaor ganz schnell unschädlich machen könnte.

Er wünschte, er wüsste etwas über Chrysaors Schwächen. Normalerweise versorgte Annabeth ihn mit solchen Informationen, aber offenbar gab es keine Sagen über Chrysaor, und deshalb tappten sie beide im Dunkeln.

Der goldene Krieger schnalzte mit der Zunge. »Leider, Annabeth, bleibst du nicht bei mir. Nichts wäre mir lieber. Aber du und dein Freund Percy, ihr seid schon gebucht. Eine gewisse Göttin hat einen hohen Kopfpreis auf euch ausgesetzt – lebendig, wenn möglich, aber sie hat nicht gesagt, dass ihr unversehrt sein müsst.«

In diesem Moment sorgte Piper für die so dringend benötigte Ablenkung. Sie heulte so laut, dass es durch ihren Knebel zu hören war. Dann fiel sie ohnmächtig gegen den neben ihr stehenden Wächter und riss ihn dabei um. Hazel begriff und ließ sich ebenfalls auf das Deck fallen, strampelte mit den Beinen und schlug um sich wie bei einem epileptischen Anfall.

Percy zog Springflut und schlug um sich. Die Klinge hätte eigentlich Chrysaors Hals durchtrennen müssen, aber der goldene Krieger war unvorstellbar schnell. Er wich aus und parierte, während die Delphinkrieger zurückwichen und die anderen Gefangenen bewachten, um ihrem Kapitän Bewegungsfreiheit zu geben. Sie schnatterten und quiekten, feuerten ihn an, und Percy hatte das entmutigende Gefühl, dass die Mannschaft an diese Art Unterhaltung gewöhnt war. Die Delphine hatten nicht das Gefühl, dass sich ihr Anführer in irgendeiner Gefahr befand.

Percy hatte mit keinem Gegner mehr auf diese Weise die Klinge gekreuzt, seit … na ja, seit er mit dem Kriegsgott Ares gefochten hatte. So gut war Chrysaor. Viele von Percys Kräften waren mit den Jahren stärker geworden, aber jetzt, zu spät, erkannte Percy, dass Schwertkampf nicht dazugehörte.

Er war eingerostet – zumindest, wenn er es mit einem Widersacher wie Chrysaor zu tun hatte.

Sie griffen an und wichen zurück, schlugen zu und parierten. Plötzlich hörte Percy die Stimme von Luke Castellan, seinem ersten Schwertkampflehrer in Camp Half-Blood, der ihm gute Tipps zurief. Aber es half nichts.

Die goldene Gorgonenmaske nahm ihm einfach den Mut. Der warme Nebel, das glitschige Deck, das Geschnatter der Krieger – nichts davon half. Und aus dem Augenwinkel konnte Percy sehen, dass einer der Delphinkrieger Annabeth ein Messer an die Kehle hielt, für den Fall, dass sie es mit einem Trick versuchte.

Percy täuschte einen Schlag an und zielte dann auf Chrysaors Unterleib, aber Chrysaor hatte diese Bewegung erwartet. Er schlug Percy abermals das Schwert aus der Hand und wieder flog Springflut ins Meer.

Chrysaor lachte amüsiert. Er war nicht einmal außer Atem und presste die goldene Schwertspitze gegen Percys Brustbein.

»Netter Versuch«, sagte der Pirat. »Aber jetzt wirst du gefesselt und zu den Anhängern Gaias gebracht. Sie warten schon ungeduldig darauf, dein Blut zu vergießen und die Göttin zu wecken.«

XXXI

Percy

Nichts inspiriert zu so grandiosen Ideen wie ein totales Versagen.

Als Percy dort stand, entwaffnet und ausgetrickst, formte sich in seinem Kopf ein Plan. Er war so daran gewöhnt, dass die Info über griechische Sagen von Annabeth kam, dass er nur so darüber staunte, sich an etwas Nützliches zu erinnern, aber er musste jetzt ganz schnell handeln. Er konnte nicht zulassen, dass seinen Freunden etwas passierte. Er würde Annabeth nicht verlieren – nicht schon wieder.

Chrysaor war unbesiegbar. Jedenfalls im Zweikampf. Aber ohne seine Mannschaft … Vielleicht könnte er dann überwältigt werden, wenn genug Halbgötter ihn gleichzeitig angriffen.

Aber was sollte er mit Chrysaors Mannschaft anfangen? Percy fügte die Puzzlestücke aneinander. Die Piraten waren vor Jahrtausenden in Delphinmänner verwandelt worden, als sie die falsche Person entführt hatten. Diese Geschichte kannte Percy. Schließlich hatte besagte falsche Person gedroht, auch *ihn* in einen Delphin zu verwandeln. Und als Chrysaor behauptet hatte, seine Mannschaft fürchte sich vor nichts, hatte einer von ihnen ihn zitternd korrigiert. *Ja,* hatte Chrysaor gesagt. *Aber der ist nicht hier.*

Percy schaute zum Bug und entdeckte Frank, in menschlicher Gestalt, der hinter einem Katapult hervorlugte und wartete. Percy unterdrückte den Wunsch, zu lächeln. Frank behauptete immer, ungeschickt und nutzlos zu sein, aber er war immer an genau der richtigen Stelle, wenn Percy ihn brauchte.

Die Mädchen … Frank … die Eistruhe.

Es war eine verrückte Idee. Aber wie so oft hatte Percy keine andere.

»Na schön!«, brüllte Percy so laut, dass alle herumfuhren. »Bringt uns doch weg, wenn unser Kapitän das erlaubt.«

Chrysaor wandte ihm die goldene Maske zu. »Welcher Kapitän? Meine Männer haben das Schiff durchsucht. Hier ist sonst niemand.«

Percy hob dramatisch die Hände. »Der Gott erscheint nur, wenn er das will. Aber er ist unser Anführer. Er leitet unser Camp für Halbgötter. Stimmt's, Annabeth?«

Annabeth reagierte sofort. »Ja!« Sie nickte begeistert. »Mr D! Der große Dionysos!«

Die Delphinmänner traten unruhig von einer Flosse auf die andere. Einer ließ sein Schwert fallen.

»Stehen geblieben!«, brüllte Chrysaor. »Auf diesem Schiff gibt es keinen Gott. Die wollen euch nur Angst machen!«

»Dazu habt ihr allen Grund.« Percy musterte die Piratenmannschaft mitfühlend. »Dionysos wird ganz schön sauer auf euch sein, wenn ihr uns aufhaltet. Er wird uns alle bestrafen. Habt ihr nicht gesehen, dass die Mädchen schon der Krankheit des Weingottes verfallen sind?«

Hazel und Piper hatten ihre Zitteranfälle unterbrochen. Sie saßen an Deck und starrten Percy an, aber als er sie auffordernd fixierte, legten sie wieder los, sie zitterten und zappelten wie Fische. Die Delphinmänner rannten sich gegenseitig um in dem Versuch, vor ihren Gefangenen zu fliehen.

»Gelogen!«, tobte Chrysaor. »Mund halten, Percy Jackson. Euer Campdirektor ist nicht hier. Er wurde auf den Olymp zurückbeordert. Das wissen doch alle.«

»Du gibst also zu, dass Dionysos unser Direktor ist?«, fragte Percy.

»Das *war* er«, korrigierte Chrysaor. »Das ist ja wohl allgemein bekannt.«

Percy zeigte auf den goldenen Krieger, als ob der sich soeben verraten hätte. »Seht ihr? Wir sind verloren. Wenn ihr mir nicht glaubt, dann seht doch in der Eistruhe nach!«

Percy rannte zu der magischen Kühlbox hinüber. Niemand versuchte, ihn aufzuhalten. Er riss den Deckel hoch und wühlte im Eis. Es musste eine geben. Bitte. Er wurde mit einer rot-silbernen Limodose belohnt. Er schwenkte sie vor den Delphinkriegern, als ob er sie mit Insektenvertilgungsmittel besprühte.

»Schaut!«, schrie Percy. »Der vom Gott erwählte Trunk! Zittert vor der Macht der Cola light!«

Die Delphinmänner gerieten in Panik. Sie standen kurz vor dem Rückzug. Percy konnte das spüren.

»Der Gott wird euer Schiff übernehmen«, verkündete Percy. »Er wird eure Verwandlung in Delphine vollenden oder euch wahnsinnig werden lassen oder euch in wahnsinnige Delphine verwandeln! Eure einzige Hoffnung besteht darin, ganz schnell wegzuschwimmen.«

»Lächerlich!« Chrysaors Stimme klang jetzt schrill. Er schien nicht zu wissen, auf wen er sein Schwert richten sollte – auf Percy oder auf seine eigenen Leute.

»Rettet euch!«, mahnte Percy. »Für uns ist es zu spät!«

Dann keuchte er auf und zeigte auf die Stelle, wo Frank sich versteckt hatte. »Oh nein! Frank verwandelt sich in einen wahnsinnigen Delphin!«

Nichts passierte.

»Ich habe gesagt«, wiederholte Percy, »Frank verwandelt sich in einen wahnsinnigen Delphin!«

Frank kam aus dem Nirgendwo gestolpert und griff sich mit gewaltiger Geste an die Kehle. »Oh nein!«, sagte er, als ob er von einer großen Tafel abläse. »Ich verwandele mich in einen wahnsinnigen Delphin!«

Er fing an, sich zu verändern: Seine Nase verlängerte sich zur Schnauze, seine Haut wurde glatt und grau. Er fiel als Delphin auf Deck und sein Schwanz peitschte auf die Bretter.

Die Piraten stürzten voller Panik auseinander, sie schnatterten und klickten, ließen ihre Waffen fallen und sprangen über Bord. In der allgemeinen Verwirrung konnte Annabeth Hazel, Piper und Trainer Hedge von ihren Fesseln befreien.

In Sekundenschnelle war Chrysaor allein und umstellt. Percy und seine Freunde hatten keine Waffen, außer Annabeths Messer und Hedges Hufen, aber ihr mörderischer Gesichtsausdruck machte dem goldenen Krieger offenbar klar, dass sein Schicksal besiegelt war.

Er wich an die Reling zurück.

»Das war noch nicht das letzte Wort, Jackson«, knurrte Chrysaor. »Ich werde mich rächen.«

Seine Worte wurden von Frank abgeschnitten, der sich abermals verwandelt hatte. Ein achthundert Pfund schwerer Grizzlybär kann ein Gespräch sehr effektiv unterbrechen. Frank versetzte Chrysaor einen mächtigen Prankenhieb und riss ihm die goldene Maske vom Gesicht. Chrysaor schrie auf, schlug die Arme vors Gesicht und plumpste ins Wasser.

Alle rannten an die Reling. Chrysaor war verschwunden. Percy spielte mit dem Gedanken, ihn zu verfolgen, aber er kannte sich in diesen Gewässern nicht aus und wollte dem Kerl nicht noch einmal allein gegenübertreten.

»Das war großartig!«, sagte Annabeth und küsste ihn, und schon fühlte er sich ein wenig besser.

»Das war eine Verzweiflungstat«, korrigierte Percy. »Und wir müssen diese Piratentriere loswerden.«

»Verbrennen?«, fragte Annabeth.

Percy sah die Coladose in seiner Hand an. »Nein. Ich habe einen besseren Vorschlag.«

Sie brauchten länger, als es Percy lieb war. Bei der Arbeit schauten sie immer wieder aufs Meer und warteten auf die Rückkehr von Chrysaor und seiner Mannschaft, aber die ließen sich nicht blicken.

Leo kam mit Hilfe von etwas Nektar wieder auf die Beine. Piper kümmerte sich um Jasons Wunden, aber er war nicht so schwer verletzt, wie es aussah. Vor allem schämte er sich, weil er wieder überwältigt worden war, und Percy konnte das nachvollziehen.

Sie brachten ihre eigenen Vorräte dahin zurück, wo sie hingehörten, und schufen nach dem Überfall wieder Ordnung, während Trainer Hedge auf dem feindlichen Schiff einen glücklichen Tag verbrachte und alles, was er nur finden konnte, mit seinem Baseballschläger in Stücke schlug.

Als er fertig war, lud Percy die Waffen der Feinde wieder auf das Piratenschiff. Der Laderaum dort war mit Schätzen gefüllt, aber Percy bestand darauf, dass nichts angerührt wurde.

»Ich spüre an die sechs Millionen Dollar in Gold an Bord«, sagte Hazel. »Und dazu Diamanten, Rubine …«

»Sechs Millionen?«, stammelte Frank. »Kanadische oder US-Dollars?«

»Lasst alles liegen«, sagte Percy. »Das gehört mit zum Tribut.«

»Tribut?«, fragte Hazel.

»Oh.« Piper nickte. »Kansas.«

Jason grinste. Auch er war bei der Begegnung mit dem Weingott dabei gewesen. »Verrückt. Aber es gefällt mir.«

Endlich ging Percy auf das Piratenschiff und öffnete die Flutventile. Er bat Leo, mit seinen Hochleistungswerkzeugen ein paar zusätzliche Löcher in den Schiffsboden zu bohren, und Leo tat ihm diesen Gefallen nur zu gern.

Die Mannschaft der Argo II versammelte sich an der Reling und kappte die Trossen. Piper holte ihr neues Füllhorn und brachte es auf Percys Wunsch dazu, Cola light auszuströmen, was mit der Wucht einer Feuerwehrspritze geschah und das feindliche Deck überschwemmte. Percy dachte, es werde Stunden dauern, aber das Schiff sank überraschend schnell, als es mit Cola light und Meerwasser vollllief.

»Dionysos«, rief Percy und hob Chrysaors goldene Maske hoch. »Oder Bacchus, was auch immer. Ihr habt diesen Sieg ermöglicht, obwohl Ihr gar nicht hier wart. Eure Feinde sind vor Eurem Namen erbebt … oder Eurer Cola light oder so. Also, na ja, danke.«

Es fiel Percy schwer, diese Worte herauszuwürgen, und er gab sich alle Mühe, sich nicht daran zu verschlucken. »Wir geben Euch dieses Schiff als Tribut. Wir hoffen, dass es Euren Gefallen findet.«

»Sechs Millionen in Gold«, murmelte Leo. »Das muss ihm doch gefallen.«

»Pst«, tadelte ihn Hazel. »Edelmetall ist gar nicht so toll. Glaub mir.«

Percy warf die goldene Maske auf das Schiff, das jetzt noch schneller sank, während aus den Ruderscharten und aus dem Laderaum das braune Getränk quoll und die See in braunen Schaum verwandelte.

Percy rief eine Welle herbei und das feindliche Schiff wurde überspült. Leo lenkte die Argo II weiter, während das Piratenschiff im Wasser versank.

»Ist das nicht Umweltverschmutzung?«, fragte Piper.

»Da würde ich mir keine Sorgen machen«, sagte Jason. »Wenn das Schiff Bacchus gefällt, dann verschwindet es bestimmt.«

Percy wusste nicht, ob das passieren würde, aber er hatte alles getan, was in seiner Macht stand. Er glaubte nicht, dass Dionysos sie hören oder sich für sie interessieren würde, und bei dem Kampf gegen die Riesenzwillinge helfen würde er ihnen schon gar nicht, aber Percy musste es wenigstens versuchen.

Als die Argo II ostwärts in den Nebel fuhr, beschloss Percy, dass sein Schwertkampf gegen Chrysaor doch immerhin etwas Gutes gehabt hatte. Er fühlte sich demütig – sogar demütig genug, um dem Weinfredi Tribut zu zollen.

Nach dem Scharmützel mit den Piraten beschlossen sie, den Rest der Strecke nach Rom zu fliegen. Jason behauptete, er könne jetzt wieder Wache halten, zusammen mit Trainer Hedge, der noch immer dermaßen mit Adrenalin vollgepumpt war, dass er immer, wenn das Schiff in eine Turbulenz geriet und wackelte, seinen Baseballschläger schwenkte und schrie: »Stirb!«

Ihnen blieben noch zwei Stunden bis Tagesanbruch, deshalb schlug Jason Percy vor, noch eine Runde zu schlafen.

»Das ist okay, Mann«, sagte Jason. »Gib auch anderen mal die Chance, das Schiff zu retten, ja?«

Percy stimmte zu, aber in seiner Kabine konnte er dann nicht einschlafen.

Er starrte die Bronzelaterne an, die unter der Decke hin und her schwang, und dachte daran, wie leicht Chrysaor ihn beim Schwertkampf besiegt hatte. Der goldene Krieger hätte ihn töten können, ohne auch nur ins Schwitzen zu geraten. Er hatte Percy nur am Leben gelassen, weil jemand anders für das Privileg bezahlte, ihn später umzubringen.

Percy hatte noch immer das Gefühl, ein Pfeil sei durch einen Spalt in seiner Rüstung gedrungen – als trüge er noch immer das Zeichen des Achilles und jemand hätte seine schwache Stelle gefunden. Je älter er wurde und je länger er als Halbblut überlebte, umso mehr vertrauten seine Freunde sich seiner Führung an. Sie verließen sich auf ihn und waren auf seine Kraft angewiesen. Sogar die Römer hatten ihn auf den Schild gehoben und zum Prätor ausgerufen, und dabei hatte er sie nur wenige Wochen gekannt.

Aber Percy fühlte sich einfach nicht mächtig. Je mehr Heldentaten er beging, umso deutlicher sah er seine Grenzen. Er kam sich vor wie ein Betrüger. *Ich bin nicht so toll, wie ihr glaubt,* wollte er seine Freunde warnen. Sein Versagen, wie an diesem Abend, schien das zu beweisen. Vielleicht fürchtete er sich deshalb neuerdings vor dem Ersticken. Es war nicht so sehr das Ertrinken in Erde oder Meer, sondern das Gefühl, dass er in zu vielen Erwartungen versank, dass ihm einfach alles über den Kopf wuchs.

Oha … Wenn er anfing, solche Gedanken zu haben, dann wusste er, dass er zu viel mit Annabeth zusammen gewesen war.

Athene hatte Percy einmal seine tödliche Schwäche genannt: Er war angeblich seinen Freunden zu treu. Er konnte den größeren

Zusammenhang nicht sehen. Er würde einen Freund retten, auch wenn er damit die Zerstörung der Welt auslöste.

Damals hatte Percy nur mit den Schultern gezuckt. Wie konnte Loyalität etwas Schlechtes sein? Außerdem hatte sie gegen die Titanen doch funktioniert: Er hatte seine Freunde gerettet und außerdem Kronos besiegt.

Jetzt aber war er sich nicht mehr so sicher. Er würde sich gern auf alle Monster, Götter oder Riesen stürzen, um seine Freunde vor Verletzungen zu bewahren. Aber was, wenn er dieser Aufgabe nicht gewachsen war? Was, wenn jemand anders das tun müsste? Es fiel ihm sehr schwer, sich das einzugestehen. Selbst so eine Kleinigkeit, wie Jason eine Wache zu überlassen, machte ihm Probleme. Er wollte nicht, dass jemand anders ihn beschützte, jemand, der seinetwegen verletzt werden könnte.

Percys Mutter hatte das getan. Sie hatte ihren brutalen sterblichen Mann nicht verlassen, weil sie geglaubt hatte, dadurch Percy vor den Monstern zu retten. Grover, sein bester Freund, hatte Percy fast ein Jahr lang beschützt, ehe Percy begriffen hatte, dass er ein Halbgott war, und dann wäre Grover um ein Haar vom Minotauros getötet worden.

Percy war kein Kind mehr. Er wollte nicht, dass jemand, den er liebte, sich für ihn in Gefahr begab. Er wollte einfach stark genug sein, um selbst den Beschützer zu spielen. Aber jetzt sollte er Annabeth allein losziehen lassen, um dem Zeichen der Athene zu folgen, obwohl er wusste, dass das ihr Tod sein könnte. Wenn es zu einer Entscheidung käme – Annabeth zu retten oder ihre Mission zum Erfolg zu führen –, würde sich Percy dann wirklich für die Mission entscheiden?

Endlich überwältigte ihn die Erschöpfung. Er schlief ein und in seinem Albtraum wurde das Grollen des Donners zum Lachen der Erdgöttin Gaia.

Im Traum stand Percy auf der Veranda des Hauptgebäudes von Camp Half-Blood. Am Hang des Half-Blood Hill erschien das schlafende Gesicht der Gaia – ihre riesigen Züge wurden geformt von den Schatten im Gras. Ihre Lippen bewegten sich nicht, aber ihre Stimme hallte durch das Tal wider.

Hier bist du also zu Hause, murmelte Gaia. *Wirf noch einen letzten Blick darauf, Percy Jackson. Du hättest hierher zurückkehren sollen. Immerhin hättest du dann zusammen mit deinen Freunden sterben können, wenn die Römer angreifen. Jetzt wird dein Blut fern der Heimat vergossen werden, auf den uralten Steinen, und ich werde mich erheben.*

Der Boden bebte. Oben auf dem Half-Blood Hill ging Thalias Fichte in Flammen auf. Vernichtung durchzog das Tal – Gras wurde zu Sand, Wald zerfiel zu Staub. Der Fluss und der Kanusee trockneten aus. Die Hütten und das Hauptgebäude zerfielen zu Asche. Als das Erdbeben endete, sah Camp Half-Blood aus wie eine atomare Wüste. Übrig war nur noch die Veranda, auf der Percy stand.

Neben ihm bildete der Staub einen Wirbel und verdichtete sich dann zur Gestalt einer Frau. Ihre Augen waren geschlossen, wie die einer Schlafwandlerin. Ihre Gewänder waren waldgrün und gesprenkelt mit Gold und Weiß, wie Sonnenlicht, das durch Zweige fällt. Ihre Haare waren so schwarz wie frisch gepflügte Erde. Ihr Gesicht war schön, doch sogar mit einem verträumten Lächeln auf den Lippen wirkte sie kühl und abweisend. Percy hatte das Gefühl, sie könnte zusehen, wie Halbgötter starben und Städte verbrannten, und dieses Lächeln würde vollkommen unverändert bleiben.

»Wenn ich die Erde wieder an mich nehme«, sagte Gaia, »werde ich diese Stelle auf ewig kahl lassen, damit sie mich an deinesgleichen erinnert, und daran, dass ihr mich nicht aufhalten konntet. Es spielt keine Rolle, wann du fällst, du süßer kleiner Bauer in meinem Schachspiel – und ob Phorkys oder Chrysaor oder meine lieben Zwillinge dich schlagen. Denn du wirst geschlagen werden, und ich werde bereitstehen, um dich zu verschlingen. Deine einzige Wahl ist … wirst du allein fallen? Komm freiwillig zu mir, bring das Mädchen mit. Vielleicht werde ich dann diesen Ort, den du liebst, verschonen. Wenn nicht …«

Gaia öffnete die Augen. Darin wirbelten Grün und Schwarz, unergründlich wie die Erdkruste. Gaia sah alles. Ihre Geduld kannte kein Ende. Sie erwachte nur langsam, aber wenn sie sich erst erhob, konnte ihrer Macht nichts entgegengestellt werden.

Percys Haut prickelte. Seine Hände waren gefühllos. Er schaute nach unten und sah, dass er zu Staub zerfiel, wie alle Monster, die er jemals besiegt hatte.

»Viel Spaß im Tartarus, meine kleine Spielfigur«, säuselte Gaia.

Ein metallisches *KLANG-KLANG-KLANG* holte Percy aus seinem Traum. Er riss die Augen auf und ihm wurde klar, dass er gerade gehört hatte, wie die Räder zum Landen ausgefahren wurden.

Es klopfte an der Tür und Jason steckte den Kopf herein. Die Schrammen in seinem Gesicht waren nicht mehr so deutlich. Seine blauen Augen funkelten vor Erregung.

»He, Mann«, sagte er. »Wir sind im Anflug auf Rom. Und das solltest du dir wirklich ansehen.«

Der Himmel war strahlend blau, als ob es niemals einen Sturm gegeben hätte. Die Sonne ging in der Ferne über den Hügeln auf, und alles unter ihnen leuchtete und glitzerte, als ob die gesamte Stadt Rom gerade aus einer Waschstraße käme.

Percy hatte schon andere große Städte gesehen. Er kam schließlich aus New York. Aber die pure Weite von Rom packte ihn an der Kehle und raubte ihm den Atem. Die Stadt schien geografische Grenzen nicht zu beachten. Sie zog sich über Hügel und durch Täler dahin, sprang mit Dutzenden von Brücken über den Tiber und erstreckte sich immer weiter in Richtung Horizont. Straßen und Gassen zogen sich im Zickzack ohne Sinn und Verstand durch bunt gemischte Viertel. Gläserne Bürobauten standen gleich neben Ausgrabungsorten. Eine Kathedrale ragte neben einer Reihe römischer Säulen auf, die ihrerseits ein modernes Fußballstadion zum Nachbarn hatten. In einigen Vierteln drängten sich alte Stuckvillen mit roten Klinkerdächern in den gepflasterten Straßen, und wenn Percy sich nur auf diese Gegenden konzentriert hätte, dann hätte er sich vorstellen können, in die alten Zeiten zurückversetzt worden zu sein. Wo er auch hinschaute, überall gab es große Plätze und vom Verkehr verstopfte Straßen. Parks durchzogen mit verrückten Ansammlungen aus Palmen, Pinien, Wacholder und Olivenbäumen die Stadt, als ob Rom sich nicht entscheiden könnte, zu welchem Teil der Welt es gehörte – oder vielleicht, als ob es glaubte, die ganze Welt gehöre noch immer zu Rom.

Und die Stadt schien Percys Traum von Gaia zu kennen. Sie wusste, dass die Erdgöttin die gesamte menschliche Zivilisation auslöschen wollte, und diese Stadt, die seit Jahrtausenden existierte, schien zu sagen: *Du willst mich vernichten, Lehmgesicht? Na, dann versuch das doch mal!*

Mit anderen Worten, sie war der Trainer Hedge unter den sterblichen Städten – nur viel größer.

»Wir landen in dem Park da drüben«, sagte Leo und zeigte auf eine weite grüne Fläche mit Palmen. »Wollen mal hoffen, dass der Nebel uns wie eine große Taube oder so was aussehen lässt.«

Percy wünschte, Jasons Schwester Thalia wäre bei ihnen. Sie konnte den Nebel immer dazu bringen, den Menschen das zu zeigen, was sie sehen wollten. Percy war das nie sehr gut gelungen. Er dachte nur immer wieder, *nicht hergucken,* und hoffte, die Römer unten würden nicht bemerken, dass sich eine riesige bronzene Triere mitten in der morgendlichen Hauptverkehrszeit auf die Stadt herabsenkte.

Es schien zu funktionieren. Percy sah keine Autos, die von der Straße abkamen, oder Römer, die gen Himmel zeigten und »Aliens!« schrien. Dann setzte die Argo II auf der Wiese auf und fuhr die Ruder ein.

Auf allen Seiten umgab sie Verkehrslärm, aber der Park war friedlich und menschenleer. Zu ihrer Linken zog sich ein grüner Rasen bis zu einer Reihe von Bäumen. Eine alte Villa stand im Schatten einiger seltsam aussehender Pinien mit dünnen krummen Stämmen, die zehn Meter oder mehr in die Höhe schossen, um sich dann zu wolkigen Baldachinen auszuweiten. Sie erinnerten Percy an die Bücher von Dr. Seuss, die seine Mom ihm als Kind vorgelesen hatte.

Rechts von ihnen zog sich eine lange Backsteinmauer mit Schießscharten für Bogenschützen über den Hügel – vielleicht eine Befestigungsanlage aus dem Mittelalter, vielleicht römisch. Percy war sich nicht sicher.

Im Norden, vielleicht anderthalb Kilometer auf der anderen Seite der Innenstadt, ragte das Kolosseum über die Dächer und sah genauso aus wie auf Urlaubsfotos. Und plötzlich fingen Percys Beine an zu zittern. Er war wirklich hier. Er hatte seinen Ausflug nach Alaska schon für reichlich exotisch gehalten, aber jetzt befand er sich im Herzen des alten Römerreichs – feindliches Gebiet für einen griechischen Halbgott. In gewisser Hinsicht hatte diese Stadt sein Leben ebenso geformt wie New York.

Jason zeigte auf die Schützenmauer, unter der Stufen in eine Art Tunnel führten.

»Ich glaube, ich weiß, wo wir sind«, sagte er. »Das ist das Grab der Scipionen.«

Percy runzelte die Stirn. »Scipi… Reynas Pegasus?«

»Nein«, schaltete sich Annabeth ein. »Das war eine vornehme römische Familie, und … Mann. Das hier ist einfach umwerfend.«

Jason nickte. »Ich habe mir schon öfter Stadtpläne von Rom angesehen. Ich wollte immer mal herkommen, aber …«

Niemand machte sich die Mühe, diesen Satz zu beenden. Wenn Percy in die Gesichter seiner Freunde sah, wusste er, dass sie ebenso überwältigt waren wie er. Sie hatten es geschafft. Sie waren in Rom gelandet – dem ewigen Rom.

»Pläne?«, fragte Hazel. »Nico hat noch bis Sonnenuntergang – bestenfalls. Und angeblich soll heute die gesamte Stadt vernichtet werden.«

Percy riss sich aus seiner Benommenheit. »Du hast Recht. Annabeth … hast du diese Stelle von deiner Bronzekarte gefunden?«

Ihre grauen Augen wurden besonders gewitterdunkel, und Percy konnte das sehr gut deuten: *Denk dran, was ich gesagt habe, Kumpel. Diesen Traum behältst du für dich.*

»Ja«, sagte sie vorsichtig. »Die ist am Tiber. Ich glaube, ich kann sie finden, aber ich sollte wohl …«

»Mich mitnehmen«, fügte Percy hinzu. »Ja, da hast du Recht.«

Annabeth durchbohrte ihn mit Blicken. »Das ist zu …«

»Gefährlich«, stimmte er zu. »Eine Halbgöttin, die allein durch Rom spaziert. Ich komme bis zum Tiber mit. Wir können diesen Empfehlungsbrief vorlegen, und hoffentlich mit dem Flussgott Tiberinus reden. Vielleicht kann er dir helfen oder dir einen guten Rat geben. Dann kannst du von dort aus allein weitergehen.«

Sie versuchten, sich gegenseitig schweigend in Grund und Boden zu starren, aber Percy gab nicht nach. Als er und Annabeth ein Paar geworden waren, hatte seine Mutter ihm eingeschärft: *Es gehört zu den guten Manieren, deine Freundin nach Hause zu bringen.* Und wenn das stimmte, dann gehörte es doch wohl viel mehr zu den guten Manieren, sie zum Startpunkt ihrer epochemachenden einsamen Todeswanderung zu bringen.

»Schön«, murmelte Annabeth. »Hazel, jetzt, da wir in Rom sind, meinst du, du kannst herausfinden, wo Nico ist?«

Hazel blinzelte, als ob sie aus einer Trance erwachte, in der sie die Percy/Annabeth-Show beobachtet hatte. »Äh … hoffentlich, wenn ich nahe genug herankomme. Ich muss in der Stadt umherlaufen. Frank, würdest du mit mir kommen?«

Frank strahlte. »Natürlich.«

»Und äh, Leo«, fügte Hazel hinzu. »Es wäre sicher eine gute Idee, wenn du auch mitkämst. Die Fischzentauren haben gesagt, wir würden deine Hilfe bei irgendeiner mechanischen Sache brauchen.«

»Klar«, sagte Leo. »Kein Problem.«

Franks Lächeln sah jetzt eher aus wie Chrysaors Maske.

Percy war kein Genie, wenn es um Beziehungen ging, aber sogar er nahm die Spannungen zwischen diesen dreien wahr. Seit sie in den Atlantik geworfen worden waren, verhielten sie sich irgendwie anders. Es war nicht nur, dass die beiden um Hazel wetteiferten – es schien, als seien die drei aneinander gefesselt und spielten eine Art geheimnisvolles Kriminalstück, bei dem sie noch nicht entschieden hätten, wer das Opfer sein sollte.

Piper zog das Messer und bohrte es in die Reling. »Jason und ich können erst mal auf das Schiff aufpassen. Ich werde sehen, was *Katoptris* mir zeigen kann. Aber Hazel, wenn ihr ausfindig machen könnt, wo Nico steckt, dann geht da nicht allein hin. Kommt uns holen. Wir werden alle gebraucht, um gegen die Riesen zu kämpfen.«

Sie sprach das Offensichtliche nicht aus: Nicht einmal sie alle zusammen würden stark genug sein, wenn sie keinen Gott auf ihrer Seite hätten. Percy beschloss, dieses Thema nicht zur Sprache zu bringen.

»Gute Idee«, sagte er. »Wie wäre es, wenn wir uns hier wieder treffen, um …«

»Drei Uhr heute Nachmittag?«, schlug Jason vor. »Das ist wohl der späteste Zeitpunkt, wenn wir noch eine Möglichkeit haben wollen, mit den Riesen zu kämpfen und Nico zu retten. Wenn etwas passiert, das diesen Plan ändert, dann versucht, eine Iris-Botschaft zu senden.«

Die anderen nickten zustimmend, doch Percy sah, wie mehrere Annabeth Seitenblicke zuwarfen. Das war noch etwas, das niemand aussprechen wollte: Für Annabeth würde dann ein anderer Terminplan gelten. Sie konnte um drei Uhr wieder da sein, oder später, oder nie. Aber sie würde allein sein und die Athena Parthenos suchen.

Trainer Hedge grunzte: »Dann habe ich genug Zeit, um die Kokosnüsse zu essen – ich meine, die Kokosnüsse aus unserem Rumpf zu holen. Percy, Annabeth … Es gefällt mir ja gar nicht, dass ihr beide allein loszieht. Also denkt dran: *Benehmt euch!* Wenn mir Klagen kommen, kriegt ihr Hausarrest, bis der Styx gefriert.«

Die Vorstellung, Hausarrest zu bekommen, wo sie gerade dabei waren, ihr Leben aufs Spiel zu setzen, war so komisch, dass Percy sich ein Lächeln nicht verkneifen konnte.

»Wir sind bald wieder da«, versprach er. Er schaute seine Freunde an und versuchte, nicht daran zu denken, dass sie vielleicht zum letzten Mal alle zusammen waren. »Viel Glück allesamt.«

Leo senkte die Laufplanke und Percy und Annabeth verließen das Schiff als Erste.

XXXII

Percy

Unter anderen Umständen wäre es umwerfend gewesen, mit Annabeth durch Rom zu schlendern. Sie hielten einander an den Händen, als sie durch die verschlungenen Gassen ihren Weg suchten, wichen Autos und verrückten Vespafahrern aus und drängten sich durch Touristenmassen, und sie wateten durch Ozeane aus Tauben. Es wurde sehr schnell warm. Als sie sich von den Auspuffgasen in den Hauptstraßen entfernt hatten, duftete die Luft nach frischem Brot und soeben geschnittenen Blumen.

Sie steuerten das Kolosseum an, weil es von überall zu sehen war, aber hinzugelangen erwies sich als schwieriger, als Percy vorausgesehen hatte. So groß und verwirrend die Stadt von oben auch ausgesehen hatte, auf dem Boden war alles noch viel schlimmer. Mehrere Male gerieten sie in eine Sackgasse. Sie fanden durch Zufall wunderschöne Brunnen und prachtvolle Denkmäler.

Annabeth kommentierte die Architektur, Percy dagegen achtete auf andere Dinge. Einmal entdeckte er einen leuchtenden violetten Geist – einen Lar –, der sie aus einem Fenster in einem Wohnblock wütend anstarrte. Ein anderes Mal sah er eine Frau in einem weißen Gewand – vielleicht eine Nymphe oder eine Göttin –, die ein gefährlich aussehendes Messer in der Hand hielt und zwischen den Säulenruinen in einem öffentlichen Park hindurchschlüpfte. Niemand griff sie an, aber Percy spürte, dass sie beobachtet wurden, und die Beobachter waren ihnen nicht freundlich gesonnen.

Endlich erreichten sie das Kolosseum, wo ein Dutzend Männer in billigen Gladiatorenkostümen in ein Handgemenge mit der Polizei verstrickt war – Plastikschwerter gegen Gummiknüppel. Percy wusste nicht, was da los war, aber er und Annabeth beschlossen, weiterzugehen. Manchmal waren Sterbliche noch seltsamer als Monster.

Sie gingen weiter nach Westen und blieben ab und zu stehen, um sich nach dem Weg zum Fluss zu erkundigen. Percy hatte sich nicht überlegt, dass die Leute in Italien – nun ja – Italienisch sprachen, er jedoch nicht. Aber es stellte sich heraus, dass es doch kein großes Problem war. Die wenigen Male, als sich ihnen auf der Straße jemand näherte und eine Fragte stellte, brauchte Percy nur verwirrt zu schauen, und die Fragenden wechselten zu Englisch.

Nächste Entdeckung: In Italien wurde mit Euros bezahlt und Percy hatte keine. Er bedauerte das sehr, als er einen Kiosk fand, wo Getränke verkauft wurden. Inzwischen war es fast Mittag, und Percy wünschte, er hätte eine mit Cola light gefüllte Triere.

Annabeth löste dieses Problem. Sie wühlte in ihrem Rucksack, fischte den Laptop des Dädalus heraus und gab einige Befehle ein. Aus einem Schlitz in der Seite sprang eine Plastikkarte.

Annabeth schwenkte sie triumphierend. »Internationale Kreditkarte. Für Notfälle.«

Percy starrte sie verdutzt an. »Wie hast du denn …? Ach, egal. Ich will es gar nicht wissen. Sei nur weiter so umwerfend.«

Die Cola half, aber sie waren noch immer überhitzt und müde, als sie endlich am Tiber ankamen. Das Ufer war in Stein gefasst. Eine chaotische Ansammlung von Lagerhäusern, Wohnungen, Läden und Cafés drängte sich den Fluss entlang.

Der Tiber selbst war breit, träge und karamellbraun. Einige hohe

Zypressen ließen ihre Zweige ins Wasser hängen. Die nächste Brücke sah ziemlich neu aus und war aus eisernen Streben gebaut, aber gleich daneben stand eine zerfallende Reihe von Steinbögen, die mitten im Fluss endete – Ruinen, die durchaus aus den Tagen der Cäsaren stammen mochten.

»Das ist sie.« Annabeth zeigte auf die alte Steinbrücke. »Ich erkenne sie von der Karte her. Aber was machen wir jetzt?«

Percy freute sich, weil sie *wir* gesagt hatte. Er wollte sie noch nicht verlassen. Er wusste auch nicht, ob er sich dazu bringen könnte, wenn es erst so weit war. Gaias Worte waren wieder da: *Wirst du allein fallen?*

Er starrte den Fluss an und fragte sich, wie sie Kontakt zum Flussgott Tiberinus aufnehmen sollten. Er wollte eigentlich nicht so gerne ins Wasser springen. Der Tiber sah nicht viel sauberer aus als der East River, wo er schon viele Begegnungen mit übellaunigen Flussgeistern gehabt hatte.

Er zeigte auf eine nahe gelegenes Café mit Tischen, von denen man auf den Fluss sah. »Es ist gleich Mittag. Sollten wir noch mal deine Kreditkarte ausprobieren?«

Obwohl es Mittag war, war das Lokal leer. Sie suchten sich einen Tisch am Wasser aus, und ein Kellner kam herbeigeeilt. Er wirkte ein wenig überrascht von ihrem Anblick – vor allem als sie sagten, dass sie essen wollten.

»Amerikaner?«, fragte er mit gequältem Lächeln.

»Ja«, sagte Annabeth.

»Und ich hätte gern eine Pizza«, sagte Percy.

Der Kellner machte ein Gesicht, als ob er versuchte, eine Euromünze zu verschlucken. »Das kann ich mir denken, *Signore.* Und lassen Sie mich raten: eine Cola? Mit Eis?«

»Wunderbar«, sagte Percy. Er konnte nicht begreifen, warum der Kerl so sauer aussah. Percy hatte ja schließlich nicht um eine *blaue* Cola gebeten.

Annabeth bestellte ein Panino und ein Mineralwasser. Als der Kellner gegangen war, lächelte sie Percy an. »Ich glaube, in Italien wird viel später gegessen. Sie tun kein Eis in ihre Getränke. Und Pizza ist nur etwas für Touristen.«

»Ach.« Percy zuckte mit den Schultern. »Das beste italienische Essen und sie essen es nicht selbst?«

»Das würde ich nicht in Hörweite des Kellners sagen.«

Sie hielten auf dem Tisch Händchen. Percy war damit zufrieden, Annabeth einfach im Sonnenschein anzusehen. In der Sonne sahen ihre Haare immer so hell und warm aus. Ihre Augen nahmen die Farben des Himmels und der Pflastersteine an und waren abwechselnd braun und blau.

Er überlegte, ob er Annabeth von seinem Traum erzählen sollte, in dem Gaia Camp Half-Blood zerstört hatte. Er entschied sich dagegen. Sie brauchte nicht noch weitere Sorgen – nicht bei dem, was ihr bevorstand.

Aber trotzdem fragte er sich … was wäre passiert, wenn sie Chrysaors Piraten nicht in die Flucht geschlagen hätten? Percy und Annabeth wären dann in Ketten zu den Anhängern Gaias gebracht worden. Ihr Blut wäre auf irgendwelchen uralten Steinen vergossen worden. Percy vermutete, das bedeutete, dass sie nach Griechenland geschafft worden wären, zu irgendeinem furchtbaren riesigen Opferfest. Aber Annabeth und er hatten gemeinsam schon viele schreckliche Gefahren überstanden. Sie hätten einen Fluchtplan machen und entkommen können … und dann stünde Annabeth nicht hier in Rom vor ihrem Soloeinsatz.

Es spielt keine Rolle, wann du fällst, hatte Gaia gesagt.

Percy wusste, dass das ein entsetzlicher Wunsch war, aber er bereute fast, dass sie auf dem Meer nicht gefangen worden waren. Dann hätten er und Annabeth wenigstens zusammensein können.

»Du brauchst dich nicht zu schämen«, sagte Annabeth. »Du denkst an Chrysaor, nicht wahr? Schwerter können nicht jedes Problem lösen. Am Ende hast du uns doch gerettet.«

Wider Willen musste Percy lächeln. »Wie machst du das bloß? Du weißt immer, was ich denke.«

»Ich kenne dich«, sagte sie.

Und trotzdem magst du mich?, hätte Percy gern gefragt, aber er riss sich zusammen.

»Percy«, sagte sie. »Du kannst nicht die Last des gesamten Einsatzes tragen. Das ist unmöglich. Deshalb sind wir ja zu siebt. Und du musst mich allein die Athena Parthenos suchen lassen.«

»Du hast mir gefehlt«, gestand er. »Monatelang. Ein riesiges Stück unseres Lebens ist uns weggenommen worden. Dich noch einmal zu verlieren …«

Das Essen kam. Der Kellner sah viel gelassener aus. Nachdem er sich mit der Tatsache abgefunden hatte, dass sie Amerikaner waren, die keine Ahnung hatten, hatte er offenbar beschlossen, ihnen zu vergeben und höflich zu ihnen zu sein.

»Ein schöner Ausblick«, sagte er und nickte zum Fluss hinüber. »Genießen Sie ihn.«

Als er gegangen war, aßen sie schweigend. Die Pizza war ein nichtssagendes teigiges Viereck mit nicht gerade viel Käse. *Vielleicht,* dachte Percy, *essen die Römer deshalb keine Pizza. Die armen Römer.*

»Du musst mir vertrauen«, sagte Annabeth. Percy dachte schon, dass sie mit ihrem Panino redete, denn sie schaute ihm nicht in die Augen. »Du musst daran glauben, dass ich zurückkomme.«

Er schluckte einen weiteren Bissen hinunter. »Ich glaube an dich. Das ist nicht das Problem. Aber *woher* wirst du zurückkommen?«

Das Geräusch einer Vespa unterbrach sie. Percy sah am Ufer entlang und musste zweimal hinschauen. Der Motorroller war ein altes Modell: groß und babyblau. Der Fahrer war ein Typ in einem seidigen grauen Anzug. Hinter ihm saß eine junge Frau mit Kopftuch, sie hatte die Arme um die Taille des Mannes gelegt. Sie schlängelten sich zwischen den Cafétischen durch und kamen vor Percy und Annabeth zum Halten.

»Hallo, ihr zwei«, sagte der Mann. Seine Stimme war tief, fast kehlig, wie die eines Filmschauspielers. Seine Haare waren schwarz und aus seinem markanten Gesicht gegelt. Er sah gut aus, wie ein Fernsehvater aus den Fünfzigerjahren. Sogar seine Kleidung wirkte altmodisch. Als er von der Vespa stieg, saß sein Hosenbund viel höher als normal, aber dennoch sah er maskulin und elegant und überhaupt nicht wie ein Landei aus. Percy konnte sein Alter nicht schätzen – irgendwas um die dreißig, auch wenn Kleidung und Auftreten des Mannes großväterlich wirkten.

Die Frau glitt von der Vespa. »Was war das für ein wunderschöner Morgen«, sagte sie atemlos.

Sie sah aus wie einundzwanzig und auch sie war altmodisch gekleidet. Ihr knöchellanger weiter Rock und ihre weiße Bluse wurden von einem breiten Ledergürtel zusammengehalten und das verpasste ihr die schmalste Taille, die Percy jemals gesehen hatte. Als sie das Kopftuch abnahm, legten ihre kurzen welligen Haare sich zu einer perfekten Frisur. Sie hatte neckische dunkle Augen und ein strahlendes Lächeln. Percy hatte schon Najaden gesehen, die weniger koboldhaft gewirkt hatten als diese Dame.

Annabeth fiel das Panino aus der Hand. »Bei den Göttern. Wie … Wie …?«

Sie wirkte so verdutzt, dass Percy dachte, auch er müsste diese beiden kennen.

»Ihr kommt mir wirklich bekannt vor«, sagte er. Vielleicht hatte er ihre Gesichter im Fernsehen gesehen. Sie schienen aus einer alten Serie zu stammen, aber das konnte nicht stimmen. Sie waren überhaupt nicht gealtert. Trotzdem, er zeigte auf den Mann und riet: »Sind Sie dieser Typ aus *Mad Men?*«

»Percy!« Annabeth machte ein entsetztes Gesicht.

»Was?«, fragte er zurück. »Ich seh nicht viel fern.«

»Das ist Gregory Peck«, Annabeth machte große Augen und immer wieder klappte ihr das Kinn herunter. »Und … o Götter! Audrey Hepburn. Den Film kenne ich. *Ein Herz und eine Krone.* Aber das war in den Fünfzigerjahren. Wie …«

»Ach, meine Liebe.« Die Frau wirbelte umher wie ein Luftgeist und setzte sich neben sie. »Ich fürchte, da verwechselst du mich. Ich bin Rhea Silvia. Ich war die Mutter von Romulus und Remus, vor Tausenden von Jahren. Aber es ist nett, dass du findest, ich sehe so jung aus wie 1950. Und das ist mein Mann …«

»Tiberinus«, sagte Gregory Peck und hielt Percy auf sehr maskuline Weise die Hand hin. »Der Gott des Flusses Tiber.«

Percy schüttelte ihm die Hand. Der Mann roch nach Rasierwasser. Natürlich, wenn Percy der Tiber wäre, würde er den Gestank sicher auch mit Parfüm überdecken wollen.

»Äh, hallo«, sagte Percy. »Seht ihr immer aus wie Hollywoodstars?«

»Tun wir das?« Tiberinus runzelte die Stirn und musterte seine Kleidung. »Ich bin mir da nicht sicher. Der Einfluss der abendländischen Zivilisation geht in beide Richtungen, wisst ihr. Rom hat die Welt geprägt, doch die Welt prägt auch Rom. Es scheint aber in letzter Zeit wirklich viele amerikanische Einflüsse zu geben. Ich habe im Laufe der Jahrhunderte ziemlich den Überblick verloren.«

»Na gut«, sagte Percy. »Aber … wollen Sie uns helfen?«

»Meine Najaden haben mir gesagt, dass ihr beide hier seid.« Tiberinus richtete seine dunklen Augen auf Annabeth. »Du hast doch die Karte, meine Liebe? Und dein Empfehlungsschreiben?«

»Äh …« Annabeth reichte ihm den Brief und die Bronzescheibe. Sie starrte den Flussgott so gebannt an, dass Percy langsam eifersüchtig wurde.

»Al… Also«, stammelte sie. »Sie haben schon anderen Kindern der Athene bei ihrer Suche geholfen?«

»Ach, meine Liebe.« Die schöne Frau, Rhea Silvia, legte Annabeth die Hand auf die Schulter. »Tiberinus ist ja so hilfsbereit. Er hat meine Kinder Romulus und Remus gerettet, weißt du, und sie der Wolfsgöttin Lupa gebracht. Später, als der alte König Numen mich umbringen wollte, hatte Tiberinus Mitleid mit mir und hat mich zur Frau genommen. Seither herrsche ich mit ihm über das Flusskönigreich. Er ist einfach ein Traum!«

»Danke, meine Liebe«, sagte Tiberinus grinsend. »Und ja, Annabeth Chase, ich habe vielen deiner Geschwister geholfen … dabei, ihre Reise wenigstens unversehrt anzutreten. Es ist eine Schande, dass später dann alle qualvoll gestorben sind. Na, deine Papiere scheinen in Ordnung zu sein. Wir sollten aufbrechen. Das Zeichen der Athene wartet.«

Percy packte Annabeths Hand – sicher ein wenig zu fest. »Tiberinus, lassen Sie mich mit ihr gehen. Nur noch ein kleines Stück weiter.«

Rhea Silvia lachte. »Aber das geht nicht, törichter Knabe. Du musst zu deinem Schiff zurückkehren und deine übrigen Freunde zusammenrufen. Stellt euch den Riesen. Wie, das werdet ihr im Dolch deiner Freundin Piper sehen. Annabeth hat einen anderen Weg vor sich. Den muss sie allein gehen.«

»In der Tat«, sagte Tiberinus. »Annabeth muss sich der Hüterin des Schreins allein stellen. Nur so geht es. Und Percy Jackson, dir bleibt weniger Zeit, als dir klar ist, um deinen Freund im Krug zu retten. Du musst dich beeilen.«

Percys Pizza fühlte sich in seinem Magen an wie ein Zementklumpen. »Aber …«

»Ist schon gut, Percy.« Annabeth drückte ihm die Hand. »Ich muss das hier tun.«

Er wollte widersprechen, doch ihre Miene hielt ihn davon ab. Sie hatte furchtbare Angst, gab sich aber alle Mühe, sie zu verbergen – um seinetwillen. Wenn er widerspräche, würde er alles für sie nur noch schlimmer machen. Oder sie sogar zum Bleiben überreden. Dann würde sie mit dem Wissen leben müssen, dass sie angesichts ihrer größten Herausforderung gekniffen hatte – falls sie überhaupt überlebten, wo Rom doch dem Erdboden gleichgemacht werden sollte und Gaia sich erheben und die Welt vernichten wollte. Die Statue der Athene war der Schlüssel zum Sieg über die Riesen. Percy wusste nicht, wieso oder auf welche Weise, aber Annabeth war die Einzige, die sie finden konnte.

»Du hast Recht«, zwang er sich zu sagen. »Pass auf dich auf.«

Rhea Silvia kicherte, als sei das ein alberner Spruch. »Pass auf dich auf? Das möchte ich sehen! Komm, Annabeth, meine Liebe.

Wir werden dir zeigen, wo der Weg anfängt. Danach bist du auf dich allein gestellt.«

Annabeth küsste Percy. Sie zögerte, als ob sie überlegte, was sie noch sagen könnte. Dann setzte sie ihren Rucksack auf und stieg hinten auf die Vespa.

Percy fand das unerträglich. Er hätte lieber gegen jedes Monster auf der ganzen Welt gekämpft. Er wäre lieber noch einmal gegen Chrysaor angetreten. Aber er zwang sich, auf seinem Stuhl sitzen zu bleiben und zuzusehen, wie Annabeth mit Gregory Peck und Audrey Hepburn durch die Straßen von Rom davonfuhr.

XXXIII

Annabeth

Annabeth fand, es hätte noch schlimmer kommen können. Sie musste zwar auf einen grauenhaften Einzeleinsatz ausziehen, aber sie hatte immerhin vorher noch mit Percy am Tiberufer zu Mittag gegessen. Und jetzt durfte sie mit Gregory Peck Vespa fahren.

Sie kannte diesen Film nur wegen ihres Dads. In den letzten Jahren war sie häufiger bei ihm gewesen, und sie hatte erfahren, dass ihr Dad auch eine kitschige Seite hatte. Klar, er interessierte sich für Militärgeschichte, Waffen und Doppeldecker, aber er liebte auch alte Filme, vor allem Liebesgeschichten aus den Vierziger- und Fünfzigerjahren. *Ein Herz und eine Krone* gehörte zu seinen Lieblingsfilmen. Er hatte ihn auch Annabeth gezeigt.

Sie fand die Handlung albern – eine Prinzessin entwischt ihren Aufpassern und verliebt sich in Rom in einen amerikanischen Journalisten –, aber sie hatte den Verdacht, dass ihr Dad diesen Film deshalb so gernhatte, weil er ihn an seine eigene Romanze mit der Göttin Athene erinnerte – noch eine unmögliche Affäre, die kein glückliches Ende haben konnte. Ihr Dad hatte keinerlei Ähnlichkeit mit Gregory Peck und Athene hatte eindeutig nichts von Audrey Hepburn. Aber Annabeth wusste, dass die Menschen sehen, was sie sehen wollen. Sie brauchen den Nebel nicht, um ihre Beobachtungsgabe zu ruinieren.

Während der babyblaue Motorroller durch die Straßen von Rom jagte, erzählte die Göttin Rhea Silvia, wie die Stadt sich im Laufe der Jahrhunderte verändert hatte.

»Der Pons Sublicius war dahinten«, sagte sie und zeigte auf eine Biegung des Tiber. »Du weißt schon, die Brücke, an der Horatius und seine zwei Freunde die Stadt vor einer feindlichen Armee verteidigt haben. Das war wirklich mal ein tapferer Römer!«

»Und schau mal, Liebes«, fügte Tiberinus hinzu. »Das ist die Stelle, wo Romulus und Remus an Land gespült wurden.«

Er schien die Stelle am Ufer zu meinen, wo einige Enten sich aus zerrissenen Plastiktüten und Bonbonpapieren ein Nest bauten.

»Ach ja«, Rhea Silvia lächelte glücklich. »Du warst so lieb, über die Ufer zu treten und meine Babys an Land zu setzen, wo die Wölfe sie finden konnten.«

»Das war doch nicht der Rede wert«, sagte Tiberinus.

Annabeth war total verwirrt. Der Flussgott redete über etwas, das vor Jahrtausenden passiert war, als diese Gegend nur aus Sumpf und vielleicht ein paar Hütten bestanden hatte. Tiberinus hatte zwei Babys gerettet, von denen das eine dann das größte Imperium der Welt gegründet hatte. *Das war doch nicht der Rede wert.*

Rhea Silvia zeigte auf einen großen modernen Wohnblock. »Das war mal ein Tempel der Venus. Dann war es eine Kirche. Dann ein Palast. Dann ein Wohnblock. Der ist dreimal abgebrannt und jetzt ist es wieder ein Wohnblock. Und diese Stelle gleich dort …«

»Bitte«, sagte Annabeth. »Mir wird schon schwindlig.«

Rhea Silvia lachte. »Tut mir leid, Liebes. Hier liegt eine Schicht der Geschichte über der anderen, aber das ist noch kein Vergleich zu Griechenland. Athen war schon alt, als Rom noch eine Ansammlung von Lehmhütten war. Das wirst du auch noch sehen, wenn du überlebst.«

»Schöner Trost«, murmelte Annabeth.

»Da wären wir«, teilte Tiberinus mit. Er hielt vor einem großen

Marmorgebäude, dessen Fassade verschmutzt, aber immer noch prachtvoll war. In das Dach waren kunstvolle Bilder römischer Götter eingemeißelt. Der riesige Eingang war von Eisentoren versperrt, an denen schwere Vorhängeschlösser hingen.

»Da soll ich rein?«, fragte Annabeth und wünschte, sie hätte Leo mitgenommen oder zumindest einen Drahtschneider aus seinem Werkzeuggürtel ausgeliehen.

Rhea Silvia hielt sich die Hand vor den Mund und kicherte. »Nein, meine Liebe. Nicht hinein. Hinunter.«

Tiberinus zeigte auf eine Steintreppe neben dem Gebäude – die Art von Treppe, die in Manhattan in eine Kellerwohnung geführt hätte.

»Rom ist schon über der Erde chaotisch«, sagte er dann. »Aber das ist noch nichts im Vergleich zum Untergrund. Du musst in die begrabene Stadt hinabsteigen, Annabeth Chase. Du musst den Altar des fremden Gottes finden. Die Fehler deiner Vorgänger werden dich leiten. Danach … Das weiß ich nicht.«

Annabeths Rucksack fühlte sich sehr schwer an. Sie studierte jetzt seit Tagen die Bronzekarte und suchte im Laptop des Dädalus nach Informationen. Leider ließen die wenigen Dinge, die sie erfahren hatte, diese Suche noch unmöglicher erscheinen. »Meine Geschwister … Sie sind alle nicht bis zum Schrein gelangt, oder?«

Tiberinus schüttelte den Kopf. »Aber du weißt, welche Belohnung wartet, wenn du sie befreien kannst.«

»Ja«, sagte Annabeth.

»Das könnte den Kindern von Griechenland und Rom Frieden bringen«, sagte Rhea Silvia. »Es könnte den Verlauf des kommenden Krieges ändern.«

»Wenn ich überlebe«, sagte Annabeth.

Tiberinus nickte traurig. »Denn dir ist auch klar, welcher Hüterin du gegenübertreten musst?«

Annabeth dachte an die Spinnen in Fort Sumter und den Traum, den Percy beschrieben hatte – die zischende Stimme in der Dunkelheit. »Ja.«

Rhea Silvia sah ihren Gatten an. »Sie ist tapfer. Vielleicht ist sie stärker als die anderen.«

»Das will ich doch hoffen«, sagte der Flussgott. »Auf Wiedersehen, Annabeth Chase. Und viel Glück.«

Rhea Silvia strahlte. »Wir haben einen so schönen Nachmittag geplant. Eine Shoppingrunde!«

Gregory Peck und Audrey Hepburn jagten auf ihrem babyblauen Motorroller davon. Und Annabeth drehte sich um und ging allein die Treppe hinunter.

Sie war schon oft unter der Erde gewesen.

Aber auf halber Höhe der Treppe ging ihr auf, wie lange es her war, dass sie allein in ein Abenteuer gezogen war. Sie erstarrte.

Bei den Göttern … so was hatte sie als Kind zuletzt gemacht. Nachdem sie von zu Hause weggerannt war, hatte sie einige Wochen allein überlebt, hatte in Einfahrten gehaust und sich vor Monstern versteckt, bis Thalia und Luke sie unter ihre Fittiche genommen hatten. Dann, als sie in Camp Half-Blood angekommen war, hatte sie dort gelebt, bis sie zwölf war. Und danach war sie bei jedem Einsatz immer mit Percy oder ihren anderen Freunden zusammen gewesen.

Als sie sich das letzte Mal so verängstigt und einsam gefühlt hatte, war sie sieben gewesen. Sie dachte an den Tag, als Thalia, Luke und sie in Brooklyn in einen Zyklopenbau geraten waren.

Thalia und Luke waren gefangen genommen worden und Annabeth hatte sie befreien müssen. Sie erinnerte sich noch genau daran, wie sie zitternd in einer finsteren Ecke eines zerfallenden Hauses gekauert und zugehört hatte, wie die Zyklopen die Stimmen ihrer Freunde nachmachten und versuchten, sie damit aus ihrem Versteck zu locken.

Und was, wenn auch das hier ein Trick ist?, fragte sie sich. *Was, wenn diese anderen Kinder der Athene ums Leben gekommen sind, weil Tiberinus und Rhea Silvia sie in eine Falle gelockt haben? Wäre das Gregory Peck und Audrey Hepburn zuzutrauen?*

Sie zwang sich, weiterzugehen. Ihr blieb nichts anderes übrig. Wenn die Athena Parthenos wirklich hier unten war, könnte das den Krieg entscheiden. Und wichtiger noch, es könnte ihrer Mom helfen. Athene *brauchte* sie.

Am Fuße der Treppe fand sie eine alte hölzerne Tür mit einem eisernen Ring. Über dem Ring saß eine Metallplatte mit einem Schlüsselloch. Annabeth überlegte, wie sie das Schloss aufstochern könnte, doch sowie sie an dem Ring zog, loderte mitten in der Tür ein feuriges Bild auf: die Silhouette der Eule der Athene. Rauch quoll aus dem Schlüsselloch. Die Tür sprang auf.

Annabeth schaute ein letztes Mal auf. Der Himmel oben an der Treppe war ein leuchtend blaues Viereck. Sterbliche genossen diesen warmen Nachmittag sicher. Paare saßen Händchen haltend in den Cafés. Touristen schlenderten durch Geschäfte und Museen. Normale Römer gingen ihren Alltagsgeschäften nach und dachten vermutlich gar nicht an die Jahrtausende der Geschichte unter ihren Füßen; und sie hatten garantiert keine Ahnung von den Geistern und Monstern, die noch immer hier hausten, oder der Tatsache, dass ihre Stadt noch an diesem Tag zerstört werden würde, falls eine gewisse Gruppe von Halbgöttern den Riesen nicht das Handwerk legen könnte.

Annabeth trat durch die Tür.

Dann stand sie ein einem Keller, der eine Art architektonischer Cyborg war. Uralte Backsteinmauern waren kreuz und quer durchzogen von modernen Stromkabeln und Rohren. Die Decke wurde von einer Mischung aus Stahlstützen und alten römischen Säulen aus Granit getragen.

In der vorderen Hälfte des Kellers waren Kästen aufeinandergestapelt. Aus Neugier schaute Annabeth hinein. Einige enthielten Schnurspulen in vielen Farben – wie für Drachen oder Kunsthandwerksprojekte. Andere waren gefüllt mit billigen Gladiatorenschwertern aus Kunststoff. Vielleicht war das hier einmal das Lager eines Andenkenladens gewesen.

Hinten im Keller war der Boden ausgehoben und eine weitere Treppe freigelegt worden, sie war aus weißen Steinen und führte noch weiter nach unten.

Annabeth schlich zu den Stufen. Selbst mit dem Licht, das ihr Dolch warf, konnte sie dort unten nichts sehen. Sie legte die Hand an die Wand und fand einen Lichtschalter.

Sie drückte darauf. Grellweiße fluoreszierende Glühbirnen beleuchteten die Treppe. Unten sah Annabeth einen mit Wild und Faunen dekorierten Mosaikboden – vielleicht ein Raum aus einer alten römischen Villa, verborgen unter diesem modernen Keller mit Kisten voller Schnurspulen und Plastikschwertern.

Sie stieg die Treppe hinunter. Das Zimmer unten war etwas über sechs Quadratmeter groß. Die Wände waren irgendwann einmal bunt bemalt gewesen, aber die Fresken waren größtenteils abgeblättert oder verblichen. Der einzige Ausgang war ein Loch in einer

Ecke des Bodens, wo das Mosaik herausgerissen worden war. Annabeth hockte sich neben die Öffnung. Darunter lag eine größere Höhle, deren Boden Annabeth nicht sehen konnte.

Sie hörte vielleicht zehn oder zwölf Meter unter sich fließendes Wasser. Es roch nicht wie in einem Abwasserkanal, nur alt und muffig und ein bisschen süßlich, wie nach verrottenden Blumen. Vielleicht war es eine alte Wasserleitung, die von den Aquädukten herkam. Es führte keine Treppe nach unten.

»Springen tu ich nicht«, murmelte Annabeth.

Wie als Antwort darauf leuchtete in der Dunkelheit etwas auf. Das Zeichen der Athene loderte unten in der Höhle und zeigte mehr als zwölf Meter unter Annabeth glitzernde Backsteine an einem unterirdischen Kanal. Die feurige Eule schien sie zu verspotten. *Na, hier geht's lang, Kleine. Also denk dir mal schön was aus.*

Annabeth ging ihre Möglichkeiten durch. Springen war zu gefährlich. Keine Leitern oder Seile. Sie spielte mit dem Gedanken, sich oben einen Teil der Metallstreben zu holen, um sie als Stange zum Rutschen zu nutzen, aber die waren alle fest angeschraubt. Außerdem wollte sie nicht, dass das Haus über ihr zusammenbrach.

Der Frust kroch ihr durch den Leib wie ein Termitenschwarm. Ihr Leben lang hatte sie zugesehen, wie andere Halbgötter beeindruckende Kräfte entwickelten. Percy konnte das Wasser beherrschen. Wenn er hier gewesen wäre, hätte er den Wasserspiegel erhöhen und dann ganz einfach nach unten sinken können. Hazel konnte sich nach dem, was sie erzählt hatte, unter der Erde präzise zurechtfinden und sogar Tunnel entstehen lassen oder ihren Lauf verändern. Sie hätte sich hier leicht einen neuen Weg erschaffen können. Leo hätte einfach das passende Werkzeug aus seinem Gürtel ziehen und sich etwas bauen können, um nach unten zu gelangen. Jason könnte sich vom Wind nach unten tragen lassen. Sogar Piper mit ihrem Charmesprech … Sie hätte Tiberinus und Rhea Silvia überredet, noch ein wenig hilfsbereiter zu sein.

Aber was hatte Annabeth? Einen Bronzedolch, der nichts Besonderes zu bieten hatte, und eine verfluchte Silbermünze. Sie hatte ihren Rucksack mit dem Laptop des Dädalus, eine Flasche Wasser, ein paar Stücke Ambrosia für Notfälle und eine Streichholzschachtel – vermutlich vollkommen nutzlos, aber ihr Dad hatte ihr eingeschärft, das sie immer im Stande sein müsste, ein Feuer zu machen.

Sie besaß keine beeindruckenden Kräfte. Sogar ihr einziges echtes magisches Besitztum, die Yankees-Tarnkappe, funktionierte nicht mehr und lag in ihrer Kabine auf der Argo II.

Du hast deine Intelligenz, sagte eine Stimme. Annabeth überlegte, ob Athene zu ihr sprach, aber vermutlich war das nur Wunschdenken.

Intelligenz … wie bei Athenes Lieblingsheld Odysseus. Der hatte durch Klugheit den Trojanischen Krieg gewonnen, nicht durch Stärke. Er hatte alle Arten von Notsituationen mit seinem schnellen Verstand gemeistert. Und das wusste Athene zu schätzen.

Die Tochter der Weisheit geht allein.

Das bedeutete nicht nur, ohne andere Menschen, wie Annabeth nun begriff. Es bedeutete auch, ohne besondere Kräfte.

Na gut … wie konnte sie nun heil nach unten gelangen und sichergehen, dass sie zur Not auch wieder nach oben kommen könnte?

Sie kletterte zurück in den oberen Keller und starrte die geöffneten Kisten an. Drachenschnur und Plastikschwerter. Die Idee, die ihr jetzt kam, war so albern, dass sie fast losgeprustet hätte, aber es war besser als nichts.

Sie ging ans Werk. Ihre Hände schienen genau zu wissen, was sie zu tun hatten. Das kam manchmal vor, wie zum Beispiel wenn sie Leo mit den Schiffsmaschinen half oder am Computer architektonische Entwürfe machte. Sie hatte noch nie etwas aus Drachenschnüren und Plastikschwertern konstruiert, aber es kam ihr leicht vor, geradezu natürlich. In Minutenschnelle hatte sie ein Dutzend Schnurrollen und einen Kasten Schwerter zu einer notdürftigen Strickleiter verarbeitet – ein geflochtenes Seil, stark, aber nicht zu dick, mit Schwertern im Abstand von sechzig Zentimetern, die als Hand- und Fußstützen dienten.

Als Test band sie ein Ende um eine Säule und hängte sich mit ihrem ganzen Gewicht daran. Die Plastikschwerter bogen sich unter ihr, aber sie verstärkten auch die Knoten im Seil und Annabeth konnte sie besser fassen.

Die Leiter hätte keinen Preis für Design gewonnen, aber sie könnte sie vielleicht unversehrt auf den Boden der Höhle bringen. Zuerst füllte Annabeth ihren Rucksack mit den restlichen Schnurrollen. Sie wusste nicht, warum, aber sie waren immerhin ein nützliches Hilfsmittel und wogen nicht viel.

Sie lief zurück zu dem Loch im Mosaikboden, vertäute ein Ende der Leiter am nächstgelegenen Teil des Gerüstes und glitt abwärts.

XXXIV

Annabeth

Während Annabeth in der Luft hing und sich an der wild hin und her pendelnden Leiter nach unten hangelte, dankte sie Chiron für die vielen Trainingsjahre an der Kletteranlage von Camp Half-Blood. Sie hatte sich oft und laut darüber beklagt, dass das Klettern an Seilen ihr niemals helfen würde, ein Monster zu besiegen. Chiron hatte nur gelächelt, als wüsste er, dass dieser Tag kommen würde.

Endlich war Annabeth unten angekommen. Sie verfehlte die Brüstung aus Backsteinen und landete im Kanal, aber der war nur wenige Zentimeter tief. Eiskaltes Wasser sickerte durch ihre Turnschuhe.

Sie hob ihren leuchtenden Dolch. Der flache Kanal floss in der Mitte des Backsteintunnels. Alle paar Meter ragten Tonrohre aus dem Gemäuer. Sie vermutete, dass es sich um Abwasserrohre handelte, Teile des uralten römischen Kanalisationssystems, aber sie staunte darüber, dass ein solcher Tunnel überlebt hatte, unter der Erde zusammengedrängt zwischen Rohren, Kellern und Abwasserkanälen der vielen Jahrhunderte.

Ein plötzlicher Gedanke jagte ihr noch mehr Kälte durch den Leib als das Wasser. Einige Jahre zuvor waren Percy und sie im Labyrinth des Dädalus im Einsatz gewesen – einem geheimen Netzwerk aus Tunneln und Kammern, mit starken Zaubern belegt und voller Fallen –, das sich unter allen Städten Amerikas hindurchzog.

Als Dädalus in der Schlacht um das Labyrinth gefallen war, war das gesamte Tunnelsystem eingestürzt – das hatte Annabeth jedenfalls geglaubt. Aber was, wenn das nur den amerikanischen Teil betroffen hatte? Dädalus hatte ihr einmal gesagt, sein Labyrinth habe ein eigenes Leben. Es wachse und ändere sich ununterbrochen. Vielleicht konnte das Labyrinth immer wieder neu entstehen, wie ein Monster. Das würde doch einen Sinn ergeben. Es war eine archetypische Macht, wie Chiron sagen würde – etwas, das niemals wirklich starb.

Wenn das hier ein Teil des Labyrinths war …

Annabeth beschloss, nicht weiter darüber nachzudenken, aber sie beschloss auch, nicht davon auszugehen, dass irgendwelche Ortsangaben korrekt wären. Das Labyrinth machte Entfernungsangaben sinnlos. Wenn sie nicht aufpasste, konnte sie sieben Meter in die falsche Richtung gehen und sich plötzlich in Polen wiederfinden.

Sicherheitshalber band sie das Ende einer weiteren Schnurrolle an ihre Strickleiter. Jetzt konnte sie auf ihrem Entdeckungsgang die Spule hinter sich abrollen. Ein alter Trick, aber ein guter.

Sie überlegte, welchen Weg sie einschlagen sollte. Der Tunnel sah in beiden Richtungen gleich aus. Dann, keine dreißig Meter links von ihr, loderte auf der Mauer das Zeichen der Athene auf. Annabeth hätte schwören können, dass diese großen feurigen Augen sie schadenfroh anstarrten, als wollten sie sagen: *Wo ist das Problem? Beeil dich!*

Sie fing wirklich an, diese Eule zu hassen.

Als sie bei der Stelle angekommen war, war das Bild verblasst und sie hatte die Schnur der ersten Spule abgewickelt.

Während sie die nächste festband, sah sie sich im Tunnel um. Im Mauerwerk gab es eine beschädigte Stelle, als ob jemand mit einem Vorschlaghammer ein Loch in die Wand gehauen hätte. Sie ging hinüber, um sich die Sache genauer anzusehen. Als sie ihren Dolch zum Leuchten durch die Öffnung hielt, entdeckte Annabeth eine tiefer gelegene Kammer, lang und schmal, mit Mosaikboden, Wandgemälden und Bänken, die sich an der einen Seite hinzogen. Die Kammer wirkte ein wenig wie ein U-Bahn-Wagen.

Sie schob ihren Kopf durch das Loch und hoffte, dass ihn niemand abbeißen würde. Am einen Ende der Kammer war eine Tür zugemauert. Am anderen Ende stand ein Steintisch, oder vielleicht ein Altar.

Hmmm … Der Wassertunnel ging weiter, aber Annabeth war sicher, dass das hier der richtige Weg war. Sie dachte daran, was Tiberinus gesagt hatte: *Du musst den Altar des ausländischen Gottes finden.* Es schien keinen Ausgang aus dem Altarraum zu geben, aber es war nicht tief bis zu der Bank. Sie würde problemlos wieder herausklettern können.

Noch immer mit der Schnur in der Hand ließ sie sich nach unten sinken.

Die Decke der Kammer war ein Gewölbe aus Backsteinen, aber Annabeth gefiel der Anblick der Streben gar nicht. Gleich über ihrem Kopf, im der vermauerten Tür am nächsten gelegenen Bogen, war der Schlussstein gerissen. Risse liefen quer über die Decke. Diese Kammer hatte vermutlich zweitausend Jahre gehalten, aber Annabeth wollte lieber nicht zu viel Zeit hier verbringen. Bei ihrem Glück würde die Decke innerhalb der nächsten beiden Minuten einstürzen.

Der Boden zeigte ein langes, schmales Mosaik mit sieben Bildern in einer Reihe, wie einer Zeitlinie. Zu Annabeths Füßen saß ein Rabe. Danach kam ein Löwe. Mehrere andere Bilder sahen aus wie römische Krieger mit unterschiedlichen Waffen. Die restlichen waren zu stark beschädigt oder eingestaubt, so dass Annabeth keine Einzelheiten erkennen konnte. Die Bänke auf beiden Seiten waren mit Keramikscherben bedeckt. Die Wände waren mit Szenen aus einem Bankett bemalt: Ein Mann in einem langen Gewand und mit einer Mütze, die aussah wie ein Eisportionierer, saß neben einem größeren Typen, der Sonnenstrahlen aussandte. Um sie herum standen Fackelträger und Diener, und im Hintergrund wanderten allerlei Tiere wie Krähen und Löwen herum. Annabeth wusste nicht so recht, was dieses Bild darstellen sollte, es erinnerte sie an keine ihr bekannte griechische Sage.

Am hinteren Ende der Kammer gab es einen detailliert gemeißelten Altar mit einem Fries, auf dem der Mann mit der Eislöffel-Mütze einem Stier ein Messer an den Hals presste. Auf dem Altar stand die steinerne Gestalt eines knienden Mannes, der in den ausgestreckten Händen einen Dolch und eine Fackel hielt. Auch hier hatte Annabeth keine Vorstellung, was das bedeuten mochte.

Sie trat einen Schritt auf den Altar zu, und es machte *KRRRKCK!* Sie schaute nach unten und sah, dass sie gerade Menschenrippen durchgetreten hatte.

Annabeth schluckte einen Schrei hinunter. *Wo kamen die denn her?* Eben noch hatte sie nach unten geschaut und keine Knochen entdeckt. Jetzt war der Boden davon bedeckt. Die Rippen waren ganz offenbar alt gewesen; sie zerfielen zu Staub, als sie ihren Fuß hob. In der Nähe lag ein zerfressener Bronzedolch, der große Ähnlichkeit mit ihrem eigenen hatte. Entweder hatte dieser Mensch den Dolch bei sich gehabt oder er war damit getötet worden.

Sie hielt die Klinge vor sich, um sehen zu können. Ein kleines Stück weiter auf dem Mosaikweg lag ein besser erhaltenes Skelett in den Überresten eines bestickten roten Wamses, wie von einem

Mann aus der Renaissance. Sein Spitzenkragen und sein Schädel waren übel verbrannt, als ob er sich die Haare mit einem Flammenwerfer gewaschen hätte.

Wunderbar, dachte Annabeth. Sie hob die Augen zur Statue auf dem Altar, die einen Dolch und eine Fackel in der Hand hielt.

Das war irgendein Test, beschloss Annabeth. Diese beiden Typen hatten ihn nicht bestanden. Oder besser: Nicht nur diese beiden Typen. Auf dem Weg zum Altar lagen überall weitere Knochen und Kleidungsreste herum. Sie hatte keine Ahnung, wie viele Skelette es waren, aber sie wäre jede Wette eingegangen, dass sie alle Halbgötter aus der Vergangenheit waren, Kinder der Athene mit demselben Ziel.

»Ich werde nicht noch ein Skelett auf deinem Boden werden«, rief sie der Statue zu und hoffte, mutig zu klingen.

Ein Mädchen, sagte eine trübe Stimme, die in der Kammer widerhallte. *Mädchen haben hier keinen Zutritt.*

Die Kammer dröhnte. Staub fiel aus den Rissen in der Decke und Annabeth rannte zu dem Loch, durch das sie gekommen war, aber das war verschwunden. Ihre Schnur war durchtrennt worden. Sie stieg auf die Bank und hämmerte an die Mauer, wo das Loch gewesen war, in der Hoffnung, das Verschwinden des Lochs sein nur eine Illusion, aber die Mauer fühlte sich solide an.

Sie war gefangen.

Auf den Bänken erschien plötzlich ein Dutzend schimmernder Geister – leuchtende violette Männer in römischer Toga, wie die Laren, die Annabeth in Camp Jupiter gesehen hatte. Sie starrten sie an, als ob Annabeth ihre Versammlung gestört hätte.

Sie tat das einzig Mögliche. Sie stieg von der Bank, presste den Rücken an die zugemauerte Türöffnung und versuchte, ein zuversichtliches Gesicht zu machen, obwohl sie angesichts der wütend glotzenden violetten Geister und der Halbgottskelette am liebsten den Kopf in ihr T-Shirt gezogen und geschrien hätte.

»Ich bin ein Kind der Athene«, sagte sie, so tapfer sie nur konnte.

»Eine Griechin«, sagte einer der Geister angewidert. »Das ist ja noch schlimmer.«

Am anderen Ende der Kammer erhob sich ein alt aussehender Geist mit einiger Mühe (können Geister Arthritis haben?) und trat neben den Altar, wobei er Annabeth nicht aus den Augen ließ. Ihr erster Gedanke war, dass er aussah wie der Papst. Er hatte ein funkelndes Gewand, einen spitzen Hut und einen gekrümmten Hirtenstab.

»Das ist die Höhle des Mithras«, sagte der alte Geist. »Du hast unsere geheiligten Rituale gestört. Du kannst nicht weiterleben, wenn du unsere Mysterien angesehen hast.«

»Ich will eure Mysterien ja gar nicht ansehen«, versicherte Annabeth. »Ich folge dem Zeichen der Athene. Zeig mir den Ausgang, und schon bin ich weg.«

Ihre Stimme klang ruhig, was sie überraschte. Sie hatte keine Ahnung, wie sie hier herauskommen sollte, aber sie wusste, sie musste dort siegen, wo ihre Geschwister versagt hatten. Ihr Weg führte weiter – tiefer in die Schichten des Untergrundes von Rom.

Die Fehler deiner Vorgänger werden dich leiten, hatte Tiberinus gesagt. *Danach bist du auf dich gestellt.*

Die Geister tuschelten auf Latein untereinander. Annabeth schnappte einige unfreundliche Bemerkungen über Halbgöttinnen und Athene auf.

Endlich schlug der Geist mit dem Papsthut mit seinem Hirtenstab auf den Boden. Die anderen Laren verstummten.

»Deine griechische Göttin ist hier machtlos«, sagte der Papst. »Mithras ist der Gott der römischen Krieger. Er ist der Gott der Legion, der Gott des Imperiums!«

»Er war ja nicht mal Römer«, widersprach Annabeth. »War er nicht Perser oder so was?«

»Sakrileg!«, wimmerte der alte Mann und schlug noch einige Male mit dem Stab auf den Boden. »Mithras schützt uns! Ich bin der *Pater* dieser Bruderschaft …«

»Der Vater«, übersetzte Annabeth.

»Unterbrich mich nicht! Als *Pater* muss ich unsere Mysterien beschützen.«

»Was denn für Mysterien?«, fragte Annabeth. »Ein Dutzend Tote in Togen, die in einer Höhle herumsitzen?«

Die Geister murmelten und protestierten, bis der *Pater* sie mit einem schrillen Pfiff zur Ordnung rief. Der Alte hatte jedenfalls eine gesunde Lunge. »Du bist eindeutig eine Ungläubige. Du musst sterben wie die anderen!«

Die anderen. Annabeth gab sich alle Mühe, nicht die Skelette anzusehen.

Ihre Gedanken arbeiteten fieberhaft und suchten nach allem, was sie über Mithras wusste. Die Krieger hatten ihm einen geheimen Kult gewidmet. Er war bei der Legion beliebt gewesen. Er war einer der Götter, die Athene als Kriegsgöttin abgelöst hatten. Aphrodite hatte ihn beim Teeplausch in Charleston erwähnt. Abgesehen davon hatte Annabeth keine Ahnung. Mithras war keiner der Götter, über die in Camp Half-Blood gesprochen wurde. Sie glaubte nicht, dass die Geister warten würden, bis sie den Laptop des Dädalus ausgepackt hatte und nachsah.

Sie sah sich das Fußbodenmosaik an – sieben Bilder in einer

Reihe. Sie musterte die Geister und sah, dass jeder eine Art Abzeichen an seiner Toga trug – einen Raben, eine Fackel, einen Bogen.

»Ihr habt Übergangsriten«, rief sie. »Sieben Ebenen der Mitgliedschaft. Und ganz oben ist der *Pater.*«

Die Geister schnappten wie aus einem Munde nach Luft. Dann brüllten alle gleichzeitig los.

»Woher weiß sie das?«, fragte der eine.

»Das Mädchen hat unsere Geheimnisse durchschaut!«

»Aber sie weiß nichts von den Prüfungen.«

»Die Prüfungen«, sagte Annabeth. »Natürlich weiß ich davon.«

Wieder schnappten die Geister ungläubig nach Luft.

»Lächerlich!«, rief der *Pater.* »Das Mädchen lügt. Tochter der Athene, wähle deinen Tod. Wenn du das nicht tust, wird der Gott für dich entscheiden.«

»Feuer oder Dolch«, tippte Annabeth.

Sogar der *Pater* sah überrascht aus. Offenbar hatte er vergessen, dass auf dem Boden die Opfer früherer Bestrafungen lagen.

»Wie … Wie hast du …«, er schluckte. »Wer bist du eigentlich?«

»Ein Kind der Athene«, sagte Annabeth noch einmal. »Aber nicht irgendein Kind. Ich bin … äh, die *Mater* meiner Schwesternschaft. Die *Magna Mater* sogar. Für mich gibt es keine Geheimnisse. Mithras kann nichts vor mir verbergen.«

»Die *Magna Mater*«, heulte ein Geist verzweifelt. »Die Große Mutter!«

»Tötet sie!« Ein Geist kam angerannt und streckte die Hände aus, um sie zu erwürgen, aber er griff einfach durch sie hindurch.

»Du bist tot«, erinnerte ihn Annabeth. »Setz dich.«

Der Geist machte ein verlegenes Gesicht und setzte sich hin.

»Wir brauchen dich nicht selbst umzubringen«, knurrte der *Pater.* »Das wird Mithras für uns übernehmen.«

Die Statue auf dem Altar fing an zu glühen.

Annabeth presste die Hände gegen die mit Backsteinen vermauerte Tür hinter ihr. Das musste doch der Ausgang sein. Der Mörtel zerbröckelte, aber er war nicht so brüchig, dass sie die Öffnung mit Gewalt hätte durchbrechen können.

Sie schaute sich verzweifelt im Raum um – die rissige Decke, das Bodenmosaik, die Wandgemälde und der gemeißelte Altar. Sie fing an zu reden und zog dabei weitere Schlussfolgerungen.

»Es hilft nichts«, sagte sie. »Ich weiß alles. Ihr stellt eure Neulinge mit Feuer auf die Probe, denn die Fackel ist das Symbol des Mithras. Sein anderes Symbol ist der Dolch, deshalb kann man auch mit der Klinge auf die Probe gestellt werden. Ihr wollt mich töten, so, wie … Äh, wie Mithras den heiligen Stier getötet hat.«

Sie hatte das alles nur erraten, aber der Altar zeigte ja, wie Mithras einen Stier tötete, deshalb hielt Annabeth den Stier für wichtig. Die Geister heulten und hielten sich die Ohren zu. Einige schlugen sich ins Gesicht, wie um sich aus einem Albtraum zu wecken.

»Die Große Mutter weiß alles!«, sagte einer. »Das ist unmöglich!«

Außer man schaut sich hier mal ein bischen um, dachte Annabeth und ihre Zuversicht wuchs.

Sie starrte den Geist an, der eben gesprochen hatte. Er hatte ein Rabenabzeichen an seiner Toga – und dasselbe Symbol sah sie auf dem Boden zu ihren Füßen.

»Du bist nur ein Rabe«, sagte sie verächtlich. »Das ist der niedrigste Grad. Schweig still und lass mich mit deinem *Pater* reden.«

Der Geist wand sich. »Erbarmen! Erbarmen!«

Vorne in der Kammer zitterte der *Pater* – entweder vor Zorn oder vor Wut, Annabeth wusste es nicht genau. Sein Papsthut war zur Seite gekippt, wie ein Benzinanzeiger, der auf *leer* stand. »Wahrlich, du weißt viel, Große Mutter. Deine Weisheit ist bedeutend. Aber das ist nur ein weiterer Grund, warum du diesen Ort nicht verlassen darfst. Die Weberin hat uns schon gesagt, dass du kommen würdest.«

Die Weberin … Annabeth wurde das Herz schwer, als ihr aufging, wovon der *Pater* da redete: diesem Ding in der Finsternis aus Percys Traum, der Hüterin des Schreins. Dieses eine Mal wünschte sie sich, sie hätte die Antwort nicht gewusst, aber sie versuchte, Ruhe zu bewahren. »Die Weberin hat Angst vor mir. Sie will nicht, dass ich dem Zeichen der Athene folge. Aber ihr werdet mich durchlassen.«

»Du musst eine Prüfung wählen«, erklärte der *Pater.* »Feuer oder Dolch. Wenn du sie überlebst, dann vielleicht.«

Annabeth schaute auf die Knochen ihrer Geschwister. *Die Fehler deiner Vorgänger werden dich leiten.*

Alle hatten ihre Entscheidung getroffen: Feuer oder Dolch. Vielleicht hatten sie alle geglaubt, die Prüfung bestehen zu können. Aber sie waren alle gestorben. Annabeth brauchte eine dritte Möglichkeit.

Sie starrte die Statue auf dem Altar an, und die leuchtete mit jeder Sekunde heller. Sie konnte ihre Hitze quer durch den Raum spüren. Ihr Instinkt riet ihr, sich auf den Dolch oder die Fackel zu konzentrieren, aber stattdessen schaute sie den Sockel der Statue an. Sie hätte gern gewusst, warum deren Beine im Stein feststeckten. Dann begriff sie: Vielleicht steckte die kleine Statue des Mithras eben nicht im Stein fest. Vielleicht *entstieg* er gerade dem Stein.

»Weder Fackel noch Dolch«, sagte Annabeth mit fester Stimme. »Es gibt eine dritte Prüfung, und die werde ich bestehen.«

»Eine dritte Prüfung?«, fragte der *Pater.*

»Mithras wurde aus Fels geboren«, sagte Annabeth und hoffte, richtig geraten zu haben. »Er entstieg in voller Größe dem Stein, mit seinem Dolch und seiner Fackel in der Hand.«

Geschrei und Gejammer sagten ihr, dass sie richtig geraten hatte.

»Die Große Mutter weiß alles!«, rief ein Geist. »Das ist unser bestgehütetes Geheimnis!«

Dann solltet ihr vielleicht keine Statue davon auf euren Altar stellen, dachte Annabeth. Aber sie war diesen blöden Geistermännern dankbar. Wenn sie Kriegerinnen in ihren Kult aufgenommen hätten, hätten sie vielleicht ein wenig gesunden Menschenverstand gelernt.

Annabeth zeigte mit dramatischer Geste auf die Mauer, aus der sie gekommen war. »Ich wurde aus Stein geboren, genau wie Mithras. Deshalb habe ich eure Prüfung schon bestanden.«

»Pah!«, fauchte der *Pater.* »Du bist durch ein Loch in der Mauer gekommen. Das ist nicht dasselbe.«

Na gut. Der *Pater* war offenbar doch kein Vollidiot, aber Annabeth blieb zuversichtlich. Sie schaute zur Decke hoch und ihr kam eine neue Idee – und alle Details fügten sich aneinander.

»Ich beherrsche diese Steine dort«, sie hob die Arme. »Ich werde beweisen, dass meine Macht größer ist als die des Mithras. Mit einem einzigen Streich werde ich diese Kammer zum Einsturz bringen!«

Die Geister heulten und bebten und sahen zur Decke hoch, aber Annabeth wusste, dass sie nicht dasselbe sahen wie sie. Diese Geister waren Krieger, keine Ingenieure. Die Kinder der Athene besaßen viele Fähigkeiten, nicht nur im Kampf. Annabeth beschäftige sich seit Jahren mit Architektur. Sie wusste, dass diese uralte Kammer kurz vor dem Einsturz stand. Sie begriff, was die Risse in der Decke bedeuteten und dass sie alle von einem einzigen Punkt ausgingen – dem höchsten Punkt des Steinbogens genau über ihr. Der Schlussstein war kurz vor dem Zerfall, und wenn sie den Zeitpunkt richtig legen könnte …

»Unmöglich!«, rief der *Pater.* »Die Weberin hat uns gut bezahlt, um alle Kinder der Athene zu vernichten, die unseren Schrein betreten. Wir haben sie noch nie enttäuscht. Wir können dich nicht durchlassen.«

»Dann fürchtet ihr also meine Macht!«, sagte Annabeth. »Ihr gebt zu, dass ich eure geheime Kammer zerstören könnte!«

Der *Pater* sah sie wütend an und rückte nervös seinen Hut gerade. Annabeth wusste, dass sie ihn in eine unmögliche Lage gebracht hatte. Er konnte keinen Rückzieher machen, ohne als Feigling dazustehen.

»Tu dein Schlechtestes, Kind der Athene«, sagte er. »Niemand kann die Kammer des Mithras einstürzen lassen, schon gar kein Mädchen!«

Annabeth hob den Dolch. Die Decke war niedrig. Sie konnte den Schlussstein mühelos erreichen, aber sie würde es mit einem Schlag schaffen müssen.

Die Tür hinter ihr war blockiert, aber wenn die Decke einstürzte, müssten diese Backsteine theoretisch statisch geschwächt werden und zerfallen. Sie müsste sich hindurchquetschen können, ehe die ganze Decke herunterkam – unter der Voraussetzung natürlich, dass sich hinter der Backsteinmauer etwas befand, nicht nur Erdmassen, und unter der Voraussetzung, dass Annabeth schnell genug und stark genug wäre und genug Glück hätte. Ansonsten würde sie als Halbgott-Pfannkuchen enden.

»Na gut, Jungs«, sagte sie. »Da habt ihr euch wohl den falschen Kriegsgott ausgesucht.«

Sie schlug gegen den Schlussstein. Die Klinge aus Himmlischer Bronze ließ ihn zerspringen wie ein Stück Würfelzucker. Einen Moment lang passierte gar nichts.

»Ha!«, rief der *Pater* schadenfroh. »Siehst du? Athene ist hier machtlos!«

Die Kammer bebte. Ein Riss lief über die gesamte Decke und das hintere Ende der Höhle brach ein und begrub den Altar und den *Pater* unter sich. Weitere Risse sprangen auf. Backsteine fielen aus den Bögen. Geister schrien und rannten los, aber sie konnten offenbar die Wände nicht durchdringen. Sie waren noch im Tod an diese Kammer gebunden.

Annabeth drehte sich um. Sie warf sich mit aller Kraft gegen die zugemauerte Tür und die Backsteine gaben nach. Als die Höhle des Mithras hinter ihr implodierte, sprang sie in die Finsternis und merkte, dass sie stürzte.

XXXV

Annabeth

Annabeth hatte geglaubt, Schmerzen zu kennen. Sie war im Camp Half-Blood von der Lavawand gestürzt. Sie war auf der Williamsburg Bridge mit einer vergifteten Klinge in den Arm gestochen worden. Sie hatte sogar das Gewicht des Himmels auf ihren Schultern getragen.

Aber das war nichts im Vergleich zu dieser Landung auf ihrem Knöchel.

Sie wusste sofort, dass er gebrochen war. Schmerzen schnitten sich wie ein glühender Stahldraht durch ihr Bein und ihre Hüften. Die Welt um sie herum verengte sich, es gab nur ihren Knöchel und ihre Qual.

Sie wäre fast ohnmächtig geworden. In ihrem Kopf drehte sich alles. Sie atmete oberflächlich und keuchend.

Nein, sagte sie sich. *Einen Schock kannst du jetzt nicht gebrauchen.*

Sie versuchte, langsamer zu atmen. Sie lag so still da, wie sie nur konnte, bis die Schmerzen sich von absoluter Folter auf ein entsetzliches Pochen reduzierten.

Ein Teil von ihr wollte die Welt anschreien, weil alles so unfair war. Nach diesem ganzen Weg sollte sie von einem schnöden gebrochenen Knöchel aufgehalten werden?

Sie unterdrückte diese Empfindungen. Im Camp hatten sie das Überleben in allerlei Notlagen trainiert, auch mit solchen Verletzungen.

Sie sah sich um. Ihr Dolch war ungefähr einen Meter weitergerutscht. In seinem trüben Licht konnte sie den Raum vage erkennen. Sie lag auf einem kalten Boden aus Sandsteinquadern. Die Decke war zwei Stockwerke hoch. Die Tür, durch die sie gefallen war, befand sich zehn Meter über dem Boden und war jetzt vollständig verstopft von Schutt, der wie eine Art Steinschlag in den Raum gewirbelt war. Um sie herum lagen alte Holzstücke – einige rissig und vertrocknet, andere zu kleinen Spänen zerbrochen.

Blöd, tadelte sie sich selbst. Sie war durch diese Tür gestürzt, in der Annahme, dass sich dahinter ein Gang auf ebener Erde oder ein weiterer Raum befinden würde. Sie war gar nicht auf die Idee gekommen, dass sie ins Leere fallen könnte. Das Holz war sicher irgendwann eine vor langer Zeit eingestürzte Treppe gewesen.

Sie untersuchte ihren Knöchel. Ihr Fuß kam ihr nicht zu sehr verdreht vor und sie konnte ihre Zehen spüren. Sie sah kein Blut. Das alles war gut.

Sie griff nach einem Stück Holz. Sogar bei dieser winzigen Bewegung jammerte sie unwillkürlich.

Das Brett zerfiel in ihrer Hand. Das Holz mochte Jahrhunderte alt sein, vielleicht sogar Jahrtausende. Sie wusste nicht, ob dieser Raum älter war als das Heiligtum des Mithras oder ob die Räume – wie das Labyrinth – einfach ein wildes Gemisch aus verschiedenen Zeiten waren.

»Na gut«, sagte sie laut, nur um ihre Stimme zu hören. »Denken, Annabeth. Prioritäten setzen.«

Sie erinnerte sich an einen albernen Überlebenskurs in der Wildnis, den Grover im Camp geleitet hatte. Damals jedenfalls hatte sie den Kurs albern gefunden. Erster Schritt: Die Umgebung nach unmittelbaren Gefahren absuchen.

Dieser Raum schien nicht so bald einzustürzen. Der Steinschlag hatte sich gelegt. Die Mauern waren aus soliden Steinquadern, und Annabeth konnte keine größeren Risse sehen. Die Decke hing nicht durch. *Gut.*

Der einzige Ausgang befand sich in der hinteren Mauer – ein Bogengang, der in die Dunkelheit führte. Zwischen ihr und der Tür zog sich ein kleiner gemauerter Graben durch die Kammer, in dem Wasser von links nach rechts floss. Vielleicht Kanalisation aus den Tagen der Römer? Wenn das Wasser trinkbar war, dann war auch das gut.

In einer Ecke waren zerbrochene Tonvasen aufgehäuft, aus denen verschrumpelte braune Klumpen rollten, die früher vielleicht einmal Obst gewesen waren. *Igitt.* In einer anderen Ecke standen Holzkisten, die unversehrter aussahen, und Weidenkörbe, die mit Lederriemen umwickelt waren.

»Also keine unmittelbare Gefahr«, sagte sich Annabeth. »Falls nicht gleich etwas aus diesem dunklen Tunnel geschossen kommt.«

Sie starrte den Durchgang an und forderte ihr Pech fast heraus. Nichts passierte.

»Na gut«, sagte sie. »Nächster Schritt. Inventur.«

Was könnte sie verwenden? Sie hatte ihre Wasserflasche und weiteres Wasser im Graben, falls sie den erreichen könnte. Sie hatte ihr Messer. Ihr Rucksack war gefüllt mit bunter Schnur (hurra!), ihrem Laptop, der Bronzekarte, einer Packung Streichhölzer und etwas Ambrosia für Notfälle.

Ah … ja. Das hier konnte ja wohl als Notfall gelten. Sie zog die Speise der Götter aus dem Rucksack und schlang sie hinunter. Wie immer schmeckte sie nach tröstlichen Erinnerungen. Diesmal war es gebuttertes Popcorn – Filmabend mit ihrem Dad zu Hause in San Francisco, keine Stiefmutter, keine Stiefbrüder, nur Annabeth und ihr Vater, die es sich auf dem Sofa gemütlich machten und sich kitschige alte Liebesfilme ansahen.

Das Ambrosia wärmte ihren ganzen Körper. Die Schmerzen in ihrem Bein wurden zu einem dunklen Pochen. Annabeth wusste, dass sie immer noch einen Haufen Probleme hatte. Nicht einmal Ambrosia konnte gebrochene Knochen sofort heilen. Es konnte den Prozess beschleunigen, aber bestenfalls würde Annabeth den Fuß noch immer einen Tag oder länger nicht belasten können.

Sie versuchte, ihr Messer zu erreichen, aber das war zu weit weg. Sie versuchte, sich in diese Richtung zu schieben. Die Schmerzen loderten wieder auf, als ob Nägel in ihren Fuß geschlagen würden. Ihr Gesicht überzog sich mit Schweiß, doch nach einer weiteren Bewegung konnte sie ihr Messer fassen.

Sie fühlte sich besser, sobald sie es in der Hand hielt – nicht nur, weil es Licht und Schutz schenkte, sondern auch, weil es ihr so vertraut war.

Was jetzt? Grover hatte in dem Überlebenskurs erwähnt, man solle an Ort und Stelle bleiben und auf Rettung warten, aber die würde nicht kommen. Selbst wenn Percy ihrer Spur irgendwie folgen könnte, war ja die Höhle des Mithras eingestürzt.

Sie könnte versuchen, mit dem Laptop des Dädalus jemanden zu erreichen, aber sie glaubte nicht, dass sie hier unten Empfang hätte. Und wen hätte sie auch rufen sollen? Sie könnte niemanden erreichen, der nah genug war, um zu helfen. Halbgötter hatten keine Mobiltelefone, denn ihre Signale erregten zu viel monströse Aufmerksamkeit und ihre Freunde würden ohnehin nicht herumsitzen und ihre E-Mails checken.

Eine Iris-Botschaft? Sie hatte Wasser, glaubte aber nicht, dass das Licht für einen Regenbogen reichte. Außerdem war ihre einzige

Münze die silberne Athener Drachme, die nicht gerade ein gutes Zahlungsmittel wäre.

Es gab noch ein weiteres Problem mit einem eventuellen Hilferuf: Das hier sollte ein Solo-Einsatz sein. Wenn Annabeth gerettet würde, hätte sie damit ihre Niederlage eingestanden – und sie war sich sicher, dass das Zeichen der Athene sie dann nicht mehr leiten würde. Sie könnte in alle Ewigkeit hier unten herumwandern und würde die Athena Parthenos doch niemals finden.

Also … es würde nichts bringen, an Ort und Stelle zu bleiben und auf Hilfe zu warten. Was bedeutete, dass sie allein weiterkommen musste.

Sie öffnete ihre Wasserflasche und trank. Sie hatte gar nicht gewusst, wie durstig sie war. Als die Flasche leer war, kroch Annabeth zum Kanal und füllte sie wieder.

Das Wasser war kalt und floss schnell – ein Zeichen dafür, dass es trinkbar sein müsste. Sie füllte die Flasche, goss dann ein wenig Wasser in ihre Hände und rieb es ins Gesicht. Sofort fühlte sie sich wacher. Sie wusch und reinigte alle Wunden, so gut es ging.

Annabeth setzte sich auf und starrte wütend ihren Knöchel an.

»Musstest du denn unbedingt brechen«, schimpfte sie.

Der Knöchel gab keine Antwort.

Sie brauchte irgendeine feste Schiene dafür. Nur dann würde sie sich bewegen können.

Hmmm …

Sie hob den Dolch und sah sich die Kammer im bronzenen Licht genauer an. Jetzt, da sie sich dem offenen Durchgang genähert hatte, gefiel er ihr noch weniger. Die Türöffnung führte in einen dunklen Gang. Die Luft, die von dort kam, roch widerlich süß und auf irgendeine Weise böse. Leider konnte Annabeth keinen anderen Ausweg entdecken.

Keuchend und immer wieder den Tränen nahe kroch sie zu den Treppentrümmern. Sie fand zwei Bretter, die einigermaßen stabil und lang genug für eine Schiene waren. Dann rutschte sie zu den Weidenkörben hinüber und schnitt mit dem Messer die Lederriemen durch.

Während sie Kraft sammelte, um ihren Knöchel zu schienen, sah sie auf einer der Holzkisten einen verblassten Namenszug: HERMES EXPRESS.

Aufgeregt rutschte Annabeth zu der Kiste hinüber.

Sie hatte keine Ahnung, wie die Kiste hierher gelangt sein mochte, aber Hermes lieferte an Götter, Geister und sogar Halbgötter allerlei nützliche Dinge. Vielleicht hatte er dieses Carepaket hier vor Jahren abgestellt, um Halbgöttern wie ihr bei ihrem Einsatz zu helfen.

Sie öffnete den Kasten und fand mehrere Lagen Blasenfolie, doch das, was damit umwickelt gewesen war, war verschwunden.

»Hermes!«, rief sie wütend.

Sie starrte die Blasenfolie düster an. Dann schaltete ihr Gehirn und ihr ging auf, dass dieses Verpackungsmaterial tatsächlich eine Hilfe war. »Oh … das ist perfekt.«

Annabeth wickelte ihren gebrochenen Knöchel in Blasenfolie. Dann legte sie die Holzstücke an und befestigte alles mit den Lederriemen.

Einmal im Erste-Hilfe-Kurs hatte sie für jemand anders aus dem Camp ein angeblich gebrochenes Bein geschient, aber sie hätte nie gedacht, dass sie das jemals bei sich selbst machen müsste.

Es war harte, schmerzhafte Arbeit, aber endlich war es geschafft.

Sie suchte in den Treppentrümmern, bis sie einen Teil des Geländers gefunden hatte – ein schmales Brett, etwas über einen Meter lang – das sie als Krücke nehmen konnte. Sie lehnte sich mit dem Rücken gegen die Mauer, stützte sich auf ihr unversehrtes Bein und zog sich hoch.

»Uäh!« Schwarze Punkte tanzten vor ihren Augen, aber sie blieb stehen.

»Das nächste Mal«, murmelte sie in den düsteren Raum, »lasst mich einfach gegen ein Monster kämpfen. Das ist leichter.«

Über dem Torbogen loderte das Zeichen der Athene auf.

Die Eule aus Flammen schien sie erwartungsvoll zu beobachten, als ob sie sagen wollte: *Wurde aber auch Zeit. Du willst ein Monster? Dann hier lang.*

Annabeth überlegte, ob die brennende Eule wohl einer echten heiligen Eule nachempfunden war. Wenn ja, dann würde sie, wenn sie überlebte, diese Eule finden und ihr eins in die Fresse hauen.

Bei diesem Gedanken besserte sich ihre Laune ein wenig. Sie schaffte es, über den Graben zu steigen, und humpelte dann langsam in den Gang.

XXXVI

Annabeth

Der Tunnel war gerade und eben, aber nach ihrem Sturz wollte Annabeth nichts mehr riskieren. Sie stützte sich gegen die Wand und tippte mit der Krücke vor sich auf den Boden, um sicher zu sein, dass dort keine Fallen lauerten.

Mit jedem Schritt wurde der widerlich süße Gestank stärker und zerrte an ihren Nerven. Das Geräusch des fließenden Wassers verhallte hinter ihr und wurde ersetzt von einem raschelnden Flüstern wie von einer Million winziger Stimmen. Sie schienen aus den Mauern zu kommen und wurden immer lauter.

Annabeth versuchte, schneller zu werden, aber das war kaum möglich, ohne das Gleichgewicht zu verlieren oder den gebrochenen Knöchel noch mehr zu belasten. Sie humpelte weiter, überzeugt, dass etwas ihr folgte. Die leisen Stimmen schlossen sich zusammen, kamen näher.

Sie berührte die Wand und zog ihre mit Spinnweben bedeckte Hand zurück.

Sie wimmerte, dann verfluchte sie sich, weil sie ein Geräusch ausgestoßen hatte.

Das sind nur Spinnweben, sagte sie sich. Aber das konnte das Tosen in ihren Ohren nicht zum Verstummen bringen.

Sie hatte mit Spinnen gerechnet. Sie wusste, was sie erwartete: *Die Weberin. Die hohe Herrin. Die Stimme in der Dunkelheit.* Aber die Spinnweben machten ihr klar, wie nah sie schon war.

Ihre Hand zitterte, als sie sie an den Steinen abwischte. Was hatte sie sich bloß dabei gedacht? Sie konnte diese Aufgabe nicht allein lösen.

Zu spät, sagte sie sich. *Geh einfach weiter.*

Schritt für Schritt quälte sie sich durch den Tunnel. Das Flüstern hinter ihr wurde lauter und klang schließlich wie Millionen von trockenen Blättern, die im Wind raschelten. Die Spinngewebe wurden dichter und füllten den Tunnel. Bald strich sie sie aus ihrem Gesicht und durchbrach dünne Vorhänge, die an ihr klebten wie Luftschlangenspray.

Ihr Herz wollte sich aus ihrer Brust losreißen und fliehen. Sie stolperte immer achtloser weiter und versuchte, nicht auf den Schmerz in ihrem Knöchel zu achten.

Endlich endete der Gang in einem Torbogen, der hüfthoch mit altem Holz gefüllt war. Es sah aus, als ob jemand versucht hätte, den Durchgang zu verbarrikadieren. Das war kein gutes Zeichen, aber Annabeth schob die Bretter mit der Krücke weg, so gut sie konnte. Sie kroch über den restlichen Haufen und einige Dutzend Splitter bohrten sich in ihre freie Hand.

Auf der anderen Seite der Barrikade befand sich ein Raum von der Größe eines Basketballplatzes. Der Boden war von römischen Mosaiken bedeckt. An den Wänden hingen die Überreste von Bildteppichen. Zwei nicht angezündete Fackeln standen in Wandnischen auf beiden Seiten der Tür, beide mit Spinnweben bedeckt.

Am anderen Ende des Raumes brannte das Zeichen der Athene über einem weiteren Torbogen. Leider klaffte zwischen Annabeth und diesem Durchgang eine mehr als fünfzehn Meter breite Kluft im Boden. Über diese Kluft führten zwei parallel liegende Holzbalken, zu weit auseinander für beide Füße, und jeder einzelne zu schmal, um darüberzubalancieren, sofern Annabeth keine Akrobatin war, was nicht der Fall war, und keinen gebrochenen Knöchel hatte, was der Fall war.

Der Gang, durch den sie gekommen war, füllte sich mit zischenden Geräuschen. Spinnweben tanzten und zitterten, als die ersten Spinnen auftauchten: Nicht größer als Gummibärchen, aber rundlich und schwarz, krabbelten sie über Mauern und Böden.

Was waren das für Spinnen? Annabeth hatte keine Ahnung. Sie wusste nur, dass die Spinnen es auf sie abgesehen hatten, und ihr blieben nur Sekunden, um einen Plan zu machen.

Annabeth hätte aufschluchzen mögen. Sie wollte jemanden an ihrer Seite, egal wen. Sie wollte Leo mit seinen Feuerfähigkeiten oder Jason mit seinen Blitzen oder Hazel, die den Tunnel einstürzen lassen könnte. Vor allem wollte sie Piper. Sie fühlte sich immer mutiger, wenn Piper bei ihr war.

Ich werde hier nicht sterben, sagte sie sich. *Ich werde Percy wiedersehen.*

Die ersten Spinnen hatten die Tür fast erreicht. Hinter ihnen kam der Hauptteil der Armee – eine schwarze See aus Kriechtieren.

Annabeth humpelte zu einer der Wandnischen und schnappte sich die Fackel. Das eine Ende war in Pech getunkt worden, um besser zu brennen. Ihre Finger fühlten sich an wie Blei, aber sie durchwühlte ihren Rucksack und fand die Streichhölzer. Sie riss eins an und die Fackel loderte auf.

Sie schleuderte die Fackel auf die Barrikade. Das trockene alte Holz fing sofort Feuer und Flammen erfassten die Spinnweben. Sie jagten als Lauffeuer durch den Gang, wobei die Spinnen zu Tausenden geröstet wurden.

Annabeth wich vom Feuer zurück. Sie hatte sich ein wenig Zeit erkauft, aber sie glaubte nicht, dass sie alle Spinnen getötet hatte.

Sie würden sich wieder zusammenschließen und erneut ausschwärmen, sowie das Feuer verloschen war.

Annabeth trat an den Rand der Kluft.

Sie leuchtete in die Grube, konnte aber keinen Boden sehen. Hineinzuspringen wäre Selbstmord gewesen. Sie könnte versuchen, sich an einem Balken entlangzuhangeln, aber sie konnte sich nicht vorstellen, wie sie mit einem gefüllten Rucksack und einem gebrochenen Knöchel auf die Beine kommen sollte, wenn sie die andere Seite erreicht hätte.

Sie ging in die Hocke und sah sich die Balken an. Jeder wies innen eine Reihe von eisernen Ösen auf, die im Abstand von dreißig Zentimetern angebracht waren. Vielleicht hatten die Balken eine Brücke gebildet und die mittleren Bretter waren entfernt oder zerstört worden. Aber Ösen? Die konnten doch keine Balken tragen. Sondern eher …

Annabeth schaute die Wände an. Solche Ösen waren auch benutzt worden, um die zerfetzten Bildteppiche aufzuhängen.

Sie begriff, dass die Balken keine Brücke waren – sie waren eine Art Webstuhl.

Annabeth warf die brennende Fackel auf die andere Seite der Kluft. Sie glaubte nicht, dass ihr Plan funktionieren würde, aber sie zog alle Schnurspulen aus ihrem Rucksack und fing an, zwischen den Balken eine Art Katzenwiege hin und her zu weben, von Öse zu Öse, und verdoppelte und verdreifachte dabei die Schnur.

Ihre Hände bewegten sich mit rasender Geschwindigkeit. Sie dachte nicht mehr an ihre Aufgabe, sondern arbeitete einfach, bildete Schlingen, sicherte die Enden und verlängerte Stück für Stück ihr gewebtes Netz über die Grube.

Sie vergaß die Schmerzen in ihrem Bein und die brennende Barrikade hinter ihr. Sie kroch Zentimeter um Zentimeter über den Abgrund. Das Gewebe trug ihr Gewicht. Und ehe sie sich's versah, lag die halbe Strecke hinter ihr.

Wo hatte sie das gelernt?

Das kommt von Athene, sagte sie sich. *Weil meine Mutter jedes nützliche Handwerk beherrscht.* Annabeth hatte Weben nie sonderlich nützlich gefunden – bis jetzt.

Sie schaute sich um. Das Feuer war kurz vor dem Erlöschen. Einige Spinnen krochen dicht an der Mauer entlang herein.

Verzweifelt webte Annabeth weiter und endlich hatte sie die andere Seite erreicht. Sie hob die Fackel und schleuderte sie auf ihre gewebte Brücke. Flammen jagten an der Schnur entlang und sogar die Balken fingen Feuer, als ob sie vorher mit Öl übergossen worden wären.

Einen Moment lang brannte die Brücke in einem klaren Muster – einer feurigen Reihe genau gleich aussehender Eulen. Hatte Annabeth die gewebt oder war es eine Art Zauber? Sie wusste es nicht, aber als die Spinnen losliefen, zerfielen die Balken und stürzten in die Grube.

Annabeth hielt den Atem an. Sie sah keinen Grund, warum die Spinnen nicht an den Mauern oder an der Decke entlang zu ihr kriechen sollten. Und wenn sie das täten, würde Annabeth rennen müssen, und sie war sich ziemlich sicher, dass sie sich nicht schnell genug bewegen könnte.

Doch aus irgendeinem Grund folgten die Spinnen ihr nicht. Sie drängten sich am Rand der Kluft zusammen – eine wogende schwarze Ekeldecke. Dann liefen sie auseinander und fluteten zurück in den ausgebrannten Gang, fast, als ob Annabeth nicht mehr interessant wäre.

»Oder ich habe eine Prüfung bestanden«, sagte sie laut.

Ihre Fackel erlosch und sie hatte nur noch das Licht ihres Dolches. Ihr ging auf, dass sie ihre provisorische Krücke auf der anderen Seite des Abgrundes zurückgelassen hatte.

Sie war erschöpft und wusste nicht weiter, aber ihr Kopf war ganz klar. Ihre Panik schien mit der gewebten Brücke verbrannt zu sein.

Die Weberin, dachte sie. *Ich muss in ihrer Nähe sein. Immerhin weiß ich, was mich erwartet.*

Sie hüpfte auf einem Bein den nächsten Gang entlang, um ihren verletzten Fuß zu schonen.

Es war nicht mehr weit.

Nach knapp sieben Metern öffnete der Gang sich zu einer Höhle von der Größe einer Kathedrale, so majestätisch, dass Annabeth nur mit Mühe alles in sich aufnehmen konnte, was sie hier sah. Sie nahm an, dass es sich um den Raum aus Percys Traum handelte, aber es war nicht dunkel. Bronzene Pfannen mit magischem Licht, wie es die Götter auf dem Olymp benutzten, leuchteten überall an den Wänden, dazwischen hingen prachtvolle Wandteppiche. Der Steinboden war durchzogen von Rissen, wie eine Eisschicht. Die Decke war so hoch, dass sie sich in der Dunkelheit und vielen Schichten von Spinnweben verlor.

Seidenstränge, dick wie Säulen, zogen sich durch den Raum und verbanden Decke und Boden wie die Trossen einer Hängebrücke.

Spinngewebe umgaben zudem das Mittelstück des Heiligtums, das so einschüchternd war, dass Annabeth nur mit Mühe den Blick heben konnte. Über ihr ragte eine mehr als dreizehn Meter hohe Statue der Athene auf, mit leuchtender elfenbeinfarbener Haut und einem goldenen Kleid. In der Hand hielt Athene eine Statue der

Nike, der geflügelten Siegesgöttin – eine Statue, die von unten winzig wirkte, aber vermutlich so groß war wie ein ausgewachsener Mensch. Athenes andere Hand ruhte auf einem Schild, so groß wie einer Reklamewand, hinter dem eine steinerne Schlange hervorlugte, als ob Athene sie beschützte.

Das Gesicht der Göttin war heiter und gütig … und es sah wirklich aus wie Athene. Annabeth hatte viele Statuen gesehen, die nicht die geringste Ähnlichkeit mit ihrer Mom hatten, aber angesichts dieser Riesenversion, die vor Jahrtausenden entstanden war, dachte sie, dass der Künstler Athene persönlich gekannt haben musste. Er hatte sie perfekt eingefangen.

»Athena Parthenos«, murmelte Annabeth. »Sie ist wirklich hier.«

Ihr Leben lang hatte sie den Parthenon besuchen wollen. Jetzt sah sie die ehemalige Hauptattraktion – und sie war das erste Kind der Athene seit Jahrtausenden, dem das möglich war.

Sie merkte, dass ihr Mund offen stand. Sie zwang sich, zu schlucken. Annabeth hätte den ganzen Tag hier stehen und die Statue ansehen können, aber sie hatte ihre Aufgabe erst halb erfüllt. Sie hatte die Athena Parthenos gefunden. Aber wie sollte sie die jetzt aus dieser Höhle retten?

Spinngewebe hüllten die Statue ein wie ein Pavillon aus Musselin. Annabeth vermutete, dass die Statue sonst schon längst durch den rissigen Boden gebrochen wäre. Als sie den Raum betrat, sah sie, dass diese Risse so breit waren, dass ihr Fuß hindurchgepasst hätte. Unter den Rissen sah sie nichts als leere Finsternis.

Ein Kälteschauer überkam sie. Wo war die Hüterin? Wie sollte Annabeth die Statue befreien, ohne dass der Boden einstürzte? Sie konnte die Athena Parthenos ja nicht durch den Gang schieben, durch den sie gekommen war.

Sie sah sich in der Kammer um und hoffte, etwas zu finden, das helfen könnte. Ihre Augen wanderten an den herzzerreißend schönen Bildteppichen entlang. Einer zeigte eine ländliche Szene, so dreidimensional, dass Annabeth das Gefühl hatte, aus einem Fenster zu schauen. Ein weiterer Bildteppich zeigte die Schlacht der Götter gegen die Riesen. Annabeth sah eine Landschaft aus der Unterwelt. Gleich daneben hing die Skyline des modernen Rom. Und auf dem Teppich links von ihr …

Sie hielt den Atem an. Es war das Bildnis von zwei Halbgöttern, die sich unter Wasser küssten. Annabeth und Percy, an dem Tag, als ihre Freunde im Camp sie in den Kanusee geworfen hatten. Es war so lebendig, dass sie sich fragte, ob die Weberin in der Nähe gewesen war, mit einer wasserdichten Kamera im See auf der Lauer.

»Wie ist das möglich?«, murmelte sie.

Über ihr in der Dunkelheit sagte eine Stimme: »Ich weiß schon seit einer Ewigkeit, dass du kommen wirst, meine Süße.«

Annabeth lief es eiskalt den Rücken hinunter. Plötzlich war sie sieben Jahre alt und versteckte sich unter der Bettdecke, während sie auf den nächtlichen Angriff der Spinnen wartete. Die Stimme klang genauso, wie Percy sie beschrieben hatte: ein wütendes Summen in vielen Tonlagen, weiblich, aber nicht menschlich.

In den Spinnweben über der Statue bewegte sich etwas: etwas Dunkles und Großes.

»Ich habe dich in meinen Träumen gesehen«, sagte die Stimme, widerlich süß und böse, wie der Geruch in den Tunneln. »Ich musste sichergehen können, dass du der Sache würdig bist, das einzige Kind der Athene, das gescheit genug ist, meine Prüfungen zu bestehen und lebend hier anzukommen. Du bist wirklich ihr begabtestes Kind. Und deshalb wird dein Tod für meine alte Feindin umso schmerzlicher sein, wenn du *endgültig scheiterst.*«

Der Schmerz in Annabeths Knöchel war nichts im Vergleich zu der eisigen Säure, die jetzt ihre Adern füllte. Sie wollte weglaufen. Sie wollte um Gnade flehen. Aber sie durfte keine Schwäche zeigen – nicht jetzt.

»Du bist Arachne«, rief sie. »Die Weberin, die in eine Spinne verwandelt wurde.«

Die Gestalt ließ sich herunter und wurde klarer und grauenhafter. »Verflucht von deiner Mutter«, sagte sie. »Verachtet von allen und in ein grauenhaftes Ding verwandelt … weil *ich* die bessere Weberin war.«

»Aber du hattest den Wettbewerb verloren«, sagte Annabeth.

»Das ist die Version der Gewinnerin!«, rief Arachne. »Sieh dir mein Werk an. Urteile selbst!«

Das war nicht mehr nötig. Die Wandteppiche waren die besten, die sie je gesehen hatte – besser als die Arbeiten der Hexe Circe, und ja, auch besser als einige Webarbeiten, die sie auf dem Olymp gesehen hatte. Sie hätte gern gewusst, ob ihre Mutter tatsächlich verloren hatte – ob sie Arachne verbannt und die Wahrheit umgeschrieben hatte. Aber für den Moment spielte das keine Rolle.

»Du hütest diese Statue seit uralten Zeiten«, vermutete Annabeth. »Aber sie gehört nicht hierher. Ich bringe sie zurück.«

»Ha«, sagte Arachne.

Sogar Annabeth musste zugeben, dass ihre Drohung albern klang. Wie sollte ein Mädchen mit einem Bein im Blasenfolienverband dieses riesige Standbild aus der unterirdischen Kammer entfernen?

»Ich fürchte, da müsstest du mich zuerst besiegen, meine Süße«, sagte Arachne. »Und leider ist das unmöglich.«

Die Kreatur tauchte aus den Vorhängen aus Spinngeweben auf, und Annabeth begriff, dass ihr Einsatz hoffnungslos war. Sie würde hier sterben.

Arachne hatte den Leib einer riesigen Schwarzen Witwe, mit einem behaarten roten Stundenglassymbol auf dem Unterleib und zwei überlaufenden Spinndrüsen. Ihre acht dünnen Beine waren mit geschwungenen Stacheln besetzt, die so groß waren wie Annabeths Dolch. Wenn die Spinne noch näher käme, würde ihr süßlicher Gestank allein schon ausreichen, um Annabeth in Ohnmacht fallen zu lassen. Aber das Schlimmste war ihr missgestaltetes Gesicht.

Sie war vielleicht früher einmal eine schöne Frau gewesen. Jetzt ragten schwarze Unterkiefer wie Stoßzähne aus ihrem Mund. Ihre übrigen Zähne waren zu dünnen weißen Nadeln geschrumpft. Feine dunkle Schnurrbarthaare färbten ihre Wangen schwarz. Ihre Augen waren groß, lidlos und von purem Schwarz, und zwei kleinere Augen saßen in ihren Schläfen.

Die Kreatur stieß ein wütendes *Rip-Rip-Rip* aus, das vielleicht Lachen sein sollte.

»Jetzt werde ich mich an dir gütlich tun, meine Süße«, sagte Arachne. »Aber keine Angst. Ich werde deinen Tod in einem wunderbaren Bildteppich verewigen.«

XXXVII

Leo

Leo wäre lieber nicht so gut gewesen.

Wirklich, manchmal war das einfach nur peinlich. Wenn er kein solches Auge für alles Mechanische gehabt hätte, dann hätte er niemals die geheime Rinne gefunden, hätte sich nicht im Untergrund verirrt und wäre nicht von Metallidioten angegriffen worden. Aber er kam einfach nicht dagegen an.

Teilweise war das Hazels Schuld. Für ein Mädchen mit einem genialen Untergrundgespür machte sie ihre Sache in Rom überhaupt nicht gut. Sie führte sie immer wieder im Kreis herum, ihnen wurde schwindlig und dann kamen sie wieder an ihrem Ausgangspunkt an.

»Tut mir leid«, sagte sie. »Das ist bloß … Hier gibt es so viel unter der Erde, so viele Schichten, das ist einfach zu stark. So, als ob ich mitten im Orchester stünde und versuchte, mich auf ein einzelnes Instrument zu konzentrieren. Ich werde taub.«

Die Folge war eine Tour durch Rom. Frank schien zufrieden damit zu sein, wie ein riesiger Schäferhund weiterzutrotten (hmmm, Leo überlegte, ob er sich wohl in so einen verwandeln könnte, oder besser noch in ein Pferd, auf dem Leo dann reiten könnte). Leo dagegen wurde so langsam ungeduldig. Ihm taten die Füße weh, es war ein sonniger, heißer Tag und auf den Straßen wimmelte es nur so von Touristen.

Das Forum war nicht schlecht, aber es bestand vor allem aus von Büschen und Bäumen überwachsenen Ruinen. Man brauchte eine

Menge Fantasie, um darin das geschäftige Zentrum des antiken Rom zu sehen. Leo schaffte das nur, weil er Neu-Rom in Kalifornien kannte.

Sie kamen an riesigen Kirchen, freistehenden Torbögen, Kleidergeschäften und Imbisslokalen vorbei. Eine Statue eines antiken Römerheinis schien auf ein nahe gelegenes McDonald's zu zeigen.

Der Autoverkehr auf den breiteren Straßen war der pure Wahnsinn – Mann, dachte Leo, in Houston fuhren die Leute ja schon wie die Irren –, aber meistens suchten sie sich einen Weg durch enge Gassen, vorbei an Brunnen und kleinen Cafés, in denen Leo keine Pause machen durfte.

»Ich hätte nie gedacht, dass ich eines Tages Rom sehen würde«, sagte Hazel. »Zu meinen Lebzeiten, ich meine, zum ersten Mal, hat hier noch Mussolini geherrscht. Und es war Krieg.«

»Mussolini?«, Leo runzelte die Stirn. »War das nicht ein Facebook-Freund von Hitler?«

Hazel starrte ihn an wie einen Außerirdischen. »Facebook-Freund?«

»Ach, egal.«

»Ich würde gern den Trevi-Brunnen sehen«, sagte sie.

»Hier ist doch an jeder Ecke ein Brunnen«, murrte Leo.

»Oder die Spanische Treppe«, fügte Hazel hinzu.

»Warum fährt man denn nach Italien, um sich eine spanische Treppe anzusehen?«, fragte Leo. »Das ist ja wie nach China zu reisen, um mexikanisch zu essen!«

»Du bist ein hoffnungsloser Fall«, klagte Hazel.

»Da sagst du mir nichts Neues.«

Sie drehte sich zu Frank um und packte seine Hand, als ob Leo nicht mehr existierte. »Komm schon. Ich glaube, es geht hier lang.«

Frank lächelte Leo verwirrt an – als ob er sich nicht entscheiden könnte, ob er schadenfroh grinsen oder Leo dafür danken sollte, dass der einfach keinen Durchblick hatte – und ließ sich fröhlich von Hazel weiterziehen.

Nachdem sie eine Ewigkeit gelaufen waren, blieb Hazel vor einer Kirche stehen. Jedenfalls hielt Leo das für eine Kirche. Der Hauptraum hatte ein riesiges Kuppeldach, der Eingang ein dreieckiges Dach, typische römische Säulen und oben eine Inschrift: M. AGRIPPA und noch etwas.

»Lateinisch für *Grippe kriegen*?«, spekulierte Leo.

»Das ist unsere Chance«, Hazel klang sicherer als je zuvor an diesem Tag. »Irgendwo da drinnen müsste es einen geheimen Durchgang geben.«

Reisegruppen drängten sich vor der Treppe. Reiseführer hoben bunte Schilder mit allerlei Nummern und hielten Vorträge in Dutzenden von Sprachen, als ob sie eine Art internationales Bingo spielten.

Leo hörte einige Sekunden lang dem spanischen Reiseführer zu, dann sagte er zu seinen Freunden: »Das hier ist das Pantheon. Ursprünglich ließ Marcus Agrippa es als Tempel für die Götter errichten. Nachdem es abgebrannt war, wurde es unter Kaiser Hadrian neu gebaut und steht jetzt seit zweitausend Jahren hier. Es ist eins der besterhaltenen römischen Gebäude auf der ganzen Welt.«

Frank und Hazel starrten ihn an.

»Woher weißt du das?«, fragte Hazel.

»Ich bin eben ein Genie.«

»Zentaurenkacke«, sagte Frank. »Er hat bei einem Fremdenführer gelauscht.«

Leo grinste. »Kann schon sein. Also weiter. Lasst uns diesen geheimen Durchgang suchen. Ich hoffe, die Bude hat eine Klimaanlage.«

Natürlich hatte sie keine.

Das Gute aber war, dass es keine Warteschlangen gab und der Eintritt nichts kostete, deshalb drängten sie sich einfach an den Reisegruppen vorbei und gingen hinein.

Das Innere war ziemlich beeindruckend dafür, dass es schon vor zweitausend Jahren erbaut worden war. Der Marmorboden wies Karos und Kreise auf, wie ein römisches Drei-gewinnt-Spiel. Der Hauptraum war riesig und hatte eine Rotunde, ein wenig wie das Kapitol zu Hause in den USA. An den Wänden gab es allerlei Schreine und Statuen und Gräber und so was. Aber der stärkste Blickfang war die Kuppel über ihnen. Alles Licht im Gebäude strömte durch eine einzige runde Öffnung ganz oben. Ein Sonnenstrahl fiel schräg in die Rotunde und ließ den Boden aufleuchten, als ob Zeus oben mit einem Vergrößerungsglas versuchte, mickrige Sterbliche zu braten.

Leo war kein Architekt, anders als Annabeth, aber er wusste die Ingenieurskunst doch zu schätzen. Die Römer hatten die Kuppel aus großen Steinquadern gebaut, hatten aber jeden Quader ausgehöhlt und eine Art Viereck-im-Viereck geschaffen. Es sah super aus. Leo stellte sich vor, dass die Kuppel auf diese Weise auch leichter wurde.

Er erwähnte das den anderen gegenüber nicht. Er bezweifelte, dass sie das interessieren würde, aber wenn Annabeth hier wäre, würde sie den ganzen Tag darüber reden. Bei diesem Gedanken fragte sich Leo, wie es wohl mit ihrer Expedition zum Zeichen der

Athene aussehen mochte. Leo hätte das nie für möglich gehalten, aber er machte sich Sorgen um dieses beängstigende blonde Mädchen.

Hazel blieb in der Mitte des Raums stehen und drehte sich im Kreis. »Das ist umwerfend. In den alten Zeiten kamen die Kinder des Vulkanus heimlich her, um Halbgottwaffen zu weihen. Hier wurde das Kaiserliche Gold mit seinem Zauber belegt.«

Leo hätte gern gewusst, wie das vor sich gegangen war. Er stellte sich eine Bande von Halbgöttern in dunklen Gewändern vor, die versuchten, klammheimlich ein Skorpionkatapult durch den Vordereingang zu rollen.

»Aber deshalb sind wir nicht hergekommen«, vermutete er.

»Nein«, sagte Hazel. »Es gibt einen Eingang – einen Tunnel, der uns zu Nico führen wird. Ich kann ihn hier in der Nähe spüren. Ich bin nur nicht sicher, wo.«

Frank grunzte. »Wenn dieses Gebäude zweitausend Jahre alt ist, dann müsste es doch eine Art Geheimgang sein, der noch aus der Römerzeit stammt.«

Und jetzt machte Leo den Fehler, einfach zu gut zu sein.

Er sah sich im Tempel um und dachte: *Wenn ich einen Geheimgang einbauen müsste, wo würde ich den unterbringen?*

Er konnte manchmal herausfinden, wie eine Maschine funktionierte, nur indem er die Hand darauf legte. So hatte er gelernt, einen Hubschrauber zu fliegen. So hatte er auch Festus, den Drachen, repariert (ehe Festus abgestürzt und verbrannt war). Einmal hatte er sogar die elektrischen Werbetafeln auf dem Times Square umprogrammiert und geschrieben: ALLE LADYS LIEBEN LEO … natürlich aus Versehen.

Jetzt versuchte er, zu erfassen, wie dieses uralte Gebäude funktionierte. Er drehte sich zu einem Altar aus rotem Marmor um, auf dem ein Standbild der Jungfrau Maria stand. »Da drüben«, sagte er.

Er marschierte zuversichtlich auf den Schrein zu. Der sah ungefähr aus wie ein Kamin, mit einer bogenförmigen Nische ganz unten. Darüber stand ein Name, wie auf einem Grabstein.

»Der Durchgang ist irgendwo hier«, sagte Leo. »Die letzte Ruhestätte dieses Typen ist im Weg. Raphael oder so.«

»Berühmter Maler, glaube ich«, sagte Hazel.

Leo zuckte mit den Schultern. Er hatte einen Vetter namens Raphael und mochte diesen Namen nicht besonders. Er fragte sich, ob er eine Stange Dynamit aus dem Werkzeuggürtel ziehen und eine diskrete kleine Zerstörung vornehmen sollte, aber er nahm an, dass die Wärter hier im Gebäude das nicht so toll finden würden.

»Moment mal …« Leo sah sich um, um sicherzugehen, dass sie nicht beobachtet wurden.

Die meisten Reisegruppen glotzten die Kuppel an, nur ein Trio machte Leo nervös. Keine zwanzig Meter weiter beschwerten sich einige übergewichtige Trottel mit amerikanischem Akzent lauthals über die Hitze. Sie sahen aus wie Seekühe, die in Strandkleidung gezwängt worden waren – Sandalen, Wandershorts, knallbunte T-Shirts und Stoffhüte. Ihre Beine waren dick und teigig und von einem Geflecht aus Adern überzogen. Die Typen wirkten total desinteressiert und Leo fragte sich, warum sie überhaupt hier herumhingen.

Sie sahen ihn nicht an. Leo wusste nicht, warum sie ihn nervös machten. Vielleicht hatte er einfach etwas gegen Seekühe.

Vergiss sie einfach, sagte sich Leo.

Er glitt auf die andere Seite des Grabes und fuhr mit der Hand über die Rückseite einer römischen Säule, bis nach ganz unten.

Und dort war eine Reihe von Strichen in den Marmor geritzt worden – römische Zahlen.

»He«, sagte Leo. »Nicht gerade elegant, aber effektiv.«

»Was denn?«, fragte Frank.

»Die Kombination für ein Schloss.« Er tastete weiter unten an der Säule herum und entdeckte ein viereckiges Loch von der Größe einer Steckdose. »Die Vorderseite des Schlosses ist weggerissen worden – vermutlich irgendwann in den letzten Jahrhunderten. Aber ich müsste den Mechanismus dahinter knacken können, wenn ich …«

Leo legte die Hand auf den Marmorboden. Unter der Oberfläche aus Stein konnte er alte Bronzehebel spüren. Normale Bronze hätte sich längst zersetzt und wäre seit langem unbrauchbar geworden, aber das hier war Himmlische Bronze – das Werk eines Halbgottes. Leo versuchte in Gedanken, die Hebel zum Bewegen aufzufordern, und er ließ sich von den römischen Zahlen lenken. Die Zylinder drehten sich … *klick, klick, klick.* Dann: *klick, klick.*

Auf dem Boden vor der Mauer glitt eine Marmorfliese unter eine andere und legte ein dunkles Viereck bloß, gerade groß genug, um sich hindurchzuzwängen.

»Die Römer waren offenbar klein«, Leo sah Frank abschätzend an. »Du musst dich in etwas Dünneres verwandeln, wenn du hier durchwillst.«

»Das ist aber nicht nett«, tadelte Hazel.

»Was denn? Ich sag doch bloß …«

»Keine Sorge«, murmelte Frank. »Wir sollten die anderen holen, ehe wir uns das genauer ansehen. Das hat Piper gesagt.«

»Die sind auf der anderen Seite der Stadt«, erinnerte ihn Leo. »Außerdem, äh, ich bin nicht sicher, ob ich diese Luke wieder zukriege. Diese Hebel sind ganz schön alt.«

»Super«, sagte Frank. »Und woher sollen wir wissen, dass es da unten nicht gefährlich ist?«

Hazel kniete nieder. Sie hielt die Hand über die Öffnung, wie um die Temperatur zu testen. »Da ist nichts Lebendiges … jedenfalls nicht auf den ersten hundert Metern oder so. Der Tunnel führt schräg nach unten, dann wird er eben und führt nach Süden, mehr oder weniger. Ich spüre keine Fallen …«

»Woher willst du das alles wissen?«, fragte Leo.

Sie zuckte mit den Schultern. »So wie du Schlösser in Marmorsäulen finden kannst, nehme ich mal an. Ich bin froh, dass du nicht als Bankräuber arbeitest.«

»Ach, Banksafes«, sagte Leo. »Daran hab ich noch gar nicht gedacht.«

»Vergiss, dass ich das gesagt habe.« Hazel seufzte. »Hört mal, es ist noch keine drei Uhr. Wir können uns doch mal umsehen und versuchen, Nico zu finden, ehe wir die anderen informieren. Ihr zwei bleibt hier, bis ich euch rufe. Ich will erst mal überprüfen, ob der Tunnel hält. Wenn ich unten bin, kann ich euch mehr sagen.«

Frank runzelte die Stirn. »Wir können dich nicht allein gehen lassen. Dir könnte was passieren.«

»Frank, ich kann allein auf mich aufpassen«, sagte sie. »Vor allem unter der Erde. Es ist das Sicherste für uns alle, wenn ich vorgehe.«

»Falls Frank sich nicht in einen Maulwurf verwandeln möchte«, schlug Leo vor. »Oder einen Präriehund. Das sind doch tolle Tiere.«

»Klappe halten«, murmelte Frank.

»Oder in einen Dachs.«

Frank stach mit dem Finger nach Leos Gesicht. »Valdez, ich schwöre …«

»Jetzt seid beide mal still«, schimpfte Hazel. »Ich bin gleich wieder da. Gebt mir zehn Minuten. Wenn ihr bis dahin nichts von mir gehört habt … egal. Mir passiert schon nichts. Versucht nur, euch nicht gegenseitig umzubringen, solange ich da unten bin.«

Sie ließ sich in das Loch fallen. Leo und Frank versperrten so gut sie konnten für alle anderen die Sicht. Sie standen Schulter an Schulter da und versuchten, locker auszusehen, als wäre es total normal für zwei Teenager, an Raphaels Grab herumzuhängen.

Reisegruppen kamen und gingen. Die meisten achteten nicht auf Frank und Leo. Einige wenige musterten sie fragend und gingen dann weiter. Vielleicht glaubten die Touristen, sie wollten um Trinkgeld bitten. Aus irgendeinem Grund machte Leo andere Leute nervös, wenn er grinste.

Die drei Seekühe aus den USA lungerten noch immer mitten im Raum herum. Einer trug ein T-Shirt mit der Aufschrift ROMA, als ob er vergessen würde, in welcher Stadt er sich befand, wenn er es nicht anhätte. Ab und zu schaute er zu Frank und Leo hinüber, als ob ihn ihre Anwesenheit störte.

Etwas an diesem Kerl machte Leo zu schaffen. Er wünschte, Hazel würde sich beeilen.

»Sie hat vorhin mit mir geredet«, sagte Frank plötzlich. »Hazel hat mir gesagt, dass du das mit meiner Lebenssicherung begriffen hast.«

Leo fuhr zusammen. Er hatte fast vergessen, dass Frank neben ihm stand.

»Deine Lebenssicherung … ach, dieser brennende Stock. Richtig.« Leo unterdrückte den Drang, seine Haut auflodern zu lassen und »Ha ha ha!« zu rufen. Die Vorstellung war zwar witzig, aber so grausam war er nun doch nicht.

»Hör mal, Mann«, sagte er. »Ist schon gut. Ich würde dich niemals in Gefahr bringen. Wir sind doch im selben Team.«

Frank spielte an seinem Zenturionenabzeichen herum. »Ich habe immer gewusst, dass Feuer mich umbringen könnte, aber seit die Villa meiner Großmutter in Vancouver abgebrannt ist … da kommt es mir viel wirklicher vor.«

Leo nickte. Frank tat ihm leid, aber der Typ machte es ihm nicht gerade leicht, wenn er von der Villa seiner Familie sprach. Es war ungefähr so, wie zu sagen, *Ich hab meinen Lamborghini zu Schrott gefahren,* und dann darauf zu warten, dass die anderen antworteten: *Ach, du armes Herzchen.*

Natürlich sagte Leo das nicht. »Deine Großmutter – ist die in diesem Feuer umgekommen? Das hast du nicht gesagt.«

»Ich … ich weiß es nicht. Sie war krank und sehr alt. Sie sagte, sie würde sterben, wenn die Zeit gekommen ist, auf ihre eigene Weise. Aber ich glaube, sie ist aus dem Feuer entkommen. Ich habe aus den Flammen einen Vogel auffliegen sehen.«

Leo dachte darüber nach. »Deine ganze Familie hat also diese Verwandlungsfähigkeit?«

»Ich glaube schon«, sagte Frank. »Meine Mom hatte sie auch. Großmutter hat geglaubt, das war es, was sie in Afghanistan umgebracht hat, im Krieg. Mom versuchte, ihren Kameraden zu helfen, und … Ich weiß nicht genau, was passiert ist. Es gab eine Brandbombe.«

Leo wusste mit seinem Mitleid nicht mehr, wohin. »Wir haben also beide unsere Mom im Feuer verloren.«

Er hatte das nicht vorgehabt, aber er erzählte Frank alles über die Nacht in der Werkstatt, als Gaia ihm erschienen und seine Mutter gestorben war.

Franks Augen füllten sich mit Tränen. »Ich finde es immer schrecklich, wenn mir jemand sagt, *das mit deiner Mom tut mir leid.*«

»Es wirkt nie echt«, sagte Leo.

»Aber das mit deiner Mom tut mir wirklich leid.«

»Danke.«

Noch immer kein Zeichen von Hazel. Die amerikanischen Touristen drängten sich weiterhin im Pantheon. Sie schienen immer engere Kreise zu ziehen, als ob sie sich unbemerkt an Raphaels Grab heranschleichen wollten.

»In Camp Jupiter«, sagte Frank, »hat unser Hüttenlar Reticulus mir gesagt, ich hätte größere Macht als die meisten anderen Halbgötter, weil ich ein Sohn des Mars bin und außerdem die Verwandlungsgabe aus der Familie meiner Mutter habe. Er hat gesagt, deshalb sei mein Leben an ein Stück Brennholz gebunden. Das ist so eine gewaltige Schwäche, dass es die Sache sozusagen ausgleicht.«

Leo dachte an sein Gespräch mit Nemesis, der Göttin der Rache, am Großen Salzsee. Sie hatte etwas Ähnliches darüber gesagt, dass die Waagschalen im Gleichgewicht bleiben müssen. *Glück ist ein Trug. Wahrer Erfolg braucht Opfer.*

Ihr Glückskeks war noch immer in Leos Werkzeuggürtel und wartete darauf, geöffnet zu werden. *Bald wirst du vor einem Problem stehen, das du nicht lösen kannst, aber ich könnte dir helfen … gegen Bezahlung.*

Leo wünschte, er könnte sich die Erinnerung aus dem Kopf reißen und in seinen Werkzeuggürtel stecken. Sie nahm zu viel Platz ein. »Wir haben alle unsere Schwächen«, sagte er. »Ich, zum Beispiel, ich bin tragisch witzig und gut aussehend.«

Frank schnaubte. »Du hast vielleicht deine Schwächen. Aber dein Leben hängt nicht von einem Stück Brennholz ab.«

»Nein«, gab Leo zu. Er überlegte: Wenn Franks Problem sein eigenes Problem wäre, wie würde er es lösen? Fast jeder Konstruktionsfehler ließ sich reparieren. »Ich frage mich …«

Er schaute sich um und geriet ins Stocken. Die drei amerikanischen Touristen kamen auf ihn zu; jetzt war Schluss mit Einkreisen und Anschleichen. Sie steuerten in gerader Linie auf das Grab des Raphael zu und alle starrten Leo an.

»Äh, Frank«, fragte Leo. »Sind die zehn Minuten schon um?«

Frank folgte seinem Blick. Die Gesichter der Amerikaner waren wütend und verwirrt, als ob sie durch einen überaus nervigen Albtraum schlafwandelten.

»Leo Valdez«, rief der Typ im ROMA-T-Shirt. Seine Stimme hatte sich geändert. Sie klang hohl und metallisch. Er sprach Englisch, als sei es eine Fremdsprache. *»So sieht man sich wieder.«*

Alle drei Touristen blinzelten und ihre Augen verwandelten sich in solides Gold.

Frank schrie auf. »Eidola!«

Die Seekühe ballten ihre fetten Fäuste. Normalerweise hätte Leo keine Angst davor, von übergewichtigen Trotteln mit Stoffhüten ermordet zu werden, aber er vermutete, dass die Eidola sogar in dieser Gestalt gefährlich waren, vor allem, da es den Geistern egal sein würde, ob ihre Gastkörper überlebten oder nicht.

»Die passen nicht durch das Loch«, sagte Leo.

»Richtig«, sagte Frank. »Untergrund klingt plötzlich richtig gut.«

Er verwandelte sich in eine Schlange und glitt über die Kante. Leo sprang hinterher, während die Geister oben heulten: *»Valdez! Tötet Valdez!«*

XXXVIII

Leo

Ein Problem war gelöst: Die Luke über ihnen schloss sich automatisch und versperrte ihren Verfolgern den Weg. Sie versperrte auch jeglichem Licht den Weg, aber damit konnten Leo und Frank umgehen. Leo hoffte nur, sie mussten nicht auf demselben Weg wieder zurück. Er war nicht sicher, ob er die Luke von unten öffnen könnte.

Immerhin standen die besessenen Seekuhtrottel auf der anderen Seite. Über Leos Kopf bebte der Marmorboden, als ob fette Touristenfüße darauf herumtrampelten.

Frank hatte offenbar wieder menschliche Gestalt angenommen. Leo konnte ihn in der Dunkelheit keuchen hören.

»Was jetzt?«, fragte Frank.

»Dreh jetzt bitte nicht durch«, sagte Leo. »Ich werde ein Feuerchen machen, damit wir etwas sehen können.«

»Danke für die Warnung.«

Leos Zeigefinger loderte auf wie eine Geburtstagskerze. Vor ihnen erstreckte sich ein langer Steintunnel mit niedriger Decke. Genau wie Hazel gesagt hatte, führte der Tunnel abwärts, wurde dann eben und verlief nach Süden.

»Na«, sagte Leo. »Der geht sowieso nur in eine Richtung.«

»Suchen wir Hazel«, sagte Frank.

Gegen diesen Vorschlag hatte Leo nichts einzuwenden. Sie gingen den Gang hinab, Leo mit dem Feuer vorweg. Er freute sich, Frank hinter sich zu haben, denn Frank war groß und stark und konnte sich in furchterregende Tiere verwandeln, für den Fall, dass diese besessenen Touristen es auf irgendeine Weise schafften, die Luke zu öffnen, sich hindurchzuquetschen und sie zu verfolgen. Er fragte sich, ob die Eidola die Körper einfach zurücklassen, in den Untergrund sickern und in einen von ihnen fahren könnten.

Na, das war mein positiver Gedanke für heute, tadelte sich Leo.

Nach etwas über dreißig Metern bogen sie um eine Ecke und stießen auf Hazel. Im Licht ihres goldenen Kavallerieschwertes untersuchte sie eine Tür. Sie war so darin vertieft, dass sie die beiden erst bemerkte, als Leo Hallo sagte.

Hazel fuhr herum und versuchte, ihr *Spatha* zu schwenken. Zum Glück für Leos Gesicht war die Klinge aber zu lang für den engen Gang.

»Was wollt ihr denn hier?«, fragte Hazel.

Leo schluckte. »Tut uns leid. Wir sind an ein paar wütende Touristen geraten.« Er erzählte ihr, was passiert war.

Sie zischte vor Wut. »Ich hasse Eidola. Ich dachte, sie hätten Piper versprochen, uns in Ruhe zu lassen.«

»Na ja …«, sagte Frank, als ob auch ihm gerade der positive Gedanke dieses Tages gekommen sei. »Sie mussten Piper versprechen, das Schiff zu verlassen und in keinen von *uns* mehr zu fahren. Aber wenn sie uns gefolgt sind und andere Körper nutzen, um uns anzugreifen, dann haben sie rein technisch gesehen ihr Versprechen nicht gebrochen …«

»Super«, murmelte Leo. »Eidola, die außerdem Rechtsanwälte sind. Jetzt möchte ich sie erst recht umbringen.«

»Egal, vergessen wir sie für den Moment«, sagte Hazel. »Diese Tür macht mich noch wahnsinnig. Leo, kannst du mal dein Glück mit dem Schloss versuchen?«

Leo ließ die Fingerknöchel knacken. »Platz für den Meister.«

Die Tür war interessant, viel komplizierter als das römische Ziffernschloss oben. Die gesamte Tür war mit Kaiserlichem Gold überzogen. In die Mitte war ein mechanisches Ringsystem von der Größe einer Bowlingkugel eingelassen. Es war aus fünf konzentrischen Kreisen zusammengesetzt, und in jeden waren Tierkreissymbole – Stier, Skorpion und so weiter – und scheinbar willkürliche Zahlen und Buchstaben geritzt.

»Das sind griechische Buchstaben«, sagte Leo überrascht.

»Na, viele Römer konnten Griechisch«, meinte Hazel.

»Ja, sicher«, sagte Leo. »Aber diese Handwerkskunst … Ich will euch Leute aus Camp Jupiter ja nicht beleidigen, aber für Römer ist das hier zu kompliziert.«

Frank schnaubte. »Während ihr Griechen es bekanntlich liebt, alles kompliziert zu machen.«

»He«, protestierte Leo. »Ich sage ja nur, dass diese Konstruktion kompliziert ist, ausgefeilt. Sie erinnert mich an …« Leo starrte das Ringsystem an und versuchte, sich zu erinnern, wo er von einer ähnlichen antiken Maschine gehört oder gelesen hatte. »Das ist eine avanciertere Art von Schloss«, entschied er dann. »Wenn man die Symbole auf den Ringen in die richtige Reihenfolge bringt, dann geht die Tür auf.«

»Aber was ist die richtige Reihenfolge?«, fragte Hazel.

»Gute Frage. Griechische Wissenschaften … Astronomie, Geometrie …«, Leo wurde innerlich ganz warm. »Nein, so nicht. Ich frage mich … was ist der Wert von Pi?«

Frank runzelte die Stirn. »Meinst du Pi mal Daumen?«

»Er meint eine Zahl«, vermutete Hazel. »Ich hab das mal im Matheunterricht gelernt, aber …«

»Damit werden Kreise gemessen«, sagte Leo. »Wenn dieses Schloss von dem Typen konstruiert worden ist, an den ich denke …«

Hazel und Frank starrten ihn verständnislos an.

»Auch egal«, sagte Leo. »Ich bin ziemlich sicher, dass Pi, äh, 3,1415 bla bla bla ist. Diese Zahl geht endlos weiter, aber das Ding hier hat nur fünf Ringe, deshalb müsste das reichen, wenn ich Recht habe.«

»Und wenn nicht?«, fragte Frank.

»Na dann, Leo fällt um, alles *bumm*. Probieren wir es doch mal aus.«

Er drehte die Ringe, wobei er außen anfing. Er achtete nicht auf Sternzeichen und Buchstaben und ordnete die Zahlen so an, dass sie den Wert von Pi ergaben. Nichts passierte.

»Ich bin ja auch blöd«, murmelte Leo. »Pi geht doch von innen nach außen, weil es unendlich ist.«

Er drehte die Reihenfolge der Zahlen um, begann in der Mitte und arbeitete sich zum Rand vor. Als er den letzten Ring verschoben hatte, klickte etwas im Schloss. Die Tür öffnete sich.

Leo strahlte seine Freunde an. »So, meine Lieben, machen wir das in Leos Welt.«

Hazel lachte.

Drinnen gab es genug interessanten Kram, um Leo einige Jahre lang zu beschäftigen. Der Raum war ungefähr so groß wie die Schmiede in Camp Half-Blood; an den Wänden standen mit Bronze überzogene Arbeitstische und Körbe mit uraltem Werkzeug zur Metallverarbeitung. Dutzende von Bronze- und Goldsphären lagen wie Basketbälle mehr oder weniger auseinandermontiert umher. Hebel und Drähte bedeckten den Boden. Dicke Metallkabel liefen von jedem Tisch ins Hintere des Raumes, wo es eine geschlossene höher gelegene Kammer gab, wie ein Tonraum in einem Theater. Auf beiden Seiten führte eine Treppe hinauf und alle Kabel schienen hineinzuführen. Neben der linken Treppe war eine Reihe von Löchern, die mit Zylindern gefüllt waren – vermutlich Behälter für alte Schriftrollen.

Leo wollte schon zu den Tischen laufen, als er nach links schaute und fast aus den Latschen gekippt wäre. Auf jeder Seite der Tür stand eine Art Schaufensterpuppe in Rüstung – wie Skelette von Vogelscheuchen, gebastelt aus Bronzerohren und in vollständiger römischer Rüstung samt Schild und Schwert.

»Meine Güte«, Leo ging auf die eine zu. »Die wären der pure Wahnsinn, wenn sie funktionierten.«

Frank wich vor den Vogelscheuchen zurück. »Die werden doch nicht lebendig und greifen uns an, oder?«

Leo lachte. »Kann gar nicht sein. Die sind nicht vollständig.« Er tippte den Hals der nächststehenden Puppe an und unter dem Brustpanzer kamen lose Kupferdrähte zum Vorschein. »Siehst du, die Drähte zum Kopf sind gelöst worden. Und hier, am Ellbogen ist das Zugsystem für das Gelenk ausgerastet. Soll ich raten? Die Römer wollten einen griechischen Entwurf nachbauen, aber dazu waren sie nicht in der Lage.«

Hazel hob die Augenbrauen. »Die Römer haben es wohl nicht geschafft, *kompliziert* zu sein, nehme ich an.«

»Oder zivilisiert«, fügte Frank hinzu. »Oder kultiviert.«

»He, ich hab doch bloß gesagt, was ich sehe.« Leo spielte am Kopf der Vogelscheuche herum und ließ sie nicken, als ob sie ihm zustimmte. »Trotzdem … ziemlich überzeugender Versuch. Ich habe Gerüchte gehört, die Römer hätten die Schriften des Archimedes an sich gebracht, aber …«

»Archimedes?« Hazel machte ein verdutztes Gesicht. »War das nicht ein antiker Mathematiker oder so?«

Leo lachte. »Er war noch viel mehr als das. Er war der berühmteste Sohn des Hephaistos, den es je gegeben hat.«

Frank kratzte sich am Ohr. »Ich habe den Namen schon mal gehört, aber wie kannst du sicher sein, dass diese Puppen hier von ihm entworfen worden sind?«

»Das muss so sein!«, sagte Leo. »Hört mal, ich habe alles über Archimedes gelesen. Für Hütte 9 ist er ein Held. Der Typ war Grieche. Er hat in einer von den griechischen Kolonien in Süditalien gelebt, damals, ehe Rom riesig wurde und alles an sich gerissen hat. Am Ende kamen die Römer dann anmarschiert und haben seine Stadt zerstört. Der römische Oberbefehlshaber wollte Archimedes verschonen, weil er so wertvoll war – sozusagen der Einstein der Antike –, aber irgendein blöder römischer Soldat hat ihn umgebracht.«

»Jetzt fängst du schon wieder an«, murmelte Hazel. »Bei dir gehören *blöd* und *römisch* immer zusammen.«

Frank grunzte zustimmend. »Woher weißt du das alles überhaupt?«, fragte er. »Gibt es hier unten etwa auch einen spanischen Fremdenführer?«

»Nix da, Mann«, sagte Leo. »Du kannst kein Halbgott sein, der allen möglichen Kram baut, ohne von Archimedes gehört zu haben. Der Typ war ein absolutes Genie. Er hat den Wert von Pi berechnet und diesen ganzen Mathekram entwickelt, den Ingenieure bis heute anwenden. Er hat eine hydraulische Schraube erfunden, die Wasser durch Rohre treiben konnte.«

Hazel verzog das Gesicht. »Eine hydraulische Schraube. Entschuldige, dass ich von *dieser* bewundernswerten Leistung noch nie gehört habe.«

»Er hat auch ein System aus Spiegeln gebaut, das mit einem tödlichen Strahl feindliche Schiffe verbrennen konnte«, sagte Leo. »Ist das bewundernswert genug für dich?«

»Ich habe mal irgendwas darüber im Fernsehen gesehen«, warf Frank ein. »Sie haben bewiesen, dass es nicht funktionieren konnte.«

»Ach, das liegt nur daran, dass moderne Sterbliche keine Ahnung davon haben, wie man Himmlische Bronze verarbeitet«, sagte Leo. »Das ist nämlich der Trick. Archimedes hat außerdem eine riesige Kralle entwickelt, die von einem Kran aus feindliche Schiffe aus dem Wasser pflücken konnte.«

»Das ist cool«, gab Frank zu. »Ich liebe solche Greifarmspiele.«

»Siehst du«, sagte Leo. »Aber diese ganzen Erfindungen haben nicht gereicht. Die Römer haben seine Stadt zerstört. Archimedes wurde ermordet. Den Sagen nach war der römische Oberbefehlshaber ein großer Fan seiner Arbeit, deshalb hat er die Werkstatt des Archimedes ausgeplündert und eine Wagenladung Andenken zurück nach Rom geschafft. Sie gelten alle als verschollen, aber …« Leo zeigte auf die ganzen Sachen auf den Tischen. »Da sind sie.«

»Basketbälle aus Metall?«, fragte Hazel.

Leo konnte es nicht fassen, dass sie nicht beeindruckt davon waren, was sie da sahen, aber er gab sich alle Mühe, seine Verärgerung zu verbergen. »Leute, Archimedes hat *Sphären* konstruiert. Die Römer haben das nicht begriffen. Sie dachten, die sollten einfach die Zeit messen oder Sternbilder und Planetenkonstellationen darstellen. Aber das ist so, als wenn man ein Gewehr findet und das für einen Spazierstock hält.«

»Leo, die Römer waren erstklassige Ingenieure«, wandte Hazel ein. »Sie haben Aquädukte gebaut, Straßen und …«

»Belagerungswaffen«, fügte Frank hinzu. »Sanitäranlagen.«

»Ja, schön«, sagte Leo. »Aber Archimedes war eine Klasse für sich. Seine Sphären konnten alles Mögliche, nur weiß niemand …«

Plötzlich kam Leo eine so unglaubliche Idee, dass seine Nase in Flammen aufging. Er schlug die Flammen so schnell wie möglich aus. Mann, war das peinlich, wenn das passierte!

Er rannte zu den Fächern in der Wand und sah sich die Inschriften auf den Schriftbehältern an. »Bei den Göttern. Hier ist es!«

Geschickt zog er die Rolle hervor. Altgriechisch war nicht gerade seine Stärke, aber den Titel auf dem Behälter konnte er immerhin lesen. *Über die Herstellung von Sphären.*

»Leute, das ist das verschollene Buch!« Seine Hände zitterten. »Das hat Archimedes geschrieben, er schildert darin alle möglichen Konstruktionsmethoden, aber alle Kopien sind schon in der Antike verloren gegangen. Wenn ich das hier übersetzen kann …«

Die Möglichkeiten waren unendlich. Für Leo hatte ihr Einsatz eine ganz neue Dimension gewonnen. Er musste die Sphären und Schriftrollen sicher aus diesem Keller wegschaffen und alles beschützen, bis er wieder im Bunker 9 sitzen konnte, um sich hineinzuvertiefen.

»Die Geheimnisse des Archimedes«, murmelte er. »Leute, das ist eine noch größere Sache als der Laptop des Dädalus. Wenn die Römer Camp Half-Blood angreifen, dann können diese Geheimnisse das Camp vielleicht retten. Sie könnten uns sogar Gaia und den Giganten gegenüber einen Vorteil bringen.«

Hazel und Frank wechselten einen skeptischen Blick.

»Na gut«, sagte Hazel. »Wir sind zwar nicht wegen einer Schriftrolle hergekommen, aber wir können sie ja trotzdem mitnehmen.«

»Unter der Voraussetzung«, fügte Frank hinzu, »dass es dir nichts ausmacht, diese Geheimnisse mit uns blöden unkomplizierten Römern zu teilen.«

»Was?«, Leo starrte ihn verständnislos an. »Nein. Hör mal. Ich wollte euch wirklich nicht beleidigen – ach, egal. Das Entscheidende ist, dass das eine gute Nachricht ist!«

Zum ersten Mal seit Tagen war Leo richtig zuversichtlich.

Weswegen von diesem Moment an natürlich alles schiefging.

Auf dem Tisch neben Hazel und Frank klickte und brummte eine Kugel. Eine Reihe von dünnen Beinen kam aus ihrem Äquator zum Vorschein. Die Kugel erhob sich und zwei Bronzekabel schossen oben aus ihr heraus und trafen Hazel und Frank wie die Drähte einer Elektroschockpistole. Beide gingen sofort zu Boden.

Leo sprang ihnen zur Seite, aber die beiden Puppen in Rüstung, die sich nicht bewegen konnten, bewegten sich nun doch. Sie zogen ihre Schwerter und traten auf Leo zu.

Die auf der Linken drehte ihm ihren Helm zu, der wie ein Wolfskopf geformt war. Trotz der Tatsache, dass sie kein Gesicht und keinen Mund hatte, erklang jetzt hinter dem Visier eine vertraute dumpfe Stimme.

»Du kannst uns nicht entkommen, Leo Valdez«, sagte die Stimme. *»Wir fahren nicht gern in Maschinen, aber die sind immer noch besser als Touristen. Du kommst hier nicht mehr lebend raus.«*

XXXIX

Leo

In einem Punkt stimmte Leo Nemesis zu: Glück war ein Trug. Jedenfalls wenn es um Leos Glück ging.

Im vergangenen Winter hatte er voller Entsetzen zugesehen, wie eine Zyklopenfamilie sich darauf vorbereitet hatte, Jason und Piper mit scharfer Soße zu rösten. Er hatte eine List ersonnen und seine Freunde ganz allein gerettet, aber immerhin hatte er Zeit zum Nachdenken gehabt.

Jetzt war das anders. Hazel und Frank waren von den Tentakeln einer besessenen Steampunk-Bowlingkugel betäubt worden und zwei Rüstungen mit bösen Absichten wollten ihn umbringen.

Mit Feuer konnte Leo ihnen nichts anhaben. Rüstungen machte Feuer nichts aus. Außerdem lagen Hazel und Frank zu dicht daneben. Er wollte sie nicht verbrennen oder aus Versehen das Stück Brennholz erwischen, an dem Franks Leben hing.

Rechts von ihm bewegte die Rüstung mit dem Löwenhelm mit drahtigem Knacken den Hals und musterte Hazel und Frank, die noch immer bewusstlos waren.

»Ein männlicher und ein weiblicher Halbgott«, sagte Löwenkopf. *»Die können wir nehmen, wenn die anderen sterben.«* Seine hohle Gesichtsmaske wandte sich wieder Leo zu. *»Dich brauchen wir nicht, Leo Valdez.«*

»Ach was«, Leo versuchte es mit einem liebenswürdigen Lächeln. »Leo Valdez braucht man doch immer!«

Er breitete die Hände aus und hoffte, zuversichtlich und nützlich auszusehen, nicht verzweifelt und verängstigt. Er fragte sich, ob es zu spät wäre, TEAM LEO auf sein Hemd zu schreiben.

Leider waren die Rüstungen nicht so leicht zu bezaubern wie der Fanclub des Narziss.

Die mit dem Wolfskopfhelm fauchte: *»Ich war in deinen Gedanken, Leo. Ich habe dir geholfen, den Krieg zu beginnen.«*

Leos Lächeln erstarb. Er trat einen Schritt zurück. »Du warst das?«

Jetzt begriff er, warum diese Touristen ihm so zu schaffen gemacht hatten, und warum die Stimme dieses Dings so vertraut klang. Er hatte sie in seinen Gedanken gehört.

»Du hast mich das Katapult abfeuern lassen?«, fragte Leo. »Und das nennst du *geholfen*?«

»Ich weiß, wie du denkst«, sagte Wolfskopf. *»Ich kenne deine Grenzen. Du bist klein und allein. Du brauchst Freunde, die dich beschützen. Ohne sie bist du mir nicht gewachsen. Ich habe versprochen, nicht wieder in dich zu fahren. Aber ich kann dich immer noch töten.«*

Die Trottel in ihren Rüstungen traten vor. Ihre Schwertspitzen schwebten nur wenige Daumenbreit vor Leos Gesicht.

Leos Angst wich plötzlich einer wahnsinnigen Wut. Dieses Eidolon im Wolfshelm hatte ihn blamiert, hatte die Kontrolle über ihn übernommen und hatte ihn gezwungen, Neu-Rom anzugreifen. Es hatte seine Freunde in Gefahr gebracht und ihren Einsatz gefährdet.

Leo schaute auf die stillgelegten Sphären auf den Arbeitstischen. Er dachte an seinen Werkzeuggürtel. Er dachte an die Kammer oben an der Treppe – die, die aussah wie ein Kontrollraum im Tonstudio. Und zack: Operation Schrotthaufen war geboren.

»Erstens: Du kennst mich nicht«, sagte er zu Wolfskopf. »Und zweitens: Tschüs.«

Er sprang zur Treppe und jagte nach oben. Die Rüstungen waren beängstigend, aber schnell waren sie nicht. Wie Leo vermutet hatte, hatte die Kammer auf beiden Seiten Türen – Falttüren aus Metall. Die Konstrukteure hatten sich schützen wollen, für den Fall, dass ihre Erfindungen durchdrehten … so wie jetzt. Leo knallte beide Türen zu und beschwor Feuer in seinen Hände herauf, um die Schlösser zu verschmelzen.

Die Rüstungen kamen von beiden Seiten. Sie rüttelten an den Türen und schlugen mit ihren Schwertern darauf ein.

»Das ist töricht«, sagte Löwenkopf. *»Du zögerst deinen Tod nur hinaus.«*

»Den Tod hinauszuzögern gehört zu meinen Lieblingsbeschäftigungen.« Leo schaute sich in seinem neuen Zuhause um. Ein einzelner Tisch wie ein Schaltpult stand an der Scheibe zur Werkstatt. Auf dem Tisch lag eine Menge Schrott herum, und Leo verwarf fast alles sofort: ein Diagramm für ein menschliches Katapult, das niemals funktionieren könnte, ein seltsames schwarzes Schwert (mit Schwertern kannte Leo sich nicht gut aus), ein großer Bronzespiegel (Leos Spiegelbild sah entsetzlich aus) und etliche Werkzeuge, die jemand aus Frust oder Ungeschicklichkeit zerbrochen hatte.

Er konzentrierte sich auf sein Hauptanliegen. Mitten auf dem Tisch hatte jemand eine archimedische Sphäre auseinandergebaut. Hebel, Federn, Griffe und Stäbe lagen überall herum. Die vielen Bronzekabel, die in den Raum unten führten, waren mit einer Metallplatte unter der Sphäre verbunden. Leo spürte, wie die Himmlische Bronze sich durch die Werkstatt zog wie Blutgefäße von einem Herzen durch den Körper – bereit, magische Energie von hier aus weiterzutragen.

»Ein Basketball regiert sie all'«, murmelte Leo.

Diese Sphäre war die Zentralschaltung. Er stand in einer altrömischen Kontrollzentrale.

»*Leo Valdez*«, heulte der Geist. »*Öffne die Tür, oder wir bringen dich um!*«

»Ein faires und großzügiges Angebot«, sagte Leo und sah noch immer die Sphäre an. »Lasst mich das hier nur schnell fertig machen. Das ist meine letzte Bitte, ja?«

Das schien die Geister zu verwirren, denn sie hörten sofort auf, auf die Türen einzuschlagen.

Leos Hände jagten über die Sphäre und setzten die fehlenden Teile ein. Warum hatten die blöden Römer dieses wundervolle Instrument auseinandergenommen? Sie hatten Archimedes ermordet, seine Arbeiten gestohlen und dann ein Stück Werkzeug ruiniert, das sie nicht begreifen konnten. Immerhin hatten sie den Verstand gehabt, es zweitausend Jahre lang zu verstecken, damit Leo es sich holen könnte.

Die Eidola hämmerten jetzt wieder an die Türen.

»Wer ist da?«, rief Leo.

»*Valdez!*«, brüllte Wolfskopf.

»Was für ein Valdez?«, fragte Leo.

Irgendwann würden die Eidola begreifen, dass sie nicht hereinkonnten. Wenn Wolfskopf wirklich wusste, was in Leos Gedanken vor sich ging, würde er bald beschließen, dass sie sich Leos Mitarbeit auch anders sichern könnten. Leo musste sich beeilen.

Er verband die Zahnräder miteinander, irrte sich bei einem und musste von vorne anfangen. Bei den Handgranaten des Hephaistos, das hier war echt schwer!

Endlich saß die letzte Feder an Ort und Stelle. Die ungeschickten Römer hätten fast den Spannungsregler zerbrochen, aber Leo zog einen Satz Uhrmacherwerkzeug aus seinem Gürtel und nahm einige letzte Anpassungen vor. Archimedes war ein Genie gewesen – falls das hier wirklich funktionierte.

Er zog die Anlassfeder auf. Die Räder fingen an, sich zu drehen. Leo schloss die Sphäre und sah sich die konzentrischen Ringe darauf an – sie ähnelten denen an der Tür zur Werkstatt.

»Valdez!« Wolfskopf hämmerte an die Tür. *»Unser dritter Kamerad wird deine Freunde töten.«*

Leo fluchte leise. *Unser dritter Kamerad.* Er schaute hinunter auf den spinnenbeinigen Elektroschockball, der Hazel und Frank bewusstlos geschlagen hatte. Er hatte sich schon gedacht, dass Eidolon Nr. 3 darin steckte. Aber Leo musste noch immer den richtigen Code finden, um die Kontrollsphäre zu aktivieren.

»Ja, schon gut«, rief er. »Ich ergebe mich. Nur … Nur noch eine Sekunde.«

»Keine Sekunde mehr!«, brüllte Wolfskopf. *»Mach sofort die Tür auf, oder sie sterben!«*

Der besessene Elektroball fuhr die Tentakel aus und jagte einen weiteren Schock durch Hazel und Frank. Ihre bewusstlosen Körper zuckten. Diese Menge an Elektrizität hätte ihre Herzen zum Stillstand bringen können.

Leo kämpfte mit den Tränen. Das hier war zu schwer. Er schaffte es nicht.

Er starrte die Sphäre an – sieben Ringe, jeder bedeckt mit winzigen griechischen Buchstaben, Zahlen und Sternzeichen. Die Antwort hier war nicht Pi. Niemals hätte Archimedes dasselbe zweimal gemacht. Außerdem konnte Leo spüren, wenn er nur die Hand auf die Sphäre legte, dass die Reihenfolge zufällig entstanden war. Es war etwas, das nur Archimedes wissen konnte.

Die letzten Worte des Archimedes waren angeblich gewesen: *Störe meine Kreise nicht.*

Niemand wusste, was er damit gemeint hatte, aber Leo konnte es genauso gut auf diese Kugel beziehen. Das Schloss war viel zu kompliziert. Wenn Leo mehrere Jahre Zeit gehabt hätte, hätte er die Markierungen vielleicht entziffern und die richtige Kombination herausfinden können, aber er hatte nicht einmal ein paar Sekunden.

Ihm lief die Zeit davon. Ihm lief das Glück davon. Und seine Freunde würden sterben.

Ein Problem, das du nicht lösen kannst, sagte eine Stimme in seinen Gedanken.

Nemesis … Sie hatte ihn vor diesem Augenblick gewarnt. Leo schob die Hand in die Tasche und holte den Glückskeks heraus. Die Göttin hatte ihn gewarnt, dass ihre Hilfe ihn teuer zu stehen kommen würde – so teuer wie der Verlust eines Auges. Aber wenn er es nicht versuchte, würden seine Freunde sterben.

»Ich brauche den Zugangscode zu dieser Sphäre«, sagte er.

Und dann zerbrach er den Keks.

XL

Leo

Leo faltete den kleinen Papierstreifen auseinander. Darauf stand:

DAS WILLST DU WISSEN? ERNSTHAFT? (UMDREHEN)

Und auf der Rückseite stand:

DEINE GLÜCKSZAHLEN SIND: ZWÖLF; JUPITER, ORION, DELTA, DREI, THETA, OMEGA. (ÜBE RACHE AN GAIA, LEO VALDEZ.)

Mit zitternden Fingern drehte Leo die Ringe.

Draußen knurrte Wolfskopf frustriert: *»Wenn deine Freunde dir egal sind, brauchst du vielleicht eine andere Motivation. Vielleicht sollte ich diese Schriftrollen vernichten – unbezahlbare Werke des Archimedes!«*

Der letzte Ring rastete klickend ein. Strom ließ die Sphäre summen. Leo fuhr mit den Händen über die Oberfläche und ertastete winzige Knöpfe und Hebel, die auf seine Befehle warteten.

Magische und elektrische Impulse jagten durch die Kabel aus Himmlischer Bronze und schossen durch die gesamte Werkstatt.

Leo hatte nie ein Musikinstrument gespielt, aber genau so stellte er es sich vor, – jede Tonart und jede Note so gut zu kennen, dass man nicht mehr daran denken musste, was die Hände machten. Man konzentrierte sich einfach auf den Klang, den man produzieren wollte.

Er fing klein an. Er konzentrierte sich auf eine einigermaßen unversehrte goldene Sphäre unten in der Werkstatt. Die goldene Sphäre zitterte. Aus ihr wuchsen drei Beine und darauf polterte sie hinüber zu Elektroschockball. Eine winzige Kreissäge sprang oben aus der Goldsphäre heraus und fing an, das Gehirn von Elektroschockball zu zersägen.

Leo versuchte, eine weitere Sphäre zu aktivieren. Sie zerbarst zu einem kleinen Atompilz aus Bronzestaub und Rauch.

»Huch«, murmelte Leo. »'tschuldige, Archimedes.«

»Was machst du denn da?«, fragte Wolfskopf. *»Hör auf mit dem Blödsinn und ergib dich.«*

»Ja, klar, ich ergebe mich«, sagte Leo. »Und wie ich mich ergebe!«

Er versuchte, sich einer dritten Sphäre zu bemächtigen. Auch diese zerbrach. Leo fand es schrecklich, diese vielen uralten Erfindungen zu zerstören, aber hier ging es um Leben und Tod. Frank hatte ihm vorgeworfen, Maschinen wichtiger zu finden als Menschen, aber wenn er entweder alte Kugeln retten konnte oder seine Freunde, dann war die Entscheidung nicht schwer.

Beim vierten Versuch ging es besser. Eine mit Rubinen besetzte Sphäre öffnete sich oben und Hubschrauberrotoren falteten sich auseinander. Leo war froh, dass Buford der Tisch nicht da war, der hätte sich sofort verliebt. Die Rubinsphäre hob ab und segelte geradewegs auf die Fächer in der Wand zu. Dünne goldene Arme erschienen aus ihrer Mitte und schnappten sich die kostbaren Schriftrollenbehälter.

»Das reicht!«, schrie Wolfskopf. *»Ich werde diese Dinger zerstören und …«*

Er drehte sich gerade noch rechtzeitig um, um zu sehen, wie die Rubinsphäre mit den Schriftrollen davonflog. Sie jagte durch den Raum und schwebte dann in der entgegengesetzten Ecke.

»Was?«, schrie Wolfskopf. *»Tötet die Gefangenen!«*

Offenbar hatte er den Elektroschockball gemeint. Leider konnte

Elektroschockball diesem Wunsch aber nicht nachkommen. Leos Goldsphäre saß auf Elektroschockballs aufgesägtem Kopf und zog die Hebel und Drähte heraus, als ob er einen Kürbis aushöhlte.

Zum Glück regten sich jetzt Frank und Hazel wieder.

»Bah!«, Wolfskopf gab Löwenkopf vor der anderen Tür ein Zeichen. *»Komm! Dann vernichten wir die Halbgötter eben selbst.«*

»Das glaub ich nicht, Jungs.« Leo drehte sich zu Löwenkopf um. Seine Hände betätigten die Kontrollsphäre und er spürte, wie eine Schockwelle durch den Boden lief.

Löwenkopf zitterte und senkte sein Schwert.

Leo grinste. »Jetzt bist du in der Leo-Welt.«

Löwenkopf drehte sich um und rannte die Treppe hinunter. Statt sich auf Hazel und Frank zu stürzen, marschierte er die andere Treppe hoch und baute sich vor seinem Kumpanen auf.

»Was machst du denn da?«, fragte Wolfskopf. *»Wir müssen …«*

BLONG!

Löwenkopf knallte seinen Schild gegen Wolfskopfs Brust. Er schlug seinen Schwertgriff gegen den Helm seines Kumpels und Wolfskopf wurde zu einem platten, verformten, nicht gerade glücklichen Wolfskopf.

»Aufhören!«, verlangte Wolfskopf.

»Geht nicht!«, heulte Löwenkopf.

Leo hatte den Bogen jetzt raus. Er befahl beiden Rüstungen, ihre Schwerter und Schilde fallen zu lassen und sich gegenseitig eine Ohrfeige nach der anderen zu verpassen.

»Valdez«, rief Wolfskopf mit schwankender Stimme. *»Dafür wirst du sterben!«*

»Klar«, rief Leo zurück. »Und wer ist jetzt von wem besessen, du Kasper?«

Die Maschinenmänner taumelten die Treppe hinunter und Leo zwang sie, wie Damen aus den Zwanzigerjahren Jitterbug zu tanzen. Ihre Gelenke fingen an zu rauchen. Die anderen Sphären im Raum platzten eine nach der anderen. Durch das uralte System jagte zu viel Energie. Die Kontrollsphäre in Leos Hand wurde unangenehm heiß.

»Frank, Hazel«, brüllte er. »In Deckung!«

Seine Freunde waren noch immer benommen und starrten die tanzenden Metalltypen verdutzt an, hatten die Warnung aber gehört. Frank zog Hazel unter den nächstbesten Tisch und legte sich schützend über sie.

Leo drehte noch einmal an der Sphäre und jagte damit einen gewaltigen Energiestoß durch das System. Die Rüstungen platzten auseinander und überall flogen Bronzestücke umher. Auf allen Tischen explodierten Sphären wie überhitzte Limodosen. Leos Goldsphäre erstarrte. Seine fliegende Rubinsphäre stürzte mit den Schriftrollen zu Boden.

Plötzlich war es ganz still, nur hier und da waren noch zischende Funken zu hören. Die Luft roch nach brennenden Automotoren. Leo rannte die Treppe hinunter und fand Hazel und Frank unversehrt unter dem Tisch vor. Er hatte die beiden noch nie so gern in einer Umarmung gesehen.

»Ihr lebt noch!«, sagte er.

Hazels linkes Auge zuckte, vielleicht kam das noch von dem Elektroschock. Ansonsten schien sie unversehrt zu sein. »Äh, was genau ist hier eigentlich passiert?«

»Archimedes hat gesiegt«, sagte Leo. »In diesen alten Geräten war gerade noch genug Saft für eine letzte Show. Als ich erst den Zugangscode hatte, war alles ganz einfach.«

Er streichelte die Kontrollkugel, die Unheil verkündend rauchte. Leo wusste nicht, ob sie repariert werden könnte, aber für den Moment war er zu erleichtert, um das wichtig zu nehmen.

»Die Eidola«, sagte Frank. »Sind sie weg?«

Leo grinste. »Mein letzter Befehl hat ihre Tötungsschaltung überlastet – und damit in allen Stromkreisen einen Kurzschluss verursacht und eine Kernschmelze ausgelöst.«

»Und das bedeutet?«, fragte Frank.

»Ich habe die Eidola in den Drähten gefangen«, sagte Leo. »Dann habe ich sie eingeschmolzen. Sie werden niemanden mehr belästigen.«

Leo half seinen Freunden beim Aufstehen.

»Du hast uns gerettet«, sagte Frank.

»Wieso klingst du so überrascht?« Leo schaute sich in der verwüsteten Werkstatt um. »Schade, dass dieser ganze Kram zerstört worden ist, aber immerhin haben die Schriftrollen überlebt. Wenn ich die nach Camp Half-Blood schaffe, dann kann ich vielleicht lernen, wie ich die Erfindungen des Archimedes nachbilden kann.«

Hazel rieb sich die Schläfe. »Ich verstehe das nicht. Wo ist Nico? Dieser Tunnel sollte uns doch zu Nico führen.«

Leo hatte fast vergessen, warum sie überhaupt hergekommen waren. Nico war eindeutig nicht hier. Dieser Tunnel war eine Sackgasse gewesen. Aber warum …?

»Ach.« Er hatte das Gefühl, als ob eine Sägekugel auf seinem Schädel säße und ihm alle Hebel und Drähte herausriss. »Hazel, wie genau hast du Nico aufgespürt? Ich meine, konntest du ihn einfach in der Nähe erahnen, weil er dein Bruder ist?«

Sie runzelte die Stirn und sah noch immer ein wenig mitgenommen von der Elektroschocktherapie aus. »Nicht … nicht so ganz.

Manchmal weiß ich, wenn er in der Nähe ist, aber wie gesagt, Rom ist so verwirrend, es gibt so viele Störungen durch all die Tunnel und Höhlen …«

»Du hast ihn mit deinem Metalldetektorsinn gefunden«, vermutete Leo. »Beziehungsweise sein Schwert.«

Sie blinzelte. »Woher weißt du das?«

»Kommt mal mit.« Er führte Hazel und Frank in die Kontrollkammer und zeigte auf das schwarze Schwert.

»Oh. Oh, nein!« Hazel wäre zusammengebrochen, wenn Frank sie nicht aufgefangen hätte. »Aber das ist doch unmöglich! Nicos Schwert war bei ihm im Bronzekrug. Das hat Percy in seinem Traum doch gesehen!«

»Entweder hat sich der Traum geirrt«, sagte Leo, »oder die Riesen haben das Schwert hier als Köder ausgelegt.«

»Das war also eine Falle«, sagte Frank. »Und wir sind hierher gelockt worden.«

»Aber warum?«, rief Hazel. »Wo ist mein Bruder?«

Ein Zischen füllte die Kontrollkammer. Zuerst dachte Leo, die Eidola wären wieder da. Dann sah er, dass der Bronzespiegel auf dem Tisch rauchte.

Ach, ihr armen Halbgötter. Gaias schlafendes Gesicht tauchte im Spiegel auf. Wie immer sprach sie, ohne die Lippen zu bewegen, und das wäre nur dann noch unheimlicher gewesen, wenn sie auch noch eine Bauchrednerpuppe gehabt hätte. Leo hasste das alles.

Ihr hattet die Wahl, sagte Gaia. Ihre Stimme hallte in der ganzen Kammer wider. Sie schien nicht nur aus dem Spiegel zu kommen, sondern auch aus dem Mauerwerk.

Leo ging auf, dass sie von Gaia umgeben waren. Natürlich. Sie waren ja in der Erde. Sie hatten sich all die Mühe gemacht, die

Argo II zu bauen, damit sie über das Meer und durch die Luft reisen konnten, und dann waren sie doch in der Erde geendet.

Ich hatte euch allen Rettung angeboten, sagte Gaia. *Ihr hättet umkehren können. Jetzt ist es zu spät. Ihr seid in die Alte Welt gekommen, wo ich am stärksten bin – und wo ich erwachen werde.*

Leo zog einen Hammer aus seinem Werkzeuggürtel und schlug auf den Spiegel ein. Da der aus Metall war, zitterte er nur wie ein Tablett, aber es tat einfach gut, Gaia eine reinzusemmeln.

»Falls dir das noch nicht aufgefallen ist, Lehmgesicht«, sagte er, »dein kleiner Hinterhalt ist fehlgeschlagen. Deine drei Eidola sind eingeschmolzen worden und uns geht's gut.«

Gaia lachte leise. *Ach, mein süßer Leo. Ihr drei seid von euren Freunden getrennt worden. Darum ging es doch nur.*

Die Tür der Werkstatt fiel zu.

Ihr seid in meiner Umarmung gefangen, sagte Gaia. *Inzwischen steht Annabeth Chase allein ihrem Tod gegenüber, verängstigt und verkrüppelt, in den Händen der größten Feindin ihrer Mutter.*

Das Bild im Spiegel änderte sich. Leo sah Annabeth, die in einer dunklen Höhle auf dem Boden lag und ihr Bronzemesser hob, wie um ein Monster abzuwehren. Ihr Gesicht sah gequält aus. Ihr Bein war in eine Art Verband gewickelt und geschient. Leo konnte nicht sehen, was sie anblickte, aber es war offenbar entsetzlich. Er wollte glauben, dass dieses Bild eine Lüge war, aber er hatte das schlimme Gefühl, dass genau das in diesem Moment passierte.

Die anderen, sagte Gaia, *Jason Grace, Piper McLean und mein lieber Freund Percy Jackson – die werden innerhalb von Minuten tot sein.*

Wieder wechselte das Bild. Percy hielt Springflut in der Hand und führte Jason und Piper eine Wendeltreppe hinab in die Dunkelheit.

Ihre Kräfte werden sie verraten, sagte Gaia. *Sie werden in ihrem eigenen Element umkommen. Ich hatte fast gehofft, dass sie überleben würden. Sie wären das viel bessere Opfer gewesen. Aber leider, Hazel und Frank, werdet ihr genügen müssen. Meine Anhänger werden euch bald holen und an den uralten Ort bringen. Euer Blut wird mich dann endlich wecken. Bis dahin gestatte ich euch, zuzusehen, wie eure Freunde umkommen. Bitte … genießt diesen letzten Blick auf euren gescheiterten Einsatz.*

Leo konnte es nicht ertragen. Seine Hand glühte wie weiße Kohle. Hazel und Frank wichen zurück, als er die Handfläche gegen den Spiegel presste und ihn zu einer Pfütze aus Bronzeschlamm schmolz.

Gaias Stimme verstummte. Leo konnte nur noch das Blut in seinen Ohren tosen hören. Er holte zitternd Atem.

»Tut mir leid«, sagte er zu seinen Freunden. »Sie ging mir echt auf die Nerven.«

»Was machen wir jetzt?«, fragte Frank. »Wir müssen hier raus und den anderen helfen.«

Leo sah sich in der mit den rauchenden Überresten der zerbrochenen Kugeln übersäten Werkstatt um. Seine Freunde brauchten ihn noch. Das hier war noch immer sein Auftritt. Solange er seinen Werkzeuggürtel hatte, würde Leo Valdez der Halbgötter-Todesshow nicht tatenlos zusehen.

»Ich habe eine Idee«, sagte er. »Aber wir müssen alle drei mitmachen.«

Und dann erklärte er ihnen seinen Plan.

XLI

Piper

Piper versuchte, das Beste aus ihrer Lage zu machen.

Als sie und Jason es satt gehabt hatten, an Deck hin und her zu wandern und zuzuhören, wie Trainer Hedge *Old MacDonald* sang (mit Waffen statt mit Tieren), hatten sie beschlossen, im Park ein Picknick zu machen.

Hedge gab knurrend seine Zustimmung. »Bleibt aber in Sichtweite!«

»Halten Sie uns für Ihre Zicklein oder was?«, fragte Jason.

Hedge schnaubte. »Zicklein sind kleine Ziegen. Sie sind niedlich und eine Menge wert. Ihr seid alles andere als Zicklein.«

Sie breiteten ihre Decke unter einer Weide am Weiher aus. Piper drehte ihr Füllhorn um und ließ eine komplette Mahlzeit herausfallen – sorgfältig eingewickelte belegte Brote, Limodosen, frisches Obst und (aus irgendeinem Grund) einen Geburtstagskuchen mit rotem Zuckerguss und bereits brennenden Kerzen.

Sie runzelte die Stirn. »Hat hier irgendwer Geburtstag?«

Jason wand sich. »Ich wollte eigentlich nichts sagen.«

»Jason!«

»Es ist viel zu viel los«, sagte er. »Und ehrlich gesagt … bis letzten Monat wusste ich nicht einmal, wann ich Geburtstag habe. Thalia hat es mir gesagt, als sie im Camp war.«

Piper überlegte, wie das wohl wäre – nicht einmal zu wissen, an welchem Tag man geboren ist. Jason war mit zwei Jahren Lupa der Wölfin gegeben worden. Er hatte seine sterbliche Mom eigentlich gar nicht richtig gekannt. Und seine Schwester hatte er erst im vergangenen Winter wiedergefunden.

»Erster Juli«, sagte Piper. »Die Kalenden des Juli.«

»Ja«, Jason grinste. »Die Römer würden das für ein Omen halten – der erste Tag des nach Julius Cäsar benannten Monats. Der der Juno geweihte Tag. Jippie.«

Piper wollte ihn nicht drängen oder auf einer Feier bestehen, wenn er keine Lust zum Feiern hatte.

»Sechzehn?«, fragte sie.

Er nickte. »Oh Mann. Jetzt kann ich den Führerschein machen.«

Piper lachte. Jason hatte so viele Monster getötet und die Welt so oft gerettet, dass die Vorstellung, wie er in einer Fahrprüfung schwitzte, einfach nur albern wirkte. Sie stellte ihn sich hinter dem Lenkrad eines alten Lincoln mit einem großen Fahrschulschild auf dem Dach und einem übellaunigen Fahrlehrer mit Notbremse auf dem Beifahrersitz vor.

»Na los«, sagte sie. »Blas die Kerzen aus.«

Das tat Jason. Piper hätte gern gewusst, ob er sich etwas gewünscht hatte – hoffentlich, dass er und Piper für immer zusammen sein würden. Sie beschloss, ihn nicht zu fragen. Sie wollte diesen Wunsch nicht gefährden und schon gar nicht erfahren, dass er sich etwas anderes gewünscht hatte.

Seit sie am Vorabend die Säulen des Herkules verlassen hatten, hatte Jason abwesend gewirkt. Piper konnte ihm da keine Vorwürfe machen. Herkules war als großer Bruder eine ziemliche Enttäuschung gewesen, und der alte Flussgott Acheloos hatte einige wenig schmeichelhafte Dinge über die Söhne des Jupiter von sich gegeben.

Piper starrte das Füllhorn an. Sie hätte gern gewusst, ob Acheloos sich schon daran gewöhnt hatte, gar kein Horn mehr zu haben. Das hoffte sie. Er hatte zwar versucht, sie zu töten, aber der alte Gott tat Piper trotzdem leid. Sie begriff nicht, wie so ein einsamer, trauriger Geist ein Füllhorn hervorbringen konnte, aus dem Ananas und Geburtstagskuchen herausfielen. War es möglich, dass das Füllhorn alles Gute aus ihm herausgezogen hatte? Vielleicht konnte Acheloos jetzt, da das Horn nicht mehr da war, sich mit etwas Glück füllen und es für sich behalten.

Sie dachte außerdem an die Bemerkung des Acheloos: *Wenn du nach Rom gelangt wärst, hätte die Geschichte der Flut dir bessere Dienste geleistet.* Sie wusste, welche Geschichte er meinte. Sie wusste nur nicht, wieso sie eine Hilfe sein könnte.

Jason zog eine erloschene Kerze aus seinem Kuchen. »Ich habe über etwas nachgedacht.«

Das riss Piper zurück in die Gegenwart. Wenn dein Freund sagt, *ich habe über etwas nachgedacht*, dann ist das immer besorgniserregend.

»Worüber?«, fragte sie.

»Camp Jupiter«, sagte er. »All die Jahre, in denen ich dort trainiert habe. Wir haben immer den Schwerpunkt auf Teamarbeit gelegt, haben als Einheit operiert. Ich dachte, ich hätte begriffen, was das bedeutet. Aber mal im Ernst, ich war immer der Anführer. Sogar, als ich noch jünger war …«

»Der Sohn des Jupiter«, sagte Piper. »Der mächtigste Junge in der Legion. Du warst der Star.«

Jason sah verlegen aus, stritt es aber nicht ab. »Und in dieser Gruppe von sieben Leuten hier … ich weiß nicht so ganz, was ich tun soll. Ich bin nicht daran gewöhnt, einer unter so vielen, na ja, Ebenbürtigen zu sein. Ich habe das Gefühl, zu versagen.«

Piper nahm seine Hand. »Du versagst doch nicht.«

»Das Gefühl hatte ich aber, als Chrysaor uns überfallen hat«, sagte Jason. »Bei diesem Einsatz war ich bisher die meiste Zeit ohnmächtig oder hilflos.«

»Hör doch auf«, tadelte sie. »Ein Held zu sein bedeutet nicht, dass du unbesiegbar bist. Es bedeutet nur, dass du tapfer genug bist zu tun, was nötig ist.«

»Und wenn ich nicht weiß, was nötig ist?«

»Dafür hast du ja deine Freunde. Wir haben alle unterschiedliche Stärken. Zusammen finden wir das heraus.«

Jason musterte sie. Piper war nicht sicher, dass er ihr glaubte, aber sie freute sich darüber, dass er ihr sich anvertraute. Es gefiel ihr, dass er ein wenig an sich zweifelte. Er hatte nicht immer Erfolg. Er glaubte nicht, dass das Universum ihm eine Entschuldigung zu liefern hatte, wenn etwas schiefging – wie ein anderer Sohn des Himmelsgottes, der ihr kürzlich über den Weg gelaufen war.

»Herkules war ein Idiot«, sagte er, als ob er ihre Gedanken gelesen hätte. »So will ich niemals sein. Aber ich hätte nicht den Mut gehabt, mich ihm entgegenzustellen, wenn du nicht die Führung übernommen hättest. In dem Moment warst du die Heldin.«

»Wir können uns ja abwechseln«, schlug sie vor.

»Ich bin nicht gut genug für dich.«

»Das darfst du nicht sagen.«

»Warum nicht?«

»Das ist eine Floskel bei einer Trennung. Wenn du also nicht Schluss machen willst …«

Jason beugte sich vor und küsste sie. Die Farben des römischen Nachmittags kamen ihr plötzlich schärfer vor, als ob die Welt auf eine höhere Auflösung umgeschaltet worden wäre.

»Ich will nicht Schluss machen«, versprach er. »Ich bin zwar einige Male auf den Kopf gefallen, aber so dumm bin ich nun doch nicht.«

»Gut«, sagte sie. »Und was diesen Kuchen betrifft …«

Ihre Stimme versagte. Percy Jackson kam auf sie zugerannt und Piper konnte ihm ansehen, dass er schlechte Nachrichten brachte.

Sie versammelten sich an Deck, damit auch Trainer Hedge zuhören konnte. Als Percy fertig war, konnte Piper es noch immer nicht glauben.

»Annabeth wurde also auf einer Vespa gekidnappt«, fasste sie die Sache zusammen. »Von Gregory Peck und Audrey Hepburn.«

»Nicht direkt gekidnappt«, sagte Percy. »Aber ich habe ein schlechtes Gefühl …« Er holte tief Atem, als ob er sich mühsam am Durchdrehen hinderte. »Jedenfalls ist sie verschwunden. Vielleicht hätte ich das nicht zulassen dürfen, aber …«

»Das musstest du aber«, sagte Piper. »Du hast gewusst, dass sie allein gehen musste. Außerdem ist Annabeth zäh und klug. Sie schafft das schon.«

Piper legte ein wenig Charmesprech in ihre Stimme, was vielleicht nicht ganz anständig war, aber Percy musste sich jetzt auf andere Dinge konzentrieren. Wenn sie in den Kampf zogen, würde Annabeth nicht wollen, dass ihm etwas passierte, weil er an sie gedacht hatte und dadurch abgelenkt gewesen war.

Seine Schultern lockerten sich ein wenig. »Vielleicht hast du Recht. Jedenfalls hat Gregory – ich meine, Tiberinus – gesagt, dass wir weniger Zeit hätten, um Nico zu retten, als wir geglaubt haben. Hazel und die Jungs sind noch nicht zurück?«

Piper schaute auf die Uhr am Steuerruder. Ihr war gar nicht klar gewesen, wie spät es schon war. »Es ist zwei Uhr nachmittags. Und wir hatten uns für drei verabredet.«

»Spätestens«, sagte Jason.

Percy zeigte auf Pipers Dolch. »Tiberinus hat gesagt, du könntest Nico ausfindig machen … Du weißt schon, damit.«

Piper biss sich in die Lippe. Das Letzte, was sie wollte, war, *Katoptris* nach weiteren grauenhaften Bildern abzusuchen.

»Ich habe es versucht«, sagte sie. »Aber die Klinge zeigt mir nicht immer, was ich sehen will. Eigentlich tut sie das so gut wie nie.«

»Bitte«, sagte Percy. »Mach noch einen Versuch.«

Er bat sie mit diesen meergrünen Augen, wie ein niedliches Seehundsbaby, das Hilfe brauchte. Piper hätte gern gewusst, wie Annabeth jemals eine Meinungsverschiedenheit mit diesem Jungen gewinnen konnte.

»Na gut«, seufzte sie und zog ihren Dolch.

»Wenn du schon dabei bist«, sagte Trainer Hedge, »dann sieh doch mal nach, ob du die letzten Baseballergebnisse kriegen kannst. Die Berichterstattung hier in Italien taugt gar nichts.«

»Pst.« Piper musterte die Bronzeklinge. Das Licht schimmerte. Sie sah eine Dachwohnung voller römischer Halbgötter. Ein Dutzend stand um einen Esstisch, während Octavian redete und auf eine große Landkarte zeigte. Reyna lief vor den Fenstern hin und her und schaute auf den Central Park hinab.

»Das ist nicht gut«, murmelte Jason. »Sie haben schon einen Vorposten in Manhattan errichtet.«

»Und das ist eine Karte von Long Island«, sagte Percy.

»Sie spähen die Umgebung aus«, vermutete Jason. »Diskutieren Angriffswege.«

Piper wollte das nicht sehen. Sie konzentrierte sich stärker. Licht lief in Wellen über die Klinge. Sie sah Ruinen – einige zerbröckelnde Mauern, eine einzelne Säule, einen mit Moos und toten Weinranken bedeckten Steinboden –, und das alles auf einem mit Gras bewachsenen Hang, auf dem Pinien standen.

»Da war ich vorhin«, sagte Percy. »Das ist auf dem alten Forum.«

Das Bild wurde detailreicher. Auf der einen Seite des Steinbodens war eine Treppe ausgegraben worden, die zu einem modernen Eisentor mit einem Hängeschloss führte. Das Bild in der Klinge sauste durch das Tor, eine Wendeltreppe hinunter und in eine dunkle zylindrische Kammer, die aussah wie das Innere eines Getreidesilos.

Piper ließ das Messer fallen.

»Was ist los?«, fragte Jason. »Es hat uns doch etwas gezeigt.«

Piper hatte das Gefühl, wieder mit dem Schiff über den Ozean zu fahren, denn der Boden unter ihr schien zu schwanken. »Da können wir nicht hin.«

Percy runzelte die Stirn. »Piper, Nico muss sonst sterben. Wir müssen ihn finden. Ganz zu schweigen davon, dass Rom kurz vor der Vernichtung steht.«

Ihre Stimme wollte ihr nicht gehorchen. Sie hatte die Vision aus diesem runden Raum so lange für sich behalten, dass sie jetzt unmöglich darüber reden konnte. Sie hatte das grauenhafte Gefühl, dass es nichts ändern würde, Jason und Percy alles zu erklären. Sie konnte das, was passieren würde, nicht aufhalten.

Sie hob das Messer wieder auf. Der Griff kam ihr kälter vor als sonst.

Sie zwang sich, die Klinge anzusehen. Sie sah zwei Riesen in Gladiatorenkostümen in überdimensionalen Prätorensesseln sitzen. Die Riesen prosteten einander mit goldenen Kelchen zu, als ob sie gerade einen wichtigen Kampf gewonnen hätten. Zwischen ihnen stand ein großer Bronzekrug. Das Bild konzentrierte sich auf den Krug. Drinnen hatte Nico di Angelo sich zu einem Ball aufgerollt, er bewegte sich nicht mehr und alle Granatapfelkerne waren verzehrt.

»Wir kommen zu spät«, sagte Jason.

»Nein«, sagte Percy. »Nein, das kann ich nicht glauben. Vielleicht hat er sich in eine tiefe Trance versetzt, um Zeit zu gewinnen. Wir müssen uns beeilen.«

Die Oberfläche der Klinge wurde dunkel. Piper steckte sie wieder in die Scheide und versuchte, ihre Hände am Zittern zu hindern. Sie hoffte, dass Percy Recht hatte und Nico noch lebte. Andererseits konnte sie sich nicht vorstellen, was dieses Bild mit der Vision der überfluteten Kammer zu tun haben sollte. Vielleicht stießen die Riesen darauf an, dass sie und Percy und Jason tot waren.

»Wir müssen auf die anderen warten«, sagte sie. »Hazel, Frank und Leo müssen bald wieder hier sein.«

»Wir können nicht warten«, sagte Percy.

Trainer Hedge grunzte. »Das sind doch bloß zwei Riesen. Wenn ihr wollt, übernehme ich die.«

»Äh, Trainer«, sagte Jason. »Das ist ein großzügiges Angebot, aber wir brauchen Sie, um das Schiff zu bemannen – oder zu beziegen. Egal, was.«

Hedge runzelte die Stirn. »Und ich soll euch dreien den ganzen Spaß überlassen?«

Percy packte den Satyrn am Arm. »Hazel und die anderen brauchen Sie hier. Wenn sie zurückkommen, sind sie auf Ihre Führung angewiesen. Sie sind ihr Fels in der Brandung.«

»Genau.« Jason schaffte es, ein ernstes Gesicht zu machen. »Leo sagt immer, dass Sie sein Fels in der Brandung sind. Sie können den anderen sagen, wo wir hinwollten, und uns mit dem Schiff auf dem Forum treffen.«

»Hier.« Piper band *Katoptris* von ihrem Gürtel los und drückte es Trainer Hedge in die Hand.

Der Satyr machte große Augen. Eine Halbgöttin durfte sich niemals von ihrer Waffe trennen, aber Piper hatte die üblen Visionen satt. Sie wollte dem Tod lieber ohne weitere Vorschauen entgegentreten.

»Sie können uns durch die Klinge im Auge behalten«, schlug sie vor. »Und Sie können sich die Baseballergebnisse ansehen.«

Damit war die Sache geritzt. Hedge nickte düster, bereit, seinen Teil zum Einsatz beizutragen.

»Na gut«, sagte er. »Aber wenn hier irgendwelche Riesen vorbeikommen …«

»Dann können Sie sie gern in die Luft gehen lassen«, sagte Jason.

»Was ist mit nervenden Touristen?«

»Nein«, sagten alle drei wie aus einem Munde.

»Bah. Na gut. Aber bleibt nicht zu lange weg, sonst komme ich mit Feuergeschossen hinter euch her.«

XLII

Piper

Die Stelle zu finden war einfach. Percy führte sie auf direktem Weg hin, über einen verlassenen Hang mit Blick auf die Ruinen des Forums.

Hineinzugelangen war ebenfalls einfach. Jason zerschlug mit seinem goldenen Schwert das Hängeschloss und das Metalltor öffnete sich quietschend. Keine Alarmglocken schrillten los. Eine steinerne Wendeltreppe führte hinab in die Finsternis.

»Ich gehe vor«, sagte Jason.

»Nein«, wimmerte Piper.

Beide Jungen drehten sich zu ihr um.

»Pipes, was ist los?«, fragte Jason. »Dieses Bild in der Klinge – du hattest das vorher schon mal gesehen, oder?«

Sie nickte und ihre Augen brannten. »Ich wusste nicht, wie ich es euch sagen sollte. Ich habe gesehen, wie sich die Kammer da unten mit Wasser füllt. Ich habe gesehen, wie wir drei ertrunken sind.«

Jason und Percy runzelten die Stirn.

»Ich kann nicht ertrinken«, sagte Percy, aber es klang eher wie eine Frage.

»Vielleicht hat sich die Zukunft geändert«, überlegte Jason. »Auf dem Bild, das du uns eben gezeigt hast, gab es doch gar kein Wasser.«

»Hört mal«, sagte Percy. »Ich sehe einfach nach. Bin gleich wieder da.«

Ehe Piper widersprechen konnte, war er auf der Treppe verschwunden.

Sie zählte stumm, während sie auf seine Rückkehr warteten. Ungefähr bei fünfunddreißig hörte sie seine Schritte und er tauchte auf der Treppe auf; er sah eher verwirrt aus als erleichtert.

»Die gute Nachricht: kein Wasser«, sagte er. »Die schlechte: Ich kann da unten keinen Ausgang finden. Und, äh, die seltsame Nachricht: Na ja, seht es euch selbst an.«

Sie gingen vorsichtig nach unten. Percy führte sie an, Springflut in der Hand, Piper folgte und Jason ging hinter ihr und schützte sie von hinten. Die Treppe war ein enger Korkenzieher aus Mauerwerk und nicht breiter als anderthalb Meter. Und obwohl Percy Entwarnung gegeben hatte, hielt Piper Ausschau nach Fallen. Sie hatte keine Waffe, nur das Füllhorn, das an einem Lederriemen über ihrer Schulter hing. Wenn es zum Schlimmsten kam, würden die Schwerter der beiden Jungen auf diesem engen Raum nicht viel nützen. Vielleicht könnte Piper dann die Feinde mit Hochgeschwindigkeitsschinken beschießen.

Während sie sich immer tiefer schlängelten, bemerkte Piper an den Mauern alte Graffiti: römische Zahlen, Namen und italienische Sätze. Das bedeutete, dass nach Ende des Römischen Reiches noch andere hier unten gewesen waren, aber für Piper war das keine Beruhigung. Wenn da unten Monster waren, würden sie die Sterblichen ignorieren und auf ein paar nette saftige Halbgötter warten.

Endlich waren sie unten angekommen.

Percy drehte sich um. »Passt bei der letzten Stufe auf.«

Er sprang auf den Boden der zylindrischen Kammer, der anderthalb Meter unterhalb der Treppe lag. Warum hatte irgendwer so eine Treppe angelegt? Piper hatte keine Ahnung. Vielleicht waren Kammer und Treppe zu unterschiedlichen Zeitpunkten gebaut worden.

Sie hätte am liebsten kehrtgemacht und die Kammer wieder verlassen, aber das ging nicht, da Jason hinter ihr kam, und sie konnte Percy dort unten auch nicht allein lassen. Sie kletterte hinab und Jason folgte ihr.

Der Raum sah genauso aus, wie Piper es in *Katoptris'* Klinge gesehen hatte. Die gerundeten Wände waren irgendwann mit Fresken bemalt gewesen, die jetzt aber zu eierschalenfarbenen Flächen mit einigen Farbresten verblasst waren. Die gewölbte Decke war an die acht Meter hoch.

Hinten im Raum, der Treppe gegenüber, waren neun Alkoven in die Wand eingelassen. Jede Nische befand sich etwa anderthalb Meter über dem Boden und war groß genug für eine menschengroße Statue, aber alle waren leer.

Die Luft war kühl und trocken. Wie Percy gesagt hatte, gab es keinen weiteren Ausgang.

»Na gut«, Percy hob die Augenbrauen. »Und jetzt kommt das Seltsame. Passt auf.«

Er trat in die Mitte der Kammer.

Sofort lief grünes und blaues Licht in Wellen über die Wände. Piper hörte einen Brunnen, aber sie sah kein Wasser. Außer den Schwertern der Jungen schien es keine Lichtquelle zu geben.

»Riecht ihr den Ozean?«, fragte Percy.

Piper war das zuerst nicht aufgefallen, sie stand neben Percy und er roch immer nach Meer. Aber er hatte Recht. Der Geruch von Salzwasser und Sturm wurde stärker, wie bei einem Hurrikan im Sommer.

»Ist das eine Illusion?«, fragte sie. Ganz plötzlich fühlte sie sich seltsam durstig.

»Ich weiß nicht«, sagte Percy. »Ich habe das Gefühl, dass es hier

Wasser geben müsste, jede Menge Wasser. Aber es gibt keins. Ich war noch nie an so einem Ort.«

Jason ging auf die Nischen zu. Er berührte die untere Kante der nächstgelegenen, die für ihn auf Augenhöhe lag. »Dieser Stein … der ist mit Muscheln besetzt. Das ist ein Nymphäum.«

Pipers Mund war jetzt wirklich wie ausgedörrt. »Ein was?«

»Wir haben eins in Camp Jupiter«, sagte Jason. »Auf dem Tempelberg. Das ist ein Heiligtum für die Nymphen.«

Piper fuhr mit der Hand über den Boden einer weiteren Nische. Jason hatte Recht. Der Alkoven war mit Muscheln jeder Art besetzt, die im wässrigen Licht zu tanzen schienen. Sie fühlten sich eiskalt an.

Piper hatte Nymphen immer für freundliche Geister gehalten – albern und auf Flirts versessen, aber meistens harmlos. Sie verstanden sich gut mit den Kindern der Aphrodite, teilten mit Begeisterung Klatsch und Schönheitstipps. Aber dieser Ort hier kam Piper ganz anders vor als der Kanusee von Camp Half-Blood oder die Bäche im Wald, an denen Piper sonst Nymphen begegnete. Dieser Ort hier kam ihr unnatürlich, feindselig und vollkommen trocken vor.

Jason trat zurück und sah sich die Nischenreihe an. »Solche Heiligtümer hat es im alten Rom überall gegeben. Reiche Leute hatten sie vor ihren Villen, um Nymphen zu ehren und dafür zu sorgen, dass das Wasser in der Nähe immer frisch war. Einige Heiligtümer wurden auch an Quellen errichtet, die meisten aber an gegrabenen Brunnen.«

»Also … haben hier keine echten Nymphen gelebt?«, fragte Piper hoffnungsvoll.

»Weiß nicht«, sagte Jason. »Die Stelle, an der wir stehen, war vermutlich ein Wasserbecken mit einem Brunnen. Oftmals gehörte ein Nymphäum einem Halbgott, der dann die Nymphen einlud, sich dort niederzulassen. Wenn die Geister dann kamen, galt das als gutes Omen.«

»Für den Besitzer«, vermutete Percy. »Aber es band die Nymphen auch an den neuen Brunnen, und das war sehr schön, wenn der Brunnen in einem netten sonnigen Park lag, wo durch die Aquädukte frisches Wasser gepumpt wurde …«

»Aber diese Stelle hier liegt doch seit Jahrhunderten unter der Erde«, nahm Piper an. »Trocken und vergraben. Was mag aus den Nymphen geworden sein?«

Das Rauschen des Wassers verwandelte sich in Zischen, wie ein Chor aus gespenstischen Schlangen. Die Lichtwellen verwandelten sich von Meerblau und Grün in Violett und ein kränkliches Gelb. Über ihnen leuchteten die neun Nischen. Sie waren nicht mehr leer.

In jeder stand eine verwitterte alte Frau, so vertrocknet und brüchig, dass sie Piper an Mumien erinnerten – nur bewegten Mumien sich normalerweise nicht. Ihre Augen waren dunkellila, als ob das klare blaue Wasser ihrer Lebensquelle sich in ihnen verdichtet und verdickt hätte. Ihre schönen Seidenkleider waren verschossen und zerlumpt. Ihre Haare waren einst zu Lockenfrisuren aufgetürmt und im Stil der vornehmen Römerinnen mit Edelsteinen geschmückt gewesen, aber jetzt waren sie zerrupft und strohtrocken. Wenn es wirklich Wasserkannibalen gab, dachte Piper, dann müssten sie so aussehen.

»Was mag aus den Nymphen geworden sein?«, fragte das Wesen in der mittleren Nische.

Sie war in einer noch schlimmeren Verfassung als die anderen. Ihr Rücken war krumm wie der Henkel eines Kruges. Ihre Knochenhände hatten nur eine papierdünne Hautschicht. In ihrer ramponierten Frisur funkelte ein verbogener goldener Lorbeerkranz.

Sie richtete ihre violetten Augen auf Piper. »Was für eine interessante Frage, meine Liebe. Vielleicht sind die Nymphen ja noch hier, und sie leiden und warten auf Rache.«

Bei der nächsten Gelegenheit, das schwor sich Piper, würde sie *Katoptris* einschmelzen und als Schrottmetall verkaufen. Das blöde Messer hatte ihr gar nicht die ganze Geschichte gezeigt. Sicher, sie hatte gesehen, wie sie ertrunken war. Aber wenn sie gewusst hätte, dass hier neun vertrocknete Nymphenzombies auf sie warteten, dann wäre sie niemals hergekommen.

Sie spielte mit dem Gedanken, zur Treppe zu rennen, aber als sie sich umdrehte, war der Ausgang verschwunden. Natürlich. Jetzt war dort nur noch eine leere Mauer. Piper nahm an, dass das nicht nur eine Illusion war. Außerdem würde sie niemals so weit kommen, ehe die Nymphenzombies sich auf sie stürzten.

Jason und Percy hatten sie zwischen sich genommen und die Schwerter erhoben. Piper war froh darüber, dass die beiden so dicht bei ihr standen, aber sie vermutete, dass ihnen die Waffen nicht viel nutzen würden. Sie hatte gesehen, was in diesem Raum passieren würde. Auf irgendeine Weise würden diese Kreaturen sie besiegen.

»Wer bist du?«, fragte Percy.

Die mittlere Nymphe drehte sich um. »Ach … Namen. Wir hatten einst Namen. Ich war Hagno, die erste der neun.«

»Die neun«, wiederholte Jason. »Die Nymphen dieses Heiligtums. Es hat immer neun Nischen gegeben.«

»Natürlich«, sagte Hagno und bleckte die Zähne zu einem grauenhaften Lächeln. »Aber wir sind die *ursprünglichen* neun, Jason Grace, die, die bei der Geburt deines Vaters zugegen waren.«

Jason ließ das Schwert sinken. »Du meinst Jupiter? Und ihr wart dabei, als er *geboren* wurde?«

»Zeus haben wir ihn damals genannt«, sagte Hagno. »Was für ein kreischender Welpe. Wir haben Rhea bei den Wehen beigestanden. Als das Baby kam, haben wir es versteckt, damit sein Vater, Kronos, es nicht verschlang. Ach, was hatte dieses Baby für eine Lunge! Wir konnten den Lärm kaum unterdrücken, damit Kronos ihn nicht entdeckte. Als Zeus größer wurde, versprach er uns ewige Ehren. Aber das war im alten Land, in Griechenland.«

Die anderen Nymphen jammerten und kratzten an ihren Nischenwänden. Sie schienen dort gefangen zu sein, sah Piper jetzt, als ob ihre Füße zusammen mit den dekorativen Muscheln am Boden festgeklebt wären.

»Als Rom an die Macht kam, wurden wir hierher eingeladen«, sagte Hagno. »Ein Sohn des Jupiter hat uns mit Geschenken in Versuchung geführt. *Ein neues Zuhause,* versprach er. *Größer und besser. Keine Ratenzahlungen, eine exzellente Wohnlage. Rom wird niemals untergehen.*

»Niemals«, zischten die anderen.

»Wir sind der Versuchung erlegen«, sagte Hagno. »Wir haben unsere schlichten Quellen und Brunnen auf dem Lykaion verlassen und sind hergezogen. Jahrhundertelang hatten wir ein wunderbares Leben. Feste, Opfer zu unseren Ehren, jede Woche neue Kleider und neuen Schmuck. Alle Halbgötter Roms haben mit uns geflirtet und uns geehrt.«

Die Nymphen jammerten und seufzten.

»Aber Rom ist untergegangen«, fauchte Hagno. »Die Aquädukte wurden umgeleitet. Die Villa unseres Herrn wurde verlassen und abgerissen. Wir wurden vergessen, unter der Erde begraben, aber wir konnten hier nicht weg. Unsere Lebensquellen waren an diesen Ort gebunden. Unser Herr hatte es niemals für nötig gehalten, uns freizugeben. Jahrhundertelang welken wir nun schon in der Dunkelheit dahin, und haben Durst … solchen Durst.«

Die anderen kratzten sich die Lippen auf.

Piper spürte, wie ihre Kehle sich zusammenschnürte.

»Das tut mir leid für euch«, sagte sie und versuchte, Charmesprech anzuwenden. »Das muss entsetzlich gewesen sein. Aber wir sind nicht eure Feinde. Wenn wir euch helfen können …«

»Ach, was für eine süße Stimme«, rief Hagno. »Und was für liebliche Züge. Auch ich war einst so jung wie du. Meine Stimme säuselte wie ein Gebirgsbach. Aber weißt du, was mit dem Gemüt einer Nymphe geschieht, wenn sie in der Finsternis gefangen ist und nur Hass als Nahrung hat, nur die Gedanken an Rache als Trunk? Ja, meine Liebe. Ihr könnt uns helfen.«

Percy hob die Hand. »Äh … ich bin der Sohn des Poseidon. Vielleicht kann ich eine neue Quelle herbeirufen.«

»Ha!«, rief Hagno und die anderen acht echoten: »Ha! Ha!«

»In der Tat, Sohn des Poseidon«, sagte Hagno. »Ich kenne deinen Vater gut. Ephialtes und Otis haben versprochen, dass du kommen würdest.«

Piper legte die Hand auf Jasons Arm, um nicht umzufallen.

»Die Riesen«, sagte sie. »Für die arbeitet ihr?«

»Sie sind unsere Nachbarn«, sagte Hagno lächelnd. »Ihre Kammern liegen hinter diesem Ort, wo das Wasser des Aquädukts für die Spiele umgeleitet wurde. Wenn wir erst mit euch fertig sind … wenn ihr uns erst *geholfen* habt … haben die Zwillinge versprochen, dass wir nie wieder leiden werden.«

Hagno wandte sich jetzt an Jason. »Du, Kind des Jupiter – du wirst für den grausamen Verrat deiner Vorfahren zahlen, die uns hergeholt haben. Ich weiß um die Kräfte des Himmelsgottes. Ich habe ihn schließlich großgezogen. Einst haben wir Nymphen den Regen über unseren Brunnen und Quellen regiert. Wenn ich mit dir fertig bin, werden wir diese Macht wieder haben. Und Percy Jackson, Kind des Meeresgottes … von dir werden wir Wasser nehmen, einen unendlichen Vorrat an Wasser.«

»Unendlich?« Percys Blicke jagten von der einen Nymphe zur anderen. »Äh … hör mal, mit *unendlich* bin ich mir nicht so sicher. Aber vielleicht könnte ich ein paar Hundert Liter entbehren.«

»Und du, Piper McLean«, Hagnos violette Augen funkelten, »so jung, so lieblich, mit einer so schönen Stimme. Von dir werden wir unsere Schönheit zurückfordern. Wir haben unsere letzte Lebenskraft für diesen Tag bewahrt. Wir sind sehr durstig. Von euch dreien werden wir trinken!«

Alle neun Nischen leuchteten. Die Nymphen verschwanden und Wasser schoss aus den Alkoven … Übelkeit erregendes dunkles Wasser, wie Öl.

XLIII

Piper

Piper brauchte ein Wunder, keine Gutenachtgeschichte. Aber in diesem Moment, als sie im Schock dort stand, während schwarzes Wasser um ihre Beine schäumte, fiel ihr die Sage ein, die Acheloos erwähnt hatte – die Geschichte der Flut.

Nicht die Sache mit Noah, sondern die Cherokee-Version, die ihr Vater ihr oft erzählt hatte, mit den tanzenden Geistern und dem Hundeskelett.

Als kleines Mädchen hatte sie sich immer auf dem großen Sofa an ihren Dad gekuschelt. Sie hatte aus dem Fenster auf den Strand von Malibu geblickt und ihr Dad hatte ihr die Geschichte erzählt, die er im Reservat in Oklahoma von Opa Tom gehört hatte.

»Dieser Mann hatte einen Hund«, so fing ihr Vater immer an.

»So kannst du keine Geschichte anfangen lassen«, protestierte Piper. »Du musst sagen, *Es war einmal.*«

Ihr Dad lachte. »Aber das hier ist eine Cherokee-Geschichte. Die sind ziemlich geradeheraus. Jedenfalls hatte dieser Mann einen Hund. Jeden Tag ging der Mann zum Trinken mit dem Hund ans Seeufer, und der Hund bellte den See wütend an, als ob er sauer auf ihn wäre.«

»Und war er das?«

»Geduld, Herzchen. Endlich hatte der Mann es satt, dass sein Hund so viel bellte, und er schimpfte ihn aus. ›Böser Hund! Bell das Wasser nicht an. Das ist doch nur Wasser!‹ Zu seiner Überraschung sah der Hund ihn nun an und fing an zu sprechen.«

»Unser Hund kann *danke* sagen«, schaltete Piper sich ein. »Und *raus* bellen.«

»Irgendwie schon«, stimmte ihr Dad zu. »Aber dieser Hund sprach in ganzen Sätzen. Der Hund sagte: ›Bald werden die Stürme kommen. Das Wasser wird steigen und alle werden ertrinken. Du kannst dich und deine Familie retten, wenn du ein Floß baust, aber zuerst musst du mich opfern. Du musst mich ins Wasser werfen.‹«

»Das ist schrecklich!«, sagte Piper. »Ich würde meinen Hund niemals ertränken.«

»Das hat der Mann wahrscheinlich auch gesagt. Er glaubte, der Hund habe gelogen – ich meine, nachdem er den ersten Schock überwunden hatte, dass der Hund sprechen konnte. Als er widersprach, sagte der Hund: ›Wenn du mir nicht glaubst, dann sieh dir doch mal mein Nackenfell an. Ich bin schon tot.‹«

»Wie traurig. Warum erzählst du mir das?«

»Weil du mich darum gebeten hast«, sagte ihr Dad. »Der Mann packte den Hund am Nackenfell und sah, dass seine Haut und sein Fell sich bereits lösten. Darunter gab es nur Knochen. Der Hund war ein Skelett.«

»Krass.«

»Stimmt. Mit Tränen in den Augen nahm der Mann also Abschied von seinem Hundeskelett und warf es ins Wasser, wo es sofort unterging. Der Mann baute ein Floß, und als die Flut kam, überlebten er und seine Familie.«

»Aber der Hund nicht.«

»Nein. Der Hund nicht. Als der Regen aufhörte und das Floß an Land trieb, waren der Mann und seine Familie die Einzigen, die noch lebten. Der Mann hörte Geräusche von der anderen Seite des Hügels – wie von Tausenden von Menschen, die lachten und tanzten –, aber als er auf den Gipfel rannte und hinunterschaute, da sah er nur Knochen auf dem Boden herumliegen – Tausende von Skeletten von all den Menschen, die in der Flut ums Leben gekommen waren. Und er begriff, dass die Geister der Toten getanzt hatten. Das war das Geräusch, das er gehört hatte.«

Piper wartete. »Und?«

»Und nichts. Ende.«

»So kann das doch nicht aufhören! Warum haben die Geister getanzt?«

»Das weiß ich nicht«, sagte ihr Dad. »Dein Großvater hat es nie nötig befunden, das zu erklären. Vielleicht waren die Geister glücklich, weil immerhin eine Familie überlebt hatte. Vielleicht genossen sie das Nachleben. Sie sind Geister. Wer kann das wissen?«

Piper war damit nicht zufrieden. Sie hatte so viele unbeantwortete Fragen. Hatte die Familie jemals einen anderen Hund gefunden? Offenbar waren nicht alle Hunde ertrunken, denn sie hatte ja selber einen.

Sie konnte diese Geschichte einfach nicht vergessen. Sie sah Hunde jetzt mit neuen Augen und fragte sich immer wieder, ob sie einen Skeletthund vor sich hatte. Und sie begriff nicht, warum die Familie ihren Hund hatte opfern müssen, um zu überleben. Sich zu opfern, um seine Familie zu retten, kam ihr wie eine edelmütige Tat vor – eine sehr hundegemäße Tat.

Jetzt, im Nymphäum in Rom, als das dunkle Wasser ihr bis zur Taille stieg, fragte Piper sich, warum der Flussgott Acheloos diese Geschichte erwähnt hatte.

Sie wünschte, sie hätte ein Floß, aber sie fürchtete, dass sie so war wie der Hund aus der Geschichte. Sie war schon tot.

XLIV

Piper

Der Raum füllte sich mit entsetzlicher Schnelligkeit. Piper, Jason und Percy hämmerten gegen die Wände und suchten nach einem Ausweg, fanden aber nichts. Sie kletterten in die Nischen, um ein wenig an Höhe zu gewinnen, aber da aus jeder Nische Wasser schoss, war es wie der Versuch, am Rand eines Wasserfalls zu balancieren. Und auch in einer Nische hatte das Wasser bald Pipers Knie erreicht. Es stand vermutlich schon fast zweieinhalb Meter hoch, vom Boden aus gemessen, und stieg rasch weiter an.

»Ich könnte es mit Blitzen versuchen«, sagte Jason. »Vielleicht ein Loch in die Decke reißen?«

»Das könnte alles zum Einsturz bringen und uns erschlagen«, sagte Piper.

»Oder uns per Elektroschock umbringen«, fügte Percy hinzu.

»Wir haben nicht gerade viele Alternativen«, sagte Jason.

»Lasst mich den Boden untersuchen«, sagte Percy. »Wenn das hier mal ein Brunnen war, dann muss es eine Möglichkeit geben, das Wasser abzulassen. Und ihr sucht in den Nischen nach geheimen Ausgängen. Vielleicht sind die Muscheln Knöpfe oder so was.« Es war ein verzweifelter Gedanke, aber Piper war froh, etwas zu tun zu haben.

Percy sprang ins Wasser. Jason und Piper kletterten von Nische zu Nische und traten und hämmerten und rissen an den in den Stein eingelassenen Muscheln, aber sie hatten kein Glück.

Früher als Piper es erwartet hatte, tauchte Percy keuchend und um sich schlagend wieder auf. Sie hielt ihm die Hand hin und fast hätte er sie ins Wasser gezogen, ehe sie ihm hochhelfen konnte.

»Konnte nicht atmen«, würgte er hervor. »Das Wasser … nicht normal. Wäre fast nicht wieder hochgekommen.«

Die Lebenskraft der Nymphen, dachte Piper. Sie war dermaßen giftig und bösartig, dass nicht einmal ein Sohn des Meeresgottes Macht darüber hatte.

Als das Wasser weiterstieg, spürte Piper, dass es auch sie beeinflusste. Ihre Beinmuskeln zitterten, als ob sie viele Kilometer gelaufen wäre, und ihre Hände waren runzlig und trocken, obwohl sie mitten in einem Brunnen stand.

Die Jungen bewegten sich träge. Jasons Gesicht war bleich. Er schien kaum die Kraft zu haben, sein Schwert zu halten. Percy war durchnässt und zitterte. Seine Haare sahen nicht mehr ganz so dunkel aus, als ob die Farbe hinausliefe.

»Sie nehmen uns unsere Kraft«, sagte Piper. »Pumpen uns leer.«

»Jason«, hustete Percy. »Mach das mit dem Blitz.«

Jason hob sein Schwert. Im Raum grollte es, aber es erschien kein Blitz. Die Decke brach nicht ein. Stattdessen bildete sich oben in der Kammer ein winziges Gewitter. Regen strömte herab und füllte den Brunnen noch schneller, aber es war kein normaler Regen. Er war so dunkel wie das Wasser auf dem Boden. Jeder Tropfen stach Piper in die Haut.

»So war das nicht gemeint«, sagte Jason.

Das Wasser stand ihnen jetzt bis zum Hals. Piper spürte, wie ihre Kräfte nachließen. Opa Toms Geschichte über die Wasserkannibalen stimmte eben doch. Böse Nymphen würden ihr Leben stehlen.

»Wir werden das hier überleben«, murmelte sie sich selbst zu, aber sie konnte sich mit Charmesprech nicht aus dieser Lage befreien. Bald würde das giftige Wasser über ihren Köpfen zusammenschlagen. Sie würden schwimmen müssen, aber sie waren schon jetzt gelähmt von dem Wasser.

Sie würden ertrinken, genau wie in ihren Visionen.

Percy fing an, das Wasser mit dem Handrücken wegzuschieben wie einen ungezogenen Hund. »Kann … Kann ihm nichts befehlen.«

Zuerst musst du mich opfern, hatte der Hund gesagt. *Du musst mich ins Wasser werfen.*

Piper kam sich vor, als ob sie jemand am Nacken gepackt und ihre Knochen freigelegt hätte. Sie umklammerte ihr Füllhorn.

»Widerstand hilft hier nichts«, sagte sie. »Wenn wir uns wehren, werden wir nur schwächer.«

»Wie meinst du das?«, brüllte Jason durch den Regen.

Das Wasser reichte ihnen jetzt bis zum Kinn. Noch ein paar Fingerbreit und sie würden schwimmen müssen. Aber das Wasser war noch nicht einmal halb bis zur Decke gestiegen. Piper hoffte, dass ihnen das noch eine Frist gab.

»Das Füllhorn«, sagte sie. »Wir müssen die Nymphen mit *frischem* Wasser überwältigen, ihnen mehr geben, als sie verwenden können. Wenn wir diesen giftigen Kram verdünnen können …«

»Kann dein Horn das?« Percy gab sich alle Mühe, den Kopf über Wasser zu halten, was für ihn offenbar eine neue Erfahrung war. Er sah total verängstigt aus.

»Nur mit deiner Hilfe.« Piper hatte jetzt langsam begriffen, wie das Horn funktionierte. Die guten Sachen, die es ausspie, kamen nicht aus dem Nirgendwo. Sie hatte Herkules nur in Lebensmitteln begraben können, weil sie sich auf ihre schönen Erlebnisse mit Jason konzentriert hatte.

Um genug Süßwasser zu erschaffen, das diesen Raum hier füllen könnte, würde sie noch tiefer gehen, ihre Gefühle noch mehr in Anspruch nehmen müssen. Leider verlor sie langsam ihre Fähigkeit, sich zu konzentrieren.

»Ihr beide müsst jetzt alles, was ihr habt, in dieses Füllhorn lenken«, sagte sie. »Percy, denk ans Meer.«

»Salzwasser?«

»Egal. Solange es sauber ist. Jason, denk an Regen – sehr viel mehr Regen. Und ihr müsst das Füllhorn beide halten.«

Sie drängten sich aneinander, als das Wasser sie aus den Nischen hob. Piper versuchte, sich an die Rettungslektionen zu erinnern, die ihr Vater ihr erteilt hatte, als sie mit Surfen angefangen hatten. Um einen Ertrinkenden zu retten, legte man von hinten einen Arm um ihn und strampelte mit den Beinen, man bewegte sich also rückwärts wie beim Rückenschwimmen. Sie war nicht sicher, ob diese Strategie auch bei zwei anderen helfen würde, aber sie legte um jeden Jungen einen Arm und versuchte, sie beide über Wasser zu halten, während sie das Füllhorn zwischen sich hielten.

Nichts passierte. Der Regen prasselte herab, noch immer dunkel und ätzend.

Pipers Beine fühlten sich bleischwer an. Das steigende Wasser bildete Wirbel und drohte, sie nach unten zu ziehen. Sie spürte, wie ihre Kraft schwand.

»Das bringt nix!«, rief Jason und spuckte Wasser.

»So kommen wir nicht weiter«, stimmte Percy zu.

»Ihr müsst zusammenarbeiten!«, rief Piper und hoffte, dass sie Recht hatte. »Denkt beide an sauberes Wasser – einen Wassersturm. Gebt einfach alles. Stellt euch vor, dass all eure Kräfte, all eure Gaben aus euch herausfließen.«

»Das ist nicht schwer«, sagte Percy.

»Schleudert sie heraus!«, sagte Piper. »Gebt alles, als ob … als ob ihr schon tot wärt und nur noch das Ziel hättet, den Nymphen zu helfen. Es muss ein Geschenk sein … ein Opfer!«

Bei diesem Wort verstummten sie alle.

»Noch einen Versuch«, sagte Jason. »Gemeinsam.«

Diesmal richtete auch Piper ihre gesamte Konzentration auf das Füllhorn. Die Nymphen wollten ihre Jugend, ihr Leben, ihre Stimme? Na gut. Sie gab alles bereitwillig auf und stellte sich vor, wie ihre ganze Kraft sie verließ.

Ich bin schon tot, sagte sie sich, so gelassen wie der Skeletthund. *Das ist die einzige Möglichkeit.*

Klares Wasser schoss mit solcher Macht aus dem Füllhorn, dass es gegen die Wand drückte. Der Regen wurde zu einem Wasserfall, so klar und kalt, dass Piper aufkeuchte.

»Es funktioniert«, rief Jason.

»Zu gut«, sagte Percy. »Das Wasser steigt jetzt noch schneller!«

Er hatte Recht. Das Wasser stieg so rasch, dass die Decke jetzt kaum noch einen Meter entfernt war. Piper hätte die Hand ausstrecken und die winzigen Regenwolken berühren können.

»Nicht aufhören«, sagte sie. »Wir müssen das Gift verdünnen, bis die Nymphen geläutert sind.«

»Was, wenn sie nicht geläutert werden können?«, fragte Jason. »Sie sind seit Jahrtausenden hier unten und dabei immer böser geworden.«

»Gebt einfach alles«, sagte Piper. »Gebt alles. Sogar, wenn wir untergehen …«

Ihr Kopf stieß gegen die Decke. Die Regenwolken lösten sich auf und verschmolzen mit dem Wasser. Das Füllhorn ließ weiterhin sauberes Wasser strömen.

Piper zog Jason dichter an sich heran und küsste ihn.

»Ich liebe dich«, sagte sie.

Diese Worte strömten einfach aus ihr heraus, wie das Wasser aus dem Füllhorn. Sie konnte Jasons Reaktion nicht sehen, denn nun waren sie unter Wasser.

Sie hielt den Atem an. Die Strömung toste in ihren Ohren. Blasen wirbelten um sie herum. Licht wogte durch den Raum und Piper war überrascht, weil sie es sehen konnte. Wurde das Wasser klarer?

Ihre Lunge stand kurz vor dem Bersten, aber Piper leitete ihre letzte Energie in das Füllhorn. Noch immer strömte Wasser heraus, aber es war einfach kein Platz mehr. Würden die Wände dem Druck nachgeben?

Vor Pipers Augen wurde alles schwarz.

Sie hielt das Tosen in ihren Ohren für ihren eigenen sterbenden Herzschlag. Dann ging ihr auf, dass die Kammer bebte. Das Wasser wirbelte immer schneller. Piper merkte, dass sie sank.

Mit letzter Kraft stieß sie sich nach oben. Ihr Kopf brach durch die Wasseroberfläche und sie schnappte nach Luft. Das Wasser sank fast so rasch, wie es den Raum gefüllt hatte.

Piper stieß einen Schreckensschrei aus, als sie sah, dass Percy und Jason noch immer unter Wasser waren. Sie zog die beiden hoch. Sofort würgte Percy Wasser aus und machte Schwimmbewegungen, während Jason so leblos war wie eine Stoffpuppe.

Piper presste ihn an sich. Sie schrie seinen Namen, schüttelte ihn und schlug ihm ins Gesicht. Sie merkte kaum, dass das Wasser verschwunden war und sie auf dem nassen Boden standen.

»Jason!« Verzweifelt versuchte sie, nachzudenken. Sollte sie ihn auf die Seite drehen? Ihm auf den Rücken schlagen?

»Piper«, sagte Percy. »Ich kann ihm helfen.«

Er kniete sich hin und berührte Jasons Stirn. Wasser quoll aus Jasons Mund. Er riss die Augen auf und ein Donnerschlag schleuderte Piper und Percy rückwärts.

Als Piper wieder klar sehen konnte, saß Jason aufrecht da, noch immer keuchend, aber die Farbe kehrte in sein Gesicht zurück.

»Tut mir leid«, sagte er hustend. »Ich wollte nicht ...«

Piper umarmte ihn. Sie hätte ihn auch geküsst, aber sie wollte ihn nicht ersticken.

Percy grinste. »Falls dich das interessiert, das in deiner Lunge war sauberes Wasser. Das konnte ich problemlos herausholen.«

»Danke, Mann.« Jason nahm mit schwachem Griff Percys Hand. »Aber ich finde, die wahre Heldin hier ist Piper. Sie hat uns alle gerettet.«

Ja, das hat sie, hallte eine Stimme durch die Kammer.

Die Nischen leuchteten auf. Neun Gestalten erschienen, aber sie waren keine verwelkten alten Vetteln mehr. Sie waren junge, schöne Nymphen in schimmernden blauen Gewändern, ihre glänzenden schwarzen Locken waren mit silbernen und goldenen Spangen aufgesteckt. Ihre Augen hatten sanfte blaue und grüne Farbtöne.

Vor Pipers Augen lösten die neun Nymphen sich in Dunst auf und schwebten aufwärts. Nur die in der Mitte blieb übrig.

»Hagno?«, fragte Piper.

Die Nymphe lächelte. »Ja, meine Liebe. Ich hätte nicht gedacht, dass es bei Sterblichen solche Selbstlosigkeit geben könnte ... schon gar nicht bei Halbgöttern. Nehmt mir das bitte nicht übel.«

Percy sprang auf. »Wieso sollten wir das übel nehmen? Ihr habt schließlich bloß versucht, uns zu ertränken und uns das Leben auszusaugen.«

Hagno wand sich. »Das tut mir leid. Ich war nicht ganz bei mir. Aber ihr habt mich an die Sonne und den Regen und die Bäche auf den Wiesen erinnert. Percy und Jason, durch euch habe ich mich an Meer und Himmel erinnert. Ich bin geläutert. Aber vor allem ist das Piper zu verdanken. Sie hat etwas noch Besseres mit mir geteilt als klares fließendes Wasser.« Hagno wandte sich an Piper. »Du hast eine gute Natur, Piper. Und ich bin ein Naturgeist. Ich weiß, wovon ich rede.«

Hagno zeigte auf die andere Seite der Kammer. Die Treppe nach oben war wieder da. Gleich darunter tauchte jetzt eine runde Öffnung auf, wie ein Abflussrohr, gerade groß genug, um hindurchzukriechen. Piper vermutete, dass das Wasser dort verschwunden war.

»Ihr könnt an die Oberfläche zurückkehren«, sagte Hagno. »Oder, wenn ihr unbedingt wollt, dem Wasser zu den Riesen folgen. Aber entscheidet euch schnell, denn beide Türen werden bald verschwinden, sowie ich nicht mehr hier bin. Diese Röhre ist mit dem alten Aquäduktsystem verbunden, das dieses Nymphäum und das Hypogäum bewässert, in dem die Riesen zu Hause sind.«

»Uäh«, Percy drückte sich die Hände auf die Schläfen. »Bitte nicht noch mehr komplizierte Wörter.«

»Ach, *Zuhause* ist doch kein kompliziertes Wort«, Hagno klang absolut ehrlich. »Ich habe das immer gedacht, aber jetzt habt ihr uns von diesem Ort befreit. Meine Schwestern haben sich schon auf die Suche nach einem neuen Zuhause gemacht … einem Gebirgsbach vielleicht, oder einem See in den Wiesen. Ihr werdet ihnen folgen. Ich kann es gar nicht erwarten, wieder Wälder und Felder zu sehen, und das klare fließende Wasser.«

»Hm«, sagte Percy. »Da oben hat sich in den letzten paar Jahrtausenden aber allerlei geändert.«

»Unsinn«, sagte Hagno. »Wie sollte das möglich sein? Pan würde niemals erlauben, dass die Natur besudelt wird. Ich kann es gar nicht erwarten, ihn wiederzusehen.«

Percy sah aus, als ob er etwas sagen wollte, aber er überlegte sich die Sache anders.

»Viel Glück, Hagno«, sagte Piper. »Und danke.«

Die Nymphe lächelte ein letztes Mal und löste sich dann in Dunst auf.

Für einen Moment leuchtete im Nymphäum ein weicheres Licht, wie ein Vollmond. Piper roch exotische Gewürze und blühende Rosen. Sie hörte ferne Musik und glückliche Stimmen, die redeten und lachten. Sie nahm an, sie hörte Jahrhunderte von Partys und Feiern, die in alten Zeiten in diesem Heiligtum abgehalten worden waren, als ob die Erinnerungen zusammen mit den Geistern befreit worden wären.

»Was ist das?«, fragte Jason nervös,

Piper schob ihre Hand in seine. »Die Geister tanzen. Na los. Auf zu den Riesen.«

XLV

Percy

Percy hatte das Wasser satt. Wenn er das laut sagte, würde er vermutlich aus Poseidons Meerespfadfinderhorde geworfen werden, aber das war ihm egal.

Nachdem er das Nymphäum nur mit knapper Not überlebt hatte, wollte er wieder an die Oberfläche. Er wollte trocken sein und lange im warmen Sonnenschein sitzen – am liebsten mit Annabeth.

Leider wusste er nicht, wo Annabeth war. Frank, Hazel und Leo waren vermisst. Außerdem musste er Nico di Angelo retten, falls der nicht ohnehin schon tot war. Und dann war da noch das kleine Problem, dass die Riesen Rom vernichten, Gaia aufwecken und die Weltherrschaft an sich reißen wollten.

Wirklich, diese Monster und Gottheiten waren Jahrtausende alt. Konnten die dann nicht mal ein paar Jahrzehnte Pause machen und Percy sein Leben leben lassen? Offenbar nicht.

Percy übernahm die Führung, als sie durch das Abwasserrohr krochen. Nach zehn Metern öffnete es sich zu einem weiteren Tunnel. Auf ihrer Linken, irgendwo in der Ferne, hörte Percy Grollen und Krachen, wie eine riesige Maschine, die mal geölt werden musste. Er wollte auf keinen Fall wissen, was dieses Geräusch erzeugte, und daraus schloss er, dass dort ihr nächstes Ziel sein würde.

Etwa hundert Meter weiter kamen sie an eine Biegung. Percy hob die Hand, damit Piper und Jason warteten. Er lugte um die Ecke.

Der Gang öffnete sich zu einem riesigen Raum mit einer fast sieben Meter hohen Decke und Säulenreihen. Der Raum sah aus wie die Tiefgarage aus Percys Traum, nur mit viel mehr Kram zugestellt.

Das Krachen und Grollen kam von riesigen Hebeln und Flaschenzugsystemen, die ohne einen ersichtlichen Grund Teile des Bodens hoben und senkten. Wasser strömte durch offene Rinnen – super, noch mehr Wasser – und trieb Wasserräder an, durch die manche der Maschinen bewegt wurden. Andere waren an riesige Laufräder angeschlossen, in denen Höllenhunde rannten. Sofort musste Percy an Mrs O'Leary denken und daran, wie sehr sie es hassen würde, in so einem Laufrad gefangen zu sein.

Unter der Decke hingen Käfige mit lebenden Tieren – ein Löwe, mehrere Zebras, eine ganze Hyänenmeute und sogar eine achtköpfige Hydra. Uralte Laufbänder aus Bronze und Leder transportierten stapelweise Waffen und Rüstungen, ungefähr wie im Hauptquartier der Amazonen in Seattle, nur war diese Halle hier offenbar viel älter und längst nicht so gut organisiert.

Leo wäre begeistert, dachte Percy. Der ganze Raum glich einer einzigen massiven, beängstigenden und unzuverlässigen Maschine.

»Was ist das?«, flüsterte Piper.

Percy wusste nicht, was er antworten sollte. Er sah keine Riesen, deshalb winkte er seinen Freunden, weiterzugehen und sich umzuschauen.

Knapp sieben Meter vom Eingang entfernt schoss ein lebensgroßer, aus Holz gesägter Gladiator aus dem Boden. Er jagte klickend ein Laufband entlang, blieb an einem Seil hängen und wurde durch eine Öffnung in der Decke hochgezogen.

Jason murmelte: »Was zum Henker …?«

Sie gingen weiter. Percy sah sich in der Halle um. Es gab mehrere Tausend Gegenstände zu sehen und die meisten bewegten sich, aber einer der Vorteile des Daseins als hyperaktiver Halbgott war, dass Percy mit Chaos vertraut war. Etwa hundert Meter weiter sah er eine Tribüne mit zwei riesigen leeren Prätorensesseln. Zwischen den Sesseln stand ein Bronzekrug, der groß genug war, eine Person zu enthalten.

»Seht mal«, er machte seine Freunde auf den Krug aufmerksam.

Piper runzelte die Stirn. »Das ist zu einfach.«

»Natürlich«, sagte Percy.

»Aber uns bleibt keine Wahl«, sagte Jason. »Wir müssen Nico retten.«

»Ja.« Percy ging weiter und suchte sich einen Weg zwischen Laufbändern und beweglichen Plattformen.

Die Höllenhunde in den Laufrädern achteten nicht auf sie. Sie waren zu sehr mit Laufen und Keuchen beschäftigt, ihre roten Augen leuchteten wie Scheinwerfer. Die Tiere in den anderen Käfigen sahen gelangweilt zu ihnen hinüber und schienen zu denken: *Ich würde euch ja umbringen, wenn das nicht so anstrengend wäre.*

Percy versuchte, Fallen ausfindig zu machen, aber alles hier sah aus wie eine Falle. Er dachte daran, wie oft er einige Jahre zuvor im Labyrinth fast umgekommen wäre. Er wünschte sehr, Hazel wäre bei ihnen; sie könnte ihnen mit ihren Untergrundfähigkeiten helfen (und natürlich ihren Bruder wiederfinden).

Sie sprangen über einen Wassergraben und zogen unter einer Reihe von Wolfskäfigen die Köpfe ein. Sie hatten ungefähr die halbe Strecke zu dem Bronzekrug hinter sich gebracht, als die Decke sich über ihnen öffnete. Eine Plattform wurde herabgelassen. Darauf stand, wie ein Schauspieler, der lilahaarige Riese Ephialtes, mit einer erhobenen Hand und hocherhobenen Hauptes.

Wie Percy es im Traum gesehen hatte, war er klein für einen Riesen – an die vier Meter groß –, aber er versuchte, das durch seine schrille Kleidung auszugleichen. Er hatte seine Gladiatorenrüstung abgelegt und trug ein Hawaiihemd, das sogar Dionysos vulgär gefunden hätte. Es war in grellen Farben bedruckt und zeigte sterbende Helden, grauenhafte Foltermethoden und Löwen, die im Kolosseum Sklaven zerrissen. In die Haare des Riesen waren goldene und silberne Münzen geflochten. Er hatte einen über drei Meter langen Speer auf den Rücken geschnallt, was nicht gerade gut zu dem T-Shirt passte, und trug leuchtend weiße Jeans und Ledersandalen an seinen … na ja, nicht Füßen, sondern gekrümmten Schlangenköpfen. Die Schlangen ließen ihre Zungen hin und her schnellen und wanden sich, als ob es ihnen gar nicht zusagte, das Gewicht eines Riesen tragen zu müssen.

Ephialtes lächelte die Halbgötter an, als freue er sich unsäglich über ihren Anblick.

»Endlich!«, brüllte er. »Was bin ich glücklich! Ehrlich, ich hätte nicht gedacht, dass ihr an den Nymphen vorbeikommt, aber so ist das natürlich noch viel besser. Viel unterhaltsamer. Ihr kommt gerade rechtzeitig zum Hauptprogrammpunkt!«

Jason und Piper nahmen Percy zwischen sich. Mit ihnen an der Seite fühlte er sich ein wenig besser. Der Riese war kleiner als viele der Monster, mit denen Percy schon zu tun gehabt hatte, aber irgendetwas an ihm machte Percy eine Gänsehaut. In den Augen des Ephialtes tanzte ein irres Licht.

»Da sind wir«, sagte Percy, was irgendwie überflüssig wirkte. »Lass unseren Freund frei.«

»Natürlich«, sagte Ephialtes. »Obwohl ich fürchte, er ist über sein Verfallsdatum hinaus. Otis, wo steckst du?«

Einen Steinwurf weiter öffnete sich der Boden und der andere Riese fuhr auf einer Tribüne aufwärts.

»Otis, endlich!«, rief sein Bruder voller Schadenfreude. »Du bist nicht angezogen wie ich. Du …« Die Miene des Ephialtes zeigte Entsetzen. *»Was hast du denn an?«*

Otis sah aus wie der größte und übellaunigste Balletttänzer auf der ganzen Welt. Er trug einen hautengen babyblauen Gymnasikanzug, von dem Percy wünschte, er hätte der Fantasie mehr Raum gelassen. Die Kappen seiner riesigen Schuhe waren weggeschnitten, damit die Schlangen herausschauen konnten. Ein Diadem aus Diamanten (Percy beschloss, großzügig zu sein und es als Königskrone zu betrachten) saß in seinen grünen, mit Böllern durchflochtenen Haaren. Er sah düster aus und schien sich absolut nicht wohl in seiner Haut zu fühlen, aber er schaffte doch eine elegante Verbeugung, was nicht leicht sein konnte mit Schlangenfüßen und einem riesigen Speer auf dem Rücken.

»Götter und Titanen!«, rief Ephialtes. »Wir haben gleich unseren Auftritt. Was soll das?«

»Ich wollte das Gladiatorenkostüm nicht tragen«, klagte Otis. »Ich finde immer noch, ein Ballett wäre perfekt, während die Welt untergeht.« Er hob die Augenbrauen und musterte die Halbgötter hoffnungsvoll. »Ich habe noch andere Kostüme …«

»Nein!«, fauchte Ephialtes und dieses eine Mal war Percy seiner Meinung.

Der lilahaarige Riese sah Percy an. Er grinste so schmerzlich, als ob er gerade einen Elektroschock verpasst bekäme.

»Bitte, entschuldigt meinen Bruder«, sagte er. »Seine Bühnenpräsenz ist mangelhaft und er hat kein Gespür für Stil.«

»Na gut«, Percy verkniff sich einen Kommentar über das Hawaiihemd. »Also, was unseren Freund angeht …«

»Ach, der«, Ephialtes grinste aasig. »Wir wollten ihn sein Sterben öffentlich beenden lassen, aber er hat keinen Unterhaltungswert. Seit Tagen liegt er einfach nur zusammengerollt da und schläft. Was ist das denn für eine Vorführung? Otis, stups mal kurz den Krug an.«

Otis trottete zu der Tribüne hinüber und blieb ab und zu stehen, um ein Plié vorzuführen. Er stieß den Krug um, der Deckel fiel herunter und Nico di Angelo kam herausgerollt. Der Anblick seines leichenblassen Gesichtes und seiner viel zu mageren Gestalt ließ Percys Herz einen Schlag aussetzen. Er konnte nicht erkennen, ob Nico lebte oder tot war. Er wäre gern hingerannt, um nachzusehen, aber Ephialtes stand im Weg.

»Jetzt müssen wir uns beeilen«, sagte Ephialtes. »Wir sollten noch mal die Bühnenanweisungen durchgehen. Das Hypogäum ist schon vorbereitet.«

Percy hätte den Riesen gern aufgeschlitzt, um dann wegzurennen, aber Otis beugte sich gerade über Nico. Wenn es zum Kampf käme, würde Nico sich nicht verteidigen können. Percy musste ihm Zeit zum Erholen erkaufen.

Jason hob seinen goldenen *Gladius*. »Wir machen hier bei keiner Show mit«, sagte er. »Und was ist ein Hypo… wie immer ihr das nennt?«

»Hypogäum«, erklärte Ephialtes. »Du bist doch ein römischer Halbgott, oder? Dann müsstest du das wissen. Obwohl, wenn wir hier unten gute Arbeit leisten, dann merkt man tatsächlich nicht, dass es das Hypogäum gibt.«

»Das Wort kenne ich«, sagte Piper. »Das ist der Bereich unter dem Kolosseum. Da wurden alle Kulissen und Geräte aufbewahrt, um die Spezialeffekte zu erzielen.«

Ephialtes klatschte begeistert in die Hände. »Genau. Bist du Studentin der Theaterwissenschaft, meine Kleine?«

»Äh … mein Dad ist Schauspieler.«

»Wundervoll!« Ephialtes drehte sich zu seinem Bruder um. »Hast du das gehört, Otis?«

»Schauspieler«, murmelte Otis. »Alle sind Schauspieler. Keiner kann tanzen.«

»Sei doch mal nett!«, schimpfte Ephialtes. »Meine Kleine, du hast absolut Recht, aber dieses Hypogäum ist viel mehr als die Requisitenkammer des Kolosseums. Du hast doch sicher gehört, dass in den alten Zeiten einige Riesen unter der Erde eingesperrt waren und ab und zu Erdbeben verursachten, wenn sie versuchten, sich zu befreien? Na, wir haben etwas viel Besseres gemacht. Otis und ich sind seit Äonen unter Rom gefangen, aber wir haben die Zeit genutzt, um unser eigenes Hypogäum zu bauen. Und jetzt können wir das größte Schauspiel aufführen, das Rom jemals gesehen hat – und das letzte.«

Zu Otis Füßen zitterte Nico. Percy hatte das Gefühl, dass sich irgendwo in seiner Brust ein Höllenhund im Laufrad in Bewegung gesetzt hatte. Immerhin war Nico am Leben. Jetzt brauchten sie nur noch die Riesen zu besiegen, am besten, ohne dabei Rom zu zerstören, und hier lebend herauszukommen, um ihre Freunde zu suchen.

»Also«, sagte Percy und hoffte, die Aufmerksamkeit der Riesen damit auf sich zu ziehen. »Bühnenanweisungen, habt ihr gesagt?«

»Ja!«, sagte Ephialtes. »Ich weiß ja, das Kopfgeld gibt es nur, wenn du und diese Annabeth am Leben bleiben, sofern das möglich ist, aber ehrlich, das Mädel ist doch verloren, also hoffe ich, es macht euch nichts aus, wenn wir von diesem Plan abweichen.«

Percy hatte den Geschmack von giftigem Nymphenwasser im Mund. »Verloren? Du willst doch nicht behaupten, dass sie …«

»Schon tot ist?«, fragte der Riese. »Nein. Noch nicht. Aber keine Sorge. Eure anderen Freunde haben wir eingesperrt.«

Piper stieß ein ersticktes Geräusch aus. »Leo? Hazel und Frank?«

»Genau«, sagte Ephialtes. »Also können wir die als Opfer nehmen und die Athene-Tochter sterben lassen, was der hohen Herrin gefallen wird. Und euch drei können wir in der Vorstellung einsetzen. Gaia wird ein wenig enttäuscht sein, aber im Ernst, das hier wird der Renner. Euer Tod wird viel unterhaltsamer sein.«

Jason fauchte: »Unterhaltsam, sagst du? Ich zeig dir gleich, was unterhaltsam ist!«

Piper trat vor. Irgendwie brachte sie ein holdes Lächeln zu Stande. »Ich habe einen besseren Vorschlag«, sagte sie zu den Riesen. »Warum lasst ihr uns nicht einfach laufen? Das wäre doch ein total unvorhergesehener Dreh. Wunderbarer Unterhaltungswert, und danach wüsste die ganze Welt, wie cool ihr seid.«

Nico bewegte sich. Otis blickte auf ihn hinab. Seine Schlangenfüße ließen ihre Zungen um Nicos Kopf spielen.

»Und«, sagte Piper eilig, »wir könnten ein paar Tanzschritte einschieben, wenn wir entkommen. Vielleicht eine Balletteinlage?«

Jetzt vergaß Otis Nico ganz einfach. Er trottete herüber und zeigte mit dem Finger auf Ephialtes. »Siehst du? Was hab ich dir gesagt? Das wäre unglaublich!«

Eine Sekunde lang dachte Percy, Piper könnte es schaffen. Otis sah seinen Bruder flehend an. Ephialtes zupfte sich am Kinn, als ob er sich die Sache überlegte.

Endlich aber schüttelte er den Kopf. »Nein … nein, ich fürchte nein. Verstehst du, meine Kleine, ich bin der Anti-Dionysos. Ich muss an meinen Ruf denken. Dionysos glaubt, er kennt sich mit Partys aus? Da ist er schief gewickelt. Seine Feste sind zahm im Vergleich dazu, was ich auf die Beine stellen kann. Zum Beispiel diese alte Nummer damals, als wir Berge aufgestapelt haben, um auf den Olymp zu klettern …«

»Ich hab dir ja gesagt, dass das nie im Leben klappt«, murmelte Otis.

»Und damals, als mein Bruder sich mit Fleisch behängt hat und ein Hindernisrennen gelaufen ist, bei dem Drakons die Hindernisse waren …«

»Du hast gesagt, Hephaistos-TV würde das zur Hauptsendezeit bringen«, sagte Otis. »Mich hat kein Schwein gesehen.«

»Dieses Schauspiel wird noch besser«, versprach Ephialtes. »Die Römer wollten immer Brot und Spiele – Essen und Unterhaltung. Und wenn wir ihre Stadt zerstören, biete ich ihnen beides. Seht, ein Probeexemplar!«

Etwas fiel von der Decke und landete zu Percys Füßen: ein in weiße Plastikfolie mit roten und gelben Punkten gewickeltes Weißbrot.

Percy hob es auf. »Wunderbrot?«

»Fantastisch, was?« Ephialtes' Augen tanzten vor wahnsinniger Erregung. »Du kannst das Brot behalten. Ich habe vor, Millionen davon unter den Einwohnern von Rom zu verteilen, während ich sie vernichte.«

»Wunderbrot ist gut«, gab Otis zu. »Aber ich finde, die Römer sollten dafür tanzen müssen.«

Percy schaute zu Nico hinüber, der sich wieder bewegte. Percy wollte ihn wenigstens so weit bei Bewusstsein wissen, dass er wegkriechen könnte, wenn der Kampf begann. Und er brauchte von den Riesen noch weitere Informationen über Annabeth und über den Ort, an dem ihre übrigen Freunde gefangen gehalten wurden.

»Vielleicht«, regte Percy an, »solltet ihr unsere Freunde auch herholen. Ihr wisst doch, aufsehenerregende Tode … je mehr, desto besser, oder?«

»Hmmmm.« Ephialtes spielte an einem Knopf seines Hawaiihemds herum. »Nein, es ist zu spät, die Choreografie noch zu verändern. Aber keine Angst. Es wird ein wunderbarer Zirkus. Ich meine … nicht die moderne Art von Zirkus. Da muss man auch Clowns haben, und ich hasse Clowns.«

»Alle hassen Clowns«, sagte Otis. »Sogar die anderen Clowns hassen Clowns.«

»Genau«, stimmte sein Bruder zu. »Aber wir haben ein viel besseres Unterhaltungsprogramm. Ihr drei werdet qualvoll sterben, oben, wo alle Götter und Sterblichen zusehen können. Aber das ist nur die Eröffnungsfeier. In den alten Zeiten dauerten die Spiele Tage oder Wochen. Unser Schauspiel – die Zerstörung Roms – wird einen ganzen Monat dauern, bis Gaia erwacht.«

»Warte«, sagte Jason. »Ein Monat, und Gaia erwacht?«

Ephialtes winkte ab. »Ja, ja. Das hat irgendwie damit zu tun, dass der erste August das beste Datum ist, um die ganze Menschheit zu vernichten. In ihrer grenzenlosen Weisheit hat die Erdmutter uns gestattet, Rom als Erstes zu vernichten, langsam und aufsehenerregend. Und das ist ja auch nur richtig so.«

»Also …« Percy konnte es nicht fassen, dass er mit einem Laib Wunderbrot in der Hand über das Ende der Welt sprach. »Ihr seid Gaias Vorgruppe.«

Ephialtes' Gesicht verdüsterte sich. »Was heißt hier Vorgruppe, Halbgott?! Wir werden wilde Tiere und Monster durch die Straßen jagen. Unsere Abteilung für Spezialeffekte wird Feuer und Erdbeben produzieren. Ganz plötzlich und ohne ersichtlichen Grund werden sich Krater und Vulkane auftun. Geister werden Amok laufen.«

»Das mit den Geistern wird nicht klappen«, sagte Otis. »Unsere Marktforschungsgruppe sagt, dass das keine Zuschauer bringt.«

»Diese Kleingläubigen!«, sagte Ephialtes. »Das Hypogäum macht alles möglich.«

Ephialtes rannte zu einem riesigen Tisch, der mit einen Laken verhüllt war. Er riss das Laken weg und legte eine Ansammlung von Hebeln und Knöpfen frei, die fast so kompliziert wirkte wie Leos Kontrollpult auf der Argo II.

»Der Knopf hier«, sagte Ephialtes, »der schießt ein Dutzend wütende Wölfe aufs Forum. Und der da schickt Automatons in den Kampf gegen Touristen am Trevi-Brunnen. Dieser hier lässt den Tiber über die Ufer treten, damit wir mitten auf der Piazza Navona eine Seeschlacht nachstellen können. Percy Jackson, dir als Sohn des Poseidon müsste das doch gefallen.«

»Äh … ich finde immer noch, es wäre eine bessere Idee, uns laufenzulassen«, sagte Percy.

»Er hat Recht«, Piper machte noch einen Versuch. »Ansonsten geht diese ganze Konfrontationskiste los. Wir kämpfen gegen euch. Ihr kämpft gegen uns. Wir vermiesen euch den Plan. Ihr wisst doch, wir haben gerade erst eine Menge Riesen besiegt. Ich fände es schrecklich, wenn uns die Sache hier aus dem Ruder liefe.«

Ephialtes nickte nachdenklich. »Das stimmt.«

Piper blinzelte. »Wirklich?«

»Wir können nicht zulassen, dass uns die Sache aus dem Ruder läuft«, sagte der Riese zustimmend. »Alles muss perfekt abgestimmt werden. Aber keine Sorge. Ich habe die Choreografie für euren Tod schon fertig. Ihr werdet begeistert sein.«

Nico fing stöhnend an, wegzukriechen. Percy wünschte, er würde schneller kriechen und weniger stöhnen. Er spielte mit dem Gedanken, sein Wunderbrot nach ihm zu werfen.

Jason nahm das Schwert in die andere Hand. »Und wenn wir bei eurer Show nicht auftreten wollen?«

»Na, uns könnt ihr nicht umbringen«, Ephialtes lachte, als ob allein die Vorstellung albern wäre. »Ihr habt keine Götter auf eurer Seite, und nur dann könntet ihr auf einen Sieg hoffen. Also wirklich, ein qualvoller Tod ist doch viel vernünftiger. Tut mir leid, aber die Show muss weitergehen.«

Dieser Riese war wirklich noch schlimmer als der Meeresgott Phorkys in Atlanta, fand Percy. Ephialtes war eigentlich kein Anti-Dionysos. Er war ein wahnsinnig gewordener Dionysos auf Steroiden. Dionysos war zwar der Gott der Orgien und wilden Partys, aber Ephialtes ging es nur um Chaos und Zerstörung aus purem Jux.

Percy sah seine Freunde an. »Ich kann das Hemd von diesem Typen nicht mehr sehen.«

»Zeit, zu kämpfen?« Piper packte ihr Füllhorn.

»Ich hasse Wunderbrot«, sagte Jason.

Und gemeinsam griffen sie an.

XLVI

Percy

Sofort ging alles schief. Die Riesen verschwanden in Zwillingsrauchwolken und tauchten auf der anderen Seite des Raums wieder auf, jeder an einer anderen Stelle. Percy rannte auf Ephialtes zu, aber unter seinen Füßen taten sich Risse im Boden auf und Metallwände schossen auf beiden Seiten aus dem Boden, um ihn von seinen Freunden zu trennen.

Die Wände schlossen sich um ihn wie ein Schraubstock. Percy sprang hoch und packte den Boden des Hydrakäfigs. Er sah für einen Moment, wie Piper zwischen lodernden Gruben herumsprang wie bei *Himmel und Hölle*, um Nico zu erreichen, der benommen und unbewaffnet war und von zwei Leoparden verfolgt wurde.

Jason griff derweil Otis an, der seinen Speer zog und tief seufzte, als ob er viel lieber in *Schwanensee* tanzen wollte, als noch einen Halbgott umzubringen.

Percy registrierte das alles im Bruchteil einer Sekunde, aber er konnte nicht viel unternehmen. Die Hydra schnappte nach seinen Händen. Er holte Schwung und sprang, und er landete in einem Wäldchen aus bemalten Furnierbäumen, die aus dem Nirgendwo aufgetaucht waren. Die Bäume änderten immer wieder ihre Position, als er versuchte, durch das Wäldchen zu rennen, und deshalb mähte er den ganzen Hain mit Springflut nieder.

»Wundervoll!«, rief Ephialtes. Er stand etwa zwanzig Meter links von Percy an seinem Schaltpult. »Wir betrachten das als Kostümprobe. Soll ich jetzt die Hydra auf der Spanischen Treppe loslassen?«

Er zog an einem Hebel und Percy schaute sich um. Der Käfig, an dem er eben noch gehangen hatte, wurde jetzt zu einer Luke in der Decke hochgezogen. In drei Sekunden würde er verschwunden sein. Wenn Percy den Riesen angriff, würde die Hydra die Stadt verwüsten.

Mit einem Fluch warf er Springflut wie einen Bumerang. Dazu war das Schwert nicht geschaffen, aber die Klinge aus Himmlischer Bronze durchschnitt trotzdem die Ketten, an denen die Hydra hing. Der Käfig kippte zur Seite, die Tür brach auf und das Monster fiel heraus – und landete genau vor Percy.

»Ach, du bist wirklich ein Spielverderber, Jackson«, schimpfte Ephialtes. »Aber von mir aus. Dann zieh deinen Kampf eben hier durch, wenn es unbedingt sein muss, aber ohne jubelnde Zuschauermengen wird dein Tod nicht halb so gut.«

Percy trat auf das Monster zu – und dann fiel ihm ein, dass er ja gerade seine Waffe weggeworfen hatte. Das hatte er wirklich nicht gut geplant.

Er rollte sich zur Seite, als alle acht Hydraköpfe Säure spien und den Boden, wo er gestanden hatte, in einen rauchenden Krater aus geschmolzenem Stein verwandelten. Percy hatte Hydras noch nie leiden können. Es war fast besser so, dass er sein Schwert gerade nicht zur Hand hatte, denn sein Bauchgefühl hätte ihm geraten, auf die Köpfe einzuschlagen, und eine Hydra ließ einfach für jeden Kopf, den sie einbüßte, zwei neue wachsen.

Als er zuletzt einer Hydra gegenübergestanden hatte, war er von einem Schlachtschiff mit Bronzekanonen gerettet worden, das das Monster in Fetzen geschossen hatte. Diese Strategie würde ihm jetzt aber nicht helfen – oder doch?

Die Hydra griff an. Percy ging hinter einem riesigen Laufrad in

Deckung und sah sich um, auf der Suche nach den Kisten, die er in seinem Traum gesehen hatte. Er erinnerte sich vage an Raketenabschussrampen.

Auf der Tribüne wachte Piper über Nico, während die Leoparden vorrückten. Sie zielte mit ihrem Füllhorn und schoss einen Schmorbraten über die Köpfe der Wildkatzen. Der roch offenbar sehr gut, denn die Leoparden setzten sofort hinterher.

Nicht ganz dreißig Meter rechts von Piper kämpfte Jason mit Otis, Schwert gegen Speer. Otis hatte sein Diamantendiadem verloren und sah deshalb ziemlich wütend aus. Vermutlich hätte er Jason schon mehrere Male durchbohren können, aber der Riese wollte unbedingt bei jedem Angriff eine Pirouette drehen und das hielt natürlich auf.

Ephialtes lachte schallend, während er auf Knöpfe an seinem Schaltpult drückte, die Laufbänder auf Hochgeschwindigkeit stellte und wahllos Tierkäfige öffnete.

Die Hydra griff nun Percy hinter dem Laufrad an. Er sprang hinter eine Säule, schnappte sich einen Müllsack voller Wunderbrot und warf ihn auf das Monster. Die Hydra spie Säure, was ein Fehler war. Müllsack und Einwickelpapier lösten sich im Flug auf. Das Wunderbrot saugte die Säure auf, knallte gegen die Hydra und überzog sie mit einer klebrigen, dampfenden Schicht aus kalorienreicher giftiger Pampe.

Während das Monster schwankend die Köpfe schüttelte und heftig zwinkerte, um seine Augen von der Wundersäure zu befreien, schaute Percy sich verzweifelt um. Er konnte die Kästen mit den Raketenabschussvorrichtungen nicht entdecken, aber an der hinteren Wand lehnte eine seltsame Konstruktion, die wie die Staffelei eines Malers aussah, besetzt mit Reihen aus Raketenwerfern.

Percy entdeckte außerdem eine Bazooka, eine riesige Römische Kerze und ein Dutzend weitere scheußlich aussehende Waffen. Alle schienen miteinander verdrahtet zu sein und in dieselbe Richtung zu zielen, und alle waren an der Seite mit einem einzigen Bronzehebel verbunden. Oben auf der Staffelei waren mit Nelken die Wörter gelegt: FRÖHLICHEN UNTERGANG, ROM!

Percy sprang auf das Ding zu. Die Hydra zischte und setzte ihm nach.

»Jetzt weiß ich's«, rief Ephialtes glücklich. »Wir können mit Explosionen an der Via Labicana anfangen! Wir sollten unser Publikum nicht ewig warten lassen.«

Percy verschwand hinter der Staffelei und drehte sie zu Ephialtes um. Er besaß nicht Leos technisches Geschick, aber er wusste, wie man mit einer Waffe zielt.

Die Hydra kam auf ihn zugerast und versperrte ihm die Sicht auf den Riesen. Percy hoffte, sein Gerät hatte genug Feuerkraft, um zwei Ziele auf einmal zu erledigen. Er riss am Hebel. Der rührte sich nicht.

Alle acht Hydraköpfe ragten über ihm auf, bereit, ihn zu einer Schlammpfütze zerschmelzen zu lassen. Er riss noch einmal am Hebel. Diesmal bebte die Staffelei und die Waffen fingen an zu zischen.

»In Deckung!«, schrie Percy und hoffte, seine Freunde hätten begriffen.

Percy sprang zur Seite, als die Staffelei losfeuerte. Es klang wie eine Fiesta mitten in einer explodierenden Schießpulverfabrik. Sofort verdunstete die Hydra. Leider warf der Rückstoß die Staffelei um, die dabei in alle Richtungen weitere Geschosse abfeuerte. Ein Stück Decke brach herunter und zerschmetterte ein Wasserrad. Weitere Käfige wurden von ihren Ketten gerissen und setzten zwei

Zebras und die Hyänenmeute frei. Eine Granate ging über dem Kopf des Ephialtes los, warf ihn aber nur um. Das Schaltpult sah noch immer unversehrt aus.

Auf der anderen Seite der Halle hagelte es um Piper und Nico herum Sandsäcke. Piper versuchte, Nico aus der Gefahrenzone zu ziehen, aber ein Sack traf ihre Schulter und schlug sie zu Boden.

»Piper!«, schrie Jason. Er rannte zu ihr und vergaß dabei Otis, der seinen Speer auf Jason richtete.

»Aufpassen!«, rief Percy.

Jason reagierte ungeheuer schnell. Als Otis den Speer warf, rollte Jason sich zur Seite. Die Schwertspitze segelte über ihn hinweg und Jason rief mit einer Handbewegung einen Windstoß herbei, der die Richtung des Speers veränderte. Er flog durch den Raum und bohrte sich in Ephialtes' Seite, als der gerade auf die Beine kam.

»Otis!« Ephialtes taumelte von seinem Schaltpult weg und umklammerte den Speer, während er zu Monsterstaub zerfiel. »Hör *bitte* auf, mich umzubringen!«

»Nicht meine Schuld!«

Kaum hatte Otis das gesagt, da gab Percys Geschosswerfer ein letztes Römisches Kerzenfeuer ab. Die lodernde rosa Todeskugel (sie musste natürlich rosa sein) traf über Otis die Decke und zerplatzte zu einem wunderschönen Lichtregen. Bunte Funken drehten graziöse Pirouetten um den Riesen. Dann brach ein drei Meter langes Stück aus der Decke und schlug ihn zu Boden.

Jason rannte zu Piper. Sie wimmerte, als er ihren Arm berührte. Ihre Schulter sah unnatürlich verkrümmt aus, aber sie murmelte: »Gut, mir geht's gut.« Neben ihr setzte Nico sich auf und schaute sich verwirrt um, als ob er gerade erst begriff, dass er eine Schlacht verpasst hatte.

Leider waren die Riesen noch nicht erledigt. Ephialtes bildete sich bereits neu, sein Kopf und seine Schultern erhoben sich aus dem Staubhaufen. Er befreite seine Arme und starrte Percy wütend an.

Auf der anderen Seite der Halle bewegte sich ein Schutthaufen und Otis brach daraus hervor. Sein Kopf war ein wenig eingedrückt. Alle Böller in seiner Frisur waren explodiert und seine Zöpfe rauchten. Sein Gymnastikanzug war zerfetzt und wirkte noch weniger attraktiv als zuvor.

»Percy!«, schrie Jason. »Das Schaltpult!«

Percy löste sich aus seiner Erstarrung. Er fand Springflut in seiner Tasche, drehte die Kappe herunter und peilte das Schaltpult an. Er schlug mit der Klinge darauf und die Hebel und Knöpfe zersprangen in einem Regen aus bronzenen Funken.

»Nein!«, heulte Ephialtes. »Du hast die Vorstellung ruiniert!«

Percy drehte sich zu langsam um. Ephialtes schwang seinen Speer wie einen Baseballschläger und traf ihn quer über der Brust. Percy ging in die Knie und der Schmerz verwandelte seinen Magen in Lava.

Jason rannte zu ihm, aber Otis folgte ihm. Percy kam wieder auf die Beine und stand Schulter an Schulter mit Jason. Drüben bei der Tribüne lag Piper noch immer auf dem Boden und konnte nicht aufstehen. Nico war kaum bei Bewusstsein.

Die Riesen dagegen wurden mit jeder Minute stärker. Im Gegensatz zu Percy.

Ephialtes lächelte, als ob er um Entschuldigung bitten wollte. »Müde, Percy Jackson? Wie gesagt, du kannst uns nicht töten. Also haben wir uns wohl festgefahren. Oh, warte … haben wir nicht. Denn *wir* können *euch* töten!«

»Das«, knurrte Otis und hob seinen gefallenen Speer auf, »ist das erste Vernünftige, was du heute gesagt hast, Bruderherz.«

Die Riesen hoben die Waffen, um aus Percy und Jason Halbgottkebab zu machen.

»Wir geben uns nicht geschlagen«, knurrte Jason. »Wir werden euch in Stücke hacken, so wie Jupiter das mit Saturn gemacht hat.«

»Richtig«, sagte Percy. »Eigentlich seid ihr schon tot. Ist mir egal, ob uns ein Gott unterstützt oder nicht.«

»Na, das ist aber traurig«, sagte eine neue Stimme.

Auf seiner Rechten senkte sich eine weitere Tribüne von der Decke herab. Darauf stand ein Mann in einem lila T-Shirt, Khakishorts und Sandalen mit weißen Socken, der sich lässig auf einen von einem Tannenzapfen gekrönten Stab stützte. Er lupfte seinen breitkrempigen Hut und in seinen Augen flackerten violette Flammen. »Ich möchte diese außerplanmäßige Reise nur ungern umsonst gemacht haben.«

XLVII

Percy

Percy hätte Mr D nie für jemanden mit beruhigendem Einfluss gehalten, aber plötzlich wurde alles ganz still. Die Maschinen kamen knirschend zum Stillstand. Die wilden Tiere hörten auf zu knurren.

Die beiden Leoparden kamen herübergelaufen – sie leckten sich nach Pipers Schmorbraten noch immer die Lippen – und stupsten liebevoll mit ihren Köpfen die Beine des Gottes an. Mr D kraulte ihnen die Ohren.

»Wirklich, Ephialtes«, sagte er vorwurfsvoll. »Halbgötter umbringen geht ja noch. Aber Leoparden in deiner Show einsetzen? Da ist wirklich Schluss.«

Der Riese stieß ein Quieken aus. »Das – das ist unmöglich. D… D…«

»Es heißt übrigens Bacchus, mein alter Freund«, sagte der Gott. »Und natürlich ist es möglich. Jemand hat mir erzählt, dass hier gerade eine Party läuft.«

Er sah genauso aus wie in Kansas, aber Percy konnte sich noch immer nicht mit dem Unterschied zwischen Bacchus und seinem alten Nicht-gerade-Busenfreund Mr D abfinden.

Bacchus war magerer und gemeiner. Er hatte weniger Schmerbauch, längere Haare, einen elastischeren Gang und viel mehr Wut in den Augen. Er konnte sogar einen aufgespießten Tannenzapfen bedrohlich aussehen lassen.

Ephialtes' Speer zitterte. »Du … Ihr Götter seid verloren. Also heb dich hinweg, in Gaias Namen!«

»Hmmm.« Bacchus schien nicht beeindruckt zu sein. Er schlenderte zwischen den zerstörten Requisiten, Tribünen und Sondereffekten umher.

»Schund.« Er zeigte auf einen gemalten hölzernen Gladiator, dann drehte er sich zu einem Apparat um, der aussah wie ein überdimensionales und mit Messern besetztes Nudelholz. »Billig. Langweilig. Und das …« Er musterte den Geschosswerfer, der noch immer rauchte. »Schund, billig und dazu noch langweilig. Ehrlich, Ephialtes. Du hast kein Gespür für Stil.«

»STIL?« Das Gesicht des Riesen lief rot an. »Ich habe Berge von Stil, ich bestimme, was Stil ist, ich … ich …«

»Meinem Bruder quillt Stil aus allen Poren«, verkündete Otis.

»Danke«, rief Ephialtes.

Bacchus trat vor und die Riesen taumelten rückwärts. »Seid ihr kleiner geworden?«, fragte der Gott.

»Also, das reicht jetzt aber«, knurrte Ephialtes. »Ich bin immer noch groß genug, um dich zu vernichten, Bacchus. Ihr Götter, immer versteckt ihr euch hinter euren sterblichen Helden und vertraut das Schicksal des Olymps solchen wie denen da an.«

Er schaute Percy verächtlich an.

Jason hob sein Schwert. »Herr Bacchus, bringen wir diese Riesen jetzt um oder nicht?«

»Na, das will ich doch hoffen«, sagte Bacchus. »Bitte, macht weiter.«

Percy starrte ihn an. »Seid Ihr nicht hergekommen, um uns zu helfen?«

Bacchus zuckte mit den Schultern. »Ach, das Opfer auf dem Meer hat mir gefallen. Ein ganzes Schiff voller Cola light. Sehr hübsch. Auch wenn mir Pepsi light lieber gewesen wäre.«

»Und sechs Millionen in Gold und Edelsteinen«, murmelte Piper.

»Ja«, sagte Bacchus. »Aber bei Halbgottgruppen von mehr als fünf ist das Trinkgeld inbegriffen, das wäre also nicht nötig gewesen.«

»Was?«

»Ach, egal«, sagte Bacchus. »Jedenfalls habt ihr meine Aufmerksamkeit erregt. Und hier bin ich. Jetzt muss ich sehen, dass ihr meine Hilfe verdient habt. Also los. Kämpft. Wenn ich überzeugt bin, springe ich zum großen Finale auf.«

»Wir haben einen durchbohrt«, sagte Percy. »Und haben dem anderen die Decke auf den Kopf fallen lassen. Was könnte Euch denn sonst noch so überzeugen?«

»Ach, gute Frage«, Bacchus trommelte auf seinem Thyrsos herum. Dann lächelte er auf eine Weise, bei der Percy nervös wurde. »Vielleicht braucht ihr Inspiration? Die Bühne ist noch nicht richtig aufgebaut. Das nennst du eine Show, Ephialtes? Ich werde dir mal zeigen, wie man das macht.«

Der Gott löste sich zu violettem Dunst auf. Piper und Nico verschwanden.

»Pipes«, schrie Jason. »Bacchus, wo habt Ihr …«

Der ganze Boden erbebte und hob sich langsam. Die Decke öffnete sich zu einer Reihe von einzelnen Platten. Sonnenlicht strömte herein. Die Luft flimmerte wie bei einer Luftspiegelung und Percy hörte über sich das Brüllen einer Menschenmenge.

Das Hypogäum hob sich durch einen Wald aus verwitterten Steinsäulen in die Mitte eines zerfallenen Kolosseums.

Percys Herz schlug einen Purzelbaum. Das hier war nicht irgendein Kolosseum. Es war *das* Kolosseum. Die Maschinen, mit denen die Riesen die besonderen Effekte erzielten, hatten Überstunden gemacht und Bretter über zerbrochene Stützbalken gelegt, so dass die

Arena wieder einen richtigen Boden hatte. Die Sitzbänke hatten sich selbst repariert und waren von blendendem Weiß. Ein riesiger rotgoldener Baldachin war errichtet worden, um Schutz vor der Nachmittagssonne zu spenden. Die kaiserliche Loge war mit Seide ausgeschlagen und umrahmt von Bannern und goldenen Adlern. Der tosende Applaus kam von Tausenden von schimmernden violetten Geistern, den Laren Roms, die zu einer Zugabe zurückgeholt worden waren.

Schlitze im Boden sprangen auf, aus denen Sand durch die Arena sprühte. Riesige Kulissen wurden ausgefahren – garagengroße Gipsberge, Steinsäulen und (aus unerfindlichem Grund) lebensgroße Bauernhoftiere aus Plastik. Auf der einen Seite erschien ein kleiner See. Gräben zogen sich kreuz und quer durch die Arena, für den Fall, dass irgendwer Lust auf einen Schützengrabenkrieg verspürte. Percy und Jason standen zusammen den Riesen gegenüber.

»*Das* ist eine richtige Show«, dröhnte die Stimme des Bacchus. Er saß in der kaiserlichen Loge und trug lilafarbene Gewänder und einen goldenen Lorbeerkranz. Zu seiner Linken saßen Nico und Piper, deren Schulter von einer Nymphe in Schwesterntracht behandelt wurde. Zur Rechten des Bacchus kauerte ein Satyr und bot Weintrauben und Tortillachips an. Der Gott hob eine Dose Pepsi light und die Menge verstummte respektvoll.

Percy starrte ihn wütend an. »Ihr wollt einfach dasitzen?«

»Der Halbgott hat Recht«, brüllte Ephialtes. »Kämpf selbst mit uns, du Feigling. Äh, ohne die Halbgötter.«

Bacchus lächelte träge. »Juno sagt, sie habe eine brauchbare Mannschaft aus Halbgöttern zusammengebracht. Zeigt es mir. Unterhaltet mich, ihr Helden des Olymp. Gebt mir einen Grund, noch mehr zu tun. Ein Gott hat schließlich seine Privilegien.«

Er öffnete die Pepsidose und die Menge jubelte ihm zu.

XLVIII

Percy

Percy hatte schon viele Schlachten ausgefochten. Er hatte sogar schon zweimal in einer Arena gekämpft, aber nichts davon war hiermit vergleichbar. In diesem riesigen Kolosseum mit den Tausenden von jubelnden Geistern, während der Gott Bacchus auf ihn herabstarrte und die beiden vier Meter großen Riesen über ihm aufragten, fühlte Percy sich so klein und bedeutungslos wie eine Wanze. Und er war außerdem verdammt wütend.

Gegen Riesen kämpfen zu müssen war schon schlimm genug. Dass Bacchus daraus ein Spiel machte, war einfach zu viel.

Percy fiel ein, was Luke Castellan ihm Jahre zuvor gesagt hatte, als Percy von seinem allerersten Einsatz zurückgekehrt war: *Ist dir nicht aufgegangen, wie sinnlos alles ist? Dieses ganze Heldentum – als Spielfigur der Gottheiten?*

Percy war jetzt fast so alt wie Luke damals. Er konnte verstehen, warum Luke so verbittert gewesen war. In den vergangenen fünf Jahren war Percy viel zu oft eine Spielfigur gewesen. Die Olympier schienen ihn abwechselnd für ihre Intrigen zu benutzen.

Vielleicht waren die Götter ja den Titanen oder den Riesen oder Gaia immer noch vorzuziehen, aber das machte sie noch längst nicht weise oder gut. Und es führte auch nicht dazu, dass Percy diesen blödsinnigen Kampf in der Arena gut fand.

Aber leider hatte er keine Wahl. Wenn er seine Freunde retten wollte, musste er die Riesen besiegen. Er musste überleben und Annabeth finden.

Ephialtes und Otis machten ihm die Entscheidung leichter, weil sie einfach angriffen. Gemeinsam hoben die Riesen eine Bergatrappe hoch, die so groß war wie Percys Wohnung in New York, und schleuderten sie auf die Halbgötter.

Percy und Jason sprangen aus dem Weg. Sie ließen sich zusammen in den nächstbesten Graben fallen, während der Berg über ihnen zerbrach und sie mit Gipsschrot beschoss. Es war nicht tödlich, stach aber wie ein verrückter Bienenschwarm.

Die Menge johlte und wollte Blut sehen. *»Kämpfen! Kämpfen!«*

»Soll ich mir noch mal Otis vornehmen?«, brüllte Jason durch den ganzen Lärm. »Oder willst du ihn auch mal?«

Percy versuchte zu überlegen. Es wirkte ganz natürlich, zu teilen – ein Halbgott gegen einen Riesen –, aber beim letzten Mal hatte das nicht gerade gut funktioniert. Ihm dämmerte, dass sie eine andere Strategie brauchten.

Auf dieser ganzen Reise hatte Percy sich verantwortlich gefühlt und seine Freunde anführen und beschützen wollen. Er war sicher, dass Jason genauso empfunden hatte. Sie hatten in kleinen Gruppen operiert, in der Hoffnung, dass sie dann sicherer wären. Sie hatten allein gekämpft, jeder von ihnen hatte das getan, was ihm am besten lag. Aber Hera hatte sicher einen Grund gehabt, warum sie eine Gruppe von sieben zusammengestellt hatte. Die wenigen Male, wenn Percy und Jason zusammengearbeitet hatten – als sie in Fort Sumter den Sturm gerufen und der Argo II geholfen hatten, den Säulen des Herkules zu entkommen, und sogar, als sie im Nymphäum das Wasser verdünnt hatten –, hatte Percy sich zuversichtlicher gefühlt, hatte Probleme besser erkennen können, so, als ob er sein Leben lang ein Zyklop gewesen wäre und nun plötzlich mit zwei Augen erwacht sei.

»Wir greifen zusammen an«, sagte er. »Zuerst Otis, weil er schwächer ist. Wir schalten ihn ganz schnell aus und nehmen uns dann Ephialtes vor. Bronze und Gold zusammen – vielleicht formen sie sich dann nicht ganz so schnell wieder neu.«

Jason grinste schief, als ob er gerade erkannt hätte, dass er auf eine peinliche Weise sterben würde.

»Warum nicht?«, fragte er dann. »Aber Ephialtes steht sicher nicht tatenlos herum, während wir seinen Bruder umbringen. Außer …«

»Guter Wind heute«, sagte Percy vielsagend. »Und unter der Arena verlaufen einige Wasserleitungen.«

Jason begriff sofort. Er lachte und Percy empfand einen Funken von Freundschaft. Dieser Typ dachte in vielen Dingen genau wie er.

»Bei drei?«, fragte Jason.

»Warum warten?«

Sie sprangen aus dem Graben. Wie Percy angenommen hatte, hatten die Zwillinge sich einen weiteren Gipsberg geschnappt und warteten auf freie Bahn. Sie hoben den Berg über ihre Köpfe und machten sich bereit zum Wurf, aber Percy ließ unter ihren Füßen eine Wasserleitung bersten und der Boden bebte. Jason schleuderte einen Windstoß gegen die Brust des Ephialtes. Der Riese mit den lila Haaren taumelte rückwärts und Otis rutschte der Berg aus den Händen, weshalb er auf Otis' Bruder knallte. Nur Ephialtes' Schlangenfüße lugten hervor und ihre Köpfe schnellten hin und her, wie um zu sehen, wo denn der Rest ihres Körpers geblieben sein könnte.

Die Menge brüllte begeistert, aber Percy vermutete, dass Ephialtes einfach nur betäubt war. Ihnen blieben höchstens einige Sekunden.

»He, Otis«, brüllte er. »Der *Nussknacker* beißt!«

»Aahhhh!« Otis griff zu seinem Speer und schleuderte ihn, aber er war zu wütend, um richtig zu zielen. Jason lenkte den Speer über Percys Kopf in den See.

Die Halbgötter wichen zum Ufer zurück und brüllten Gemeinheiten über Ballett – was gar nicht so einfach war, denn Percy wusste nicht viel darüber.

Otis jagte mit leeren Händen auf ihn zu, bis ihm aufging, dass er 1.) leere Hände hatte und dass es 2.) vielleicht nicht gerade eine kluge Idee war, auf eine Menge Wasser zuzurennen, um den Sohn des Poseidon anzugreifen.

Zu spät versuchte er anzuhalten. Die Halbgötter rollten sich zur Seite und Jason rief den Wind herbei, der den Schwung des Riesen nutzte, um ihn ins Wasser zu schieben. Als Otis versuchte, wieder auf die Beine zu kommen, fielen Percy und Jason gleichzeitig über ihn her und ließen ihre Klingen auf Otis' Schädel knallen.

Der arme Kerl konnte nicht mal mehr eine Pirouette drehen. Er löste sich an der Oberfläche des Sees zu Pulver auf, wie eine riesige Packung Instantlimo.

Percy peitschte den See zum Whirlpool auf. Das Wesen des Otis versuchte, sich neu zu bilden, aber als sein Kopf aus dem Wasser auftauchte, rief Jason einen Blitz herbei und ließ ihn wieder zu Pulver explodieren.

So weit, so gut, aber sie würden Otis nicht ewig kleinhalten können. Percy war schon von dem Kampf unter der Erde müde. Sein Körper tat noch immer weh nach dem Schlag mit dem Speerschaft. Er spürte, dass seine Kraft nachließ, und sie mussten noch einen weiteren Riesen ausschalten.

Wie aufs Stichwort explodierte hinter ihnen der Gipsberg. Ephialtes richtete sich auf und brüllte vor Wut.

Percy und Jason warteten, als der Riese mit dem Speer in der

Hand auf sie zutrottete. Offenbar hatte es seine Energie verdoppelt, dass er unter dem Gipsberg platt gedrückt worden war. In seinen Augen tanzte ein mörderisches Licht. Die Nachmittagssonne ließ die Münzen in seinen Zöpfen funkeln. Sogar seine Schlangenfüße sahen wütend aus, sie bleckten ihre Hauzähne und zischten.

Jason rief einen weiteren Blitzstrahl herbei, aber Ephialtes fing ihn mit seinem Speer, lenkte den Stromstoß ab und ließ eine lebensgroße Plastikkuh schmelzen. Er schleuderte eine Steinsäule nach ihnen wie einen Turm aus Bauklötzen.

Percy versuchte, den See weiter kochen zu lassen. Er wollte nicht, dass Otis auf die Beine kam, um sich in den Kampf zu stürzen, doch als Ephialtes die letzten Meter hinter sich brachte, konnte Percy sich nicht mehr auf Otis konzentrieren.

Jason und er stellten sich dem Angriff des Riesen. Sie sprangen um Ephialtes herum, sie stachen und schlugen in einem Wirbel aus Gold und Bronze, aber der Riese erwiderte jeden Hieb.

»Ich ergebe mich nicht!«, brüllte Ephialtes. »Ihr habt vielleicht meine Show ruiniert, aber Gaia wird eure Welt zerstören!«

Percy schlug zu und durchschnitt den Speer des Riesen. Ephialtes ließ sich nicht beeindrucken. Der Riese holte mit dem stumpfen Ende aus und warf Percy zu Boden. Percy knallte auf seinen Schwertarm und Springflut flog klirrend aus seiner Hand.

Jason versuchte, seinen Vorteil zu nutzen. Er sprang ganz dicht vor den Riesen und versuchte, dessen Brust zu treffen, aber irgendwie schaffte Ephialtes es, den Hieb abzuwehren. Er fuhr mit der Schwertspitze über Jasons Brust und zerschnitt sein lila T-Shirt zu einem Trägerhemd. Jason stolperte und sah den dünnen Bach aus Blut an, der über seinen Brustkasten lief. Ephialtes versetzte ihm einen Tritt und Jason rutschte rückwärts.

In der kaiserlichen Loge schrie Piper auf, aber ihre Stimme ertrank im Gebrüll der Menge. Bacchus sah mit belustigtem Lächeln zu und mampfte eine Tüte Tortillachips. Ephialtes ragte über Percy und Jason auf und hielt beide Teile seines zerbrochenen Speers über sie. Percys Schwertarm war wie betäubt. Jasons *Gladius* war über den Boden der Arena fortgerutscht. Ihr Plan war fehlgeschlagen.

Percy schaute gerade zu Bacchus hoch und überlegte sich, mit welchem letzten Fluch er den nutzlosen Weingott belegen wollte, als er am Himmel über dem Kolosseum einen Umriss sah – ein großes dunkles Oval, das sich in hohem Tempo senkte.

Vom See her stieß Otis einen Schrei aus, um seinen Bruder zu warnen, aber sein halb zerflossenes Gesicht brachte nur »U-uhmmuh« zu Stande.

»Keine Sorge, Bruderherz«, sagte Ephialtes und sah noch immer die Halbgötter an. »Ich werde sie leiden lassen.«

Die Argo II wendete in der Luft, drehte der Arena die Backbordseite zu und grünes Feuer toste aus den Geschützen.

»Übrigens«, sagte Percy, »schau dich mal um.«

Er und Jason rollten sich weg, als Ephialtes sich umdrehte und ungläubig aufbrüllte.

Percy ließ sich in genau dem Moment in einen Graben fallen, als die Explosion das Kolosseum erschütterte.

Als er wieder aus dem Graben stieg, setzte die Argo II schon zur Landung an. Jason schaute hinter seinem improvisierten Unterstand in Form eines Plastikpferdes hervor. Ephialtes lag versengt und stöhnend auf dem Boden und der Sand um ihn herum war in der Hitze des Griechischen Feuers zu Glas geworden. Otis trieb hilflos im See und versuchte, sich neu zu bilden, aber von den Armen abwärts sah er aus wie eine Lache aus angebranntem Haferbrei.

Percy taumelte zu Jason hinüber und schlug ihm auf die Schulter. Die Geistermenge brach in stehende Ovationen aus, als die Argo II die Landeräder ausfuhr und auf dem Arenaboden aufsetzte. Leo war am Ruder, Hazel und Frank standen neben ihm und grinsten. Trainer Hedge tanzte auf dem Geschützstand, fuchtelte mit der Faust in der Luft herum und rief immer wieder: »So hab ich das gemeint!«

Percy wandte sich der kaiserlichen Loge zu. »Na?«, rief er Bacchus zu. »War das unterhaltsam genug für Euch, Ihr versoffener kleiner …«

»Langsam, langsam.« Plötzlich stand der Gott neben ihm in der Arena. Er wischte sich Chipskrümel von seinem lila Gewand. »Ich habe entschieden, dass ihr würdige Partner in diesem Kampf seid.«

»Partner?«, knurrte Jason. »Ihr habt doch keinen Finger gerührt.«

Bacchus ging zum Seeufer. Sofort war das Wasser verschwunden und nur noch ein otisköpfiger Breihaufen übrig. Bacchus stakste mitten in den See, schaute zur Zuschauermenge hoch und hob seinen Thyrsos.

Die Menge johlte und spottete und senkte die Daumen. Percy hatte nie so richtig gewusst, ob das *stirb* oder *lebe* bedeutete. Er hatte schon beides gehört.

Bacchus entschied sich für die unterhaltsamere Interpretation. Er knallte seinen Tannenzapfenstab auf Otis' Kopf und der riesige Haufen aus Otisbrei löste sich vollständig auf.

Die Menge drehte durch. Bacchus stieg aus dem See und stolzierte weiter zu Ephialtes, der noch immer mit ausgebreiteten Armen und Beinen dalag, gar gekocht und dampfend.

Abermals hob Bacchus seinen Thyrsos.

»TU ES!«, brüllte die Menge.

»TU ES NICHT!«, heulte Ephialtes.

Bacchus tippte die Nase des Riesen an und Ephialtes zerfiel zu Asche.

Die Geister jubelten und warfen geisterhaftes Konfetti, während Bacchus mit triumphierend erhobenen Armen um das Stadion herumschritt und sich in der Begeisterung suhlte. Er grinste die Halbgötter an. »Das, ihr Lieben, ist eine Show. Und natürlich habe ich etwas getan. Ich habe zwei Riesen getötet.«

Als Percys Freunde aus dem Schiff stiegen, schimmerte die Geistermenge kurz und war dann verschwunden. Piper und Nico konnten gerade noch aus der kaiserlichen Loge klettern, als die magischen Reparaturen des Kolosseums sich in Nebel auflösten. Der Boden der Arena blieb stabil, aber ansonsten sah das Stadion aus, als ob es seit Äonen keine Riesentötung mehr erlebt hätte.

»Na«, sagte Bacchus. »Das hat Spaß gemacht. Ich erlaube euch, eure Reise fortzusetzen.«

»Das *erlaubt* Ihr uns?«, fauchte Percy.

»Ja«, Bacchus hob eine Augenbraue. »Obwohl *deine* Reise wohl ein wenig schwerer ausfallen könnte, als du erwartest, Sohn des Neptun.«

»Poseidon«, korrigierte Percy automatisch. »Was soll das heißen, *meine* Reise?«

»Du könntest es mit dem Parkplatz hinter dem Vittoriano probieren«, sagte Bacchus. »Beste Stelle für einen Durchbruch. Und jetzt lebt wohl, ihr Lieben. Ach, und viel Glück bei der anderen kleinen Angelegenheit.«

Der Gott löste sich zu einer Nebelwolke auf, die vage nach Traubensaft roch. Jason rannte zu Piper und Nico.

Trainer Hedge trabte, dicht gefolgt von Hazel, Frank und Leo, auf Percy zu. »War das Dionysos?«, fragte Hedge. »Ach, den Typen liebe ich.«

»Ihr lebt noch!«, sagte Percy zu den anderen. »Die Riesen haben gesagt, ihr wärt in Gefangenschaft geraten. Was ist passiert?«

Leo zuckte mit den Schultern. »Ach, das war einfach mal wieder ein brillanter Plan von Leo Valdez. Ihr würdet staunen, wenn ihr wüsstet, was man mit einer archimedischen Kugel, einem Mädchen, das in der Erde so allerlei wittert, und einem Wiesel so alles anfangen kann.«

»Ich war das Wiesel«, sagte Frank düster.

»Kurz gesagt«, erklärte Leo, »habe ich mit der archimedischen Kugel eine hydraulische Schraube aktiviert – die wird übrigens umwerfend sein, wenn ich sie erst auf dem Schiff installiert habe. Hazel hat den besten Weg zur Erdoberfläche erschnüffelt. Wir haben einen Tunnel angelegt, der groß genug für ein Wiesel war, und Frank ist mit einem einfachen Sender hochgeklettert, den ich zusammengeschustert hatte. Danach brauchten wir uns nur noch in Trainer Hedges Lieblingssatellitensender einzuhacken und ihm zu sagen, er solle mit dem Schiff kommen und uns retten. Als er uns dann geholt hatte, war es ziemlich einfach, euch zu finden, dank dieser göttlichen Lightshow hier im Kolosseum.«

Percy hatte ungefähr zehn Prozent von Leos Geschichte verstanden, aber er beschloss, dass ihm das reichte, da er eine dringlichere Frage hatte.

»Wo ist Annabeth?«

Leo wand sich. »Ja, also Annabeth … die hat noch immer Probleme, glauben wir. Verletzt, vielleicht ein Bein gebrochen – jedenfalls nach der Vision, die Gaia uns gezeigt hat. Ihre Rettung ist unser nächster Programmpunkt.«

Zwei Sekunden vorher hätte Percy einfach zusammenbrechen können. Jetzt schoss eine neue Adrenalinwelle durch seinen Leib. Er wollte Leo erwürgen und fragen, warum die Argo II nicht zuerst zu Annabeth gefahren war, um sie zu retten, aber er dachte dann doch, das könnte sich ein bisschen undankbar anhören.

»Erzählt mir von der Vision«, sagte er. »Erzählt mir alles.«

Der Boden bebte. Die hölzernen Bretter begannen zu verschwinden und Sand rieselte in die Gruben des Hypogäums unter ihnen.

»Reden wir lieber an Bord weiter«, schlug Hazel vor. »Lasst uns starten, solange das noch geht.«

Sie segelten aus dem Kolosseum und nahmen dann über den Dächern von Rom Kurs nach Süden.

Überall um die Piazza del Colosseo war der Verkehr zum Stillstand gekommen. Eine Menge von Sterblichen war zusammengeströmt und staunte vermutlich über die seltsamen Lichter und Geräusche aus den Ruinen. Soweit Percy das sehen konnte, war keiner der aufsehenerregenden Zerstörungspläne der Riesen von Erfolg gekrönt gewesen. Die Stadt sah genauso aus wie vorher. Niemand schien die riesige griechische Triere zu bemerken, die sich in die Luft hob.

Die Halbgötter versammelten sich um das Steuerruder. Jason verband Pipers lädierte Schulter, während Hazel am Bug saß und Nico Ambrosia einflößte. Der Sohn des Hades konnte nur mit Mühe den Kopf heben. Seine Stimme war so leise, dass Hazel sich über seinen Mund beugen musste, wenn er etwas sagte.

Frank und Leo erzählten, was in der Werkstatt mit den archimedischen Kugeln geschehen war und was Gaia ihnen im Bronzespiegel gezeigt hatte. Sie kamen rasch überein, dass sie Annabeth am ehesten finden würden, wenn sie den rätselhaften Rat des Bacchus befolgten, zum Vittoriano zu fliegen – was immer das sein mochte. Frank setzte sich an den Computer des Steuerruders, während Leo wütend an den Hebeln zog und »Vittoriano, Vittoriano« murmelte. Trainer Hedge versuchte zu helfen, indem er mit einem auf dem Kopf stehenden Stadtplan von Rom rang.

Percy kniete sich neben Jason und Piper. »Was macht die Schulter?«

Piper lächelte. »Die wird schon verheilen. Ihr wart beide großartig.«

Jason versetzte Percy einen Rippenstoß. »Kein schlechtes Team, du und ich.«

»Besser als beim Zweikampf in einem Maisfeld in Kansas«, stimmte Percy zu.

»Da ist es!«, rief Leo und zeigte auf seinen Bildschirm. »Frank, du bist umwerfend. Ich halte darauf zu.«

Frank zog die Schultern ein. »Ich hab einfach den Namen auf dem Bildschirm gelesen. Irgendein chinesischer Tourist hat es bei Google Maps markiert.«

Leo grinste die anderen an. »Er kann Chinesisch lesen.«

»Nur ganz wenig«, sagte Frank.

»Das ist doch total cool!«

»Leute«, schaltete sich Hazel ein. »Ich unterbreche eure Bewunderungsrunde ja nur ungern, aber das solltet ihr euch anhören.«

Sie half Nico auf die Füße. Er war schon immer blass gewesen, aber jetzt sah seine Haut aus wie Milchpulver. Seine eingesunkenen dunklen Augen erinnerten Percy an Fotos von befreiten Kriegsgefangenen, was Nico ja irgendwie auch war.

»Danke«, brachte Nico mit Mühe heraus. Seine Augen jagten nervös von einem zum anderen. »Ich hatte die Hoffnung aufgegeben.«

In der vergangenen Woche hatte Percy sich eine Menge bissiger Bemerkungen zurechtgelegt, die er Nico vor den Latz knallen wollte, wenn sie sich wiederbegegneten, aber der Junge sah so schwach und traurig aus, dass Percy nicht viel Wut aufbringen konnte.

»Du hast die ganze Zeit von den beiden Camps gewusst«, sagte Percy. »Du hättest es mir an meinem ersten Tag in Camp Jupiter sagen können, aber das hast du nicht getan.«

Nico sackte gegen das Steuerruder. »Percy, es tut mir sehr leid. Ich habe Camp Jupiter im vergangenen Jahr entdeckt. Mein Dad hat mich hingeführt, aber ich weiß nicht, warum. Er sagte, die Götter hätten die Camps seit Jahrhunderten voneinander getrennt gehalten und ich dürfte es niemandem erzählen. Die Zeit sei noch nicht reif. Aber er hat gesagt, es wäre wichtig für mich, es zu wissen …« Er krümmte sich in einem Hustenanfall.

Hazel hielt seine Schultern, bis er wieder stehen konnte.

»Ich … Ich hatte gedacht, Dad meinte wegen Hazel«, sagte er dann. »Dass ich einen sicheren Ort brauchen würde, an den ich sie bringen könnte. Aber jetzt … jetzt glaube ich, er wollte, dass ich von beiden Camps weiß, damit ich verstehe, wie wichtig euer Einsatz ist, und damit ich nach den Toren des Todes suche.«

Die Luft lud sich elektrisch auf – im wahrsten Sinne des Wortes, denn Jason sprühte Funken.

»Hast du die Tore gefunden?«, fragte Percy.

Nico nickte. »Ich war ein Idiot. Ich dachte, ich könnte in der Unterwelt überallhin, aber ich bin voll in Gaias Falle getappt. Ich hätte genauso gut versuchen können, vor einem schwarzen Loch wegzulaufen.«

»Äh …«, Frank nagte an seiner Unterlippe. »Von was für einem schwarzen Loch redest du da?«

Nico wollte antworten, aber was immer er sagen wollte, war offenbar zu entsetzlich. Er drehte sich zu Hazel um.

Sie legte ihrem Bruder die Hand auf den Arm. »Nico hat mir gesagt, dass die Tore des Todes zwei Seiten haben – eine in der sterblichen Welt und eine in der Unterwelt. Die sterbliche Seite des Eingangs ist in Griechenland. Sie wird von Gaias Truppen schwer bewacht. Dort haben sie Nico in die Oberwelt gebracht. Und dann wurde er nach Rom geschafft.«

Piper war offenbar nervös, denn ihr Füllhorn spie einen Cheeseburger aus. »Wo genau in Griechenland ist dieses Tor?«

Nico holte röchelnd Atem. »Das Haus des Hades. Es ist ein unterirdischer Tempel in Epirus. Ich kann ihn auf einer Karte einzeichnen, aber – die sterbliche Seite des Portals ist nicht das Problem. In der Unterwelt sind die Tore des Todes im … im …«

Ein kaltes Händepaar tanzte auf Percys Rückgrat einen Spinnentwist.

Ein schwarzes Loch. Ein Teil der Unterwelt, zu dem nicht einmal Nico di Angelo Zutritt hatte und aus dem es kein Entrinnen gab. Warum hatte Percy nicht längst daran gedacht? Er hatte doch am Rand dieses Ortes gestanden. Er hatte noch immer Albträume davon.

»Im Tartarus«, vermutete er. »Dem tiefsten Teil der Unterwelt.«

Nico nickte. »Sie haben mich in die Grube gezerrt, Percy. Und was ich da unten gesehen habe …« Seine Stimme versagte.

Hazel spitzte die Lippen. »Kein Sterblicher hat je den Tartarus betreten«, erklärte sie. »Jedenfalls ist noch nie jemand hineingegangen und lebend zurückgekehrt. Es ist das Hochsicherheitsgefängnis des Hades, wo die alten Titanen und die übrigen Feinde der Götter in Ketten liegen. Alle Monster, die auf der Erde sterben, kommen dorthin. Es ist … na ja, genau weiß niemand, wie es dort ist.«

Ihre Augen wanderten zu ihrem Bruder weiter. Sie brauchte den nächsten Satz nicht laut auszusprechen. *Niemand, außer Nico.*

Hazel reichte ihm sein schwarzes Schwert.

Nico stützte sich darauf wie ein alter Mann auf einen Krückstock. »Jetzt begreife ich, warum Hades diese Tore nicht schließen konnte«, sagte er. »Nicht einmal Thanatos, der Gott des Todes, würde sich dorthin wagen.«

Leo schaute vom Steuerrad herüber. »Also, lasst mich raten. Da müssen wir hin.«

Nico schüttelte den Kopf. »Das ist unmöglich. Ich bin der Sohn des Hades und selbst ich hätte das kaum überlebt. Gaias Truppen haben mich sofort überwältigt. Sie sind so mächtig da unten … kein Halbgott hätte da eine Chance. Ich wäre fast wahnsinnig geworden.«

Nicos Augen sahen aus wie zersplittertes Glas. Percy fragte sich, ob wohl etwas in ihm für immer zerbrochen sein könnte.

»Dann segeln wir nach Epirus«, sagte Percy. »Und schließen die Tore auf unserer Seite.«

»Wenn das so einfach wäre«, sagte Nico. »Die Tore müssen von beiden Seiten gleichzeitig geschlossen werden. Es ist wie ein Doppelsiegel. Vielleicht, aber nur vielleicht, könntet ihr sieben, wenn ihr zusammenhaltet, Gaias Truppen auf der Seite der Sterblichen besiegen, im Haus des Hades. Aber ohne ein Team, das gleichzeitig auf der Tartarusseite kämpft, ein Team, das mächtig genug ist, um eine Legion von Monstern zu schlagen …«

»Es muss eine Möglichkeit geben«, sagte Jason.

Niemand hatte eine geniale Idee.

Percy hatte das Gefühl, dass sein Magen bleischwer wurde. Dann ging ihm auf, dass das Schiff sank und auf einen Palast zuflog.

Annabeth. Nicos Mitteilung war so schrecklich gewesen, dass Percy für einen Moment vergessen hatte, dass sie noch immer in Gefahr schwebte, und nun fühlte er sich unbeschreiblich schuldig.

»Wir kümmern uns später um das Tartarusproblem«, sagte er. »Ist das da das Vittoriano?«

Leo nickte. »Bacchus hat irgendwas über den Parkplatz dahinter gesagt. Na, da ist er. Was jetzt?«

Percy dachte an seinen Traum von der finsteren Kammer und der bösen summenden Stimme des Monsters, das *hohe Herrin* genannt wurde. Er dachte daran, wie erschüttert Annabeth nach ihrer Begegnung mit den Spinnen bei ihrer Rückkehr aus Fort Sumter ausgesehen hatte. Percy konnte sich denken, was sich unten in dem Heiligtum befand … die Mutter aller Spinnen, im wörtlichen Sinne. Wenn er Recht hatte und Annabeth seit Stunden mit dieser Kreatur da unten gefangen war, mit einem gebrochenen Bein … Plötzlich war es ihm völlig egal, ob sie diesen Weg allein gehen musste oder nicht.

»Wir müssen sie da rausholen«, sagte er.

»Na ja, klar«, stimmte Leo zu. »Aber, äh …«

Er sah aus, als wollte er sagten: *Was ist, wenn wir zu spät kommen?*

Klugerweise wechselte er das Thema. »Da ist noch ein Parkplatz im Weg.«

Percy sah Trainer Hedge an. »Bacchus hat etwas über einen *Durchbruch* gesagt. Trainer, haben Sie noch Muni für die Geschütze?«

Der Satyr grinste wie ein wilder Bock. »Ich dachte schon, du würdest niemals fragen.«

XLIX

Annabeth

Annabeth hatte die Grenzen des Entsetzens erreicht.

Sie war von machohaften Geistern angegriffen worden. Sie hatte sich den Knöchel gebrochen. Sie war von einer Spinnenarmee über einen Abgrund gejagt worden. Jetzt, mit furchtbaren Schmerzen, den Knöchel mit Leisten und Blasenfolie verbunden und geschient, und ohne irgendeine Waffe bis auf ihren Dolch, stand sie Arachne gegenüber – einer grauenhaften Halbspinne, die sie umbringen und zur Erinnerung an diese Tat einen Bildteppich weben wollte.

Während der vergangenen Stunden hatte Annabeth gezittert, geschwitzt, gewimmert und so viele Tränen unterdrückt, dass ihr Körper einfach keine Angst mehr zu Stande bringen konnte. Ihre Gedanken waren so ungefähr: *Tut mir leid, mehr, als ich es ohnehin schon tue, kann ich mich einfach nicht fürchten.*

Und stattdessen begann Annabeth, nachzudenken.

Die entsetzliche Kreatur kletterte von der Spitze der mit Spinnweben umwundenen Statue nach unten. Sie bewegte sich von Strang zu Strang, zischte vor Zufriedenheit und ihre vier Augen funkelten in der Dunkelheit. Entweder hatte sie es nicht eilig oder sie war langsam.

Annabeth hoffte, dass sie langsam war.

Nicht, dass es eine Rolle gespielt hätte. Annabeth hätte nicht weglaufen können, und für einen Kampf rechnete sie sich auch keine Chancen aus. Arachne wog vermutlich mehrere Hundert Pfund. Diese mit Stacheln besetzten Beine waren perfekt dazu geeignet, ihre Beute zu fangen und zu töten. Außerdem verfügte Arachne sicher noch über andere grauenhafte Fähigkeiten – sie hatte womöglich Giftzähne oder konnte ein Netz auswerfen wie ein antiker griechischer Spiderman.

Nein. Ein Kampf wäre keine Lösung.

Es blieben nur List und Intelligenz.

In den alten Sagen war Arachne durch ihren Stolz in Schwierigkeiten geraten. Sie hatte geprahlt, ihre Bildwebereien seien schöner als Athenes, und das hatte zur ersten Dokusoap-Strafsendung des Olymp-Fernsehens geführt: *Du bildest dir also ein, du könntest besser weben als eine Göttin?* Arachne hatte haushoch verloren.

Annabeth kannte sich mit Stolz gut aus. Der war auch ihre tödliche Schwäche. Sie musste sich oft daran erinnern, dass sie nicht alles allein schaffen konnte. Sie war nicht *immer* die Beste für jede Aufgabe. Manchmal bekam sie einen Tunnelblick und vergaß, was andere brauchten, sogar Percy. Und sie ließ sich leicht ablenken, wenn sie über ihre Lieblingsthemen sprechen konnte.

Aber könnte sie diese Schwäche gegen die Spinne nutzbar machen? Vielleicht, wenn sie auf Zeit spielte … obwohl sie nicht so recht wusste, wie ihr das helfen sollte. Ihre Freunde würden sie nicht retten können, selbst wenn sie wüssten, wo sie war. Die Kavallerie würde nicht anrücken. Aber auf Zeit spielen war immernoch besser, als zu sterben.

Sie versuchte, gelassen auszusehen, was mit einem gebrochenen Knöchel nicht leicht war. Sie humpelte auf den ersten Wandbehang zu – einer Ansicht des alten Rom.

»Großartig«, sagte sie. »Erzähl mir von diesem Wandteppich.«

Arachne verzog über ihren Unterkiefern die Lippen. »Der kann dir egal sein. Du bist doch sowieso gleich tot.«

»Ja, das schon«, sagte Annabeth. »Aber wie du das Licht eingefangen hast, das ist umwerfend. Hast du für die Sonnenstrahlen Fäden aus echtem Gold benutzt?«

Die Webarbeit war wirklich umwerfend. Annabeth brauchte sich gar nicht zu verstellen.

Arachne gestattete sich ein selbstzufriedenes Lächeln. »Nein, Kind. Kein Gold. Ich habe die Farben gemischt und helles Gelb mit dunkleren Tönen abgewechselt. Das gibt der Sache einen dreidimensionalen Effekt.«

»Wunderschön.« Annabeths Gedanken spalteten sich in zwei Ebenen: Auf der einen lief das Gespräch weiter, auf der anderen suchte sie verzweifelt nach einem Überlebensplan. Aber ihr kam keine Idee. Arachne war nur einmal besiegt worden – von Athene selbst, und dazu waren göttliche Magie und ungeheure Fähigkeiten bei einem Wettweben vonnöten gewesen.

»Und«, sagte sie, »hast du diese Szene selbst so gesehen?«

Arachne zischte und ihr Maul schäumte auf nicht unbedingt attraktive Weise. »Du versuchst, deinen Tod hinauszuzögern. Das wird dir nicht gelingen.«

»Nein, nein«, beteuerte Annabeth. »Ich finde es nur eine Schande, dass diese wundervollen Wandteppiche nicht von aller Welt bewundert werden können. Sie gehören in ein Museum oder …«

»Oder was?«, fragte Arachne.

Aus Annabeths Gedanken entsprang eine vollständig ausgeformte Idee, so, wie ihre Mom aus Zeus' Stirn entsprungen war. Aber konnte das wirklich funktionieren?

»Ach, nichts.« Sie seufzte sehnsüchtig. »War bloß eine blöde Idee. Schade drum.«

Arachne kletterte an der Statue nach unten, bis sie auf dem goldenen Schild der Göttin hockte. Sogar aus dieser Entfernung konnte Annabeth den Gestank der Spinne wahrnehmen, wie der einer Bäckerei voller Kuchen, der seit einem Monat vor sich hin schimmelte.

»Was?«, drängte die Spinne. »Was für eine blöde Idee?«

Annabeth musste sich zwingen, um nicht zurückzuweichen. Gebrochener Knöchel hin oder her, jeder Nerv in ihrem Körper pochte vor Angst und riet ihr, sich vor der riesigen, über ihr hängenden Spinne in Sicherheit zu bringen.

»Ach … es ist bloß, dass ich den Auftrag hatte, den Olymp wieder aufzubauen«, sagte sie. »Du weißt schon, nach dem Titanenkrieg. Ich bin fast fertig, aber wir brauchen eine Menge hochwertiger Kunst im öffentlichen Raum. Im Thronsaal der Götter zum Beispiel … Ich dachte, es wäre perfekt, dein Werk dort auszustellen. Dann könnten die Olympier endlich sehen, wie begabt du bist. Aber wie gesagt, das war nur so eine blöde Idee.«

Arachnes behaarter Unterleib bebte. Ihre vier Augen funkelten, als ob sie hinter jedem einen unterschiedlichen Gedanken hegte und versuchte, aus allen ein zusammenhängendes Netz zu knüpfen.

»Du baust den Olymp wieder auf«, sagte sie. »Mein Werk … im Thronsaal.«

»Na ja, auch anderswo natürlich«, sagte Annabeth. »Der Hauptpavillon könnte mehrere vertragen. Dieser Teppich da, mit der griechischen Landschaft – die neun Musen würden davon begeistert sein. Und ich bin sicher, die anderen Götter würden sich um deine Arbeiten reißen. Sie würden miteinander darum wetteifern, wer die meisten von deinen Wandteppichen in seinem Palast hätte. Außer Athene hat ja wohl kein Gott je gesehen, was du kannst, oder?«

Arachne ließ ihre Unterkiefer schnappen. »Wohl kaum. In den alten Zeiten hat Athene meine besten Arbeiten zerrissen. Meine Wandteppiche zeigten die Götter auf wenig schmeichelhafte Weise, verstehst du? Deine Mutter fand das überhaupt nicht gut.«

»Ganz schön heuchlerisch«, sagte Annabeth, »wo die Götter sich doch dauernd übereinander lustig machen. Ich glaube, das Cleverste wäre, einen Gott gegen den anderen aufzustacheln. Ares, zum Beispiel, hätte garantiert wahnsinnig gern einen Wandteppich, auf dem meine Mutter lächerlich gemacht wird. Er hat Athene noch nie leiden können.«

Arachnes Kopf kippte in einem seltsamen Winkel zur Seite. »Du würdest etwas tun, was deine eigene Mutter beleidigt?«

»Ich habe dir nur erzählt, was Ares gefallen würde«, sagte Annabeth. »Und Zeus würde sich über ein Wandbild freuen, das Poseidon verspottet. Ach, ich bin sicher, wenn die Olympier dein Werk sehen könnten, würden sie begreifen, wie großartig du bist, und ich würde in einem Preiskrieg verhandeln müssen. Und warum nicht etwas tun, was meine Mutter beleidigt? Sie hat mich doch hierher in den Tod geschickt, oder nicht? Bei unserer letzten Begegnung in New York hat sie mich verleugnet.«

Annabeth erzählte Arachne die Geschichte. Sie teilte ihre Verbitterung und ihre Trauer mit der Spinne und offenbar klang es überzeugend. Die Spinne griff nicht an.

»So ist Athene eben«, zischte Arachne. »Sie lässt sogar ihre eigene Tochter fallen. Die Göttin würde nie zulassen, dass meine Wandteppiche in den Palästen der Götter aufgehängt werden. Sie war immer schon neidisch auf mich.«

»Aber stell dir vor, du könntest dich endlich rächen.«

»Indem ich dich töte!«

»Ja, vermutlich.« Annabeth kratzte sich am Kopf. »Oder … indem du mich zu deiner Agentin ernennst. Ich könnte dein Werk auf den Olymp bringen. Ich könnte eine Ausstellung für die anderen Götter arrangieren. Und bis meine Mutter davon erfährt, ist es zu spät. Die Olympier würden endlich sehen, dass deine Arbeiten so viel besser sind.«

»Du gibst es also zu!«, rief Arachne. »Eine Tochter der Athene gibt zu, dass ich besser bin. Ach, das ist Musik in meinen Ohren.«

»Aber es hilft dir nicht weiter«, gab Annabeth zu bedenken. »Wenn ich hier unten sterbe, musst du weiter in ihrem Schatten stehen. Gaia wird die Götter vernichten und sie werden niemals erfahren, dass du die bessere Weberin warst.«

Die Spinne zischte.

Annabeth hatte Angst, ihre Mutter könnte plötzlich auftauchen und ihr einen grauenhaften Fluch auferlegen. Die erste Lektion, die jedes Kind der Athene lernte, war: Mom ist in allem die Beste und du darfst nie, nie auch nur andeuten, es könnte anders sein.

Aber nichts Schlimmes passierte. Vielleicht begriff Athene, dass Annabeth das alles nur sagte, um ihr Leben zu retten. Oder vielleicht war Athene so zerrissen zwischen ihrer griechischen und ihrer römischen Persönlichkeit, dass sie gar nicht auf Annabeth achtete.

»Das geht nicht«, knurrte Arachne. »Das kann ich nicht zulassen.«

»Na ja …« Annabeth veränderte ihre Position und versuchte, ihren pochenden Knöchel nicht zu belasten. Ein neuer Riss tauchte im Boden auf und sie kroch rückwärts.

»Vorsicht!«, fauchte Arachne. »Schon seit Jahrhunderten wird das Fundament dieses Heiligtums mehr und mehr zerfressen.«

Annabeths Herz setzte einen Schlag aus. »Zerfressen?«

»Du hast ja keine Ahnung, wie viel Hass unter uns kocht«, sagte die Spinne. »Die rachsüchtigen Gedanken so vieler Monster, die versuchen, die Arthena Parthenos zu erreichen und sie zu zerstören. Mein Gewebe ist das Einzige, was diesen Raum zusammenhält, Mädchen! Ein falscher Schritt und du fällst in die Tiefen des Tartarus – und glaub mir, anders als bei den Toren des Todes gibt es keine Wiederkehr und es wäre ein sehr harter Sturz. Aber ich kann nicht zulassen, dass du stirbst, ehe du mir deinen Plan für meine Kunstwerke erzählt hast.«

Annabeth hatte Rostgeschmack im Mund. *Bis in die Tiefen des Tartarus?* Sie versuchte, sich zu konzentrieren, aber das war nicht leicht, als sie hörte, wie der Boden ächzte und knackte und Schutt in die endlose Tiefe darunter rieselte.

»Richtig, der Plan«, sagte Annabeth. »Äh … wie gesagt, ich würde zu gern deine Wandteppiche in den Olymp mitnehmen und sie überall aufhängen. Du könnest Athene bis in alle Ewigkeit deine Kunstfertigkeit unter die Nase reiben. Aber ich könnte das ja nur … Nein. Das ist zu schwierig. Da kannst du mich genauso gut gleich umbringen.«

»Nein!«, schrie Arachne. »So geht das nicht. Die Vorstellung macht mir überhaupt keinen Spaß mehr. Mein Werk muss auf dem Olymp ausgestellt werden! Was muss ich dafür tun?«

Annabeth schüttelte den Kopf. »Tut mir leid, ich hätte dem Mund halten sollen. Schubs mich einfach in den Tartarus oder so.«

»Ich weigere mich!«

»Sei nicht albern. Bring mich um.«

»Ich lass mir von dir doch nichts befehlen! Sag mir, was ich tun muss, oder … oder …«

»Oder du bringst mich um?«

»Ja! Nein!« Die Spinne presste sich die Vorderbeine gegen den Kopf. »Ich muss unbedingt meine Werke auf dem Olymp zeigen.«

Annabeth gab sich große Mühe, ihre Erregung zu verbergen. Vielleicht funktionierte ihr Plan doch … aber sie musste Arachne noch immer von etwas Unmöglichem überzeugen. Sie erinnerte sich an einen guten Rat, den Frank Zhang ihr mal erteilt hatte: *Immer einfach denken.*

»Ich vermute, ich könnte ein paar Fäden ziehen«, sagte sie schließlich nachgiebig.

»An Fäden ziehen kann ich hervorragend«, sagte Arachne. »Ich bin ja schließlich eine Spinne.«

»Ja, aber damit wir dein Werk auf dem Olymp zeigen können, brauchen wir zuerst eine Probevorführung. Ich müsste das Projekt vorschlagen, eine Kalkulation erstellen, ein Dossier zusammentragen. Hmmm … hast du irgendwelche Porträtaufnahmen von dir?«

»Porträtaufnahmen?«

»Schwarz-weiß, in Hochglanz … ach, auch egal. Wichtig ist vor allem die Probevorführung. Diese Wandteppiche sind große Kunst. Aber für die Götter brauchen wir etwas wirklich Sensationelles – etwas, das dein Talent aufs Extremste deutlich macht.«

Arachne fauchte. »Willst du damit unterstellen, das hier seien nicht meine besten Arbeiten? Willst du mich zu einem Wettbewerb herausfordern?«

»Aber nicht doch«, Annabeth lachte. »Ich gegen dich? Meine Güte, nein. Dafür bist du einfach viel zu gut. Es wäre sozusagen ein Wettbewerb mit dir selbst, um zu sehen, ob du wirklich das Zeug hast, um dein Werk auf dem Olymp zu zeigen.«

»Natürlich habe ich das.«

»Na, das glaube ich natürlich auch. Aber die Probevorführung, weißt du … das ist eine Formsache. Ich fürchte, es wäre sehr schwierig. Bist du sicher, dass du mich nicht einfach umbringen willst?«

»Sag das nicht dauernd!«, kreischte Arachne. »Was muss ich tun?«

»Das kann ich dir zeigen.« Annabeth streifte den Rucksack ab. Sie zog den Laptop des Dädalus hervor und klappte ihn auf. Das Delta-Logo leuchtete in der Dunkelheit auf.

»Was ist das?«, fragte Arachne. »Eine Art Webstuhl?«

»Gewissermaßen«, sagte Annabeth. »Damit werden Ideen gewebt. Und es gibt darin ein Diagramm des Kunstwerkes, das du erstellen müsstest.«

Ihre Finger zitterten auf der Tastatur. Arachne ließ sich weiter herunter, bis sie über Annabeths Schulter schauen konnte. Annabeth musste daran denken, wie leicht diese nadelspitzen Zähne sich in ihren Hals versenken könnten.

Sie öffnete das 3-D-Darstellungsprogramm. Ihr letzter Entwurf war noch zu sehen – der Schlüssel zu Annabeths Plan, inspiriert von der seltsamsten Muse aller Zeiten: Frank Zhang.

Annabeth stellte einige rasche Berechnungen an. Sie vergrößerte die Dimensionen des Modells und zeigte Arachne dann, wie es hergestellt werden könnte – Garnstränge, die zu Streifen gewebt und dann zu einem langen Zylinder verflochten wurden.

Das goldene Licht des Bildschirms erhellte das Gesicht der Spinne. »Das da soll ich machen? Aber das ist doch gar nichts. So klein und schlicht!«

»Es wäre natürlich sehr viel größer«, mahnte Annabeth. »Siehst du diese Maße? Es muss doch groß genug sein, um die Götter zu beeindrucken. Es sieht vielleicht einfach aus, aber die Struktur hat unglaubliche Fähigkeiten. Deine Spinnseide wäre das perfekte Material – weich und biegsam und doch hart wie Stahl.

»Ich verstehe …«, Arachne runzelte die Stirn. »Aber das ist doch überhaupt kein Wandteppich.«

»Deshalb ist es ja gerade eine Herausforderung. Es liegt außerhalb deiner Wohlfühlzone. So ein Werk – eine abstrakte Skulptur – ist genau das, was die Götter wollen. Es würde in der Eingangshalle zum Thronraum stehen und alle Besucher würden es sehen. Du würdest auf ewig berühmt sein.«

Arachne brummte unzufrieden. Annabeth spürte, dass sie diesen Vorschlag nicht gerade toll fand. Ihre Hände waren kalt und schweißnass.

»Ich würde sehr viel Gewebe brauchen«, sagte die Spinne unzufrieden. »Mehr, als ich in einem Jahr herstellen könnte.«

Darauf hatte Annabeth gehofft. Sie hatte Masse und Größe entsprechend berechnet. »Du würdest die Statue auswickeln müssen«, sagte sie. »Und die ganze Seide neu verarbeiten.«

Arachne schien widersprechen zu wollen, aber Annabeth winkte ab, als ob die Athena Parthenos ein Nichts wäre. »Was ist denn wichtiger – diese alte Statue zu verdecken oder zu beweisen, dass deine Kunstwerke die besten sind? Natürlich müsstest du unglaublich vorsichtig sein. Du müsstest genug Gewebe übrig lassen, um diesen Raum hier zusammenzuhalten. Wenn du das zu schwierig findest …«

»Das habe ich nicht gesagt!«

»Na gut. Ich meine nur … Athene hat gesagt, dass keine Weberin diese Zopfstruktur herstellen könnte, nicht einmal sie selbst. Wenn du also nicht meinst, dass du …«

»Das hat Athene gesagt?«

»Na ja, schon.«

»Lächerlich. Ich kann das!«

»Großartig. Aber dann solltest du sofort anfangen, ehe die Olympier sich für ihre Installation einen anderen Künstler suchen.«

Arachne knurrte. »Wenn du mir eine Falle stellen willst, Mädchen …«

»Du hast mich doch als Geisel«, erinnerte sie Annabeth. »Ich kann hier ja nicht weg. Wenn diese Skulptur erst vollendet ist, wirst du zugeben, dass du nie zuvor etwas so Umwerfendes geschaffen hast. Und wenn nicht, dann bin ich gern bereit zu sterben.«

Arachne zögerte. Ihre mit Stacheln besetzten Beine waren so nah, sie hätte Annabeth mit einer raschen Bewegung durchbohren können.

»Schön«, sagte die Spinne. »Eine letzte Herausforderung – gegen mich selbst!«

Arachne kletterte an ihrem Netz hoch und fing an, die Athena Parthenos auszuwickeln.

L

Annabeth

Annabeth hatte ihr Zeitgefühl verloren.

Sie spürte noch die Wirkung der Ambrosia, die sie gegessen hatte, um ihr Bein wiederherzustellen, aber es tat noch immer so schrecklich weh, dass die Schmerzen bis in ihren Hals pochten. An den Wänden huschten kleine Spinnen durch die Dunkelheit, als ob sie die Befehle ihrer Herrin erwarteten. Tausende von ihnen raschelten hinter den Wandteppichen, so dass die gewebten Szenen sich bewegten wie im Wind.

Annabeth saß auf dem zerfallenden Boden und versuchte, ihre Kräfte zusammenzuhalten. Wenn Arachne nicht hinschaute, versuchte sie, mit dem Laptop des Dädalus ein Signal auszusenden, um ihre Freunde zu erreichen, aber natürlich hatte sie damit kein Glück. Deshalb blieb ihr nichts anderes übrig, als mit Staunen und Entsetzen zuzusehen, wie Arachne arbeitete. Ihre acht Beine bewegten sich mit hypnotischer Schnelligkeit und wickelten langsam dic Scitenfäden von der Statue.

Mit ihren goldenen Gewändern und ihrem leuchtenden elfenbeinfarbenen Gesicht war die Athena Parthenos noch beängstigender als Arachne. Sie starrte mit strengem Gesicht nach unten, als wollte sie sagen: *Bringt mir einen Leckerbissen, sonst …* Annabeth konnte sich vorstellen, eine Griechin der Antike zu sein, den Parthenon zu betreten und die riesige Göttin zu sehen – mit ihrem Schild, ihrem Speer und ihrer Pythonschlange, während ihre rechte Hand Nike hielt, die geflügelte Göttin des Sieges. Das hätte ausgereicht, um dem *Chiton* einer jeden Sterblichen einen Riss zu verpassen.

Und zu allem Überfluss strahlte die Statue Macht aus. Während sie ausgewickelt wurde, erwärmte sich die Luft. Athenes Elfenbeinhaut leuchtete vor Leben. Überall im Raum gerieten die kleinen Spinnen in Bewegung und zogen sich in den Tunnel zurück.

Annabeth nahm an, dass Arachnes Netz die Magie der Statue auf irgendeine Weise verdeckt und gedämpft hatte. Jetzt, da sie befreit wurde, füllte die Athena Parthenos den Raum mit magischer Energie. Jahrhundertelang waren vor ihr sterbliche Gebete gesprochen und Brandopfer dargebracht worden. Sie war durchtränkt mit der Macht der Athene.

Arachne schien das nicht zu bemerken. Sie murmelte vor sich hin, maß die Seide meterweise ab und berechnete, wie viele Stränge sie für ihr Projekt brauchen würde. Wenn sie zögerte, feuerte Annabeth sie an und erinnerte sie daran, wie wunderbar ihre Wandteppiche auf dem Olymp aussehen würden.

Die Statue wurde so warm und hell, dass Annabeth weitere Details des Heiligtums sehen konnte – das römische Mauerwerk, das sicher irgendwann einmal weiß geleuchtet hatte, die dunklen Knochen von früheren Opfern Arachnes und im Gewebe hängengebliebenen Mahlzeiten, und die massiven Seidenstränge, die den Boden mit der Decke verbanden. Annabeth sah jetzt, wie brüchig die Marmorfliesen unter ihren Füßen wirklich waren. Sie waren von einer feinen Gewebeschicht bedeckt, wie von einem Netz aus Draht, das einen zerbrochenen Spiegel zusammenhält. Bei jeder kleinsten Bewegung der Athena Parthenos sprangen weitere Risse im Boden auf und wurden breiter. An einigen Stellen klafften Löcher, groß wie Luken. Annabeth wünschte fast, es wäre wieder dunkel. Selbst, wenn ihr Plan Erfolg hätte und sie Arachne besiegen könnte, wusste sie nicht, wie sie sich lebend aus diesem Raum retten sollte.

»So viel Seide«, murmelte Arachne. »Ich könnte zwanzig Teppiche daraus weben …«

»Weitermachen«, rief Annabeth zu ihr hinauf. »Das machst du wundervoll.«

Die Spinne machte weiter. Nach einer Weile, die Annabeth vorkam wie eine Ewigkeit, türmte sich zu Füßen der Statue ein Haufen aus glänzender Seide auf. Die Wände des Raumes waren noch immer von Spinnweben überzogen. Die Taue, die den Raum zusammenhielten, waren unversehrt. Aber die Athena Parthenos war frei.

Bitte, wach auf, flehte Annabeth die Statue an. *Mutter, hilf mir.*

Nichts passierte, außer dass die Risse noch schneller über den Boden liefen. Wenn Arachne die Wahrheit gesagt hatte, dann nagten seit Jahrhunderten die boshaften Gedanken der Monster an den Fundamenten des Heiligtums. Und wenn das stimmte, dann könnte die Befreiung der Athena Parthenos die Aufmerksamkeit der Monster im Tartarus noch vergrößern.

»Der Entwurf«, sagte Annabeth. »Beeil dich.«

Sie hielt Arachne den Laptop hin, aber die Spinne fauchte: »Ich hab ihn in Erinnerung, Kind. Ich habe das Auge einer Künstlerin, wenn es um Details geht.«

»Natürlich. Aber wir sollten uns beeilen.«

»Warum?«

»Na ja … damit wir der ganzen Welt dein Werk vorstellen können.«

»Hm. Na gut.« Arachne fing an zu weben. Es ging nur langsam, die Seidenstränge zu langen Stoffstreifen zu verweben. Der Raum rumpelte. Die Risse zu Annabeths Füßen wurden breiter.

Wenn Arachne das überhaupt bemerkte, dann war es ihr egal. Annabeth spielte mit dem Gedanken, die Spinne auf irgendeine Weise in den Abgrund zu stoßen, aber sie gab diese Idee wieder auf. Es gab kein ausreichend großes Loch und außerdem würde sich Arachne, wenn der Boden nachgab, vermutlich an ihre Seidenfäden klammern und entkommen, während Annabeth und die uralte Statue in den Tartarus stürzten.

Langsam vollendete Arachne die langen Seidenstreifen und fing an sie zu flechten. Ihre Geschicklichkeit war makellos. Annabeth war wider Willen beeindruckt. Abermals kamen ihr leise Zweifel an ihrer eigenen Mutter. Was, wenn Arachne wirklich eine bessere Weberin war als Athene?

Aber es ging hier ja nicht um Arachnes Fähigkeiten. Sie war bestraft worden, weil sie dünkelhaft und grob gewesen war. Egal, wie umwerfend man war, man durfte die Götter nicht beleidigen. Die Götter waren die Erinnerung daran, dass immer irgendwer noch besser war als man selbst, damit man nicht zu hochmütig wurde. Aber dennoch … in eine riesige unsterbliche Spinne verwandelt zu werden, wirkte wie eine reichlich harte Strafe für ein bisschen Prahlerei.

Arachne arbeitete jetzt schneller und brachte die Streifen zusammen. Bald hatte sie die Struktur vollendet. Zu Füßen der Statue lag ein geflochtener Zylinder aus Seidenstreifen, etwas mehr als ein Meter fünfzig im Durchmesser und über drei Meter lang. Die Oberfläche glänzte wie eine Abalonemuschel, aber Annabeth fand sie nicht schön. Sie war nur praktisch: eine Falle. Sie würde nur schön sein, wenn sie funktionierte.

Arachne drehte sich mit einem hungrigen Lächeln zu ihr um. »Geschafft. Und jetzt meine Belohnung! Beweis mir, dass du dein Versprechen einhalten kannst!«

Annabeth sah sich die Falle an. Sie runzelte die Stirn und wanderte um den Zylinder herum und musterte dabei die Webarbeit aus allen möglichen Blickwinkeln. Dann, vorsichtig wegen ihres verletzten Knöchels, kroch sie auf allen vieren hinein. Sie hatte alles im Kopf berechnet. Wenn sie sich verrechnet hatte, war ihr Plan zum Scheitern verurteilt. Aber sie schlüpfte durch den seidenen Tunnel, ohne die Seiten zu streifen. Das Gewebe war klebrig, aber sie blieb nicht hängen. Annabeth kroch am anderen Ende wieder hinaus und schüttelte den Kopf.

»Da ist ein Fehler«, sagte sie.

»Was?«, rief Arachne. »Unmöglich. Ich habe deine Anweisungen befolgt und …«

»Drinnen«, sagte Annabeth. »Kriech rein und sieh es dir selbst an. Er ist genau in der Mitte – ein Webfehler.«

Arachne schäumte um den Mund. Annabeth hatte Angst, sie sei zu weit gegangen und die Spinne werde ihr den Kopf abbeißen. Sie wäre nur eine weitere Knochensammlung im Spinngewebe.

Aber stattdessen stampfte Arachne verärgert mit dem Fuß auf. »Ich mache niemals Fehler.«

»Ach, der ist klein«, sagte Annabeth. »Wahrscheinlich kannst du ihn reparieren. Aber ich will den Göttern nur deine beste Arbeit zeigen. Also, geh rein und sieh es dir mal an. Wenn du es reparieren kannst, dann werden wir das Werk den Olympiern zeigen. Und du wirst die berühmteste Künstlerin aller Zeiten sein. Vermutlich werden sie die neun Musen feuern und von nun an alle Künste dir unterstellen. Die Göttin Arachne … ja, das würde mich nicht überraschen.«

»Die Göttin …« Arachne wagte kaum zu atmen. »Ja, ja. Ich werde diesen Fehler beheben.«

Sie schob den Kopf in den Tunnel. »Wo ist der?«

»Genau in der Mitte«, sagte Annabeth. »Noch ein Stück weiter. Aber vielleicht ist es ja ein bisschen zu eng für dich.«

»Kein Problem«, fauchte Arachne und zwängte sich hinein.

Wie Annabeth gehofft hatte, passte der Unterleib der Spinne in den Tunnel, wenn auch nur knapp. Als Arachne sich hineinquetschte, weiteten sich die geflochtenen Stoffstreifen, um Platz für sie zu machen. Arachne verschwand bis an die Spinndrüsen im Zylinder.

»Ich sehe keinen Fehler«, rief sie.

»Echt?«, fragte Annabeth. »Komisch. Dann komm raus und lass mich noch mal nachsehen.«

Der Augenblick der Wahrheit. Arachne zappelte und versuchte, rückwärtszukriechen. Der gewebte Tunnel zog sich um sie zusammen und hielt sie fest. Sie versuchte, nach vorn zu rutschten, aber die Falle hatte ihren Unterleib schon gepackt. Sie kam in keine Richtung weiter. Annabeth hatte Angst gehabt, die mit Stacheln besetzten Beine der Spinne könnten die Seide zerreißen, aber Arachnes Beine waren so fest gegen ihren Leib gepresst, dass sie sie kaum bewegen konnte.

»Was … Was ist das?«, fragte sie. »Ich stecke fest.«

»Ach«, sagte Annabeth. »Ich hab total vergessen, das zu erwähnen. Dieses Kunstwerk wird Chinesische Fingerfalle genannt. Genauer gesagt ist es eine größere Version dieses Prinzips. Ich nenne es Chinesische Spinnenfalle.«

»Verrat!« Arachne zappelte, rollte hin und her und strampelte, aber die Falle gab nicht nach.

»Es war eine Frage des Überlebens«, korrigierte Annabeth. »Du hättest mich doch auf jeden Fall umgebracht, ob ich dir nun geholfen hätte oder nicht, stimmt's?«

»Natürlich! Du bist ein Kind der Athene!« Die Falle bewegte sich nicht mehr. »Ich meine … nein, natürlich nicht! Ich halte immer meine Versprechen.«

»Hm.« Annabeth trat zurück, als der geflochtene Zylinder wieder hin und her schlug. »Eigentlich werden diese Fallen aus gewebten Bambusfasern hergestellt, aber Spinnenseide ist noch besser. Sie wird dich festhalten und ist viel zu stark, um zerrissen zu werden – sogar für dich!«

»Gahhh!« Arachne zappelte und strampelte, aber Annabeth wich aus. Selbst mit gebrochenem Knöchel war sie schneller als eine riesige Fingerfalle aus Seide.

»Ich werde dich vernichten!«, versprach Arachne. »Ich meine … nein, ich werde sehr nett zu dir sein, wenn du mich rauslässt.«

»Ich würde mir die Energie sparen, wenn ich du wäre.« Annabeth holte tief Luft und entspannte sich zum ersten Mal seit Stunden. »Ich rufe jetzt meine Freunde.«

»Du … du willst sie rufen, damit sie sich meine Kunst ansehen?«, fragte Arachne hoffnungsvoll.

Annabeth sah sich im Raum um. Es musste doch eine Möglichkeit geben, der Argo II eine Iris-Botschaft zu schicken. In ihrer Flasche war noch etwas Wasser, aber wo sollte sie genug Licht und Nebel herbekommen, um in einer dunklen Höhle einen Regenbogen entstehen zu lassen?

Arachne wälzte sich wieder herum. »Du rufst deine Freunde, damit sie mich umbringen«, kreischte sie. »Ich werde nicht sterben! So nicht!«

»Reg dich ab«, sagte Annabeth. »Wir lassen dich ja am Leben. Wir wollen nur die Statue.«

»Die Statue?«

»Ja.« Annabeth hätte es dabei belassen sollen, aber ihre Furcht verwandelte sich jetzt in Zorn und Verbitterung. »Die Kunst, die ich auf dem Olymp in bester Lage ausstellen werde, wird nicht deine sein. Dahin gehört die Athena Parthenos – mitten in den Hauptpark der Götter.«

»Nein! Nein, das ist schrecklich!«

»Ach, es dauert noch ein bisschen«, sagte Annabeth. »Zuerst nehmen wir die Statue mit nach Griechenland. Uns ist geweissagt worden, dass sie die Macht hat, die Riesen zu vernichten. Danach … na ja, wir können sie nicht einfach wieder in den Parthenon stellen. Das würde zu viele Fragen aufwerfen. Auf dem Olymp kann ihr nichts passieren. Sie wird die Kinder der Athene miteinander versöhnen und Römern und Griechen Frieden bringen. Danke dafür, dass du sie so viele Jahrhunderte lang behütet hast. Du hast Athene einen großen Dienst erwiesen.«

Arachne schrie und zappelte. Ein Seidenstrahl schoss aus den Spinndrüsen des Monsters und blieb an einem Wandteppich an der gegenüberliegenden Wand hängen. Arachne zog ihren Unterleib zusammen und riss blind an dem Flechtwerk. Sie rollte sich immer weiter hin und her, ließ ziellos Seidenfäden umherjagen, stieß Pfannen mit magischem Feuer um und riss Fliesen aus dem Boden. Der Raum bebte. Wandteppiche gingen in Flammen auf.

»Aufhören!« Annabeth versuchte, aus der Reichweite der Seidenfäden wegzuhumpeln. »Sonst bringst du die ganze Höhle zum Einsturz und wir kommen beide um!«

»Besser, als mitansehen zu müssen, wie du gewinnst«, rief Arachne. »Meine Kinder! Helft mir!«

Na wunderbar. Annabeth hoffte, die magische Aura der Statue würde die kleinen Spinnen abschrecken, aber Arachne kreischte immer weiter und flehte sie um Hilfe an. Annabeth spielte mit dem Gedanken, die Spinnenfrau zu töten, um sie zum Schweigen zu bringen. Es wäre jetzt einfach gewesen, ihr Messer zu benutzen. Aber sie wollte kein Monster töten, wenn es so hilflos war, nicht einmal Arachne. Außerdem, wenn sie den Dolch durch das Seidengeflecht stieß, könnte der Zylinder zerfallen. Und dann könnte Arachne sich befreien, ehe Annabeth sie erledigt hätte.

All diese Gedanken kamen zu spät. Spinnen fluteten in den Raum. Die Statue der Athene leuchtete heller. Die Spinnen wollten offenbar nicht näher kommen, aber sie krochen trotzdem weiter, als fassten sie neuen Mut. Ihre Mutter schrie um Hilfe. Irgendwann würden sie hereinstömen und Annabeth überwältigen.

»Arachne, aufhören!«, schrie sie. »Ich werde …«

Auf irgendeine Weise drehte Arachne sich in ihrem Gefängnis um und richtete ihren Unterleib auf den Klang von Annabeths Stimme. Ein Seidenstrang traf Annabeths Brust wie der Handschuh eines Schwergewichtsboxers.

Annabeth stürzte und ihr Bein brannte vor Schmerz. Sie schlug wütend mit dem Dolch auf das Gewebe ein, während Arachne sie zu ihren fauchenden Spinndrüsen zog.

Annabeth konnte den Strang kappen und wegkriechen, aber jetzt wurde sie von den kleinen Spinnen umzingelt.

Ihr wurde klar, dass auch ihre größten Bemühungen nicht ausgereicht hatten. Sie würde hier nicht herauskommen. Arachnes Kinder würden sie hier zu Füßen der Statue ihrer Mutter töten.

Percy, dachte sie. *Es tut mir leid.*

In diesem Moment stöhnte der Raum auf und die Decke der Höhle explodierte zu feurig loderndem Licht.

LI

Annabeth

Annabeth hatte schon einige seltsame Dinge gesehen, aber Autos regnete es zum ersten Mal.

Als die Höhlendecke zusammenbrach, wurde Annabeth vom Sonnenlicht geblendet. Für einen winzigen Moment sah sie die Argo II, die über ihr schwebte. Offenbar hatte ein Katapult ein Loch in den Boden geschossen.

Asphaltstücke von der Größe eines Garagentores fielen herunter, zusammen mit sechs oder sieben italienischen Autos. Eins hätte die Athena Parthenos eigentlich zerschmettern müssen, aber die leuchtende Aura der Statue wirkte wie ein Kraftfeld und der Wagen prallte davon ab. Leider fiel er dann direkt auf Annabeth.

Sie sprang zur Seite und verstauchte sich dabei den Fuß. Eine Welle von Schmerz ließ sie fast das Bewußtsein verlieren, aber sie drehte sich noch gerade rechtzeitig auf den Rücken, um zu sehen, wie ein hellroter Fiat 500 auf Arachnes Seidenfalle knallte, den Höhlenboden durchschlug und zusammen mit der Chinesischen Spinnenfalle verschwand.

Arachne schrie wie ein Güterzug auf Kollisionskurs, aber ihr Geschrei wurde schnell leiser. Überall um Annabeth herum knallte weiterer Schutt auf den Boden und riss immer neue Löcher.

Die Athena Parthenos blieb unversehrt, auch wenn der Marmorsockel von unendlich vielen Rissen durchzogen war. Annabeth war von Spinnweben bedeckt. Sie zog Stränge aus übrig gebliebener Spinnenseide hinter sich her wie eine Marionette ihre Fäden, aber aus irgendeinem Grund war sie nicht von herumfliegendem Schutt getroffen worden. Sie hätte gern geglaubt, dass die Statue sie beschützt hatte, aber wahrscheinlich war es einfach Glück gewesen.

Die Spinnenarmee war verschwunden. Entweder war sie wieder in die Finsternis geflohen oder in den Abgrund gestürzt. Als Tageslicht in die Höhle schien, zerfielen Arachnes Wandteppiche an den Wänden zu Staub und Annabeth konnte diesen Anblick kaum ertragen – vor allem nicht bei dem Wandteppich, der sie und Percy darstellte.

Aber das alles spielte keine Rolle mehr, als sie von oben her Percys Stimme hörte: »Annabeth!«

»Hier«, schluchzte sie.

All ihre Angst schien in einem lauten Wimmern aus ihr herauszuströmen. Als die Argo II weiter sank, sah sie, dass Percy sich über die Reling beugte. Sein Lächeln war schöner als jeder Wandteppich, den sie je gesehen hatte.

Der Raum bebte noch immer, aber Annabeth schaffte es, stehen zu bleiben. Der Boden unter ihren Füßen wirkte für den Augenblick fest. Sie hatte ihren Rucksack verloren, zusammen mit dem Laptop des Dädalus. Ihr Bronzemesser, das sie schon mit sieben Jahren bekommen hatte, war ebenfalls verschwunden – vermutlich war es in die Grube gefallen. Aber Annabeth war das egal. Sie lebte.

Sie näherte sich dem klaffenden Loch, das der Fiat 500 hinterlassen hatte. Unebene Felswände fielen in die Finsternis ab, so weit Annabeth blicken konnte. Hier und dort ragte ein kleines Sims vor, aber Annabeth sah darauf nichts – nur Stränge aus Spinnenseide, die wie Lametta über die Kante hingen.

Annabeth hätte gern gewusst, ob Arachne die Wahrheit über den Abgrund gesagt hatte. War die Spinne bis in die Tiefen des Tartarus gefallen? Annabeth versuchte, diese Vorstellung gut zu finden, aber Arachne hatte ja wirklich schöne Kunstwerke geschaffen. Und sie hatte seit Äonen gelitten. Jetzt waren ihre letzten Wandteppiche zu Staub zerfallen. Dann auch noch in den Tartarus zu stürzen wirkte wie ein gar zu grausames Ende.

Annabeth registrierte vage, dass die Argo II in etwa dreizehn Meter Höhe zum Stillstand kam. Eine Strickleiter fiel herab, aber Annabeth war wie betäubt und starrte weiter in die Finsternis. Dann stand plötzlich Percy neben ihr und verschränkte seine Finger mit ihren.

Er drehte sie sanft von der Grube fort und legte die Arme um sie. Sie schmiegte das Gesicht an seine Brust und brach in Tränen aus.

»Ist schon gut«, sagte er. »Wir sind zusammen.«

Er sagte nicht, *du bist gerettet* oder *wir leben noch.* Nach allem, was sie im vergangenen Jahr mitgemacht hatten, wussten sie, dass es das Wichtigste war, dass sie zusammen waren. Und sie liebte ihn dafür, dass er das gesagt hatte.

Ihre Freunde drängten sich um sie zusammen. Nico di Angelo war bei ihnen, aber Annabeth war so verwirrt, dass sie davon überhaupt nicht überrascht war. Es kam ihr nur richtig vor, dass er auch hier war.

»Dein Bein.« Piper kniete sich neben sie und untersuchte den Verband aus Blasenfolie. »Oh, Annabeth, was ist denn bloß passiert?«

Annabeth begann zu erklären. Das Sprechen fiel ihr schwer, aber nach und nach kamen die Wörter flüssiger. Percy ließ ihre Hand nicht los, und auch deshalb fühlte sie sich zuversichtlicher. Als sie fertig war, sahen ihre Freunde einfach nur verdutzt aus.

»Götter des Olymp«, sagte Jason. »Das alles hast du allein geschafft. Mit einem gebrochenen Knöchel.«

»Na ja … nicht alles mit einem gebrochenen Knöchel.«

Percy grinste. »Du hast Arachne ihre eigene Falle weben lassen? Ich hab ja gewusst, dass du genial bist, aber heilige Hera – Annabeth, du hast es wirklich geschafft. Generationen von Kindern der Athene haben es versucht und sind gescheitert. Aber du hast die Athena Parthenos gefunden!«

Alle starrten die Statue an.

»Was machen wir denn jetzt damit?«, fragte Frank. »Die ist ja riesig.«

»Wir müssen sie mit nach Griechenland nehmen«, sagte Annabeth. »Die Statue hat Macht. Irgendetwas an ihr wird uns helfen, die Riesen zu stoppen.«

»Der Fluch der Giganten steht golden und bleich«, zitierte Hazel, *»in Schmerz gewonnen aus gewebtem Reich.«* Sie sah Annabeth bewundernd an. »Die Falle für Arachne war gemeint. Und du hast sie dazu gebracht, die zu weben.«

In sehr viel Schmerz, dachte Annabeth.

Leo hob die Hände. Er formte mit den Fingern einen Bilderrahmen um die Athena Parthenos, als ob er ihre Maße nähme. »Na, wir werden etwas umräumen müssen, aber ich glaube schon, dass wir sie durch die Bodentüren in den Stall schaffen können. Wenn sie unten noch rausschaut, muss ich ihr vielleicht eine Flagge um die Füße wickeln oder so was.«

Annabeth schauderte es. Sie stellte sich vor, wie die Athena Parthenos aus der Triere herausragte, mit einem Schild am Sockel, auf dem stand: ACHTUNG! ÜBERLÄNGE!

Dann dachte sie an die übrigen Zeilen der Weissagung: *Engelsodem die Zwillinge aushauchen, um die Schlüssel zum ewigen Tod zu gebrauchen.*

»Und bei euch?«, fragte sie. »Was war denn nun mit den Riesen?«

Percy erzählte ihr von der Rettung Nicos, vom Auftritt des Bacchus und dem Kampf mit den Zwillingen im Kolosseum. Nico sagte nicht viel. Der Arme sah aus, als ob er sechs Wochen lang durch die Wüste gewandert wäre. Percy erzählte auch, was Nico über die Tore des Todes in Erfahrung gebracht hatte und dass sie auf beiden Seiten geschlossen werden mussten. Trotz des Sonnenlichts, das von oben hereinströmte, wirkte die Höhle nach Percys Bericht wieder dunkel.

»Die sterbliche Seite ist also in Epirus«, sagte Annabeth. »Da können wir ja immerhin hinkommen.«

Nico schnitt eine Grimasse. »Aber das Problem ist auf der anderen Seite: der Tartarus.«

Das Wort schien in der Höhle ein Echo zu werfen. Die Grube hinter ihnen stieß einen kalten Luftzug aus. Und jetzt wusste Annabeth es ganz sicher: Der Abgrund führte wirklich bis in die Unterwelt.

Auch Percy hatte das offenbar gespürt. Er zog sie ein wenig weiter vom Abgrund fort. Ihre Arme und Beine schleiften Spinnenseide hinter sich her wie die Schleppe einer Braut. Sie wünschte, sie hätte einen Dolch, um das Zeug abzuschneiden. Sie hätte fast Percy gebeten, das mit Springflut zu erledigen, aber ehe sie dazu kam, sagte er: »Bacchus hat etwas davon gesagt, dass meine Reise härter werden wird, als ich erwartet habe. Ich weiß nicht, warum …«

Die Kammer stöhnte. Die Athena Parthenos kippte zur Seite. Ihr Kopf stieß gegen eins von Arachnes Befestigungstauen, aber der Marmorsockel unter den Füßen der Statue zerbröckelte jetzt endgültig.

Übelkeit stieg in Annabeth auf. Wenn die Statue in den Abgrund fiele, wären all ihre Mühen umsonst gewesen. Und ihr Einsatz wäre ein Fehlschlag.

»Bindet sie fest!«, rief Annabeth.

Ihre Freunde begriffen sofort.

»Zhang«, schrie Leo. »Schaff mich ans Ruder, schnell. Der Trainer ist allein da oben.«

Frank verwandelte sich in einen riesigen Adler und jagte mit Leo zum Schiff hoch.

Jason legte den Arm um Piper und drehte sich zu Percy um. »Sind gleich wieder da.« Er rief den Wind herbei und schoss in die Luft hinauf.

»Der Boden hält nicht mehr lange«, warnte Hazel. »Wir sollten machen, dass wir zur Leiter kommen.«

Wolken aus Staub und Spinngewebe stoben aus den Löchern im Boden auf. Die Trossen aus Spinnenseide vibrierten wie riesige Gitarrensaiten und rissen eine nach der anderen. Hazel rannte zur Strickleiter und winkte Nico, ihr zu folgen, aber Nico war nicht in der Verfassung, zu rennen.

Percy packte Annabeths Hand fester. »Wird schon gut gehen«, murmelte er.

Als Annabeth aufschaute, sah sie Seile aus der Argo II schießen und sich um die Statue wickeln. Eine schlang sich wie ein Lasso um Athenas Hals. Leo brüllte vom Steuerruder her Befehle, während Jason und Frank hektisch von einem Seil zum anderen flogen und versuchten, sie zu befestigen.

Nico war gerade bei der Leiter angekommen, als ein scharfer Schmerz Annabeths verletztes Bein hochschoss. Sie keuchte auf und stolperte.

»Was ist los?«, fragte Percy.

Annabeth versuchte weiter, sich zur Leiter zu schleppen. Aber warum bewegte sie sich stattdessen rückwärts? Ihre Beine gaben unter ihr nach und sie fiel aufs Gesicht.

»Ihr Knöchel!«, rief Hazel von der Leiter her. »Kappen! Kappen!«

Annabeths Gedanken waren vor Schmerz verschwommen. Ihren Knöchel kappen?

Offenbar hatte auch Percy nicht begriffen, was Hazel meinte. Dann riss etwas Annabeth nach hinten und zog sie auf die Grube zu. Percy sprang hinterher. Er packte ihren Arm, aber auch er wurde zum Abgrund gezerrt.

»Helft ihnen!«, brüllte Hazel.

Annabeth sah für einen Moment, wie Nico auf sie zugehumpelt kam und Hazel versuchte, ihr Kavallerieschwert aus der Strickleiter zu entwirren. Die anderen waren noch immer mit der Statue beschäftigt und Hazels Schrei verlor sich im allgemeinen Gebrüll und dem Dröhnen der Höhle.

Annabeth schluchzte, als sie an der Kante des Abgrundes ankam. Ihre Beine rutschten hinüber. Zu spät ging ihr auf, was hier passierte: Sie war in der Spinnenseide verfangen. Sie hätte sie sofort abschneiden müssen. Sie hatte gedacht, es seien einfach lose Fäden, und da der ganze Boden mit Spinnweben bedeckt war, hatte sie nicht bemerkt, dass der eine Strang um ihren Fuß gewickelt war – und dass das andere Ende geradewegs in die Grube führte. Es war dort unten in der Finsternis an etwas Schwerem befestigt, an etwas, das Annabeth in die Tiefe zog.

»Nein«, murmelte Percy und seine Augen blitzten auf. »Mein Schwert …«

Aber er konnte Springflut nicht erreichen, ohne Annabeths Arm loszulassen, und Annabeth hatte keine Kraft mehr. Sie glitt über die Kante. Percy rutschte hinterher.

Annabeths Körper knallte gegen irgendetwas und vor Schmerz verlor sie für einen Moment das Bewusstsein. Als sie wieder sehen konnte, erkannte sie, dass sie ein Stück weit in die Grube gefallen war und über dem bodenlosen Abgrund baumelte. Percy hatte etwa fünf Meter unterhalb der Öffnung zur Höhle einen Felsvorsprung fassen können. Er klammerte sich mit einer Hand fest und hatte mit der anderen Annabeths Handgelenk gepackt, aber irgendetwas zog mit viel zu großer Kraft an ihrem Bein.

Kein Entrinnen, sagte unter ihr in der Finsternis eine Stimme. *Ich gehe in den Tartarus und du kommst mit.*

Annabeth war nicht sicher, ob sie Arachnes Stimme wirklich gehört oder ob sie sich das nur eingebildet hatte.

Die Grube bebte. Nur Percy hinderte Annabeth jetzt noch am Sturz. Er hielt sich mit Mühe an einem Felsvorsprung von der Größe eines Regalfachs fest.

Nico beugte sich über den Rand des Abgrunds und streckte die Hand aus, aber er war viel zu weit weg. Hazel schrie nach den anderen, aber selbst wenn sie sie in dem ganzen Chaos gehört hätten, würden sie es niemals rechtzeitig schaffen können.

Annabeths Bein schien aus ihrem Körper gerissen zu werden. Der Schmerz färbte vor ihren Augen alles rot. Die Macht der Unterwelt zerrte an ihr wie finstere Schwerkraft. Sie hatte keine Kraft mehr, um zu kämpfen. Sie wusste, sie war schon zu weit unten, um gerettet zu werden.

»Percy, lass mich los«, krächzte sie. »Du kannst mich nicht hochziehen.«

Sein Gesicht war weiß vor Anstrengung. Sie konnte in seinen Augen sehen, dass er wusste, wie hoffnungslos ihre Lage war.

»Niemals«, sagte er. Er schaute zu Nico hoch, fünf Meter über ihnen. »Die andere Seite, Nico! Da treffen wir uns. Verstanden?«

Nico machte große Augen. »Aber …«

»Führ sie hin«, schrie Percy. »Versprich mir das!«

»Ver…Versprochen.«

Unter ihnen lachte die Stimme in der Finsternis. *Opfer. Wunderschöne Opfer, um die Göttin zu wecken.*

Percy packte Annabeths Handgelenk fester. Sein Gesicht wirkte gequält, zerkratzt und blutig und seine Haare waren voller Spinnweben, aber als ihre Blicke sich begegneten, fand sie, dass er niemals schöner ausgesehen hatte.

»Wir bleiben zusammen«, versprach er. »Ich lass dich nicht von mir weg. Nie wieder.«

Und erst jetzt begriff sie, was passieren würde. *Keine Wiederkehr. Ein sehr harter Sturz.*

»Solange wir zusammen sind«, sagte sie.

Sie hörte, wie Nico und Hazel noch immer um Hilfe riefen. Sie sah das Sonnenlicht, weit, weit über ihr – vielleicht zum letzten Mal.

Dann ließ Percy den winzigen Felsvorsprung los und zusammen, Hand in Hand, stürzten er und Annabeth in die bodenlose Finsternis.

LII

Leo

Leo stand noch immer unter Schock.

Alles war so schnell gegangen. Sie konnten gerade noch die Seile an der Athena Parthenos befestigen, ehe der Boden nachgab und die letzten Spinnwebtrossen rissen. Jason und Frank flogen nach unten, um die anderen zu holen, aber sie fanden nur Hazel und Nico, die sich an der Strickleiter festklammerten. Percy und Annabeth waren verschwunden. Der Schacht zum Tartarus war unter mehreren Tonnen Schutt begraben. Leo ließ die Argo II gerade noch aus der Höhle steigen, ehe alles implodierte und den Rest des Parkplatzes mitriss.

Die Argo II stand jetzt auf einem Hügel mit Blick über die Stadt. Jason, Hazel und Frank waren zum Schauplatz der Katastrophe zurückgekehrt in der Hoffnung, sich durch den Schutt zu graben und eine Möglichkeit zu finden, Annabeth und Percy zu retten, aber sie mussten umkehren. Die Höhle war ganz einfach nicht mehr da. Überall wimmelte es von Polizei und Leuten vom Katastrophenschutz. Sterbliche waren nicht zu Schaden gekommen, aber die Italiener würden sich noch monatelang am Kopf kratzen und sich fragen, wieso sich mitten auf einem Parkplatz plötzlich die Erde aufgetan hatte, um ein Dutzend absolut fahrtüchtiger Autos zu verschlingen.

Wie betäubt vor Kummer luden Leo und die anderen die Athena Parthenos behutsam in den Laderaum und benutzten dafür die hydraulischen Winschen des Schiffes, unterstützt von Frank Zhang,

Teilzeitelefant. Die Statue passte gerade so eben hinein, aber was sie eigentlich damit anfangen sollten, konnte Leo sich nicht vorstellen.

Trainer Hedge war zu elend zu Mute, um zu helfen. Er lief mit Tränen in den Augen hin und her, zupfte sich am Kinnbart, schlug sich gegen den Kopf und murmelte immer wieder: »Ich hätte sie retten müssen! Ich hätte mehr Kram hochgehen lassen müssen!«

Endlich befahl Leo ihm, unter Deck zu gehen und alles für den Start zu sichern. Es half ja nichts, wenn er sich selbst verprügelte.

Die sechs Halbgötter versammelten sich auf dem Achterdeck und starrten auf die Staubsäule in der Ferne, die sich noch immer über der Stelle der Implosion erhob.

Leo legte die Hand auf die archimedische Kugel, die jetzt auf dem Steuerruder lag, um dort fest installiert zu werden. Er hätte aufgeregt sein müssen. Es war die größte Entdeckung seines Lebens – noch größer als Bunker 9. Wenn er die Schriftrollen des Archimedes entziffern könnte, würde er umwerfende Dinge vollbringen können. Er wagte es kaum zu hoffen, aber vielleicht würde er sogar eine neue Kontrollplatte für einen gewissen befreundeten Drachen bauen können.

Aber es hatte einen zu hohen Preis gehabt.

Er konnte Nemesis fast lachen hören. *Ich hab dir ja gesagt, dass wir ins Geschäft kommen könnten, Leo Valdez.*

Er hatte den Glückskeks zerbrochen. Er hatte den Zugangscode zur Kugel bekommen und Frank und Hazel gerettet. Aber Percy und Annabeth waren das Opfer gewesen. Da war Leo sich sicher.

»Es ist meine Schuld«, sagte er verzweifelt.

Die anderen starrten ihn an. Nur Hazel schien zu begreifen. Sie war ja mit ihm am Großen Salzsee gewesen.

»Nein«, widersprach sie. »Gaia ist schuld. Mit dir hatte das nichts zu tun.«

Leo hätte das gern geglaubt, aber es gelang ihm nicht. Diese Reise hatte damit begonnen, dass Leo alles verpfuscht und Neu-Rom beschossen hatte. Und sie hatte im alten Rom geendet, wo Leo einen Keks zerbrochen und einen Preis bezahlt hatte, der schlimmer war, als ein Auge zu verlieren.

»Leo, hör mir zu.« Hazel griff nach seiner Hand. »Ich erlaube einfach nicht, dass du die Schuld auf dich nimmst. Ich könnte das nicht ertragen, nach – nach Sammy …«

Ihre Stimme versagte, aber Leo wusste, was sie meinte. Sein *Bisabuelo* hatte geglaubt, an Hazels Verschwinden schuld zu sein. Sammy hatte ein gutes Leben gehabt, war aber in dem Glauben ins Grab gesunken, dass er einen verfluchten Diamanten verkauft und damit das Mädchen, das er liebte, verraten hatte.

Leo wollte nicht, dass Hazel sich noch einmal so elend fühlte. Aber das hier war etwas anderes. *Wahrer Erfolg braucht Opfer.* Leo hatte sich dafür entschieden, den Glückskeks zu zerbrechen. Percy und Annabeth waren in den Tartarus gestürzt. Das konnte kein Zufall sein.

Nico di Angelo kam langsam herüber und lehnte sich auf sein schwarzes Schwert. »Leo, sie sind nicht tot. Wenn sie das wären, könnte ich es spüren.«

»Wie kannst du dir da sicher sein?«, fragte Leo. »Wenn diese Grube wirklich in … na ja, du weißt schon … Wie solltest du sie auf solche Entfernung spüren?«

Nico und Hazel tauschten einen Blick und verglichen vielleicht Informationen auf ihrem Hades/Pluto-Todesradar. Leo überliefen eiskalte Schauer. Hazel war ihm nie vorgekommen wie ein

Kind der Unterwelt, aber Nico di Angelo – der Typ war echt unheimlich.

»Wir können nicht hundertprozentig sicher sein«, gab Hazel zu. »Aber ich glaube, Nico hat Recht. Percy und Annabeth leben noch … bis jetzt wenigstens.«

Jason schlug mit der Faust auf die Reling. »Ich hätte besser aufpassen müssen! Dann hätte ich hinunterfliegen und sie retten können.«

»Ich auch«, jammerte Frank. Der große Bursche schien mit den Tränen zu kämpfen.

Piper legte Jason die Hand auf den Rücken. »Ihr seid beide nicht schuld. Ihr habt doch versucht, die Statue zu retten.«

»Sie hat Recht«, sagte Nico. »Selbst wenn die Grube nicht unter Schutt begraben wäre, hättet ihr nicht hinfliegen können, ohne ebenfalls nach unten gerissen zu werden. Ich bin der Einzige hier, der schon im Tartarus war. Man kann unmöglich beschreiben, wie mächtig dieser Ort ist. Sowie man in die Nähe kommt, wird man hineingesaugt. Ich hatte absolut keine Chance.«

Frank schniefte. »Dann haben auch Percy und Annabeth keine Chance?«

Nico drehte seinen silbernen Totenkopfring. »Percy ist der mächtigste Halbgott, der mir je begegnet ist. Ich will euch ja nicht beleidigen, aber es stimmt. Wenn das irgendjemand überleben kann, dann er, vor allem, wenn Annabeth bei ihm ist. Sie werden einen Weg durch den Tartarus finden.«

Jason drehte sich um. »Zu den Toren des Todes, meinst du. Aber du hast uns gesagt, dass die von Gaias mächtigsten Truppen bewacht werden. Wie können dann zwei Halbgötter …«

»Das weiß ich nicht«, gab Nico zu. »Aber Percy hat mir gesagt, ich soll euch nach Epirus führen, auf die sterbliche Seite der Tore.

Er will sich dort mit uns treffen. Wenn wir das Haus des Hades überleben und uns durch Gaias Truppen hindurchkämpfen, dann können wir vielleicht mit Percy und Annabeth zusammenarbeiten und die Tore des Todes von beiden Seiten versiegeln.«

»Und Percy und Annabeth heil zurückholen?«

»Vielleicht.«

Leo gefiel nicht, wie Nico das sagte, als ob er nicht all seine Zweifel äußerte. Außerdem wusste Leo so einiges über Schlösser und Tore. Wenn die Tore des Todes von beiden Seiten versiegelt werden mussten, wie sollten sie das schaffen, ohne dass jemand in der Unterwelt gefangen zurückblieb?

Nico holte tief Luft. »Ich weiß nicht, wie, aber Percy und Annabeth werden einen Weg finden. Sie werden durch den Tartarus gelangen und die Tore des Todes finden. Und dann müssen wir bereit sein.«

»Das wird nicht leicht«, sagte Hazel. »Gaia wird alles tun, um uns daran zu hindern, Epirus zu erreichen.«

»Erzähl mir was Neues«, seufzte Jason.

Piper nickte. »Wir haben keine Wahl. Wir müssen die Tore des Todes versiegeln, ehe wir die Riesen daran hindern, Gaia zu wecken. Sonst werden ihre Armeen niemals sterben. Und wir müssen uns beeilen. Die Römer sind in New York. Bald werden sie nach Camp Half-Blood marschieren.«

»Wir haben bestenfalls einen Monat«, fügte Jason hinzu. »Ephialtes hat gesagt, Gaia würde in genau einem Monat erwachen.«

Leo richtete sich auf. »Das können wir schaffen.«

Alle starrten ihn an.

»Mit dieser archimedischen Sphäre mache ich die Argo II zu einem Superschiff«, sagte er und hoffte, dass er Recht hatte. »Ich werde mir alle diese uralten Schriftrollen ansehen. Es muss jede Menge neue Waffen geben, die ich bauen kann. Wir werden Gaias Armeen mit einem ganz neuen Vernichtungsarsenal angreifen.«

Am Bug ließ Festus seine Kiefer knacken und spie trotzig Feuer.

Jason rang sich ein Lächeln ab. Er klopfte Leo auf die Schulter.

»Klingt wie ein guter Plan, Admiral. Nimmst du Kurs auf?« Sie zogen ihn auf, wenn sie ihn Admiral nannten, aber ausnahmsweise akzeptierte Leo den Titel. Das hier war sein Schiff. Er war nicht den ganzen Weg hergekommen, um sich jetzt aufhalten zu lassen.

Sie würden dieses Haus des Hades finden. Sie würden die Tore des Todes schließen. Und bei den Göttern, wenn Leo einen Greifarm konstruieren musste, der lang genug war, um Percy und Annabeth aus dem Tartarus zu holen, dann würde er das eben tun.

Nemesis wollte, dass er sich an Gaia rächte – und Leo würde ihr diesen Gefallen nur zu gern tun. Gaia würde noch bereuen, sich jemals mit Leo Valdez angelegt zu haben.

»Dann mal los.« Er warf einen letzten Blick auf Rom, das im Sonnenuntergang blutrot leuchtete. »Festus, Segel setzen. Wir müssen ein paar Freunde retten.«

Glossar

ΑΘΕ (Alpha, Theta, Epsilon): Abkürzung für »für die Athener« oder »die Kinder der Athene«.

Acheloos: der älteste und vornehmste griechische Flussgott, Sohn des Okeanos und der Tethys, Widersacher und Rivale des Herkules.

Alcyoneus: Sohn der Gaia, der älteste der Giganten.

Ambrosia und Nektar: göttliche Speise und göttlicher Trunk, die die übernatürlichen Kräfte von Gottheiten stärken, für gewöhnliche Menschen aber tödlich sind.

Anaklysmos: zauberkräftiges Schwert des Poseidon, über das in den antiken Texten jedoch keine Einzelheiten berichtet werden.

Aphrodite: Göttin der Liebe, gehört zu den zwölf großen olympischen Gottheiten und schenkt Schönheit und Fruchtbarkeit. Nach Homer ist sie die Tochter des Zeus und der Dione, nach Hesiod aber die »Schaumgeborene« und entstieg in vollkommener Gestalt dem Meer.

Aphros: Ichthyozentaur, Sohn des Kronos und der Philyra.

Arachne: Weberin, die von Athene zu einem Wettweben herausgefordert wurde. Arachnes Kunst übertraf die von Athene: Sie webte einen Teppich, der die Götter bei ihren Seitensprüngen zeigte. Zur Strafe wurde sie von Athene in eine Spinne verwandelt.

Archimedes: griechischer Mathematiker, Physiker, Astronom, Ingenieur und Erfinder, 287–212 v. Chr., gilt als einer der führenden Wissenschaftler der Antike.

Ares: Gott des Krieges, Sohn des Zeus mit seiner Gemahlin Hera; unverheiratet, hat aber häufig Liebschaften, u. a. mit Aphrodite, die ihm drei Kinder gebar: Harmonia und die Zwillinge Phobos (Furcht) und Deimos (Schrecken), die ihren Vater gerne auf das Schlachtfeld begleiten. Gilt als Vater der Penthesilea, der sagenhaften Ahnfrau der Amazonen. Wegen seiner Blutrünstigkeit und Kriegslust wurde Ares im antiken Griechenland nur wenig geschätzt. Bei den Römern wurde er später mit dem noch heute viel bekannteren Kriegsgott Mars gleichgesetzt und zählte dort zu den wichtigsten Gottheiten.

Argentum: Silber.

Argo: Schiff des Jason, mit dem er sich auf die Suche nach dem Goldenen Vlies machte.

Athena Parthenos: riesige Statue der Athene, die bekannteste griechische Statue überhaupt.

Athene: aus dem Kopf von Zeus entsprungen, also nicht auf normale Weise geboren, Göttin der Weisheit, der Künste und des Handwerks, der klugen Kriegsführung (im Gegensatz zu Ares, der Krieg um jeden Preis wollte), Stadtgottheit Athens, aber auch in vielen anderen Städten verehrt. Tochter von Zeus und Metis, der Tochter des Okeanos und der Titanin Thetys. Die Herkunft ihres Beinamens Pallas ist ungeklärt.

Augurie: Vorzeichen, Omen; das Verfahren, durch das die Zukunft geweissagt wird.

Aurum: Gold.

Automaton: In der griechischen Mythologie gibt es eine Menge künstlicher Vögel, gehender und sprechender Statuen und künstlicher Diener. Homer berichtet in seiner Ilias, dass Hephaistos, der Gott des Handwerks, selbstfahrende Fahrzeuge und sogar künstliche Dienerinnen anfertigte, die intelligent waren und Handwerke erlernten.

Bacchus: römischer Gott des Weines und der Feste, seine griechische Form ist Dionysos.

Ballista, Pl. Ballistae: eine Art römisches Katapult, mit dem große Geschosse abgefeuert werden konnten.

Bellona: römische Kriegsgöttin.

Ceres: römische Göttin der Landwirtschaft, griechische Form: Demeter.

Chione: griechische Göttin des Schnees, Tochter des Boreas.

Chiron: einer der Zentauren, Sohn des Kronos und der Philyra, der sich Kronos als Hengst genähert hatte. Chiron gilt als gutmütig und weise und war der Lehrer des Achilles und des Heilgottes Asklepios (auch Äskulap). Als er durch einen giftigen Pfeil verwundet wurde, übertrug er seine Unsterblichkeit auf Prometheus, um von seinem unerträglichen Leiden erlöst zu werden.

Chrysaor: Bruder des Pegasus, Sohn des Poseidon und der Medusa; sein Name bedeutet »Goldenes Schwert«.

Circe: Zauberin, die auf der Insel Aiaia lebte, Tante der Medea, Tochter des Sonnengottes Helios und der Perse, bekannt als männermordende Verführerin, deren Schmeicheleien sich nicht einmal der listenreiche Odysseus entziehen konnte.

Dädalus: genialer Erfinder, baute das Labyrinth von Knossos und wurde von König Minos, der sich seiner Dienste versichern wollte, gefangen gehalten. Entkam zusammen mit seinem Sohn Ikarus mit Hilfe von selbst gebauten Flügeln, wobei Ikarus allerdings abstürzte und ums Leben kam.

Deianeira: zweite Gattin des Herkules, zu ihren Verehrern hatte auch der Flussgott Acheloos gehört. Weil sie sich wegen Herkules' vieler Seitensprünge grämte, ließ sie sich von Nessus überreden, ihrem Mann ein vergiftetes Hemd zu geben – sie hielt das Gift für einen Liebeszauber.

Demeter: griechische Göttin der Landwirtschaft, römischer Name: Ceres.

Denarius, Pl. Denarii: die im alten Rom meistbenutzte Münze, das damalige Hauptzahlungsmittel.

Dionysos: bei den Römern Bacchus genannt, Gott des Weines, der Fruchtbarkeit und der Ekstase, Sohn des Zeus und der thebanischen Prinzessin Semele. Dionysos wurde als Kind immer als Mädchen verkleidet, weil Zeus und Semele die Rache von Zeus' eifersüchtiger Gattin Hera fürchteten. Er wurde von Zeus zum Gott gemacht, als er den Wein entdeckte. Zu seinem Gefolge gehören Satyrn und Silenen.

Drachme: altgriechische Silbermünze.

Drakon: drachen- oder eidechsenähnliches Ungeheuer, das in den Quellen nicht genauer beschrieben ist.

Echo: Nymphe, die in Zeus' Auftrag dessen Gattin Hera mit dem Erzählen von Geschichten unterhielt, damit Zeus Zeit für amouröse Abenteuer hatte. Als Hera dieses Komplott entdeckte, beraubte sie Echo zur Strafe der Sprache und ließ ihr lediglich die Fähigkeit, die letzten an sie gerichteten Wörter zu wiederholen. Echo verliebte sich in den schönen Narziss, aber der wollte nichts von ihr wissen, weil sie ja nicht richtig reden konnte.

Eidolon, Pl. Eidola: griechische Geister ohne festgelegte Gestalt, die das Aussehen des von ihnen besessenen Wirtskörpers annehmen.

Ephialtes: Riese, Sohn der Gaia.

Epirus: Landschaft im nordwestlichen Griechenland und dem südlichen Albanien.

Eurystheus: Enkel des Perseus, dem Hera den Posten eines Königs von Mykene zuschanzte, welchen Zeus dem Herkules zugedacht hatte.

Faun: römische Waldgottheit, halb Ziegenbock, halb Mann. Entspricht dem griechischen Satyr.

Fortuna: römische Göttin des Glücks. Griechische Form: Tyche.

Gaia: Erdgöttin, Mutter und Frau des Uranos (Himmel), mit dem sie die Titanen, die Hekatoncheiren und die Zyklopen zeugte. Da Uranos seine Kinder hasste und in den Tartarus verbannte, überredete Gaia ihren Sohn Kronos, Uranos mit einer Sichel zu entmannen.

Gorgonen: drei Schwestern mit Schlangenhaaren: Sthenol, Euryale und Medusa, von denen nur Medusa sterblich war.

Griechisches Feuer: Brandwaffe, bei Seeschlachten genutzt, da es auch im Wasser noch weiterbrannte.

Hades: Totengott und Beherrscher der Unterwelt, Sohn des Kronos und der Rhea, Bruder von Zeus und Poseidon. Verheiratet mit Persephone.

Hagno: Nymphe, der Sage nach Kindermädchen des Zeus.

Harpyien: weibliche Windgeister von monströser Gestalt mit Flügeln, Federn und den Klauen eines Vogels. Töchter des Meeresgottes Thaumas und der Okeanide Elektra.

Haus des Hades: unterirdischer Tempel in Epirus; Hades und Persephone geweiht. In der Antike galt er als Eingang zur Unterwelt und wurde von Menschen aufgesucht, die mit den Toten kommunizieren wollten.

Hephaistos: Sohn des Zeus und der Hera und Gatte der Aphrodite, Gott des Feuers, der Schmiedekunst und der Handwerker, bei den Römern Vulcanus genannt. Er öffnete mit dem Beil den Schädel seines Vaters, aus dem dann die Göttin Athene entsprang. Kam verkrüppelt auf die Welt; Hera war über sein Aussehen so entsetzt, dass sie ihn gleich nach der Geburt vom Olymp ins Meer warf, doch er wurde von der Meeresnymphe Thetis gerettet. Römische Form: Vulcanus.

Hera: griechische Göttin der Ehe, Gattin des Zeus. Römische Form: Juno.

Herkules: auch Herakles, Sohn des Zeus und der Alkmene. Der berühmteste Held der griechischen Antike, der viele gefährliche Abenteuer bestehen musste. Nachdem er all seine Aufgaben erledigt hatte, beteiligte er sich auf griechischer Seite am Trojanischen Krieg.

Hermes: Götterbote, Gott der Hirten und ihrer Herden, der Reisenden, Kaufleute und Diebe, der Jugend, der Beredsamkeit, der Fruchtbarkeit, dazu ein kluger Erfinder. Sohn des Zeus und der Nymphe Maia. Hatte viele Liebschaften, z. B. mit Aphrodite, mit der er den zweigeschlechtlichen Sohn Hermaphroditos zeugte.

Hestia: Tochter des Kronos und der Rhea; sie wollte Jungfrau bleiben und wies die Heiratsanträge von Poseidon und Apollon ab. Zeus schenkte ihr daraufhin die immerwährende Jungfräulichkeit und machte sie zur Hüterin des Herdes und des Herdfeuers.

Hippocampus: mythologische Gestalt, eine Art Unterwasserpferd.

Horatius: Horatius Cocles (*cocles*: lateinisch für »einäugiger Mann«) war ein Held der römischen Mythologie, der im Jahr 507 v. Chr. die nach Rom führende Brücke über den Tiber ganz allein gegen die Etrusker verteidigt haben soll. Währenddessen rissen die Römer die Brücke hinter ihm ab und Horatius schwamm je nach Überlieferung mit Hilfe der Götter in voller Rüstung nach Rom oder ertrank im Fluss.

Hydra: vielköpfiges schlangenähnliches Ungeheuer der griechischen Mythologie. Wenn es einen Kopf verliert, wachsen an dessen Stelle zwei neue, zudem war der Kopf in der Mitte unsterblich. Die Hydra galt als Tochter der Echidna und des Typhon sowie als Schwester des Zerberus und der Sphinx.

Hypogäum: Bereich unter dem Kolosseum, in dem Maschinen, Kulissen und Requisiten für die Vorstellungen aufbewahrt wurden.

Ichthyozentaur: Wesen mit menschlichem Oberkörper und Kopf, Fischschwanz und Vorderbeinen wie ein Pferd.

Iris: Regenbogengöttin, überbringt durch den Regenbogen göttliche Botschaften, auch an Menschen, wird dargestellt mit Heroldsstab und Flügeln.

Juno: römische Göttin der Frauen, der Ehe und der Fruchtbarkeit, Schutzheilige Roms und Gattin des Jupiter. Griechische Form: Hera.

Kaiserliches Gold: seltenes Metall, im Pantheon geweiht und für Monster tödlich.

Karpos, Pl. Karpoi: Getreidegeist.

Kentauren: siehe unter Zentauren.

Keto: griechische Göttin der Seeungeheuer und der großen Meereswesen, wie Wale und Haie. Tochter der Gaia und Schwester des Phorkys, Gott der Gefahren des Meeres.

Kolosseum: ein elliptisches Amphitheater mitten in Rom mit Platz für 50000 Zuschauer. Wurde benutzt für Gladiatorenkämpfe, nachgestellte Seeschlachten und andere Schauspiele und Unterhaltungen.

Kronos: Herrscher der Titanen, jüngster Sohn der Gaia (Erde) und des Uranos (Himmel), Gatte der Rhea, bei den Römern Saturn genannt. Uranos zeugte mit Gaia viele Kinder: die Titanen, die hundertarmigen Hekatoncheiren und die einäugigen Zyklopen. Da Uranos seine Kinder hasste und in den Tartarus verbannte, überredete Gaia ihren Sohn Kronos, Uranos mit einer Sichel zu entmannen. Damit brachte er die Weltherrschaft an sich und behielt sie, bis seine eigenen Kinder den Aufstand wiederholten und Kronos in den Tartarus verbannten.

Lar: römischer Hausgott, Geist der Ahnen.

Lupa: geheiligte römische Wölfin, Ziehmutter von Romulus und Remus.

Mars: römischer Gott des Krieges, auch Mars Ultor genannt. Schutzpatron des Römischen Reiches, göttlicher Vater von Romulus und Remus. Griechische Form: Ares.

Minerva: römische Göttin der Weisheit, griechische Form: Athene.

Mithras: persischer Sonnengott, von den römischen Soldaten verehrt u. a. als Patron der Waffen und der Krieger.

Najaden: Nymphen der Quellen, Flüsse und Seen.

Narziss: griechischer Jäger, sehr gut aussehend und sehr eitel. Er verliebte sich in sein Spiegelbild in einem See und kam dadurch um. In der bekanntesten Version ertrank er, weil er sich mit seinem Spiegelbild vereinigen wollte.

Nektar und Ambrosia: göttlicher Trunk bzw. göttliche Speise, die die übernatürlichen Kräfte der Gottheiten stärken, für gewöhnliche Menschen aber tödlich wirken.

Nemesis: Tochter der Nachtgöttin Nyx und des Meeresgottes Okeanos, Göttin der Rache. Zeus zeugte mit ihr in Gestalt eines Schwans die Tochter Helena, um derentwillen der Trojanische Krieg geführt wurde.

Neptun: römischer Meeresgott, griechische Form: Poseidon.

Nereiden: fünfzig weibliche Meeresgeister, beschützen Seeleute und Fischer und hüten die Schätze des Meeres.

Nessos: listiger Zentaur, der Deianeira dazu brachte, ihren Gatten Herkules zu vergiften.

Nike: griechische Göttin des Sieges, der Stärke und der Schnelligkeit. Römische Form: Victoria.

Nymphe: weibliche Naturgottheit.

Nymphäum: Heiligtum für Nymphen.

Otos: Riese, Bruder des Ephialtes.

Pantheon: Gebäude in Rom, auf Befehl des Marcus Agrippa als Tempel aller Gottheiten des alten Rom errichtet, gegen 126 n. Chr. durch Kaiser Hadrian erneuert.

Pater: lateinisch für »Vater«, ursprünglicher Name des alten römischen Gottes der Unterwelt, der später durch Pluto ersetzt wurde.

Pan: Wald- und Weidegott, Beschützer der Hirten, Gott der Berge, der Felder und des Landlebens, Sohn des Hermes und der Nymphe Penelope, aber auch andere Elternpaare sind überliefert. Von sonst menschlicher Gestalt, hatte er die Füße eines Ziegenbockes und Hörner auf dem Kopf. Auf rätselhafte Weise verschwunden.

Pegasus: geflügeltes Pferd, Sohn des Poseidon und der Medusa.

Persephone: griechische Königin der Unterwelt, Gattin des Hades, Tochter von Zeus und Demeter. Römische Form: Proserpina.

Perseus: Sohn des Zeus und der Prinzessin Danaë, Vorfahr des Herakles. Ihm gelang es, der Medusa das Haupt abzuschlagen.

Phorkys: Sohn der Gaia, Bruder der Keto, in der griechischen Mythologie der erste Meeresgott.

Pluto: römischer Gott des Todes und des Reichtums. Griechische Form: Hades.

Polybotes: Gigant, Sohn der Erdmutter Gaia.

Porphyrion: König der Giganten.

Poseidon: Gott des Meeres und ursprünglich auch der Erde, Sohn des Kronos und der Rhea, Weltenrüttler, Sturmbringer. Schuf aus dem Schaum des Meeres das Pferd. Bruder von Zeus, erhielt bei der Aufteilung der Macht über die Welt die Herrschaft über das Meer. Temperamentvoll, meistens schlecht gelaunt und überaus rachsüchtig.

Potamos: altgriechisch, »Fluss« oder »Bach«, davon abgeleitet: Flussgott.

Prätor: gewählter römischer Beamter und Befehlshaber bei der Armee

Rhea Silvia: Priesterin und Mutter von Romulus und Remus.

Romulus und Remus: Zwillinge, Söhne des Mars und der Rhea Silvia. Amulius, der Gatte der Rhea Silvia, wollte sie im Tiber ertränken, sie wurden gerettet und von der Wölfin Lupa großgezogen. Romulus gründete später die Stadt Rom.

Saturn: römischer Gott der Landwirtschaft, griechische Form: Kronos.

Satyrn: Geschöpfe des Waldes mit Hufen und Hörnern auf dem Kopf, sonst von menschlicher Gestalt; gehören zum Gefolge des Dionysos.

Senatus Populusque Romanus (SPQR): Senat und Volk von Rom, offizielles Motto des alten Rom.

Skolopender: riesiges Seeungeheuer mit behaarten Nüstern, einem platten Krebsschwanz und vielen Füßen mit Schwimmhäuten.

Stymphalische Vögel: blutrünstige Vögel, die Menschen überfielen und zerfleischten; von Herkules besiegt.

Tartarus: Teil der Unterwelt, in dem die Toten endlose Qualen erleiden müssen.

Telchinen: Meeresdämonen, bewandert in der Schmiedekunst, mit Hundeköpfen und Flossen an Stelle von Händen, sie wurden »Fischkinder« genannt.

Terminus: der römische Gott der Grenzen und Gemarkungen.

Thanatos: der griechische Gott des Todes. Römische Form: Letus.

Thyrsos: Waffe des Bacchus, ein mit einem von Efeu umrankten Tannenzapfen gekrönter Stab.

Tiberinus: Gott des Flusses Tiber.

Titanen: Göttergeschlecht, das aus der Vereinigung des Himmels (Uranos) und der Erde (Gaia) hervorging. Die wichtigsten sind Kronos und Rhea; ihre Kinder waren in der Regel keine Titanen, sondern gehörten unter anderem zum olympischen Göttergeschlecht, das die Titanen ablöste. Ihr Sohn Zeus entriss Kronos die Weltherrschaft. Zu den Nachkommen der Titanen gehörten außerdem die Okeaniden, die über Meere, Seen und Flüsse herrschten, die Mondgöttin Selene und Eos, die Göttin der Morgenröte, sowie Atlas, der selber als Titan gilt.

Triere, auch Trireme: antikes Kriegsschiff, mit drei Reihen von Rudern auf jeder Seite, auch: Dreiruderer.

Tyche: griechische Göttin des Glücks, Tochter des Hermes und der Aphrodite, römische Form: Fortuna.

Unterwelt: dreigeteilt in Elysium (die Insel der Seligen), Tartarus und Asphodeliengrund; die Toten werden vom Fährmann Charon über den Styx gebracht und müssen sich den Richtern stellen. Der Höllenhund Zerberus sorgt dafür, dass niemand das Reich verlässt. Auf dem Grunde der Unterwelt befindet sich der Tartarus, Ort ewiger Finsternis, wo besonders schlimme Missetäter oder auch Sterbliche, die die Götter erzürnt haben, ewig leiden müssen.

Venus: römische Göttin der Liebe, verheiratet mit Vulcanus, dem Schmiedegott, liebte jedoch Mars. Griechische Form: Aphrodite.

Vestalische Jungfrauen: römische Priesterinnen der Vesta, Göttin des Herdes. Sie legten ein Keuschheitsgelübde ab, um sich ganz dem Dienst der Göttin widmen zu können.

Victoria: römische Göttin des Sieges, griechische Form: Nike.

Vulcanus: römischer Gott des Feuers und der Schmiedekunst. Griechische Form: Hephaistos.

Zentauren: ein Geschlecht von Lebewesen mit Pferdekörpern und -beinen, aber dem Kopf und dem Oberkörper eines Menschen. Sie gelten als brutal und lüstern, mit Ausnahme von Chiron, einem Sohn des Kronos.

Zenturio: Offizier der römischen Armee.

Zeus: Herrscher der Lüfte und des Olymps, Sohn von Kronos und Rhea, von den Römern Jupiter genannt, ursprünglich wohl ein Wettergott, der u. a. für Regen, Sturm, Blitz und Donner verantwortlich war. Verheiratet mit Hera. Hat seinen Vater Kronos entmachtet und zu ewigen Qualen in den Tartarus verbannt.

Zyklopen: Riesen mit nur einem Auge auf der Stirn, Söhne des Uranos und der Gaia. Geschickte Schmiede, die Donnerkeile und Blitze für Zeus herstellen und den Dreizack des Poseidon gefertigt haben.

Lust auf mehr Spannung?

Leseprobe
Rick Riordan, Kane-Chroniken Band 1:
Die rote Pyramide

1.

Tod am Obelisken

Wir haben nur ein paar Stunden, also hört gut zu.

Wenn ihr diese Geschichte hört, seid ihr bereits in Gefahr. Vielleicht sind Sadie und ich eure einzige Chance.

Geht zu der Schule. Findet den Spind. Ich werde euch nicht verraten, welche Schule oder welcher Spind, denn wenn ihr die Richtigen seid, findet ihr beides. Die Zahlenkombination lautet 13/32/33. Wenn wir fertig erzählt haben, wisst ihr, was die Zahlen bedeuten. Aber denkt dran: Die Geschichte ist noch nicht zu Ende. Wie sie ausgeht, hängt von euch ab.

Das Allerwichtigste: Behaltet den Inhalt des Päckchens *auf keinen Fall* länger als eine Woche. Klar, es ist eine Verlockung. Immerhin gewährt er euch fast unbegrenzte Macht. Aber wenn er zu lange in eurem Besitz ist, wird er euch zerstören. Eignet euch seine Geheimnisse schnell an und gebt ihn weiter. Versteckt ihn für die nächste Person, so wie Sadie und ich ihn für euch versteckt haben. Dann macht euch darauf gefasst, dass euer Leben sehr interessant werden wird.

Okay, Sadie meint, ich soll nicht länger rumschwafeln und mit der Geschichte loslegen. In Ordnung. Alles fing in London an, an dem Abend, als Dad das British Museum in die Luft jagte.

Ich heiße Carter Kane. Ich bin vierzehn und mein Zuhause ist ein Koffer.

Ihr glaubt, das ist ein Witz? Mein Vater und ich reisen um die Welt, seit ich acht bin. Ich wurde in Los Angeles geboren, aber mein Vater ist Archäologe, deshalb ist er ständig unterwegs. Meistens fahren wir nach Ägypten, weil das sein Spezialgebiet ist. Geht in einen Buchladen und sucht euch ein Buch über Ägypten – mit ziemlicher Sicherheit ist der Autor Dr. Julius Kane. Ihr wollt wissen, wie die Ägypter das Hirn aus den Mumien herausgepult, die Pyramiden gebaut oder König Tuts Grab verflucht haben? Dann fragt am besten Dad. Es gibt natürlich auch noch ein paar andere Gründe, warum mein Vater so viel durch die Gegend gezogen ist, aber damals kannte ich sein Geheimnis noch nicht.

Ich bin nie zur Schule gegangen. Mein Dad hat mich zu Hause unterrichtet, falls man von »Unterricht zu Hause« sprechen kann, wenn man gar kein Zuhause hat. Er hat mir so ziemlich alles beigebracht, was er für wichtig hielt. Also eine Menge über Ägypten und Basketball und seine Lieblingsmusiker. Ich habe auch viel gelesen – so ziemlich alles, was ich in die Finger bekam, angefangen bei den Geschichtsbüchern meines Vaters bis hin zu Fantasyromanen –, schließlich saß ich oft in Hotels herum, auf Flughäfen und an Ausgrabungsstätten in fremden Ländern, wo ich niemanden kannte. Mein Vater meinte immer, ich sollte das Buch weglegen und rausgehen, um Ball zu spielen. Aber habt ihr schon mal versucht, in Assuan in Ägypten spontan ein paar Leute zum Basketballspielen aufzutreiben? Nicht so einfach.

Jedenfalls hat mir mein Vater früh beigebracht, meine sämtlichen Habseligkeiten in einem einzigen Koffer unterzubringen, den ich als Handgepäck mit ins Flugzeug nehmen konnte. Mein Dad packte genauso, allerdings durfte er zusätzlich noch eine Arbeitstasche für seine archäologischen Werkzeuge mitnehmen. Regel Nummer eins: Ich durfte nicht in seine Arbeitstasche schauen. Bis zum Tag der Explosion habe ich mich an diese Regel auch gehalten.

Es passierte an Heiligabend. Wir waren in London, weil der Besuchstag bei meiner Schwester Sadie anstand.

Da meine Großeltern ihn hassen, darf mein Vater sie nämlich bloß zwei Tage im Jahr sehen – einen im Winter, einen im Sommer. Nach dem Tod unserer Mutter hatten ihre Eltern (unsere Großeltern) diesen ganzen Rechtsstreit mit Dad angefangen. Nach sechs Anwälten, zwei Schlägereien und einem beinahe tödlichen Angriff mit einem Spachtel (fragt nicht) wurde ihnen das Recht zugesprochen, Sadie bei sich in England zu behalten. Sie war erst sechs, zwei Jahre jünger als ich, und meine Großeltern konnten sich nicht um uns beide kümmern – das war zumindest ihre Entschuldigung, mich nicht mit aufzunehmen. Sadie wuchs also als englisches Schulmädchen auf und ich reiste mit meinem Vater um die Welt. Mir war es egal, dass wir Sadie nur zweimal im Jahr sahen.

[Klappe, Sadie. Ja – dazu komme ich noch.]

Jedenfalls waren mein Dad und ich nach etlichen Verspätungen gerade in Heathrow gelandet. Es war ein kalter Nachmittag und es nieselte. Während der gesamten Taxifahrt in die Stadt wirkte mein Vater irgendwie nervös.

Dabei ist mein Dad ein ziemlicher Brocken. Wenn man ihn sieht, denkt man nicht, dass ihn etwas aus der Fassung bringen kann. Er hat die gleiche dunkelbraune Haut wie ich, durchdringende Augen, eine Glatze und einen Spitzbart, er sieht also aus wie ein muskelbepackter fieser Wissenschaftler. An diesem Nachmittag trug er seinen Kaschmirwintermantel und seinen besten braunen Anzug, den er immer zu Vorträgen anzieht. Normalerweise strahlt er ein solches Selbstvertrauen aus, dass er alle sofort für sich einnimmt, aber manchmal – wie an diesem Nachmittag – bekam ich eine andere Seite von ihm mit, die ich nicht richtig verstand. Ständig drehte er sich um, als würden wir verfolgt.

»Dad?«, fragte ich, als wir von der A 40 abbogen. »Stimmt was nicht?«

»Nichts von ihnen zu sehen«, murmelte er. Als er merkte, dass er es laut ausgesprochen hatte, sah er mich ziemlich erschrocken an. »Nein, Carter. Alles bestens.«

Das beunruhigte mich, denn mein Vater ist ein miserabler Lügner. Ich wusste immer, wenn er etwas vor mir verheimlichte, aber ich wusste auch, ich könnte ihn noch so sehr lochern – mit der Wahrheit würde er nicht herausrücken. Möglicherweise versuchte er, mich zu beschützen, auch wenn ich keine Ahnung hatte, wovor. Manchmal fragte ich mich, ob es in seiner Vergangenheit ein dunkles Geheimnis gab, vielleicht war ein alter Feind hinter ihm her; doch die Vorstellung kam mir albern vor, Dad war schließlich bloß Archäologe.

Was mir auch Sorgen machte: Dad hielt seine Arbeitstasche umklammert. Wenn er das macht, sind wir meistens in Gefahr. Wie das eine Mal in Kairo, als Bewaffnete unser Hotel stürmten.

Ich hörte Schüsse aus der Eingangshalle und rannte nach unten, um nach Dad zu sehen. Doch als ich ankam, zog er seelenruhig den Reißverschluss der Arbeitstasche zu, während drei bewusstlose Bewaffnete kopfüber vom Kronleuchter herunterbaumelten. Ihre Gewänder fielen ihnen über die Köpfe und man sah ihre Boxershorts. Dad behauptete, er hätte nichts mitbekommen, und am Ende schob die Polizei alles auf einen ungewöhnlichen Defekt des Kronleuchters.

Ein anderes Mal gerieten wir in Paris in einen Tumult. Mein Dad suchte sich das nächstbeste geparkte Auto, stieß mich auf den Rücksitz und befahl mir, mich zu ducken. Ich legte mich flach auf die Sitzbank und machte die Augen zu. Dann hörte ich, wie Dad in seiner Tasche herumkramte und etwas vor sich hin murmelte, während die Menge draußen herumgrölte und randalierte. Ein paar Minuten später erklärte er mir, ich könne wieder hochkommen. Alle anderen Autos auf der Straße waren umgekippt und angezündet worden. Unser Wagen dagegen war frisch geputzt und poliert und unter den Scheibenwischern klemmten mehrere Zwanzigeuroscheine.

Jedenfalls habe ich die Tasche zu schätzen gelernt. Sie war unser Glücksbringer. Wenn mein Vater sie an sich drückte, brauchten wir das Glück allerdings auch dringend.

Wir fuhren durch das Stadtzentrum Richtung Osten zum Haus meiner Großeltern. Wir passierten die goldenen Tore des Buckingham Palace und die große Steinsäule auf dem Trafalgar Square. London ist ziemlich interessant, aber wenn man so viel unterwegs ist, kann man die Städte kaum noch auseinanderhalten. Wenn ich andere Jugendliche treffe, sagen die immer: »Mensch, hast du ein Glück.« Aber Dad und ich verbringen unsere Zeit ja nicht mit Stadtrundfahrten und wir haben auch nicht genug Geld, um stilvoll zu reisen. Wir waren schon an ein paar ziemlich ungemütlichen Orten und wir bleiben selten länger als ein paar Tage. Die meiste Zeit kommen wir uns eher wie Flüchtlinge vor, nicht wie Touristen.

Man sollte ja denken, die Arbeit meines Vaters wäre nicht gefährlich. Er hält Vorträge über Themen wie »Ist ägyptische Magie wirklich tödlich?« und »Bestrafung in der ägyptischen Unterwelt« und anderen Kram, für den sich kaum jemand interessiert. Aber wie ich schon sagte: Er hat auch noch diese andere Seite. Er ist ständig auf der Hut und durchsucht jedes Hotelzimmer, bevor er mich hineinlässt. Er stürzt in ein Museum, um sich irgendwelche alten Artefakte anzusehen und ein paar Notizen zu machen, dann rennt er wieder hinaus, als könnte er so den Überwachungskameras entgehen.

Einmal, als ich noch kleiner war und wir durch den Flughafen Charles de Gaulle rannten, um auf den letzten Drücker noch einen Flug zu erwischen, und Dad sich erst entspannte, als der Flieger abhob, habe ich ihn einfach unumwunden gefragt, wovor er davonlief, und er starrte mich an, als hätte ich den Stift aus einer Handgranate rausgezogen. Einen Moment lang befürchtete ich, er würde mir tatsächlich die Wahrheit sagen. Doch dann antwortete er: »Carter, es ist nichts.« Als wäre »nichts« das Schrecklichste auf der Welt.

Danach beschloss ich, dass es vielleicht besser war, keine Fragen zu stellen.

Meine Großeltern, die Fausts, wohnen in einer Siedlung in der Nähe von Canary Wharf, direkt am Ufer der Themse. Das Taxi hielt an und mein Vater bat den Fahrer zu warten.

Auf halbem Weg zum Haus blieb Dad plötzlich wie angewurzelt stehen. Er warf einen Blick zurück.

»Was ist?«, fragte ich.

Dann sah ich den Mann im Trenchcoat. Er stand auf der gegenüberliegenden Straßenseite und lehnte an einem großen dürren Baum. Er war klein und korpulent, seine Haut hatte die Farbe von geröstetem Kaffee. Sein Mantel und der schwarze Nadelstreifenanzug sahen teuer aus. Seine langen Haare waren zu Zöpfchen geflochten und den schwarzen Filzhut hatte er bis zum Rand seiner dunklen, runden Brille ins Gesicht gezogen. Er erinnerte mich an einen der Jazzmusiker, in deren Konzerte mich Dad immer schleppte. Obwohl ich seine Augen nicht erkennen konnte, hatte ich das Gefühl, dass er uns beobachtete. Vielleicht war er ein alter Freund oder Kollege von Dad. Ganz egal, wo wir waren, Dad traf ständig Leute, die er kannte. Aber irgendwie war es komisch, dass der Typ hier vor dem Haus meiner Großeltern wartete. Und er wirkte nicht gerade gut gelaunt.

»Carter«, sagte mein Dad, »geh schon mal rein.«

»Aber –«

»Hol deine Schwester. Wir treffen uns am Taxi.«

Er ging über die Straße zu dem Mann im Trenchcoat, was mir zwei Wahlmöglichkeiten ließ: ihm zu folgen und zu schauen, was passierte, oder zu tun, was man mir aufgetragen hatte.

Ich entschied mich für die etwas ungefährlichere Alternative. Ich ging meine Schwester holen.

Bevor ich auch nur klopfen konnte, öffnete Sadie die Tür.

»Wie immer zu spät«, stellte sie fest.

Auf dem Arm hielt sie ihre Katze Muffin, die Dad ihr vor sechs Jahren als »Abschiedsgeschenk« überreicht hatte. Muffin schien weder älter noch größer zu werden. Sie hatte wuscheliges gelb-schwarzes Fell wie ein Zwergleopard, wachsame gelbe Augen und spitze Ohren, die zu groß für ihren Kopf waren. Um ihren Hals hing ein silberner ägyptischer Anhänger. Sie sah absolut nicht wie ein Muffin aus, wahrscheinlich muss man Sadie zugutehalten, dass sie noch klein war, als sie ihr den Namen gab.

Auch Sadie hatte sich seit letztem Sommer nicht großartig verändert.

[Während ich das aufnehme, steht sie neben mir und wirft mir dauernd böse Blicke zu, ich bin wohl besser vorsichtig mit dem, was ich sage.]

Kein Mensch würde sie für meine Schwester halten. Erstens lebt sie schon so lange in England, dass sie einen britischen Akzent hat. Zweitens schlägt Sadie nach unserer Mutter, die weiß war, deshalb ist ihre Haut viel heller als meine. Sie hat glattes karamellfarbenes Haar, nicht richtig blond, aber auch nicht braun, meistens färbt sie ein paar Strähnchen leuchtend bunt. An diesem Tag waren es rote Strähnen auf der linken Seite. Sie hat blaue Augen. Ungelogen. *Blaue Augen,* genau wie Mom. Sie ist erst zwölf, aber sie ist genauso groß wie ich, was echt nervt. Wie üblich kaute sie Kaugummi und für den Tag mit Dad hatte sie abgewetzte Jeans, eine Lederjacke und Springerstiefel angezogen, als ginge sie auf ein Konzert und hätte vor, ein paar Leute plattzumachen. Für den Fall, dass Dad und ich sie anödeten, baumelten Kopfhörer um ihren Hals.

[Okay, sie hat mir keine geklebt, ich scheine sie also ganz gut beschrieben zu haben.]

»Unser Flug hatte Verspätung«, erklärte ich ihr.

Sie blies eine Kaugummiblase, streichelte Muffin über den Kopf und warf die Katze mit Schwung ins Haus. »Granny, ich geh dann mal!«

Irgendwo aus dem Haus brummelte Grandma Faust etwas Unverständliches, vermutlich: »Lass sie bloß nicht rein!«

Sadie schloss die Tür hinter uns und musterte mich, als wäre ich eine tote Maus, die ihre Katze gerade angeschleppt hatte. »Da bist du also wieder.«

»Genau.«

»Dann komm schon.« Sie seufzte. »Bringen wir es hinter uns.«

So ist sie nun mal. Kein *Hallo, wie ist es dir die letzten sechs Monate ergangen?, Ich freu mich so, dich zu sehen!* oder irgendwas in der Art. Aber das ist schon in Ordnung. Wenn man sich bloß zweimal im Jahr sieht, fühlt man sich eher als entfernte Cousins, nicht als Geschwister. Außer unseren Eltern hatten wir absolut nichts gemeinsam.

Wir liefen die Treppen hinunter. Gerade, als mir durch den Kopf ging, dass sie wie eine Mischung aus Alte-Leute-Wohnung und Kaugummi roch, blieb sie so unvermittelt stehen, dass ich gegen sie rannte.

»Wer ist das denn?«, fragte sie.

Den Typen im Trenchcoat hatte ich fast vergessen. Er und mein Vater standen auf der anderen Straßenseite neben dem großen Baum und hatten allem Anschein nach eine ernsthafte Auseinandersetzung. Dad drehte uns den Rücken zu, deshalb konnte ich sein Gesicht nicht sehen, aber er fuchtelte mit den Händen und das macht er nur, wenn er aufgeregt ist. Der andere Typ zog eine finstere Miene und schüttelte den Kopf.

»Keine Ahnung«, erwiderte ich. »Er stand schon da, als wir ankamen.«

»Er kommt mir irgendwie bekannt vor.« Sadie runzelte die Stirn, als versuchte sie sich zu erinnern. »Los, komm.«

»Dad will, dass wir im Taxi warten«, wandte ich ein, aber ich wusste, dass es nichts brachte. Sadie hatte sich bereits in Bewegung gesetzt.

Statt direkt über die Straße zu gehen, preschte sie den Gehweg fast bis zur nächsten Straßenecke hoch, duckte sich hinter Autos, dann überquerte sie die Straße und kauerte sich vor eine niedrige Steinmauer. Langsam pirschte sie sich an Dad heran. Mir blieb nichts anderes übrig, als ihrem Beispiel zu folgen, auch wenn ich mir dabei ziemlich dämlich vorkam.

»Sechs Jahre in England«, brummte ich, »und sie hält sich für James Bond.«

Ohne sich umzudrehen, schlug Sadie nach mir und robbte weiter vorwärts.

Noch ein paar Schritte und wir befanden uns direkt hinter dem großen kahlen Baum. Ich konnte hören, wie mein Dad auf der anderen Seite sagte: »… tun müssen, Amos. Du weißt, dass es das Richtige ist.«

»Nein«, widersprach sein Gegenüber, der offenbar Amos hieß. Seine Stimme klang tief und ruhig – sehr nachdrücklich. Er hatte einen amerikanischen Akzent. »Wenn *ich* dich nicht aufhalte, Julius, dann tun sie es. Das Per Anch beschattet dich.«

Sadie formte lautlos die Worte: »Das *was?*«

Ich schüttelte den Kopf, mir war das genauso schleierhaft. »Lass uns abhauen«, flüsterte ich, denn vermutlich würden sie uns gleich erwischen und dann gäbe es richtig Ärger. Sadie überhörte meine Bemerkung geflissentlich.

»Sie wissen nichts von meinem Plan«, sagte mein Vater gerade. »Bis sie darauf kommen –«

»Und die Kinder?«, fragte Amos. Mir stellten sich sämtliche Nackenhaare hoch. »Was ist mit ihnen?«

»Ich habe Vorkehrungen getroffen, um sie zu schützen«, erklärte mein Vater. »Außerdem, wenn ich es nicht mache, sind wir alle in Gefahr. Jetzt lass mich in Frieden.«

»Ich kann nicht, Julius.«

»Du legst es also auf einen Zweikampf an?« Dads Tonfall wurde todernst. »Du besiegst mich nie, Amos.«

Seit dem Spachtel-Debakel hatte ich Dad nicht mehr gewalttätig werden sehen und ich legte auch keinen gesteigerten Wert auf eine Neuauflage, aber die beiden schienen auf eine Schlägerei zuzusteuern.

Bevor ich reagieren konnte, sprang Sadie aus unserem Versteck und rief: »Dad!«

Er wirkte überrascht, als sie auf ihn zustürzte und ihn umarmte, allerdings nicht annähernd so überrascht wie der andere Typ, Amos. Der machte einen solchen Satz nach hinten, dass er sich in seinem Trenchcoat verhedderte.

Er hatte seine Brille abgenommen und ich musste Sadie Recht geben. Er sah irgendwie vertraut aus – wie eine sehr weit zurückliegende Erinnerung.

»Ich – ich muss los«, murmelte er. Er rückte seinen Hut zurecht und lief schwerfällig die Straße hinunter.

Dad beobachtete, wie er davonging, und legte schützend einen Arm um Sadie. Die andere Hand steckte er in die Arbeitstasche, die über seiner Schulter hing. Als Amos schließlich um die Ecke verschwand, entspannte sich Dad. Er nahm die Hand aus der Tasche und lächelte Sadie an. »Hallo, Süße.«

Sadie machte sich los und verschränkte die Arme. »Ach, jetzt bin ich die Süße, oder wie? Du kommst zu spät. Der Besuchstag ist fast vorbei! Und was sollte das hier? Wer ist Amos und was ist Per Anch?«

Dad erstarrte. Er warf mir einen Blick zu und schien zu überlegen, wie viel wir wohl mitgehört hatten.

»Ist nicht wichtig«, sagte er und versuchte, fröhlich zu klingen. »Ich habe einen tollen Abend geplant. Wer hat Lust auf eine Privatführung im British Museum?«